O espelho

Obras da autora publicadas pelo Grupo Editorial Record:

Romances
A pousada do fim do rio
O testamento
Traições legítimas
Três destinos
Lua de sangue
Doce vingança
Segredos
O amuleto
Santuário
A villa
Tesouro secreto
Pecados sagrados
Virtude indecente
Bellissima
Mentiras genuínas
Riquezas ocultas
Escândalos privados
Ilusões honestas
A testemunha
A casa da praia
A mentira
O colecionador
A obsessão
Ao pôr do sol
O abrigo
Uma sombra do passado
O lado oculto
Refúgio
Legado
Um sinal dos céus
Aurora boreal
Na calada da noite
Identidade roubada
Refúgio em Black Hills
Jogos mentais
Coração em chamas

Saga da Gratidão
Arrebatado pelo mar
Movido pela maré
Protegido pelo porto
Resgatado pelo amor

Trilogia do Sonho
Um sonho de amor
Um sonho de vida
Um sonho de esperança

Trilogia do Coração
Diamantes do sol
Lágrimas da lua
Coração do mar

Trilogia da Magia
Dançando no ar
Entre o céu e a terra
Enfrentando o fogo

Trilogia da Fraternidade
Laços de fogo
Laços de gelo
Laços de pecado

Trilogia do Círculo
A cruz de Morrigan
O baile dos deuses
O vale do silêncio

Trilogia das Flores
Dália azul
Rosa negra
Lírio vermelho

Trilogia A maldição das sete noivas
Herança

Nora Roberts

O espelho

Trilogia
A maldição das sete noivas

Volume 2

Tradução
Marta Fagundes

1ª edição

BERTRAND BRASIL
2026

CIP-BRASIL. CATALOGAÇÃO NA PUBLICAÇÃO
SINDICATO NACIONAL DOS EDITORES DE LIVROS, RJ

R649e

Roberts, Nora, 1950-
O espelho / Nora Roberts ; tradução Marta Fagundes. – 1. ed. – Rio de Janeiro : Bertrand Brasil, 2026.
(A maldição das sete noivas ; 2)

Tradução de: The mirror
ISBN 978-65-5838-439-7

1. Ficção americana. I. Fagundes, Marta. II. Título. III. Série.

CDD: 813
26-102587.0 CDU: 82-3(73)

Carla Rosa Martins Gonçalves – Bibliotecária – CRB-7/4782

Texto revisado segundo o Acordo Ortográfico da Língua Portuguesa de 1990.

EDITORA BERTRAND BRASIL LTDA.
Rua Argentina, 171 — 3º andar — São Cristóvão
20921-380 — Rio de Janeiro — RJ
Tel.: (21) 2585-2000,
que se reserva a propriedade literária desta tradução.

Seja um leitor preferencial. Cadastre-se no site www.record.com.br e receba informações sobre nossos lançamentos e nossas promoções.

Atendimento e venda direta ao leitor:
sac@record.com.br

À família,
a de sangue e a escolhida

PARTE UM

Testemunha

"Can I get a witness?"

— Brian Holland, Lamont Dozier, Eddie Holland

Prólogo

A mansão erguia-se, como fazia havia gerações, sobre os penhascos altos e irregulares acima do rugido do mar. Sob o calor escaldante dos verões, contra os ventos cortantes dos invernos, nas primaveras floridas e nos outonos moribundos, ela se mantinha firme e forte na costa rochosa do Maine.

Dentro de suas paredes de pedra, por trás do brilho de suas janelas, a mansão testemunhara nascimentos e mortes, conhecera triunfos e tragédias. Tanto sangue quanto lágrimas foram derramados nos pisos polidos; segredos e sombras habitavam seus muitos cantos.

E ela se lembrava de todos.

Das torres, do mirante da viúva, do paredão além de suas imponentes portas de entrada, muitos olhos já haviam se voltado para a vila de Poole's Bay.

E muitos olhos ainda se voltavam para lá.

Desde que aquelas portas imponentes se abriram, em 1794, sempre houve um Poole caminhando por aqueles corredores. Um Poole subira a grande escadaria, olhara pelas inúmeras janelas, sonhara. E alguns viveram seus pesadelos.

Alguns ainda os viviam.

Uma noiva assassinada — a primeira de sete condenadas — carregava, em toda a sua inocência, a maldição que assombrava a mansão. Geração após geração, o casarão lançava sua sombra sobre a próxima noiva, e depois sobre a seguinte, alimentada pela fúria de uma bruxa invejosa.

Com aquelas noivas perdidas, outros também percorriam o labirinto de cômodos. Aqueles que haviam acendido as muitas lareiras, arrumado as camas e preparado as refeições continuavam cumprindo seus afazeres.

Outros, que haviam erguido taças em brindes, dançado no salão de festas ou ninado um bebê inquieto durante a noite, ainda brindavam, dançavam e ninavam.

Nos muitos aposentos, o tempo ia e vinha. A música tocava, os ponteiros dos relógios marcavam as horas, o assoalho rangia enquanto a mansão esperava por outra geração.

Enquanto esperava por alguém que talvez conseguisse quebrar a maldição.

Mais de duzentos anos após Astrid Grandville Poole morrer em seu vestido de noiva, após sua assassina lançar a maldição sobre a mansão e se atirar dos penhascos rumo à própria morte, outra pessoa com sangue Poole cruzou aquelas imponentes portas de entrada.

Aqueles que vieram antes dela observavam e aguardavam enquanto ela tomava posse da mansão. Enquanto sonhava seus próprios sonhos, ou talvez os deles.

Enquanto percorria o labirinto onde a música tocava, os ponteiros dos relógios marcavam as horas e o assoalho rangia. Até chegar ao espelho onde o tempo ia e vinha.

Predadores entalhados emolduram o vidro do espelho e parecem dar o bote, rosnar e rastejar. E seu vidro abre uma porta para o passado, para a mulher e para outro com sangue Poole.

De mãos dadas, eles atravessam juntos a porta.

E se tornam os fantasmas.

Capítulo um

A música que antes era tênue e distante agora a envolvia por completo. Cores e formas que do outro lado do espelho pareciam borradas e indefinidas tornaram-se nítidas.

Sonya apertou a mão de Owen — a mão do primo cuja existência ela desconhecia até poucos meses antes. Aquela mão era quente, aquela mão era real.

Em vez de móveis cobertos por lençóis brancos, havia pessoas girando ao redor deles. Mulheres com os cabelos presos no alto da cabeça, vestidos longos esvoaçantes, e homens em ternos escuros e impecáveis dançavam, riam, bebiam. O ambiente — o salão de baile — exalava cheiro de flores. Havia muitas por ali. E também havia cheiro de perfume. Uma orquestra tocava algo animado e rápido.

Ela ouviu a risada de uma mulher — um som agudo e radiante — por cima da música. Viu uma gota de suor deslizar pela têmpora de um homem de cabelo penteado para trás enquanto ele conduzia sua parceira na dança.

E ouviu o próprio coração bater mais alto que o tambor. Quando sua mão tremeu, Owen apertou mais forte. E disse, num tom quase casual:

— Isso é esquisito pra caralho.

O nó de medo na garganta dela se desfez em uma risada ofegante.

— Nem me fale. Já fiz isso antes, já passei por isso, mas é a primeira vez que estou acordada quando acontece. Antes, eu achei… achei que tinha sonhado. Mas não é um sonho.

— Não mesmo. — Ele vasculhou o salão com o olhar. — A gente sabe onde está. É o salão de baile. Algum palpite de quando?

— Em 1916. Eu li o livro da história da família, escrito por Deuce Poole, e olhei as fotos tantas vezes que sei que isto aqui é a festa de casamento de Lisbeth Poole.

Um homem, desfrutando de seu gim, tropeçou e passou direto por ela.

— Meu Deus.

— Isso é mais do que esquisito. — Com o cenho franzido, Owen se virou para ela e a observou com os olhos verdes característicos dos Poole, porém um pouco mais claros que os dela. — Tudo bem?

Ela conseguiu assentir com a cabeça.

— Nós é que estamos fora de lugar, ou fora do tempo, ou seja lá o que for. Eles não nos veem, nem nos sentem. Ou a maioria não sente. Ela não está aqui.

— Quem?

— Hester Dobbs. A bruxa assassina. Ela não está aqui, ainda não. Esta também não é a época dela.

— Considerando que ela estaria morta há mais de cem anos…

— Talvez a gente consiga impedi-la. Isso não é um sonho, então talvez estejamos aqui para detê-la. Treze picadas de aranha, por dentro do vestido de noiva… é assim que a Lisbeth morrerá hoje. Se a gente conseguir…

— O quê? Arrancar a roupa dela?

— Sei lá. Temos que tentar alguma coisa. Onde ela está? Onde diabos está a Lissy?

Owen apontou:

— Do outro lado do salão? Eu sou mais alto, consigo ver por cima das pessoas. Também vi fotos, e aquilo parece um vestido de noiva pra mim.

Ele moveu Sonya para a esquerda.

— Sim! Sim, é ela.

Quando começou a avançar, pessoas dançaram através dela. Algumas provocavam um choque sutil, como um toque elétrico suave; outras, um calafrio que atravessava seus ossos.

— É como andar na lama — resmungou Owen, passando a mão, frustrado, pelo cabelo castanho e indomável. — Ou em areia movediça.

— Eu sei. Eu sei. Foi assim da outra vez. Não consigo mais vê-la. Está muito cheio. Você consegue vê-la?

— Continua andando. Ela está se movendo para a nossa direita. Ela está dançando. Ela está... Merda!

— O quê? O que aconteceu? Eu...

Então ela viu, através de uma brecha entre os dançarinos que deslizavam pelo salão. A expressão de choque e dor no rosto jovem e meigo. E então, o grito.

— Chegamos tarde demais. Tarde demais. — Mas ela continuou avançando. — Se não pudermos salvá-la, precisamos impedir que Dobbs fique com a aliança de casamento dela. Ela precisa das sete alianças. Temos que pegar essa antes.

Quando Lisbeth desabou nos braços do marido, Sonya sentiu a mudança no ar, a amargura repentina e cortante que se espalhou pelo cômodo.

Hester Dobbs, com sua beleza austera resplandecendo, os olhos escuros cintilando veneno, praticamente flutuava pelo salão. O cabelo preto comprido e ondulado parecia esvoaçar com um vento invisível enquanto ela se aproximava da noiva agonizante.

Enfurecida, Sonya gritou:

— Pare! Sua vadia! Deixa ela em paz.

Dobbs virou a cabeça bruscamente. Por um instante, apenas um instante, Sonya viu surpresa — e talvez um traço de medo — passar pelo rosto belo e impassível da mulher.

Então aquele vento invisível atingiu Sonya, esmurrando-a como um punho gelado. Sua mão se soltou da de Owen, e ela foi lançada para trás, atravessando as pessoas que corriam para a frente.

Ela aterrissou com tanta força que ficou atordoada e tonta. Enquanto lutava para respirar e se levantar, viu uma aranha, maior que a palma de sua mão, correndo pelo chão em sua direção.

Real, pensou. De algum modo era real, de algum modo era no presente.

O salão se encheu de gritos, de choro, de passos apressados, enquanto ela tentava se levantar às pressas e se afastar.

Ela viu os olhos vermelhos da criatura brilhando e se preparou para a primeira picada impiedosa.

A um centímetro do pé descalço de Sonya, Owen a esmagou com a sola do sapato. O estômago da mulher se revirou ao ouvir o estalo repulsivo.

— Levanta. — Ele a puxou para ficar em pé. — Anda!

— Você pegou? Conseguiu pegar a aliança?

— Já era. E a noiva também. Mas nós não.

Ele a arrastou em meio ao caos e a empurrou de volta através do espelho, saltando logo depois.

Ela tombou direto nos braços de Trey. E ele a envolveu com força enquanto os três cachorros os cercavam.

— Estou aqui. Minha nossa, você está congelando!

— Ficou tão frio… — Os dentes dela batiam.

— Você se machucou? — Enquanto passava as mãos pelo corpo de Sonya, ele olhou para Owen. — Algum de vocês se machucou?

— A Sonya foi arremessada como você, daquela vez, do lado de fora do Quarto Dourado.

— Estou bem. Só fiquei abalada. — Apoiada em Trey, grata por seu calor, ela olhou para Cleo. — Era a Lisbeth Poole. Não conseguimos impedir.

— Vamos descer. — Cleo afagou o cabelo de Sonya. — Vamos levar vocês dois lá pra baixo.

— Preciso de uma bebida. — Enquanto falava, e seu vira-lata destemido, Jones, farejava seus sapatos, Owen olhou para a sola de um deles. — E de sapatos novos.

— O que é isso? — exigiu saber Cleo.

— Tripas de aranha demoníaca.

— Tira isso agora! Você não vai espalhar tripa de aranha demoníaca pela casa.

— É, essa foi a primeira coisa que passou pela minha cabeça.

Cleopatra Fabares, melhor amiga de Sonya e a pessoa com quem dividia a casa, assumiu o comando.

— Trey, leva a Sonya lá pra baixo. Pra cozinha. A gente precisa de uma bebida. E você, tire esses sapatos nojentos agora — ordenou Cleo novamente a Owen. — Deixa eles aqui até a gente arranjar alguma coisa para guardá-los.

— Tá, tá, tá.

— A gente vai logo atrás. Serve uísque pra nós dois. Duplos.

Enquanto Owen se abaixava para tirar os sapatos, Cleo puxou o ar com força, o suficiente para deixá-lo alerta outra vez.

— O espelho. Ele sumiu. Simples assim.

Ele se virou.

— Puta merda.

— Tira logo esses malditos sapatos — insistiu ela. — E vamos descer. Depois você e a Sonya vão contar tudo, começando por quando vocês dois desapareceram dentro daquele maldito espelho.

— Uísque primeiro.

Embora fosse uma MacTavish — se não de sangue, ao menos emocionalmente —, Sonya nunca foi fã de uísque. Mas naquela noite abriria uma exceção. Ainda abalada, deixou Trey conduzi-la pela escadaria do salão de baile e pelos corredores enquanto ele ia acendendo as luzes.

— Não me lembro de nada antes de estar lá em cima, diante do espelho.

Ela jogou o cabelo para trás, desejando ter um elástico para prendê-lo, mas acabou desistindo.

— Não me lembro de ter saído da cama, de ter subido até lá. E você estava lá.

— A Cleo ligou.

— A Cleo ligou — repetiu ela em um murmúrio.

Cleo, sua amiga mais próxima havia uma década. Cleo, que se mudara para a mansão com ela sem pensar duas vezes, mesmo sabendo que o lugar era amaldiçoado, assombrado por fantasmas e uma bruxa morta desvairada.

Sendo Cleo, decidiu Sonya, esses elementos tinham servido mais como motivação extra do que como impedimento. Afinal, a avó de Cleo era bruxa — do tipo do bem.

Com os cães — Mookie e Yoda — ladeando-os, Trey a levou até o andar principal.

Ao chegar à base da escada, ela parou para olhar o retrato de Astrid Grandville Poole. A primeira noiva — tão bela, marcada pela tragédia em seu vestido branco.

— Tudo começou com ela. Tudo o que está acontecendo agora começou com ela, no dia de seu casamento, em 1806. Quando Hester Dobbs a assassinou e arrancou a aliança de seu dedo. Isso tem que terminar comigo. Tem que terminar.

Ela olhou para ele, para aqueles olhos azul-escuros nos quais havia aprendido a confiar.

— Você veio. A Cleo ligou, e você veio. Depois das três da manhã.

— É lógico que eu vim.

— Mas... você estava com uma cliente. No hospital. — A lembrança voltou com força total. — Aquela pobre mulher. O marido... o ex-marido... a agrediu. Os filhos...

— Eles estão bem. — Ele manteve a voz suave. Ela ainda estava tão pálida. — Todos vão ficar bem. Não se preocupe.

— Você estava preocupado. E muito bravo. Eu percebi quando você ligou para me contar.

— A mãe e a irmã dela estão com ela agora. — Trey a virou e a conduziu em direção à cozinha. — A polícia o prendeu, e ela está com a família. As crianças estão com eles.

— E você vai cuidar do resto, porque é isso que você faz. Não só como advogado. Cuidar dos outros é o que você faz. — Ela apoiou a cabeça no ombro dele enquanto caminhavam. — Estou me sentindo meio estranha.

— Sério? Não consigo imaginar por quê.

Ele acendeu as luzes da cozinha e notou o fogo crepitando na lareira dali, e ouviu a da enorme sala de jantar também acesa.

Trazendo luz, trazendo calor. Ele não era o único a cuidar de tudo.

Então levou Sonya até a mesa.

— Senta. Quer vinho? Chá? Água?

— Uísque. — Ela soltou o ar.

Ele pensou em Owen pegando uma garrafa poucas horas antes, quando tinha precisado desabafar aquela preocupação, aquela raiva e toda a frustração que vinham junto, com um amigo.

— Parece que é uma noite para isso.

Com o pior do frio se dissipando enquanto as chamas estalavam, ela observou Trey pegar biscoitos para os cães que rondavam, separar um para o cachorro de Owen, Jones, e entrar na cozinha auxiliar, tranquilo e confiante em sua calça jeans e na camisa de flanela.

Como quando o conheceu, quando ele lhe mostrou a mansão, pensou ela, ainda com a cabeça girando. O homem magro, de pernas longas, o terceiro de várias gerações de advogados, com o cabelo preto e os olhos azul-escuros.

Sua paciência aparentemente infinita.

Ele conhecia a casa tão bem quanto ela — melhor, corrigiu-se. Tinha percorrido seus cômodos e corredores desde criança, acolhido pelo tio que ela nem sabia que existia. O irmão gêmeo de seu pai — o clássico caso de irmãos separados ao nascer.

Mas eles tinham se conhecido por meio daquele mesmo espelho, não tinham? Aqueles gêmeos. Quando crianças, quando homens. Ambos artistas, tão parecidos de tantas formas. Memória de gêmeos, era como Cleo chamava.

Um se tornaria Andrew MacTavish, de Boston, filho de pais amorosos, marido de uma esposa amorosa, pai de uma filha amada e amorosa. Todos ainda lamentavam sua perda e se lembravam dele.

E o outro cresceria como um Poole, de Poole's Bay, herdando o próspero negócio da família, herdando e vivendo na mansão, como filho de uma mulher que, na verdade, era sua tia — tudo por um capricho frio e calculista da matriarca, Patricia Poole.

Só de pensar em tudo isso, sua mente e seu coração doíam. Ela cobriu o rosto com as mãos, respirando devagar enquanto tentava se recompor.

Quando Trey voltou com uma garrafa e copos, o celular em seu bolso tocou "Please Don't Worry", da banda Grand Funk Railroad.

Com uma risada curta, Sonya baixou as mãos.

— A Clover nunca erra. Um pequeno incentivo musical da minha avó fantasma de 19 anos.

Trey pousou a garrafa.

— Funcionou?

— Acho que sim. — Quando Yoda colocou as patas em seu colo, ela coçou sua cabeça. — E aqui vem mais um — disse, quando Jones, de tapa-olho, entrou trotando na cozinha, à frente de Cleo e Owen.

— Passamos no seu quarto para pegar um casaco, caso você ainda estivesse com frio.

— Estou melhor agora, mas obrigada. — Ela pegou o casaco e, em seguida, a mão de Cleo. — Muito obrigada por cuidar de mim. Por ligar para o Trey e o Owen.

Do celular de Cleo, Dionne Warwick anunciou "That's What Friends Are For".

— É bem isso. — Cleo se sentou e olhou para Owen. — Me serve um drinque, marinheiro?

Ele serviu três doses generosas em cada copo.

— Um brinde ao fato de estarmos aqui — decidiu Owen. — Aqui e agora. Isso já vale muito.

— Vale mesmo. — Sonya ergueu o copo e tomou um gole. Estremeceu. — Certo. Tudo bem. Eu sei que vocês querem saber o que aconteceu, mas podemos começar do começo? Eu não sei como fui parar no salão de baile, mas você estava comigo, Cleo. Eu acordei você?

— Não. Mas alguém acordou. — Ela tomou um gole longo e lento, deixou o líquido descer e assentar. — Ouvi o relógio marcar três horas, o piano, e alguém chorando, alguém que parecia estar com dor. Você sabe.

Ela olhou para os outros e jogou os cachos para trás.

— O entretenimento típico da mansão no meio da madrugada. Eu ia só me virar e voltar a dormir, mas… alguém me tocou. No ombro — disse, pousando a própria mão no local. — E disse o seu nome. "Sonya", só isso, mas havia urgência na voz.

— O meu nome?

— Isso mesmo. Acendi a luz e achei que provavelmente tinha sonhado. Mas encuquei com aquela urgência, então me levantei. Eu ia verificar como você estava, mas lá estava você, saindo do quarto. Sonâmbula, em transe, ou seja lá o que for. Corri para pegar o celular e liguei para o Trey enquanto seguia você.

Ela se virou para Trey.

— O Owen me disse que você estava na casa dele. Ele me contou da sua cliente, da sua amiga, que foi agredida pelo ex-marido bêbado. Fico feliz que ela vá ficar bem, ela e os filhos.

— Eu estava furioso. E você tinha razão quanto a isso — disse Trey a Sonya. — Fui buscar o Mookie na casa do Owen e desabafei com ele, daí acabei dormindo no quarto de hóspedes.

— Ainda bem que fez isso — continuou Cleo. — Você subiu até o terceiro andar, Sonya, e eu conseguia ouvir aquela mulher chorando. Nitidamente. Você parou na frente daquele quarto, aquele que já foi um berçário, né? Abriu a porta, e eu juro, Son, que consegui ver e ouvir a cadeira de balanço se movendo junto com o choro. E você disse… algo como… noite após noite, ano após ano, Carlotta chora pelo filho.

— A segunda esposa de Hugh Poole, com quem ele se casou cerca de seis anos depois que Marianne morreu no parto dos gêmeos, Owen e Jane. Eles tiveram mais três filhos, Carlotta e Hugh. Um morreu ainda bebê. — Sonya tomou mais um gole, estremeceu novamente. — Está no livro.

— Eu lembro também. Mandei uma mensagem para o Trey para ele saber para onde a gente, você, estava indo, e fiquei repetindo que estava ali com você. Não tenho vergonha de dizer que senti medo de que você fosse até o Quarto Dourado, o quarto daquela desgraçada. Eu via uma luz vermelha brilhando ao redor da porta, e fumaça saindo. Você olhou direto para ela, e eu pensei: *Meu Deus, não.* Você disse que ela existe para se alimentar… do medo e da tristeza. Eu devia ter ligado o gravador do celular para registrar tudo, mas nem pensei nisso.

— Por que será?

Ao comentário de Owen, Cleo soltou uma risadinha.

— Você disse mais coisas, tipo, que ela bebia lágrimas, noite após noite, ano após ano. Depois, graças à deusa, você se virou para o outro lado.

Ela estendeu o copo para Owen.

— Me serve mais um.

E bebeu mais um pouco.

— Alguém gritou de dor, nos antigos aposentos dos criados. Você foi até uma porta, e eu juro que consegui sentir o cheiro de doença, e a cama rangendo, como se alguém estivesse ali, se revirando. Você disse, tão triste, tão triste, que não podia ajudar a pobre Molly O'Brian.

— Molly — murmurou Sonya. O espírito que arrumava as camas, acendia as lareiras, mantinha tudo em ordem.

— Você disse que ela veio de Cobh e encontrou um lar aqui, que adorava polir a madeira, e chorou por ela. Disse que só podia testemunhar. Quando você se virou, eu pensei: *Merda, o Quarto Dourado*. Mas você começou a ir em direção ao salão de baile, então avisei o Trey. Acendi as luzes porque estava escuro pra caramba. Aí você abriu as portas do salão de baile, e eu acendi as luzes lá também. E lá estava o espelho. Ele não estava ali antes. A gente tinha estado lá em cima não fazia muito tempo, e ele não estava. Mas estava. Estava frio pra caralho, e eu conseguia ouvir o pulsar vindo do Quarto Dourado. Como o maldito *Coração Delator*.

Cleo estremeceu, só um pouco, antes de continuar:

— Pelo jeito como você olhou para o espelho, Son, eu soube. Eu soube que você via algo que eu não via. Que eu não podia ver. Então, ah, que alívio, ouvi o Yoda latindo, depois os outros cachorros. Ouvi eles correndo, e pedi pra você esperar. "Por favor, espera." Trey e Owen entraram correndo, os cachorros também. E você acordou.

— Não me lembro de nada disso. Ou... talvez de partes, como um sonho borrado e desbotado quando a gente acorda. Acho que ouvi você me dizendo para esperar. E os cachorros latindo. Eu me sentia meio inconsciente, meio consciente, eu acho. Aí acordei e estava de pé em frente ao espelho.

Ela se virou para Owen:

— Você viu o que eu vi nele.

— Luz, movimento, cor.

— Trey e eu não vimos. Nós não somos Poole. É um portal — disse Cleo, com muita certeza. — Mas não para todo mundo. Você disse que ele estava puxando você.

— Estava. Tinha música. Eu ouvi música.

— É — confirmou Owen. — Eu não senti esse puxão, mas vi alguma coisa, ouvi alguma coisa.

— Você não sentiu, mas foi comigo.

Dessa vez, o celular de Owen tocou "We Are Family".

— Uma viagem maluca — disse Owen, servindo-se de mais uma dose de uísque. — Cinco minutos, dez no máximo, mas marcante.

— Mais perto de uma hora — corrigiu Trey. — Cinquenta e seis minutos.

— Não pode ser. — Sonya balançou a cabeça e olhou para Owen, buscando confirmação. — Foram só alguns minutos.

— Isso só mostra que o tempo aqui é diferente do tempo de onde quer que vocês estivessem. Onde diabos vocês estavam? — exigiu saber Cleo.

— Na recepção do casamento de Lisbeth Poole. No salão de baile, em 1916 — disse Sonya, e contou tudo a eles. — Ela não esperava por nós. — Empurrando o copo para longe, Sonya se recostou. — Quando gritei, eu a peguei de surpresa. Eu… eu acho que ela não nos viu, mas me ouviu. E acho que isso a assustou. Por um instante. Meio segundo. Mas não a impediu.

— Já era tarde demais. — Owen encarou o copo com o cenho franzido. — Não tinha como impedir, parar ela.

— Eu pensei que, se conseguisse chegar primeiro à aliança… pegar o anel da Lisbeth antes da Dobbs. Mas…

— Você voou — disse Owen. — Ela não mirou em mim, mas direto em você. Lançou você para trás, uns três, quatro metros, e bem através das pessoas que corriam para a frente.

Ele pegou o copo uma última vez e entornou o uísque.

— Isso é algo que não se vê todo dia. A aranha foi diferente.

— Aquela cujas tripas estão na sola do seu sapato? — perguntou Trey.

— Essa mesma. Maior que uma aranha-lobo, mas com marcas de viúva-negra. As pessoas passavam direto por ela, mas ela foi direto na Sonya. Rápida pra cacete também. Eu esmaguei aquela coisa horrível, e caímos fora de lá. Lisbeth Poole estava morta — disse ele a Sonya —, como sempre vai estar naquela noite de 1916.

— Então qual é o sentido de tudo isso? — perguntou Sonya, afastando o longo cabelo castanho com impaciência. — Se sempre vai ser tarde demais, se não tem como impedir que ela as mate, qual é o sentido?

O celular de Cleo tocou "7 Rings", de Ariana Grande.

— Nunca foi sobre salvar aquelas noivas, aquelas mulheres, Son — disse Cleo com suavidade. — É sobre encontrar as alianças delas, as sete, e quebrar a maldição. Expulsar Hester Dobbs desta casa e quebrar a maldição dela.

— A Dobbs está com as malditas alianças.

— A gente vai dar um jeito. — Trey pousou a mão sobre a de Sonya. — A gente vai dar um jeito — repetiu —, mas não hoje à noite.

— Hoje de manhã — corrigiu Owen. — Tenho que estar no trabalho em… — Ele consultou o celular. — Merda, em cerca de uma hora e meia. E eu preciso de sapatos novos. Vou fazer ovos mexidos. — Levantou-se. — Tem bacon?

— Você vai fazer ovos mexidos?

— Prima, se eu estou acordado para ver o sol nascer, quero café da manhã. Eu cuido do bacon.

Trey deu outro tapinha na mão de Sonya.

— Vou soltar os cachorros um pouco.

Quando ele se levantou, Sonya se virou para olhar para fora. Sim, a manhã vinha chegando, e a noite se esvaía.

Sonya tinha seu próprio trabalho e sua própria vida. Se a mansão lhe dera um propósito além disso, ela faria o possível para cumpri-lo.

Mas a manhã chegava, e o dia viria em seguida. Ela se afastou da mesa para começar seu dia.

— Eu faço o café.

Enquanto o dia florescia, eles se sentaram e tomaram café da manhã como haviam se sentado para beber uísque e compartilhar histórias de fantasmas.

Depois que os cachorros devoraram a própria comida, Trey os soltou novamente.

— Preciso que você me leve — disse Owen a ele. — Tenho que tomar uma ducha e ir trabalhar. Você tem alguma sacola ou caixa onde eu possa enfiar esses sapatos?

— Eu cuido disso — disse Cleo.

— E por "cuidar", você quer dizer…

— Queimar.

— Ah, cara.

— Do lado de fora — acrescentou ela —, com uma boa dose de sal.

— Jesus!

— É assim que se faz — rebateu Cleo. — Não é como se fossem novos. Eu vi que estão velhinhos.

— Eles já estavam bem gastos mesmo.

Ela se virou, deu um tapinha no rosto dele e esfregou a barba por fazer de alguns dias.

— Tenho certeza de que você tem outros. Um empresário e artesão bem-sucedido como você!

— Isso foi uma alfinetada?

Ela apenas sorriu com doçura.

— Você sacrificou seus sapatos bem gastos pela minha melhor amiga. Nada de provocação... desta vez. Na verdade, se eu soubesse fazer torta, faria uma pra você.

— Você pode aprender. Eu gosto de torta. Vamos, Jones. Temos que ir, Trey.

— Estou indo. E você está bem, lindinha — afirmou Trey, segurando Sonya pelos ombros e lhe dando um beijo.

A certeza dele ajudou a fortalecer a dela.

— Estou bem. Esta é a minha casa. E enquanto aquele espelho estiver aqui dentro, ele é meu também.

— Ótimo. Estou devendo um jantar para vocês duas. Posso buscar vocês às sete.

— Venha jantar aqui. Você também, Owen. Vou fazer carne assada.

Trey olhou para ela, surpreso.

— Sério?

— Já fiz uma vez, posso fazer de novo. Eu acho.

— Tô dentro. — Owen enfiou o celular no bolso.

Sonya se aproximou dele, ficou na ponta dos pés e beijou sua bochecha.

— Obrigada por me salvar.

— Eu poderia dizer "pode contar comigo", mas... bem, você já sabe disso.

— Me liga se precisar de mim — disse Trey. — Vamos, Mooks.

Quando eles saíram, Sonya se virou para Cleo.

— Você estava flertando com ele.

Cleo arregalou os olhos cor de mel.

— Com o Trey?

— Com o Owen. Você estava no modo paquera. Eu conheço o seu flerte.

— Ele entrou naquele espelho com você, na sua frente, aliás. Nem pensou duas vezes, só foi. E salvou você. Ele mereceu meu flerte.

— Você vai mesmo queimar os sapatos dele, não vai?

— Pode apostar.

Assentindo, Sonya foi até um armário e pegou um saco de lixo.

— Então vamos buscar os sapatos e resolver isso. Depois, quero um banho bem longo e quente antes de seguir com o resto do meu dia.

— Bom plano.

Capítulo dois

Como Cleo havia se oferecido para cuidar da longa lista de compras para preparar a carne assada no jantar, Sonya se acomodou à sua escrivaninha na biblioteca e colocou a garrafinha d'água e o tablet sobre a superfície.

Nos últimos meses, ela havia se acostumado a deixar Clover, sua DJ fantasma, comandar a trilha sonora. Então, sem abrir nenhuma playlist, apenas olhou para seus painéis semânticos.

Considerando a hora em que havia tomado o café da manhã, ela podia muito bem dedicar parte da manhã ao projeto da Ryder Sports. Ainda tinha tempo antes de ir a Boston para apresentar a proposta, e achava que tinha boas chances de conseguir o cliente. Mas seus antigos chefes da By Design eram uma concorrência de peso.

Matt e Laine a haviam treinado muito bem, e ela se esforçou bastante na empresa deles durante sete anos. Sabia como montar uma grande campanha.

Mas não podia ignorar o fato de que tinha criado sua própria empresa de design gráfico, a Visual Art by Sonya, fazia menos de um ano. Como *freelancer*, tocando tudo sozinha, já havia conseguido bons contratos — e feito um trabalho de primeira.

Ainda assim, aquela empresa multigeracional e consolidada no ramo de equipamentos esportivos seria, de longe, sua maior cliente.

E havia também o fator orgulho, quando soube que provavelmente estaria concorrendo com seu ex-noivo.

O canalha infiel.

Não importa, disse a si mesma. *Brandon Wise não importa.*

O que realmente importava? O trabalho.

Sonya tinha uma ótima ideia e um excelente material com o qual trabalhar.

— Hora de seguir em frente — disse, abrindo o arquivo.

Com Yoda enroscado sob a mesa, trabalhou por duas horas até ouvir Cleo voltando.

— Pausa rápida — disse ela, salvando o trabalho e descendo com Yoda.

— Ainda tem mais duas sacolas no carro — disse Cleo.

— A gente precisava de tudo isso?

— Ah, sabe como é, eu estava no mercado.

Sonya correu até o carro para buscar as sacolas, mas parou e respirou fundo o ar primaveril.

Ela chegou à mansão e à costa do Maine em pleno inverno. Agora o calor surgia, e narcisos floresciam. O grande salgueiro-chorão ao lado da casa exibia botões rechonchudos, ainda fechados, misteriosos, em seus galhos.

De braços abertos, ela deu um giro.

— Este lugar é todo meu agora.

Os raios de sol cintilando sobre a água — eram dela. O som das ondas quebrando nas pedras — dela também. As flores desabrochando ou ainda em botão — tudo dela.

E, caso a maldição sobre o lugar também fosse dela, Sonya daria um jeito. De algum modo.

Ela pegou as sacolas e voltou para dentro da casa.

Na cozinha, Cleo guardava as compras.

— Esse pedaço de carne é enorme, Son.

— Eu sei. É meio assustador, mas eu dou conta. Você comprou maçãs demais. Vamos comprar um cavalo ou algo assim?

— Ah, não seria lindo? Mas não. Vou fazer uma torta de maçã.

— Você vai fazer torta? Com maçãs de verdade? Quem é você e o que fez com a minha Cleo?

— Agora sou a Cleo, chef da mansão. O Owen acha que não dou conta do recado, e eu pensei: nunca vou saber se não tentar. Então liguei pra mamãe, e ela me mandou a receita por mensagem enquanto eu ainda estava no mercado. A gente já tinha quase tudo, menos as maçãs.

Cleo pegou uma tigela e começou a colocar as maçãs dentro.

— E se eu estragar tudo, só você e eu vamos saber. Além dos fantasmas da casa.

— Eu não conto pra ninguém.

O celular de Sonya tocou "Secret", da banda Maroon 5.

— Ótimo, está resolvido. — Cleo guardou as sacolas de pano. — A que horas você vai começar a mexer naquele pedação de carne?

— Acho que por volta de uma, uma e meia da tarde. Vou trabalhar até a uma, com certeza, depois coloco para assar.

— Então nos encontramos aqui por volta de uma e meia. Vou pegar uma Coca-Cola e subir para o ateliê. Quer uma também?

— Quero, sim. Estou precisando de energia. Só não chega perto do Quarto Dourado, Cleo.

— Ah, pode ficar tranquila. Hoje é dia de sereias, não de bruxas. E, se os desenhos ficarem bons o bastante, talvez eu trabalhe um pouco na pintura também.

As duas subiram a escada juntas.

Na biblioteca, Cleo encostou sua lata de refrigerante na de Sonya.

— Vamos libertar nosso lado artístico.

De volta à mesa de trabalho, Sonya deixou a proposta da Ryder de lado. Embora não a considerasse algo fora da realidade, precisava se dedicar ao que realmente pagava as contas.

Ela trabalhou no seu projeto mais recente, uma loja em Poole's Bay. *Consistência, criatividade e facilidade de uso*, pensou, ao ignorar o site atual da Gigi's, truncado, antiquado e sem graça.

Diversão deveria ser o tema ali, decidiu. Roupas casuais e divertidas, aromas surpreendentes e deliciosos em sabonetes, loções, velas e sais de banho. E, de novo, acessórios divertidos.

Começou um novo painel semântico, mantendo a diversão em primeiro plano.

A loja realmente precisava de uma nova logomarca. Embora isso não fizesse parte do pacote, ela pensou: *Que se dane*. Já conseguia visualizá-la.

A silhueta de uma mulher de pernas longas, de salto alto e saia curta, balançando uma bolsa, com um lenço esvoaçando atrás. *Só um toque de Paris*, pensou enquanto trabalhava. Combinava com o nome da loja.

Transmitia sofisticação casual, energia feminina. E, lógico, diversão.

Quando o alarme apitou à uma, ela se forçou a parar.

E, ao começar a salvar o trabalho e desligar tudo, ouviu o som de uma bola quicando no saguão, lá embaixo.

Jack, o menino que não vivera para ver seu aniversário de 10 anos, adorava brincar com Yoda. E o sentimento era recíproco.

Talvez fosse estranho que ela aceitasse aquilo com tanta facilidade, mas morar na Mansão da Noiva Fantasma a tinha ensinado não só a aceitar, como também a acolher.

Como não queria assustá-lo — embora não fizesse ideia de como se assustava um fantasma —, falou antes de descer:

— Estou encerrando o expediente por hoje. Agora tenho afazeres na cozinha.

Não viu sinal de Jack até chegar à cozinha e encontrar as portas dos armários abertas.

— Imagino que você ainda não tinha terminado de brincar com o Yoda. — Foi fechando as portas enquanto falava. — Mas eu estou com o horário apertado.

Pegou a panela enorme e pesada e o grande pedaço de carne que Cleo tinha comprado.

— Não é tão assustador desta vez — disse a si mesma. Mas, na verdade, não acreditava muito nisso.

Ela temperou o assado e começou a dourá-lo no óleo. Enquanto fazia isso, começou a descascar as cenouras.

Já tinha um pedaço de carne bem dourado, uma pilha de cenouras e estava começando a descascar as batatas quando Cleo entrou apressada.

— Desculpa! Me empolguei. — Cleo pegou um avental. — Comecei a desenhar uma família de sereias. Bebês e criancinhas sereias. Depois pensei: cadê a vovó e o vovô? Eles têm que ter avós. Eu ajudo a descascar as batatas, e você me ajuda com as maçãs.

Antes de pegar outro descascador, Cleo arrumou os cachos cor de mel no alto da cabeça.

— Esqueci de pegar um elástico. Me empresta esse.

Sonya tirou o elástico do pulso de Cleo e prendeu o cabelo.

— Quando a gente estava na faculdade, você alguma vez se imaginou descascando batatas comigo?

— Confesso que não. Mas não me imaginava descascando batatas com ninguém. — Os olhos de Cleo brilharam quando olhou para Sonya. — Sendo sincera, eu até gosto disso.

Sonya observava o monte de cascas.

— Gosto quando tudo fica pronto… e quando não fica uma droga.

— Eu gosto do processo, como na arte. O resultado é o que dá orgulho, mas você não chega lá sem passar pelo processo.

— Estou trabalhando no projeto da Gigi's, estou curtindo o processo. E admito que esse aqui não é tão estressante quanto da vez em que fiz tudo sozinha.

— Eu fiquei com você no FaceTime.

Sonya deu uma leve batida de quadril nela.

— Isto aqui é melhor. Nenhum arrependimento, certo? De ter se mudado?

— Nadinha. Eu amo este lugar. Nossa, como eu amo meu estúdio. Logo vou poder pintar ao ar livre, aproveitar um domingo velejando por Poole's Bay quando o Owen terminar meu barquinho a vela.

— Eu teria ficado por aqui mesmo sem você, porque soube que esta casa era minha, meu lar, assim que a vi. Mas a felicidade de morar aqui não chegaria perto de como é dividindo este lugar com você.

Quando terminaram de preparar os vegetais, Sonya soltou um suspiro.

— Certo, lá vai. Você joga tudo no óleo e no caldo, junto com as ervas, mexe bem e deixa cozinhar um pouco, talvez dourar um pouco também.

— Tudo bem, isso é com você. Vou começar a preparar a massa da torta.

— Você vai mesmo fazer a massa? Com farinha e… seja lá o que mais tiver em uma massa de torta.

— Processo, Son, processo. Se você faz só o recheio, é meio trapaça. Eu só… Que barulho é esse?

Sonya continuou mexendo na panela, apesar de o coração acelerar.

— É o monta-cargas.

— O… Ai, meu Deus. — Esfregando as mãos no avental, Cleo entrou na despensa, franzindo o cenho. — Vou dar uma olhada. Melhor não ser nada horrível, ou vou ficar uma fera.

Sonya prendeu a respiração e só soltou quando ouviu Cleo dizer:

— Ahhh! Que fofo. Vem ver, Son. É uma forma de torta linda!

Ela voltou para a cozinha com o utensílio em mãos.

— Vermelho vibrante, toda frisada nas bordas, e com uma maçã desenhada no fundo branco. É perfeita. Eu ia usar esse refratário comum que achei por aqui.

— Molly. Ela me mandou uma travessa para o assado que fiz para os Doyle. A travessa da Lissy. Presente de casamento.

Cleo pousou a forma de torta e passou o braço pelos ombros de Sonya.

— É difícil, eu sei que é, mas o Owen estava certo. A gente não pode mudar o que aconteceu com ela. Com Lisbeth Poole, com Molly O'Brian. Com nenhuma delas.

— É horrível vê-las morrer, Cleo. E pior ainda é saber que não é só um sonho. Que eu estou lá de verdade, de alguma forma, e não posso fazer nada para impedir.

— Eu sei. Mas, Sonya, você está testemunhando. Igual você disse à porta do quarto da Molly. E eu acho que isso é importante. E acho que tem um motivo pra Molly cuidar da gente como cuida. Tipo me mandar essa forma, para eu fazer uma torta linda... espero. Isso importa para ela. Você importa.

— Elas todas são importantes para mim agora. Eu quero deter a Dobbs. Quero que ela pague por todo o sofrimento que causou. Eu quero...

Portas começaram a bater; janelas abriram e fecharam com força.

— Ah, vai catar coquinho! — gritou Cleo. — Sua velha miserável sem coração!

Sem conseguir se conter, Sonya soltou uma gargalhada.

O iPad começou a tocar música, convidando à festa com "Celebrate Good Times".

— Isso mesmo, Clover, isso mesmo — disse Cleo, erguendo os punhos no ar e mexendo os quadris. — A gente vai se divertir hoje!

— Vamos! — cantou Sonya, e largou o assado sobre os vegetais. Em seguida, pegou o vinho já aberto e despejou sobre a carne. — Uma garrafa inteira.

Ela colocou a tampa na panela e a empurrou para dentro do forno, apontando o dedo para Cleo.

— Horas. Nem pense em espiar.

— Já está com um cheiro maravilhoso. E eu vou fazer a torta.

— Mostra aí como se faz.

Não foi nada que se pudesse chamar de "mamão com açúcar", mas elas concordaram que ficou bonita quando, depois de medir, abrir, remendar, descascar, fatiar e mexer, Cleo colocou a torta no outro forno da cozinha.

— Filhos da mãe! É bom que valorizem cada mordida disso. É trabalhoso pra caramba!

— Vamos levar o Yoda lá fora para tomar um ar.

Sonya esperou até estarem do lado de fora, no ar fresco depois do calor da cozinha.

— Ela parou com os barulhos e chiliques quando a gente tirou sarro dela.

— É, eu percebi — disse Cleo, lançando um olhar satisfeito para a mansão. — Ela se alimenta do medo e da tristeza. Foi o que você disse ontem.

— A gente não consegue impedir tudo, mas pode lutar um pouco com uns bons "vai catar coquinho" bem colocados.

— Sou totalmente a favor. E a gente vai fazer aquela festa, realizar o nosso evento daqui a algumas semanas. Precisamos começar a planejar os detalhes.

— Precisamos mesmo. E vamos fazer isso.

— Ela vai ficar uma fera ao ver a casa cheia de gente. Gente feliz.

— Vai, sim. A gente precisa chamar seus pais. Espero que sua avó e minha mãe possam vir. E eu devia chamar meus avós também se puderem vir. Minha tia Summer e o tio Martin.

— Temos espaço de sobra para todo mundo. — Cleo fez uma pausa, olhando de volta para a mansão. — A casa foi feita para isso, Son. Para o que a gente está fazendo aqui.

— E o que é isso?

— Viver, trabalhar, fazer planos. E, no seu caso — acrescentou Cleo —, transar gostoso.

— É bem gostoso mesmo.

— E como sua amiga, eu tiro o chapéu pra você. Mas aquela bruxa não quer nada disso. Só quer a tristeza e o medo.

— A gente vai dar pra ela um monte de coisas que ela não quer. E eu vou encontrar essas alianças, Cleo. Ainda não sei como, mas vou encontrar. E, enquanto isso, a gente vai viver, trabalhar e fazer planos para o futuro.

Ela observou Yoda correr atrás de um esquilo.

— E você vai arranjar aquele gato elegante.

— Vou, sim — concordou Cleo. — Vou começar a procurar em breve.

— E hoje à noite vamos servir um baita jantar, e vamos fazer isso naquela sala de jantar enorme.

— É disso que eu tô falando! Quando essa torta sair, a gente vai se arrumar e deixar aquela mesa belíssima.

— Você sempre está belíssima. Eu devia odiá-la por isso.

— Mas você me ama.

— Amo mesmo. Vamos dar uma olhada na sua torta. E depois eu vou fazer pão de levedura.

Cleo sorriu.

— Você acha que a Molly já limpou toda a bagunça que nós fizemos cozinhando?

Sonya nem fingiu se envergonhar.

— Foi tão óbvio assim?

— Pra mim, foi. E quer saber? Parece que todo mundo está conseguindo o que quer.

Elas mereciam um dia como aquele, pensou Sonya. Um dia para fazer um bom trabalho e encerrar cedo o expediente. Um dia para mexer e remexer, se preocupar com bobagens e passar um tempo juntas.

Com os aromas de comida e de forno dominando a cozinha — já impecável —, elas se sentaram ao balcão para discutir os detalhes do que chamavam de O Evento, marcado, após certa discussão, para o segundo sábado de junho.

— Uma recepção estilo *open house* deixa tudo mais amigável, casual — decidiu Sonya. — Mas eu voto por convites formais.

— Eu também. Dá um toque de elegância. Uma ilustração da mansão.

— Você leu a minha mente. Vou buscar um bloco de desenho.

Quando a torta e o pão estavam esfriando na grade e elas se arriscaram a dar uma espiadinha na panela, já tinham desenhado o modelo da mansão na primavera, com o salgueiro-chorão florido e flores exuberantes se espalhando.

Sonya MacTavish e Cleopatra Fabares
Convidam você para uma noite na Mansão,
com comida, bebida e boa companhia.
Sábado, 8 de junho, às 16h00.

— Gostei — opinou Cleo. — É simples e acolhedor.

— Não está simples demais?

— Acho que não.

— Ótimo. Precisamos incluir um RSVP. — Sonya começou a mexer no texto. — Um "por favor, confirme até", digamos, vinte de maio, para termos uma ideia da quantidade de pessoas. A mãe do Trey vai ajudar com os nomes e endereços.

— A gente pode pedir ajuda pra Bree com o cardápio. A chef do Lobster Cage é uma conexão e tanto.

— E ela gosta da gente, então, sim, com certeza. Vamos contar com ela para ajudar a contratar garçons, uns dois bartenders. E a comida, encomendamos de restaurantes da vila.

— Vamos ter que tirar mesas e cadeiras do depósito — observou Cleo. — Ou alugar.

— Acrescente taças, pratos e toalhas à lista. Sabe, já desenhei convites para dezenas de eventos, fiz sites para bufês, restaurantes e bares. Mas nenhuma de nós jamais planejou e executou algo assim.

— Assustada?

Sonya deu de ombros.

— Um pouco.

— Eu também. Isso faz parte da diversão.

— Tem horas que o seu conceito de diversão e o meu passam bem longe um do outro.

Quando o tablet tocou Beastie Boys, Sonya riu.

— Tá bom, tá bom. Vamos lutar pelo nosso direito de festejar.

— O que nos leva à música. Você acha que o Trey e o Owen conseguem convencer a Rock Hard a tocar na festa?

— Só vamos saber se perguntarmos. Vai para a lista de tarefas. — Sonya anotou. — Minha tarefa: criar os convites.

— Quando ficarem prontos, eu cuido do envio. Você pega a lista com a mãe do Trey e eu falo com a Bree.

— Ótima divisão de tarefas. — Sonya brindou com o copo d'água ao de Cleo. — Sei que tem umas mesas dobráveis no porão. Não no porão assustador onde nunca mais vou colocar o pé. Eu voto para deixar Trey e Owen encarregados de trazerem tudo para cima pra gente limpar.

— Concordo. Flores. Provavelmente vamos ter que plantar algumas, Son, e isso vai ser um aprendizado para nós duas. E vamos querer algumas nas mesas de fora e de dentro.

— Então precisamos dar um pulo na loja de jardinagem e na floricultura. Nós duas. Não tenho a menor preocupação com a parte de deixar bonito. A gente manda bem nisso. Eu queria plantar umas flores mesmo. Tipo, nos vasos do galpão de jardinagem.

— Eu quero plantar umas ervas.

— Sério?

Cleo acenou afirmativamente com a cabeça.

— Se eu vou cozinhar por aqui, quero fazer do jeito certo.

— Isso fica por sua conta, então. Totalmente por sua conta.

— Deixa comigo. Agora vamos nos arrumar, e depois voltamos para arrumar a mesa.

— O que aconteceu ontem à noite — disse Sonya, pegando o bloco de desenho, suas anotações e o tablet — vai acontecer de novo. Sei disso, e você também. Mas estamos aqui, preparando uma refeição, com uma bela de uma torta, e ainda planejando uma festa.

— Um Evento — corrigiu Cleo, fazendo Sonya sorrir enquanto saíam da cozinha.

— Um Evento. Às vezes, minha cabeça diz que é tudo loucura. Mas eu sei que não é. Sei que estamos fazendo exatamente o que devemos fazer.

— Viver, trabalhar, fazer planos — repetiu Cleo.

— Tudo isso. Assim como sei que há muito mais coisas boas do que ruins nesta casa. Parte do que é ruim vem do simples fato de pessoas viverem, trabalharem e fazerem planos numa casa há mais de duzentos anos. Mas o pior dos piores? Isso remonta a uma só… Ah, não vou chamá-la de pessoa.

— Entidade.

— Entidade, então. E mesmo com isso, com o que aconteceu com todas essas pessoas, a Clover toca música, a Molly arruma as camas e o Jack brinca com o Yoda.

Elas entraram na biblioteca, onde Sonya colocou os papéis e o bloco na escrivaninha.

— E tem mais.

— Muito mais — concordou Cleo. — Eu sinto todos eles o tempo todo.

— Por que eles ficam? As noivas, e aqueles que choram por elas… talvez fiquem por causa da maldição. Mas e os outros?

— Não sei.

Sonya olhou ao redor da biblioteca, para a janela onde a violeta-africana que Cleo lhe tinha dado anos atrás florescia.

— Acho que é porque aqui é o lar deles. Acho que ficam pelo mesmo motivo que eu fico, e que você também fica agora. Aqui é o lar deles.

— Nunca tinha pensado por esse lado — disse Cleo, conforme caminhavam pelo corredor. — E parece certo. É uma casa boa, Sonya, apesar daquela mulher. É uma casa realmente boa.

— É a nossa casa, e é a casa deles. Um ano atrás, eu até esperaria ouvir você dizendo isso. Mas é uma baita surpresa perceber que eu posso dizer… e realmente acreditar nisso.

— E é por isso que eles estão com você, Son, porque você diz… e acredita nisso. Agora vai se arrumar.

Ela podia fazer aquilo. *Engraçado*, pensou, enquanto seguia para o quarto — mesmo tendo dormido umas três horas no total, não se sentia cansada.

Ela queria aquela noite de comida, bebida e companhia.

Passou pela saleta indo em direção ao quarto. Lá, sob o sol do fim de tarde, o mar se estendia do lado de fora das janelas, das portas para o terraço.

E lá, sobre a cama, estava o vestido que ela tinha comprado pensando na lua de mel que nunca aconteceu. Um vestido que não usava desde que o tinha experimentado.

A Molly que escolheu, pensou. E por que não?

Segurou o vestido e se virou para o espelho.

Ela não usava cor-de-rosa com frequência, mas aquele tom puxava mais para um rosa-escuro. Um vestido simples, sem mangas, de corte reto, que ela tinha imaginado usar em um jantar romântico. Como recém-casada.

— Isso teria sido um erro. Mas o vestido, não. Ok, Molly, boa escolha. Obrigada.

Ela não teve pressa e, enquanto arrumava o cabelo, soltou um suspiro.

Estava na hora, concluiu, de encarar o inevitável e marcar um horário com a cabeleireira da vila. Já fazia tempo demais desde a última vez que tinha cortado o cabelo.

E ainda faltavam semanas até a viagem a Boston para a apresentação da Ryder.

O que lhe dava tempo, caso odiasse o resultado, de corrigir qualquer estrago.

— Não tem nada de errado em ser um pouco vaidosa — disse a si mesma, conforme fechava o zíper do vestido. — E a aparência importa naquela apresentação.

Clover concordou com a música “Looking Good”.

Achando graça, Sonya se virou diante do espelho.

— É, eu sei que estou linda. Vamos ver se a Cleo está pronta.

Cleo tinha escolhido um vestido azul vibrante, um pouco mais curto, um pouco mais ousado, e no momento arrumava o cabelo em uma trança elaborada.

Seus olhos encontraram os de Sonya pelo espelho.

— Eu lembro quando você comprou esse vestido. Fui eu que a convenci a levar.

— Eu lembro. Foi a Molly quem o escolheu hoje.

— O meu também. Ela tem um gosto excelente. E considerando que ontem à noite a gente estava de pijama para assistir a uns filminhos em casa para nossa festinha esquisita, é bom colocar um vestido hoje.

— Amanhã eu vou marcar horário no salão da vila.

As mãos de Cleo cessaram o movimento de trançar o cabelo.

— Tem certeza?

— Preciso encarar logo isso. E se fizerem besteira, ainda dá tempo de consertar antes da apresentação em Boston.

— Eu entendo a questão. Mas trair a cabeleireira de confiança é um passo importante.

Sonya assentiu com solenidade.

— O relacionamento a distância não está dando certo.

— Vou apoiar sua decisão. Mas não sei se consigo ser tão corajosa com o meu visual multicultural. Crioula, asiática, um toque jamaicano, uma pitada britânica? Já você tem cabelo de garota branca.

— Tenho. E vou arriscar. Pronta?

Yoda desceu saltitando com elas e dançando diante da porta de entrada.

— Hora de sair? Você dá a volta e entra pelos fundos depois. — Ela abriu a porta para ele. — Vai ter visita também.

— Estava pensando em entrar em contato com aquela mulher de quem você pegou o adorável Yoda. Para conseguir aquele gato elegante.

— Lucy Cabot. Ela é ótima. Também trabalha com um grupo de resgate de gatos. Vou passar o contato pra você. Ela entende do assunto.

Sonya parou perto do lugar que Collin Poole chamava de Lugar Silencioso, onde o antigo relógio de pêndulo com mostrador de fases da lua permanecia calado. Parado às três.

Não importava onde posicionassem os ponteiros, eles sempre voltavam às três.

— Não lembro de ter ouvido ele soar três vezes ontem à noite. Mas devo ter ouvido. Nem sempre ouço, mas me levantei e fui até o salão de baile, então devo ter ouvido. Quando ouço, quando estou ciente de que o ouvi, não sinto aquele chamado.

— Se algum dia sentir, fale comigo antes.

— Pode contar com isso. Você já pensou um pouco mais sobre montar um escritório? Separado do seu estúdio?

— Talvez. O estúdio me faz muito feliz, mas talvez fosse inteligente ter um espaço separado só para o lado comercial.

— Gosto da ideia de usar mais a casa. Usar de verdade. Por isso...

Ela interrompeu a frase quando entraram na cozinha grande.

A torta e o pão estavam sobre a grade de resfriamento, e o ar cheirava maravilhosamente bem.

E a travessa estava sobre a ilha.

— Ah, que coisa mais linda. Que travessa bonita! Parece antiga e chique.

— É — murmurou Sonya. — É da Lisbeth. É a que usei antes. Um presente de casamento.

Erguendo a travessa, Sonya a virou para que Cleo pudesse ler a inscrição no verso.

— Ela jamais pode usá-la, e isso deixa você triste. Mas, Sonya, acho que usar... em vez de deixar guardada em algum depósito... é uma forma de se lembrar dela.

— Eu a vi, do outro lado do salão. Só por um instante. Tinha tanta gente. Ela era tão jovem, Cleo, e parecia tão feliz. Sinceramente, ela irradiava felicidade.

Sonya pousou a travessa.

— Você tem razão. Isso não devia ficar esquecido num depósito.

Elas arrumaram a mesa, acrescentaram velas e taças bacanas de vinho. Como a noite de abril estava fresca o suficiente, acenderam as lareiras da cozinha e da sala de jantar.

— Que tal uma música para dar o clima? — começou Cleo.

Clover respondeu com “Tangled Up in You”.

— Talvez um pouco direta demais — decidiu Cleo —, mas eu gosto. Uma taça de vinho, parceira?

— Serve aí. Preciso tirar a carne assada do forno e fazer o molho.

— Pega um avental pra isso. Vou ficar observando como você faz.

No instante em que Sonya tirou a panela do forno e levantou a tampa, Yoda se ergueu nas patinhas traseiras, agitando as dianteiras.

— Isso é coisa do Jack, e, sim, você vai ganhar uma provinha.

— Eu quero uma também — disse Cleo, servindo o vinho. — Fica o dia inteiro ali e depois solta esse cheiro todo! Acho que a torta deu mais trabalho.

— Você está se esquecendo daquela montanha de cascas que foi para a composteira.

— Algumas eram de maçã. Mas olha só isso! — acrescentou, quando Sonya colocou o assado no centro da travessa e começou a rodeá-lo com os legumes. — Acho que você virou especialista em carne assada.

— Vamos ter certeza. — Sonya cortou um pedacinho e dividiu em três. Entregou um para Cleo, jogou outro para Yoda e provou o seu. — Acho que você tem razão. Sou oficialmente especialista em carne assada.

— Talvez não sobre espaço pra minha torta depois disso.

— Eles são homens. — Sonya colocou a travessa na estufa aquecedora. — Sempre sobra espaço para torta.

Com o quadril apoiado no balcão, bebericando vinho, Cleo observava Sonya bater o molho.

— Estou impressionada. Aqui, deixa que eu bato um pouco. Faz uma pausa pra tomar vinho.

Elas trocaram de lugar.

Yoda saiu correndo com um latido alegre em direção à entrada da casa. A campainha soou, e Clover trocou a música para Black Eyed Peas cantando que a noite ia ser boa.

— Concordo — disse Sonya, abaixando o fogo. — Vamos abrir a porta e dar início a isso.

Capítulo três

Quando Sonya abriu a porta, Mookie entrou galopando; Jones veio desfilando.

No terceiro andar, portas se fecharam de súbito, como tiros disparados.

— Alguém não está feliz em nos ver — comentou Owen, estendendo uma garrafa de vinho. — Ele é o cara das flores, eu sou o do vinho.

— E os dois são muito bem-vindos.

Sonya pegou o buquê de tulipas brancas e beijou o rosto de Trey e de Owen.

— Eu ganhei um beijo ontem à noite — lembrou Owen a Cleo, que apenas fechou a porta.

— Circunstâncias — respondeu ela.

— Venham. Posso perguntar como está sua cliente? Aquela do hospital.

— Ela está bem. Melhorando. Vão mantê-la internada mais um dia, talvez dois. O Owen passou mais tempo com ela do que eu hoje.

— Você foi vê-la? — perguntou Sonya.

— O ex dela trabalhava comigo. Com a gente — corrigiu Owen. — Ela está indo bem. Parece que apanhou feio, mas está bem. Está contando com o Trey para conseguir a guarda unilateral das crianças e autorização para mudar de estado com elas. Voltar para perto da família.

— E ela terá isso. Eu me lembro desse cheiro — acrescentou Trey. — E está tão bom quanto da outra vez.

— Com uns extras bem especiais. Pão de cevada e torta de maçã.

— Você fez torta?

Cleo sorriu para Owen e serviu mais duas taças de vinho.

— Aprendi a fazer.

— Está com uma cara ótima. E vocês estão lindas — acrescentou Trey. — As duas.

— Tivemos um dia muito bom.

— Vocês queimaram mesmo os meus sapatos?

— Queimamos — respondeu Cleo. — Num local lá atrás, perto do bosque, num círculo de pedras e sal. Jogamos combustível, acendemos o fósforo e *voilà*.

— Não foi nada bonito — disse Sonya —, mas foi eficaz.

Ela pegou três ossos mastigáveis.

— Agora, cachorrinhos, peguem isso e se comportem. Os humanos vão jantar.

— Como eles reagem a gatos? — perguntou Cleo.

Trey observou seu labrador-retriever correr feliz da vida com o osso.

— Mookie se dá bem.

— Depende do gato — disse Owen.

— Vou arrumar um, assim que encontrar o certo. Eu cuido do molho, Sonya. Você põe um desses homens fortes para levar a travessa até a mesa. Hoje nós vamos comer com estilo.

— Já deu pra notar. Eu levo — disse Trey. — Lembro da última vez.

Quando Trey tirou a travessa da estufa, Owen pestanejou, surpreso.

— Puta merda. Isso que é um jantar de carne assada de respeito.

— Como especialista em carne assada da mansão, só faço se for assim — disse Sonya, pegando o pão e a tábua.

— Quer ajuda com isso? — perguntou Owen a Cleo.

— Não, está tudo bem. Só vou colocar na molheira. Você cuida do vinho.

À mesa, Sonya serviu os quatro antes de se sentar.

— Meus cumprimentos às chefs — disse Trey.

— Nem provei ainda. — Owen experimentou a carne. — Agora provei. Palmas. Está melhor que a da sua mãe, Trey.

— Ela sabe disso. Obrigado por ter feito, Sonya. Dá trabalho. Deve ser uma dor de cabeça.

— De nada. E falando em trabalho e dor de cabeça, Cleo e eu marcamos a data do nosso Evento. *Open house* no segundo sábado de junho.

— Estamos falando de uma baita festa. — Quando as portas se fecharam com um baque, Cleo sorriu para o teto. — Ela odeia a ideia. E isso só me faz adorar ainda mais.

— É assim que você vai enfrentá-la? — perguntou Owen. — Dando uma festa?

— Isso é um bônus e tanto. — Cleo espetou um pedaço de cenoura. — Mas o principal é abrir a casa e encher de gente, comida, bebida e música.

— Este lugar foi feito para isso — completou Sonya. — Quando foi a última vez que houve um evento de verdade aqui?

— Eu era muito novo para lembrar, mas diria que foi o casamento do Collin com a Johanna. E não terminou bem — acrescentou Trey.

— Não vai ter noiva pra Dobbs matar. E não vamos deixar que ela decida o que a gente faz ou deixa de fazer.

As luzes piscaram, apagaram e acenderam. Sonya pegou sua taça de vinho, e riu quando, no volume máximo, o iPad na cozinha começou a tocar "Fuck You", de CeeLo.

— Não dá para discordar disso — disse, e bebeu.

— Você quer provocá-la.

— Às vezes. — Ela encontrou o olhar preocupado de Trey. — Ela é responsável pela morte de mulheres da minha família há mais de duzentos anos. Então, sim, às vezes eu quero dar um bom golpe nela. Mas essa não é a razão da festa. Nós vamos permanecer aqui, nesta casa, nesta comunidade. Vamos fazer parte disso. E é para isso que a festa serve.

— Ele não está tentando dissuadir você — disse Owen, cortando mais um pedaço de carne. — Ele só precisa alinhar todos os fatos, suposições e motivações. Trey nasceu para ser advogado. — Ele espetou uma batata com o garfo. — Agora, se ele estivesse tentando convencê-la do contrário, você ia acabar convencida e nem ia perceber.

Sonya assentiu.

— Eu percebi isso nele. Na maioria das vezes, você acha que foi ideia sua desde o começo.

— Você sacou direitinho.

— Saquei mesmo. E — Sonya voltou o olhar para Trey — gosto disso nele.

— Que bom. Agora, como você consegue fazer tudo isso ao mesmo tempo?

— Não faço a menor ideia — respondeu ela a Owen. — Mas isso nos leva de volta ao assunto da comida. Cleo e eu pensamos em encomendar a comida para o Evento nos restaurantes da cidade, e ver se a Bree pode ajudar com garçons, bartenders, essas coisas.

— Boa ideia. — Trey pegou uma fatia de pão. — As pessoas virão.

— Ah, com certeza — concordou Owen.

— E os Poole? — indagou Sonya.

— Os que estão por perto? Provavelmente, sim. Todo mundo conseguiu o que queria, Sonya. Eles não têm nada contra você.

— As pessoas que conheciam o Collin gostavam dele — acrescentou Trey. — Quem não conhecia, vem pela curiosidade. E porque vocês duas estão criando laços na vila.

— Eu gosto da vila — disse Cleo. — E vou gostar de vê-la da enseada, quando você construir meu barco.

— Ele já tem o projeto.

— É mesmo? — Cleo sorriu por trás da taça. — Quero ver.

— Estou pressionando você por causa da pintura?

— Mas você já viu em andamento — apontou Cleo.

— Eu flagrei por acaso. E eu não faço exposições.

— E a casinha do Yoda? — Quando Owen lançou um olhar exasperado para Sonya, ela acenou, rindo. — Não, depois voltamos a esse assunto. Foco. O Evento. Vocês acham que conseguimos fazer a banda do Manny tocar?

— Você quer a banda?

Enquanto Trey ponderava, Owen pegou o pão.

— Agora, sim, estamos falando sério. Achei que vocês fossem fazer um negócio chique e formal, com todo mundo parado feito estátua enquanto alguém tocava harpa ou sei lá o quê.

— A gente pode contratar uma harpista para tocar na sala de estar.

Owen apontou para Cleo.

— Não estraga tudo. Rock Hard? Eles vão topar na hora.

— Vão topar mesmo — concordou Trey. — Só tenham em mente que vai ter gente perambulando pela casa toda.

— Por isso se chama *open house*. Mas — completou Sonya — estamos torcendo para o clima estar bacana, porque queremos montar mesas lá fora. Temos várias mesas dobráveis no depósito.

— Ouviu isso, Trey? — Owen inclinou a cabeça como se escutasse algo. — Esse é o som de nós dois sendo convocados para carregar mesas.

— E cadeiras — acrescentou Cleo. — E, Son, acho que a gente devia pendurar algumas luzes de festa.

— Quem é que não ama luzes de festa?

— A pessoa que tem que pendurar — disse Owen. — E depois tirar.

— Talvez a gente nem tire. Cleo?

— Eu adoro essa ideia. Podemos colocar as luzes naquele salgueiro-chorão maravilhoso e meio misterioso, e ao redor do deque, sobre o apartamento.

— Que é onde a banda provavelmente ficará. É uma coisa boa, Trey — disse Sonya, estendendo a mão para tocar a dele. — Uma coisa boa, positiva.

— É uma coisa boa, positiva. E boas relações com a comunidade também.

— Outro bônus e tanto. Uma mulher precisa ganhar a vida.

— Como está indo a proposta da Ryder?

— Trabalhei um pouco nisso, antes de mudar para a reformulação do site da Gigi's.

— Aquele lugarzinho feminino na Bay, perto da High Street? — Owen já se servia pela segunda vez. De tudo.

— Você chamaria de feminino?

Ele deu de ombros.

— Roupas de mulher, coisas cheirosas de mulher. É o que define, né? Nossa prima, Clarice, adora coisas cheirosas.

— Anota aí — disse Sonya para Cleo. — Colocar coisas cheirosas da Gigi's nos banheiros para o evento.

— Pode deixar.

— Agora — Sonya sorriu quando Trey encheu sua taça. Depois, erguendo-a, voltou-se para Owen —, sobre a casinha do cachorro…

Depois que comeram até se fartar, Sonya terminou de servir a segunda garrafa de vinho.

— Proponho que a gente leve isso, dê uma volta com os cachorros e depois volte para a sobremesa. E vamos separar um pouco da comida para vocês levarem para casa.

— Gosto bastante dessa parte. Foi uma refeição daquelas — completou Owen. — Obrigado.

— Vocês vão querer um casaco. As duas — avisou Trey, passando a mão pelo braço nu de Sonya quando se levantaram. — As noites de abril são frias.

A música que tocava no iPad fez Sonya franzir o cenho.

— Não conheço essa.

— "Pieces of April" — disse Owen. — Three Dog Night.

— Owen manja de música — comentou Trey.

— Estou vendo. Falando em cachorros, vamos sair pela frente e pegar os casacos.

Os três cães se levantaram, se espreguiçaram e correram para a porta da frente.

— A gente lava a louça quando voltar. É justo.

— Eu até deixo pra você — disse Sonya, lançando um olhar para Trey enquanto caminhavam. — Não sei se a Molly vai deixar.

— Governanta invisível. Bem prático — concluiu Owen. — Eu bem que podia ter uma dessas.

— Ela é da família agora também.

Sonya parou em frente à sala de música e diante dos dois retratos que tinha encontrado no estúdio. De Clover e de Johanna — a sexta e a sétima noivas.

— Assim como elas.

Eles pararam no pequeno salão para pegar os casacos e depois saíram para uma noite salpicada de estrelas, fria e clara.

— Vai esfriar hoje à noite — previu Owen.

— Vocês dois estão bem agasalhados?

Trey segurou a mão de Sonya.

— Somos homens do Maine, lindinha. Isto aqui está até quente.

— O céu está tão limpo. — Cleo afastou o cabelo para trás e olhou para cima. — Nunca se veem estrelas assim em Boston.

— E em Lafayette? — perguntou Owen.

— Não, só se você for lá para o meio do pântano.

— Já pensou em voltar?

— Para visitar, lógico. Para morar? — Cleo balançou a cabeça. — Eu encontrei meu lugar. Eu amo esta casa. — Ela se virou e lançou um olhar para a propriedade. — Dobbs quer estragar isso. Quer nos expulsar. Ela não faz ideia de com quem está se metendo.

Enquanto ela falava, a janela do Quarto Dourado se escancarou com força. À luz tênue das estrelas, algo voou para fora. Algo grande, veloz, que soltou um grito estridente e inumano.

Antes mesmo que pudessem reagir, Owen empurrou Cleo para trás e Trey se colocou à frente de Sonya; tudo levou apenas um instante, não mais que dois. Os três cães latiam, alertas e furiosos. Jones chegou a saltar, como se fosse atacar o que quer que tivesse voado na direção deles.

Então, com um fedor de enxofre, aquilo desapareceu.

— Ela já fez isso uma vez — disse Sonya, lutando para manter a calma. Abaixou-se para pegar Yoda e acalmá-lo. — Também não funcionou daquela vez.

— Um belo espetáculo, isso sim. — Owen enfiou a mão no bolso, tirou três petiscos e os lançou para os cães. — Jones não recua.

— Você sempre anda com isso no bolso? — perguntou Cleo.

— E você não?

Ela riu.

— Acho que vou começar. Bom... pode ser que o show da noite tenha acabado. Ou não.

Sonya beijou o focinho de Yoda e colocou-o no chão.

— Vamos comer a torta.

Trey pegou a mão dela e a beijou.

— É, ela realmente não sabe com quem está mexendo. Tenho uma mochila no carro. Vou ficar aqui esta noite.

— Era o que eu esperava.

— Também tenho umas coisas no meu — disse Owen. — Pensei em passar a noite aqui, se estiver tudo bem.

— Está tomando conta da gente, primo?

— Talvez eu ache que bebi demais e não deva dirigir.

— Imagino que o Jones também não tenha carteira.

— Foi suspensa. Ele é um maluco ao volante.

Cleo olhou para Jones, desgrenhado e feroz com o tapa-olho.

— Acredito em você.

Quando entraram, encontraram não só a cozinha e a sala de jantar impecáveis, como também as sobras divididas em três vasilhas.

— Obrigada, Molly. Bom, estou prestes a servir minha primeira torta. Alguém quer café para acompanhar?

— Eu cuido do café — disse Trey, indo até a cafeteira enquanto o iPad começava a tocar outra música.

— Johnny Cash — anunciou Owen. — "Cup of Coffee".

— Acho que você e Clover se dariam muito bem — comentou Sonya.

— Desde que o Trey me contou, um tempo atrás, e eu vi a foto dela? Gata. Eu sempre tento me dar bem com gatas.

A música mudou para "Hot", de Avril Lavigne, e Owen sorriu.

— Digo o mesmo pra você, lindona.

— Você sabe que ela é minha avó, o que faz dela sua… sei lá, tia-avó?

— Continua sendo uma gata. E com ótimo gosto musical.

— Torta. — Cleo serviu quatro fatias e as colocou na mesa.

— Café. — Trey trouxe o restante.

— Lembrem-se, é a minha primeira torta, viu?

Owen deu uma garfada generosa.

— Excelente começo.

E foi mesmo. Sonya concluiu que também era um ótimo encerramento para o dia — ou, mais precisamente, para a noite anterior —, que finalmente começava a cobrar seu preço.

— Desculpem encerrar tão cedo, mas estou exausta.

— Vou logo atrás — disse Cleo. — Owen, você sabe em qual quarto quer ficar?

— Fico no mesmo da última vez. Tenho que sair cedo, então obrigado de novo, caso não veja vocês.

Sonya percebeu o olhar trocado entre os dois homens e suspirou.

— Não estou nem aí para o espelho esta noite. Vou dormir.

— Todos nós estamos precisando. — Cleo cobriu o resto da torta. — Vejo quem estiver por aqui de manhã, depois das dez.

Eles subiram juntos, com os cães seguindo atrás, e depois seguiram para lados diferentes.

No quarto, Sonya soltou outro suspiro.

— Este foi exatamente o jeito certo de passar a noite depois do que houve na de ontem.

— E você está cansada. — Trey ergueu a mão e a pousou na bochecha dela.

— O cansaço está começando a bater. Não me deixe levantar e sair andando esta noite, se puder me impedir.

— Não se preocupe. Nada de caminhadas hoje.

Confiando nele, ela se preparou para dormir e se aninhou ao seu lado.

— Estou muito feliz por você estar aqui.

— Não há nenhum lugar onde eu preferisse estar.

Ele sentiu quando ela adormeceu, em poucos minutos, e ficou deitado ouvindo a casa. Os sons de acomodação, o ritmo constante da água batendo na rocha. Sons de murmúrios e sussurros que pareciam vozes perdidas ao vento.

O cachorro dele e o dela dormiam em silêncio e, depois de um tempo, ele também.

Mas despertou quando o relógio bateu três horas. Ela se mexeu ao lado dele, murmurou dormindo e voltou a ficar quieta.

Enquanto ela dormia, ele ouviu o som distante de piano, o lamento de um choro, o ranger de uma porta, o sacudir de uma janela.

Ouviu algo — um chamado ou um grito — vindo de fora, por cima do ruído do mar. Em silêncio, saiu da cama, caminhou até as portas do terraço e saiu com cuidado.

E viu a figura de preto parada sobre o muro à beira-mar. Viu o cabelo escuro se agitando ao vento — um vento que ele não sentia.

Ela ergueu os braços para uma lua que não estava cheia quando haviam passeado com os cães.

Quando ela saltou, o vestido preto esvoaçando, o coração dele deu um solavanco.

O vento cessou, e a lua seguiu como um crescente.

Ele entrou novamente e fechou as portas. Quando voltou para a cama, a casa estava quieta outra vez.

Sonya acordou sozinha. Sem Trey, sem os cachorros. Pensou que aquilo era uma pena danada e se sentou na cama. Ela não só não estava cansada depois de uma noite inteira de sono, como teria gostado de começar o dia com um pouco de sexo matinal.

Mal passava das sete, percebeu. E ainda se considerava alguém que acordava cedo.

Ficou um momento diante das janelas, observando o sol, o mar, tudo dourado e azul. Um barco de pesca, branco e vermelho, deslizava em sua rotina matinal, e algumas gaivotas cruzavam o céu em seus próprios afazeres.

— Isso está muito melhor do que ontem de manhã. E eu também estou.

Pegou o celular e o enfiou no bolso da calça de pijama.

Começou a descer, passando pelo quarto de Cleo e pelo que Owen usava — a porta dela fechada, a dele aberta, a cama arrumada.

Perguntou-se se algum dia aquilo se tornaria banal — os quartos, a beleza e a história, a sensação da casa que agora era sua.

E decidiu, ao descer a grande escadaria, que não, de jeito nenhum.

Seguiu até a cozinha, onde Trey e Owen conversavam em voz baixa enquanto comiam torta e tomavam café.

A conversa cessou quando ela entrou.

— Bom dia — disse, indo direto ao café.

— Bom dia — respondeu Trey. — Os cachorros estão lá fora, correndo para queimar as calorias do café da manhã.

— Humm. Então vocês dois estão comendo torta no café da manhã.

— Estava bem ali — justificou Owen. — Não é diferente de um *danish* ou um folhado, na verdade.

Ela se virou com a caneca na mão, recostou-se no balcão e os observou. *Dois homens muito bonitos*, pensou. Amigos, amigos de longa data. Amigos havia mais tempo do que ela e Cleo. Amigos que conseguiam se comunicar sem palavras.

Como naquele exato momento.

O celular dela começou a tocar "Poker Face", de Lady Gaga.

— Tá bom. Eu também sei jogar pôquer, então… é melhor vocês me contarem o que está acontecendo, já que isso me envolve, direta ou indiretamente.

— É com você, parceiro. — Owen se levantou e tirou uma vasilha de sobras da geladeira. — Preciso ir.

Pegou a bolsa que estava aos seus pés e seguiu para a porta dos fundos.

— Owen?

Ele parou ao ouvir seu nome e se virou quando ela se aproximou. Quando Sonya o envolveu em um abraço, ele deu um tapinha meio desajeitado em suas costas.

Ela praticamente sentiu o olhar dele passar por cima da sua cabeça, na direção de Trey.

— Obrigada por estar aqui.

Ela o soltou.

— Sem problema. Até mais.

Quando ele saiu e assobiou para chamar Jones, ela se virou para Trey.

— Não gosto que escondam coisas de mim.

— Não estou fazendo isso. Nem vou fazer. Eu pretendia contar quando você acordasse. Ou, se tivesse que sair antes, ia ligar para contar.

Ela reconhecia a verdade quando a ouvia, então assentiu.

— Tudo bem. Me conta agora. Eu tentei sair da cama ontem à noite?

— Não. Quando rolou aquela coisa das três da manhã, você murmurou alguma coisa enquanto dormia, mas não deu para entender. E eu ouvi algo lá fora.

— Fora da casa?

— Sim. Eu me levantei e fui olhar. — Ele fez uma pausa e tomou um gole de café. — E eu a vi. A Dobbs. Parada no muro à beira-mar, com uma lua cheia e o vento soprando forte.

— Mas a lua não estava cheia ontem à noite.

— Exato. Aposto que estava quando a Dobbs pulou daquele muro. Como eu a vi fazer ontem à noite.

— Você… você a viu pular? — Sonya levou instintivamente a mão ao peito. — Você viu o suicídio dela.

— Vi. Ela ficou ali em cima do muro, ergueu os braços e simplesmente… — Ele virou a mão, num gesto seco. — Logo depois das três da manhã. Quase imediatamente depois que ela pulou, tudo ficou em silêncio. O vento parou, e a lua voltou ao que era.

Os olhos dele, de um azul profundo e estranho, com anéis escuros em volta das íris, se fixaram nos dela.

— Não foi como atravessar um espelho mágico para outro tempo, mas foi um momento esquisito pra caralho.

— Você podia ter me acordado.

— Pra quê? Já tinha acabado. E nós precisávamos dormir.

Ela não podia discordar. Em vez disso, foi até ele, pousou a caneca e o abraçou, como havia feito com Owen.

— Ela não hesitou, Sonya. Veio aqui para pôr fim à própria vida na mansão, e foi exatamente isso que fez.

— E ela ainda está aqui. Parte dela, pelo menos. — Afastando-se, Sonya segurou o rosto dele com as mãos e o beijou. — Estranho é pouco. Deve ter sido muito difícil de ver.

— O instinto é tentar impedir. Impedir a qualquer custo, não importa o que ela tenha feito, o que ela seja ou tenha sido. Mas não havia como.

— Não foi por amor ao Collin Poole. Aquilo não era amor. Eu não acredito nisso. Não era ciúme de um homem.

— Eles teriam enforcado ela. Pelo assassinato da Astrid Poole. Teriam enforcado na vila, longe da mansão. Ela precisava morrer aqui, quando queria, na propriedade dele, da forma que tinha escolhido. Não entendo muito de feitiçaria ou maldições, mas aposto nisso.

— Ah… — Ela deu um passo para trás quando foi tomada pela compreensão. — Lógico. Faz sentido, dentro do escopo insano de tudo isso. Como ela condenaria uma noiva Poole a cada geração se tivesse sido enforcada a quilômetros daqui? Como tomaria as alianças delas? Porque as alianças fazem parte de como a maldição se sustenta.

— O feitiço que você ouviu quando ela matou a Agatha Poole…

Fechando os olhos, Sonya revisitou a lembrança.

— "Com minha lâmina tomei a primeira, então com meu sangue esta casa foi amaldiçoada. Casal por casal, eles se casam e morrem, porque almejam o que é meu".

Ela abriu os olhos.

— "E, com a aliança de ouro de cada noiva, meu feitiço se manterá e durará".

E estremeceu.

— Ela esfaqueou a Astrid… pela lâmina — começou Sonya. — Matou a si mesma aqui… pelo sangue. E, sim, as alianças são a chave para sustentar o feitiço, a maldição.

— Tem mais uma parte. Elas… não ela, não a Astrid… *elas* buscam tomar o que é meu. Não o Collin Poole, Sonya. Ou não apenas ele.

— A mansão. — Com um longo suspiro, ela se sentou em uma das banquetas. — Não era amor pelo Collin Poole, por mais deturpado que fosse. Era a mansão. Ele herdou a mansão do pai, Arthur Poole, depois que Arthur sofreu um acidente a cavalo.

— Foi mesmo um acidente?

Com os olhos arregalados, ela levou a mão ao peito.

— Você acha… e, meu Deus, entendo por quê… que ela causou o acidente?

— Quem sabe ela tem um caso com o filho mais velho, o que vai herdar a mansão e todo o prestígio que vem com ela. E muita riqueza, além disso. Tirar o pai do caminho para que passe para o filho? Não é tão difícil de imaginar, quando se para pra pensar.

— Acho que não é mesmo.

— Mas aí ele não quer a Dobbs. Ele não vai se casar com ela.

— Ele se casa com Astrid Grandville. Ele a amava, Trey. Eles se amavam. Eu vi isso. Eu vi os dois.

— Não estou negando isso. Na verdade, isso faz parte da história.

Levantando-se, ele enfiou as mãos nos bolsos. Caminhou até a janela para ver como estavam os cachorros.

— Ele amava outra pessoa, se casou com outra. Alguém que viveria aqui, criaria uma família aqui. Então Dobbs matou Astrid, a primeira noiva. No dia do casamento.

— Mas o Collin ainda assim não a quer.

— Não. Ele sofre, manda pintar aquele retrato. E a Dobbs seria enforcada por assassinato. E eu diria que também, em boa parte, por bruxaria. Ela escapa tempo suficiente para vir até aqui e selar a maldição com o próprio sangue e sua morte.

— Para poder ficar. — Sonya assentiu enquanto tudo se desenrolava na cabeça dela. — De um jeito distorcido, manter a mansão sob controle. Manter isso causando a morte de uma noiva Poole, uma a cada geração.

— Pegando as alianças para amarrar isso. É bom. Acho que é bom ter o que parece uma explicação lógica.

— Collin, em seu luto, se enforcou. O irmão herdou a mansão e morou aqui com a esposa e os filhos. Até que a filha, Catherine… aqui, na noite de núpcias… foi atraída para fora numa nevasca, onde a Dobbs a esperava. E morreu congelada. A Dobbs pegou a aliança dela. Eu vi isso também.

— E assim por diante — completou Trey.

— Exceto por Patricia Poole. Minha bisavó. Ela se recusou a morar aqui, fechou a mansão. O filho dela, Charles, reabriu, contra a vontade dela, e se casou com Lilian Crest… Clover… contra a vontade dela, sem dúvida. Clover morre ao dar à luz meu pai e o irmão gêmeo dele, e Charles se enforca… como o Collin.

— Patricia separa os gêmeos, entrega seu pai para adoção e finge que seu tio Collin é filho da filha dela.

E assim por diante, pensou Sonya.

— Eu preciso saber mais sobre Patricia Poole. Mais sobre a Gretta, a filha. Eu sei que ela está em Ogunquit, que tem demência. Preciso saber mais.

— Vou ajudar com o que puder.

Ele levou a caneca dela até a cafeteira e serviu um segundo café.

— Eu sei que a Gretta Poole nunca morou aqui — continuou. — Não me lembro de ela sequer ter vindo aqui. A Patricia Poole também não.

— Eu devia falar com o seu pai. Devia falar com o Deuce. Ele e o Collin eram amigos muito próximos. Se alguém pode preencher algumas lacunas, é ele.

Trey tirou o celular do bolso.

— Vou mandar uma mensagem para ele. Deixa eu organizar isso, fazer ele vir aqui. Ele ia querer vir aqui por uma coisa dessas.

— Se você tem tanta certeza…

— Tenho. E preciso ir. — Ele segurou os ombros dela. — Você está bem.

— Gosto que você diga isso como um fato, e não como pergunta.

— Porque é um fato. Vou ter coisas para resolver com a Marlo, minha cliente. Ela vai receber alta do hospital hoje ou amanhã. E, se estiver em condições, tem uma papelada que eu preciso que ela assine para eu dar entrada. Não sei se vou conseguir voltar. E…

— Eu estou bem — lembrou ela. — Não esquece as sobras.

— Pode apostar que não. Olha, se alguma coisa não estiver bem…

— Eu ligo para você.

— Espere o Deuce por volta das duas. — Ele deu um beijo demorado nela.

Pegou a vasilha e a beijou de novo.

— Alguma chance de você conseguir deixar isso tudo de lado por um tempo?

— Uma chance bem grande. Tenho coisas para fazer.

— Ótimo. A gente se fala mais tarde.

Quando ele saiu pelos fundos, ela segurou a porta aberta para deixar Yoda entrar.

— Eu sei, você vai sentir falta dos seus amigos. — Ao ouvir o ganido dele, ela se abaixou para fazer uma boa carícia nele. — Mas eu estou aqui. Bem aqui. E é aqui que eu vou ficar.

Ela decidiu que torta de maçã no café da manhã era uma ideia excelente. Com uma fatia e a segunda caneca de café, sentou-se para verificar os e-mails e organizar seu dia de trabalho.

Capítulo quatro

Sonya conhecia a rotina matinal de Cleo tão bem quanto a dela, então, quando Cleo passou pela biblioteca pouco depois das dez, Sonya respondeu ao grunhido com um aceno.

Ela deu dez minutos à amiga — tempo suficiente para a primeira xícara de café, aquela que clareia a mente — e então, com Yoda, desceu para a cozinha.

Cleo estava sentada na ilha central com café, um bagel torrado e o celular. Depois de pegar uma Coca-Cola, Sonya deu a Yoda a opção de sair um pouco de casa — que ele aceitou de pronto. Em seguida, sentou-se ao lado da amiga.

— Imagino que nossos hóspedes da noite já tenham ido embora.

— Já. Owen saiu ao raiar do dia, e Trey não muito depois.

— Isso só me faz ficar muito feliz por não ter um trabalho que me obrigue a chegar perto do raiar do dia. — Ela ergueu o bagel, deu uma boa olhada no rosto de Sonya. E o pousou de novo. — Ah, merda. O que aconteceu? Perdi alguma coisa enquanto dormia?

— Pelo visto, todo mundo perdeu. Menos o Trey.

Enquanto ouvia o relato de Sonya, Cleo foi mordiscando o bagel.

— Três da manhã, selando a maldição com o próprio sangue. E eu concordo totalmente com suas conclusões. Não foi por amor ao Collin Poole do século XIX, mas por pura inveja e ganância. Ela queria ser a senhora da mansão. E ainda quer.

— Quando Patricia Youngsboro se casou com Michael Poole Jr., ela não quis fazer a cerimônia nem a recepção aqui e se recusou a morar nesta casa — disse Sonya. — Fechou a mansão até que o filho, Charles, herdasse e a reabrisse, mudando-se para cá com Lilian Crest. Mas, por uns vinte anos, a mansão ficou fechada. Preservada, mas sem moradores. Por que ela faria isso? Será que ela sabia da maldição e acreditava nela?

— Eu diria que sim.

— É — concordou Sonya. — Tudo o que li diz que ela era linha-dura, do tipo que via status como símbolo. Uma mulher controladora, que mandava nos negócios e na família.

— É, eu diria que separar os gêmeos do filho morto se enquadra bem como controle. E pura crueldade.

— Ela abraçou tudo o que envolvia o nome Poole — disse Sonya, e ergueu um dedo. — Exceto a mansão. A casa histórica da família, um grande símbolo de status. O outro filho, Lawrence, jamais morou aqui. A filha, Gretta, também não. Por quê?

— Porque ela não quis. — Em vez de um dedo, Cleo ergueu o punho fechado. — Mão de ferro. É nisso que você está pensando, e, de novo, eu concordo totalmente. Mas ela não pôde fazer nada quando o marido deixou a mansão para o Charles... o Charlie... e ele se mudou para cá.

— Exato — concordou Sonya. — Charlie disse não ao controle, não às regras dela. Então Dobbs teve sua sexta noiva, depois de algumas décadas mantendo a mansão sob domínio.

Sonya se levantou.

— Pelo que entendo, Clover já estava grávida quando eles se mudaram. Mas Dobbs não foi atrás dela, nem do anel de noivado, até o nascimento dos gêmeos.

— Você acha que, depois desse intervalo de vinte anos, Dobbs queria mais? Mais sangue, mais alianças, mais poder?

— Acho possível.

— E eu concordo com você.

— Preciso descobrir mais sobre Patricia Poole. Ela deve ter estado nesta casa antes de se casar. Em festas, jantares, algum evento. Depois, fechou um dos maiores... fora os negócios... símbolos de status dos Poole e mandou construir uma casa do outro lado da cidade. E, pelo que sei, não levou nada da mansão. Nenhum móvel, nenhuma herança de família.

"Deuce, pai do Trey, vem aqui esta tarde para conversar comigo sobre isso. E quero saber mais sobre Gretta Poole. Ela viveu uma mentira, fingiu ser mãe biológica do Collin. E nunca se casou, criou o Collin na casa da mãe. Nunca teve uma casa própria."

— Vivendo sob o jugo da mãe. Ou a gente podia ir para Gileade, porque aposto que a Patricia daria trabalho até para a tia Lydia. Sempre sob o olhar dela.

— É, com a mansão fechada de novo, até Collin herdar e se mudar.

Clover soltou "Sweet Child O' Mine".

— É interessante — comentou Cleo — ter uma conversa a três que inclui uma fantasma, por meio das escolhas musicais dela.

— Mas acho que ela só consegue nos contar até certo ponto, todas elas. Por isso precisamos dos vivos. Vou voltar ao trabalho.

Ela foi até a porta para deixar Yoda entrar.

— Se você não estiver no meio de alguma coisa sua e puder dar uma pausa, fique à vontade para se juntar a nós quando o Deuce chegar.

— Acho que vou, sim. Quero conhecê-lo, e também gostaria de ouvir tudo em primeira mão.

— Você vai gostar dele. Vamos, Yoda. Hora de voltar ao batente.

Ela voltou a trabalhar no projeto da Gigi's e, lembrando do comentário de Owen sobre "coisa de mulher", começou a pensar em alguns anúncios e slogans sobre presentes — *para as mulheres da sua vida.*

Trabalhou em algumas opções voltadas para o Dia das Mães.

Abrace seu lado mulher, decidiu.

Quando se aproximava das duas da tarde, disparou um e-mail com os rascunhos anexados. *Melhor deixar a cliente sentir a proposta antes de eu investir demais nisso*, pensou.

Lá embaixo, montou um serviço de café e acrescentou um prato de biscoitos. Levou tudo para o salão da frente, parou e olhou em volta.

O piano reluzia sob o vaso de tulipas brancas. Todas as almofadas estavam ajeitadas, e o ar tinha um leve — muito leve — aroma de óleo de laranja.

— Obrigada, Molly — disse ela, exatamente quando a campainha tocou. — Na hora certa.

Pensou na primeira vez que tinha aberto a porta para Oliver Doyle II, em um dia frio de inverno em Boston, sem ter a menor ideia de como aquela visita mudaria sua vida.

Eu não teria esta casa se não fosse pelo Deuce, refletiu enquanto ia atender. E olhou para Yoda.

— E nem teria você.

Abriu a porta para o ar fresco de abril — e para o homem que havia ajudado a mudar sua vida.

Era fácil ver Trey nele, naqueles olhos azuis maravilhosos — os dele atrás de óculos de armação prateada. A cabeleira cheia havia ficado grisalha, mas aquelas sobrancelhas marcantes continuavam muito escuras.

Sonya estendeu as duas mãos para ele.

— Muito obrigada por ter vindo.

— Sonya. É sempre um prazer vê-la e visitar a mansão.

Ela ouviu a porta do Quarto Dourado bater como um tiro de canhão.

— Sério?

— Sim. — Ele entrou e se abaixou para fazer carinho em Yoda. — Trey me deixou a par dos acontecimentos e disse que você e sua amiga Cleo estão lidando muito bem com tudo.

— Acho que sim. Ajuda o fato de a Cleo amar a mansão tanto quanto eu. Entre e sente-se. Preparei café.

— Muito agradecido. — Então ele olhou para cima quando Cleo começou a descer a escada. — E esta deve ser a Cleo. Estava ansioso para conhecê-la.

— Digo o mesmo. — Ela estendeu a mão. — Gosto muito da sua esposa.

— Eu também.

Cleo abriu um sorriso para ele.

— A Sonya disse que eu podia acompanhar a conversa, se estiver tudo bem por você.

— Mais do que bem. Espero conseguir preencher algumas lacunas, embora parte disso seja especulação, fofoca e opinião.

— Aceitamos as três. — Cleo enlaçou o braço ao dele enquanto entravam no salão. — E fofoca, além de muitas vezes ser verdadeira, deixa tudo mais divertido.

— Não tenho vergonha de concordar. — Sonya serviu o café. — E acho que somar as três coisas nos ajuda a ter uma imagem mais nítida da família biológica do meu pai. E pode nos ajudar a expulsar um certo elemento da mansão.

Da biblioteca, o iPad tocou "Black Hearted Woman", de Allman Brothers Band, no volume máximo.

— Clover concorda.

Ele sorriu com aquilo, com um brilho no olhar.

— Parece que você desenvolveu uma relação com ela. E se adaptou, em questão de meses, às… digamos, excentricidades da mansão.

— Engraçado, parei de pensar em ir embora praticamente desde o momento em que me mudei. É como se ela lançasse um feitiço. Um feitiço bom — acrescentou Sonya.

— Son sempre quis uma casa assim — contou Cleo. — Com história, personalidade, peculiaridades. Talvez até, lá no fundo, fantasmas.

— Lá no fundo mesmo — disse Sonya. — E eu não fico feliz por andar pela casa dormindo, ou por assistir à morte das noivas. Mas se isso levar à expulsão daquela bruxa, eu topo.

— Você é exatamente o que o Collin teria desejado — murmurou Deuce.

— Me conte sobre a avó dele. Fale sobre Patricia Poole.

— Ela era imponente — começou Deuce. — Uma mulher de vontade inabalável. Muito respeitada, ainda que não muito querida. Meus próprios pais diziam que Michael Poole Jr., o marido dela, era cheio de charme, mas com pouco interesse nos negócios. Não teve o menor problema em entregar as rédeas para ela, para poder viajar e… vamos usar uma expressão condizente com a época deles: se esbaldar.

— Boa palavra — decidiu Cleo.

— O casamento deles… e aqui entramos na parte da fofoca… foi, no geral, de conveniência. Cada um fazia o que queria. Lembro dela como uma mulher severa, que comandava os negócios e a família com mão de ferro.

Mais uma vez, Cleo ergueu o punho.

— Exatamente a expressão que usei.

— Então você já tem alguma ideia de quem ela era. A infância do Collin sob o domínio dela foi muito restrita. Ele escapava sempre que podia, e era bom nisso — acrescentou Deuce, com um sorriso. — Parecia que ela me considerava uma companhia aceitável, e eu também era muito bom em ser educado, articulado e comportado na presença dela. Ajudava o fato de ela estar sempre ocupada com a empresa dos Poole, com seus clubes, compromissos sociais, e ter pouco interesse em crianças.

Ele tomou um gole de café e sorriu.

— Tive a sorte de ter duas avós. As duas detestavam Patricia Poole, e eram muito boas em manter as aparências quando necessário. Mas crianças ouvem mais do que os adultos pensam, e eu captava trechos quando o nome dela surgia. "Intimidadora" é o termo que uso quando quero ser educado.

— Ela obrigou a filha a fingir que era mãe do Collin.

Deuce assentiu para Sonya.

— Concordo com essa especulação. Conheci melhor Gretta Poole do que Patricia e sempre a achei facilmente intimidável. Um tipo de mulher nervosa. Eu diria que foi uma mãe dedicada, mas não muito afetuosa. Só fui entender o motivo disso tudo quando fiz a genealogia dos Poole para o Collin.

— Está evidente que meu pai saiu ganhando nessa história. Mas voltando um pouco, e sei que foi antes de você nascer, parece que a mansão deveria ter sido o cartão de visita de Patricia Poole. Em vez disso, ela se recusou a morar aqui, e mandou fechar tudo.

— Concordo. Pela minha pesquisa e pelas conversas ouvidas e rememoradas, Patricia abraçava tudo o que envolvia os Poole. Menos a mansão. Lembro de um comentário da minha avó Doyle, no casamento do Collin com a Johanna. Ela disse que a avó dele não pisava na mansão desde a festa de noivado da Patricia com o Michael.

— Então ela fez a festa de noivado aqui. Ela frequentava a mansão antes de se casar com Michael Poole?

— Como os Youngsboro e os Poole estavam no mesmo patamar social e, segundo minhas pesquisas, o noivado entre Michael e Patricia era esperado, eu diria que sim. E…

Ele abriu sua pasta elegante.

— Quando trabalhei no livro do Collin, fiz cópias de alguns recortes, algumas fotos. Páginas de colunas sociais, sabe? Fofocando sobre Patricia e Michael saindo juntos, ele acompanhando-a em festas, bailes de gala.

Quando ele ofereceu a pasta, Sonya começou a folhear.

— "Casal bonito", era o que diziam — murmurou ela. — E essa aqui é de um evento de fim de ano: "Os sinos de Natal levarão aos sinos de casamento?"

— Viu? O noivado deles já era esperado.

Cleo examinou a foto.

— Eles chamavam atenção juntos. Muito formais, mas imponentes. Ela parece… formidável, mesmo nessa idade.

— Olhe esta aqui, foi tirada nos fundos. — Sonya pegou a cópia. — "Soirée de Verão: Festa no Jardim da Mansão Poole." Dá para vê-la aqui, com a mão no braço de Michael. E está datada do verão anterior ao casamento. Antes da matéria de Natal. Então, com certeza, ela já vinha à mansão antes.

— Aqui tem outra, anunciando o noivado. Uma foto deles, aos pés da escadaria, Son. "Noivado anunciado no Dia dos Namorados." Tenho que admitir: ela sabia se vestir. Em todas essas fotos.

— Era algo pelo qual ela era conhecida — comentou Deuce. — Sempre impecável.

— Algo a fez se afastar da mansão — disse Cleo. — E podemos imaginar quem… ou o quê.

Clover tocou "Black Magic Woman".

— Tendo a concordar — disse Deuce, pegando um biscoito. — Eu não diria que Patricia Poole fosse uma mulher fácil de assustar ou intimidar, mas… sim, concordo. Antes, eu achava que ela apenas queria uma casa mais moderna, um pouco mais prática, mais perto da vila e dos negócios. Mas sabendo tudo o que sabemos agora…

Ele balançou a cabeça.

— Ela nunca a usou, nem para festas, nem para eventos beneficentes. Não podia vendê-la. A mansão era herança dos Poole, e posso supor que, por mais que Michael Poole cedesse em outras coisas, nesse ponto ele impôs um limite.

— Então acabou nas mãos de Charles.

— O filho que ela não conseguia controlar. O que saiu da órbita dela assim que pôde. Recebeu uma herança aos 18 anos, pegou o dinheiro e viveu como quis. Pelo que consegui apurar, ele largou a faculdade e viajou por um tempo.

— Mais parecido com o pai do que com a mãe? — perguntou Cleo.

— Pelo que dizem os que o conheceram, sim. Meu pai o conheceu, gostava dele. Descreviam-no como carismático, generoso e espírito livre.

"My Love", de McCartney, ecoou pelas escadas.

Deuce esboçou um leve sorriso.

— Não tenho dúvidas de que eles se amavam. Também não duvido que Patricia não ficou nada satisfeita quando ele voltou com uma esposa jovem, grávida, e acompanhado de amigos que fez por aí; e não apenas reabriu a mansão, como se mudou para cá.

— Não entendo — disse Sonya, genuinamente confusa, erguendo as mãos. — Ele voltou com Lilian Crest, sua esposa grávida. Mas ninguém questionou que Collin fosse filho de Gretta Poole?

— Segundo minha mãe, o grupo que Charles trouxe com ele no geral se mantinha reservado. Nem ela nem meu pai sabiam, até que eu encontrei a certidão de casamento e outros documentos, que Charlie havia se casado. Eles ficaram aqui só alguns meses, quando Lilian… desculpe, Clover… morreu ao dar à luz. Charlie se enforcou. Patricia assumiu o controle de tudo. Sem dúvida, subornou ou intimidou as autoridades para encobrir tudo, para criar a base do que viria a ser o segredo sombrio da família.

— E a filha dela se deixou usar daquela forma. Conviveu com aquilo todos os dias.

— Ela jamais teria desafiado a mãe — disse Deuce a Sonya. — Não como Charlie.

— Especulação, fofoca e opinião? Por quê? — questionou Sonya. — Por que ela ficou com apenas um bebê? Por que não ficou com os dois, ou não entregou os dois para adoção?

— Lawrence Poole não teve filhos, nem herdeiros e, como o pai, tinha pouco interesse nos negócios. E sua saúde era frágil. Gretta, tímida, ansiosa, insegura, provavelmente nunca se casaria nem teria filhos. Charlie tinha morrido.

— Linhagem.

— Exatamente, Cleo. Acredito exatamente nisso. Collin era a chance dela, talvez a única, de continuar a linhagem direta. Ela não precisava de dois. Um bastava.

— Ela tentou impedir que Collin abrisse a mansão? — perguntou Sonya.

— Quando éramos meninos, dávamos um jeito de entrar aqui. — Deuce olhou ao redor. — Acho que ela nunca soube, ou nunca entendeu, o orgulho e fascínio que ele tinha por esta casa. Pela história deste lugar, que também era a dele. Mas ele a conhecia bem o suficiente para transformar tudo em um fato consumado. Como já era maior de idade e a mansão era dele, não havia nada que a avó pudesse fazer. — Com licença? — pediu ele, estendendo a mão para o bule de café.

— Fique à vontade.

— Ele me contou algo uma vez, não muito depois de ter se mudado para cá. Estávamos jogando xadrez lá em cima, só nós dois, e ele estava cheio de planos para a mansão, para os negócios, para a vida. Meu Deus, como éramos jovens!

Com um sorriso nostálgico, Deuce mexeu seu café.

— Ele disse que a avó ameaçou deserdá-lo se ele não cedesse. É lógico que ela não podia cortá-lo da herança dos Poole, do negócio, mas da fortuna dela, sim. E, quando ele se recusou, ela disse que havia desperdiçado tempo e recursos com ele. Que ele era tão tolo quanto o pai, tão inútil quanto a mãe.

— Pobre Collin — murmurou Sonya.

— Não o magoou tão profundamente, posso garantir. Naquela época, ainda não sabíamos a verdade sobre sua origem, apenas a mentira que Patricia gravou na árvore genealógica da família. Eu comentei: como ela sabia que o pai dele era um tolo, se ele havia morrido antes de o Collin nascer? Collin apenas deu de ombros. Disse que era o jeito dela e contou que ela lhe dissera que ele ainda se arrependeria. E ele riu daquilo. Eu também.

"Ela nunca mais pisou nesta casa. Não foi ao casamento dele; não compareceu ao funeral de Johanna. Embora tenham continuado trabalhando juntos até a morte dela, permaneceram afastados."

— Meu pai de fato saiu ganhando nessa história.

Mesmo sabendo disso, Sonya sentia-se dividida. De um lado, frieza e crueldade; do outro, a vida feliz que seu pai havia tido.

— Ela poderia ter dito ao Collin por que fechou a mansão — continuou Sonya. — Se estivesse genuinamente preocupada com ele, teria contado. Ele poderia não acreditar, poderia ter ignorado, mas ela nem tentou.

— Ele teria me contado se ela tivesse falado sobre isso. E — acrescentou Deuce, dando de ombros — provavelmente teríamos rido outra vez. Acreditávamos que a mansão fosse mal-assombrada? Sem dúvida, como acreditávamos desde meninos. Mas aquilo era empolgante. As pessoas já a chamavam de Mansão da Noiva Fantasma, mas, para nós, era apenas superstição local… e intrigante.

Revivendo as lembranças, Deuce tomou um gole de café.

— Mesmo depois de começar a fazer a genealogia dos Poole, a escrever sua história, não via aquelas mortes como nada além de tragédias da época; a primeira, sim, um assassinato, mas as demais, acidentes ou questões médicas.

— Acha que Gretta sabia? — insistiu Sonya. — Ela nunca se casou, e talvez tenha sido por escolha própria. Mas me pergunto se a mãe a desencorajou, especialmente depois que Collin e meu pai nasceram.

Deuce recostou-se.

— Excelente pergunta, Sonya. E se encaixa perfeitamente no perfil de Patricia.

— Se a filha se apaixonasse — continuou Cleo —, se ela se aproximasse de alguém, provavelmente contaria toda a história. E aí a mentira viria à tona. Não dava para correr esse risco.

— Quero falar com ela… com Gretta Poole. Posso fazer isso?

— Desde a morte de Collin, sou o tutor dela e o administrador do que ele deixou para seu cuidado. Já a visitei duas vezes, mas ela não me reconhece. Você é parente de sangue, e certamente tem permissão para visitá-la. Mas o estado dela está avançado. Raramente fala com alguém, e quando fala, no geral é algo sem sentido. Embora costume ser tranquila, pode ser difícil. Às vezes fica ansiosa de repente, assustada. Até com raiva.

— Quero tentar. Não saberei se vai funcionar até fazer isso.

Ajeitando os óculos, ele a encarou por um longo momento.

— Você tem os olhos do Collin… bem, do seu pai. Talvez isso desperte alguma coisa nela. Vou providenciar para que seu nome seja colocado na lista de visitas. Assim, você pode escolher o horário que preferir.

— Muito obrigada. Por tudo. Você sabia sobre o espelho?

— Nunca o vi. Collin me contou, quando ainda éramos garotos, que sonhava com ele. Um espelho emoldurado por aves e predadores. E com um garoto, que parecia exatamente com ele, refletido no vidro. Achei que fossem sonhos e, mais tarde, quando soube do seu pai, imaginei que fosse algum tipo de memória ou conexão de gêmeos.

Ele estendeu a mão, colocando-a sobre a de Sonya.

— Agora que sei que não é, me preocupo com isso… e com você. E me preocupo por não ter sabido o suficiente sobre o que aconteceu, o que pode acontecer e o que acontece nesta casa quando bati à sua porta no inverno passado.

Ela virou a mão para entrelaçar os dedos aos dele.

— Você mudou minha vida, e sou grata por isso. Quero estar aqui, e quero fazer tudo que puder para acabar com o poder que Hester Dobbs tem sobre esta casa.

Ao ouvir o nome, portas bateram, algo golpeou as paredes e a luminária do teto balançou como se tivesse sido açoitada por um vento súbito e violento.

— Ela tem seus ataques de fúria — disse Cleo, pegando um biscoito. — Sonya disse que ela se alimenta de medo e tristeza. E não vamos dar a ela nada disso.

— Fico feliz que Sonya tenha você, Cleo. Feliz que vocês tenham uma à outra.

— E não estamos sozinhas aqui — disse Sonya, apertando a mão de Deuce em resposta. — Elas estão todas aqui, as sete noivas. E outros também, outros que vivem na mansão. Tenho total certeza disso. E todos querem que ela se vá. Não sei por que cabe a mim fazer isso, a nós — corrigiu-se —, mas é assim.

Ela sorriu quando o barulho cessou.

— Então, em algum momento, vou visitar Gretta Poole. Talvez ela tenha algo a contar, talvez não. E daqui a algumas semanas, Cleo e eu vamos dar uma grande festa.

— Ouvi falar. É um belo empreendimento.

— A mansão foi feita para grandes eventos festivos.

— Isso equilibra tudo, eu acho — opinou Cleo. — Pessoas, diversão, luz, música.

— Como costumava ser. Depois de Johanna... Collin ficou arrasado. Mas, antes disso, ele costumava dar uma festa no verão, e outra sempre durante os feriados de fim de ano. Reuniões menores no meio-tempo. Talvez realmente equilibre tudo. De uma coisa tenho certeza: as pessoas virão. Então, estejam preparadas.

Ele se levantou.

— É melhor eu ir. Vou fazer mais pesquisas sobre Patricia. Os originais dessas reportagens e fotos devem estar guardados por aqui em algum lugar.

— Não tinha pensado nisso. Podemos procurar.

— De todo modo, vou deixar estas com você. Minha mãe ou Ace talvez tenham algumas arquivadas também. Vamos ver. Vamos fazer tudo o que pudermos para garantir que vocês vivam aqui com segurança e felicidade. Gostei de passar um tempo aqui e de conhecer você, Cleo. Tive uma amizade como a de vocês duas e sei o quanto isso importa.

— Mande lembranças para Corrine — disse Cleo. — Adorei o dia que passei com ela. Ela me deixou um arraso nas fotos.

— Eu diria que foi o trabalho mais fácil que ela já teve.

— E agora entendo de onde Trey herdou o charme.

— Ela tem sido uma grande aliada no meu trabalho — acrescentou Sonya, enquanto acompanhavam Deuce até a porta.

— Ela vai gostar de saber disso. Todos no escritório de advocacia estão muito satisfeitos com seu trabalho no novo site e no restante. Comentei com um colega em Ogunquit. Você deve receber uma ligação de Peter Stevenson.

— Obrigada! Adoro novos clientes. Obrigada por ter vindo.

— Sempre, e digo isso a sério. Cuidem-se.

— É o que fazemos — disse Cleo, pousando o braço sobre os ombros de Sonya.

— Dá para ver.

Elas o viram caminhar até o carro e acenaram.

— Me sinto melhor — disse Sonya, fechando a porta. — Sinto que tenho uma visão mais clara sobre quem foi Patricia Youngsboro Poole.

— E não é nada lisonjeira. Estou surpresa que ela e Dobbs não se dessem bem, pelo menos imagino que não. Mas são farinha do mesmo saco, na minha opinião. Agora, Oliver Doyle II? Nota máxima. Agora que conheci os pais e a irmã de Trey, é melhor você se cuidar, Son. Como minha mãe diria, esse rapaz vem de boa família.

— Estou me cuidando, mas…

Ela se interrompeu quando Yoda, com o rabo abanando, surgiu no corredor com a bola na boca.

— Então agora descobri o seu paradeiro. — Ela se abaixou para pegar a bola que ele deixou cair aos seus pés. — Você estava brincando de bola com Jack.

— Você tem uma babá de cachorro.

— Pelo visto, sim. — Como Yoda olhava para a bola com alegria e continuava abanando o rabo, Sonya cedeu. — Está bem, ainda não acabou? Vamos jogar mais dez minutos lá fora.

— Eu iria com vocês, mas tenho trabalho a fazer. Divirtam-se.

Enquanto Cleo subia, Sonya pegou um casaco.

— Só dez minutos mesmo, amigão. Quero dedicar uma hora à proposta para a Ryder, e tenho outras coisas para resolver antes.

Ela saiu para o jardim, apreciando como a primavera parecia se aproximar mais a cada dia. Apesar da geada da noite anterior, os narcisos agitavam suas cabeças amarelas. E jurava que a grama estava mais verde quando Yoda correu atrás da bola.

Enquanto a lançava para o incansável cachorro, ela examinou o mar, esperando ver uma baleia emergindo. Olhou para a varanda do seu quarto e imaginou o que Trey tinha visto durante a noite.

Um arrepio percorreu seu corpo.

Morrer daquela forma, escolher aquilo, pensou, e condenar-se a séculos de raiva e maldade. Tudo porque não conseguiu o que queria.

— Não faz sentido, não é, Yoda? Quer dizer, ela é desvairada. Uma bruxa desvairada. Mas não vai nos vencer. — Ela lançou a bola novamente. — Não vai. É a última vez, Yoda. Sua humana precisa ganhar a vida.

Quando voltava para casa, uma das janelas do ateliê de Cleo se escancarou. Sonya se preparou, mas Cleo chamou:

— Não é ela, mas, Son, você vai querer ver isso.

— Estou indo.

Ela correu para a porta, fez Yoda entrar e subiu rapidamente as escadas. O cachorro, achando que era uma nova brincadeira, subiu junto.

Um pouco ofegante, chegou ao ateliê de Cleo.

— Que foi? O que aconteceu?

— Eu precisava de uma coisa e fui até o armário. — Cleo indicou a porta aberta.

Lá dentro havia um retrato, pintado com maestria. O cabelo escuro caía em cachos delicados pelo ombro direito, descendo até as rendas nas mangas e no corpete do vestido de noiva em seda branca.

O anel brilhava em seu dedo, uma fina aliança de ouro cravejada de diamantes que pareciam cintilar mesmo sob a luz fraca do armário. Ela segurava um buquê de peônias rosa-claras e folhagens pendentes.

Seus olhos, verdes como os dos Poole, irradiavam alegria.

— É Lissy. Lisbeth Poole Whitmore. Não é obra do meu pai. É do Collin. É a assinatura dele no canto.

Ela olhou para Cleo.

— Primeiro encontrei o retrato de Johanna, depois o de Clover, agora você encontrou o de Lisbeth.

— E o seu pai pintou Clover, a mãe que ele nunca conheceu, e vestida de noiva, em uma época em que ele nem era nascido. Collin pintou este aqui, com todos esses detalhes, de uma mulher que morreu anos antes de ele nascer.

— Eles passaram pelo espelho. — Pousando a mão no braço de Cleo, ela se recompôs. — Não apenas Collin, mas, de alguma forma, meu pai também passou pelo espelho. Como eu passei.

— E mais de uma vez, eu diria.

— Vamos levá-la lá para baixo, pendurá-la junto de Johanna e Clover.

— Mais uma coisa, Son. Os retratos, os três, têm exatamente o mesmo tamanho e possuem o mesmo tipo de moldura. Como se fossem feitos para ficarem juntos.

— E é isso que vamos fazer.

Sonya levou o quadro para o piso inferior e o apoiou contra uma parede da biblioteca. Ela e Cleo iriam pendurá-lo na sala de música naquela noite.

No entanto, no momento, Sonya tinha trabalho a fazer — e estava grata por isso. Ter largado o emprego e se tornado *freelancer* no outono anterior tinha sido ao mesmo tempo emocionante e assustador.

Imaginava que poderia classificar sua mudança para a mansão exatamente na mesma escala.

Agora, a mansão era seu lar, e ela era dona de um negócio. Talvez ainda não estivesse prosperando, mas era estável. E muito gratificante.

De certa forma — bem distorcida, admitia —, podia até agradecer a Brandon Wise por estar onde estava agora.

Ele tinha sido desprezível o suficiente para traí-la — a poucas semanas do casamento — com sua própria prima, na sua própria casa, na sua própria cama. Agora ela se perguntava se foi sorte ou destino ter chegado mais cedo em casa para flagrar os dois pelados na cama.

De qualquer forma, decidiu, foi uma fuga afortunada para ela.

E quando ela rompeu o noivado, recusando-se a ouvir as desculpas esfarrapadas dele, ele se dedicou à missão de minar sua reputação no trabalho.

— Corromper meus arquivos de clientes, esvaziar os pneus do meu carro — murmurou. — Então, que se dane qualquer tipo de gratidão distorcida. Estou aqui porque segui em frente, trabalhei e assumi riscos.

Lançou um olhar ao retrato de Lisbeth e pensou que estava ali, na mansão, para viver, trabalhar e defender as sete mulheres que vieram antes dela.

Concentrou-se no trabalho.

Quando tinha material suficiente no layout para enviar ao cliente — para aprovação, rejeição ou ajustes —, mudou o foco para a capa de um livro.

Como a história se passava nas Montanhas Adirondack, em pleno inverno, começou com a imagem da cabana isolada do protagonista, sob a lua fria. Sombras azuladas, pensou, que transmitissem isolamento, uma sensação de temor e perigo na densa fileira de árvores cobertas pela neve.

Talvez pegadas na neve. Uma única luz acesa na janela — e uma silhueta por trás dela.

Sonya trabalhou no conceito, tentou mais duas variações para comparação. Embora preferisse o primeiro design, com aquela atmosfera de frio e perigo à espreita, deixou todos de lado para reconsiderar com a mente descansada na manhã seguinte.

Passou as mãos pelo rosto e as baixou quando ouviu os Beatles tocando "I'm So Tired".

— É, talvez. Mas ainda não terminei.

Capítulo cinco

A proposta da Ryder. Ela olhou para seu painel semântico, depois abriu o arquivo.

Como precisava admitir que sua mente estava cansada, disse a si mesma que, por ora, apenas revisaria.

Aquilo representava uma oportunidade de tornar seu negócio próspero. E ela realmente queria prosperar.

E, a nível pessoal, queria vencer Brandon. Não tinha a menor dúvida, nenhuma mesmo, de que ele lideraria a equipe que cuidaria da proposta de sua principal concorrente.

Com todos os seus muitos e miseráveis defeitos, no trabalho ele era excelente.

Então, ela precisava ser melhor.

Começou a revisão, fez alguns ajustes. E…

Ergueu o olhar, piscando diversas vezes, quando Cleo bateu de leve com o punho no batente da porta.

— Desculpa. Achei que talvez você devesse tomar um pouco de ar. Mas, se quiser mergulhar de volta no trabalho, eu já dei comida para o Yoda.

— Deu comida… — Ela conferiu as horas. — Como assim já são sete?

— Vem depois das seis, que foi mais ou menos quando passei por aqui, e o Yoda me seguiu até lá embaixo. — Inclinando a cabeça, Cleo observou a amiga. — Não vou dizer para você parar, se está rendendo, mas parece que você precisa de uma pausa.

— Já passei desse ponto, e vou acabar cometendo algum erro se não parar. Vou encerrar por hoje.

— Vamos comer sanduíches abertos de rosbife e o resto das sobras. Que tal eu já servir uma taça de vinho pra você?

— Ótima ideia. Já estou indo.

Sonya salvou o trabalho e fechou o arquivo que esperava não estar um desastre quando abrisse de novo. Por um tempo, tinha entrado no ritmo, mas depois acabou no piloto automático.

Deixou tudo para trás, fervendo em fogo brando como uma das panelas de Cleo e, levando o retrato, desceu as escadas.

Apoiou a pintura na sala de música, sob os outros retratos que haviam encontrado no armário do estúdio.

Uma espécie de tríptico, pensou, invisivelmente conectado.

— Vamos colocá-la no lugar depois do jantar.

Por um instante, ao se afastar, achou ter captado um cheiro. Do creme pós-barba do pai. A sensação veio como um toque de lábios na bochecha, como uma mão deslizando para ajeitar seu cabelo.

— Mas você não está aqui. — Suspirou. — Queria que pudesse estar.

Ela foi até a cozinha, onde Cleo a esperava com vinho e Yoda, estirado sob a mesa, em expectativa.

— Você é minha rainha — disse Sonya, pegando a taça.

— Também trabalhei um pouco até mais tarde, já que tudo o que precisei fazer foi esquentar a comida.

— Como estão as coisas?

— O trabalho com o contrato? Acho que nunca tive um emprego de que gostasse tanto. E a pintura que estou trocando pelo meu barco? Estou tentando não me arrepender de entregar.

Cleo franziu as sobrancelhas quando ela pegou sua própria taça.

— O Owen que se vire para me fazer um barco fabuloso, e que dê um lugar de destaque à sereia.

— Pronta para comer?

— Com certeza.

Quando se sentaram à mesa, Sonya sorriu para Cleo.

— Do jeito que o Owen quis sua pintura de sereia no instante em que a viu, e muito antes de você terminar, ele com certeza vai colocá-la num lugar de destaque.

— Vou encher o saco dele se não fizer. — Cleo cortou um pedaço de carne com pão e molho. — As pessoas não sabem direito como importunar os outros, se quer saber minha opinião. Mas eu sei.

— Posso atestar — disse Sonya, fazendo Cleo rir.

— Son, aquele ateliê é algo de que eu precisava e queria e nem sabia disso. Honestamente, acho que meu trabalho está melhor por causa dele.

— Sinto o mesmo com relação à biblioteca. E a Xena? — acrescentou, pensando em sua violeta-africana. — Não para de florescer.

— Diria que todas nós fomos plantadas aqui, neste momento, neste lugar. O que você estava fazendo quando eu tirei você de lá?

— Ryder. Enviei a proposta da Gigi's, e acho mesmo que funciona. Outro esboço de layout para alguns anúncios da Baby Mine. Também trabalhei um pouco em outra capa de livro.

— Toda ocupada.

— Do jeito que eu gosto. Talvez você possa dar uma olhada nos designs das capas. Depois só queria revisar o que já fiz para a Ryder. E uma coisa levou à outra.

Sonya ergueu a taça.

— Quero confessar uma coisa.

— Serei sempre o seu padre.

— Quero o trabalho da Ryder porque é uma oportunidade incrível, especialmente para alguém com apenas alguns meses como *freelancer*.

— Não se esqueça dos anos de experiência na sua área.

— Jamais. Porém, comparada à By Design, sou extremamente pequena.

— E extremamente talentosa.

— Obrigada, Padre Fabares. Conquistar a Ryder como cliente levaria meu negócio a outro nível, e por que eu não iria querer isso? Mas existe uma parte pequena e mesquinha em mim que quer o trabalho só para vencer o Brandon.

— Ah, por favor. — Cleo ergueu a taça. — Isso não é mesquinho.

— Mas parece.

— Então você está enxergando as coisas da maneira errada. Você quer o trabalho porque é um cliente importante, e você está oferecendo uma campanha criativa e inteligente. Você quer porque isso vai dar um belo impulso à sua empresa. Vencer o Brandon Babaca Wise é só a cereja do bolo.

Sonya refletiu.

— É preciso respeitar a cereja do bolo.

— Lógico. E, como alguém que conhece você muito bem, posso afirmar: se não fosse por esse trabalho, que acredito firmemente que você vai conseguir, você mal pensaria naquele traidor a esta altura do campeonato. Você seguiu em frente, em todos os sentidos. Você tem, sem ordem específica, um negócio que está construindo sozinha, um homem atraente e interessante que, no meu ponto de vista, não tem um pingo de infidelidade. Você tem esta casa incrível e tudo o que vem junto com ela. E parte disso é uma missão de, no fundo, corrigir injustiças. E — ela sorriu, espetando um pedaço de batata — você tem a mim.

— Você tem razão. Se eu não conseguir o trabalho — Sonya ergueu um dedo antes que Cleo pudesse interromper —, ainda vou ter você e todo o resto. Vou continuar construindo meu negócio. Mas, *quando* eu conseguir o trabalho...

— Aí, sim!

— Vou saborear aquela cereja. Não tanto quanto o resto do bolo, mas vou saborear.

Depois do jantar, foram para a sala de música. Após tirarem um quadro de paisagem da parede, penduraram com cuidado o terceiro retrato no lugar.

— Acredito que isso faz parte de reparar aquelas injustiças — disse Sonya, recuando para observar as três noivas. — Reconhecê-las dessa forma. Exibi-las juntas.

— Elas foram feitas para isso. As telas têm o mesmo tamanho, a mesma moldura. E os estilos, Sonya? São bem parecidos. Nós percebemos as diferenças, e a sua mãe também vai perceber. Mas, para um olhar destreinado?

— Eu sei. Lance de gêmeos, imagino. Outra coisa: eles pintaram cada uma num momento feliz, talvez o mais feliz de suas vidas. Sem sombras, sem sensação de tragédia. Gosto disso.

No andar de cima, algo se espatifou. Na parede, os retratos tremeram.

— Ela não gosta — murmurou Cleo. — Mas, seja qual for o poder dela, existem coisas que se opõem. Nós fazemos parte disso.

Então... — Cleo mostrou o dedo do meio para o teto exatamente quando o celular tocou com "We Will Rock You", da banda Queen.

Rindo, Sonya afastou o cabelo para trás.

— E deixe-me acrescentar um "dane-se" para completar.

Algo bateu contra o teto e fez o lustre balançar.

Os retratos tremeram, mas não caíram.

Às três, o relógio bateu. Música ao piano flutuou pelo ar como lágrimas. Sonya despertou, e, embora seu coração se apertasse ao ouvir o choro ecoando do berçário, não sentiu nenhum chamado.

Antes que pudesse voltar a adormecer, as portas da varanda se abriram com violência, e um vento cortante varreu o quarto.

Yoda acordou com um latido feroz e saltou da cama.

O frio envolveu Sonya enquanto ela lutava contra o vento que a açoitava. Algo golpeava as portas de entrada lá embaixo como um aríete, e a lareira rugia, ganhando vida com fúria.

Sob o uivo do vento, o rugido do fogo e a batida estrondosa nas portas, ela ouviu o telefone ao lado da cama tocar "Bad Moon Rising", de John Fogerty.

Com medo por Yoda, Sonya pegou o cão trêmulo com um braço e se forçou a atravessar o vendaval até as portas da varanda.

Atrás dela, Cleo gritou, mas Sonya manteve o foco, toda a energia, em alcançar as portas.

Quando os dedos se fecharam em torno da maçaneta, um grito escapou de sua garganta. Era como segurar um bloco de gelo.

Mas manteve a mão firme e apoiou o ombro contra a porta. Enquanto lutava para fechá-la, viu a figura no muro quebra-mar.

Não de frente para o oceano, mas para a casa. A lua, um círculo branco, a iluminava enquanto o vento que ela mesma tinha conjurado agitava seu cabelo e seu vestido.

Com os dentes cerrados, Sonya colocou toda a força contra a porta.

— Vá em frente, sua bruxa! — gritou. — Dê o primeiro passo para o inferno. Juro que vou chutar você até lá.

— E eu vou ajudar. — Cleo, com o cabelo esvoaçando, apoiou o ombro contra a segunda porta.

Elas lutaram até fechá-las e, encostadas nelas, viram Dobbs se virar para o mar. E saltar.

A lua minguou para um crescente; o vento cessou. Lá embaixo, o estrondo furioso parou, e as chamas na lareira se apagaram com um estalo.

As duas deslizaram até o chão e, com o cão trêmulo entre elas, se abraçaram.

— Estamos bem. — Sonya obrigou-se a dizer as palavras enquanto o coração disparava do peito para a garganta e voltava. — Você está bem?

Cleo assentiu, soltando um longo suspiro, depois outro. Sonya beijou o focinho de Yoda.

— Estamos todos bem.

— Eu acho que pendurar aquele terceiro retrato a irritou de verdade.

— Parece que sim. Você a viu? Dobbs? De pé no muro?

— Vi. Olhando para a casa. Não sei se chegou a olhar para nós ou se era uma repetição do que aconteceu no passado.

Exausta, Sonya se encostou à porta.

— Ela atraiu Catherine Poole para fora, levou a aliança de casamento dela para fora. Acho que, quando reúne poder suficiente, consegue usá-lo lá. Porém é mais forte dentro da casa. Ela é mais forte aqui.

— E você acha que ela gastou parte desse poder esta noite, para dar esse show. Faz sentido — concluiu Cleo. — Ela queria que você a visse, queria que você tivesse medo.

— Mas, no fim, ela ainda pulou.

— Não tinha que pular? Não dá para desfazer a morte, Son. E foi o suicídio dela, a morte dela, o sangue dela que selou a maldição.

— Não dá para desfazer a morte… — repetiu Sonya, e a verdade disso apertou seu coração como um punho de ferro. — Nunca vou conseguir ajudar as noivas.

— Isso não é verdade. Você não pode salvar as vidas delas porque já foram tiradas. Mas ajuda só de estar aqui. E penduramos três retratos… Isso ajuda. Sem falar que você, nós duas, temos um relacionamento muito especial com a sua avó.

Clover respondeu com “We Are Family”.

— Ela estava aqui. Usou John Fogerty para mandar um alerta. E você veio correndo.

— Ouvi o Yoda latindo, depois os estrondos lá embaixo e todo o resto. Ela recuou agora, dá pra sentir. O casarão se acalmou. Posso ficar com você.

— Não, estou bem. De verdade. Não vou dizer que não fiquei assustada, mas sabe de uma coisa, Cleo? Fiquei muito mais irritada.

— Acha que não conheço essa cara? — Cleo encostou um dedo na bochecha de Sonya. — Você estava bem mais do que irritada. Acho mesmo que ela se esgotou esta noite, então vamos conseguir dormir. — Cleo fingiu um bocejo e sorriu. — Isso já é um bom insulto.

Concordando plenamente, Sonya deu outro abraço em Cleo, e as duas se levantaram.

— Obrigada pela ajuda.

— Sempre. Vejo você de manhã.

Yoda se enroscou em sua cama, e Sonya fez o mesmo na dela.

Em volume baixo, o celular tocou a balada suave de James Taylor, "You've Got a Friend".

— Eu sei.

E Sonya adormeceu antes que a música terminasse.

Ela acordou cedo e cheia de energia — determinada a manter a rotina. Como havia pulado o treino por uns dias, decidiu começar por ele.

Primeiro, um cafezinho rápido enquanto deixava Yoda sair para começar o dia. Saiu com ele, e respirou fundo conforme olhava para o bosque.

Talvez mais tarde, pensou, durante uma pausa no trabalho, se aventurasse por entre as árvores.

Deu o café da manhã a Yoda e acrescentou um afago.

— Vou malhar um pouco.

E considerou ser mais um insulto abrir a porta secreta no patamar e descer sozinha até a academia que Collin tinha montado em uma parte dos antigos aposentos dos criados.

Assistiu a uma aula de cardio on-line e, pensando na noite anterior, escolheu outra aula, com pesos.

Quanto mais intenso, melhor, refletiu.

Por duas vezes ouviu um dos sinos de chamada dos criados tocar, mas ignorou. Sem dúvida, o Quarto Dourado.

Esperava que Dobbs considerasse aquilo outro insulto.

Quando voltou, ouviu a bola quicar no térreo e sorriu com a ideia de ter uma babá de cachorro.

Um menino brincando com um cachorro — outro insulto.

Ela tomou banho, vestiu-se e então gritou do alto da escada:

— Estou descendo para tomar café e comer um bagel.

Quando chegou à cozinha, Yoda estava sentado, à sua espera. E as portas dos armários estavam todas fechadas.

— Obrigada, Jack.

Enquanto comia, respondeu às mensagens matinais da mãe, outra de Trey, e depois deu uma conferida nos e-mails.

Nenhuma resposta da Gigi's, mas como ainda era cedo, não se preocupou.

— Vamos trabalhar, Yoda.

Com a garrafa de água na mão e o cachorro em seu encalço, subiu para a biblioteca. Às 8h45, sentou-se à mesa.

— Vamos retomar de onde paramos com a Ryder. Só uma hora.

Para garantir que não excederia o tempo, programou um alarme no tablet antes de ligar o computador.

Abriu o arquivo, girou os ombros. Satisfeita com o progresso, Sonya mergulhou no trabalho.

Ela conseguia ver, conseguia visualizar toda a campanha e o apelo ao público comum com as imagens que tinha criado.

Pessoas — não atores, não atletas profissionais — usando equipamentos e acessórios da Ryder para jogar bola, pedalar, fazer ioga, jogar basquete e tudo o mais.

Cor e movimento, crianças, jovens, pessoas mais velhas. As fotos de Corrine captaram exatamente o que ela queria. E o layout deu certo, assim como o texto. Precisava apenas de mais um polimento, pensou, mas era uma proposta muito boa.

Quando o alarme tocou, ela fez uma careta. Mas manteve o combinado. Outra hora aqui, outra ali, e depois levaria o projeto para a grande tela plana lá em cima.

Faria os ajustes e melhorias necessários. Mas, por ora, fechou os arquivos da Ryder.

Para sua satisfação, encontrou um e-mail do escritório de advocacia de que Deuce havia falado. Antes de responder, acessou o site deles.

— Ah, sim, eu posso fazer melhor.

Ergueu os olhos ao ouvir Cleo vindo pelo corredor.

— Bom dia. Dormiu bem depois do showzinho de ontem?

— Como uma pedra. Agora, preciso de café. — Ela se virou para as escadas, depois voltou. — Esqueci de falar antes: vou até Poole's Bay mais tarde para comprar mantimentos e resolver umas coisas. Quer alguma coisa?

— Estamos ficando sem manteiga e Coca-Cola. Acho que cerveja também, caso apareça visita do tipo que bebe cerveja. Mas, hoje à noite, Trey vai nos levar para jantar.

— Você sabe que não precisa me levar de vela.

— Ele quer. Imagino que vai levar o Owen também, se conseguir. No Lobster Cage. Ele vai passar para nos pegar por volta das seis e meia.

— Por mim está ótimo. Se tivermos sobras suficientes até amanhã, deixo as compras para depois. Agora, café.

Rotina, pensou Sonya de novo. Ela gostava disso.

Ela respondeu ao e-mail, sugerindo uma reunião por telefone ou vídeo na hora que fosse conveniente para o cliente em potencial. Caso Deuce não tivesse fornecido, incluiu um link para o próprio site.

Que, segundo ela mesma — e ela dizia mesmo — estava impecável.

Enquanto enviava o e-mail, chegou outro, da dona da Gigi's.

Ao ler que a cliente tinha adorado o novo logotipo, Sonya ergueu o punho no ar em comemoração.

Leu atentamente o restante: algumas perguntas, algumas preocupações, alguns "e se?". Tudo válido.

Respondeu tudo, fez sugestões para as dúvidas e tentou dissipar as preocupações, mas ofereceu alternativas caso persistissem.

Como um dos "e se" envolvia a possibilidade de um novo letreiro com o novo logotipo, Sonya começou a trabalhar nisso.

Tão envolvida, mal percebeu quando Yoda saiu de baixo da mesa. Então ele se encostou, abanando o rabo, contra sua perna.

— O quê? Ah, hora de sair? Só mais um minuto. Como assim já passou do meio-dia?

Porque era rotina, concluiu ela ao encontrar o ponto certo do trabalho para fazer uma pausa. Uma rotina boa e consistente.

Lá embaixo, deixou o cachorro sair, improvisou meio sanduíche de pasta de amendoim com geleia, acrescentou algumas batatas fritas e pegou uma Coca-Cola.

Ela deu a Yoda um petisco no meio do dia, mas, quando ele não a seguiu de volta para o andar de cima, presumiu que seu amigo Jack ainda estivesse por perto.

Antes de chegar novamente à mesa de trabalho, ouviu o barulho da bola. E, dessa vez, para seu absoluto prazer, o som da risada de um menino.

Trabalhou até quase quatro da tarde, então obrigou-se a encerrar o expediente.

Já não ouvia mais bola, e Yoda não estava enroscado debaixo da mesa nem em qualquer outro lugar da biblioteca. Encontrou-o dormindo na cozinha. Ele abriu um olho e bateu o rabo no chão.

— Jack deu uma canseira em você? Eu quero tomar um pouco de ar, e aposto que você também.

E o bosque a chamava. Ela já o havia observado coberto de neve, visto um cervo se aproximar da orla, e se perguntado como seria lá dentro, além daquele limiar.

Naquele momento, com a primavera prestes a florescer, iria descobrir.

Pegando a velha jaqueta que deixava no hall da área de serviço, conduziu Yoda para fora. Ele começou a correr pelo quintal, naquele padrão circular que costumava seguir, mas parou, com a cabeça inclinada, quando Sonya atravessou a encosta gramada em direção às árvores acolhedoras.

— A garota da cidade quer explorar um pouco — disse a ele. — Confie em mim, não vamos muito longe.

Enquanto caminhava, ainda conseguia ouvir o bater constante da água nas rochas e via os brotos surgindo nas árvores e arbustos. Algo verde despontava, erguendo os talos do chão.

O ar não apenas estava mais quente, mas também a claridade havia aumentado. Perguntou-se se, em Boston, perceberia essa mudança.

Provavelmente não, não assim.

Na beira do bosque, olhou de volta para a casa e tocou o bolso onde tinha guardado o celular.

Por precaução.

— Aqui, Yoda. Vamos seguir esse caminho.

Sob as árvores, o ar se tornava mais fresco e a luz, suave. Sentia o aroma de pinho e de terra — muito diferente do cheiro do mar. Yoda manteve-se junto a ela enquanto avançavam pela trilha estreita.

Perguntou-se quantas pessoas já teriam passado por ali e quanto tempo fazia que ninguém mais caminhava sob aquela luz do sol que escapava por entre as folhas. De vez em quando, ouvia o canto dos pássaros e uma brisa suave, como uma carícia, agitava as árvores.

Fora isso, havia silêncio — e até o som insistente do mar contra as rochas chegava abafado e distante.

Notou galhos caídos e se perguntou se teriam tombado durante alguma tempestade de inverno, e se John Dee — que limpava a estrada e o caminho da garagem e empilhava lenha junto ao depósito — teria tirado dali algumas toras de madeira.

Ela precisaria perguntar.

Outras trilhas se ramificavam a partir daquela que ela e Yoda seguiam. Ao considerá-las, balançou a cabeça.

— Hoje não, mas talvez outro dia. Talvez.

Ouviu um tipo de borbulhar e, para sua surpresa e absoluta alegria, avistou um córrego estreito, correndo — lentamente, considerou — sobre as pedras.

— Olha só! Temos um riacho. Um córrego? Seja como for, temos.

Um galho grosso e firme havia caído sobre ele, formando uma espécie de ponte. Como para provar sua utilidade, um esquilo gorducho atravessou-o num salto. A risada espontânea de Sonya virou um arquejo quando Yoda, num rompante, partiu em disparada atrás dele.

— Não! Yoda! Pare!

Mas suas perninhas já o haviam levado para o outro lado, e seus latidos alegres ecoavam de volta até ela.

Em pânico, Sonya saiu da trilha em direção à margem do riacho. O galho poderia suportar um esquilo e o cachorrinho, mas não aguentaria o peso dela. Assim, ficou parada, chamando Yoda, enquanto se dava conta do quanto já tinham caminhado.

Podia contar nos dedos as vezes que tinha caminhado por um bosque — e nenhuma tinha sido como aquela.

Bosque denso, pensou, à medida que o prazer dava lugar à ansiedade. Denso, com toda a vida selvagem que habitava a mata fechada.

De repente, o silêncio constante parecia ameaçador, e a luz suave e salpicada, um prenúncio da escuridão.

Sem alternativa, começou a descer com cuidado até a água borbulhante, para tentar atravessar. Então Yoda voltou trotando, atravessou o galho e foi até ela, abanando o rabo, com um ar satisfeito.

— Yoda! — Ela o pegou no colo, tentando lançar o olhar mais severo possível. — Nunca mais faça isso. Nada de sair correndo pelo bosque.

Ele balançou o corpo inteiro, lambeu-lhe o rosto e não demonstrou nem um pingo de arrependimento.

No caminho de volta, Sonya carregou-o até sentir-se razoavelmente certa de que estavam perto o suficiente do limiar do bosque para deixá-lo no chão novamente.

— Repita essa estripulia e vai andar de coleira, mocinho.

Talvez devesse comprar uma bússola, pensou, e então percebeu que provavelmente encontraria uma em algum lugar da casa.

Lógico, não fazia ideia de como usar uma, mas poderia aprender.

Talvez tenha sentido uma onda de alívio ao ver o casarão, ouvir o mar e pisar novamente sob a luz direta do sol. Mas isso não a impediria de voltar ao bosque — algum dia.

— Ele é nosso, não é, Yoda? Posso aprender a usar uma bússola. Posso comprar botas de trilha. Porque o bosque é nosso.

Pegou o celular no bolso e conferiu a hora.

— Vamos procurar a Cleo.

Capítulo seis

Lá dentro, Sonya deixou Yoda bebendo água da tigela e subiu até o ateliê de Cleo.

Deu uma leve batida no batente da porta antes de entrar.

— Estou prestes a ir me arrumar para... Ah, Cleo!

Sonya se aproximou do quadro no cavalete.

— Ela está deslumbrante. Está maravilhosa. Está incrível.

— Acho que está pronta. — Cleo estava junto à bancada de trabalho, limpando os pincéis. — Vou deixá-la aí, dar mais uma boa olhada amanhã. E, se eu ainda achar que está pronta, coloco no suporte de secagem.

— Ela é magia pura — murmurou Sonya.

A sereia estava sentada sobre as rochas, a cauda um esplendor de cores ao varrer a água. E, enquanto o dia surgia numa sinfonia de dourados, rosas e azuis, e uma baleia entoava seu canto ao largo, ela permanecia ali, segurando uma esfera de vidro. Dentro da esfera que segurava havia outra, e dentro desta, mais outra.

— Os detalhes dentro das esferas, Cleo... — Sonya pressionou a mão contra o lado esquerdo do peito. — Estou maravilhada. De verdade.

— Vou dar o crédito ao abajur de sereia que encontramos no depósito, ao acaso de ter surgido o trabalho de ilustrar um livro sobre sereias e a esta vista daqui como inspiração.

Ela se aproximou e pousou a mão no ombro de Sonya enquanto observava a própria obra.

— Dane-se essa falsa modéstia. — Cleo jogou o cabelo para trás e balançou os quadris. — Ela é especial.

— O Owen devia construir um *iate* pra você por causa dela.

— O que eu quero é um veleiro *Sunfish* bonitinho para duas pessoas. Mas que ele saiba apreciá-la.

— Você não a assinou.

— Amanhã, depois de ter cem por cento de certeza. Acho que você encerrou o expediente por hoje. E eu também. Vamos nos arrumar.

— Não só encerrei — disse Sonya, enquanto desciam — como dei uma volta pelo bosque.

— Sozinha?

— Fui junto com o Yoda. Não fomos muito longe, mas talvez um pouco mais do que eu planejava. Gostei… embora tenha havido um momento, depois que encontrei esse pequeno riacho… ou córrego… Qual é a diferença?

— Córrego é um riacho pequeno.

Franzindo o cenho, Sonya olhou para ela quando pararam no segundo andar.

— Como você sabe disso?

— Temos muitos deles na Louisiana, Son.

— Verdade. Acho que era um córrego.

— Ou um regato.

— Gosto de "regato". Diria que era um regato. O Yoda perseguiu um esquilo por cima de um galho sobre o regato. Mas voltou. Deve ter sido coisa de meio minuto, mas pareceu mais. Preciso de uma bússola.

— No mínimo. Da próxima vez, você me avisa que vai andar pelo bosque. Se eu não puder ir com você, pelo menos vou saber onde está.

— Combinado. O que você vai vestir para o jantar?

— Ainda não decidi.

— Aposto que a Molly já decidiu.

Entraram juntas no quarto de Cleo. Sobre a cama havia um vestido acinturado, em tom cobre. Ao lado, um casaquinho de renda preta.

— Boa escolha — decidiu Sonya.

— Tenho que concordar. Obrigada, Molly.

Sonya seguiu para o próprio quarto e encontrou seu vestido azul-marinho de decote quadrado junto com a jaqueta de camurça creme, na altura da cintura.

— Acho que nunca usei essas duas peças juntas. Gostei. Obrigada, Molly.

Concluindo que já estava acostumada a ter uma consultora de moda — entre outras coisas —, Sonya se arrumou com calma.

Pensou em tudo que havia acontecido desde a última vez que tinha se vestido para jantar com Trey — e ele tinha precisado cancelar.

Ela havia atravessado o espelho, com Owen ao lado. Vira Lisbeth Poole morrer em sua própria recepção de casamento. Assistira à Hester Dobbs deslizar pela sala, um fantasma entre fantasmas, para tomar a aliança de Lisbeth.

E tinha voltado ao mundo real para que ela e Cleo pudessem preparar o jantar para os homens que haviam estado ao lado delas e as apoiado. Trey tinha visto Dobbs saltar para a morte no muro quebra-mar.

Cleo tinha encontrado o retrato de Lisbeth — certamente o terceiro de uma série. Agora ele estava pendurado na sala de música.

Elas haviam aguentado firme durante a "birra" de Dobbs às três da manhã — e Sonya gostava de pensar naquilo como birra — e depois a viram, assim como Trey, pular do quebra-mar.

Em meio a tudo isso, refletiu Sonya, enquanto colocava os brincos, elas trabalharam, riram e viveram.

E ela deu uma volta no bosque com seu cachorro.

Sonya concluiu que sua vida tinha se tornado muito mais rica e plena desde que tinha se mudado para o Maine, para o casarão.

Embora tivesse passado quase toda a vida em Boston, exceto nos últimos meses, sentia suas raízes se aprofundarem na costa rochosa do Maine.

Sentia falta do fácil acesso à mãe e suspeitava que sempre sentiria. Mas o resto? Não, ela tinha deixado essa parte da vida para trás.

Sonya recuou um passo e deu um giro de leve diante do espelho, depois calçou os sapatos e, com Yoda em seu encalço, caminhou pelo corredor até o quarto de Cleo.

— Já estou quase pronta! — gritou Cleo lá de dentro. — Me distraí. Recebi uma mensagem da Lucy Cabot sobre um gato. Vou lá ver amanhã, quando for à cidade comprar suprimentos. É uma gata.

Depois de retocar o batom, Cleo saiu do banheiro e olhou para Yoda.

— Se eu a trouxer para casa, você terá que ser bonzinho com ela.

— A Lucy não teria entrado em contato se a gata não se desse bem com cachorros. E o Yoda já conviveu com gatos. Isso vai ser divertido.

— Vou só dar uma olhada.

— Foi o que eu disse sobre o Yoda. — Ele abanou o rabo quando Sonya apontou para ele. — Só dar uma olhada.

As duas desceram juntas exatamente quando a campainha soou.

— Isso é que é timing.

— Esse homem não tem uma chave? — perguntou Cleo.

— Tem, mas é o Trey. Ele acha que só deve usar em caso de emergência.

Yoda já dançava na porta e disparou para cumprimentar Mookie quando Sonya a abriu.

— Ele acha que é o sortudo — comentou Trey. — Mas sou eu que vou levar duas mulheres lindas para jantar.

— O Mook já jantou? — perguntou Cleo.

— Já.

— Então estamos prontas. — Ela pegou o brinquedo de corda e o ofereceu. E a brincadeira começou.

— Se comportem, meninos. — Sonya saiu e se ergueu na ponta dos pés para beijar Trey. — Mais sorte ainda, sair para jantar com um homem bonito. Ou serão dois homens bonitos?

— O Owen vai se encontrar com a gente. Parece que o Jones vai ficar em casa assistindo ao seu filme favorito.

— E qual seria? — quis saber Cleo, enquanto caminhavam até o carro de Trey. — *Scooby-Doo*? *101 Dálmatas*?

— *King Kong*, o original.

— Mentira.

Trey balançou a cabeça, abrindo as portas do carro.

— Não me pergunte o porquê, mas o Jones adora. E nitidamente torce pelo King Kong.

— Essa parte eu entendo — disse Sonya, olhando para Cleo, que assentiu. — Você tira um gorila gigante do reino dele, tenta transformá-lo em mercadoria… o que espera que aconteça?

Então tocou o braço de Trey.

— Pode nos contar como foi com sua amiga e os filhos dela?

— Não foi bonito, mas, no fim, ele não vai brigar com ela pela custódia nem pela mudança deles. Está tentando negociar um acordo sobre as acusações.

— Odeio isso — resmungou Cleo do banco de trás, e Trey lhe lançou um olhar pelo retrovisor.

— Entendo. O acordo, se sair, ajuda a abrir caminho para que minha cliente consiga ir com os filhos para perto da família, em outro estado. Além disso, vai poupá-la de ter que voltar para cá para um julgamento. Não vejo o promotor aceitando menos de quinze anos por uma confissão de culpa.

— E a sua cliente aceita isso? — quis saber Sonya.

— Ela só quer que ela e os filhos se sintam seguros. Isso significa voltar para a mãe e a irmã. E essa é a minha prioridade.

Cleo se inclinou para a frente e pousou a mão no ombro de Trey.

— Lógico que é, e deveria ser. Eu jamais serviria para ser advogada, porque teria vontade de queimar as bolas dele com um isqueiro. E levaria um bom tempo para conseguir isso.

Trey lançou-lhe outro olhar.

— Me lembre de nunca irritá-la.

— Fique tranquilo. Conheci seu pai ontem e gostei demais dele para querer queimar as bolas do filho.

— Valeu, pai. Como foi? Não falei com ele hoje.

— Acho que agora entendemos muito melhor a Patricia Poole, e eu quero tentar conversar com Gretta Poole em algum momento. E algumas coisas aconteceram. Achei melhor esperar para contar a você e ao Owen juntos. Estamos bem — acrescentou Sonya. — Estamos bem.

— Depois daquele negócio do espelho — completou Cleo —, está evidente que nós quatro estamos juntos nessa. Então…

— Justo.

Mas, enquanto dirigia para a cidade, Trey lançou a Sonya um olhar, como que para se certificar de uma única coisa: que ela estava bem.

— E tem mais novidades — disse Sonya. — A Cleo terminou a pintura que vai trocar com o Owen. E está de tirar o fôlego.

— Provavelmente terminei — corrigiu Cleo. — Mas fico feliz em receber o "de tirar o fôlego".

— Se você puder dormir lá em casa esta noite, vamos lá em cima para você ver.

— Parece que só tenho a ganhar com isso. — Ele estacionou e lhe lançou um sorriso. — Tenho uma mochila pronta no porta-malas.

A mesma recepcionista jovem os recebeu no Lobster Cage, lançando a Trey um olhar sonhador.

— Ela está caidinha por você — comentou Cleo quando a recepcionista entregou os cardápios e voltou ao balcão.

— Ela tem 20 anos — murmurou Trey.

— Eu tive uma paixonite absurda pelo meu professor de história da arte. Eu tinha 19 — lembrou Cleo. — E acredito que ele devia ter mais que o dobro da minha idade. Eu estaria em apuros se ele tivesse se aproveitado.

— Mas você superou, não foi? — perguntou Trey.

— Sim, mas as lembranças são doces.

Sonya reconheceu o garçom de cabelo escuro preso em um coque no alto da cabeça, com mechas alaranjadas. Era o estudante de engenharia ambiental que havia trocado as aulas presenciais pelo ensino remoto quando o pai adoeceu.

— Boa noite, senhoras, Trey. Posso começar trazendo algo para beber enquanto esperam o restante do grupo?

— Ele deve chegar em breve. Que tal uma garrafa de sauvignon blanc?

Ao obter aprovação geral, completou:

— Traga quatro taças, Ian. Se o Owen quiser outra coisa, ele avisa quando chegar. O que é agora mesmo — acrescentou, ao ver Owen entrar.

Embora o cabelo estivesse desarrumado, caindo desordenadamente, era nítido que ele vestia camisa e calça jeans limpas.

Ele se sentou no banco, ao lado de Cleo.

— Desculpem — disse ele. — Eu estava ocupado.

— Nós também acabamos de chegar. Pedi uma garrafa de sauvignon blanc.

— Ótimo. E o que vocês vão beber?

— Você estava ocupado nesse nível? — brincou Trey.

— E muito. Oi, Ian.

— Oi, Owen. Já trago seu vinho.

— Ocupado positivamente? — quis saber Cleo quando o garçom se afastou.

— Muito trabalho geralmente é uma coisa boa.

— Parece que as coisas também andaram agitadas na mansão. Vocês queriam esperar pelo Owen para contar. Pois bem, aqui está o Owen.

— Contar o quê?

— A Cleo encontrou um retrato da Lisbeth no armário do ateliê.

— Não brinca. É mesmo? — Owen recostou-se. — Quem pintou?

— O Collin. Seu tio — especificou Cleo. — É belíssimo.

— Outro retrato de casamento. Mesmo que não fosse óbvio pelo vestido, eu teria reconhecido, já que você e eu, Owen, vimos ela usando esse vestido.

— Nós o penduramos na sala de música com os outros.

Owen se virou um pouco para Cleo.

— Ótimo. É onde ele deve ficar. — Lançou um olhar para Trey. — Ainda faltam três. Talvez quatro, se não contarem o da Astrid, na entrada.

— É como os outros dois? — perguntou Trey. — Mesma medida, mesma moldura?

— Exatamente — respondeu Sonya.

— Então, na minha opinião, são mais quatro. Nem o Collin nem seu pai pintaram o da Astrid, e ele é bem maior, com moldura diferente. É para formar um conjunto.

— Ou uma série — concordou Sonya. — Da última noiva até a primeira.

Ian voltou com o vinho. Depois que Trey experimentou e aprovou, o garçom anunciou os pratos do dia enquanto servia as quatro taças.

Antes que pudesse se afastar para lhes dar tempo, Sonya e Cleo optaram pelas sugestões do dia. Trey e Owen ficaram com seus pratos favoritos.

— É disso que eu gosto — decidiu Owen. — Quatro refeições diferentes. Você nunca vai dar conta dessa lagosta à cantonesa — disse para Cleo.

— Vou tentar com todas as minhas forças.

— Troque um pouco com a torta cremosa de lagosta dele — sugeriu Trey. — Você não vai se arrepender. Agora, tem mais coisas depois do retrato. Como a Dobbs reagiu?

— Nada bem. — Sonya deu de ombros e ergueu a taça de vinho. — Muito barulho, portas batendo, vento soprando, luzes piscando. Mas ela perdeu o fôlego.

— Quase todo — acrescentou Cleo.

— Quase.

Sonya contou os eventos das três da manhã.

Trey estreitou os olhos.

— Encarando a casa?

— Sim, no começo. Ela não estava assim quando você a viu, estava?

Ele balançou a cabeça.

— Não, estava de costas para a casa, depois pulou. E sem barulho, sem portas escancarando.

— Nenhum aviso da Clover com "Bad Moon Rising"?

Trey negou com um aceno de cabeça diante da pergunta de Owen.

— O relógio, a música ao piano e algo que me atraiu até a janela para vê-la pular. Só isso.

— Você vai dizer que eu devia ter ligado ou mandado mensagem, mas não houve necessidade — disse Sonya, apertando o braço dele. — Fechamos as portas, e ela pulou. E o show da noite acabou. De manhã, fui malhar na academia.

— Fez questão de esfregar na cara dela — comentou Owen, arrancando um sorriso de Sonya.

— Talvez. Ela tocou o sino do Quarto Dourado várias vezes, mas só isso. Cleo acha que ela ficou sem forças depois do evento da noite. Eu concordo. Dobbs ficou quieta o resto do dia. Ficou tão quieta que a Cleo terminou a pintura da sereia.

— Espera. Já está pronta? Quando posso buscá-la?

— Não tenho certeza se está pronta. Vou confirmar amanhã. Depois, precisa secar e ser emoldurada.

— Eu faço a moldura. Pode deixar.

— Nada rebuscado, e não pode parecer brilhante e novo. Eu posso…

— Eu faço a moldura — repetiu Owen. — Só quero vê-la de novo antes. Quanto tempo até eu poder ficar com ela?

Cleo ergueu a taça e sorriu com candura.

— Onde está o meu barco?

— Eu levo o projeto quando for vê-la.

— Então, aí a gente conversa. Agora me diga como o seu cachorro virou fã de King Kong, o antigo.

— O original — corrigiu ele. — E quem não é? Posso passar lá amanhã, depois do trabalho. Umas cinco, talvez.

— Certo, contanto que entenda que não poderá levá-la nem emoldurá-la por semanas.

— Meses? Isso é mais tempo do que você levou para pintá-la.

— Sim. Bem-vindo ao meu mundo. Eu quis usar óleo — explicou Cleo. — Usei um aditivo que reduz o tempo de secagem. Caso contrário, estaríamos falando de seis meses, não dois.

— É assim que funciona?

— É.

— Então tá bom.

Quando as refeições chegaram, a conversa derivou para assuntos gerais, em um clima leve.

No meio do jantar, Bree Marshall saiu apressada da cozinha, o chapéu de chef sobre o cabelo ruivo curto. Empurrando Owen para o lado, ela se encaixou na extremidade do banco.

— Tenho cinco minutos. Me contem sobre esse evento. Quantas pessoas?

— Ainda não sabemos — começou Sonya. — Mas…

— Vocês precisam ter uma estimativa logo. Vão pedir comida de todos os restaurantes da vila?

— É o plano, então…

— Vocês precisam decidir o que vão querer de cada um. Não deixem eles escolherem ou vai virar uma zona. Precisam de garçons, bartenders, equipe de cozinha. E alguém para cuidar dos banheiros. As pessoas vão querer fazer xixi.

Cleo se inclinou para olhar por cima de Owen.

— E se a gente pedisse para você coordenar tudo isso?

— Eu diria que vocês são espertas — respondeu Bree, sorrindo. — Preciso ver o local. Posso passar por lá na próxima segunda, por volta das onze da manhã.

— Perfeito — disse Sonya. — Agradecemos muito a sua ajuda.

— Vocês vão precisar. Casas abertas à visitação são eventos caóticos, e eu vivo no caos. — Sorriu para Trey. — É por isso que nós dois nunca daríamos certo. — E cutucou Owen com o cotovelo. — Nós dois teríamos combinado melhor.

— Eu tentei avisar.

— Não, não tentou.

— Discretamente.

— Ah. Não percebi. — Ela lhe deu um beijo estalado na bochecha, fazendo-o rir. — Agora é tarde demais. O Manny já me ganhou pelo coração e pelos hormônios. Preciso voltar. Vou pedir para vocês dois potinhos de *petit gâteau* de chocolate e duas tortinhas de morango para dividirem. Depois vocês me agradecem.

E, assim, ela se foi.

— Por que sinto que fomos atropelados por uma enxurrada de chantili? — comentou Sonya.

— Ela é assim — disse Trey, virando-se para encarar Owen. — Como assim, discretamente?

— Ela é gata. — Owen deu de ombros. — Sempre foi. Mas eu me comportei. De qualquer forma, ela tem razão. Vocês foram espertas em chamá-la para ajudar nesse evento que estão organizando.

— Ela vive no caos porque sabe gerenciar o caos — observou Trey.

— E as pessoas — acrescentou Sonya. — É por isso que vamos dividir *petit gâteau* de chocolate e tortinhas de morango na sobremesa. E não tenho nenhuma objeção a isso.

— O que, mais uma vez — completou Trey —, prova que vocês são espertas.

Quando as sobremesas chegaram, Sonya não teve como discordar sobre a esperteza.

— Eu pago — disse Owen quando Trey fez sinal para pedir a conta. — Você pagou da última vez que comemos fora, e eu já comi mais do que algumas refeições na mansão.

— É toda sua.

— Obrigada. — Sonya olhou para Cleo, que assentiu. — Já que você vai passar lá por volta das cinco amanhã, por que não fica para o jantar? E você também, Trey, se puder.

— Estou pensando em tentar fazer uma jambalaia. Minha avó me mandou a receita. É um pouco apimentada.

— Sendo assim eu estou dentro — disse Owen, pagando a conta e lançando um sorriso a Trey. — Eu gosto de comida apimentada. Preciso ir, tenho que começar o dia cedo amanhã.

— Então nos vemos por volta das cinco. E obrigada pelo jantar — acrescentou Cleo.

— De nada. — Ele levantou-se e virou-se para Sonya. — Talvez eu durma na sua casa amanhã à noite. Não me importaria de ver a Dobbs se jogar das falésias, caso ela resolva fazer um bis.

— Planeje a primeira parte; quanto à segunda, só Deus sabe. E vocês dois precisam ver o retrato da Lisbeth.

— Amanhã — disse ele, e foi embora.

Os outros não se demoraram muito no restaurante e seguiram de volta para casa, sob uma chuva suave e tranquila de primavera.

Os cães os receberam como heróis de guerra antes de correrem para fora.

— Vamos deixá-los entrar pela área de serviço, assim não espalham lama pela casa. Cleo e eu vamos mostrar o retrato para você.

— Estava simplesmente esperando no armário?

— Tipo isso — concluiu Cleo. — Esperando. Eu tinha guardado alguns materiais que encomendei há uns dias. Nada. Hoje, fui pegar uma coisa e lá estava ela.

Eles entraram na sala de música.

— Uau — disse Trey, aproximando-se. — Belíssimo, tanto a modelo quanto o trabalho. Ela é a primeira Poole de nascença aqui, e isso é visível. A semelhança. — Virou-se para Sonya. — As fotos antigas não mostram tão nitidamente. Você tem os mesmos olhos, o mesmo formato do rosto.

— Acho que é verdade. Alguém, talvez mais de uma pessoa, quer que fiquemos com esses retratos. E pendurá-los aqui pareceu certo desde o primeiro.

— E vocês têm razão sobre o conjunto. Eles foram pintados para estarem juntos.

— Acho que, antes de terminarmos, teremos todos os sete. Faltando uma geração — acrescentou Cleo.

— Patricia Poole. Acho que ela deve ter tido algum desentendimento, algum evento, com a Dobbs. O Deuce tinha recortes antigos de jornal. Coluna social e tal. Ela tinha estado na mansão várias vezes antes de se casar com um Poole.

— Ela conheceu Michael Poole Jr. aqui — completou Cleo. — Achamos uma matéria de fofoca sobre isso, um jantar formal. Ela fez a festa de noivado com ele aqui. Outra matéria social, com uma foto dos dois.

— Mas não o casamento, e nada depois. — Trey recuou alguns passos para estudar os três retratos juntos. — Aposto que esse desentendimento aconteceu na festa de noivado. Não temos provas, mas…

— É isso! — exclamou Sonya, radiante, juntando as mãos. — Que sacada genial! E dane-se a falta de provas. Isso faz todo o sentido do mundo.

— Concordo com a Sonya. Se algo tivesse acontecido antes para assustá-la a esse ponto, por que aceitar fazer a festa de noivado aqui? O casamento foi, o quê, Sonya, uns nove meses depois?

— Dez, e um grande e luxuoso, então eles começariam a planejar logo. Ela saiu de uma fase exibindo o noivado e passou a querer quebrar a tradição da família Poole e se recusar a fazer a recepção de casamento aqui. E mais, se recusou a se mudar para a casa mais importante da região.

— Não temos provas — repetiu Trey, enfiando as mãos nos bolsos enquanto estudava os três retratos. — Mas eu apostaria nisso. Não sei exatamente o que isso significa para vocês, mas eu apostaria.

— Significa que a Dobbs assustou Patricia, e onde e quando isso aconteceu. Será que Dobbs chegou a se mostrar para alguma das outras antes do casamento?

— Não sei, mas não consigo imaginar que ela quisesse afastar a Patricia — disse Cleo, abrindo as mãos. — Não vejo motivo, já que isso significaria esperar mais vinte e tantos anos pela próxima vítima.

Clover usou o celular de Sonya para tocar “I Me Mine”, dos Beatles.

— É, foi você — disse Sonya, tocando com carinho a moldura do retrato de Clover. — Talvez… talvez ela tenha provocado a Patricia de algum jeito, exagerado, e o tiro acabou saindo pela culatra. É o que faz mais sentido.

— E agora, o que faz mais sentido é eu subir e ler até dormir. Vejo você de manhã, Sonya. Provavelmente não você, Trey, mas quem sabe amanhã à noite?

— Eu estarei aqui.

— Boa noite, Cleo, e vamos trazer os cães para dentro.

Na porta, antes de apagar a luz da sala de música, Sonya lançou um último olhar aos retratos — pensou no passado, no futuro. Depois, apagou as luzes e focou no presente.

Os cães entraram tão felizes quanto saíram — e muito mais sujos.

Enquanto secavam as patas, Sonya resolveu dar o que considerava o próximo passo com Trey.

— Quero dizer algumas coisas para você.

Ele ergueu as sobrancelhas, curioso.

— Certo.

— Primeiro, você tem uma chave da mansão. Não quero que sinta que precisa tocar a campainha. Pode usar sua chave. E outra coisa…

Ela se levantou e começou a caminhar com ele e os cães pela casa.

— Se você quiser, pode deixar algumas coisas aqui, assim não precisa arrumar uma mala toda vez que ficar. Não estou dizendo isso para prender você. Eu só…

— Eu já construí a caixa para mim mesmo — interrompeu ele, tomando-lhe a mão. — É uma boa caixa. Espaçosa.

Ela inclinou a cabeça em direção ao ombro dele.

— Então eu também posso caber aí?

— É uma boa caixa — repetiu, enquanto subiam as escadas. — Tem uma tampa, caso você comece a se sentir espremida.

— Você disse que era espaçosa — lembrou ela. — E parece que me cabe muito bem.

Eles entraram na sala de visitas dela e seguiram até o quarto. Os cães foram direto para a cama que costumavam compartilhar durante as visitas. Sonya fechou a porta e se recostou nela.

— Deixe algumas coisas na mansão, Trey. Tenho espaço de sobra aqui… e na minha vida.

— Vou deixar algumas coisas — disse ele, largando a bolsa e se aproximando dela. — Porque quero esse espaço aqui, e na sua vida.

— Fico feliz que esteja aqui. — Ela ergueu os braços e enlaçou o pescoço dele. — Sempre fico feliz quando você está aqui.

Quando seus lábios se encontraram, a avidez que se manifestou dentro dela foi tão rápida, tão intensa que a deixou atônita.

Ela queria aquilo, aquele toque, queria que Trey despertasse todos aqueles desejos até que fervilhassem e deixassem os dois em chamas.

Como se percebesse, ele colou seu corpo ao dela, prendendo-a contra a porta, enquanto o beijo passava de faminto a desesperado.

Necessidade visceral, ela percebeu. Por alguma razão, naquela noite, a necessidade era visceral em ambos. Rendendo-se a ela, afastou os braços do pescoço dele apenas o suficiente para se livrar do casaco. Enquanto suas bocas se tomavam, ela se apressou em desabotoar a camisa dele.

E soltou um gemido de prazer ao arrancá-la e encontrar a pele cálida, o corpo firme.

Ele puxou o zíper nas costas do vestido dela.

O vestido caiu e, antes que ela pudesse se livrar do tecido emaranhado, as mãos de Trey estavam em toda parte. Sem a paciência de costume, exigiam, possuíam, despertavam, até que aquela necessidade visceral transbordasse.

Até que ela sentisse o fogo que tinha desejado.

Ela soltou um gemido.

— Não pare.

— Eu não conseguiria.

Os dedos dela estavam meio trêmulos enquanto soltava o cinto dele. Tinha que ser naquele momento, ou a necessidade a despedaçaria, um animal selvagem cheio de avidez.

Quando o libertou, tomou-o, duro e pronto, na mão, sentiu-o puxar sua calcinha.

— Rasga. Meu Deus! Só rasga. Tenho outras.

Ao ouvir o tecido fino se romper, ela soltou um riso ofegante.

— Agora! Agora mesmo!

Ele a ergueu, fazendo com que as costas dela deslizassem contra a porta. Os dedos dela se cravaram nos ombros dele.

Então seus olhares se encontraram e se mantiveram fixos. E algo novo se enlaçou àquela necessidade visceral, igualmente forte e urgente.

Olhando nos olhos dele, sentindo a força de suas mãos, o calor do corpo, ela disse:

— Sim. — E então, de novo: — Sim.

Ele deslizou para dentro dela devagar, um tormento deliberado para ambos. A cada centímetro, o corpo dela estremecia — e se alegrava.

Quando ele a preencheu por completo, os olhares continuaram presos um ao outro.

Ele a observou, viu o prazer inundar aqueles olhos verdes, viu o calor que davam um ao outro ruborizar sua pele e torná-la úmida.

Os corpos deles se moviam juntos, se chocavam, e ela arfava a cada investida.

Ele a viu flutuar de prazer. Mesmo quando as pernas dela se enroscaram nele, quando ele tomou o peso dela. E, quando ela cedeu, ele flutuou também.

Capítulo sete

Embora se sentisse exausta, relaxada, saciada a ponto de achar que poderia dormir até durante uma invasão alienígena, Sonya vestiu uma camiseta e um short de pijama.

— Se eu der uma de sonâmbula — disse a Trey —, não quero andar pelada. Isso já é bizarro demais.

— Você fica bem pelada.

— Aceito o elogio, mas ainda assim. — Na cama, ela se aconchegou contra ele. — Você também fica bem pelado.

— E, mesmo assim, se você sair andando, eu visto uma calça. Vou com você.

— Eu sei.

Com a mão sobre o coração dele, ela caiu no sono.

Às três, com a badalada do relógio e o suave fluir da música ao piano, ela se mexeu. E suspirou.

Antes mesmo que ela se afastasse, Trey sabia que ela iria andar pela casa. Ele pegou a calça que estava ao pé da cama e vestiu-a depressa enquanto ela saía da cama e seguia para a porta.

— Estou indo — murmurou.

Enquanto a seguia, os cães acordaram.

— Quietos — disse ele aos dois. — Fiquem quietos.

Eles vieram logo atrás e, mais à frente no corredor, Trey viu Cleo sair do quarto.

— Senti que devia me levantar — sussurrou ela. — Queria muito que Owen tivesse voltado com a gente.

Quando Sonya passou por ela, Cleo se colocou ao lado de Trey.

— Ela está lá fora? Dobbs? Não parei para olhar.

— Nem eu.

No fim do corredor, Sonya olhou em direção ao berçário, de onde vinha o choro.

— Tão triste — disse. — Sinto muito.

Mas, em vez de seguir naquela direção, Sonya virou para as escadas.

Para se tranquilizar, Cleo pegou a mão de Trey.

— Talvez o espelho esteja em outro cômodo esta noite.

Trey assentiu enquanto a seguiam.

— Pode ser. Mas ela sabe exatamente para onde precisa ir. Não está com pressa, mas também não hesita.

Na metade da escada, a música mudou da lamentosa "Barbara Allen" para algo mais animado, que Trey não reconheceu.

— Isso é novo, essa mudança de música.

— Está mais alegre — decidiu Cleo. — Você ouve vozes? Acho que ouço.

— Como um eco distante. Cantando?

— Acho que sim.

Ao pé da escada, Sonya seguiu pelo corredor, parou diante da porta da sala de música e deu apenas um passo para dentro.

— A música, as vozes… ainda distantes. Mas ela ouve alguma coisa.

— Vê alguma coisa também? — perguntou Cleo. — Você vê alguma coisa? Não há muita claridade, só um leve reflexo das luzes noturnas que colocamos, mas acho que não devemos ligá-las.

— Não. Não vamos ligar. E não, eu não vejo nada além da sala de música.

Sonya via a sala de música e, para ela, estava bem iluminada. Abajures com globos azul-claros pintados com flores brilhavam nas mesas laterais, e as velas em um candelabro de prata sobre o piano tremeluziam.

Seu brilho iluminava o cômodo enquanto a escuridão pressionava contra as janelas.

Ela viu três homens de terno e algumas mulheres — duas delas jovens — com vestidos bonitos que iam até os tornozelos.

Reconheceu Owen Poole, observando com indulgência enquanto a mulher — sua esposa, segunda esposa e mãe de seus filhos — tocava piano. Atrás dela, Lisbeth, com o cabelo escuro preso em uma trança coroando a cabeça, cantava uma canção sobre o litoral.

Como acontecera antes, em um cenário diferente, tudo ficou imóvel.

O jovem Edward, noivo de Lisbeth, parou com o copo a meio caminho da boca, um sorriso largo no rosto.

A mãe de Lisbeth permaneceu sentada, as mãos imóveis sobre as teclas, a cabeça inclinada para trás em uma risada.

A barra do vestido azul de uma das jovens parou no meio de um giro.

O fogo na pequena lareira cessou o crepitar, congelado como uma pintura na parede.

Com seu vestido cor-de-rosa de saia rodada, Lisbeth se virou para Sonya.

— Nós estávamos tão alegres naquela noite! Mamãe tocou sem parar. Eu amava meu Edward. Ele não é lindo?

— Ele é muito lindo.

— Nós nos casaríamos em poucas semanas. Meu vestido é um espetáculo também. Papai não se importou com o custo, nem um pouco. Não para a filhinha dele. Todo mundo viria. Seria um evento lotado.

— Eu sei.

— Você sabe — concordou Lisbeth. — Doeu quando morri, e fiquei com muito medo. Também fiquei triste. E por um tempo fiquei ainda mais triste porque Edward seguiu em frente. Ele encontrou outra pessoa para amar, se casou, teve uma família. Isso me deixou muito triste. Mas eu o amava tanto... e não teria desejado que ele parasse de viver, como eu parei.

Ela sorriu, radiante.

— Entretanto, isso não seria romântico? Trágico e romântico, como em um romance! Mas eu o amava demais para isso. Nunca acreditei em maldições. Que tolice, eu achava. Agora, você precisa detê-la. Precisa quebrar a maldição. Encontre as alianças, Sonya.

— Como? Onde?

— Ora, bobinha, eu não sei. — Olhou de novo para Edward, sorrindo com o copo ainda no ar. — Queria que tivéssemos tido ao menos uma noite juntos. Só uma.

A cena se desfez. O fogo voltou a crepitar na lareira. Edward levou o copo à boca, e a moça de vestido azul girou.

Atrás da mãe, Lisbeth voltou a cantar:

— *You and me, you and me, oh, how happy we'll be!*

Então tudo desapareceu na escuridão.

Tremendo, Sonya tateou a parede às costas em busca do interruptor, mas se sobressaltou quando Yoda roçou a perna dela. Ao se virar, viu Trey e Cleo.

— Vocês viram ela, viram eles? Viram?

— Não. — Trey a puxou contra si. — Você está gelada.

— Não, não… só… impressionada demais. Acho que vou me sentar um pouco. — Cambaleante, ela foi até uma cadeira. — Vocês não viram nada? Eu estava dormindo, e de repente estava aqui, com pessoas, música… e Lisbeth.

— Nós ouvimos música e cantoria, mas pareciam distantes. — Cleo apertou a mão dela. — Vou buscar um copo d'água.

— Não, estou bem. Quer dizer… não bem, mas estou ok. Vocês não viram nada?

— O que você viu? — perguntou Trey.

— Era uma pequena reunião. Reconheci Owen, não nosso Owen, mas o pai de Lisbeth, e a mãe dela tocava piano. Lisbeth estava cantando. Ela usava um vestido cor-de-rosa e cantava… ah… — Sonya cantarolou: — *By the sea, by the sea, by the beautiful sea.* E Edward, o noivo dela, a olhava e sorria. E havia mais um casal, jovem como eles, uma moça de vestido azul e um homem de terno.

Enquanto olhava para o piano, ela acariciou a cabeça de Mookie, apoiada em seu colo. *Quente, real*, ela pensou.

— Então tudo parou, congelou. Como aconteceu quando vi Astrid e aquela festa no salão. Exceto por Lisbeth. Ela olhou para mim. Ela me viu. Falou comigo.

— Você falou com ela.

Ela ergueu os olhos para Trey.

— Então não foi só na minha cabeça? Você me ouviu?

— Ouvimos só o que você dizia. — Cleo sentou-se no braço da cadeira e passou a mão pelo braço de Sonya.

— Ela me disse que todos estavam muito felizes naquela noite, mas isso eu mesma pude ver.

Sonya contou o resto.

— O cômodo estava diferente, mas não muito. Pinturas diferentes nas paredes, e, óbvio, os retratos não estavam lá. Mas a vitrola que nós trouxemos para cá? Estava ali, exatamente onde colocamos. Acho que era nova.

— Não foi a Dobbs — disse Cleo. — Não dessa vez.

— Não. Não dessa vez. Eles estavam bem felizes. Foi como quando eu vi Astrid no salão. Apenas amigos e família se divertindo, uma noite juntos com música. Ela queria que eu visse isso.

— E que sentisse — acrescentou Cleo.

— Eu senti. Eu realmente senti.

— Há mais disso nesta casa, desse sentimento — disse Trey —, dessa história, do que o que Dobbs trouxe para cá. E é isso que você está trazendo de volta.

— Eu sei. E, embora seja algo muito estranho, fico feliz por tê-la visto, falado com ela. Eles realmente se amavam, Lisbeth e Edward. Era algo juvenil e meigo, mas era amor. Também há muito disso nesta casa. Pessoas que se amaram. Eu até diria que sinto muito por ter acordado vocês às três da manhã, mas não é a primeira vez, e acho que não será a última.

Respirando fundo, Sonya se levantou.

— Que tal voltarmos para a cama?

— Estou dentro. Vocês dois podem me acompanhar até o meu quarto no caminho. Bem, vocês quatro, já que temos nossa escolta canina.

Na porta, Trey fez uma última varredura antes de apagar as luzes. *Tudo calmo*, decidiu. Tudo tranquilo. Por enquanto.

Na manhã seguinte, Trey convenceu Sonya a ir para o chuveiro, de modo que o dia dela começou da melhor forma possível.

Lá embaixo, os cães — com o ritual matinal ligeiramente atrasado — dispararam para fora. Quando voltaram correndo para o café da manhã, Sonya, satisfeita, sentou-se ao lado de Trey com café e tigelas de cereal.

— Tirando as conversas no meio da noite com parentes mortos, isso parece tão normal.

Trey ergueu a caneca e brindou de leve com a dela.

— É o nosso normal.

— Você lida com tudo isso de forma tão… tranquila.

— Cresci dentro e ao redor da mansão, com as lendas, os boatos e com algumas experiências pessoais com o sobrenatural. Você teve muito mais com o que se ajustar. E não vejo nenhum tropeço no seu passo, lindinha.

Ah, eu tive mais de um tropeço, pensou.

— Quando me mudei para cá, era fácil descartar as coisas, na maior parte pequenas coisas, como se fosse culpa de uma casa velha, imaginação, coincidência, seja o que for.

Ele se lembrou de como ela parecia naquele primeiro dia, parada ali, com o solo coberto de neve, o cabelo dançando ao vento frio sob o gorro de tricô. Lembrou-se do olhar encantado e entusiasmado em seu rosto.

— Não demorou muito para você aceitar e lidar com isso.

— Me apaixonar pela casa, e devo admitir que, à primeira vista, contribuiu para isso. Mas… e eu nunca acreditei no que estou prestes a dizer… você acha que parte disso pode vir pelo sangue? Pelo sangue dos Poole. Não sei se algum dia vou realmente me considerar uma Poole. Nasci e fui criada, muito feliz, como uma MacTavish, mas…

— Mas… — concordou ele. — Acho que sua ancestralidade pode influenciar, sim. É lógico que você e Owen, ambos Poole, conseguiram ver algo no espelho que Cleo e eu não vimos. E conseguiram… meu Deus, que momento… entrar nele. Você viu e ouviu o que presenciou ontem à noite. Cleo e eu mal tivemos um vislumbre disso.

— Mas vocês ouvem Dobbs quando ela tem seus acessos, e você já a viu duas vezes. Uma vez no Quarto Dourado, e esse foi outro momento e tanto, e lá no quebra-mar. Cleo também a viu lá fora.

— Dobbs não era uma Poole.

Engolindo uma colherada de cereal, Sonya recostou-se.

— Ela não era uma Poole. É tão simples e lógico que me passou batido, senhor advogado.

— Simples e lógico. Mas não explica por que eu já vi Clover duas vezes e você, não.

— Ah, isso só mostra que você não é mulher.

— Confesso essa culpa. Mas o que isso tem a ver?

— Obviamente, ela tem uma quedinha por você, e já tinha antes.

De repente, o celular de Trey tocou com o clássico "Holding Out for a Hero".

Erguendo as sobrancelhas de modo significativo, Sonya apontou para ele.

— Caso encerrado.

— Quem sou eu para discutir com uma gata dessas? Ou melhor, com duas gatas. — Ele olhou para o cachorro. — Mookie e eu temos que ir para o escritório. Você me manda mensagem se precisar?

— Sim. Pretendo ter um dia muito bom e muito produtivo. Espero que você também.

Ele se levantou.

— Um dia que começa com sexo no chuveiro já é ótimo e produtivo.

— Não posso discutir com isso — disse ela, beijando-o. — Tchau, Mookie. Seja um bom menino e um sábio consultor jurídico.

Sozinha, Sonya cuidou da louça do café da manhã, imaginando que a sempre vigilante Molly já tinha arrumado a cama.

— Vem, Yoda, vamos trabalhar.

No andar de cima, ela começou conferindo mensagens de texto e e-mails. Embora fosse tentador mergulhar logo na proposta para a Ryder, obrigou-se a trabalhar primeiro com os clientes atuais. Poderia encerrar o dia com o grande cliente em potencial.

Mal havia começado quando viu Cleo.

— Um pouco cedo pra você.

— Quando a gente acorda, não tem jeito. Vou me arrumar e ir ao mercado. Quero ver se encontro linguiça *andouille*, porque a vovó garante que faz toda a diferença na jambalaia.

— Olha só pra você. — Um pouco surpresa, Sonya recostou-se. — Acho que nem sabia que existiam tipos de linguiça. O que é *andouille*?

— Apimentada — respondeu Cleo com gosto. Depois franziu o cenho e inclinou a cabeça. — Você transou de manhã.

— Como é que você sabe? — Espantada, Sonya ergueu as mãos. — Como você pode saber disso?

— Porque vejo que você está relaxada de um jeito que eu invejo. Sinto muita falta de sexo de manhã. E de sexo à tarde. E de sexo na hora de dormir. Droga, agora estou pensando no sexo que não estou fazendo. Vou tomar café.

— Foi sexo no chuveiro de manhã! — gritou Sonya.

— Vai se lascar, Sonya! — gritou Cleo.

Rindo, Sonya voltou ao trabalho.

Menos de uma hora depois, Cleo, vestindo calça cáqui leve para a primavera e suéter lilás de caxemira, parou à porta.

— Estou saindo. Quer que eu traga alguma coisa?

— Não. — Mas a beleza do cabelo da amiga fez Sonya prometer a si mesma ligar para o salão assim que fizesse uma pausa. — Tenho uma ligação com um cliente em trinta minutos, então, se não atender quando você voltar, é porque ainda estou nela. E aposto que você vai voltar com uma gata, então vou cronometrar minha pausa para poder fazer carinho nela.

— Só vou olhar.

— Aham. Vejo você e a gatinha depois.

Como sempre, o ataque começou antes que Cleo tivesse sequer saído da estradinha da mansão.

O iPad disparou “No Surrender”, de Springsteen.

— Não se preocupe. Eu não vou me render.

Quando Yoda tentou subir no colo dela, Sonya o pegou nos braços, afagando-o enquanto as portas de correr se fechavam com um estrondo, abriam-se, depois se fechavam de novo. Um vento gelado e cortante varreu o cômodo, derrubando alguns livros das estantes. Sob seus pés, o chão parecia subir e descer.

No segundo andar da biblioteca, a TV na parede ligou sozinha, com sons de tiros disparando.

O coração de Sonya estava quase saindo pela boca; Yoda tremia em seus braços.

Mas ela ficou onde estava.

— Continue, sua vaca. Você não me impressiona.

A névoa rastejou para dentro do cômodo. Sentindo o frio que vinha dela, Sonya ergueu os pés, cruzando as pernas sob si antes que a névoa alcançasse a parte de baixo da mesa.

Ela viu a própria respiração sair em nuvens de vapor enquanto o frio penetrava nos ossos.

— Vamos ficar bem aqui! — esbravejou, mas quase pegou o telefone para ligar para Trey quando ouviu as portas principais se escancararem.

Então parou, tudo parou.

Ela ouviu a própria respiração ofegante quando o silêncio recaiu e o ar voltou a se aquecer.

— Estamos bem. — Como ele tremia, ela abraçou Yoda com força, afagando seu pelo macio e malhado. — Estamos bem.

Quando "Fighter", de Christina Aguilera, soou pelo ambiente, Sonya soltou um longo suspiro.

— É, estou aprendendo a ser uma lutadora.

Ela se obrigou a levantar e recolocar os livros no lugar. Ao sair, olhou para baixo e viu que as portas principais estavam fechadas.

Mas ainda conseguia sentir os resquícios do frio esgueirando-se do terceiro andar.

— Boa tentativa. Continue desperdiçando energia, sua vaca.

Ela conferiu as horas e decidiu que tinha tempo de sobra para gastar.

Embora ele já tivesse parado de tremer, ela levou Yoda para baixo.

Deixou-o correr lá fora, ao sol e, enquanto ele fazia isso, criou coragem e marcou um horário no salão.

— Mais coragem — parabenizou-se.

Ela se recompensou com uma Coca-Cola e pegou um osso de roer para Yoda, chamando-o de volta para dentro.

Depois subiu novamente, acomodou o cãozinho e a si mesma, e esperou o início da chamada com o cliente.

Cleo voltou com as compras. E com uma gata.

Como Yoda já tinha disparado escada abaixo ao som da porta, Sonya o seguiu. No meio do caminho, viu Cleo, com uma sacola de compras em uma das mãos e, na outra, uma jovem e elegante gata preta.

— Eu *sabia*! — Sonya correu o resto do caminho. — Ah, Yoda, não me decepcione — disse, quando ele apoiou as patas dianteiras nas pernas de Cleo para farejar a recém-chegada.

Recém-chegada que, notou Sonya, olhou para ele com ar majestoso, do alto.

— Ela só tem 6 meses. Já foi castrada, então não vou precisar passar por isso. A Lucy disse que ela se dá bem com outros animais e crianças. E, caramba, Son, foi o olhar dela que me ganhou. Olha só! São do mesmo tom verde dos Poole. Era destino.

— Ah, ela é linda. — Com cuidado, Sonya acariciou o pelo preto e macio. — E por que não me surpreende você ter um gato preto? Qual é o nome dela?

— Pyewacket. É Pye.

— Tipo aquele negócio de matemática?

— Não "pi", mas P-y-e. Pyewacket. É de um filme antigo, um dos preferidos da minha mãe: *Sortilégio de amor*, sobre bruxas. A gente assiste um dia.

— Nós vamos assistir a um filme sobre bruxas nesta casa?

— Bruxas divertidas e interessantes, com romance. De qualquer forma, o gato da Kim Novak se chama Pyewacket. O familiar dela.

— Então, seja bem-vinda à Mansão da Noiva Fantasma, Pye.

— A Lucy é maravilhosa — disse Cleo, abraçando a gata. — Ela me deu quase tudo de que a Pye precisa, e eu passei na loja para pegar mais algumas coisas.

— Eu pego no carro.

— Tem mais compras também, mas não quero deixá-la sozinha em casa ainda.

— Eu pego tudo. É hora do meu intervalo mesmo. Consegui o trabalho.

— Aquele do outro escritório de advocacia? Uau, Son!

— E a Dobbs deu chilique. Eu conto para você quando guardarmos as compras.

Ela saiu correndo.

— Não gosto quando ela vai atrás da Sonya e eu não estou aqui — falou Cleo para a gata. — Temos uma bruxa, Pye, um fantasma desgraçado. E mais. Você vai se acostumar.

Cleo olhou para o cachorro, que dançava no lugar, com o rabo balançando sem parar.

— Vou colocar você no chão para conhecer o Yoda. É bom vocês dois serem amigos.

Ela colocou Pye no chão e cruzou os dedos. Yoda abanou o rabo, choramingou, farejou. A gata virou de um lado para o outro, como se esperasse que o cachorro matasse logo a curiosidade. Então, ela se alongou sob o queixo dele, para dar o assunto por encerrado, e se esgueirou em direção à sala de estar para, presumiu Cleo, começar a explorar seu domínio.

— Ela não é perfeita? — comentou Cleo. Virou-se quando Sonya entrou, com os braços cheios de compras. — E eles se deram bem. Me dá uma parte desse peso. Deixa o kit de boas-vindas e o resto aqui. Vou começar pelas compras. Vou colocar a caixa de areia na entrada, se não se importar.

— É o lugar certo para isso.

— Mas vou ensinar a Pye a sair junto com o Yoda.

Na porta, pronta para buscar o resto, Sonya parou.

— Você vai ensinar uma gata a fazer as necessidades fora de casa?

— Vou ensinar essa gata. A caixa de areia vai ser só para emergências quando eu terminar. Vem, Yoda, vamos ver se ela segue a gente.

Pye seguiu, no seu tempo, e com seu jeito todo felino e elegante.

Quando Sonya voltou, Cleo sorriu.

— Vou colocar as tigelas de ração e água dela junto com as do Yoda, para eles aprenderem a comer juntos. É a primeira etapa para aprenderem a fazer o "número dois" juntos.

— Se você diz…

— Estou dizendo. Encomendei um arranhador. Pesquisei na internet e optei pela sugestão da Lucy, que parece mesmo uma árvore. Vai ficar no estúdio. E também pedi a caminha mais fofa do mundo; parece uma caverna cor-de-rosa.

— Cor-de-rosa.

— Ela é menina! Agora, me conta tudo.

— Vou começar com a parte boa. O escritório quer algo parecido com o que fiz para os Doyle. Atualização, fotos, biografias. Não é uma firma familiar, mas posso criar o mesmo tipo de atmosfera, só que um pouco mais formal. Já me mandaram o contrato de volta. Devo isso ao Deuce pela agilidade. Eles já estavam convencidos.

— Foi o seu trabalho que os convenceu — lembrou Cleo —, mas vamos dar um abraço enorme no Deuce.

— Eles conhecem a Corrine e gostaram tanto do trabalho dela nas fotos que vão entrar em contato para contratá-la, se ela estiver disponível. Então já sei que vou ter ótimas imagens para trabalhar — disse Sonya. — É essa a linguiça que você queria?

— Sim! Achei! Agora é torcer para eu conseguir fazer metade do que minha avó fazia. Me conta sobre a Dobbs.

— Como da outra vez, você ainda estava chegando ao fim da estrada quando ela começou.

— Ela acha que pode dividir para conquistar, mas é besteira. — Os olhos felinos de Cleo se ergueram. — Aqui não existe divisão. O que ela fez?

Sonya começou do início enquanto terminavam de guardar as compras e colocar a comida e a água de Pyewacket. Cleo posicionou a caixa de areia na entrada, onde Sonya tinha certeza de que viraria item permanente da casa.

— Não gostei de você ter passado por isso sozinha.

— Acho que foi bom, na verdade. Mostrou para ela e para mim que eu consigo lidar com o que ela inventar. E, embora eu quase tenha ligado para o Trey, me sinto extremamente satisfeita de ter superado sozinha.

— Não tem problema ligar para ele ou para mim. Lembre-se disso.

— Lembrarei — prometeu Sonya. — Quando eu precisar. Mas agora tenho trabalho, especialmente se quiser reservar um tempinho para a apresentação da Ryder. A que horas começamos a cozinhar? Quero ajudar você.

— Depois que o Owen der uma olhada na pintura e eu vir o design do meu barco.

— Combinado.

— Vai lá. Vou sair com o Yoda e a Pye para começar essa parte do treinamento.

Surpresa, Sonya olhou para a gatinha elegante.

— Você vai deixar ela sair?

— Sair é uma parte essencial do treino, Son.

— Não tem medo de que ela suma?

— A Lucy disse que ela já ficou ao ar livre no quintal deles. É cercado, mas ela poderia escalar. Ela sabe quando está numa boa. E aqui vai estar muito numa boa.

— Está certo, então. — Sonya lançou mais um olhar desconfiado para a gata, mas voltou ao trabalho.

Quando ouviu Cleo subindo as escadas, fazendo carinho na gata, relaxou.

— Ela fez xixi!

Divertida, Sonya ergueu o polegar.

Yoda não subiu correndo, mas, alguns minutos depois, ela ouviu a bola quicando e o som das patinhas correndo.

Então, pensou: *Está tudo bem na mansão*.

Capítulo oito

No fim da tarde, Sonya estava tão mergulhada no trabalho que nem percebeu Cleo descendo. Pouco depois das cinco, sobressaltou-se com o som da campainha.

— Eu atendo! — gritou Cleo lá de baixo.

Logo depois, Cleo e Owen pararam à porta da biblioteca. Yoda correu para receber Jones, que respondeu com um abanar de rabo pomposo e ignorou ostensivamente a gata, que se esgueirou atrás deles.

— Vamos subir para o estúdio. Se você não terminar quando a gente acabar lá em cima, não se preocupe. Posso recrutar o Owen como auxiliar de cozinha.

— Estou quase encerrando. Meu cérebro já está começando a fritar.

— Vou só deixar minhas coisas no quarto primeiro — disse Owen.

Quando ele se afastou pelo corredor, Cleo fez um gesto.

— Olha só. Ela está seguindo ele, como os cachorros. Quando ele entrou na casa, ela foi direto para ele, começou a se enroscar nas pernas dele.

— Atirada.

— Né?! E ela e o cachorro dele nem se deram ao trabalho de se cumprimentar. Mas quando Owen se abaixou para fazer um carinho na Pye, o Jones virou o rosto. Foi puro desgosto, Son, juro. E a Pye? Ronronou bem alto.

— Acho que você está com inveja.

— Talvez. Um pouquinho. — Ela deu de ombros e, quando Owen voltou, seguido pela gata e pelos dois cachorros, disse a Sonya: — Não vamos demorar.

— Sem pressa. Vou estar pronta quando vocês estiverem.

Cleo começou a subir as escadas.

— Não achei que você fosse do tipo que gosta de gatos.

Owen olhou para ela.

— Por quê?

— Cachorro com tapa-olho.

— Cachorros, gatos, tanto faz. Animais normalmente são mais fáceis de lidar do que muita gente por aí. Viva ou morta. Dobbs apareceu ontem à noite para dar um mergulho?

— Não sei dizer, mas temos histórias para contar. Vamos ver a pintura e o projeto primeiro.

No terceiro andar, ele olhou na direção do Quarto Dourado.

— Silêncio, por enquanto.

— Ela resmungou um pouco esta tarde.

— E mesmo assim você passa muito tempo aqui em cima.

— De jeito nenhum vou deixar ela roubar meu ateliê.

Quando entraram, ele entendeu o motivo. Porque tudo o que ele viu foi a pintura.

A belíssima sereia sobre as rochas, as cores, os detalhes da água escorrendo da baleia que emergia.

E a magia dentro do globo.

Ele colocou o tubo que carregava sobre a mesa de trabalho.

— Vai valer a espera. Minha nossa, ela é… não tenho nem palavras para descrever, e normalmente tenho de sobra quando preciso.

Desviou o olhar da obra para se concentrar na artista.

— Eu sabia que você era boa. Só não sabia que era tão boa.

— Acho que é a melhor coisa que já fiz, então é bom que você cuide bem dela.

— Não precisa se preocupar com isso. — Ele se aproximou.

— Não toque!

— Certo. — Ele enfiou as mãos nos bolsos. — Você tem razão quanto à moldura, e eu posso fazer uma que combine com ela. Preciso das medidas.

— Sessenta por setenta e cinco centímetros, com profundidade de três e meio.

— São os números exatos?

— São.

— Certo, então. Anotado. É melhor você ver o projeto, porque quando eu começo, começo. Nada de mudar de ideia depois.

— Quando decido, mantenho a decisão. — Cleo pôs a mão no quadril. — Quando faço um acordo, eu cumpro.

— Então dá uma olhada aí e decide.

A gata saltou para o encosto do sofá, de onde observava os cachorros como uma rainha observando seus súditos.

Na bancada de trabalho, Owen organizou as folhas com os desenhos técnicos.

Cleo não disse nada enquanto examinava os esboços — de bombordo, boreste, proa e popa.

Sereias esculpidas subiam pelas laterais. Outra, com o cabelo esvoaçando para trás, ornava a proa.

A minha sereia, Cleo percebeu. Ele havia reproduzido o rosto, o cabelo, no barco que ela havia trocado pela pintura.

Ele tinha dito aquilo sobre ela, e agora ela pensava o mesmo dele. Ela não sabia que ele era tão bom assim.

— Inesperado — conseguiu dizer. Levou os dedos aos lábios e se virou.

— Olha, se você quiser outra coisa…

Ela apenas acenou com a mão, soltou o ar e se virou de volta para ele. A luz do entardecer entrava pelas janelas atrás dela, criando um halo em torno de seu cabelo.

— Não tenho um animal de estimação nem um barco desde que me mudei para Boston. Outras coisas viraram prioridade. Como a faculdade, depois entrar no mercado de trabalho. Eu me mudei para cá, e tinha o Yoda, então fiquei com ele, mesmo ele sendo da Sonya. E hoje eu ganhei a Pye. Você sabia de onde vinha o nome dela assim que eu contei qual era.

— Lógico. É um ótimo filme. Gosto de filmes antigos.

— É, eu também. Eu sabia que você ia me construir um barco sólido, que navegaria bem. Um barco com o qual eu ia gostar de velejar na linda baía daqui. Mas não esperava que você fosse criar um que falasse comigo daquele jeito. Você consegue mesmo fazer isso? Essas sereias esculpidas?

— Sim. Por que eu gastaria tempo projetando algo que não pudesse construir?

— Então está perfeito. Mais do que perfeito. E, antes que você me peça, prometo cuidar bem dela. Quanto tempo vou ter que esperar para levá-la para fora?

Ele olhou de relance para a pintura.

— Vários meses.

Ela riu e balançou a cabeça.

— Sério?

— Porque eu já comecei a trabalhar nela. Se você não a quisesse, alguém ia querer.

— Você já começou — murmurou Cleo. — Eu a quero. Ninguém mais capitaneia o meu veleiro, *A Sereia*.

Ele sorriu com a escolha do nome.

— Já batizou?

— Nenhum outro nome serviria.

— Bom nome. — Ele foi até ela e estendeu a mão. — Fechado.

— Fechado — concordou ela. — Mas vamos ser realistas. Essa troca merece mais do que um aperto de mão animado.

Ela se aproximou dele e pousou as mãos em seus ombros. O brilho nos olhos dela dizia que ela pretendia que o beijo fosse leve e brincalhão.

Ele tinha outros planos.

Então, quando ela roçou os lábios nos dele, ele a puxou um pouco para a frente e aumentou a intensidade.

Aquilo vinha fervendo havia um tempo e, se não estivesse fervendo nela também, ele achava que rapidinho ela teria deixado evidente.

Sentiu a surpresa dela, mas nenhuma resistência. Então a mão em seu ombro deslizou para cima até os dedos se enroscarem em seu cabelo.

Ela aumentou ainda mais o calor.

Ele tinha jeito, e isso não a surpreendia. Mãos boas e fortes seguraram seus quadris, e a boca dele era confiante e experiente contra a dela.

Ela se deixou levar pelo momento, entregou-se à tempestade, deixou de lado as provocações e abraçou um desejo despudorado.

E, naquele instante, o que aconteceu dentro de seu corpo não foi um despertar, mas uma erupção. Ela não apenas aceitou, como se agarrou a isso, grata.

Do bolso, Marvin Gaye sugeriu "Let's Get It On".

Ainda não, agora não, disse a si mesma.

E, no instante seguinte, estavam ali, corpos ainda moldados um ao outro, rostos próximos, olhos abertos e atentos.

— Hora de dar um passo para atrás — decidiu ela.

— Sério?

— Sério. E com pesar. Vamos só… — Ela levou a mão ao rosto dele e então recuou devagar. — Deixar isso de lado por um tempo.

— Por um tempo.

— Somos adultos, então sabemos que o próximo passo, se seguirmos em frente, é sexo. Eu tenho regras sobre isso.

— Eu também. Quais são as suas?

— Primeiro, nada de transar com homens casados, ou em relacionamentos sérios. Até aqueles em relacionamentos casuais passam batido. A primeira vez pode até rolar, sem drama, sem culpa. Mas nada de segunda vez ou algo além, a não ser que haja exclusividade dos dois lados. Quem quiser sair dormindo com outras mulheres, beleza, mas eu não serei uma delas.

— É só isso?

— Ah, ainda tem muito mais. Tipo, respeito e honestidade, e por aí vai, mas esses são os termos gerais e mais importantes. E os seus?

— Nada de mulher casada ou envolvida com outro cara… isso é simplesmente burrice. Não vejo problema em uma transa de uma noite, se rolar. Se ela disser não, e há mais maneiras de se dizer não do que apenas uma palavra, você engole o orgulho e aceita. E não vou transar com uma mulher que pode pular de mim pra outro. Também não sou do tipo que sai de uma e já engata outra. Em ambos os casos, isso é um desrespeito.

Jones se aproximou e se sentou ao lado dele, como um fiel escudeiro.

— Se estou entendendo direito — continuou Owen —, você está dizendo que não vai rolar nada esta noite.

— Isso. — Ela o encarou demoradamente com seus olhos ambarinos. — Com pesar.

— Mas não é um não definitivo.

— Eu gosto de você. Gostei logo de cara. Você nunca pressionou a Sonya, nunca a fez se sentir culpada por ter aparecido do nada e herdado esta casa e todo o resto.

Ela ergueu a mão quando ele fez menção de interromper.

— Você poderia ter feito isso, se fosse outro tipo de pessoa. Mas não é o seu caso, e por isso eu gostei de você. E eu reconheço um amigo de verdade quando vejo um, porque sou assim. Você é um amigo de verdade para o Trey, e lealdade é algo que valorizo muito. Tenho o maior respeito por quem não tem paciência para enrolação… e você parece ser assim. Mas o que mais me marcou foi o jeito como você foi com a Sonya, sem hesitar, através daquele maldito espelho.

— Olha, eu até aceito o crédito por isso se for aliviar o período de espera, mas o que diabos eu deveria ter feito?

Ela sorriu diante daquilo.

— E o fato de você perguntar isso, meio irritadinho, é exatamente o motivo pelo qual eu gosto de você e o acho atraente.

— Então por que não vou poder me enfiar na sua cama hoje à noite?

— Porque, uma vez que começarmos, será difícil parar se algum de nós resolver que é melhor parar. — Ela ergueu as mãos. — Amizades. A sua com o Trey, a minha com a Sonya, a minha com o Trey, a sua com a Sonya. Não sei você, mas eu nunca consegui continuar amiga de um ex. De fachada, talvez, mas não de verdade. Porque, bem… ex é ex por um motivo.

— Concordo com você. Trey e Bree dão um jeito, mas acho que isso é exceção.

— Então, vamos esperar um tempo.

— Combinado — disse ele, agarrando-a novamente.

Ela riu.

— Safado. Gosto disso.

Ele não havia se enganado sobre a tensão crescente, e, se sabia das coisas, não demoraria muito até que tudo chegasse ao ponto de ebulição.

Então, ele podia esperar. Por um tempo.

Sonya apareceu na soleira da porta bem na hora que eles se afastaram. E imediatamente recuou.

— Ah, nossa... Desculpa.

— Está tudo bem — disse Cleo a ela, com o olhar ainda fixo em Owen. — A gente só estava selando um acordo.

— Vocês demoraram mais aqui em cima do que eu... Eu achei que deveria checar. Perdão.

— Está tudo bem — repetiu Cleo. — Vem cá dar uma olhada no meu barquinho.

Quando Cleo foi até a bancada de trabalho, uma Sonya nitidamente desconcertada a seguiu.

— Talvez eu só... Minha nossa! Este é o barco? Sereias! Ai, isso é tão a sua cara, Cleo. Owen, isso é a Cleo todinha. Está perfeito.

— Diga isso de novo quando eu acabar de construir. Tem cerveja?

— Sim. Uau, eu amei. Quase me dá vontade de ter um também.

— Você vai ganhar uma casinha de cachorro.

Sorrindo, Sonya olhou para o primo.

— Vou?

— Fizemos um trato.

— É trato para todo lado — disse Cleo. — E eu preciso começar a preparar o jantar.

— Estou pronta para ajudar.

— Vou enrolar esses projetos e guardar no meu quarto. Já desço para tomar uma cerveja.

Ao saírem do ateliê, Sonya olhou para Cleo e começou a se abanar, como se estivesse espantando o calor do rosto. Cleo apenas revirou os olhos e cutucou a amiga com o cotovelo.

— Quero saber de tudo — murmurou Sonya.

— Depois. Preciso cuidar do jantar, e já estou atrasada.

— Porque estava ocupada demais beijando o Owen.

— Entre outras coisas. Não *essas* coisas... — Cleo revirou os olhos novamente. — Estávamos olhando o projeto do barco, conversando.

— Vai ficar lindo, e muito a sua cara. Tenho que admitir, ele realmente entende você.

Quando desciam a escada principal, a porta se abriu. Mookie entrou correndo, seguido por Trey.

Feliz por ele ter usado a chave, Sonya foi direto até ele e lhe deu um abraço apertado, erguendo o rosto para um beijo.

— Estávamos lá em cima olhando o projeto do barco da Cleo. Está incrível.

— Já vi, e concordo.

— O jantar vai sair um pouco mais tarde — disse Cleo. — Sonya e eu temos que começar agora.

— Vou guardar minhas coisas e ajudar no que puder. Ei — disse ele quando Owen desceu com Jones e a gata. — Quem é esse?

— Minha gata. Pyewacket. Aparentemente, ela se afeiçoou ao Owen.

Trey se abaixou e fez uma carícia demorada e suave. E ela se arqueou toda sob o toque, ronronando como um motor poderoso.

— E parece volúvel — acrescentou Cleo. — Vamos soltar os cachorros e a Pye, e começar.

— Você vai deixar a gata sair com os cachorros?

— Estou ensinando ela a fazer as necessidades lá fora — disse Cleo a Trey.

— Ok, isso vai ser interessante.

— Vou pegar uma cerveja — informou Owen. — Quer uma?

— Quero. Só dois minutos.

— Desce logo. Temos muito para contar a você. E Cleo e eu vamos colocar o Owen a par da noite passada.

— Pelo visto, vou mesmo precisar da cerveja. — Owen foi direto para a cozinha, mas parou diante da sala de música. — Esse é o mais novo retrato.

— Lisbeth. Eu a encontrei no armário, no estúdio. Ela é só o começo — acrescentou.

— Eu começo. — Sonya abriu a porta da cozinha para que os animais saíssem e começou a narrar a história da noite anterior.

Enquanto acrescentava alguns detalhes, Cleo pegou a panela que queria e acendeu o fogo.

Owen já tinha uma cerveja a postos para Trey quando ele voltou.

— Noite agitada — comentou Owen.

— Por um tempo. Você viu o retrato?

— Sim, e depois você a viu. — Ele se virou para Sonya. — Não dá para dizer exatamente em carne e osso.

— Mas parecia. Ela era tão real, tão vívida… Fiquei me perguntando se você teria visto aquilo, como eu vi.

— Acho que sim. Sonya, comece a cortar o frango em pedaços pequenos. — Cleo acrescentou o pimentão vermelho, a cebola e o aipo, que havia picado, à linguiça que já tinha dourado na panela. — Acho que, como Trey e eu ouvimos alguma coisa, é diferente do espelho. Mas Owen é Poole, então penso que sim.

— Talvez Collin também tenha visto algo. — Sonya começou a cortar o frango, com menos rapidez e mais precisão do que Cleo com a linguiça.

— Talvez. — Owen mexeu os legumes na panela. — Aposto que as pinturas penduradas lá dão um baque em Dobbs.

— Concordo. — Trey pegou vinho e serviu duas taças.

— Sem dúvidas ela não gostou de termos pendurado aquilo. Obrigada. — Sonya parou de cortar o frango para aceitar o vinho. — E hoje?

Ela tomou um gole de vinho, depois o colocou de lado para continuar trabalhando enquanto contava.

— Ah, então ela puxou algumas cartas da manga. — Owen observou enquanto Cleo acrescentava alho e ervas aos legumes, mexendo-os.

— A névoa não encostou em você? — perguntou Trey.

— Não. Eu coloquei as pernas na cadeira. Acho mesmo que teria queimaduras de gelo se não tivesse feito isso. Quase liguei pra você. Não tenho vergonha de admitir que estive à beira do pânico. Mas parou. Simplesmente parou, tudo. Clover estava lá — murmurou. — Acho que o tempo todo, pensando bem. Acho… acho que a senti.

O celular dela tocou "I Won't Back Down", de Tom Petty.

— Isso mesmo, e nós também não vamos recuar. Cortei o frango certo, Cleo?

— Não poderia estar mais perfeito, nem se tivesse usado uma régua. Preciso refogar. Que tal deixar os bichos entrarem?

— Deixa comigo. — Owen foi até a porta e riu. — A gata está perseguindo os cachorros. Vocês precisavam ver isso. Ela colocou até o Jones pra correr.

— É como uma brincadeira de pega-pega — disse Sonya, quando olharam para fora. — Ela corre atrás de um, depois dá a volta para pegar o outro. Acho que ela é a pegadora oficial.

— Garotas espertas é que mandam. — Satisfeita, Cleo foi refogar o frango. — Acho que eles podem ficar lá fora um pouco, já que estão se divertindo.

Enquanto Cleo mexia, a carne chiava e o aroma se espalhava.

— Quanto tempo isso leva? — quis saber Owen quando ela colocou o frango dourado junto com o resto.

— Essa parte? Segundo minha avó, uns dez minutos, depois eu acrescento os temperos e o resto, deixo ferver. Aí abaixo o fogo, tampo a panela. Quarenta e cinco minutos, mexendo algumas vezes.

— Então cerca de uma hora. Acho que vou dar uma volta por aí. — Ele olhou para Trey. — Você vem?

Em resposta, Trey largou a cerveja.

— Não no Quarto Dourado.

A frustração escureceu os olhos de Trey quando ele se virou para Sonya.

— Mais cedo ou mais tarde, lindinha, vamos ter que abrir aquela porta de novo.

— Não hoje à noite. Com o que rolou ontem à noite e de manhã… Hoje, não. Mais cedo ou mais tarde… Você tem razão, eu sei que tem razão.

— Pode esperar.

— Você quer mexer com ela, do mesmo jeito que eu estou mexendo as coisas aqui nesta panela. — Cleo lançou um olhar por cima do ombro. — Ótimo. Terão que esperar até eu poder deixar isso no fogo baixo para irmos com vocês.

Sonya tomou um gole longo e demorado de vinho.

— E precisamos deixar os bichos entrarem para isso. Ela pode mandar alguma coisa atrás deles. A gente fica junto.

Quando o celular tocou "Livin' on a Prayer", de Bon Jovi, Sonya lançou um olhar desconfiado.

— É sobre permanecermos juntos — apontou Owen. — E eu imagino que temos três retratos, e você e eu? Nós atravessamos o espelho, nos dois sentidos. Se não estamos na metade do caminho, estamos bem perto.

— Ela está quieta desde hoje de manhã. Recarregando as baterias malignas.

— A Cleo disse que ela tumultuou à tarde.

Ao comentário de Owen, Sonya se virou bruscamente.

— Você não me contou.

— Ah, ela tumultua na maioria dos dias. E nem foi tanto quanto de costume. Ela só quer que eu saiba que está aqui.

Achando que era o momento certo, Cleo acrescentou pimenta-caiena e páprica à mistura e mexeu. Jogou tomates triturados, caldo de frango e, porque em sua opinião nunca fazia mal, acrescentou um pouco de vinho antes de medir o arroz.

— Precisa ferver, aí eu coloco o cronômetro para trinta e cinco minutos.

— Você disse quarenta e cinco.

— Os últimos dez são para o camarão — explicou a Owen. — E vamos rezar para eu não ter estragado tudo.

— Está com um cheiro ótimo. — Trey passou a mão pelo ombro de Sonya. — Vou deixar nossos quatro amigos entrarem. Terceiro andar. Quero ver a pintura da Cleo, do Owen, na verdade. E vamos dar uma olhada no armário lá. Por precaução. Não vamos tocar na porta dela.

Sonya assentiu.

— Mas se formos todos juntos lá, ela vai ficar puta da vida. É, ela merece uma bofetada depois desta manhã. Você tem razão. Vocês todos têm razão.

Quando ele deixou os animais entrarem, Pye desfilou até saltar em uma cadeira à mesa de refeições e começou a se limpar.

Os três cachorros desabaram no chão como se estivessem exaustos.

— Ela deu uma canseira neles — observou Trey.

— Já está se sentindo em casa. — Sonya assentiu. — Sei exatamente como ela se sente. E é a minha casa. Eu deveria poder subir direto até aquela porta e dizer: sai da minha casa.

— Você estava sozinha esta manhã — lembrou Owen. — Isso a abalou, e teria abalado qualquer um.

— Sim, abalou. E talvez seja parte do motivo de eu pedir para não abrir aquela porta. Mas sinto, de verdade, que não é a hora de enfrentá-la dessa forma. Acho que precisamos de mais antes. Mas não sei o quê.

Ela soltou um suspiro.

— Preciso me organizar para ir ver Gretta Poole. Venho enrolando nisso também. Estou com raiva, raiva do que fizeram ao meu pai e ao Collin, aos bebês de Clover. E Gretta Poole fez parte disso.

— Eu não… não a conhecia muito bem — começou Trey. — Acho que ela sempre me pareceu velha. Velha e… — Ele interrompeu as palavras, dando de ombros.

— Ele não quer desrespeitar uma mulher na condição dela. — Owen aspirou o aroma da panela. — Eu não tenho problema com isso. Ela é o que é, foi o que foi. Fraca. Minha avó costumava dizer que uma água-viva tinha mais espinha dorsal do que Gretta Poole. Nunca vi nada que contrariasse isso.

— Está fervendo.

— Vou dar um minuto. — Mais uma mexida. — Eu vou com você, Sonya.

— Obrigada, mas acho que duas pessoas estranhas podem ser demais.

— Lindinha. — Trey acariciou o cabelo de Sonya. — Todo mundo é estranho para ela a esse ponto.

— É verdade, suponho. Ainda assim, talvez seja melhor uma conversa a sós. Especialmente porque pode não dar em nada.

— Se mudar de ideia, eu vou. Caso contrário? Pode ser interessante passar um tempo na mansão sozinha. Ainda não fiz isso, exceto quando cheguei e você não estava.

— E você desceu até os aposentos dos criados. Sozinha, em uma casa vazia que você sabia que era mal-assombrada.

— Viu? — Satisfeita, Cleo reduziu o fogo, mexeu pela última vez e então tampou a panela. — Interessante. Toda vez que saio para resolver alguma coisa, você fica aqui sozinha… se não completamente sozinha.

— E o que aconteceu hoje? — retrucou Sonya.

— Algo com o qual você lidou — destacou Cleo, ajustando o cronômetro no celular. — Acha que eu não seria capaz de fazer o mesmo?

— Não é isso. Eu só...

— Você vai me fazer pensar que esta não é a minha casa também.

— Ah, isso foi um golpe baixo!

— Por que mirar alto? — Cleo enfiou o celular no bolso.

— Por que nós não...

Trey parou diante de dois olhares femininos irritados. Ergueu as mãos e recuou.

— Eu vou demorar mais do que quando você dá as suas saidinhas. Pelo menos posso coordenar a visita a Ogunquit com a próxima vez que você planejar ir à vila. E você pode ficar mais tempo lá. Talvez almoçar com Anna ou procurar lugares para pintar.

Mais uma vez, Cleo pôs a mão na cintura — sinal de que não daria o braço a torcer.

— Você organiza a viagem quando der, e eu ou vou com você, ou fico aqui e me cuido. Exatamente como você faz quando não estou. Nós cuidamos uma da outra, Son. Mas nós duas temos que nos manter firmes.

— Vai ligar para o Trey ou para o Owen se acontecer alguma coisa?

— Como você fez hoje? — Foi a vez de Cleo erguer as mãos em rendição. — Quer dizer, você quase ligou, então eu farei o mesmo. Se algo acontecer e eu ficar realmente assustada, mando um SOS. Prometo.

— Tudo bem.

— Ótimo. Agora vamos sacudir a jaula daquela vadia.

Os quatro celulares dispararam ao mesmo tempo com a música "Times Like These".

— Foo Fighters. — Owen balançou a cabeça e sorriu. — Se ela não fosse casada, ou jovem demais ou velha demais para mim, dependendo, Clover seria a garota dos meus sonhos.

Capítulo nove

Quando Sonya pensava no Quarto Dourado, vinha à sua mente sangue sobre um vestido de noiva branco, ou uma mulher gritando enquanto congelava até a morte em meio a uma nevasca, ou outra dando à luz desesperadamente seus gêmeos antes que seu corpo cedesse.

Ela pensava em assassinato e loucura.

Como se tivesse lido seus pensamentos, Trey segurou sua mão.

— Vai ficar tudo bem.

Ele falou com tanta naturalidade enquanto subiam as escadas que ela quase acreditou.

Contudo…

— Como Han Solo e outros já disseram, eu tenho um mau pressentimento sobre isso.

— Você tem que acreditar que a Força está do nosso lado — rebateu ele. — Ela sempre está com os mocinhos.

Atrás dele, Owen imitou a respiração de Darth Vader — e levou um soco no braço de Cleo.

— Ei, eu escolheria o Vader no lugar da Dobbs facinho. — Owen olhou para trás quando passavam pela biblioteca. — Esperem um minuto.

E entrou para estudar o painel semântico de Sonya.

— Esse é o negócio da Ryder? Conseguiu sua representação multigeracional — disse ele. — Elegante. Inteligente. Você sabe o que está fazendo.

— Quase sempre.

— Você sabe o que está fazendo — repetiu ele, e dessa vez arrancou um sorriso de Cleo.

Dois homens, duas mulheres, três cachorros e uma gata subiram para o terceiro andar.

Do Quarto Dourado ecoava um baque lento e constante, uma batida abafada, como um coração.

Quando chegaram ao patamar, um brilho vermelho delineava a porta.

— Acho que ela não gosta de todo mundo subindo de uma vez. Bem. — Sonya apertou firme a mão de Trey. — Já viemos até aqui.

O som aumentou em velocidade e volume enquanto caminhavam pelo longo corredor, onde a luz do sol, através das janelas do estúdio de Cleo, rompia as sombras.

Os animais reagiram na hora — Mookie com um rosnado baixo, Yoda com um grunhido feroz, Jones com uma série de latidos roucos.

Quando a gata sibilou, Cleo a pegou no colo.

— Está ficando mais frio. — Trey olhou para Cleo. — Isso acontece quando você sobe para trabalhar?

— Até agora, não. Se ela tentar, eu tenho um monte de suéteres.

No estúdio de Cleo, Trey parou e, ainda de mãos dadas com Sonya, entrou para examinar a pintura.

— Isso é impressionante. Um lance mágico e impressionante. Owen, eu diria que você vai precisar de um barco melhor, mas já vi o design. A troca é justa.

— Por que não damos uma olhada no armário?

Sonya atravessou o cômodo e abriu a porta, e viu apenas os suprimentos bem-organizados de Cleo.

— Deveria ser a Agatha agora. Mas não hoje à noite. — Sonya fechou a porta novamente.

— Aqui está mais quente do que no corredor — observou Trey. — E não só por causa da luz do sol.

— Tenho algumas coisinhas aqui para bloqueá-la, ou pelo menos abafar — disse Cleo.

— O quê, tipo cristais e incenso?

Cleo lançou a Owen um olhar frio.

— Se você acredita em fantasmas, como o que está fazendo todo esse barulho, por que não acredita no resto?

— Ok, ponto pra você.

Do Quarto Dourado, o barulho aumentou, junto com o som de janelas batendo — abrindo e fechando com violência.

— Eu diria que a jaula dela foi sacudida — comentou Trey, voltando ao corredor.

O brilho ao redor da porta ardia num vermelho incandescente, e a própria porta se arqueava para fora, depois para dentro, como se respirasse.

Ao lado dele, Owen enfiou os polegares nos bolsos.

— Detesto dar crédito a ela, mas isso é bem legal.

Em óbvia discordância, Jones disparou pelo corredor para latir furiosamente contra a porta que pulsava.

— Qual é, cara.

Quando Owen começou a avançar até seu cachorro, Sonya gritou:

— Não toque na porta. Ela está no auge.

— Não vamos tocar. Fica. — Trey apontou para Mookie antes de correr atrás de Owen.

— Certo, você é o alfa aqui. Vamos só…

Mas quando Owen se abaixou para agarrar Jones, a porta foi escancarada. E o cachorro disparou para dentro.

— Ah, nem pensar. — Sem hesitar, Owen entrou logo atrás.

Trey olhou para Sonya.

— Tenho que ir — disse, e se enfiou no cômodo. E a porta bateu com força.

— Droga! Droga. Segura ela. — Cleo empurrou a gata sibilante para Sonya. — Eu tenho algo que pode ajudar.

Quando Cleo correu de volta ao estúdio, Sonya ficou com os dois cães rosnando e uma gata furiosa.

— Caralho, que merda!

Ela se lembrou de que Dobbs se alimentava de medo e tristeza. Então não daria isso a ela. Avançou decidida, e seu celular tocou "Evil Ways", de Santana.

— É, ela está com meu namorado, meu primo e um cachorro lá dentro.

— Espere! — Cleo disparou pelo corredor com um bastão fumegante de sálvia branca.

— Sério, Cleo? Contra isso?

— Minha avó que fez. Não subestime. Acreditar é meio caminho andado. Minha nossa, Sonya!

A porta pulsava, e um vento gélido escapava pelas frestas, açoitando o corredor. O que batia e se chocava atrás dela soava como uma guerra.

— O que diabos está acontecendo lá dentro?

— Temos que manter a calma. — Com o cabelo sendo lançado para trás pelo vento, Sonya colocou a gata no chão e segurou a mão livre de Cleo. — É o oposto do que ela quer de nós. Calma.

— Estou tentando. — Ela começou a circular a sálvia fumegante diante da porta. — Ah, aqui está a luz contra a escuridão. Paz contra a violência. Amor contra o ódio.

Dentro do quarto, o vento se transformou num vendaval. A fumaça se elevou, esvoaçando como pássaros para fora das janelas.

A cama se ergueu quase dois metros do chão e depois despencou como uma pedra. Debaixo dela, o piso se abriu em linhas escuras e irregulares. E as paredes sangraram.

— Você está vendo ela? — disparou Owen, o hálito saindo em nuvens de vapor.

— Por um segundo. Agora, não.

— Eu a vejo.

Ela estava suspensa a alguns centímetros do chão, com os braços abertos. O longo vestido preto rodopiava ao redor do corpo, e o cabelo se espalhava como fumaça escura.

Os olhos escuros se fixaram em Owen, brilhando de prazer e loucura, enquanto Jones, com os dentes à mostra, latia abaixo dela.

— Um Poole. — A voz dela veio sedosa através do vento. — Você tem a aparência dele, mais rude, mas ainda assim a aparência daquele que despejou em mim sua luxúria por uma noite e depois me descartou por uma vadiazinha submissa. Maldito seja ele, você e todos os Poole. Eu mando aqui.

— Tudo isso por uma transa de uma noite? Conversa fiada do caralho. Vai pro inferno.

Embora Trey não visse Dobbs, quando Owen avançou, ele avançou junto. Então a cabeça de Owen foi jogada para trás, e Trey agarrou seu braço para mantê-lo de pé.

Enquanto Owen limpava o sangue que escorria do nariz, enquanto o cachorro saltava, rosnando, ele viu as mãos dela se curvarem como garras e se preparou para outro golpe.

Uma gota do seu sangue caiu no chão. Fumaça branca escorreu por baixo da porta.

Em vez de golpear, Dobbs gritou. Em vez de golpear, girou como o cabelo, como o vestido.

E desapareceu.

O quarto voltou a ser apenas um quarto.

— Mas que porra foi essa? — exigiu saber Trey.

— Ela me acertou, e eu juro que ia fazer de novo. Então, *puff*. Maldição. Jones, seu desgraçado. — Mas disse aquilo com orgulho, quando Jones desfilou até ele.

— Ele pegou alguma coisa. — Trey se agachou e, após uma rápida disputa, tirou um pedaço de tecido preto da boca do cão. — Filho da mãe. — Ele olhou para Owen. — Isso só pode ser do vestido dela. Ele arrancou um pedaço do vestido dela.

— Bom garoto, Jones. Seu psicopata do caralho.

— Vamos cair fora daqui. As mulheres ou vão estar furiosas ou apavoradas. Provavelmente os dois.

— É, bem, o que eu deveria fazer? Ninguém mexe com o Jones.

Trey abriu a porta.

Sonya e Cleo estavam de mãos dadas. Cleo segurava um bastão fumegante. Os dois cães e a gata estavam suficientemente calmos. Então Mookie avançou até Trey, abanando o rabo e choramingando.

— Está tudo bem. Estamos bem. Desculpem, mas…

— Vocês não tiveram escolha — completou Sonya, e lançou um olhar a Owen. — Nenhum de vocês. Eu teria feito o mesmo se fosse o Yoda ou a Cleo.

Ela se conteve para não abraçar Trey em alívio desesperado.

— Owen está sangrando.

— Um soco bem dado. — Ele deu de ombros. — Não é meu primeiro nem será o último nariz sangrando.

— O banheiro é ali. Vá se limpar — disse Cleo. — Precisa de ajuda?

— Não, eu dou conta.

— Preciso checar o jantar.

— Quanto tempo ficamos lá dentro?

— Uma eternidade. — Sonya, por fim, o abraçou. — Mas provavelmente não mais do que cinco minutos. Vamos descer e conversar.

Antes, ela caminhou até a porta do banheiro.

— Se você entrar lá de novo, eu mesma vou dar um murro em você.

— Uau, que medo. — Inclinando-se sobre a pia, Owen apertou o nariz. — Ela acabou por enquanto. Eu também. Quero outra cerveja.

Satisfeita, Sonya se juntou aos outros. Todos, menos Jones, que se sentou aos pés de Owen junto à pia, desceram.

— Vamos esperar ele contar. Eu a vi de relance lá dentro, mas ele viu mais coisa. E acho que tiveram algo que se pode chamar de conversa.

Cleo parou em seu estúdio para apagar o bastão fumegante.

— O que é isso?

— Sálvia branca — explicou ela. — Da minha avó.

— Funciona contra negatividade — acrescentou Sonya.

— Ok. E lá dentro era definitivamente negativo. Eu quebrei minha promessa com você.

— E eu disse que teria feito o mesmo. Você disse que tinha que ir, e foi. Além disso, tecnicamente você não quebrou a promessa. Não abriu a porta. Só por dentro, para sair, e isso é diferente. — Sonya acrescentou: — Eu quero uma taça de vinho bem cheia.

Foram direto para a cozinha, onde Cleo levantou a tampa da panela e mexeu o conteúdo.

— Vou alimentar os cães e a gata. Tem comida para gato? — perguntou Trey a Cleo.

— Lógico. E apenas do bom e do melhor para a Pye.

Ela recolocou a tampa, pegou uma lata enquanto Trey enchia as tigelas dos cachorros e Sonya servia duas cervejas e enchia sua taça de vinho.

Quando Owen entrou com Jones, o cão foi direto para a comida, e Owen, para a cerveja.

Trey o observou.

— É provável que você fique com um olho roxo amanhã.

— Acho que não. E não vou dizer que ela bateu como uma garota, considerando a companhia presente, mas não foi igual o que ela deu em você da outra vez.

— Vamos sentar. Cleo, isso pode continuar cozinhando sozinho enquanto você senta? — Sonya levou o vinho para a mesa. — Precisamos ouvir tudo.

— Posso começar dizendo que foi muito parecido com a primeira vez em que entrei lá. Frio, vento, cama flutuando e despencando, paredes sangrando. Dessa vez teve fumaça também, saindo pelas janelas. Eu a vi de relance, como antes. Owen viu mais que um relance.

— Jones também. Ele a viu. E ela é bonita, se você gostar desse tipo. Eu diria sensual, mas é mais agressiva. Além disso, é completamente pirada, e isso dá pra ver logo de cara. Estava a uns trinta centímetros do chão.

Ele começou a recapitular o restante.

— Uma noite? — repetiu Sonya. — Não um caso, mas uma noite?

— Foi como ela se referiu, e continuou dizendo que governa esta casa.

— Foi daí que veio seu comentário de "conversa fiada" — presumiu Trey.

— É conversa fiada, e ela me irritou. Minha família... nossa — ele corrigiu — construiu este lugar. Não é dela, e nunca será.

— Você partiu pra cima dela.

Dando de ombros, Owen ergueu a cerveja para Trey.

— Eu estava puto da vida. Além disso, você partiu para cima comigo. Aí, *bam*, ela me atingiu. Estava se preparando para outro golpe, mas... algo mudou. Assim. — Ele estalou os dedos. — Ela girou como um pião, gritou e depois sumiu.

— Tudo parou — acrescentou Trey. — Talvez ela tenha ficado sem forças.

— Talvez a defumação tenha ajudado. — Cleo se levantou quando o alarme do celular tocou e, dessa vez, tirou os camarões da geladeira. — Eu vi a fumaça se infiltrando por baixo da porta. Acho que a raiva, e não estou culpando vocês, a alimenta. Assim como o medo, a dor, a tristeza.

— Alimenta, sim. E Cleo e eu nos mantivemos calmas. Ela odeia isso.

— Eu fiquei calma depois que você mandou eu me acalmar. — Após acrescentar os camarões, ela se virou. — Sangue.

— De novo? — Owen levou a mão ao nariz.

— Não, não agora; naquela hora. Aposto que caiu um pouquinho no chão. Então, teoria… — Ela voltou, sentou, pegou sua taça de vinho. — Bastão de defumação feito por uma bruxa boa, tranquilidade e sangue. Sangue é vida, é poder.

— E era sangue Poole — acrescentou Sonya.

— Você acha que essa combinação a neutralizou? — Trey sorveu a cerveja, pensativo. — Talvez. Interessante, e faz tanto sentido quanto qualquer outra coisa.

— Acrescenta mais uma. Jones conseguiu um pedaço dela.

Sonya arregalou os olhos.

— Ele a mordeu?

— Não acho que tenha conseguido. Mas tentou.

— Ele pegou isso. — Trey tirou do bolso o retalho de tecido preto.

— Isso é… é do vestido dela? — Quando ele colocou sobre a mesa, Sonya hesitou, depois passou os dedos sobre o pedaço. — Como pode ser real, ser sólido? O que estou dizendo? Como a Molly arruma as camas, limpa a casa? Como o Jack joga bola com o Yoda, e todo o resto?

— Ele rasgou o vestido dela. — Sem hesitar, Cleo pegou o retalho. — Bom garoto, Jones.

— Ele prefere homem.

— Naturalmente. Talvez possamos usar esse retalho. Vou perguntar à minha avó.

— Você precisa guardar em um lugar seguro. Acho que a gente não devia deixar em casa, pelo menos por enquanto.

— Eu levo. — Owen estendeu a mão. — É o troféu do Jones, de qualquer forma. Eu trago de volta se você descobrir que podem usar, mas por enquanto fica comigo.

Ele olhou para o fogão.

— Isso não está pronto ainda?

Cleo ergueu a mão, pedindo um momento, e voltou a mexer.

— Vamos pôr a mesa. — Sonya se levantou.

— Vou soltar os cachorros… desculpa, cachorros e gata. Como você conseguiu mantê-los calmos? — perguntou Trey.

— Honestamente, não sei. — Sonya pegou os pratos e entregou-os a Owen. — A impressão que tive foi que eles se acalmaram quando nós nos acalmamos, e Cleo começou a defumar. O que é isso?

Sonya notou a travessa sobre o balcão e levantou o pano que a cobria.

— Bolo?

— Pão de milho. De novo, obra da minha avó. Ela disse que se eu fosse fazer a jambalaia dela, tinha que preparar pão de milho para combinar. Provei um pedaço, e acho que acertei.

— Todos nós poderíamos ter provado.

— Vocês podem comer mais que uma amostra daqui a pouco, Owen, porque isso aqui parece pronto.

Quando se serviram, Owen não perdeu tempo.

— Tem uma pimentinha de primeira aqui.

— Incrível — concordou Trey.

— Está maravilhoso, Cleo. Quando penso que você escondeu todo esse talento!

— Não escondi, Son; não sabia que tinha para esconder. Agora é como um hobby divertido. Eu nunca tive um hobby.

— Compras.

Cleo balançou a cabeça.

— Compras são uma vocação, quase uma missão.

Clover colocou para tocar uma música com uma introdução de piano ao estilo *honky-tonk*, seguida de uma voz rouca.

— Dr. John? — Owen pegou mais pão de milho. — "Mama Roux". Ah, cara, Clover é a garota dos meus sonhos.

— Você conhece Dr. John? Isso é música crioula. Minha avó é superfã.

— Então ela tem um gosto do caralho — disse Owen.

— É assustador.

— É pra ser, Son.

— Um brinde à chef e à avó dela.

Os outros ergueram os copos com Trey.

Como Cleo tinha cozinhado, Sonya dividiu as sobras em três vasilhas.

— Alguém a fim de um filme? Lá na sala multimídia.

— Que tipo de filme?

Reconhecendo a cautela de Owen, Sonya sorriu.

— Não se preocupe, Cleo e eu guardamos nossas comédias românticas e dramalhões para as noites de meninas. A única coisa fora de questão são filmes de terror, o que me dói, porque eu adoro. Mas depois dos últimos dias, não vou cutucar onça com vara curta.

— O último Indiana Jones é uma boa opção.

— Você já assistiu? — perguntou Sonya.

— Já, mas se um filme só vale a pena ser visto uma vez, provavelmente não valia a pena nem da primeira vez.

— Parece que teremos pipoca de sobremesa. Café, cerveja, Coca-Cola? — perguntou Cleo.

— Coca-Cola, por favor.

— Estou com o Trey nessa — disse Owen.

— Pipoca, refrigerante e Indy. — Sonya assentiu. — Parece ótimo, e é tipo dar um soco de volta em quem merece.

Eles se acomodaram nas poltronas acolchoadas, com os cães espalhados pelo chão para cochilar. Pye se estendeu sobre o encosto de uma poltrona para dormir.

Quando o filme terminou, Sonya chegou a bater palmas.

— O fim de uma era, feito com maestria. E um jeito excelente de encerrar este dia estranho e, no fim das contas, maravilhoso.

— Eu tenho um jeito ainda melhor — murmurou Trey em seu ouvido.

— Espero sinceramente que sim. E Dobbs não deu um pio.

Voltaram todos juntos para o andar de cima para soltar os animais uma última vez e cuidar da louça.

Mais uma vez, juntos, subiram a escada. Dessa vez, pararam no segundo andar.

— Vejo vocês de manhã. Ou às três da manhã ou — acrescentou Sonya — tomara que mais tarde.

Ela esperou até que ela e Trey chegassem ao quarto dela para se virar para ele.

— Então, qual é esse jeito ainda melhor? — E riu quando ele a tomou nos braços.

Sonya continuou a dormir enquanto o relógio batia as três horas e durante tudo o que aconteceu em seguida.

Trey viu Dobbs, como já esperava.

O que ele não esperava era ver Owen, com Jones ao lado, parado no gramado.

Abrindo devagar as portas, Trey saiu para a sacada.

— Pelo amor de Deus, Owen.

— Quis dar uma olhada mais de perto — respondeu Owen, observando Dobbs pular do quebra-mar. — E testar uma teoria.

— Estou descendo.

— Beleza, encontro você lá dentro.

Enquanto Sonya continuava dormindo, Trey vestiu a calça, saiu em silêncio e desceu as escadas até onde Owen estava, diante de uma janela na sala da frente.

— Está atrás de outro soco na cara, ou coisa pior?

— Ela não me viu. Fiquei pensando nisso, então programei o alarme do celular para 2h45.

Sacudindo a cabeça, ele sorriu.

— E não é que a Clover tocou logo a versão do Sinatra daquela música antiga? Enfim. Eu saí.

Virou-se para Trey.

— Estamos indo para a lua crescente, e já dá para sentir o cheiro da primavera. O ar ainda tem um friozinho nessa hora, mas dá pra sentir. Deixei a porta da frente aberta, então ouvi o relógio, ouvi o piano começar. Hoje foi direto em "Barbara Allen". Aí lá fora tudo mudou.

Ele foi até a janela e olhou para o quebra-mar.

— Lua cheia, e eu diria fim de verão, pela sensação no ar. E lá estava ela, Trey. Simplesmente apareceu. Do jeito que Sonya e Cleo disseram que viram.

— De frente para a casa.

— Isso. Mas ela não me viu. Eu estava bem ali, o Jones rosnando. Nós a vimos, mas ela não viu a gente. Ela se virou, e eu a ouvi dizer que o sangue dela selou o feitiço. Aí você chamou lá de cima.

— Ela não me ouviu — percebeu Trey. — Não viu você, não me viu. Ela não é tão forte fora da casa, e isso é como um loop temporal.

— Sim, é isso que eu acho. Acho que ela se preparou naquela noite em que abriu as portas lá em cima, mas não tentou isso hoje. Só pulou. Depois, tudo voltou ao normal.

Organizando mentalmente as informações que tinham, Trey começou a andar de um lado para o outro, deduzindo o resto.

— E achamos que ela dá esse salto todas as noites, às três da manhã, desde, o quê, 1806?

— Meu palpite é esse.

— Espero que doa, todas as vezes. Se decidir fazer isso de novo, venha me chamar antes.

— Ela nem percebeu que eu estava ali. Fiquei pensando se era por eu ser um Poole.

— Ela não percebeu, porque você não estava ali. Não no momento em que ela pulou. E é um loop. Mesma hora, mesma noite, mesma lua.

— Hummm. Não tinha pensado nisso. Faz sentido.

— A casa já estava aqui, não exatamente como é agora, mas estava. E mesmo quando ela pula, ainda está nela.

Confuso, Owen passou a mão pelo cabelo.

— Agora não entendi nada.

— É um loop, Owen, como uma repetição. Mas o que ela é está na casa. Então ela ainda pode bater, arrebentar, explodir, seja o que for, mesmo enquanto o que está lá fora dá o salto.

— Isso é loucura. — Por um instante, Owen refletiu. — E, ainda assim, de algum jeito parece fazer sentido.

— Eu diria que acabou por hoje. Vamos dormir.

— Concordo.

Na manhã seguinte, Sonya desceu antes de Trey e encontrou Owen enchendo um copo térmico com café.

— Ei, escuta — começou ele. — Soltei os cachorros, e a gata veio logo atrás deles, foi até a porta, então está lá fora também. Peguei um dos Toaster Strudels… a caixa estava cheia. E estou levando este copo térmico. Depois eu devolvo.

— Tudo bem. Eu ia fazer ovos mexidos, se quiser.

— Agora que você me avisa? Tenho que ir.

— Não esqueça da jambalaia. E, Owen — disse ela, pegando uma caneca para se servir café —, você pode deixar algumas das suas coisas aqui no seu quarto, ou em qualquer outro que quiser. Sempre que quiser ficar, fique.

— Valeu. — Ele lançou um olhar quando Trey entrou. — Estou saindo, e você vai ganhar ovos mexidos. Pode colocá-la a par da noite passada.

Depois de pegar sua parte das sobras, Owen saiu pelos fundos atrás de Jones.

— Até mais.

— A noite passada?

— Ovos mexidos?

— Trey.

Ele ergueu a mão.

— Só me deixa pegar café, ok? Você dormiu durante todo o acontecimento, provavelmente porque não foi nada de mais. Três da manhã, o de sempre. Levantei só para ver se a Dobbs ia pular do penhasco. Ela estava no muro, como antes.

Ele tomou o primeiro gole de café.

— E…?

— E o Owen estava lá fora.

— Ele… ele foi lá fora?

— Programou o alarme para antes das três, levantou e saiu. E não, eu não sabia que ele planejava isso, mas devo dizer que foi uma boa ideia.

— Lógico que você gostou da ideia. Você sempre… — Ela se interrompeu e estreitou os olhos. — Não me diga que saiu também.

— Fui até a sacada para chamá-lo. Você vai mesmo fazer ovos? Porque agora eu quero. Posso fazer se você estiver irritada demais.

— Irritada. — Ela pegou uma frigideira. — Por que eu deveria estar irritada com vocês dois aprontando essa depois de o Owen acabar com o nariz sangrando?

— Primeiro, deixa eu dizer que eu não aprontei nada.

— Mas você acha certo ele ter feito?

— Acho. E talvez você não fique tão irritada se ouvir o resto. Quer ouvir?

Razoável, sempre razoável, Oliver Doyle III conseguia deixá-la maluca. Ela jogou uma porção de manteiga na frigideira quente, depois quebrou os ovos em uma tigela.

— Vou interpretar seu silêncio como um sim — decidiu ele, e contou o resto.

— Você devia ter me acordado.

— Por quê? Ela já tinha pulado antes de eu descer para falar com o Owen. E você está deixando sua irritação impedi-la de enxergar o ponto principal.

— Que ponto? — Ela despejou os ovos na frigideira.

— Ela não viu a gente. — Trey colocou duas fatias de pão na torradeira. — Não nos viu nem ouviu.

— E daí?

— Acho que você precisa de mais café. — Prestativo, ele encheu novamente a caneca dela. — Vou alimentar os cachorros… ah, e a gata também. Ela não sabia que estávamos lá, Sonya. Porque não estávamos.

— Como é que é?

— A gente não estava lá quando ela pulou, porque ela pulou há uns duzentos anos.

Fatos conhecidos e desconhecidos, a lógica, para ele, era sólida.

— Acho que isso é uma espécie de loop. Um desvio no tempo, ou uma repetição. Você a viu de frente para a casa, e o Owen também. Mas quando eu olhei para fora, nas duas vezes, ela estava de costas.

— E ela arrombou as portas — lembrou Sonya. — Porque ela está dentro da casa.

Com um suspiro frustrado, Sonya mexeu os ovos com a espátula.

— Ela estava no muro. Você acabou de dizer isso.

— Ela estava naquele muro em 1806. O Owen está com aquele pedaço do vestido dela no bolso — acrescentou ele, abrindo a porta.

Dois cães e uma gata entraram correndo e foram direto às tigelas de comida.

— Pensei nisso esta manhã: acho que o vestido dela não tinha nenhum rasgo. E não teria, porque o que aconteceu no Quarto Dourado ontem não tinha acontecido em 1806.

Ela tirou pratos do armário.

— Não vejo por quê… — Então os colocou devagar sobre a mesa.

— A cafeína está fazendo efeito. — Tirando a espátula dela, ele mesmo dividiu os ovos.

— Você está dizendo que a Dobbs pulando do muro é como… como uma cena em repetição, programada para as três da manhã. Não é ela de fato, é mais como uma espécie de gravação dela.

— Algo assim. — Como o temperamento dela parecia ter esfriado, ele se inclinou e a beijou. — Vamos sentar e comer.

— O que ela fez quando Cleo e eu a vimos, ou naquela noite em que ouvi alguém chamando e batendo à porta, quando vi a nevasca que não existia de fato, naquele horário da madrugada, aquilo é ela. Dentro da casa.

— Quando se pensa bem, ela não é muito ativa nesse horário. Provavelmente deve ser mais custoso para ela.

— Não é ativa mesmo, agora que você falou. Não é a Dobbs que me atrai quando caminho, sei disso com toda a certeza. Será que ela fica se assistindo? Fico imaginando. Fica na janela e se vê morrer, noite após noite?

— Eu diria que sim. Já que é tão louca quanto a primeira esposa de Rochester, não consideraria esse um dos seus grandes momentos?

— Sim. E parabéns por citar Jane Eyre no café da manhã.

Ela o fitou — aqueles olhos incrivelmente azuis, o cabelo escuro só um pouco mais comprido do que um advogado comum usaria, e aquele ar de tranquilidade e confiança que ele ostentava com a mesma naturalidade que usava uma calça jeans.

— Aviso: não é sábio dizer a uma mulher irritada que ela está irritada.

Ele nem se abalou com as palavras.

— Fatos são fatos, lindinha. Tenho um compromisso de família mais tarde, depois trabalho à noite. Mas posso passar aqui depois, se quiser.

— Eu, oficialmente, lhe dou a noite de folga. Preciso dedicar algumas horas extras à proposta da Ryder. A apresentação está chegando, e tem que ser um arraso.

— Pelo que vi, já é. — Ele levou os pratos vazios para a pia. — Há muita coisa acontecendo na sua vida. Tem certeza de que quer dar essa grande festa?

— Tenho. É exatamente o que eu preciso, o que a Cleo e eu precisamos. E, sinceramente, acho que é o que a mansão precisa também.

— Então vou planejar o fim de semana aqui, carregando mesas e cadeiras. Vou arrastar o Owen comigo. Agora, o Mookie e eu temos que ir.

Ela foi até a geladeira e tirou uma vasilha de jambalaia.

— Seu presente de despedida.

— Isso resolve o almoço. — Quando ela enlaçou sua cintura, Trey segurou-lhe o queixo com a mão, inclinou-se e a beijou. — Não vou dizer para não trabalhar demais, porque... por que eu diria, e por que você ouviria? Então que tal subir para o escritório e arrasar?

— Exatamente o que eu precisava ouvir. Vá fazer o mesmo, porque, sim, nós amamos o que fazemos.

Depois que Trey saiu com Mookie, Sonya olhou para a louça.

— E a Molly ama o que faz, então vou deixar isso pra ela. Vamos trabalhar, Yoda. Você também pode vir, Pye.

Mas, quando chegaram ao segundo andar, a gata pegou um desvio. Sonya a viu se esgueirar pelo corredor até o quarto de Cleo.

Sonya trabalhou com afinco por duas horas, sem ser interrompida, até ver Cleo e a gata saírem.

Ela salvou o trabalho e se levantou.

— Vou descer com você. Só para avisar, a Pye já saiu hoje cedo, e tomou café da manhã.

— Obrigada. Eu devia ter levantado mais cedo e feito isso eu mesma.

— O Owen a deixou sair, o Trey colocou comida. Mas não me importo de fazer isso, já que acordo cedo e faço isso pelo Yoda. E o Owen pegou uma das suas tortinhas assadas.

Por um instante, Cleo franziu o cenho, depois deu de ombros.

— Acho que ele tem direito. Pensei que Pye fosse se enroscar comigo na cama, mas ela não é de se aconchegar à noite. Dormiu no assento da janela.

— Será que ela assistiu ao espetáculo?

— Que espetáculo? — Bocejando, Cleo entrou na área de serviço. — E olha só! Ela não usou a caixa de areia nenhuma vez! Vou deixá-la sair de novo. Yoda, querido, vá com ela. Que espetáculo? — repetiu Cleo.

— Pega seu café. — Sonya pegou uma Coca-Cola para si enquanto explicava.

Uma irritação leve aflorou em Sonya quando Cleo entendeu a implicação na hora.

— É como um eco, uma repetição. Ela não os viu nem ouviu porque não está realmente acontecendo agora.

— É, eu estava chegando nisso.

— É fascinante. E agora estou irritada por não ter pensado nisso antes. Programar o alarme e sair lá fora. — Ela fez beicinho por meio minuto. — Queria que o Owen tivesse me dito que ia fazer isso.

— Você teria ido junto com ele?

— Pode apostar. — Ela fez um Toaster Strudel para si. — Eu diria que devíamos fazer isso, mas esse horário é para outras coisas, para você. E não, não vou, porque não vou deixar você sozinha nesse horário.

Depois de morder a tortinha, apontou para Sonya.

— Aposto que, sendo completamente pirada, ela adora. É um grande momento para ela, e ela pode revivê-lo todas as noites.

O celular de Cleo tocou "Basket Case", de Green Day.

— Ela é desequilibrada mesmo — concordou Cleo.

Como se para provar, portas bateram no andar de cima.

— Isso já está perdendo a graça — gritou Sonya, fazendo Cleo sorrir.

Ainda assim, Sonya foi até a porta e chamou Yoda. A gata veio logo atrás, entrando primeiro.

— Não quero eles lá fora quando ela está agitada. E, de qualquer forma, tenho que voltar ao trabalho. Estou planejando dedicar um tempo a isso esta noite. Vou colocar a proposta da Ryder na tela grande.

— Me avise quando estiver pronta para isso. Quero ver.

— Eu ia pedir mesmo. Preciso da sua opinião. Hoje é só você e eu. Bem, você e eu, a gata, o cachorro e nossa coleção de fantasmas.

Capítulo dez

No fim da tarde, Trey estava sentado na sala de reuniões, no segundo andar da velha casa vitoriana que abrigava o escritório de advocacia dos Doyle, com seu apartamento no terceiro andar.

A família realizava essa reunião semestral nos escritórios — antes a antiga residência da família — para dar um tom mais empresarial, em vez de um jantar caótico de família.

Ace, com seu conjunto de terno e a vasta cabeleira branca, ocupava a cabeceira da mesa. Sua esposa, a elegante e discreta Paula, estava sentada na outra extremidade. Deuce à sua direita, com Corrine ao lado. Trey à esquerda de Ace, com sua irmã, Anna, ao lado dele, e o marido dela, Seth, em frente.

Sadie, assistente de Deuce — que comandava tudo, como vinha fazendo havia décadas —, entrou com uma bandeja de queijos, biscoitos e frutas.

— Você vai comer um pouco disso. — Ela apontou para Anna. — Gerar outro ser humano exige energia. Energia precisa de combustível.

— Sim, senhora. — Anna acariciou a barriga de grávida. — E eu ando sempre com fome ultimamente.

— E você. — Ela lançou um olhar severo a Deuce. — Tem um cliente marcado para daqui a uma hora e… — consultou o relógio de pulso — dez minutos. Sem enrolação.

— Estarei lá.

— Se ele enrolar, Sadie — garantiu Ace —, nós o mandamos embora.

— Façam isso mesmo.

Quando a porta se fechou atrás de Sadie, Ace apontou para a bandeja.

— Peguem logo, se querem, e vamos começar.

O fundador da firma e patriarca da família comandava o espetáculo. Ajustou os óculos bifocais de armação preta e começou:

— Vou começar exibindo nosso novo site. Sei que todos já viram e concordam que é uma grande melhoria. Então, agradeço ao Trey por trazer a Sonya MacTavish a bordo. E à minha adorável nora pelas excelentes fotografias.

— Tive ótimos modelos — disse Corrine —, especialmente o Mookie.

Debaixo da mesa, o cachorro abanou o rabo ao ouvir seu nome.

— Ace — advertiu Paula ao flagrá-lo passando queijo escondido para o cachorro.

— Ele tem direito. Está escrito no site que ele é nosso consultor jurídico. O que me leva à outra aba do nosso novo e melhorado site. Estagiários. Vou propor que, quando Eddie passar no exame da Ordem, lhe ofereçamos uma vaga de associado.

Discutiram os prós e contras, e passaram a outros assuntos que exigiam documentos atualizados e assinaturas.

— Devo dizer que a Sonya me recomendou para as fotos da atualização do site da firma Stevenson, Kubrick & Wayne. Todos conhecem Pete Stevenson, e meu advogado me assegura que não há conflito de interesse.

— Desde que ela não faça o Pete parecer melhor do que eu.

— Como se isso fosse possível. — Corrine deu um tapinha na mão de Deuce.

— Essa garota não para, não é? — Ace assentiu com aprovação. — Embora não possamos discutir as questões legais da herança dela aqui, gostaria de saber como ela está fora do trabalho. Trey?

— Ela não para. Tenho que admitir, antes de conhecê-la, eu duvidava da decisão de Collin em deixar para ela a mansão e tudo o que vem junto. Não achava que ela cumpriria as condições da herança, ou que sequer ficaria até o fim do ano. Mas ela não é de se deixar abater, seja lá quem ou o que esteja pressionando.

— Como não falamos na qualidade de advogado/cliente — começou Deuce —, vou dizer que ela planeja ir a Ogunquit para conversar com Gretta Poole. Ou tentar.

— Ah, céus. — Os olhos de Paula se anuviaram de preocupação. — Entendo por que ela sente que deve ou precisa fazer isso, mas temo que vá se decepcionar.

— Bem provável — concordou Ace. — Duvido que Gretta seja capaz de acrescentar algo à história da família. Ou a qualquer outra coisa, nesse sentido.

— Ela sempre foi fraca de caráter — murmurou Paula. — Pensando bem, me surpreende ter acreditado que ela tivesse conhecido alguém, engravidado. Nunca, em minha memória, ela saiu da linha, e certamente nunca enfrentou a mãe. Poucos o fizeram.

— Você enfrentou. — Com orgulho evidente, Ace sorriu para ela.

— Isso é coisa do passado. — Ela dispensou as palavras com um gesto da mão, como quem espanta uma mosca incômoda. — Um passado distante.

— E ainda tão atual. — Sorrindo, ele lhe soprou um beijo. — Collin tinha acabado de herdar a mansão e o restante, e decidiu reabrir o lugar, viver lá.

— Eu lembro. — Deuce ergueu o copo de água, sorriu por sobre a borda. — Eu estava quase tão empolgado quanto ele. Nós dois tínhamos entrado lá às escondidas muitas vezes quando meninos.

— "Às escondidas" não é bem a expressão certa — disse a mãe dele, em tom seco. — Eu sabia muito bem o que vocês aprontavam.

— Sabia? — Achando graça e impressionado, ele inclinou a cabeça. — E nunca tentou nos impedir.

— Tentar impedir dois garotos de explorar uma casa mal-assombrada? — Ela soltou uma risadinha. — Eu teria falhado, então por que não os deixar pensar que estavam se safando? Não me surpreendeu em nada quando Collin decidiu se mudar para lá. Mas, aparentemente, Patricia ficou surpresa.

— Não a conheci — disse Seth —, mas já ouvi histórias que meus pais contavam. Acho que essa vai ser boa.

— Ela veio bater na nossa porta…

— Não começa, Ace.

— Começo, sim, minha querida. Esta casa — continuou ele. — Ainda morávamos aqui. Eu não estava em casa, e foi uma pena. Mas minha amada esposa cuidou da velha... vou usar outra palavra com V... valentona.

Mudando de posição na cadeira, Deuce voltou-se para a mãe:

— Ela veio até aqui, falar com a senhora, sobre o Collin morar na mansão?

— Pois bem. — Paula ergueu as mãos. — Tinha mais a ver com você, Deuce. Primeiro ela foi muito educada, daquele jeito frio e ácido dela, acreditando que você tinha influenciado Collin a tomar essa decisão, e esperava que eu falasse com você, exigisse que retirasse tal influência. Minha resposta não a agradou.

— Que foi...? — quis saber Trey.

— Basicamente, que tanto o neto dela quanto meu filho eram maiores de idade e, conhecendo Collin como eu conhecia, acreditava que ele tomava as próprias decisões. Quando sua insistência velada, como certamente via, não me convenceu, ela ameaçou minha família.

— O-ou — murmurou Anna.

— Ela disse que nos arruinaria em Poole's Bay, que seríamos ostracizados, que Ace seria destituído da Ordem e meu filho desonrado, para nunca obter o diploma de advogado.

— Voltemos àquela primeira palavra com V — sugeriu Trey, arrancando um largo sorriso do avô. — Ela nunca teria conseguido nada disso.

Paula tomou um gole delicado de água.

— Talvez acreditasse que podia, ou que eu cederia diante de tais ameaças. Ela estava furiosa.

— Minha amada esposa mandou que ela saísse da nossa casa, que nunca mais seria bem-vinda ali. E, minha parte favorita, que enfiasse as ameaças naquele traseiro magricela. Se tentasse prejudicar nossa família, descobriria do que os Doyle eram capazes.

— É isso aí, vovó! — Anna aplaudiu.

— Você nunca disse uma palavra — disse Deuce, baixinho. — Nem uma palavra sobre nada disso.

— Eu não estava nem um pouco satisfeita com meu temperamento e a linguagem que usei, ao contrário do seu pai. Pelo menos não quando já havia me acalmado. E seu pai e eu concordamos em não dizer nada que preocupasse você ou Collin.

— Ela tentou alguma coisa? — perguntou Trey.

— Não, pelo menos não que eu saiba. Valentões costumam recuar quando são confrontados, não é? Acho que ela simplesmente colocou Collin no mesmo saco da nossa família — acrescentou Paula, e lampejos daquele antigo temperamento voltaram a aflorar. — Descartou-o. Ela não podia fazer nada em relação à herança dele: a mansão, os negócios, o dinheiro. Então, lidou com ele, mas, em nível pessoal, ele deixou de ter importância.

— Ele sabia que você o amava. — Deuce olhou para a mãe, do outro lado da mesa. — Sabia que nós éramos a família dele.

— Sim. Na época, não sabíamos os verdadeiros fatos sobre o nascimento dele, sobre o irmão e a decisão cruel que Patricia tomou tantos anos atrás. Mas ele era da nossa família. Foi um irmão para você, Deuce, e um filho para seu pai e para mim.

— E agora essa família se estende a Sonya.

— E se estenderia — concordou Anna — mesmo que eu não gostasse tanto dela quanto gosto. O que está acontecendo na mansão, Trey?

— Vou começar essa saga contando que encontraram outro retrato no ateliê do Collin. Quer dizer, no estúdio da Cleo agora. Lisbeth Poole no dia do casamento.

— Lisbeth — murmurou Deuce. — Primeiro Johanna, depois Lilian, agora Lisbeth. Ordem cronológica inversa.

— Tem a assinatura do Collin. Como os outros, não estava no inventário. Elas penduraram na sala de música, junto com os outros dois.

— Vocês sabem que isso é macabro. — Olhando ao redor da mesa, Seth ergueu as mãos. — Sou o único aqui que acha isso macabro?

— Não — garantiu Anna. — Então aguenta firme.

Trey contou o resto, costurando a história em meio às interrupções, enquanto a família falava por cima uns dos outros.

— Talvez eu devesse trocar macabro por aterrorizante.

— Na verdade, não é — disse Trey a Seth. — Pelo menos, na maior parte do tempo, a mansão é como eu me lembrava sempre que visitava

Collin. Uma casa enorme, fascinante, com apenas um algo a mais. E esse algo a mais acrescentava, e ainda acrescenta, mais fascínio. Mas — emendou Trey — quando a Dobbs se arma, ela vem com força. De verdade.

— Sonya está segura lá, Trey?

Ele olhou para a mãe.

— Preciso acreditar que sim. Ela é importante para mim, então preciso acreditar nisso. O que sei é que Dobbs está em minoria, e não apenas de duas mulheres de fibra.

— Quero conhecer essa Cleo. — Ace piscou para a esposa. — Tenho um fraco por mulheres de fibra.

— Podemos deixar o domingo livre para o jantar? — Corrine olhou ao redor da mesa. — Vou convidá-las. E o Owen também, já que ele faz parte da família e disso tudo. Tudo bem, Deuce?

— Mais que tudo bem.

— Parece ótimo para mim. E preciso subir — acrescentou Trey — para me trocar para um jantar de trabalho.

— Com a Sonya? — perguntou Anna.

— Assunto de cliente.

— Então, se não houver mais nada... — Ace olhou ao redor da mesa. — A reunião está encerrada.

Na mansão, Sonya ligou o notebook no segundo andar da biblioteca. Havia trabalhado direto até as seis e sabia que tinha criado a melhor proposta possível para o projeto Ryder.

Mas a opinião de Cleo lhe diria onde e como tinha deixado passar alguma coisa.

Enquanto sincronizava o computador com a tela, Cleo subiu a escada em espiral com duas taças de vinho.

— Para a sua ansiedade e para o meu prazer.

Como se previsse um espetáculo, Yoda já estava empoleirado ao lado do sofá. A gata seguiu Cleo, perambulou pelo novo espaço e, por fim, escolheu o assento da janela.

— Não estou muito ansiosa, mas vou ficar quando isso for pra valer. E não vou ter vinho lá, então aceito agora. Sinceridade total, Cleo.

— Nunca vou dar a você nada menos que isso. — Cleo se sentou no sofá, ergueu a taça. — Quando você estiver pronta.

— Eu mesma fiz as narrações. Precisava cronometrar e coordenar tudo. E, se a Ryder topar, eles podem contratar o próprio locutor. Mas me avisa se essa parte não funcionar, que eu contrato um profissional.

Agitada demais para se sentar, Sonya ficou em pé, com a taça de vinho em uma mão e o controle remoto em outra.

— Vou começar com a imagem do logotipo, com as mudanças que fiz. E com uma colagem que quero acrescentar numa aba suspensa intitulada "História" no site deles.

O logotipo surgiu na tela e, sim, gostava daquele leve toque de movimento, pensou ela.

— Por três gerações, a Ryder Sports tem sido sinônimo de excelência e inovação.

A voz acompanhou o logotipo e seguiu enquanto as imagens mudavam para fotos de domínio público da loja principal de Boston e da família Ryder.

Ela havia mesclado imagens dos Ryder e de atletas, mais do trabalho filantrópico, acampamentos esportivos para crianças carentes e com deficiência, bolsas de estudo, patrocínios etc.

— *A Ryder se supera* — o trecho concluiu —, *para que você também possa se superar.*

Ela pausou a apresentação.

— Exagerei, ou não foi suficiente?

— Acho que você acertou em cheio, Son. Quem não gosta de ouvir sobre suas boas ações, sua longevidade, seus sucessos? E quem clica nessa aba quer conhecer a história.

— Fico dividida entre começar por aí ou pelo site em si. Ou por um dos anúncios.

— A história não é o grande impacto inicial, mas leva até ele. Continue.

— Tá bom. — Ela exibiu o site. — Não tem narração nesta parte. Eu farei a apresentação.

— Vamos ouvir.

Com um aceno, Sonya tomou um gole de vinho. Depois, mais um.

— Embora eu tenha liderado a equipe que projetou o site da Ryder, acho que ele precisa de algumas atualizações e renovações.

Ela usou o tablet para demonstrar os menus suspensos, os links e a seção de avaliações mais enxuta. Depois, o destaque para a nova loja em Portland.

— Conforme o trabalho na nova loja avança, esta seção será atualizada e incluirá a contagem regressiva para a inauguração.

Ela concluiu todos os comos e porquês daquela área e fez outra pausa.

— Técnico demais?

— Um pouco. — De pernas cruzadas, Cleo tamborilou o dedo na perna enquanto refletia. — Dá pra ver que o site é fácil de usar. Sempre foi, já que eu mesma o utilizo e isso é mérito seu. Eu guardaria a parte técnica, porque quem não é ligado nisso vai ficar perdido. Como você não quer isso, só entra nesses detalhes se alguém fizer uma pergunta técnica.

— Tem razão. Eu me empolguei com a parte técnica — percebeu Sonya. — Vou cortar isso, e assim devo encurtar tudo para chegar logo ao impacto.

Ela passou à próxima parte.

— Anúncios digitais.

— Isso! Um cara gostoso puxando ferro — disse Cleo quando a imagem de Owen surgiu na tela.

— *Seja levantando peso* — a narração começou enquanto as fotos rolavam — *ou arremessando uma bola de basquete, a Ryder cuida de você. Se estiver dominando a bola no campo ou indo trabalhar de bicicleta, a Ryder cuida de você. Seja na ioga, no Tai Chi, na sua primeira vez sobre duas rodas ou lançando um passe perfeito, a Ryder cuida de você. Porque…*

A imagem final mostrava o campo com equipamentos da Ryder espalhados, com o slogan embaixo:

O jogo é pra valer!

— *No trabalho, na vida, a Ryder está com você.*

— Garota, você se superou demais! Estou falando sério, Sonya. Deu vontade de sair comprando uma roupa nova de ioga, um tapete novo, e senti até uma súbita necessidade de começar a levantar peso.

Quando Sonya riu, Cleo apontou para ela.

— Estou falando sério mesmo. Quer dizer, naturalmente sobre a roupa, porque já estava na hora. Mas seus braços estão ficando definidos, e acho que quero os meus assim também.

— Estão? — Sonya franziu a testa, olhou para baixo e flexionou os braços. — Estão mesmo.

— Enfim, me mostra o resto.

Ela passou pelos anúncios dentro das lojas, outdoors, sinalização.

Concluiu com uma imagem que abrangia idades e interesses, de uma garotinha em um triciclo a um grupo de idosos praticando Tai Chi em um parque.

Ryder Sports
Para qualquer idade, para qualquer interesse
Para todos

— Você me convenceu. E terminou com o impacto. Vários impactos. Só diminua a parte técnica.

— Entendido.

— Você sabe quem da família Ryder vai estar lá?

— Não. Sei que o Burt vai... Burt Springer. E devo a ele até por ter essa chance.

— Faça contato visual. Durante a apresentação, mantenha contato visual, especialmente se algum membro da família estiver lá. Você sabe apresentar, já fez muitas vezes. Faça o que você sabe fazer. O trabalho está sensacional, Sonya, sinceridade absoluta.

— Obrigada. Acho que ainda posso dar uma polida. — Andando de um lado para o outro, ela assentiu. — Sim, só um brilho aqui e ali, deixar a maior parte da parte técnica de lado, a menos que perguntem. E aí vou saber que, quando terminar, é o melhor que posso fazer. Não vai ser tão sofisticado quanto a By Design, mas...

— Talvez não. Você foi direto ao coração. — Cleo pousou a mão sobre o próprio peito. — Para mim, o coração vence. Se eles preferirem algo mais polido? Problema deles. Agora, que tal guardarmos tudo isso por hoje? Jantamos as sobras e vemos um filme leve.

Clover trouxe Ariana Grande e Victoria Monét cantando sobre melhores amigas em "Monopoly".

— Você pode ser avó da Sonya, mas também é nossa melhor amiga.

O ar, de repente, se encheu do perfume de flores silvestres em um prado. Uma mistura de doçura e especiarias, apenas pairando.

— Você também…?

— Sim. — Sonya juntou o notebook e o tablet. — Também sinto isso. Toda vez que me preocupo demais com uma certa entidade que não vou nomear hoje à noite, penso na Clover, na Molly, no Jack, nas outras seis noivas e em quem mais estiver aqui. Penso no Collin, no meu pai e nesta casa. Penso em você e em mim fazendo o nosso melhor trabalho e jantando sobras.

— Eu também. Vamos descer. Como alimentei a Pye e o Yoda antes de subir, vamos soltá-los enquanto preparamos as sobras. — Cleo lançou um olhar por cima do ombro ao começar a descer. — Ela ainda não usou a caixa de areia.

— Não sei se o seu sucesso contínuo nessa área é mérito seu, da gata ou da mansão.

— Por que não dos três?

Na metade da escada, os celulares das duas sinalizaram uma mensagem.

— É da Corrine Doyle. Um convite para jantar no domingo.

— O mesmo aqui — disse Cleo. — Parece divertido. Vamos aceitar, né?

— Vamos aceitar. Faz um feitiço para que minha ida ao salão na sexta não me deixe parecendo uma aberração.

— A Anna iria a um salão que fizesse isso?

— Não, mas as coisas podem dar errado — disse Sonya, sombria. — Talvez eu devesse… O que você está fazendo?

Quando entraram na cozinha, Cleo continuou a passar a mão esquerda sobre a direita em concha.

— Estou consultando minha bola de cristal imaginária. Pronto, não há motivo para se preocupar.

Ela decidiu não se preocupar, ainda mais porque sobras e um filme leve batiam em todas as notas certas.

E, quando se acomodou na cama para ler até pegar no sono, recebeu outra mensagem.

> Só passando para saber como estão as coisas. O jantar de negócios se estendeu. Não fiquei surpreso com isso. Está tudo tranquilo? Se não estiver, posso ir aí.
>
> **Tudo tranquilo, mas obrigada. Trabalhei até tarde mesmo, depois ensaiei a apresentação para a Cleo. Estamos bem aqui.**
>
> Então nos vemos amanhã. Talvez você possa ensaiar comigo. Gostaria de ver a apresentação. Se o sossego não se mantiver, me manda mensagem.
>
> **Vou mandar. Até amanhã.**

E, por que não, ela acrescentou um emoji de coração. Sorriu quando ele mandou um de volta.

Ela não acordou às três, mas sonhou.

Primeiro a música. Mick Jagger não conseguia encontrar satisfação. Depois, as vozes: a de um homem, trêmula, nervosa. Uma mulher gritava de dor.

À medida que o sonho se clareava, ela viu primeiro o fogo, rugindo na lareira. Depois, o quarto. O *seu* quarto, percebeu. Aquele quarto, embora as paredes estivessem cobertas por papel de parede gasto, desbotado e manchado.

Mas era a sua cama. E, em sua cama, uma mulher — pouco mais que uma menina — com o longo cabelo loiro embaraçado, suado, o rosto bonito pálido, os olhos azuis vidrados.

Lilian Crest Poole. Clover, em trabalho de parto, tentando trazer ao mundo os filhos.

Meu pai, Sonya pensou, paralisada. *Meu pai e Collin.*

Um homem — pouco mais que um garoto — estava ajoelhado ao lado dela, segurando-lhe as mãos. O cabelo escuro caía quase até os ombros, e os olhos verdes dos Poole estavam marejados de lágrimas.

— Vai ficar tudo bem. — Clover virou a cabeça para ele. — Essa passou. Eu não sabia que ia doer tanto! Dói tanto, Charlie.

— A gente devia ter tido mais tempo para praticar. Semanas a mais. Maldita tempestade. — Ele olhou para as portas de vidro, onde a neve rodopiava espessa. — Estamos presos, gata. E todo mundo foi embora quando disseram que isso ia chegar.

— Só você e eu. — Ela sorriu para ele quando ele passou um pano em seu rosto. — Você, eu e nossos bebês. Porque são dois, como eu disse. Eu senti os dois. É por isso que veio antes da hora. Nós lemos todos os livros sobre parto domiciliar. E temos música.

— Enquanto tivermos pilhas, você vai ter música. Todas as que eu gravei para você. Olha só… *I only want to be with you…*

— *It's crazy, but it's true* — cantarolou Clover, antes de se interromper com um gemido, um soluço. — Aí vem outra. Ah, meu Deus… ai, meu Deus. Charlie!

— Dá uma tragada, Clove, só uma. Tenho um baseado aqui. Vai ajudar.

Mas ela sacudiu a cabeça, tentando respirar fundo em meio à contração.

— Não é bom para os bebês. Charlie!

— Estou aqui, bem aqui. Olha para mim, gata. *I only want to be with you* — cantou ele, enquanto ela soltava outro grito, a cabeça se virando no travesseiro como se buscasse algum alívio.

Mas, à medida que uma contração se somava à outra, nenhum alívio vinha.

— Tenho que empurrar!

— Estou vendo a cabeça! Puta merda, Clove! Está acontecendo. Está mesmo acontecendo.

Ela empurrou, e chorou; lutou, e riu.

E, em meio a sangue, dor e suor, deu à luz um filho.

— Peguei ele! — As lágrimas escorriam pelo rosto de Charlie, enquanto seus olhos verdes dos Poole se acendiam de assombro. — Uau, como ele grita! Astro do rock. Ele é bem pequeno, mas é perfeito. Olha, temos um menino. Vou amarrar o cordão, como lemos, e cortar.

Ela estendeu os braços para o bebê que chorava, acolheu-o junto de si.

— Ele é lindo. Não é lindo?

— Você é. Você é a coisa mais linda do mundo. Você é a minha vida, Clove.

— Ele é a nossa vida agora. Olha os dedinhos perfeitos! Ai, ai, não acabou! — O corpo dela se arqueou de dor. — Pega ele! Pega nosso bebê, embrulha bem quentinho, Charlie. Não acabou.

Ela estremeceu com a contração seguinte, o corpo sobrecarregado.

Charlie embrulhou o bebê, colocou-o numa caixa forrada com cobertores e decorada com flores e símbolos da paz.

Quando voltou para Clover, o suor escorria de seu rosto mais rápido do que ele conseguia enxugar. E ela ainda estremecia, como se estivesse com frio.

— Vou amamentá-los, os dois juntos. — Sem fôlego, ela agarrou a mão de Charlie. — Assim eles não vão chorar.

— Vamos plantar a placenta com uma árvore. Nossa árvore da família.

Ele secava o rosto dela, segurava-lhe a mão enquanto o bebê chorava e o gravador tocava Dylan, "The Times They Are a-Changin'".

— Tudo está mudando, gata, para nós. Vamos ser livres, você, eu, nossos filhos. — Ele levou as mãos dela aos lábios, beijando-as enquanto ela gemia de dor. — Vamos cultivar nossa própria comida e abrir de verdade esta casa para a arte, a música, o amor.

— Preciso empurrar. Preciso empurrar de novo. Porra, porra! Isso dói!

— Eu sei, Clove. Eu sei.

— Ah, sabe? Até parece que é você que tem que empurrar um bebê pra fora do corpo!

— Tá bom, tá bom. Estou vendo a cabeça, e está vindo. Esse está vindo mais rápido. Quase aqui!

Sonya assistiu ao nascimento de seu pai. Não sabia dizer como tinha certeza de que o gêmeo mais novo era Andrew MacTavish, que cresceria em Boston, mas sabia.

A jovem moribunda o tomou nos braços.

— Me ajuda a sentar mais um pouco, Charlie. Mais travesseiros. Não consigo amamentar os dois se não ficar mais erguida. Eles estão com fome, e o primeiro leite tem tudo de que precisam. Me ajuda, Charlie.

Ele a apoiou com travesseiros, enxugou seu rosto, beijou-a, beijou o bebê em seus braços.

— Vou buscar o primeiro. Temos dois filhos, Clover. Temos dois meninos.

— Tão lindos, tão adoráveis. Ele já pegou o peito. Você tem que ajudar ele a achar o meu mamilo, Charlie. Isso! Assim. Meu Deus, é tão incrível. Estou alimentando nossos bebês, Charlie. Somos uma família.

Ela sorriu. Sorriu, embora Sonya visse as sombras no quarto. Via sangue demais nos lençóis, nas toalhas.

— Estou ficando com frio. Não acredito. Eu estava tão quente, mas agora estou ficando com frio.

Ele avivou o fogo, colocou um cobertor sobre ela.

— Posso trocar os lençóis, ou pelo menos tirá-los, se eu conseguir levantar e virar você para o outro lado.

— Está tudo bem. Olha, nossos filhos estão dormindo. Você pode cuidar das fraldas? Acho que ainda não consigo me levantar. Estou cansada. Muito cansada.

— Eu cuido. Você só descansa. Puta merda, Clover, você é uma deusa. Vou descer uma cadeira de balanço do sótão amanhã cedo. Vou limpar nossos meninos e depois descer para pegar aquela sopa que você fez. Posso esquentar no fogo. Você precisa comer. Vou cuidar de você, Clover. De você e da nossa família.

— Está bem, Charlie. Eu te amo.

— Nunca amei ninguém como amo você. E nunca vou amar.

Ele usou pedaços quadrados de pano branco e alfinetes de fralda, depois envolveu cada bebê e os colocou juntos na caixa coberta de flores e símbolos da paz.

Baixou o volume da música, pegou uma vela e seguiu em direção à porta.

— Sopa, um pouco daquele pão que fizemos outro dia. E um maldito vinho. Queria ter flores para você, Clover.

— Eu tenho tudo de que preciso.

Quando ele saiu e as sombras no quarto se aprofundaram, a moça na cama virou a cabeça para Sonya.

— Estou morrendo, e aquela vadia vai aparecer. Ela vai pegar meu anel. A aliança que Charlie me deu. Pegue de volta para mim, está bem? Pegue todas de volta.

À medida que mais sangue se acumulava nos lençóis, Sonya tentou correr em direção à cama, mas foi lançada para trás.

Ela só pôde assistir quando Dobbs entrou no quarto.

— Com tua morte nesta hora, teu sangue alimenta meu poder. Eu o sinto pulsar, eu o sinto crescer. E tua única canção se torna um fúnebre lamento. Para minha mão, desta noiva Poole deslizo sua aliança, e para todas as outras que vierem, planejo o mesmo destino cruel. De agora e para sempre, esta mansão somente a mim pertence.

Quando Dobbs desapareceu, os olhos de Clover, quase sem vida, se abriram.

— Meu pobre Charlie, meus pobres bebês. Eu não consegui detê-la. Você pode. Você pode.

Sonya acordou no chão ao lado da cama, com Yoda esfregando-se contra ela enquanto choramingava.

PARTE DOIS

Conhecimento

"Conhecimento é poder."

— Sir Francis Bacon

Capítulo onze

Enquanto puxava o cachorro para perto de si, aninhando o rosto em seu pescoço, o telefone ao lado da cama tocou INXS com "Baby Don't Cry".

Sonya apenas balançou a cabeça e apertou Yoda contra o peito.

Enquanto chorava, o coração apertado, o ar esfriou; as portas de vidro tremeram.

A tristeza a alimentava.

Reprimindo um soluço, Sonya lutou para se recompor. Deveria ligar para Trey naquele terrível momento? Poderia correr até Cleo em busca de conforto.

Mas por quê? Por que sobrecarregá-los no meio da noite por algo que já havia acontecido? Pelo que ela tinha testemunhado?

— Não, não, não vou fazer isso.

Em vez disso, levantou-se e, com o cachorro em seu encalço, foi ao banheiro jogar água fria no rosto.

— Eu estava lá. — Endireitando-se, contemplou o próprio rosto no espelho, viu a sombra da tristeza em seus olhos. — Você precisava que eu estivesse.

Em concordância, Clover respondeu com Marvin Gaye: "Can I Get a Witness".

— Você pode. Você teve. E eu não vou esquecer. Está tudo bem, Yoda. Agora estamos bem.

Quando ele voltou a se deitar em sua cama, ela voltou à dela. E ficou quieta.

Ela lembraria de cada detalhe, cada detalhe do nascimento de seu pai.

Lembraria da bravura e da doçura da mulher que só havia tido alguns minutos para ser mãe. E que, naqueles minutos, tinha demonstrado tanto amor.

Lembraria do amor que tinha visto — que tinha sentido — entre as duas pessoas que criaram aquelas vidas. Gêmeos que, por imposição de uma mulher, nunca puderam ser irmãos.

Lembraria de que aquela pequena vida aos prantos tinha crescido e se tornado um bom homem, um homem amoroso, que lhe dera a vida.

— Obrigada, Clover — murmurou ao fechar os olhos. — Eu não existiria sem você. Não estaria aqui. Prometo que não vou esquecer.

Quando por fim adormeceu, ela não sentiu a presença velando seu sono, nem a mão delicada, sem aliança, que repousou suavemente em sua face.

Mas sonhou de novo, e mais uma vez, com a menina e o menino.

Agora eles estavam sob a luz do sol, rostos radiantes, cheios de vida, amor e riso. Ele usava uma camisa florida, colares de contas no pescoço.

Ela tinha flores no longo cabelo loiro, flores nas mãos, e uma aliança dourada, com dois corações entrelaçados, no dedo anelar da mão esquerda.

Lentamente, de um jeito meigo, eles se beijaram sob um céu azul, em um campo de flores silvestres. Caíram no riso, trocando olhares, como duas crianças guardando um segredo.

— Amo você para sempre, Clover.

— Amo você para sempre, Charlie, e mais um dia.

Havia música. Dusty Springfield cantava "I Only Want to Be with You".

O vestido branco da garota esvoaçava enquanto ela dançava descalça na campina.

Adormecida, Sonya sorriu.

De manhã, Sonya soltou Yoda e Pye, deu-lhes café da manhã e trocou a água das tigelas. Tomou sua primeira caneca de café olhando para o bosque, sendo recompensada ao vislumbrar uma corça.

Ao descer para se exercitar, surpreendeu-se ao ver que a gata a tinha seguido. Lembrando-se do comentário de Cleo sobre seus braços, Sonya escolheu os halteres.

Enquanto fazia flexões, elevações, supinos, o painel de sinos dos criados tocou. A gata foi em direção ao som, depois arqueou as costas e sibilou.

— Eu sinto o mesmo. — Deitada no colchonete para supino, Sonya deu um sibilo de desprezo. — E é só isso que ela vai receber de nós. Sibilos.

Depois de finalizada a sessão de exercícios, tomou banho, se vestiu e prendeu o cabelo ainda úmido. No andar de baixo, fez mais café e levou uma caneca para Cleo.

A amiga estava esparramada na cama, com uma montanha de travesseiros. Sentando-se na beirada da cama, Sonya lembrou-se dos dias de faculdade, quando Cleo tinha aula cedo — cedo para os padrões de Cleo. E repetiu o que tantas vezes tinha feito naquela época.

Agitou a mão sobre a borda da caneca para abanar o aroma de café até o nariz de sua amiga.

— Cleo.

Os olhos cor de mel se abriram.

— Já é de manhã? Isso é café?

— Mais cedo do que o seu habitual, mas é de manhã. E café para aliviar o sofrimento.

Cleo se ergueu e, quando a gata pulou na cama, pegou a caneca com ambas as mãos.

— Por que você está me trazendo café na cama mais cedo do que o normal?

— Você ouviu o relógio ontem à noite?

— Hummm. — Cleo bebericou o café e fechou os olhos. — Não, pelo menos acho que não. Eu simplesmente… — Seus olhos se arregalaram e ela agarrou a mão de Sonya. — Ai, minha nossa, Sonya, você andou por aí dormindo? E eu não estava com você. Eu dormi! Eu…

— Não desse jeito. Ou pelo menos acho que não. Também não me lembro de ter ouvido o relógio, nem o piano, e acho que nem sequer saí do meu quarto. Acho que o espelho veio até mim, e eu passei por ele. Passei por ele e voltei ao tempo em que Clover deu à luz meu pai e Collin. Collin primeiro… não sei como sei disso, mas sei.

Para desanuviar a mente, Cleo tomou um longo gole do café.

— Você viu seu pai nascer?

— Eu vi tudo. Vou contar desde o começo.

Ela contou o sonho que não era um sonho, certificando-se de não deixar passar nenhum detalhe.

— Ah, Sonya. — Deixando o café de lado, Cleo a envolveu em um abraço. — Sinto muito, muito mesmo.

— Eu acordei sentada no chão, ao lado da minha cama. Cleo, não acho que eu tenha saído do quarto. Do meu quarto e do quarto onde tudo aconteceu.

— Talvez seja por isso. Era o salão de festas da Lisbeth, então foi para lá que você foi. Você já viu as outras.

— Não tenho certeza de aonde fui. Nas primeiras vezes, achei que estava sonhando. Só sonhando. Acho que, depois de Marianne Poole, a terceira noiva, comecei a aceitar que era mais do que isso.

— Aceitação pode ser o motivo de você ter ficado mais consciente.

— Mesmo assim, não pude fazer nada. Não pude ajudar, não pude impedir. Quando tentei... acho que foi quando acabei no chão. Uma coisa é entender que não posso mudar a morte, outra é ficar ali, impotente, vendo acontecer. E com a Clover.

— Não consigo imaginar como deve ter sido difícil e doloroso. Ela viu você, Sonya. Clover viu você, falou com você. Ela sabia que você estava lá. Testemunhando.

— Ela confirmou isso com "Can I Get a Witness". — Sonya franziu o cenho. — Mas não eram os Stones.

— Querida, o falecido e grandioso Marvin Gaye gravou primeiro. E isso não é a cara dela? Sonya, eu sei que foi brutal, mas pense nisto: você viu o nascimento do seu pai. Testemunhou a vinda ao mundo da pessoa que, junto com sua mãe, concebeu você. Isso é uma espécie de milagre, algo poderoso.

— Ela os amamentou. Estava morrendo. Talvez não tivesse plena consciência disso, mas estava exausta e morrendo, e mesmo assim quis alimentá-los, segurá-los. E ele, o Charlie, colocou aquelas fraldinhas de pano neles, os embrulhou bem quentinhos quando adormeceram, colocou os dois juntos antes de descer para buscar sopa para ela. Ela morreu enquanto ele estava fora, eu vi. Dobbs veio enquanto ele não estava.

— Você anotou o que a Dobbs disse?

— Não. Eu lembro de cada palavra.

— Eu vou anotar.

Vestindo a camiseta de dormir com a frase "Deixe sua arte fluir", Cleo se virou para pegar um bloco e um lápis.

— Diga de novo. — Cleo foi anotando. — Estamos documentando tudo.

— Sim, isso está logo em seguida na minha lista.

— Você podia ter vindo falar comigo, Son.

— Quase vim. Quase mandei mensagem para o Trey. Depois achei que não fazia sentido. Eu não ia dar a ela nem mais uma gota do meu luto e do meu medo. Só sibilos, não é, Pye?

— Sibilos?

— A Pyewacket desceu para a academia comigo hoje cedo. E nós sibilamos para o sino do Quarto Dourado. O Yoda estava comigo quando eu acordei ontem à noite, para me consolar, e hoje de manhã estava lá embaixo sibilando para a Dobbs.

— Temos dois amigos peludos maravilhosos.

— Temos, sim. Eles já tiveram o tempo de sair logo cedo e o café da manhã. Vou soltá-los de novo, a saída pós-café, e encher minha garrafa de água para trabalhar.

— Eu coloco eles pra dentro depois. Queria ter estado com você.

— Eu sabia que você estava aqui, e isso importa muito para mim.

Ela se afastou da cama e começou a chamar os animais. E então lembrou.

— Tive outro sonho.

— Ah, meu Deus.

— Não, não, o oposto de horrível. Quase esqueci. Eu vi Clover e Charlie. No dia do casamento deles. Não aqui, não na mansão. Fico pensando se alguém sabe quando eles se mudaram para cá. Enfim, foi tão doce, Cleo. Eles estavam dançando na grama em algum lugar, o sol brilhando. Pareciam tão jovens, tão felizes, tão apaixonados. A música que ele tocou para ela durante o parto… "I Only Want to Be with You". Foi essa a música que eu ouvi.

A música começou a tocar de novo no celular no bolso de Sonya.

— Ela levou você até lá. — Os olhos de Cleo se encheram de lágrimas. — Ela quis que você tivesse isso, que visse, que sentisse. A luz afasta a escuridão.

Acreditando nisso, Sonya conduziu a gata e o cachorro escada abaixo, onde os dois pareceram felizes em sair para o sol de abril. Ela encheu a garrafa de água e encontrou Cleo na escada.

— Nada além de areia na caixa.

— Ela é muito esperta. E você também é muito esperta, então vai avisar o Trey sobre o que aconteceu ontem à noite.

— Vou mandar uma mensagem agora, contar o básico e dar mais detalhes quando vê-lo.

Cleo sorriu.

— É bom ter alguém na sua vida que você entende e que a entende, não é?

— É. Por outro lado, sempre tive isso com você. E como você está de short de ginástica, imagino que vá cumprir seu objetivo de malhar.

— Vou pegar minha garrafa, depois vou fazer meia hora de exercícios. Vinte minutos com os malditos pesos, depois dez minutos de ioga para fechar. Meu dia começou meio cedo, então por que não?

— Olha, seus braços já estão ficando definidos.

— Isso é da ioga, mas agora quero mais.

Sabendo que, se Cleo queria mais, ela conseguiria, Sonya subiu para a biblioteca.

Taylor Swift, com "Shake It Off", a recebeu.

— Trabalhando nisso, e chegando lá.

Ela mandou uma mensagem breve para Trey e, quando já tinha ligado o computador e começado a escrever o que considerava uma documentação, ele respondeu:

> Entendo por que você não me avisou na hora, mas sinto muito por você ter passado por isso sozinha. Que tal eu levar o jantar, e você me conta com mais detalhes? Quer pizza?

É, pensou ela. Ele a entendia.

Ao ouvir a amiga começar a subir pela passagem dos criados, chamou:

— Cleo, o Trey vai trazer pizza hoje à noite.

— Tô dentro!

Pizza é ótimo, e eu conto tudo. Mas eu não estava sozinha. Clover estava lá. A gente se vê quando você chegar.

Ela escreveu tudo, acrescentando ao arquivo que já tinha começado.

Como ainda não tinha sacudido a poeira, mandou uma mensagem rápida para a mãe, dizendo que estava pensando nela, com a garantia adicional de que estava tudo bem.

A resposta veio na hora, cheia de amor e saudade.

Ao abrir o primeiro e-mail, notou que suas clientes da Baby Mine queriam um anúncio digital e um folder tríptico, coincidentemente — ao menos para ela — voltado para gêmeos.

Com ideias já correndo pela cabeça, respondeu prometendo alguns conceitos para o começo da semana seguinte.

Depois conferiu o e-mail de Anna Doyle, com um anexo: novos produtos para a página da web.

Minha energia está em alta!

Anna contou mais detalhes no corpo do e-mail.

Tenho passado muito tempo no estúdio. Novas peças, descrições e preços em anexo. Não estou mandando tudo, pois algumas são específicas para o evento de maio.

E estou muito feliz que você e a Cleo possam jantar no domingo. Espero que as duas tenham tempo, quando der, para almoçar comigo na vila. Estou chegando ao ponto de só trabalhar e não me divertir.

Antes de responder, Sonya baixou os anexos.

— Pode até ser só trabalho — murmurou —, mas é um trabalho realmente excelente.

> Peças lindas, perfeitamente fotografadas. Vou colocar no ar até esta tarde. Coincidentemente, estarei na vila amanhã para arriscar mexer no cabelo. Vou levar um boné caso dê errado, e adoraria almoçar com você. Vou perguntar a Cleo se ela pode ir. Que tal uma da tarde?

Ela enviou e passou ao e-mail seguinte. Logo a resposta de Anna chegou:

> Uma hora está ótimo. Só me diga onde! Preciso de uma injeção de energia feminina.

Sorrindo, Sonya ergueu o olhar quando Cleo parou à porta e flexionou os braços.

— Está dando pra ver?

— Puta merda, você está trincada!

— Mentira, mas aceito o elogio.

— Que tal um almoço na vila amanhã com a Anna? Depois da minha experiência no cabeleireiro. À uma da tarde?

— Estou dentro. Onde?

— Vou deixar a grávida escolher.

— Estou dentro, seja onde for. Vou entrar no modo trabalho.

> Cleo vai. Você escolhe o lugar.

> Waterside. É o restaurante casual do hotel. Tenho um contato que garante uma boa mesa. Almoço de garotas! Iuhuu!

Sonya respondeu com um "Iuhuu!" também.

E, assim como Cleo, entrou no modo trabalho.

Não fez pausas, mesmo quando Clover tocou "A Hard Day's Night", até Yoda resmungar e se remexer.

— Tá bom, desculpa. Você quer sair. E eu entendi a dica, Clover, mas quando a gente embala, já viu, né?

Ao se levantar, Yoda correu para o topo da escada, resmungando, se remexendo, chegando a dançar no lugar.

— Já vou.

Ela salvou o trabalho e saiu a tempo de ver Pye disparar à sua frente escada abaixo, com Yoda logo atrás. Parou quando viu Cleo descendo do terceiro andar.

— Eu deixo eles saírem — disse Sonya. — O Yoda está meio desesperado, e eu quero uma Coca-Cola.

— Também quero uma. Ela deve ter percebido que você ia soltá-lo. Num minuto estava no parapeito da janela, olhando para fora; no outro, estava voando para fora do estúdio.

— Ouvidos de gato. Eu estava no embalo do trabalho, então ele esperou mais do que devia. E você?

— Já fiz xixi, obrigada. — Cleo abriu a porta para os animais. — Ah, você quis dizer o trabalho. Está indo tão bem que vou com você a Boston no mês que vem. Já terei terminado e, além de servir como sua assistente na apresentação, ainda vou poder passar um tempo com a Winter. E, se meu editor precisar se encontrar comigo, também posso fazer isso.

— Cleo! — Sonya a envolveu num abraço e deu pulinhos. — Que tudo! Minhas inseguranças com a apresentação acabaram de ser reduzidas pela metade.

— Son, você podia ter me pedido.

— Eu não ia pedir que você fosse a Boston só para me dar apoio emocional. Ainda mais enquanto está trabalhando num projeto grande.

— Que vai ser concluído. — Erguendo os braços, Cleo girou em um círculo para celebrar. — Depois vou tirar uma pausa que, graças a você, posso me permitir, e usar esse tempo para pintar, para satisfazer minhas próprias vontades e necessidades.

— Esse dia está ficando muito bom. A mamãe vai ficar radiante.

— Mandei mensagem para ela pouco antes de a Pye sair correndo, e ela está mesmo.

Decidindo que queria mais do que uma Coca-Cola, Cleo pegou um iogurte.

— Quer um?

— Não. Vou de batatas chip. E fingir que é saudável acrescentando algumas uvas.

— Leva lá pra cima o que eu também queria estar comendo. Você pode comer na sua mesa; eu não posso, neste estágio do trabalho. Eu deixo a Pye e o Yoda entrarem.

No andar de cima, com o contrato assinado e fechado, Sonya começou a trabalhar no novo cliente, um escritório de advocacia.

Um pouco mais formal, pensou, *mais sofisticado do que o dos Doyle*. De qualquer forma, ela não queria imitar as cores nem o visual deles.

Começou a experimentar a paleta de cores e selecionou três opções de combinações de duas cores para o modelo.

Enquanto trabalhava, ouviu a bola quicar lá embaixo e sorriu quando Yoda a abandonou.

Assim, ele ficaria entretido enquanto ela trabalhava.

Em certo momento, Clover tocou "Five O'Clock World".

— Tá bom, tá bom, eu já estava quase parando mesmo. Dou outra olhada de manhã. E quando um homem está trazendo pizza, convém dar uma caprichada no visual.

Ela foi ao quarto para fazer exatamente isso. Não pretendia trocar a roupa de trabalho, mas Molly havia deixado separados um suéter azul e uma calça cinza.

— Eu só ia retocar a maquiagem, mas tudo bem. Assim fica melhor.

Quando saiu do quarto, Cleo também saiu do dela.

— Você trocou de roupa. — Cleo apontou para ela.

— Você também.

— Eu ia trocar de qualquer jeito, mas a Molly me poupou tempo ao separar essa blusa linda e essa calça que me favorece. Teve um bom dia de trabalho?

— Sim. E você?

— Também. Eu diria que é hora de uma taça de vinho lá fora, ao som do mar.

— Vamos fazer isso.

Do lado de fora, o ar estava fresco e leve, e o céu estava de um azul pálido e delicado. Os narcisos agitavam suas trombetas trêmulas, com o perfume dos jacintos respondendo ao chamado.

A primavera flertava em cada detalhe.

Enquanto caminhavam até a mureta à beira-mar, Yoda trotava farejando a grama que começava a ficar verde, explorando lugares para fazer xixi e marcar território.

— Está tudo tão nítido. — Cleo apontou para a baía, onde, assim como o céu, a água se espraiava, azul. — É como se a vila, o farol e as falésias estivessem gravados em vidro. Talvez eu pinte aqui algum dia.

— E veleje pela baía no seu barco de sereia num domingo de verão.

— Com certeza. — Quando a gata saltou para o muro e se sentou como se avaliasse seu império, Cleo sorriu e tomou um gole de sua bebida. — Talvez eu leve a Pye para velejar. Aposto que fazem coletes salva-vidas para gatos.

Sonya se juntou à gata no muro, depois olhou para trás, em direção à casa.

— Quero ver aquela árvore florescer. Esse é meu grande objetivo de primavera.

— Tenho em mente um projeto de quatro estações, pintando-a em cada uma delas. Você devia pintar comigo. Faz tempo que não fazemos isso.

— Porque o que eu pinto parece trabalho de uma colegial meio talentosa comparado ao seu.

— Não é verdade. — Cleo deu um tapinha leve na perna de Sonya. — E a gente se divertiria. Vou me divertir muito quando tirar meu curto período sabático e pintar o que eu quiser, quando bem entender.

— Você está pensando em largar as ilustrações?

Balançando a cabeça, Cleo se ajeitou no muro ao lado dela.

— Não. Além de bancar minha coleção de sapatos, eu gosto demais. Só que agora posso me dar ao luxo de ser mais seletiva com os trabalhos que aceito e espaçá-los, para ter mais tempo para a arte. Há uma sombra na janela do seu quarto — murmurou ela.

— Eu também vi. Acho que é a Molly. — Para testar, Sonya ergueu a mão e acenou. A sombra retribuiu.

— Se não for a Molly, ao menos é alguém amigável.

Yoda deu um latidinho e disparou até a beira da grama. Segundos depois, Sonya ouviu o som de alguém subindo a estrada de carro.

Ela desceu do muro.

— Aposto que é hora da pizza.

— Estou mais do que pronta para isso.

Sonya notou que não era apenas a caminhonete de Trey, mas a de Owen logo atrás.

— Parece que a pizza vai ser para quatro.

Mookie saltou primeiro, orelhas balançando, enquanto ele e Yoda se reuniam animados. Jones, com seu tapa-olho, veio desfilando em seguida.

— Encontrei o Owen, então trouxe uma pizza extra. — Trey gesticulou quando Owen saiu da caminhonete carregando um engradado. — Ele trouxe a cerveja.

— Já começamos sem vocês. — Sonya se ergueu para cumprimentar Trey, feliz. — O dia estava tão bonito que bebemos nosso vinho aqui na mureta.

— Vai nevar esta noite.

Chocada, Sonya encarou Owen.

— Não! Chega de neve. Olha, o céu não podia estar mais limpo.

— A temperatura cai quando o sol se põe — explicou Trey. — Depois as nuvens chegam.

— Uns poucos centímetros, no máximo. — Owen deu de ombros, enquanto a gata se enroscava em suas pernas. — Amanhã vai passar de dez graus, então não dura muito tempo.

— Mas já estamos quase em maio.

— No Maine — salientou Trey.

Enquanto ele falava, uma janela no Quarto Dourado se escancarou.

O que voou para fora era enorme, escuro como a noite. As asas abertas tinham uma envergadura maior que a de um homem e pareciam cortar o céu.

O sol refletiu-se nas garras e no bico, afiados como navalhas, quando a criatura passou sobre o gramado.

— Para dentro. Agora. — Trey empurrou Sonya em direção à casa enquanto se colocava à frente dela.

Mesmo em movimento, o que voava se esvaía em fumaça.

— Enxofre — murmurou Cleo, por cima dos latidos furiosos dos cães. — Consigo sentir o cheiro daqui.

— Ela escolheu um abutre. O maior desgraçado que já vi — acrescentou Owen.

— Abutre. — Como ainda tinha a taça na mão, Cleo entornou o resto do vinho. — Não são esses que ficam rondando até a gente morrer?

— Ainda são aves de rapina.

— Envergadura de três metros? — perguntou Trey.

— Por aí. Não foi muito longe, porém.

— Longe o bastante. — Sonya soltou o ar que segurava. — Ela passou o dia quieta, reunindo forças para isso, imagino. Aposto que morre de raiva de pensar que nós quatro vamos saborear uma pizza.

— Então vamos fazer isso. — Cleo pegou a gata no colo e foi para a casa.

— É, vamos — concordou Sonya. — Só mais uma noite comum na mansão.

Quando entraram, Clover os recebeu com "Peaceful Easy Feeling".

— Ela é otimista — declarou Trey, e levou as caixas de pizza para a cozinha, onde Cleo já tinha começado a rotina de alimentar os animais.

Sonya serviu mais vinho na taça dela e na de Cleo e pegou os pratos.

— Dei ao Owen o resumo rápido que você me deu. Agora me conta os detalhes.

— Conto. Vamos começar a comer antes que esfrie ainda mais, e eu conto. Também escrevi tudo, então, se algum dia minha memória falhar, como se isso fosse acontecer, posso reler.

— Não ouvi nada — disse Cleo quando se acomodaram em volta da mesa. — Dormi como uma pedra.

— Acho que não havia nada para você ouvir, já que tudo aconteceu no meu quarto. Naquela época e hoje. — Ela colocou uma fatia de pizza no prato, mas a deixou intocada. — Eu devo ter atravessado o espelho outra vez. Mas não fui até ele. Ele veio até mim.

Quando seus olhos se encheram de lágrimas durante a história, Clover tocou "Tragedy + Time".

— Ela aprendeu a rir de novo — comentou Owen.

— Ela é incrível. — Sonya enxugou uma lágrima. — E ver todo o amor que ela deu ao Collin e ao meu pai naquele breve momento... jamais esquecerei.

— Acho que essa foi a ideia dela. — Trey pousou a mão sobre a de Sonya. — Agora coma um pouco.

Ela assentiu e pegou sua fatia.

— E testemunhar. Acho que esse é o peso nisso tudo. Dobbs pegou a aliança dela, fina, dourada, com corações entrelaçados, igual à da pintura.

— E ela disse... — Cleo tirou do bolso o papel e leu as palavras.

Enquanto lia, as janelas tremeram.

— Ah, me poupe, sua megera maldita e mal-amada.

Owen encostou a garrafa na taça de Cleo.

— Pontos pela aliteração.

Depois se voltou para Sonya.

— Não foi do jeito que foi comigo e com você? Acordada e consciente, atravessando o espelho?

— Não, foi como sonhar e depois estar consciente. Mas, como antes, eu conseguia sentir o cheiro da cera da vela, o calor do fogo, ouvir as vozes deles. Era como estar lá, mas sem estar. E quando finalmente voltei a dormir, tive um sonho. Eu não estava lá, como é quando atravesso o espelho, mas foi tudo muito nítido. O casamento deles, da Clover e do Charlie... Ela estava usando o vestido de noiva. Era só felicidade. Ela quis que eu visse isso também.

— E hoje, silêncio, como você disse.

Ela assentiu para Trey.

— Sim, até o abutre de fumaça.

— Ela tocou o sino dos criados lá embaixo, na hora da academia, lembra? A Pye até sibilou para ela.

— Você malha?

Cleo arqueou as sobrancelhas para Owen.

— Na verdade, era Sonya quem estava na academia. Mas eu também malho. Sou mais da ioga, mas estou testando uma nova rotina.

— Estou pensando em ficar aqui sexta e sábado à noite, já que vamos carregar mais coisas no sábado. Se você não quiser companhia lá embaixo, me diga quando pretende ir à academia.

— Não antes das dez no sábado. E no domingo. — Ela piscou os cílios, fazendo charme. — Domingo é dia de descanso.

— E de jantar na casa dos seus pais. A Cleo e eu estamos ansiosas.

— Estou torcendo para ser presunto. Ninguém faz presunto como a Corrine. — Owen lançou um olhar para Cleo. — Se você cuidar do jantar na sexta, eu cozinho no sábado. Nada mais justo.

— Você vai cozinhar?

— Algo simples, depois de carregar mesas e cadeiras. Eu sei fazer macarrão com queijo.

— Abrir uma caixa não conta como cozinhar. Acabei mudando minha opinião sobre isso — comentou Cleo.

— Ele faz do zero — disse Trey. — E é incrível.

— Sério? Nesse caso, considere a cozinha toda sua no sábado.

— Fechado. Sonya, vou aceitar sua oferta e deixar umas coisas lá em cima.

— Ótimo. — Ela se levantou para abrir a porta para os animais, os quatro sentados diante dela. — Fiquem nos fundos. Ela nunca faz nada por lá. Pelo menos até agora. Mais vinho, Cleo?

— Não, obrigada. Daqui a pouco vou subir para fazer alguns esboços.

— Cerveja?

— Estou bem — respondeu Trey.

— Uma já basta pra mim. Preciso sair depois dessa fatia.

— Você pode ficar, Owen.

— Não dá. Tenho trabalho me esperando. Vim só pela pizza. Mas aceito uma Coca-Cola para a viagem.

— Esse trabalho tem alguma coisa a ver com o meu barco?

— Talvez, depois. Depende. Agora estou construindo uma casinha de cachorro.

— A casinha do Yoda! — Sonya correu de volta à mesa e abraçou seu pescoço por trás. — Como está? Linda? Perfeita?

— Ainda não.

— Pode tirar uma foto? Posso ver?

— Não.

— Ele não vai ceder — avisou Trey.

— Em algumas semanas você vai ver. Se não gostar, lembre-se de que foi você quem desenhou.

— Eu vou amar, e o Yoda também.

— Testemunhas. — Ele apontou para Trey e Cleo. — Vou nessa.

Sonya pegou a Coca-Cola dele e o abraçou outra vez.

— Vou sair com você. Tenho algumas coisas na caminhonete. Para deixar lá em cima — disse Trey a Owen.

Já fora do alcance das duas mulheres, Owen olhou para Trey.

— Olha, cara, se você estiver preocupado, posso reorganizar as coisas e ficar esta noite.

— Não, eu dou conta. E, diabos, na maior parte do tempo, elas dão conta.

Quando saíram, Owen caminhou um pouco mais à frente para olhar o Quarto Dourado.

— É o lance do pássaro.

— O lance do pássaro. A Sonya já passou por isso, mas teria dito se a coisa fosse daquele tamanho. E aquelas garras pareciam reais demais. Não foi por muito tempo, mas, enquanto durou…

— O fato de não ter durado é o ponto-chave. E a gente pode se preocupar caso dure mais. — Ele se aproximou da caminhonete. — Mas não vejo o que possamos fazer a respeito.

Ele abriu a porta para Jones entrar.

Ainda não, pensou Trey, enquanto o amigo se afastava. Mas chegaria a hora, tinha que chegar a hora, em que fariam mais do que reagir, mais do que apenas se defender.

Ouviu uma janela se abrir na torre acima, a janela da biblioteca, e ergueu o olhar.

Clover, com o cabelo loiro brilhando contra o crepúsculo, se debruçou.

Ele parou, pronto para falar.

Mas ela apenas lhe soprou um beijo e desapareceu.

Capítulo doze

Nevou.

Sonya olhou para a camada fofa e branca sobre o que, até então, tinha sido uma ampla extensão verdejante. E praguejou.

O fato de os narcisos balançarem sobre o fino cobertor de neve não impediu o palavrão seguinte.

Ok, em Boston podia até cair uns floquinhos ou mesmo uma nevasca fora de hora no fim de abril, mas ela já estava focada na ideia da primavera.

Então, culpou o Maine.

Trey só deu de ombros, despediu-se com um beijo e saiu usando apenas um colete com capuz por cima da camisa de flanela.

Ela se consolou com o fato de ter tido uma noite que, em sua vida anterior, teria sido considerada normal. Tinha dormido quase oito horas seguidas.

E havia acordado com neve — e uma lareira acesa por mãos fantasmagóricas no quarto dela.

Trey e Owen também estavam certos quanto à queda de temperatura.

Quando Cleo apareceu pouco antes das dez, Sonya já estava sentada à escrivaninha, vestida e maquiada.

— Estou pensando em cancelar o horário no salão e simplesmente trabalhar até a hora de irmos encontrar a Anna para o almoço.

— Para com isso. Você vai.

— Não é o seu cabelo!

— E o seu precisa de um corte, e de retocar aquelas luzes sutis que realçam tanto o seu cabelo. E eu preciso de café!

Levantando-se de repente, Sonya a seguiu escada abaixo.

— Talvez eu não queira deixar você sozinha na mansão enquanto me rendo à minha vergonhosa vaidade com o cabelo.

— Para com isso também. E você não disse ontem à noite, antes de eu subir, que ia sair cedo o bastante para passar na livraria?

— Isso foi ontem à noite. Ah, e nevou.

— Nevou? — Cleo foi até a janela da cozinha. — Ora, não é que nevou mesmo? Mas já está derretendo. Tem bastante sol lá fora. Café. Mas isso explica por que a lareira estava acesa quando acordei.

— Ela acendeu a da biblioteca também. Percebi que, de certo modo, senti falta disso.

— Vamos comer costeletas de porco hoje à noite.

— Tá bom, mas…

— E você devia se aprontar para sair. Você sabe o quanto gosta de vasculhar livrarias, e devia passar na Gigi's. Antes de sair eu deixo o Yoda e a Pye saírem e voltarem. — Encostada no balcão, Cleo tomou um gole de café. — Son, seu cabelo precisa de cuidados. Vai ajeitar ele.

— Tá, tudo bem. E se eu aparecer no almoço com mechas alaranjadas e o cabelo parecendo que alguém passou uma tesoura de jardim, a culpa é sua.

— Eu aceito essa responsabilidade.

— Culpa sua — repetiu Sonya sombriamente, e foi pegar o casaco e a bolsa.

E um gorro.

Ela realmente adorava passar tempo em livrarias, e A Bookstore havia se tornado um de seus lugares favoritos. Acalmava seus nervos. Pelo menos até levar os dois livros escolhidos para o caixa — e ficou nervosa novamente.

— Li um exemplar antecipado deste aqui. — Diana tocou no livro do topo. — Adorei. Um mistério cheio de reviravoltas e um romance de arrancar suspiros. O que mais alguém poderia querer?

Enquanto registrava a compra, Diana a olhou.

— Está tudo bem?

— Ah, só estou um pouco nervosa. Vou ao salão de cabeleireiro. Primeira vez desde que me mudei.

— No da Jodi?

— Sim.

— Ah, vai sem medo. A Jodi cuida do meu cabelo. Do da Anita também.

— Ouvi meu nome? — Anita saiu dos fundos com mais caixas de estoque.

— A Sonya está indo ao salão da Jodi.

— Ah, quem vai cuidar do seu cabelo?

— Não sei ao certo. — O nervosismo, ainda maior, se revirou no estômago de Sonya. — Isso faz diferença?

— A Jodi cuida do meu e do da Diana. A Jeannie vai com a Carly, não vai?

— Jeannie?

— Nossa gerente de fim de semana. Tenho quase certeza de que ela vai com a Carly. E a Aileen, minha irmã, que trabalha meio período aqui, vai com o Micah.

— Que é um amor. — Diana colocou os livros na sacola. — Salão novo dá medo, mas você vai estar em boas mãos.

Sem escolha a não ser acreditar que isso era verdade, e já tendo enrolado demais para conseguir adiar e passar em algum outro lugar, Sonya seguiu pela calçada estreita.

A neve que a tinha recebido naquela manhã podia nem ter caído. Não restava nenhum vestígio quando ela chegou ao salão.

E, à porta, lembrou-se de que não fazia sentido ter mais medo de um novo cabeleireiro do que da entidade no Quarto Dourado.

Ela entrou.

Menos de duas horas depois, saiu de lá uma mulher muito feliz. No caminho de volta — sem gorro — até onde havia estacionado, balançou o cabelo recém-cortado, com luzes e escovado.

Contente, abaixou o espelhinho do quebra-sol, virou o rosto para a direita, depois para a esquerda.

— Estou de volta!

Enquanto dirigia pela vila, enviou boas vibrações às lojas, aos restaurantes, às casas e aos apartamentos. E, especialmente, à velha construção vitoriana que abrigava o escritório de advocacia dos Doyle.

Uma mulher só está realmente em casa, pensou, *quando encontra o seu cabeleireiro.*

Embora já tivesse passado de carro pelo hotel só para dar uma olhada, ainda não havia entrado.

Sabia que a família de Seth, marido de Anna, era dona do lugar e o administrava, e, pelo exterior, parecia que sabiam exatamente o que estavam fazendo.

Os tijolos brancos como a neve, no alto de uma elevação acima da baía, passavam a mensagem de ser um lugar com excelente serviço e muito conforto.

Ela viu quartos com pequenos terraços voltados para o mar e uma entrada circular, o centro cheio de narcisos, jacintos e tulipas que traziam a primavera de volta.

Do outro lado, caminhos pavimentados serpenteavam por jardins que, ela imaginou, logo seriam tomados por flores.

Aquilo a lembrou que, quando tinha pesquisado hotéis para o casamento cancelado, queria algo exatamente assim. Com história e aquela aura acolhedora, em vez do luxo e da grandiosidade que Brandon havia exigido.

Então, afastou a lembrança.

Ela estacionou no pátio perto dos jardins e caminhou pelo ar já mais quente até a entrada principal, onde estava o porteiro.

— Boa tarde. Vai se hospedar?

— Não, vim almoçar no Waterside.

— É só seguir pelo saguão e virar à direita. Aproveite.

Ela entrou e se apaixonou pelo aconchego e pela fusão entre o grandioso e o rústico. A luz se derramava das lâmpadas em formato de vela nos lustres de ferro. A grande lareira de pedra, com toras estalando sob a prateleira flutuante, acrescentava calor e ainda mais acolhimento.

As pessoas relaxavam em cadeiras e sofás, tomando café ou drinques — e ela notou que algumas estavam com sacolas de compras do vilarejo.

As obras nas paredes retratavam diferentes vistas da vila, da baía, da marina. E uma em que a mansão surgia, erguida no alto de seu penhasco escarpado.

Reconhecendo o estilo, ela se aproximou e leu a assinatura de Collin Poole no canto.

Assim, de certo modo, ele também está aqui, pensou. E a mansão também. Sentiu-se ainda mais bem-vinda.

Atravessou o piso de ladrilhos com um mosaico central de uma gaivota em voo sobre a baía, e entrou no restaurante.

Uma lareira menor aquecia o ambiente, e as janelas amplas davam vista para a baía. Anna já a esperava a uma mesa junto à janela.

Usava um vestido vermelho até o joelho que mostrava a barriga de grávida com orgulho. O cabelo preto curto emoldurava o rosto, que se iluminou em um sorriso ao vê-la.

— Acabei de chegar. Eu ia justamente... Ah! Seu cabelo! Está fabuloso.

— Devo tudo a Jodi.

— Ela sabe o que faz. Sério, está ótimo.

— Você também está linda. E eu adorei este hotel! Que vista!

— Uma das minhas preferidas.

Quando o garçom se aproximou oferecendo bebidas, Sonya pediu água sem gás.

— Vou logo avisando — disse Anna quando ele saiu —, tenho direito a uma taça de vinho por semana. Hoje vai ser o dia... e não vou beber sozinha.

— A Cleo e eu não vamos deixar isso acontecer. O que é um almoço de garotas num lugar destes sem uma taça de vinho? E ali vem a Cleo.

— Meu Deus, ela está sempre maravilhosa.

— Eu sei. Se não a amasse tanto, eu a odiaria.

— Estou atrasada?

— Nós acabamos de chegar — respondeu Sonya.

— Ótimo. Odeio me atrasar para diversão. E olha só o seu cabelo!

— Já levei a bronca necessária pela minha ansiedade, e virei fã de carteirinha do salão da Jodi. Quase esqueci como eu gosto de salões. O clima, as fofocas, a chance de focar em si mesma por uma ou duas horas.

E — ela cutucou Cleo —, segundo todo mundo lá dentro, Micah é o cabeleireiro certo pra você.

— É verdade — confirmou Anna. — Ele é genial com cachos.

— Além disso, me disseram, e eu mesma vi, que ele é uma graça.

— Um gênio adorável? Vou conferir isso. E como está a princesinha aí?

Sorrindo, Anna acariciou a barriga.

— Cheia de energia. E estou aproveitando cada momento… até agora. Estou muito feliz que vocês puderam vir hoje. Sei que estão ocupadas.

— Você não está dormindo no ponto, hein? Entendeu? Cleo, espera só até eu mostrar pra você as novas peças da Anna.

Elas pediram taças de vinho, saladas e, por sugestão de Anna, miniquiches de entrada para compartilhar.

— Você tinha razão — disse Cleo depois de experimentar. — Nunca fiz quiche. Deveria tentar. Eu deveria tentar fazer essas fofuras de miniquiches.

— A Cleo abraçou a culinária.

— Está vendo? Ocupada! O Trey contou para a nossa família o que está acontecendo na mansão. É muita coisa. Quer dizer, muito mais do que eu já vivi quando visitava o Collin. Sempre me parecia divertido e interessante, mas não é isso que vocês estão enfrentando.

— Na maior parte do tempo, é, sim — respondeu Sonya. — Mas, às vezes, é difícil acreditar que está acontecendo, mesmo quando está acontecendo.

— Hester Dobbs acha que vai nos expulsar. Mas não vai. A casa é nossa, e nós a amamos, amamos tudo nela. Até na época da faculdade a Sonya falava em ter uma casa com história e personalidade.

— Falava mesmo. Só não imaginei que os personagens viriam junto. — Sonya enfatizou o plural. — Mas, com uma exceção desagradável, estamos adorando esses personagens. Estou conhecendo a minha avó biológica, e ela é maravilhosa. Ah, o Trey a viu de novo ontem à noite.

— O quê?! — Cleo deixou o garfo de salada cair. — E você não me contou?

— Você já tinha subido quando ele voltou, e hoje de manhã eu estava obcecada com o negócio do cabelo.

— Desculpa. — Anna ergueu a mão. — Deixe-me repetir: o quê? O Trey viu o fantasma da sua avó? E como assim "de novo"?

— É a terceira vez.

— Ok, volta. — Anna fez um gesto circular com o dedo no ar. — Rebobina.

— Ele ainda era garoto na primeira vez. Me contou que estava tentando aprender a tocar violão e estava na sala de música da mansão. Acho que seu pai e o Collin estavam jogando xadrez. E lá estava ela. Gata, foi como ele descreveu. Ela conversou com ele sobre música por um breve momento e, depois, sumiu.

— Ele nunca contou — murmurou Anna.

— Depois, algumas semanas atrás, quando foi verificar o relógio no Lugar Silencioso, ela simplesmente… bem… apareceu. Ontem à noite, ele foi acompanhar o Owen até a porta. Depois que o Owen saiu, Trey ouviu a janela da biblioteca se abrir, olhou para cima e ela se inclinou para fora. Mandou um beijo e, em seguida — explicou Sonya com um gesto com o pulso —, sumiu de novo.

— Acho que a sua avó tem uma queda pelo seu namorado, Son.

— E isso não é bizarro?

— E o que é que não é bizarro nisso tudo? — Anna, que vinha degustando devagar sua taça semanal de vinho durante a refeição, tomou o último gole. — Ele já me contou que certa vez viu uma mulher de branco no mirante, mas nunca falou nada disso.

— Eu já tive um vislumbre do menino… Jack. Ele brinca com o Yoda, ensina truques. E, às vezes, quando está irritado, abre todas as portas dos armários da cozinha.

— Hoje, quando soltei os bichos antes de sair, a Pye estava brincando com uma bolinha de barbante. Eu não tinha dado nenhuma bolinha pra ela. Então presumo que o Jack goste de gatos também.

— Você tem um gato?

— Tenho, sim — confirmou Cleo. — A Pyewacket.

— Ah! Ótimo nome. Daquele filme antigo.

— Todo mundo já viu esse filme, menos eu? — perguntou Sonya.

— Vamos assistir — disse Cleo.

— O Seth e eu queremos ter um cachorro e um gato. Decidimos esperar até uns seis meses depois que a bebê nascer, aí vamos avaliar. Mas queremos que ela cresça com animais de estimação. Como ainda estamos começando a falar do quartinho, os pets ficam para depois.

— Agora é a sua vez de rebobinar. — Cleo imitou o gesto circular com o dedo. — Acredito que a Sonya e eu deveríamos ser consultadas sobre a decoração do quartinho.

— Sim, mas vocês estão tão ocupadas que eu...

— A Cleo, em particular, nunca está ocupada demais para qualquer coisa que envolva bebês. Está pensando em cor-de-rosa porque é menina?

— Na verdade, não. Vocês têm certeza de que querem me ouvir falar disso?

— Pode falar. Espera. — Cleo fez sinal para o garçom. — Precisamos pedir sobremesa. O que é bom aqui?

— O pêssego Melba deles é incrível. E bem generoso.

— Vamos dividir.

Com isso decidido, Cleo gesticulou para Anna.

— Nada de cor-de-rosa.

— Nada muito menininha, afinal ela pode acabar não sendo toda menininha. Além disso, queremos pelo menos dois filhos, e o próximo pode ser um menino. O Seth e eu gostamos da ideia de um tema de floresta, com animais. Animais fofinhos.

— E animais mágicos?

O olhar de Anna se tornou sonhador.

— Animais mágicos?

— Unicórnios, cavalos alados, dragões amigáveis, grifos. Acrescente uns elfos e fadas, porque, sabe, eles vivem em florestas mágicas.

— Uma floresta mágica. Ih...

Quando seus olhos se encheram de lágrimas, Anna abanou a mão.

— Não se preocupem, os hormônios me pegam fácil. Mas vocês conseguem imaginar dormir e acordar em uma floresta mágica? — Ela enxugou uma lágrima. — É tão meigo. É perfeito.

— Eu poderia fazer um mural.

— Agora você vai me fazer chorar de vez. Você faria mesmo?

— Pode acreditar — assegurou Sonya. — Eu ajudo, mas a Cleo é que arrasa nisso.

— Conversa com o seu marido. Se vocês dois gostarem da ideia, eu dou uma olhada no quarto e faço alguns esboços.

— Eu conheço o Seth, ele vai adorar. Diga seu preço!

— Vocês pagam os materiais, só isso.

— Mas…

— Só isso, ou nada feito.

— Você negocia com mão de ferro. — E mais uma lágrima escorreu. — Mas eu pago o almoço.

No caminho de volta para casa, Sonya parou na floricultura para comprar flores. Ela dirigiu de volta com um humor radiante, com o perfume das flores preenchendo o carro.

Foi recebida na porta por Yoda, em uma alegria alucinada, ao som de "Hello", de Adele.

— Awn, olá! Estou em casa. Você se comportou? Brincou com o Jack? A Clover cuidou de você?

Yoda abanou o rabo até a cozinha, onde Cleo estava sentada ao balcão com um caderno de esboços. Ela ergueu as sobrancelhas ao ver o braço cheio de flores.

— Você comprou a loja inteira?

— Quase isso. A gente se desfez das flores murchas outro dia, então estava na hora de comprar mais. O que você está fazendo?

— Ah, brincando um pouco em uma floresta mágica. Você demorou na floricultura.

— Pelo visto.

A caminho de escolher vasos, Sonya se deteve e olhou por cima do ombro de Cleo para os desenhos: árvores de galhos sinuosos e uma cachoeira caindo em um riacho tortuoso. Uma ponte arqueada o atravessava.

— É, você arrasa demais.

— Vai ser divertido. Espero que eles aceitem e me deixem brincar com as cores, com os animais. Como, talvez, algo entre um macaco e um guaxinim pendurado em um galho.

Ela se inclinou para acariciar a gata, que estava empoleirada no banco ao lado.

— Uma gata, mas com um rabo longo e trançado.

Sonya voltou com o primeiro vaso.

— Se ela chorou só de pensar nisso, vai desabar quando vir os seus esboços.

— Espero que sim. Flores — disse ela quando Sonya começou a arrumá-las. — Mas nada que você encontraria na floricultura da esquina. De qualquer forma, vou continuar brincando. Gostei muito de almoçar com ela.

— Eu também. E vou ajudar no quarto da bebê, mas só observando, como às vezes faço quando você cozinha.

— Você subestima seu talento artístico.

— Talvez, mas sei que não inventaria um bicho meio macaco, meio guaxinim.

Quando terminou o último vaso, Sonya levou dois de cada vez. Mais uma tarefa caseira de que ela gostava, pensou. Caminhar pela mansão com flores, procurando o lugar certo para cada arranjo.

Às vezes, descobriu, Molly não concordava com essas escolhas, e ela encontrava os vasos em lugares diferentes. Mas precisava admitir que também já começava a gostar disso.

Depois de espalhar flores pelo primeiro e segundo andares, levou um arranjo para o estúdio de Cleo, no terceiro. E então se deu conta de que não subia até o terceiro andar sozinha — conscientemente — havia semanas.

Quando até essa breve hesitação a irritou, seguiu direto para o ateliê.

Com a sereia no varal de secagem, Cleo tinha uma tela em branco no cavalete. Sonya suspeitava que não ficaria vazia por muito tempo, já que a organização rigorosa do ateliê tinha cedido à desordem criativa de Cleo.

Como a bancada antiga estava coberta de esboços, pastas, blocos e lápis, Sonya colocou as flores sobre a mesa perto do sofá.

Depois caminhou até o armário, prendeu a respiração. Abriu-o. Não viu nada além dos suprimentos ainda organizados de Cleo.

— Ok, ainda não.

Mas não duvidava que, mais cedo ou mais tarde, ela ou Cleo abririam aquela porta e encontrariam Agatha, a quarta noiva.

Ela tinha acabado de fechar o armário quando começou a batida. Reunindo coragem, saiu.

A porta do Quarto Dourado se projetava e retraía à medida que ela se aproximava.

Minha casa, pensou. *Minha, não sua.*

Ela disse exatamente isso, repetiu, ecoando sua afirmação acima do estrondo.

A porta se escancarou, e uma ventania irrompeu. O frio cortante penetrou em seus ossos.

Hester Dobbs estava no centro do quarto, braços estendidos, palmas para cima.

Sob o vento, Sonya ouviu sussurros, urgentes, mas não conseguiu distinguir as palavras. Seu celular tocou alto o refrão de "Stay Away", da banda Nirvana.

— Esta casa é minha! — gritou Dobbs, e sua voz soprou fria como o vento. — Você vai morrer aqui. Todos vocês vão morrer aqui.

Quando as paredes sangraram, até o branco dos olhos da bruxa ficou escuro.

— Sangue dos Poole. — Sonya viu o sangue escorrer das mãos em concha dela. — É tudo sangue dos Poole.

Com a risada insana da bruxa, a porta se fechou com um estrondo.

O silêncio imperou.

— Você vai morrer de novo esta noite — disse Sonya com uma calma que a surpreendeu. — E na próxima, e na próxima. Esse é o seu inferno por enquanto. Eu consigo viver com isso. Por enquanto.

Enquanto se afastava, seu celular tocou "It's Gonna Be Alright".

— É isso mesmo, Clover. Isso mesmo.

Quando chegou à cozinha, Cleo segurava uma batata em uma colher de pau com uma mão e fazia cortes cuidadosos com a outra.

— O que você está fazendo com essa batata?

— Transformando-a em sanfona. Aí você faz uma mistura de manteiga e ervas. Carne e batatas. Homens a caminho.

Ela ergueu o olhar e logo deixou a faca de lado.

— O que aconteceu?

— Você não ouviu nada?

— Não, estava tudo quieto. Achei que, depois da sua entrega de flores, você tivesse voltado ao trabalho.

— Eu vi a Dobbs. No Quarto Dourado.

— Meu Jesus Cristinho, você entrou lá?

— Não, não. Ela escancarou a porta, e eu a vi lá dentro. Você não ouviu aquele estrondo todo?

— Não, nada.

— Então, foi só para mim desta vez — murmurou Sonya. — Como o Trey diria, interessante.

— Você a viu? O que estava fazendo perto daquela maldita porta, Sonya?

— Ela começou com as pancadas e, sei lá… Aquilo me irritou, e acho que precisei marcar meu território. Minha casa, sabe? Aí, enquanto eu estava lá, ela escancarou a porta, e eu a vi lá dentro.

Ela se sentou, porque agora que tinha passado, talvez suas pernas estivessem um pouco trêmulas. E contou o resto a Cleo.

— Gostei da resposta, mas, querida, fique longe daquele quarto.

— Você fica lá todos os dias.

— Eu não chego perto daquele quarto. Siga o conselho da Clover. Fique longe.

— O vestido dela estava rasgado. Na barra da saia. Eu não teria entrado, mesmo que naquele momento estivesse mais irritada do que assustada.

Ela se livrou do peso da lembrança.

— Já passou, então talvez seja só isso por um tempo. Agora quero ver você transformar batatas em sanfonas.

Sonya abriu o caderno de esboços e riu da imagem que Cleo havia desenhado enquanto ela espalhava as flores pela casa.

— É mesmo um bicho metade macaco, metade guaxinim.

— Decidi chamar de macaxinim.

Enquanto Cleo voltava a cortar, Sonya olhava outros esboços.

— São fabulosos. Mágicos. Ah! Você transformou o Yoda em borboleta!

— Ele tem um corpo muito interessante, aquele pelo malhado, então pensei em acrescentar asas, miniaturizá-lo, e temos um cãoboleta. É pura diversão para mim.

Ela colocou a primeira batata no refratário.

— Uma já está pronta — disse, pegando outra. — Faltam três. — Sorriu para Sonya. — Estamos indo bem, Son.

Mais do que bem, Sonya pensou, quando Cleo pôs as batatas no forno e preparou as costeletas. Para contribuir, fez o que considerava sua especialidade na cozinha: pão de cevada.

Yoda latiu e disparou para fora da cozinha. A gata deslizou do banco. Um minuto depois, ouviram latidos de resposta e vozes masculinas.

— Temos companhia.

Trey entrou.

— O Owen subiu para deixar as coisas dele. Ei, olha só seu cabelo.

De propósito, Sonya o balançou.

— O que tem?

— Está ótimo. Sempre está.

— Boa resposta. — Ela o beijou, depois se aninhou a ele, envolvendo-o com os braços. — Estou feliz que você esteja aqui.

Porque percebeu algo na voz dela, ele olhou por cima da cabeça de Sonya para Cleo.

— Está tudo bem aqui?

— Está, sim — garantiu Sonya. — Mas nem sempre passamos um dia inteiro na mansão sem algum acontecimento. E hoje não foi um desses dias sem acontecimento.

— Vamos tomar vinho — decidiu Cleo. — Todos nós vamos tomar vinho, porque esta refeição merece. Vou abrir uma garrafa. Depois a Sonya conta sua última história.

— Dobbs? — perguntou Trey, e Sonya assentiu.

— Dobbs.

Capítulo treze

Eles esperaram por Owen. Sonya tinha que dar crédito a Trey pela paciência, porque ele não a pressionou.

Mas, pensando bem, ele nunca a pressionava, ela admitiu. E quando dava um empurrãozinho, era tão sutil que a pessoa só percebia que tinha sido conduzida quando já estava exatamente onde ele queria.

Ela considerava isso o superpoder dele.

Em vez de pressionar, ele alimentou os cães e a gata, enquanto Cleo colocava vagens para cozinhar no vapor.

Eles esperaram.

Quando Owen apareceu, todos os olhares se voltaram para ele. Ele parou, franziu o cenho.

— Que foi?

— Estávamos esperando por você. — Cleo lhe entregou uma taça.

— Por quê?

— Para que a Sonya possa contar o que aconteceu há mais ou menos uma hora.

— Antes de contar, quero dizer que tudo isso faz parte de viver nesta casa. É parte da minha herança e, se eu aceito a mansão, aceito o que vem junto com ela.

— Já que moro aqui — acrescentou Cleo —, o mesmo vale para mim.

Sonya contou tudo, então esperou pela reação.

— Parece que você lidou bem com isso.

— Ela… elas — corrigiu Trey — têm lidado com isso todo esse tempo. Você sobe lá todos os dias, Cleo. Nada parecido?

— Não desde que ela me trancou no banheiro lá em cima e atacou a Sonya na biblioteca ao mesmo tempo. Admito que aquilo me deixou apavorada. Fora isso, só umas batidas e tremores de vez em quando.

— O vestido dela estava rasgado. — Trey olhou para Owen. — O destemido Jones.

— O lance é que ele danificou o vestido.

— Então talvez possamos feri-la? — Soltando um suspiro, Sonya sentou em uma banqueta. — Gosto da ideia de uma vingança, mas não vejo como se machuca uma mulher morta.

— Poderíamos tentar um exorcismo.

Sonya balançou a cabeça diante da sugestão de Cleo.

— *O Exorcista* é um clássico, e um dos meus filmes favoritos.

— Um baita livro também — comentou Owen.

— Um baita livro — concordou Sonya. — Mas não vou brincar com isso na vida real. Além do mais, se conseguíssemos expulsá-la, ela ainda não estaria com as alianças? Talvez ficássemos bem mais confortáveis, mas isso não quebraria a maldição, certo?

Beyoncé irrompeu cantando "Single Ladies (Put a Ring on It)".

Sonya soltou uma breve risada.

— Eu diria que esse é o jeito animado da Clover dizer que eu tenho que colocar a aliança, ou todas as sete, de volta onde pertencem.

— Que a bruxa está usando — salientou Trey.

— Exatamente. Se ela se for, as alianças vão junto… talvez. E eu não vou arriscar.

— Não é só porque você se apaixonou pela casa.

Ela se virou para Trey.

— Não. Eu testemunhei o que ela fez a mulheres no que deveria ter sido um dos dias mais felizes da vida delas. O que fez com a mulher que trouxe meu pai ao mundo. É pessoal. E ver isso tornou tudo ainda mais pessoal.

— Collin deixou este lugar para você por um motivo. — Trey passou a mão pelo cabelo dela. — Ele nunca teve filhos, mas o irmão dele teve. O gêmeo dele teve.

— Ele amava este lugar. Eu diria que deixou pra você porque achou que você tem chance de detê-la antes que a próxima noiva apareça e faça virar oito.

Owen deu uma olhada no forno enquanto falava.

— Ei, isso parece bom — acrescentou. — Enfim, também acho que ele deve ter tentado fazer isso por conta própria em algum momento.

— Ele amava mesmo este lugar — confirmou Trey. — E a Johanna… Não consigo imaginar que ele não tenha ao menos tentado. Ele nunca disse nada, mas é óbvio, não é?

— Tem que ser uma mulher — declarou Cleo, convicta, enquanto pegava pratos. — O que foi feito, foi feito por uma mulher, contra mulheres. Tem que ser uma mulher, uma Poole.

— Nunca tinha pensado dessa forma — refletiu Sonya. — Mas faz sentido.

— Acho que é mais do que isso. — Trey pegou os pratos para levar à mesa. — Eu também não tinha pensado no aspecto da mulher, mas faz sentido. Uma Poole, faz sentido.

— Eu cuido disso — disse Owen, e começou a temperar as vagens. — Não apenas qualquer Poole. A filha do gêmeo dele.

— Eu ia colocar um pouco de manteiga e ervas nisso.

— Deixa comigo — disse Owen a Cleo, e continuou: — A filha do gêmeo dele que pode, e já conseguiu, atravessar o espelho.

— E que testemunhou seis assassinatos — completou Trey.

Sonya se levantou para ajudar.

— Vou precisar testemunhar todos os sete, não vou?

— Acho que sim. — Trey apertou o ombro dela.

— Acrescenta mais um elemento. — De olho em Owen e nas vagens, Cleo tirou o resto do forno.

— As pinturas — concluiu Sonya. — Faz sentido. Precisamos das sete noivas. Não sei o que diabos acontece depois, mas precisamos das sete. Tanto dos quadros das sete quanto do testemunho de suas mortes.

Ela colocou o pão na mesa, depois olhou em volta.

Trey, deixando os animais entrarem, deu-lhes petiscos para entretê-los enquanto os humanos jantavam. Owen mexia as vagens na manteiga com algo que ela não conseguiu identificar. Cleo arrumava as costeletas e as batatas em uma travessa.

Apenas um jantar normal com amigos.

— Não sei se fico nervosa ou aliviada com tudo o que ainda não aconteceu. Mas sei que estou feliz por vocês estarem aqui.

Clover somou sua presença quando tocou "With a Little Help from My Friends".

— E você também, Clover. Todos vocês.

Owen levou a tigela de vagens à mesa.

— O que você fez com essas batatas?

— Transformei em instrumentos musicais.

Ele levou um instante para entender, depois se sentou e colocou uma no prato.

— Sanfonas. Legal. Vamos ver como tocam.

Elas tocaram muito bem e contribuíram para o jantar tranquilo em casa.

A sugestão de Cleo foi uma taça de vinho pós-jantar no jardim de inverno.

— Quando eu terminar meu projeto da sereia, quero descobrir mais sobre essas plantas. Olha, Son, temos mais florescendo.

— Vamos descobrir juntas. Eu preciso passar mais tempo aqui mesmo. É tão bonito e agradável numa noite como esta! Eu só passo para regar, mas nunca parecem precisar.

— Comigo é igual. Estão sempre viçosas.

— Será que a Molly cuida disso também?

Clover respondeu com "Eleanor Rigby".

— Eleanor. — Sonya recostou a cabeça no ombro de Trey. — Fico me perguntando o que aconteceu com a Eleanor. Espero que ela tenha sido feliz aqui.

— Acho que quem não foi feliz não passaria a vida após a morte cuidando de plantas, ou arrumando camas, brincando com cães.

— E gatos. — Cleo ergueu a taça para Trey. — Concordo. Se deixarmos de lado toda a questão da Dobbs, esta tem sido uma ótima casa há uns duzentos anos.

— Pensa comigo. — Com Jones esparramado ao lado e Pye encolhida no colo, Owen esticou as pernas. — Será que todos se conhecem? Não são todos da mesma época, certo? Será que têm, tipo, reuniões de fantasmas? Festas de fim de ano?

— Boa pergunta.

Owen apenas sorriu para Cleo, coçando a parte de trás das orelhas da gata.

— Eu diria que eles estão cientes, pelo menos conscientes uns dos outros. E talvez o tempo não importe tanto depois da morte — disse Trey, dando de ombros. — Acho que o lugar importa mais. Todos morreram aqui. Óbvio, isso é aplicar lógica ao que deveria ser ilógico.

— Estamos vivendo no ilógico, ou no que costumava ser ilógico para mim — ressaltou Sonya. — E eu realmente espero que eles tenham festas de fim de ano.

— Clover cuidaria da música.

Sonya sorriu para Cleo.

— E não é que cuidaria mesmo? E concordo que o lugar conta mais que o tempo. Todos nós já vimos a Dobbs. Trey já viu a Clover três vezes. Eu tive um vislumbre do Jack, e acho que é a Molly na janela do meu quarto. A Cleo também já a viu na janela. Só a sombra, a silhueta, mas é real.

— Junta aí o cara com charuto no escritório do Collin e a mulher no mirante. Mas eu frequento a mansão desde criança. Você também — disse ele para Owen.

— Sim. Eu ouvia as portas abrirem e fecharem, essas coisas. Mas nada de Dobbs até recentemente. Se é a Molly lá em cima, na janela, então, sim, já a vi algumas vezes. E uma vez…

Ele parou e tomou um gole de vinho.

— Continua — insistiu Cleo.

— Eu trouxe uns livros encomendados pelo Collin, da livraria. Vi um sujeito varrendo folhas. Mais velho, com uma barbicha grisalha. Ele parou por um momento e ergueu o boné em cumprimento, e eu acenei e entrei. Perguntei ao Collin quando ele tinha contratado o novo cara para cuidar do jardim. Ele só riu. Disse algo como: "Ah, ele já está por aqui faz um tempo."

— E...? — Cleo instigou.

— Quando saí, procurei por ele. Queria dar meu número caso precisasse de alguma coisa, mas não encontrei ele em lugar nenhum.

— Você nunca mencionou isso.

Ele deu de ombros para Trey.

— Não achei que fosse grande coisa. Foi só uns dois meses antes de o Collin morrer. Depois é que me ocorreu. Não havia nenhuma caminhonete nem carro lá. Só o do Collin.

— Varrendo folhas — murmurou Sonya. — Será que foi ele quem encheu os suportes de lenha para as lareiras durante o inverno?

Sempre prestativa, Clover respondeu com música.

— Barenaked Ladies, boa escolha — disse Owen. — "Jerome."

— Jerome. Pois bem, um brinde ao Jerome, que me poupou de carregar lenha para que eu tivesse um escritório quentinho e acolhedor.

— Eu vou além. — Cleo ergueu a taça. — Um brinde à equipe da Mansão da Noiva Fantasma. Eles levam a lealdade a outro nível.

Às três, Sonya se virou para Trey e, no silêncio banhado pela luz da lua, viu que ele a observava.

— Estou ouvindo — murmurou. — Mas só isso. Eu ouço, mas nada disso é dela.

— Está bem. Volte a dormir.

Do lado de fora, Cleo estava com Owen e olhava para o muro de contenção. Segundos antes, tinha visto Dobbs saltar dali.

— Satisfeita? — perguntou Owen.

— Sim. Ela não nos viu, você tinha razão quanto a isso. E o vestido não tinha nenhum rasgo. Eu precisava ver com meus próprios olhos. O que aconteceu ali foi em 1806.

— E não precisamos de um espelho mágico para ver isso.

— Fico pensando se sempre foi possível ver, ou se só conseguimos agora porque a Sonya está aqui, porque ela tomou posse deste lugar. Acho que isso não importa muito.

Ela esfregou os braços.

— Está frio. Vamos entrar.

— Ela morreu aqui fora, nas pedras. — Owen abriu a porta de entrada. — Ela não morreu dentro da casa, nem sequer no terreno, tecnicamente. Então como é que está dentro da casa?

— Ela fez alguma coisa para garantir isso antes de pular. — Enquanto subiam as escadas, Cleo ergueu as mãos. — Não sei o quê, mas ela teve que se assegurar disso. O objetivo era estar aqui, para sempre, e matar uma noiva a cada geração. Ela fracassou com a Patricia. Será que esse intervalo aumentou o poder dela ou reduziu? É algo em que pensar.

Quando chegaram à porta do quarto dela, Owen a encarou por um longo tempo, em silêncio. Cleo não precisou de palavras para entender.

— Ainda em análise — disse ela, e entrou.

De manhã, Sonya desceu primeiro. Ou assim pensou, até ver Owen na cozinha.

— Você acorda cedo.

— O Jones que acorda. Depois a gata veio e pulou no meu peito. Ficou bem insistente.

Ele se afastou para que Sonya alcançasse a cafeteira e soltou os dois cachorros que tinham descido atrás dela.

— Isso acabou com qualquer ideia de dormir mais.

Ele esperou até que ela estivesse com o café em mãos.

— Então, o que acha de omelete?

— Adoro comer, mas não faço ideia de como preparar.

— Já suspeitava disso. Eu tenho uma noção. A minha não fica bonita, mas até que é gostosa.

Sonya tomou mais um gole de café.

— Eu posso fazer torradas para acompanhar. O Trey deve descer daqui a pouco. E a Cleo não vai demorar. Ela me disse que ia programar o despertador para podermos começar a procurar o que precisamos para O Evento.

— Vou fazer aquele esquema do bacon no forno que ela faz. Leva uns vinte minutos, então talvez dê tempo. Se não, ela vai ter que fazer o próprio omelete.

Enquanto ele cuidava do bacon, ela encheu as tigelas dos bichos. Depois observou o homem procurar queijo, ovos e manteiga na geladeira.

— Owen.

Ele resmungou, encontrou uma tigela.

— Você é meu primo favorito.

Ele sorriu enquanto trabalhava.

— Quantos primos você tem?

— Tem aquela que eu encontrei pelada com o meu então noivo.

— Então superei um nível bem baixo.

— Ela tem um irmão, e eu gosto dele, sim. Ele se mudou para Atlanta, então não o vejo muito, mas gosto dele.

— A proximidade me colocou acima nesse caso.

— Não é só isso. Mas, de fato, ainda não conheci o resto dos meus primos Poole. Um deles pode acabar tirando você do primeiro lugar. Você acha que eles virão para a recepção?

— Talvez. Os que puderem, pelo menos. A Cathy e o Cole estão na Europa, então é bem improvável. O Connor viaja bastante a trabalho, então pode ser um talvez. Meu irmão, Hugh, está em Nova York, mas pode dar um jeito de vir, dependendo da agenda. Imagino que a Clarice e o Mike apareçam, pelo menos.

— Já são muitos.

— Tem muito mais, mas estão todos espalhados pelo mundo.

— *Mais*. É estranho ter tanta família da qual eu não sabia nada. E vale o mesmo para vocês. Vocês não sabiam de mim.

Ele lançou-lhe um olhar enquanto começava a bater os ovos.

— Agora sabemos. Omeletes de queijo — disse, quando Trey entrou. — Bacon e torradas de acompanhamento.

— Parece bom. Olha, se tiver almoço, eu cuido disso.

— Você vai cozinhar?

Owen pôs os ovos de lado.

— Ele quer dizer sanduíches.

— Isso mesmo. Meu sanduíche de mortadela frita com fatias de queijo amarelo é incrível.

— É verdade — confirmou Owen.

— Vou acreditar na sua palavra, já que não temos mortadela.

Cleo apareceu em cima da hora. As omeletes não estavam bonitas, e, na opinião de Sonya, eram *muito* saborosas.

— Você mantém sua posição de primo favorito.

— Bom para mim. Vou tomar um banho antes de começarmos a vasculhar o depósito.

— Achei que você queria usar a academia.

— Consegui fazer um treino rápido antes de vocês descerem. Vamos começar em cima ou embaixo?

— Vamos começar embaixo, mas não no porão assustador — respondeu Sonya, esvaziando a caneca de café. — Nunca mais.

— Então nos encontramos aqui embaixo.

Cleo o observou sair.

— Ele malhou e fez omelete? Que horas esse homem acorda?

Trey refletiu por um instante.

— Imagino que, se o Owen morasse numa fazenda, ele acordaria o galo.

Cleo ponderou.

— Isso é um problema. Enfim, temos uma lista.

— Gostamos de listas — concordou Sonya. E, decidida a dar a Molly uma folga de sábado, levantou-se para cuidar da louça.

— Sem problema. O que tem nela?

Cleo pegou o celular, abriu o aplicativo e começou a enumerar.

— Mesas e cadeiras dobráveis. Possível mobília para o deque ou o jardim, vasos e/ou floreiras para o deque.

Enquanto a lista prosseguia, Trey levantou-se para ajudar Sonya.

— Já pensaram na praticidade de pratos e copos descartáveis?

— É um Evento, Trey — lembrou Sonya. — Não um "vamos jogar uns hambúrgueres na grelha".

— Retiro o que disse. Então tente isto: contratar ajuda.

— Está na lista. — Cleo levantou-se para colaborar.

Com o cabelo ainda úmido do banho, Owen voltou.

— A Molly, imagino, arrumou minha cama e deixou uma calça jeans e um moletom em cima. Tipo: vista isso.

Sonya apenas sorriu.

— Ela faz isso mesmo.

— É esquisito. Esse negócio das roupas é esquisito.

— Você vai se acostumar. E, se isso não acontecer, certifique-se de agradecer da próxima vez. — Cleo ergueu o celular com a lista. — Vamos começar.

Foram até a área de depósito que antes fazia parte da ala dos criados. Em menos de cinco minutos, Cleo desenterrou um tesouro.

— Son, olha isso! Acho que são urnas. Mas poderiam ser floreiras, não? Parecem de metal enferrujado, de um jeito bonito, mas são de pedra.

— Adoro o pedestal, o estilo clássico. Ah, ficariam ótimas ladeando a entrada principal, aquelas portas fabulosas. Podemos testar.

Resignado, Owen olhou para Trey.

— Isso vai demorar.

— Mesas. — Trey atravessou o cômodo até a parede do fundo e apontou para uma pilha delas. — Dobráveis. Bem que eu lembrava.

— São perfeitas. Quantas tem? — Após uma rápida contagem, Sonya assentiu. — Cinco. Um bom começo.

Owen se agachou.

— Sabe o que são? Mesas de campanha militar. São antigas, cara. Mas estão em bom estado.

— Podemos montar uma? Elas parecem adequadas, mas precisam ser resistentes.

— Algumas cadeiras aqui. — Depois de avisar, Cleo levantou uma e a desdobrou. — Velhas, mas firmes. Não são suficientes, mas outro bom começo.

— Precisamos testá-las. Se alguma precisar de conserto — Sonya lançou um olhar a Owen —, talvez…?

— O advogado dá conta de reparos simples.

Em uma hora, já tinham reunido mesas, cadeiras, duas urnas, um banco de três pés e uma variedade de réchauds antigos.

— Alguns são de prata, outros de cobre, mas não há sinal de oxidação. — Sonya passou os dedos sobre uma tampa abaulada. — Espero mesmo que a Molly tenha ajuda. Aposto que isso era usado em grandes festas, em casamentos. Acho que…

— Não posso dizer que prestei muita atenção. — Owen examinou o conjunto. — Mas, sim, tinham coisas desse tipo montadas no salão de baile no casamento que invadimos.

— Vamos usá-las de novo, e o trabalho da Molly, ou de seja lá quem for, será valorizado. Quero revisar as travessas, as tigelas. Olha o que estou pensando, Son. A gente aluga pratos, copos e talheres, mas usa parte dos nossos. Não precisa ser tudo igual.

— Não precisa — concordou Sonya. — Misturar padrões e estilos dá charme. Digo que continuemos riscando a lista. O mesmo no andar de cima. Depois, com tudo separado, levamos as coisas para o apartamento. Usamos como área de preparação.

— Você quer levar tudo isso para o apartamento?

Sonya deu um tapinha no braço de Trey.

— Não as mesas e cadeiras. Não faz sentido tirar do lugar duas vezes, mas o resto, sim.

— Isso vai demorar — declarou Owen novamente.

O painel de sinetas dos criados começou a tocar, seguido de latidos e sibilos. E a porta do porão mais ao fundo rangeu ao abrir.

— De jeito nenhum. — Com determinação, Sonya marchou até lá e tentou empurrá-la de volta. — Caramba, preciso de ajuda. É como se alguém estivesse forçando do outro lado.

Trey correu e, por cima dela, deu um empurrão forte.

— Fria ao toque.

— Ótimo. Ela merece o porão assustador. Pode ficar com ele.

— Não pode, lindinha. Lá ficam os aquecedores de água e outras coisas. O Quarto Dourado é uma coisa, isso é outra.

Owen pegou uma lanterna de uma prateleira e acendeu.

— Vamos conferir.

— Não é exatamente o que ela quer? — apontou Cleo. — Por que dar esse gostinho?

Owen pegou outra lanterna e jogou para Trey.

— Fica aqui — disse a Jones.

Trey abriu a porta.

— Não vamos demorar.

— Ah, mas…

E, quando a porta se fechou atrás deles, Patsy Cline soou no celular de Sonya com a música "Crazy".

— Concordo totalmente — declarou Sonya.

Trey tentou o interruptor.

— A luz está funcionando.

— Está mais frio aqui do que deveria. — Após desligar a lanterna, Owen observou tudo ao redor. — Tão limpo quanto o resto da casa. Nem uma teia de aranha sequer.

Eles avançaram pelo labirinto de cômodos.

— Se a Sonya não vai descer aqui, e ela realmente não vai — acrescentou Trey —, ela devia achar outro lugar para guardar essas ferramentas.

— São boas e bem-cuidadas. Sem poeira. Essa velha plaina manual é uma beleza.

— Fica com ela. Você sabe que ela diria pra levar. O que diabos ela vai fazer com isso?

— Talvez. Não gosto de simplesmente… — Franzindo o cenho, Owen deixou a frase no ar. — Não está mais tão frio, está?

— Não. Você tem razão, não está. As luzes ficaram acesas, e está esquentando. Parece que ela só…

Quando se deu conta, Trey interrompeu o que dizia e encarou Owen.

— Puta merda — disse Owen um instante antes de tudo começar.

Do outro lado da porta, todas as sinetas dos criados soaram em uma cacofonia insistente. A campainha tocou sem parar. Acima, o teto pareceu ceder, como se estivesse sob um grande peso.

— Calma, gente — ordenou Sonya, tanto para si mesma quanto para os cães que latiam e a gata que silvava. — Vamos ficar calmos.

Por mais que temesse, pensou em Trey e Owen, então estendeu a mão para a porta do porão.

As luzes se apagaram.

Enquanto Sonya tateava em busca do celular para usar sua luz, ele tocou "Psychotic Girl".

— Nem me diga. Cleo!

— Aqui. Bem aqui! — Quando a luz do celular de Cleo se acendeu, ela soltou um grito e avançou correndo. Segurou a mão de Sonya e a puxou de volta. — Atrás de você. Ela estava atrás de você.

Os cães avançaram juntos. Quando os homens arrombaram a porta, o barulho cessou e as luzes se acenderam.

Atordoada, Sonya lutou para recuperar o fôlego quando Trey correu até ela.

— Vamos nos separar, eles dizem. Em todo filme de terror.

— Você está machucada? — Ele acariciou o rosto, os braços dela.

— Não.

— Dobbs estava atrás da Sonya. As luzes se apagaram, e então eu a vi atrás da Sonya.

— Ela está bem. — Como ela estava tremendo, Owen pousou um braço sobre os ombros de Cleo. — Está todo mundo bem.

— Eu pude ver o rosto dela, como vi naquele dia no espelho do banheiro. Estava exalando… bem, droga, maldade.

— Os cães partiram pra cima dela. — Mais firme agora, Sonya se agachou para acariciar os três. — E a Pye também, acho. A Dobbs correu, ou seja lá o que ela faz quando recua. Tão valentes, meus meninos, e minha garota fodona — murmurou Sonya com carinho.

— Ela queria atrair Owen e eu lá para baixo, para poder atacar você e a Cleo aqui.

— É, mas se ela queria provar alguma coisa, fomos nós que provamos. — Firme e desafiadora, Sonya afastou o cabelo para trás. — Foi ela quem fugiu. Né? — perguntou a Cleo.

— Sim. Desculpa o pânico. Mas ela estava bem atrás de você.

— Então você correu direto até mim e me puxou para longe. — Cruzando o cômodo, Sonya abraçou a amiga. — E estamos bem. Vamos escolher algumas travessas.

Enviaram algumas pelo monta-cargas e carregaram outras para empilhar na cozinha.

Os homens colocaram as urnas ao lado das portas de entrada, onde Sonya e Cleo decretaram que estavam perfeitas.

Vasculharam também os andares de cima em busca de mais.

— Juro que cada vez que venho aqui, vejo algo que não tinha reparado. Son, olha essas cadeiras.

— Amei! Não ficariam ótimas no gramado?

— Se vocês quiserem que apodreçam depois de algumas chuvas. Elas não aguentam o clima — alertou Owen. — Se querem colocar algo assim do lado de fora, precisa ser teca, talvez cedro, pinheiro-larício, ou algo selado e impermeabilizado.

— Ah. Você está vendo alguma coisa? Móveis para o deque atrás do apartamento estão na lista.

Depois de procurar, ele encontrou duas cadeiras aprovadas por Sonya e Cleo, além de uma mesa.

Uma capa de poeira escorregou até o chão.

— Alguém gosta desse banco — decidiu Sonya.

— Alguém tem bom gosto.

Com as mãos enfiadas nos bolsos, Trey o examinou. Uma curva graciosa de metal trançado, com encosto em leque, braços e uma pintura branca infelizmente descascando.

— Você precisaria de uma escova de aço para tirar a tinta velha, depois escolher a cor de uma tinta spray metálica à prova d'água.

— Viu? Reparos simples. E… — Owen apontou para onde outra capa de poeira flutuava até o chão. — Alguém gosta dessas cadeiras para combinar com ele.

— São ótimas! — Cleo se aproximou. — Também de metal, e os encostos parecem conchas. Podemos limpá-las e pintá-las, Sonya.

— Ficariam perfeitas no deque. Poderíamos sentar e ver o sol se pôr. Vintage; não novo e moderno. Combinam de verdade com a casa.

— Eu me lembro delas. Collin costumava colocá-las exatamente onde você está falando. O banco? Acho que já vi fotos com ele. Espera. — Trey fechou os olhos, tentando visualizar.

— O casamento dele. — Owen estalou os dedos. — Você reavivou minha memória. Já vi fotos dele e da Johanna nesse banco. Fotos do dia do casamento.

— Isso mesmo. Só que estava na frente. Acho que foi só para o casamento, porque nunca o vi lá. Ela de vestido branco, ele de terno cinza. E tem uma com meus pais sentados de cada lado. Minha mãe tem essa na estante da sala.

— Quero ver quando estivermos lá amanhã. Cleo e eu podemos restaurar o banco e as cadeiras. Não é, Cleo?

— Com certeza.

— Podemos cuidar de uma cadeira cada, se vocês cuidarem do banco. Podemos deixá-los lá fora até escolhermos as tintas e restaurarmos. Ainda temos que ir à garagem e ao galpão, mas vou pegar a chave do apartamento.

Quando Trey e Owen ergueram o banco, trocaram um olhar.

— Vai demorar um pouco — resmungou Trey.

Com as mulheres fora do alcance da voz, Owen arriscou um resmungo próprio:

— Elas vão querer que a gente volte para carregar aquela mesinha fofa e o adorável suporte de plantas.

— Não esqueça o majestoso banco de dez toneladas para o saguão.

— Estou tentando. Por que eu sempre fico com a parte de descer as escadas de costas?

— Você é azarado. O mais fácil é levar pelos fundos depois que chegarmos lá embaixo.

— Mais fácil — murmurou ele.

Eles alcançaram as mulheres, que haviam parado no grande vestíbulo para discutir o local do banco.

— Eu sei que é muito — disse Sonya, ao seguirem de volta. — Mas cada vez que trazemos algo, é como se a casa se tornasse mais nossa. Prometo que faremos uma pausa depois do galpão. Aí podemos tomar uma bebida no deque.

Quando chegaram à cozinha, Sonya pousou a cadeira no chão com um estrondo.

— Eu sonhei, ou a gente empilhou uma montanha de travessas na ilha que agora não está lá?

— Deus, você não acha que a Molly limpou e guardou tudo de volta… — Deixando a cadeira no chão, Cleo passou a mão pelo cabelo.

— Ela é esperta demais para isso. — Trey ajeitou o banco. — Continua, Owen. Pega a chave do apartamento.

— O apartamento! — Deixando a cadeira onde estava, Sonya correu para pegar a chave e saiu correndo com os animais atrás.

Ela destrancou a porta.

Cheirava a fresco, com um toque de óleo de laranja. Almofadas fofas, móveis reluzindo.

As mesas e cadeiras dobráveis que haviam separado estavam ordenadas contra a parede lateral. Todas as travessas organizadas, por tipo, sobre os balcões da cozinha.

— Isso é incrível — murmurou Sonya. — Simplesmente incrível, e muito generoso. Dobbs acha que pode nos assustar com suas maldades, seus acessos de raiva? Nunca vai rolar. Não quando temos outros, tantos outros, dispostos a fazer tanto sem que pedíssemos, sem esperar nada em troca.

Clover respondeu com TobyMac e "Love Is in the House".

Trey entrou atrás dela, envolveu-a pela cintura e apoiou o queixo sobre a cabeça dela.

— O amor está nesta casa — disse. — E a casa está cheia.

Capítulo quatorze

Depois de desenterrar vasos, floreiras e outras coisas úteis, sentaram-se no deque com sanduíches preparados por Trey e Coca-Colas bem geladas.

Cleo e Sonya se inclinaram sobre as amostras de tinta.

— Esta! — disse Sonya.

— Essa, ah, sim. Névoa Oceânica? Não poderia ser mais perfeita. Para o banco, certo?

— Com certeza, e que tal Verde Mar para as cadeiras?

— Temos uma campeã. Duas campeãs. Sonya, que tal acharmos mesinhas de cobre para cada lado?

— Mesinhas de cobre… genial.

— Rob Farmer pode fazer. — De olhos fechados, Owen se recostou na velha cadeira de metal. — Ele pode até já ter algo na oficina.

— Rob Farmer?

— Metalúrgica — respondeu Trey a Cleo. — Ele tem algumas peças na Bay Arts. A oficina dele fica na Red Fox Road, a uns três quilômetros da vila.

— Quanto tempo levaria? — perguntou Sonya.

— Só perguntando pra saber. — Owen pegou o celular, percorreu os contatos e selecionou o número. — Pronto, agora você tem o contato dele. Meu trabalho está feito.

— E eu vou ligar agora mesmo.

Ela se levantou e se afastou para telefonar.

— Uma mesa de centro também — decidiu Cleo. — Não de cobre. Muito combinadinho. Madeira. Nada sofisticado, algo rústico, com acabamento bruto. Melhor ainda, uma daquelas mesas com borda orgânica.

Sentindo o olhar dela, Owen abriu um olho. Depois fechou de novo. Cleo apenas suspirou, sabendo que tinha plantado a semente.

— Está muito agradável aqui. Costumamos nos reunir mais na frente, pela vista, mas este é um bom lugar para sentar. O que precisamos lá fora são alguns comedouros bonitos para pássaros.

— É, os ursos vão adorar. — Owen apoiou o pé em Jones e fez carinho.

— Sério?

— E a gata ficaria em êxtase com o bufê liberado.

— Ela não faria isso… Lógico que faria. Vou ficar só com as floreiras, uns sinos de vento, talvez umas garrafas de bruxa.

Sonya voltou correndo.

— Cleo, ele disse que podemos ir até a oficina agora.

— Agora? — Instintivamente, ela ajeitou o cabelo. — Certo, tudo bem.

— Estamos de boa aqui — disse Trey antes que ela perguntasse. — Muito de boa mesmo.

Ela foi até ele e lhe deu um beijo.

— Não vamos demorar.

Owen esperou até ouvir o carro dar partida.

— Silêncio. Você não vai ter muito disso daqui pra frente.

— Não vou?

— Não estou dizendo que ela é tagarela, porque não é. Nenhuma das duas é. Mas suas noites tranquilas, sentado de cueca assistindo a jogos, estão com os dias contados.

— Quem disse?

— Quem conhece você tão bem quanto a si mesmo. Você está caidinho por ela, e não culpo você nem um pouco. Afinal, compartilhamos a devastadora boa aparência dos Poole.

— É, eu penso muito em você quando olho para ela.

— Está nos genes, irmão. Além disso, ela é inteligente, criativa e não leva desaforo, nem mesmo de uma bruxa rabugenta de 200 anos. Some a isso a perspectiva da donzela em perigo… mesmo sendo uma que sabe muito bem se virar sozinha. Você já era.

— Não é nada disso, e é tudo isso. Algo simplesmente se encaixou. Se encaixou no minuto em que a vi de pé em frente à mansão, no minuto em que ela sorriu para mim. Porra. Não era para acontecer assim.

— E por que diabos não? — Owen se mexeu o suficiente para trocar de posição na cadeira. — Você anda devagar, é do seu jeito. Não há nada de errado nisso. Às vezes, acaba sendo mais rápido. É mais fácil velejar a favor do vento do que contra ele.

Ele voltou a se recostar.

— De qualquer forma, vou aproveitar o silêncio e depois entrar para preparar um macarrão com queijo.

Já estava no forno quando elas voltaram, radiantes, trazendo um suporte de cobre com tampo plano e padrão de colmeia.

— Não é lindo? Ele vai fazer outro igual. Vou levar este lá pra fora pra ver como fica. Ah, e paramos pra comprar a tinta!

Considerando o sucesso do dia, Cleo abriu um vinho.

— Você não mencionou que o Rob Farmer tem uns 150 anos.

— Mas é ágil — acrescentou Trey.

— Muito, e muito talentoso. Além disso, um galanteador. Flertou descaradamente comigo. Não tanto com a Sonya, já que ele disse, contou pra gente, que ficou sabendo que ela está namorando o jovem Doyle.

— E o que você fez? — Owen quis saber.

— Flertei de volta. Ele também é bem charmoso. E, com o flerte e a encomenda de uma segunda mesa, ainda deu desconto. Um belo negócio.

Ela abriu o forno.

— Ora, ora, isso parece um macarrão com queijo de altíssimo nível. Quanto tempo falta?

Ele se aproximou e espiou.

— Uns dez minutos para cozinhar. Depois, é bom deixar descansar por uns dois.

— Perfeito. Vou lá fora dar uma olhada e depois arrumo a mesa.

Quando saiu, Trey abriu um sorrisão para Owen.

— Sobre aquele sossego…

— Ainda tenho de sobra.

— Se você diz.

Depois do macarrão com queijo de Owen — um grande sucesso — e de uma discussão animada sobre as melhores bandas de rock de todos os tempos, as mulheres lançaram um desafio.

— Acho que está na hora de ouvirmos um pouco de Head Case, não acha, Cleo?

— Concordo plenamente.

Trey levou os pratos para a pia.

— Infelizmente, a Head Case não existe mais.

— Temos dois membros da banda bem aqui. — Sonya abriu os braços. — A gente imagina o resto.

Ela se afastou da mesa.

— Sala de música.

— Elas acham que a gente vai mandar mal — disse Owen.

— Às vezes mandávamos.

— Às vezes, não.

Owen se levantou com um dar de ombros.

— Eu topo. Pega esse vinho, Cleo. A gente soa melhor quando você está um pouco bêbada.

Trey pegou duas cervejas.

— E a gente toca melhor quando estamos.

Com vinho, cerveja, três cachorros e uma gata, desceram para a sala de música. Owen pegou um violão, dedilhou e começou a afinar. Com relutância evidente, Trey fez o mesmo.

— Vocês tocam outros instrumentos? — quis saber Cleo. — É uma coleção incrível. Devia ser usada, não só exibida.

— O Owen se vira no piano.

— “Se vira” é o termo certo. — Depois de testar alguns acordes, Owen assentiu. — Você improvisa melhor nele.

Enquanto tocava um riff de abertura, olhou para Trey.

— Não tem tanto impacto quanto com uma guitarra, mas serve. Lembra da letra?

— Lembro, sim.

— Então tá.

Ele tocou a introdução de novo, marcando o ritmo com o pé. Trey entrou com a base e acrescentou a voz:

— *A million miles away, your signal in the distance.*

Acústico ou não, eles mandaram ver em "Walk", da banda Foo Fighters, com Owen entrando no refrão.

A plateia irrompeu em aplausos.

— Não estou nem perto de bêbada — disse Sonya —, e vocês não mandam mal. Toca outra!

— Há sabedoria em parar enquanto ainda se está por cima.

Mas Owen apenas sorriu e puxou outro riff. Quando engataram "Livin' on the Edge", da banda Aerosmith, Cleo pegou um pandeiro. Rindo, Sonya entrou como dançarina de apoio.

Enquanto eles mandavam ver no que ela decidiu que equivalia aos maiores sucessos da Head Case, começaram as batidas no teto.

Ela mostrou o dedo do meio e continuou dançando.

— Toquem mais alto!

Trey bateu o pé, bateu palmas.

— Isso mesmo! — Sonya ergueu os punhos. — Isso mesmo, porra. *We will rock you!*

Com Cleo, ela se juntou ao coro, vozes desafiadoras cantando tanto ameaça quanto promessa.

— E com isso, senhoras e senhores, encerramos a apresentação desta noite.

— Ainda temos pelo menos um pouco disso — disse Owen a Trey. — A gente calou ela.

— Mais uma. — Cleo levantou a taça. — Temos vinho suficiente para mais uma.

— Vamos terminar com o melhor de todos. — Owen flexionou os dedos. — Tenho gás para mais uma.

Quando encerraram com "Fire", de Bruce Springsteen, Sonya decidiu que não havia nada mais sexy do que um homem bonito e um violão.

— É assim que se encerra uma noite. — Cleo percorreu os instrumentos com o olhar. — Preciso aprender a tocar alguma coisa aqui.

— Você tem uma boa voz.

Ela sorriu para Owen.

— Você devia me ouvir cantando no chuveiro.

Ele sorriu de volta.

— Estou ansioso por isso.

Ela apenas riu.

— Hora de soltar nossos amigos de quatro patas antes de dormir.

Quando chegaram à porta e a abriram, Sonya soltou um suspiro.

— Uau, que ar fresco! Sabe, acho que cheguei ao nível "um pouquinho bêbada".

— Se uma mulher não pode ficar um pouquinho bêbada numa noite de sábado, entre amigos, na própria casa, quando e onde poderia?

Ela deu um leve soco no braço de Owen.

— Meu primo favorito e meu segundo roqueiro favorito. Vou para a cama com o meu roqueiro favorito.

— Provavelmente é o melhor.

Ela dormiu sem sonhos — ou sem sonhos lembrados —, sem se mexer, sem murmurar quando o relógio marcou três horas.

Dormiu enquanto Trey permanecia à janela, observando Hester Dobbs cair.

No domingo, como Trey saiu com Owen para trabalhar na casinha do Yoda, ela e Cleo cuidaram das tarefas domésticas. Dividiram a lavanderia e, sob o abençoado sol de abril, lavaram floreiras e vasos. E finalizaram os convites para a festa.

— Corrine disse que 150 convites dariam conta.

Sonya respirou fundo.

— Isso pode significar umas trezentas pessoas. Puta merda, Cleo. Será que a gente consegue?

Clover respondeu com Bruce Springsteen em "You've Got It".

— Será?

Sonya endireitou os ombros.

— Vai ter que dar. Mas vamos segurar até a Bree vir amanhã. Aí a gente puxa o gatilho.

— Bom plano. Agora vamos puxar o gatilho e nos arrumar para o jantar na casa dos Doyle.

No andar de cima, Sonya decidiu seguir a escolha da Molly: um vestido transpassado azul, simples e clássico, com botinhas de salto baixo.

Para Cleo, foi de um suave cor-de-rosa primaveril.

— Boas escolhas. — Sonya assentiu quando Cleo girou. — Nem muito chique, nem muito casual.

— Quando estivermos em Boston, precisamos arranjar um tempo para compras, para dar a Molly novas opções.

— Não vejo objeção nenhuma. Diria que estamos prontas, com uma parada para flores no caminho. — Abaixando-se, ela esfregou o rosto em Yoda. — Comporte-se. Sei que o Jack vai sair para brincar com vocês dois.

Enquanto dirigiam, Sonya lançou um olhar para Cleo.

— Eu sei que você está falando sério sobre ir comigo a Boston, mas está mesmo falando sério sobre ser minha assistente na apresentação para a Ryder?

— Sim. Posso ajudar a montar os recursos visuais, e, se eu rodar o vídeo, você pode se concentrar no resto. Sua apresentação está ótima.

— Eu dei uma refinada. Vou precisar passar tudo de novo com você. E também tenho que pedir ao Trey para ficar com o Yoda enquanto estivermos fora da cidade. Ou, se for mais fácil para ele, ficar na mansão.

— Acho que vou ver se o Owen fica com a Pye, a menos que o Trey resolva ficar. E mesmo assim, ele estaria trabalhando o dia todo. Ela está claramente grudada nele. No Owen, quer dizer.

— Perdi alguma coisa desde minha interrupção constrangedora no seu estúdio?

— Não. Tudo ainda está sendo considerado.

— Ele realmente é o meu primo favorito.

— Isso não é um parâmetro muito alto, Son.

Sonya teve que rir.

— Ele disse a mesma coisa.

Pararam para comprar tulipas roxas e seguiram pela estrada sinuosa logo fora do centro da cidade.

— Não vimos a casa à luz do dia — disse Sonya quando o GPS anunciou que haviam chegado ao destino. — Que casa linda! Não é tão grande quanto os escritórios, mas tem a mesma atmosfera.

— É realmente maravilhosa. Quem não ama uma varanda que contorna a casa inteira, ainda mais com uma torre por cima?

— Eu amo. — Ela entrou devagar pelo acesso pavimentado em cinza-ardósia para estacionar ao lado da caminhonete de Trey. — O Trey está aqui, e aquele é o carro da Anna. Então não chegamos cedo demais.

— Não estou vendo a caminhonete do Owen, então também não chegamos tarde demais. Aposto que essas azaleias ficam espetaculares quando florescem.

— Não vai demorar agora.

Elas subiram até a varanda coberta e tocaram a campainha. Quem atendeu foi Seth, o marido de Anna.

— Sonya, que bom ver você. E você deve ser a Cleo. Seth — apresentou-se, estendendo a mão. — Entrem.

Por dentro, mantinham o estilo vitoriano, com uma lareira elegante ladeada por estantes na sala de estar e o brilho de pisos em tom de mel.

— O agito está lá atrás — disse Seth, guiando-as pelo interior da casa.

— E o cheiro desse agito está delicioso.

Ele sorriu para Cleo.

— Espere até provar o presunto glaceado da Corrine.

Passaram por um escritório de aparência masculina, onde Sonya imaginou que Deuce passasse algumas horas, e por outro de estilo mais feminino, com paredes cobertas de fotos, onde Corrine devia passar o tempo dela.

Vozes — assim como aromas — vinham de uma cozinha ampla e imponente, onde a família se reunia em torno de uma grande ilha central ou se sentava à mesa junto à parede de vidro que se abria para um jardim amplo. Algumas flores já exibiam suas cores.

Trey, com a camisa social para fora da calça cáqui, desceu de um banco e se inclinou para beijá-la. A saudação natural, com a família toda ao redor, aqueceu o coração de Sonya.

Corrine tirou uma travessa do forno duplo embutido e, depois de deixá-la de lado, contornou a ilha para beijar Sonya e Cleo no rosto.

— Não são lindas? E tulipas significam primavera. Obrigada às duas.

— Obrigada por nos receber. Sua casa é linda.

— Somos felizes aqui. — Ela deu um tapinha na mão de Sonya. — Vocês duas já conhecem o Deuce. Ele e o Trey estavam discutindo beisebol, então a chegada de vocês foi um alívio.

— Ah, vamos voltar ao assunto — prometeu Deuce.

Ace — sem o conjunto de terno e a gravata de sempre, mas igualmente elegante com a camisa aberta no colarinho — se levantou da mesa onde estava sentado com a esposa e a neta.

Piscou para Sonya, deu-lhe um abraço de urso e então se voltou para Cleo.

— Cleopatra, afinal. — Pegou a mão dela e, com um brilho nos olhos, beijou-a. — Venha conhecer a minha querida, e depois você pode me contar a história da sua vida.

— Com prazer, desde que tenha um ponto e vírgula no meio. Ainda não terminei.

— Eu adoro uma jovem bonita com um pouco de atrevimento. Paula, esta é a Cleo.

— Isso deve ocupá-los por um tempo. Sonya, vou pegar uma bebida para você.

— Bebi bastante vinho no concerto de ontem à noite. Mas adoraria um copo d'água.

— O Trey não mencionou que vocês foram a um concerto.

— Ele e o Owen tocaram na sala de música.

— "Tocaram" talvez seja um exagero — disse Trey, puxando-a para sentar ao lado dele.

— Para mim, não. Não tínhamos música ao vivo no casarão desde o jantar em que você foi, Corrine. Precisamos ter isso mais vezes.

Sem nem tocar a campainha, Owen entrou. Não com flores, mas com uma planta.

— Owen! Isso é…?

— Uma boa e velha weigela — respondeu ele, e beijou o rosto da anfitriã. — Ouvi dizer que você tinha um lugar para ela.

— Tenho mesmo! Deuce vai amaldiçoá-lo quando eu fizer ele cavar o buraco.

— Já estou amaldiçoando — retrucou Deuce, enquanto Owen seguia direto para o deque. — Bem, já que está todo mundo aqui, vou fatiar o presunto.

Owen se animou na hora.

— Gol de placa!

Foi assim, descomplicado: um jantar de domingo em torno de uma grande mesa, conversas fluindo soltas. Falaram de bebês, de beisebol, de jardinagem, de culinária, de arte, de fofocas da vila e, lógico, dos planos para o evento da *open house*.

E nada, Sonya percebeu, sobre o que se escondia no casarão, no Quarto Dourado. Talvez os Doyle tivessem decidido lhe dar uma espécie de trégua.

Corrine não recusou as ofertas de ajuda com a louça, o que, para Sonya, tornava aquele jantar realmente em família.

Trouxe caos, mas ela gostou disso, e também do passeio pelos jardins, que lhe deu ideias demais.

— Os jardins da mansão já estão bem estabelecidos — contou Corrine enquanto caminhavam. — Mas Collin sempre replantava a cada ano, acrescentava floreiras.

— Esperamos fazer o mesmo. Mas como você sabe o que é tudo? O que combina? E onde preencher os espaços?

— Experiência. E se errar? Sempre há o próximo ano.

Embora a sala de estar não tivesse um piano de cauda, tinha uma espineta. Bastou muito pouco para convencer Paula a tocar, e Ace a fazer um dueto com ela.

Seth sentou com o braço em torno dos ombros de Anna e murmurou alguma coisa no ouvido dela que a fez sorrir e levar a mão dele até a barriga, por baixo da dela. Deuce e Corrine sentaram-se juntos — a mão dele sobre o joelho dela, a cabeça dela inclinada na direção do ombro dele.

Sonya percebeu que queria aquilo, cada etapa daquela união. Os jovens começando, os já bem estabelecidos, os que duravam uma vida inteira. Uma casa cheia de gerações, de música e de discussões sobre beisebol.

Um dia, pensou, queria a chance de começar tudo isso. Só mais um motivo para encontrar as sete alianças, quebrar a maldição e livrar a mansão da escuridão que a assombrava.

Quando Paula levantou a mão para fazer um carinho na que descansava no ombro dela, Sonya entendeu que era sua deixa.

— Foi maravilhoso, simplesmente maravilhoso. Não tenho como agradecer o suficiente por nos receberem.

Cleo pegou a deixa no ar:

— Se não tivéssemos uma gata e um cachorro esperando em casa, seria difícil se livrar da gente.

As despedidas levaram tempo antes que Trey as acompanhasse até o lado de fora.

— A Sonya me contou, mas agora vi com meus próprios olhos. Você tem uma família incrível. Eu me perguntava como três gerações conseguiam trabalhar juntas, mas a pergunta foi respondida. Amor, respeito, sintonia. Vocês têm tudo isso.

— Sou sortudo de nascença. Reunião de equipe amanhã cedo.

— Você me disse. — Ainda com um ar nostálgico, Sonya o abraçou. — Estamos bem e, sim, você vai saber se isso mudar.

Ela o beijou novamente antes de assumir o volante.

Cleo demorou-se mais um minuto junto à porta do passageiro aberta.

— Sabe, eu realmente gostei da sua avó. Elegância natural, senso de humor, estilo, tudo junto. Se eu não gostasse e admirasse ela, talvez quebrasse minha regra número um de relacionamentos e tivesse um caso tórrido com o seu avô.

— E essa é uma maneira muito esperta de bajular os dois ao mesmo tempo.

Cleo entrou no carro e suspirou quando Sonya acenou e deu ré para sair da entrada.

— Foi divertido. E esclarecedor.

— Esclarecedor?

— Vê-los todos juntos daquele jeito. Cada um com sua própria personalidade, mas parte de um todo. Acho que Collin deve ter sido um bom homem. Não vejo Deuce sendo amigo de uma vida inteira, irmãos de verdade, com alguém que não fosse.

— Nem eu — concordou Sonya. — A foto do casamento… a dos Doyle com Collin e Johanna no banco. Você viu, né?

— Vi. E isso me mostra que Johanna deve ter sido uma boa mulher. O estilo da Corrine está espalhado por toda a casa, e aquela foto não estaria lá se ela não amasse os dois.

— Eles não tiveram a chance de construir o que os Doyle construíram. Mas nós teremos. — Sonya lançou-lhe um olhar. — Nós teremos, Cleo, quando for a hora certa.

Cleo olhou para a enseada conforme passavam por ela.

— Quando for a hora certa — disse, após um momento. — Não vejo nenhuma de nós duas se contentando com menos.

Então se virou de volta.

— Ainda temos algum tempo antes de escurecer. Vamos soltar os peludos e dar uma volta. A Corrine encheu minha cabeça de ideias para o jardim.

— A minha também. Primeiro precisamos descobrir o que já temos.

— É por aí que começamos. O Owen disse que não dá para ter comedouros de pássaros, porque os ursos gostam deles.

— Ah. — Uma pausa. — Ah! Que assustador.

— Então, nada de comedouros. E, a não ser que já exista bastante coisa ali, duvido que a gente consiga ter um jardim para rivalizar com o da Corrine… pelo menos não no primeiro ano.

— O que você está fazendo?

Cleo continuou mexendo no celular.

— Procurando a planta que o Owen trouxe para ela. Se eu conseguir descobrir como se soletra. Pronto, achei. E é linda. Se não tivermos uma, quero uma.

— Bem ali — disse Sonya enquanto fazia a curva na estrada da mansão — é um bom lugar para começar.

Ela estacionou, e caminharam até a casa. A gata e o cachorro as receberam na porta e dispararem para fora.

— Acho que realmente testamos o controle da bexiga deles. Que tal trocarmos de roupa — sugeriu Cleo — e fazermos essa caminhada de pijama?

— Agora, sim, isso é estar em casa.

Clover colocou a música de Steve Perry, "Missing You", para tocar.

— Certo — disse Sonya, rindo —, isso é estar em casa.

Depois de se trocarem, juntaram-se a Yoda e Pye. Enquanto caminhavam, Sonya usou um aplicativo no celular para fotografar arbustos e identificá-los.

— Preciso desse aplicativo. — Cleo puxou o telefone. — Estou baixando agora mesmo.

— Vai funcionar muito melhor quando tudo tiver folhas. Melhor ainda com flores. Se tiverem flores, porque ainda não sabemos. E tem coisas brotando ali, e ali. Não acho que sejam ervas daninhas.

— Roseiras ali. Não precisa de aplicativo para reconhecer roseiras.

— Ou hortênsias. Então já temos isso. E sabe o que mais temos? Livros de jardinagem na biblioteca.

— Então vamos atrás deles.

Como o ar já tinha esfriado quando entraram, prepararam uma chaleira de chá para levar lá para cima, onde já havia um fogo crepitando na lareira.

— Isso é ótimo. Obrigada, Molly, ou Jerome — considerou Cleo. — De qualquer forma, é ótimo.

Elas escolheram alguns livros, e Cleo pegou um dos blocos de desenho de Sonya. Sentadas, Sonya abriu um dos volumes e soltou o ar.

— É muita coisa.

— A gente consegue. Enquanto ainda está fresco na minha cabeça, vou esboçar o que temos, ou achamos que temos.

Passaram mais de uma hora, em paz, junto ao fogo, pensando em jardins, imaginando flores.

Cada uma levou um livro para a cama.

Sonya adormeceu pensando em jardins, imaginando flores.

E sonhou.

Capítulo quinze

1964

Nós conseguimos! Charlie e eu nos casamos.

A gente não ia casar. Quer dizer, fala sério, como o Charlie sempre diz, casamento é só mais uma invenção do sistema. Tipo, você precisa de uma licença para amar?

Isso é uma baita de uma bobagem.

Olha, meus pais tinham a tal licença, uma casa no subúrbio e tudo mais. E, pelo que me lembro, passavam a maior parte do tempo brigando um com o outro, reclamando um do outro ou simplesmente se ignorando.

Não tinha muito amor na minha casa.

Quando não estavam fazendo isso, estavam pegando no meu pé. Acho que me culpavam por não assumirem de vez que não dava mais certo e seguirem em frente.

Então, eu segui em frente, caí no mundo. Liberdade, meu bem! Peguei carona até São Francisco. Conheci muita gente legal pelo caminho — e, lógico, alguns nem tanto. Fiz alguns bicos quando precisei — porque, sinceramente, sentir fome não tem graça nenhuma.

Mas trabalhar como garçonete significa que você vai comer.

Se você está aberto, e eu estava completamente aberta para o mundo, acaba encontrando gente disposta a oferecer a você um canto para ficar um tempo. E você conversa sobre essa sociedade de merda e sobre como consertaria tudo. Escuta música, dá uma viajada.

Morei um tempo numa fazenda, tipo uma comunidade. Foi muito, muito legal. Todo mundo cuidava de todo mundo. A gente plantava a própria comida, tinha umas galinhas bacanas, umas vacas. Era muito trabalho, sim, mas eu gostava. E aprendi bastante também.

Um pessoal reformou uma Kombi velha, e a gente pintou ela todinha. Pássaros, borboletas, arco-íris. Muito psicodélico!

Eu ia ficar na fazenda. Era tranquilo lá e ninguém enchia o saco. Mas alguma coisa me dizia para entrar naquela Kombi e seguir viagem, então eu fui. Mesmo quando ela quebrou no meio do nada, bem no fim do mundo, eu ainda podia pedir carona. Não sei por que precisava continuar, mas precisava.

Era como se uma parte minha soubesse que eu tinha que chegar a algum lugar.

Esse lugar acabou sendo São Francisco. Estava acontecendo. Era O Lugar!

Fiz muitos amigos lá, pessoas que entendiam o que era ser sufocado pelo sistema. Que diziam um belo "não" à guerra. Aquela era a nossa hora, e a gente ia mudar o mundo. Viver em paz e harmonia, viver da terra e compartilhar as bênçãos.

E foi assim que conheci o Charlie. Foi então que entendi por que *precisava* chegar ali.

Não era só porque ele era bonito — embora, ah, aqueles olhos verdes tivessem acabado comigo. Ele era muito inteligente e, como eu, muito aberto. Amava música como eu. E, como eu, queria um mundo em que você pudesse simplesmente ser, simplesmente viver, cuidar uns dos outros.

Às vezes, a gente passava a noite inteira conversando sobre como construiria esse mundo.

Um para o outro, para os amigos, para todos.

Aí eu engravidei. Mas fiquei muito feliz, e quando contei ao Charlie, ele também ficou. Íamos ter um bebê! E íamos trazer esse bebê ao mundo com amor, criá-lo com o carinho que nenhum de nós jamais teve.

Foi a ideia do bebê que fez o Charlie me contar coisas que nunca tinha dito, mesmo nas nossas conversas madrugada adentro. Ele disse que tinha deixado tudo isso para trás, porque a família dele representava quase tudo contra o que ele lutava.

A minha também!

Acontece que a família dele era rica, tipo, *muito* rica. Eu não ligava para isso. Charlie era artista, fazia arte de rua, vendia o suficiente para a gente se virar. E eu trabalhava como garçonete num restaurante vegetariano.

A gente se virava bem e não precisava de todos aqueles bem materiais que estragam as pessoas.

Mas ele me contou sobre essa casa, uma casa enorme com um terreno, lá no Maine. Bem de frente para o Atlântico, cara. E como agora a casa era dele.

A gente podia construir a nossa vida ali, ter espaço para arte, para música, para paz. Podíamos ter galinhas e plantar legumes. Talvez até arrumássemos uma cabrinha!

Nosso bebê podia nascer ali e crescer à beira-mar.

Chamavam o lugar de mansão. A Mansão da Noiva Fantasma, porque, no passado, uma mulher foi esfaqueada até a morte no dia do casamento. Pesado, cara!

E a casa era assombrada, o que é uma loucura!

Então arrumamos um trailer, e eu, o Charlie e alguns amigos atravessamos o país. Ele me contou sobre a mãe dele — uma grande filha da puta que tentava controlar a vida dele como controlava a de todo mundo. Tentou afastá-lo da arte. Tentou fazer com que ele virasse advogado.

Meu Charlie, advogado! Só de pensar me dá vontade de rir.

Ele queria que a gente se casasse, assim, legalmente, com licença, tudo certinho. Por causa do bebê (eu dizia bebês, porque simplesmente sentia que eram dois ali dentro) e porque ele não queria que a mãe escrota dele tentasse alguma coisa comigo ou com os nossos filhos.

Sabe o que me surpreendeu? No instante em que ele falou isso, eu também quis. Não ligava para a porcaria legal, mas queria que a gente fizesse aquelas promessas um ao outro, para os nossos bebês.

Seguimos para Maryland, porque lá dava para tirar uma licença bem rápido e sem muita burocracia. Comprei um vestido, um vestido branco lindo num brechó, com cintura alta e uma saia bem folgada, já que eu estava com uma barriga grande.

Enquanto acampávamos, conhecemos um cara que tinha um irmão, e o irmão tinha um lugar nas montanhas. Não montanhas como as do oeste. Essas eram todas verdes.

A gente se casou lá, numa espécie de clareira. Mesmo já sendo quase outubro, estava quente como no verão. Então colhi flores silvestres e fiz uma coroa para usar, e mais flores para usar de buquê.

Um velhinho de macacão nos casou — ele era um pregador itinerante — e não se importou de a gente dizer nossos próprios votos. Tipo eu dizendo ao Charlie que viveria com ele no amor e que encheríamos nossas vidas com as riquezas da natureza, e ele me dizendo que eu tinha feito dele um ser humano melhor e enchido a vida dele de cor.

Ele até tinha uma aliança para mim, e era perfeita. Dois corações entrelaçados, como os nossos. Soube, quando ele colocou no meu dedo, que aquela era a única coisa material de que eu realmente precisaria.

Aquele símbolo dos nossos corações unidos para sempre me fez chorar um pouco, mas de felicidade.

E então estávamos casados! Companheiros de vida. Marido, esposa? Não! Isso são rótulos do sistema.

Tinha música, e a gente se acabou de dançar na clareira, sob a luz do sol e da lua. Um dia perfeito, que entrou para a minha lista dos mais felizes.

Quando saí de casa. Quando conheci o Charlie. Quando descobri que estava grávida. O dia do nosso casamento.

Tive muitos momentos bons, e também passei por alguns perrengues, mas aqueles foram meus dias mais perfeitos e felizes.

Naquela noite, Charlie e eu fizemos amor como companheiros de vida, e os corações entrelaçados brilhavam no meu dedo.

Na manhã seguinte, partimos para o Maine, para a mansão.

Sonya acordou em meio ao silêncio pouco depois do amanhecer. Lá fora, o sol desabrochava como rosas sobre o mar, lançando feixes de luz pelas frestas das janelas.

E o mar rufava, um barulho suave.

Por um instante, apenas um instante, ela sentiu o perfume de flores. Não as da cômoda, mas um aroma de pradaria montanhosa banhada de sol.

Ficou deitada, revivendo as imagens que haviam fluído no sonho.

— Está bem, Clover — murmurou. — Eu não vou esquecer.

Levantou-se e, como Yoda, bocejou e se espreguiçou ao sair da cama e desceu as escadas. Viu a gata se esgueirar para fora do quarto de Cleo.

— Um começo cedo para todos nós.

Passou pela biblioteca, tirou o tablet do carregador e o levou consigo.

No andar de baixo, deixou o cachorro sair, seguido pela gata que disparou atrás dele. Preparou café e, com uma caneca na mão, sentou-se ao balcão para escrever tudo o que lembrava do sonho.

Como esperava Bree no fim da manhã, Sonya se arrumou — nada de roupas de ficar em casa/trabalhar — e se dedicou ao trabalho até Cleo acordar.

Quando a amiga apareceu, Sonya se levantou para lhe entregar o relato que havia imprimido.

— Lê isto, por favor, enquanto toma café?

Com um aceno e um resmungo, Cleo seguiu para a cozinha.

Em menos de dez minutos, já bem desperta, voltou, sacudindo as folhas na mão.

— Você andou pela casa? Passou pelo espelho? Eu não ouvi nada. Desculpa por não ter…

— Não se desculpe, e eu não sei. Acordei na cama, e senti ela, Cleo, senti ela ali quando despertei.

A voz de Annie Lennox ecoou do tablet com “Sweet Dreams (Are Made of This)”.

— Foi doce, sim, muito doce e muito vívido. Vem, vamos sentar um pouco.

Ela se sentou no sofá e esperou que Cleo se juntasse a ela. Yoda veio até ali e se deitou aos seus pés, e a gata saltou para o braço do sofá.

— Você estava lá?

— Foi… como se ela estivesse me contando uma história, a história dela, mas eu conseguia ver e ouvir acontecendo. Ouvir ela narrando. Vi quando saiu de casa com uma mochila e uma bolsa. Meu Deus, Cleo, ela era só uma garota. Pegando carona… aquela linda adolescente entrando em carros e caminhões de estranhos. Quando penso no que poderia ter acontecido com ela… Não aconteceu — disse Sonya. — Ou ela não me mostrou as partes ruins.

— Ela deu a você uma espécie de antídoto, não foi? Depois de você vê-la morrer. Porque ela te ama e porque quer que você saiba mais sobre ela, e que saiba que você vem do amor. Não só dos seus pais, mas dela e do Charlie.

— Consegui vê-la em momentos diferentes. Sentada em algum quarto conversando com pessoas sobre o Vietnã, sobre direitos civis, sobre se posicionar contra a opressão. Ouvindo música, ficando chapada.

Clover tocou "You Don't Know How It Feels", de Tom Petty.

— Acho que eu não sei mesmo como é, e juro, sem julgamentos. Meus pais se amavam. Não que nunca discutissem, mas eu vim do amor e cresci nele. Você também, Cleo.

— Sim, eu também.

— E a vi trabalhando como garçonete, viajando, e naquela fazenda que me mostrou. Capinando mato, colhendo cenouras, eu acho. A Kombi psicodélica em que ela partiu.

— Eu achava que essa coisa hippie, a contracultura, tivesse rolado mais tarde. Tipo, no fim dos anos 1960.

— Pesquisei um pouco. As raízes vêm de antes. Ela e o Charlie perderam o auge, mas estavam no começo, digamos assim. Eu vi quando se conheceram. Ele estava… não discursando, não é bem isso, mas falando com um grupo de pessoas sobre protestos pacíficos. Falava de Gandhi e de Martin Luther King, de como tinha ido a Washington, ouvido o discurso do King, ouvido Joan Baez, Bob Dylan. Sobre usar a arte e a música para espalhar a mensagem de paz, justiça e igualdade.

"Ele era magnético, Cleo. Jovem, apaixonado, magnético. Quando o vi antes, quando os gêmeos nasceram, ele estava apavorado, lutando para se manter firme, para apoiar a Clover, ajudá-la, ser forte. Mas morrendo de medo."

— Ela mostrou outro lado dele também.

— Sim. Ele voltou para cá por ela, pela família que estavam formando, pelo mundo que queriam construir. E quis o casamento não só porque a amava… o que era, sim, verdade… mas para protegê-la legalmente da mãe. Ele era inteligente o bastante para entender isso. Vi os dois no dia do casamento, dois jovens felizes fazendo promessas um ao outro, dançando numa campina. Foi tão bonito.

— Ela lhe deu um presente, e, através disso, um presente para mim. — Cleo, emocionada, enxugou uma lágrima. — Você vai compartilhar isso.

— Com o Trey, sim. E com o Owen.

— E com a sua mãe. Você deveria mandar isso para ela, Sonya. Mandar o que escreveu. Acho que também é um presente para ela.

— Não tinha pensado nisso, mas você tem toda a razão. Vou mandar.

— Ótimo. — Cleo soltou um longo suspiro. — Isso mexeu com todas as minhas emoções. Preciso me recompor antes de a Bree chegar. A não ser que você queira adiar.

— De jeito nenhum. Eles iam abrir esta casa, Cleo. Não vamos lidar com galinhas e cabras, mas vamos abrir a casa para as pessoas, para a arte, para a música. Para a comunidade.

— Ainda bem que ouvi o "não" para galinhas e cabras. — Ela deu um tapinha em Sonya e se levantou. — Mas vamos plantar ervas, talvez uns tomates e pimentões. Isso é o mais perto que vamos chegar de ser garotas da roça.

— E já está ótimo. Vou mandar isso para a mamãe, mas acho melhor esperar o fim do expediente dela. Depois a gente conversa, se ela quiser.

— Talvez por FaceTime, para eu participar também.

— Combinado. Vou trabalhar até a Bree chegar.

Ela conseguiu trabalhar com afinco por uma hora até Yoda descer as escadas correndo e latindo. Pela primeira vez desde o chilique de sábado, Dobbs bateu portas.

— Não gosta de visita? — Sonya salvou o trabalho e desligou tudo. — Azar o seu.

Começou a descer quando a campainha tocou.

Bree, o cabelo ruivo como um halo de fogo, tatuagens à mostra sob as mangas arregaçadas do suéter, estava alguns passos afastada da porta, boquiaberta.

— Caramba. Uau. Uau mesmo.

— Não é possível que essa seja a primeira vez que você vem aqui.

— É, sim. Ah, já sei. Você acha que eu vim aqui por causa do meu lance com o Trey, né? — Ela entrou, ainda boquiaberta. — Ele vinha, ficava por aqui, jogava videogame ou coisa assim. Eu não curtia jogos naquela época, e trabalhava no verão, nos fins de semana, aquela correria. É surpreendente a gente ter encontrado tempo para transar.

Ela parou, fez uma careta.

— Isso é estranho, não é?

— Seria mais estranho se não tivessem transado.

— Tem isso. Então este é o Yoda, e a gata. — Agachando-se, afagou os dois, um com cada mão. — Vou contar pra Lucy que eles estão felizes, saudáveis e vivendo no puro luxo. Essa escadaria parece feita pra entradas triunfais. Oi, Cleo. Bom, quero um tour. Quero ver pelo menos o que vocês vão deixar o povo bisbilhotar.

— Acho melhor mantermos o andar de baixo fechado. Pelo menos enquanto uma de nós não estiver junto. Tem academia e sala multimídia, mas também muitas áreas de depósito.

— E o sótão — acrescentou Cleo. — O salão de baile.

Bree arregalou os olhos de novo.

— Um salão de baile?

— Com um monte de coisas guardadas lá também — explicou Sonya. — Pode levar anos para organizar tudo. Mas tem muita casa para mostrar.

— Nem me diga. — Ela olhou para o retrato. — É aquela, né? A noiva assassinada.

— Astrid. Sim.

— Tá bom, me mostrem tudo.

Começaram pelo térreo, o que deixou Bree ainda mais espantada. Sonya se lembrou do próprio primeiro tour, guiado por Trey, e entendeu perfeitamente.

— Este lugar é de outro mundo. No meu sonho de casa perfeita, penso em linhas retas, moderno, conceito aberto, mas isto aqui é outra coisa.

Quando chegaram à cozinha, Bree apoiou as mãos na cintura.

— Eu abriria mão desses sonhos num piscar de olhos por esta cozinha. É uma cozinha de chef. Rústica demais para o meu estilo, mas estou com muita inveja.

Ela caminhou pelo cômodo.

— A sala de jantar é meio sinistra, mas é enorme. Sim, sim, isso funciona. Quero ver o lado de fora antes de continuarmos aqui dentro.

Ela saiu da casa.

— Caraca, vocês têm muito gramado para cortar no futuro. Dá pra enfiar um monte de gente aqui. Se não chover.

— Nem fale em chuva!

Bree sorriu para Sonya.

— Tem bastante espaço dentro também, mas vamos nos planejar para um dia sem chuva. Podem colocar tendas, mas, olha, do jeito que está já é uma visão do caralho. E em junho algumas dessas coisas vão estar floridas.

— Você entende de jardinagem?

Ela negou com um aceno de cabeça para Cleo.

— Não sei quase nada, mas conheço as estações por aqui. Vocês vão deixar aquelas cadeiras feias naquele lance do deque?

— Elas não vão ficar feias quando forem lixadas e pintadas.

— Vou acreditar. Ainda assim, é um ótimo lugar para a banda. O Manny e o resto estão animados pra caramba para tocar aqui na Mansão Assombrada. Sem ofensa.

— Nenhuma. — Sonya fez um gesto amplo. — Podemos colocar as cadeiras e o banco no gramado. Já conseguimos algumas mesas e cadeiras também. Teríamos que alugar balcões de bar.

— Aham. Mostrem o resto.

Subiram, e Bree ficou de queixo caído com a biblioteca. Recolheu-o enquanto seguiam pelo corredor largo.

— Agora eu tô com inveja do seu quarto. Nada disso é o meu estilo, mas eu tô com inveja mesmo assim.

Ela voltou, zanzando.

— Ok, então: dois lavabos bem legais no térreo, alguns banheiros de hóspedes e salas de estar aqui em cima. Eu fecharia os quartos de vocês, a não ser que estejam mostrando a casa a alguém. E sem mesas de comida aqui em cima. Talvez um bar na biblioteca. O que tem lá em cima?

— Terceiro andar — respondeu Cleo. — A maioria daqueles quartos já está fechada. Meu ateliê fica lá.

— Fechem também, lógico, mas eu quero ver. Quero ver essa sereia de que tanto falam.

Quando começaram a subir, uma porta bateu como se tivesse sido fechada por uma ventania.

— Não sabia que tinha mais alguém aqui. Tem visita?

— Não exatamente — murmurou Sonya. — Mansão Assombrada.

Dessa vez, Bree não ficou boquiaberta. Seus olhos se desviaram para a direita, depois para a esquerda.

— Vocês estão falando sério.

— Um dos motivos de bloquearmos esse andar é evitar que as pessoas perambulem, ou tentem perambular, por um quarto ocupado por uma presença nada bem-vinda — disse Cleo.

Mais portas bateram.

— É, Dobbs, estou falando de você! — gritou Cleo.

— Hester Dobbs — explicou Sonya. — A mulher que matou Astrid Poole no dia do casamento. Os boatos são verdadeiros, Bree. A casa é assombrada e está cheia de fantasmas. Ela é a única babaca! — berrou Sonya, na última palavra.

— Vocês não estão de sacanagem. — Bree esfregou os braços, afastando o arrepio. — E você trabalha aqui em cima?

— Nada nem ninguém vai me tirar do meu ateliê. — Cleo fez um gesto quando chegaram. — Entendeu por quê?

— Estou ficando sem "puta que pariu". Isso é... é simplesmente incrível. Eu não sei como lidaria com o que está rolando lá no fim do corredor, mas é incrível. Você deve...

Ela se virou e viu a pintura.

— Você a pendurou — disse Sonya.

— Decidi deixá-la secar na parede para que eu possa apreciá-la até que ela me deixe. Não toque — advertiu Cleo.

Com as mãos nos bolsos, Bree admirou a pintura sem moldura.

— Ela é realmente... Bem, ela é espetacular. Eu entendo por que o Owen está disposto a construir um barco pra você por causa dela. Ou delas, já que há mais dela na bola de vidro.

"Redhead Walking", da banda R.E.M., tocou bem alto do celular de Sonya.

— Toque do celular? — perguntou Bree.

— Avó biológica. Ela gosta de música.

— Tá ceeeerto. — Bree alongou a palavra. — Então vamos descer e conversar sobre tudo isso.

Elas se acomodaram à mesa de refeições casuais, com a escolha de Bree: Coca-Cola para as três. Então ela respirou fundo e foi direto ao assunto.

— Quantos convites?

— A Corrine, mãe do Trey, disse cerca de 150.

Bree ergueu as sobrancelhas para Sonya.

— Vocês não estão brincando. Então, potencialmente trezentos. Eu não contaria muito com uma taxa de desistência alta. Vamos começar pela bebida. Cerveja, vinho e refrigerantes, ou bar completo?

— Pensamos em bar completo — respondeu Cleo.

— Então é o seguinte: montem um bar completo nos fundos, talvez outro no grande salão. Depois, mais dois, só vinho, cerveja e refrigerante, lá fora, e um naquela sala de estar na torre, lá atrás. Vocês vão querer falar com a Jacie, da loja de bebidas, e conseguir um bom desconto.

— Jacie. — Sonya anotou o nome.

— Ou vocês podem cortar um dos bares de vinho e colocar alguns garçons circulando. Acrescentem uma bebida exclusiva.

— Bebida exclusiva. — Sonya trocou um olhar com Cleo.

— Tipo o Coquetel da Mansão ou... — Quando um som como trovão ecoou pela casa, Bree ergueu o olhar, desconfiada. — Fantasma dos Infernos.

— Espírito da Mansão.

Cleo bateu palmas.

— Você é boa nisso, Son. Talvez uma variação de um Bellini.

— Conversem com a Sylvia, a chefe dos bartenders do Cage. Se conseguirem que ela trabalhe na festa, terão a melhor. Estações de comida.

Ela as orientou quase mais rápido do que conseguiam anotar.

— Vocês não falaram em orçamento.

— Nunca teríamos conseguido fazer nada parecido antes — disse Sonya. — Collin, a mansão, tudo isso mudou as coisas. Queremos... — ergueu o olhar, desafiadora — uma festa de verdade. Uma forma de abrir a mansão, enchê-la de gente, tornar a casa, e nós, realmente parte da comunidade de novo.

— Isso deve resolver. É inteligente e mostra espírito de comunidade encomendar comida e bebida de locais. Mais complicado do que ter um bufê cuidando de tudo, porém inteligente.

— Vou criar plaquinhas para cada prato: nome do prato, nome do lugar que fez.

— Muito inteligente. Então vou dizer o que vocês vão querer desses lugares, pelo menos de cabeça, e em que quantidade. Se eu errar na taxa de desistência, vocês ajustam. Depois fechamos o número de garçons, bartenders, as louças e copos que precisam alugar, e tudo o mais.

— Antes de você fazer isso, quero consultar minha coanfitriã. Um segundo. Cleo.

— Não vão longe — gritou Bree, e lançou outro olhar para o teto.

Quando voltaram em menos de dois minutos, Sonya se sentou e uniu as mãos sobre a mesa.

— A gente cogitou a ideia de ter tudo com bufê em algumas fases iniciais do planejamento, e descartou em favor deste plano. Então, sem um único bufê. Mas, neste ponto, com todos os detalhes e sugestões que você deu, percebemos que precisamos de uma coordenadora de eventos.

— Você estaria interessada? — perguntou Cleo. — E poderia estimar o seu valor?

Recostando-se, Bree franziu os lábios.

— Talvez eu esteja interessada.

— Você criaria o menu. Cleo e eu aprovaríamos. Você selecionaria a equipe, porque sabe muito mais que nós duas quem é melhor, e isso nos pouparia horas, talvez dias. Você ajudaria a supervisionar a montagem. Não pediríamos que você trabalhasse no evento, mas, como nós, e os Doyle se ofereceram, nossas mães também estarão aqui, você ajudaria a ficar de olho nas coisas.

— Talvez eu esteja interessada — repetiu Bree. — Gosto de vocês duas e do que estão fazendo aqui. Então daria o desconto de amigos e família.

Ela informou o valor — salgado, mas não abusivo. Houve acenos de cabeça.

— Justo — disse Sonya.

— Mas eu prefiro Deusa dos Eventos a coordenadora.

— Como nossa Deusa dos Eventos — disse Sonya —, o que você acha que a gente deve servir?

Quando Bree terminou e foi embora, os detalhes lotavam a cabeça de Sonya.

— A gente devia ter pensado em Deusa dos Eventos antes. Acho que a gente poderia dar conta. *Iria* dar conta! Mas não assim. E não sem ficar meio maluca.

— Ainda vamos ficar meio malucas, mas você tem razão. Quanto mais ela falava, mais eu via como tudo vai fluir melhor com alguém que sabe o que está fazendo. A gente aprova, cuida da decoração, dos convites e das confirmações. Tem mais, mas minha cabeça travou.

— A minha também. — Como se quisesse destravá-la, Cleo jogou o cabelo para trás. — Vou fazer um sanduíche de pasta de amendoim com geleia e voltar a trabalhar onde sei o que estou fazendo. Quer um também?

— Por favor. Vou deixar Pye e Yoda ali fora por um tempo.

Com seu sanduíche e uma garrafa de água, Sonya voltou à mesa de trabalho. Depois de disparar o convite gráfico e o pedido para a impressora, abriu o primeiro arquivo.

Com esforço, conseguiu deixar os assuntos relacionados ao evento de lado.

No fim do dia, disparou outro pedido para os displays que tinha criado para sua apresentação da Ryder.

— Pronto — disse para si mesma, com firmeza. — Não olhe para trás, olhe para a frente.

Quando ela ia desligar, Trey mandou uma mensagem.

Fui soterrado de trabalho bem no fim do dia. Tenho que resolver isso, pode demorar um pouco. Posso ir jantar de penetra aí amanhã à noite?

Sinto muito pelo trabalho. Acabei de parar por aqui. O jantar de amanhã vem com uma história. Uma boa, então não se preocupe. Para constar: tivemos uma reunião muito produtiva com a Bree, que aceitou o cargo de Deusa dos Eventos. Não trabalhe mais do que precisa. Vou sentir sua falta.

Depois de hoje, eu adoraria ouvir uma boa história. A Bree não vai decepcionar, não correndo o risco de perder o posto de deusa. Também vou sentir sua falta.

Clover resgatou uma música antiga da banda Searchers, "(I'll Be) Missing You".

Enquanto o tablet tocava, Sonya o levou consigo para o andar de baixo. Cleo se virou do fogão.

— Como fiquei pensando em comida, e eu cheguei aqui antes de você, vamos comer meu macarrão ao molho de vodca.

— Eu amo o seu macarrão ao molho de vodca.

— Que quantidade devo fazer?

— O Trey ficou preso no trabalho, então somos só você e eu. Olha, se você ainda não começou, vamos fazer uma chamada de FaceTime com a mamãe, depois a gente faz uma salada para o jantar.

— Uma salada e noite de filme de garotas. Preciso deixar toda essa coisa de evento de lado por um tempo.

— Já encomendei os convites. E os displays para a minha apresentação. Isso me deu um leve enjoo.

— Supere. Vamos sentar e passar um tempo com a Winter.

Enquanto isso, Trey estava parado em frente à casa de sua cliente. Ou ao que tinha sido a casa dela. Uma fita policial se estendia diante da porta da frente arrombada. As duas janelas da frente haviam sido tapadas com tábuas.

Ele murmurou um palavrão, depois tirou fotografias para os arquivos. Virou-se quando Owen chegou e desceu da caminhonete.

— Eu soube. Imaginei que você estaria aqui. — Owen observou a casa junto com Trey.

— Como diabos ele conseguiu a fiança?

— Os pais hipotecaram a porra da casa; é o que dizem. E o Milt Treeter concordou em acolhê-lo até o julgamento.

— Treeter sempre foi um idiota.

— Impuseram restrições. Nada de contato com a Marlo, nada de bebida, nada de sair do condado, terapia obrigatória para dependência, controle da raiva. — Owen apontou com o queixo para as tábuas e a fita policial. — Funcionou direitinho.

— Menos de duas horas depois de solto, ele se embebeda, dá um soco no Treeter, deixa o cara desacordado, nariz quebrado, concussão, rouba o carro dele, vem até aqui e arromba a casa.

Trey passou as mãos pelo rosto.

— Dei uma olhada lá dentro antes de fecharem tudo. Ele destruiu o que pôde, quebrou móveis, tem vidro estilhaçado por toda parte. Jesus, se a Marlo e as crianças não tivessem saído, voltado para New Hampshire, teria sido pior do que da última vez.

— Graças a você. Dane-se, Trey, isso é fato. Foi você quem forçou a barra para que ela pudesse tirar as crianças de perto dele.

— Ela só levou o necessário. Ainda estava machucada da vez em que ele partiu pra cima dela. Não quis muito mais, me mandou uma lista alguns dias atrás, e estávamos organizando para que o resto das coisas dela fosse vendido, ou doado se não vendesse.

— A Marlo sabe disso?

— Não. — Pensando nisso, Trey esfregou a nuca. — Avisá-la é a tarefa ingrata que vem agora. Depois lidamos com aquela destruição lá dentro, quando eu tiver autorização para entrar de novo.

— Eu ajudo com essa parte. Eu ajudo — insistiu Owen. — Você não vai fazer tudo isso sozinho como advogado dela. Ele poderia ter ido atrás de você, mas não foi.

— Eu não sou uma mulher sobre quem ele tem cinquenta quilos de vantagem. Nem uma criança. Nem uma maldita casa vazia.

— E é exatamente por isso que ele não foi. Vá fazer o que precisa fazer. — Owen pousou a mão no ombro dele. — Vou pegar alguma coisa pra viagem. Você tirou ela e as crianças de lá, Trey. Isso aí são só coisas.

— É, mas eram as coisas dela. Ela não tinha muita coisa, mas era dela.

Capítulo dezesseis

Trey passou a maior parte do dia seguinte lidando com as consequências da fúria alcoólica de Wes Mooney.

Conversou com o proprietário, reuniu-se com o chefe de polícia. Fez o possível para tranquilizar e orientar Marlo e sua família.

E, quando teve autorização, voltou à casa para pegar o que desse. Em menos de dez minutos, depois de atravessar a destruição, percebeu que encheria facilmente a caçamba da caminhonete com o que não poderia ser recuperado. Olhar para o quarto das crianças e para os brinquedos que Wes havia chutado, pisoteado e arremessado contra as paredes foi como levar um soco no estômago.

Eram apenas coisas, como Owen tinha dito, mas ali, especialmente no que havia sido um quarto alegre, com beliches e paredes azul-vivo, coisas inocentes, pequenos tesouros da infância.

Caminhões-monstro esmagados por pés, um conjunto de brincar do Homem-Aranha em pedaços.

E o pior dos piores?

Wes usara os gizes de cera dos filhos para escrever na parede do quarto:

Sua mãe é uma vagabunda!

Como sua mente continuava a girar em torno do que poderia ter acontecido se aqueles meninos não estivessem acomodados em um quarto de hóspedes na casa dos avós, Trey deixou o quarto deles por último.

Retirou móveis quebrados e ensacou pratos, copos e luminárias estilhaçadas.

De forma sistemática, foi da sala de visitas e da cozinha até o quarto principal.

Enquanto a mãe e a irmã de Marlo haviam separado algumas roupas dela e itens essenciais, além de roupas para as crianças e alguns brinquedos, o que tinham deixado para depois agora se juntava aos destroços.

— O filho da puta mijou na cama, porra.

Quando a raiva subiu, Trey a conteve e arrancou a roupa de cama.

Ao ouvir passos, virou-se, mas relaxou quando a mãe surgiu na soleira da porta.

— Mãe. Você não deveria estar aqui.

— E você deveria fazer isso sozinho? — Vestida para trabalho pesado, com uma calça jeans velha e um moletom, Corrine olhou ao redor do quarto. — Não é triste como uma doença como o alcoolismo pode destruir vidas?

— Não estou com humor para dar a mínima para ele agora. A Marlo está apavorada com a ideia de ele sair de novo e ir atrás dela e das crianças. Ela não pode voltar para cá, nem financeiramente nem emocionalmente, além de ainda estar se recuperando fisicamente. Ela não consegue lidar com o que ele fez aqui.

— Então você lida.

— Ela não é só uma cliente, mãe, é uma amiga.

Apesar da aspereza no tom de voz do filho — talvez por causa dela —, Corrine lançou-lhe um olhar de infinita paciência.

— Eu sei disso, Trey, assim como sei quem você é. Não precisei que seu pai me dissesse que você está lidando com tudo isso *pro bono.*

— Ela tem dois filhos para sustentar, e está fazendo a coisa certa ao colocar todos na terapia.

— Ela está fazendo a coisa certa, e você também. — Mais uma vez, ela percorreu o quarto com o olhar. — E você fez um bom começo aqui. Nunca tinha entrado nesta casa antes. Tem máquina de lavar e secar?

— Tem, lá atrás, no… Não toque nisso! — disparou ele quando a viu se aproximar da roupa de cama suja. — Ele…

— Trey, eu tenho nariz, e não seria a primeira vez que lavo lençóis em que alguém fez xixi. Vou colocar isso para lavar e depois vou ver as roupas dela. Tenho um olhar melhor que o seu para saber o que está arruinado e o que não está.

Ela ergueu a roupa de cama.

— Tom e Loreen Arbot são os donos deste lugar, não são?

Sem ter como impedi-la, Trey admitiu. E percebeu que a praticidade dela arrefecia o pior da sua raiva.

Ficar bravo não resolvia nada. Colocar a mão na massa resolvia.

— Sim, conversei com os dois. O seguro vai cobrir os danos da casa. Eles estão chateados, mas não com a Marlo. Estão preocupados com ela, e me pediram para avisá-la que lamentam que isso tenha acontecido.

— São boas pessoas. Há mais pessoas boas do que más no mundo, mas, na maioria das vezes, as más fazem mais barulho.

Ainda estavam trabalhando quando Owen apareceu para ajudar. Pouco depois, os vizinhos de Marlo, os Bailey, fizeram o mesmo. Em certo momento, Corrine se reuniu com Marcia Bailey.

— Eis o plano — anunciou Corrine. — Conversei com a Marlo…

— Você… Mãe!

— Não sobre nenhuma questão legal. Estou longe de ser novata nisso, Trey. O escritório Doyle, a Sadie está providenciando, vai enviar para Marlo as caixas com os itens de que ela precisa e quer.

Ela fez uma pausa e suspirou de leve.

— Basicamente, nada além das roupas dela e algumas coisas para os meninos.

— Começar do zero. — Com uma vassoura, Owen limpava o chão do pequeno anexo da sala de jantar. — Faz sentido.

— Faz — concordou Corrine. — E, com isso em mente, temos a permissão dela para fazer um bazar com tudo o que conseguimos salvar e que ela não quer mais.

Só de pensar nisso, Trey pressionou as mãos contra os olhos.

— Um bazar?

— Isso mesmo, e pode parar de procurar complicação onde não tem, porque Marcia, Lorna e eu, junto com algumas outras senhoras, vamos cuidar disso. Vamos deixar para o resto de vocês a parte braçal: descartar o que não dá para salvar e o que estiver inteiro, levar pra fora no sábado de manhã. Bem cedo. O que sobrar será doado.

Ela esfregou as palmas das mãos.

— E pronto.

— Ainda preciso...

Corrine apontou para o filho.

— Pare de se preocupar com isso hoje à noite. O que precisa ser feito será feito. Agora vou para casa me limpar e trocar de roupa, porque decidi que seu pai vai me levar para jantar fora.

Ela foi até Trey e o abraçou com força.

— Chega de trabalho por hoje. Vá ver sua garota.

Owen esperou enquanto Trey fechava a casa.

— Sua mãe nasceu para organizar. E ela está certa, você deveria ir para a mansão.

— Não consigo me livrar do mau humor, dessa raiva.

— Então uma cerveja, uma refeição quente e sexo devem dar conta disso. Eu iria pelas duas primeiras, mas quero terminar a casinha do Yoda.

— Eu ajudo com isso.

— Não precisa. E a Sonya não disse que tinha uma história para contar a você?

— É, verdade. — Ainda extremamente irritado, Trey passou a mão pelo cabelo. — Tinha até esquecido.

— Não é como se você tivesse pouca coisa na cabeça. Diga a elas que eu me convidei para ir amanhã.

— Certo.

Ele fez o possível para esfriar a cabeça. Mas continuava vendo os lençóis sujos, os brinquedos quebrados, os buracos na parede onde Wes havia socado.

Disse a si mesmo que uma noite com Sonya era exatamente o que precisava, e que a coisa menos produtiva — aquilo a que mais se sentia inclinado — seria ficar em casa remoendo, tentando entender o que poderia ou deveria ter feito para impedir tudo aquilo.

Então pegou o cachorro e seguiu de carro até a mansão.

Uma chuva leve, com indícios de neve, soprava quando ele chegou ao topo da colina.

Um lembrete de abril no Maine.

Disse a si mesmo que tinha deixado para trás o pior dos últimos dois dias quando entrou na casa com o animado Mookie.

Enquanto Yoda e Mookie se cumprimentavam como irmãos separados havia muito tempo, e a gata se aproximava em busca de carinho, Trey foi até a cozinha.

E, meu Deus, ela estava linda. O cabelo preso em um rabo de cavalo, aqueles olhos verdes cheios de felicidade.

Ele a puxou para perto e a segurou.

E não viu o olhar preocupado que ela lançou para Cleo por cima do ombro dele.

— É noite de peixe empanado e batatas fritas na mansão. — Embora respondesse ao olhar de Sonya, Cleo manteve a voz alegre. — Vou pegar uma cerveja pra você.

— Parece ótimo. Obrigado.

Ele soltou Sonya, passou a mão pelo cabelo dela.

— Antes que eu me esqueça, devo dizer que o Owen se convidou para vir amanhã.

— Ah, ele tem um encontro ardente hoje à noite?

Ele lançou a Cleo um sorriso fraco, depois pegou a cerveja que ela oferecia.

— É, com uma casinha de cachorro para um certo Mestre Jedi. Então, que tal eu alimentar os bichos e você me contar aquela história? Você disse que era boa.

Sonya segurou a mão dele para detê-lo.

— Depois que você se sentar e me disser o que está errado.

— Nada. Só umas coisas do trabalho.

— Não, não é. Você está furioso, e é mais do que só raiva, então é algo além. É fácil esconder isso numa mensagem de texto como ontem à noite, embora eu não entenda por quê. Nós estamos em um relacionamento, não estamos?

— Vou alimentar o resto da tropa — anunciou Cleo, e foi se ocupar.

— Não tem nada a ver com isso.

— Se o fato de você estar com raiva e chateado não tem nada a ver com isso, o que também significa comigo, o que estamos fazendo aqui?

— Jesus, Sonya, dá um tempo.

Ela refletiu por um momento.

— Vou dizer não, mesmo que você nitidamente esteja pronto para descontar seu mau humor em mim.

— Eu devia levar meu mau humor de volta para a minha casa.

— Seria uma opção.

— Vou dar um pulinho lá fora… — começou Cleo.

— Não. Está nevando um pouco.

Ao anúncio de Trey, Sonya olhou para as janelas.

— Isso só piora as coisas. E você fica exatamente onde está, Cleo, enquanto o Trey decide se vai me tratar como uma coitadinha indefesa.

— Como…

— Ao presumir que pode assumir todos os meus problemas, mas que eu não sou capaz de ajudar você com os seus.

— Não estou fazendo isso. Isso é besteira. — E percebeu que, de qualquer forma, elas acabariam sabendo de tudo, então brigar por causa disso era burrice. — Wes Mooney pagou fiança ontem, quase no fim do expediente.

— Wes… Não é aquele ex-marido da sua cliente, a Marlo?

— Exatamente. — E como ainda estava com a garrafa em mãos, tomou o primeiro gole da cerveja.

— Depois do que ele fez? — A indignação vibrava em cada palavra. — Como ele conseguiu sair sob fiança?

— O valor foi alto, exorbitante, mas os pais hipotecaram a casa. Ajudou o fato de ele não ter contestado a guarda das crianças nem a mudança da Marlo para outro estado. Então, além de o advogado dele ir empurrando qualquer acordo com a barriga, ele pagou fiança. Ele tinha restrições — acrescentou Trey. — Sem viagens ou contato com a Marlo. Aceitou frequentar os Alcoólicos Anônimos, tinha um amigo disposto a abrigá-lo.

Sonya apertou a mão livre dele.

— Meu Deus, Trey, ele machucou ela, as crianças?

— Não. A mãe e a irmã dela já tinham embalado algumas coisas e a levado de volta. Mas ele ficou bêbado, deu um soco no amigo, roubou a caminhonete dele e foi até a casa da Marlo. Ela ainda tinha móveis, algumas roupas, brinquedos, coisas que pretendia mandar buscar ou vender quando estivesse em melhores condições.

Ele tomou mais um gole da cerveja antes de colocar a garrafa com força sobre a mesa.

— Ele arrombou a porta, quebrou janelas, destruiu móveis, quebrou brinquedos que elas não tinham levado, rasgou as roupas que ela deixou ou simplesmente espalhou tudo pelos cantos. Porra, ele mijou na cama dela. Está com as duas mãos engessadas agora, com os ossos quebrados de tanto esmurrar a parede.

— Bêbado demais para sentir dor — murmurou Sonya.

— É. E pra quê? Pra quê, caralho? Se a Marlo e as crianças estivessem lá…

— Mas não estavam. — O tom dela soava mais calmo do que ela se sentia, mas Sonya o interrompeu. — Não estavam porque você ajudou a tirá-los de lá. Você fez tudo o que podia como advogado para mantê-los a salvo. Então, eles estão a salvo.

— Se ele não estivesse bêbado demais para pensar nisso, podia ter ido até a casa da família dela.

— Ou ter ido atrás de você. Você a ajudou a conseguir o divórcio, depois ajudou ela e os filhos a saírem dali.

— Um baita covarde. Desculpa — disse Cleo, apressada.

— Não peça desculpas, porque você tem razão. Ela também tem, Trey. Você não estaria tão bravo se ele tivesse ido atrás de você. Mas é mais fácil atacar uma mulher e duas crianças do que você. Você tem todos os motivos para estar com raiva, mas olha só: agora eu posso ficar com raiva também.

Ela olhou para Cleo.

— Nós duas podemos ficar com raiva junto com você. O que vai acontecer com ele agora?

— Os pais perdem o dinheiro da fiança, e talvez a casa. Não consigo dar a mínima pra isso. Entendo que a pessoa queira fazer tudo pelos filhos, mas ele é um homem adulto, alcoólatra, um filho da mãe que colocou a ex-mulher no hospital, que machucou os próprios filhos, os netos deles.

— Então você também está puto com eles, porque não fizeram o que era melhor nem para o filho, nem para a mãe dos netos, nem para os netos. Não fizeram o que era certo.

— E agora perdem a fiança, e ele enfrenta mais acusações. O acordo teria sido fechado em poucos dias, mas os pais pressionaram ele e o advogado a pedir a fiança antes. Uma idiotice. Mais do que idiotice, na verdade. Foi uma manobra perigosa.

Quando a raiva fervilhante arrefeceu, ele finalmente se sentou.

— Com uma confissão de culpa, a cooperação dele em dar a guarda unilateral das crianças para a Marlo, sem ir contra a mudança dela para fora do estado, a pena dele provavelmente teria reduzido a uns quinze anos. Agora? Ele pode pegar o dobro. — Trey balançou a cabeça. — Somando a agressão, o roubo da caminhonete, a invasão, a destruição de propriedade, ele vai pegar o dobro.

— Você está mesmo sentado aí se perguntando o que poderia ter feito para evitar isso?

Mookie se aproximou, apoiou a cabeça no joelho de Trey, que se curvou para acariciá-lo.

— Talvez. Sim. Em parte.

— Você, como advogado dela, cuidou dos melhores interesses da sua cliente?

— Cuidei. Sei disso e ainda assim queria ter encontrado algum jeito, ou previsto o nível de fúria dele. A noite passada foi ruim. E hoje, passando pela casa dela, vendo a extensão do estrago, a raiva que o causou, tudo voltou à tona. Dava pra ver certinho onde o filho da puta jogou os brinquedos dos próprios filhos contra a parede, o jeito que pisoteou.

— Não sinto pena dele — disse Sonya, com cuidado. — Posso dizer que, embora o vício seja pelo menos parte da razão, não é desculpa. E posso dizer que imagino que parte da raiva vem do luto. Ele perdeu tudo.

— Então ele enche a cara e coloca a culpa nela. De qualquer forma, nós limpamos a maior parte da bagunça.

— *Nós*?

— Eu estava cuidando do assunto quando minha mãe apareceu. Eu nem queria que ela estivesse lá. E sei o que você diria sobre isso, então nem se dê ao trabalho.

— Eu só vou pensar, então. Cleo e eu vamos pensar.

— E a Pye também — acrescentou Cleo, empanando os filés de bacalhau —, já que ela nos entende.

— Eu podia ganhar um desconto nesses pensamentos, já que minha mãe apareceu, depois o Owen, e em seguida os vizinhos. De qualquer forma, está praticamente resolvido. E o Owen tem razão, a minha mãe nasceu pra organizar e já fez uma lista mental. Ela colocou a Sadie para cuidar do envio das caixas com o que embalamos para a Marlo e os filhos, e reuniu um grupo de mulheres para organizar um bazar com o que conseguimos salvar.

— Quando?

— Ela quer fazer no sábado, e eu nem vou pensar em como elas vão dar conta de tudo até lá. Mas se ela quer, vai ser feito.

— Eu vou mandar uma mensagem pra ela. Podemos preparar alguns panfletos e cartazes.

Trey enlaçou a cintura de Sonya e a puxou para perto, pressionando o rosto contra o ombro dela.

— Obrigado. E me desculpe.

— Você não precisa se desculpar.

Então Clover disparou “Macho Man” e o fez rir.

— Acho que isso foi uma indireta, mas eu aceito. Não foi coisa de macho — começou a dizer, depois riu de novo ao ver as sobrancelhas arqueadas das duas mulheres. — Talvez um pouco. Mas não tanto que eu não possa admitir que vocês tinham razão. O Owen também.

— O Owen?

— Ele me disse para vir pra cá, tomar uma cerveja, comer uma boa refeição quente e transar, que aí eu não ficaria tão puto.

— Fico feliz em ajudar com as duas primeiras — disse Cleo, colocando um filé empanado no óleo quente. — Mas a terceira eu deixo para a minha melhor amiga.

— Eu posso cuidar disso. — Sonya se inclinou e o beijou. — Mas se está pensando neste exato momento…

— Depois das duas primeiras, e da história. Uma boa história cairia bem.

Quando se sentaram para a refeição, Sonya já havia quase terminado o relato.

— Foi mais que um sonho — repetiu —, porque em alguns momentos eu podia ouvi-la, como uma narração. E tudo era bem nítido. Eu vi a vida que ela levou, ou o que ela considerava as melhores partes da vida até o dia seguinte ao casamento.

— Quando eles seguiram para o norte, para a mansão.

— É. E foi lindo, ousado, insensato e profundo, tudo ao mesmo tempo. Ela transbordava alegria. Tinha o Charlie. Quando acordei, eu sabia disso. E essa sensação ficou comigo até agora. Nós fizemos uma chamada de vídeo com a minha mãe ontem à noite e contamos. Ela chorou, mas daquele jeito bom.

— Todas nós choramos, do jeito bom. Dá para ver tudo isso no retrato dela — acrescentou Cleo. — Mas isso nos dá mais dela.

— Ela sempre significou muito para mim — disse Trey. — E isso amplia ainda mais o sentimento. Mas você não atravessou o espelho?

— Pelo menos não saí do quarto. Eu realmente acho que não deixei o meu quarto. Assim como na noite em que a vi morrer.

— O espelho aparece, acho eu, quando e onde quiser. Ou precisar — concluiu Cleo.

— E a Dobbs?

— Fez uma ceninha quando a Bree esteve aqui ontem. Fora isso… — Sonya deu de ombros. — Tem estado bem quieta. Cleo — Sonya fez uma pausa —, isso está realmente muito bom.

— Está mesmo, né? Seria mais autêntico com purê de ervilhas, mas não acertei o ponto de jeito nenhum.

— Nós agradecemos por isso. Eu tinha esquecido que a Bree vinha.

— Você tem estado um pouco ocupado. E a Bree é outra história. Alguns estrondos e batidas, especialmente quando fomos até o ateliê da Cleo.

— E como ela reagiu?

— Adorou a casa, afinal quem não adoraria? Ficou um pouco assustada com a Dobbs, mas não saiu correndo.

— E a melhor parte? — Cleo espetou uma batata frita. — Ela aceitou ser nossa Deusa dos Eventos.

— Eu fiquei sabendo disso. Mas significa exatamente o quê?

— Nós estamos empolgadas — explicou Sonya —, porque ela vai coordenar. O cardápio, a equipe, os bares, onde cada coisa vai ficar. É um peso a menos.

— Ela dá conta mesmo. E parece que vocês duas também estiveram bastante ocupadas.

— Estamos nos preparando. Eu vou apresentar meu projeto, com minha assistente inestimável, em Boston daqui a três semanas. A Cleo vai enviar as ilustrações finais do projeto da sereia em…

— Na próxima semana. Deve ser na próxima semana.

— Depois vamos atacar o viveiro, com força total, para começar a plantar. Depois, vem O Evento. Mas primeiro, Boston. E eu queria perguntar se você poderia ficar com o Yoda.

— Lógico. Ele pode ir trabalhar comigo e com o Mook por alguns dias. Podemos dormir aqui uma ou duas noites enquanto você estiver fora.

— Você não se importaria?

— Não.

— Acha que o Owen ficaria com a Pye?

Ele olhou para Cleo.

— Não vejo por que não. Se o Owen tem uma fraqueza, é por animais.

— Ele pode ficar aqui também, se quiser.

— Você está preocupada em eu ficar aqui sozinho?

— Não. Talvez. Sim, um pouco.

Clover tranquilizou Sonya com "I'll Stand by You", da banda Pretenders.

— É verdade. Ela vai ficar do seu lado. — Sonya apertou a mão de Trey. — Obrigada antecipadamente.

— Não tão antecipadamente. Da última vez, você deu uma desculpa para não me mostrar a apresentação.

— Não estava pronta. E eu acabei de encomendar os pôsteres e expositores.

— Aposto que agora está pronta, e eu vi o esboço dos pôsteres. Então, que tal hoje à noite?

— Como assistente, eu digo que sim. Nós duas precisamos de prática, Son, se quisermos arrasar. E nós vamos. Vamos treinar com um público receptivo.

— Tudo bem. Você tem razão. Mas nada de bocejos se ficar entediado.

— Você nunca me entediou.

Ele não estava nem um pouco entediado.

No segundo andar da biblioteca, sentou-se com dois cães aos seus pés e uma gata no colo. Embora a neve tivesse virado chuva, o fogo crepitava na lareira. Conforme observava e ouvia Sonya, estudando os recursos visuais que ela apresentava, percebeu que ela era a mulher de Boston.

Aquela mulher sofisticada e profissional, que exalava confiança e conhecimento, era tão Sonya quanto a que trabalhava de moletom em sua escrivaninha. Quanto a que tinha feito um jantar para sua família, a que amava cachorros e aceitava assombrações como parte da vida.

A mulher que o tinha acolhido em sua vida, em sua cama, que tinha abraçado sua comunidade como se fosse dela.

A mulher que atravessava o espelho.

E todas essas facetas dela mexiam com ele de um jeito que ninguém jamais havia mexido.

— Esta campanha destaca a vasta história e as tradições da Ryder Sports e demonstra que a Ryder sempre valorizou e sempre valorizará sua base fiel de clientes, ao mesmo tempo que abre suas portas para as necessidades e interesses da nova geração. Obrigada por me conceder a oportunidade de apresentar minha visão para um negócio enraizado, assim como eu, na família e na comunidade. E desejo-lhes muito sucesso na inauguração em Portland.

Ela soltou o ar com força, e seu sorriso profissional e sereno se abriu em um largo sorriso.

— Pronto! E aí?

— Estou com uma vontade irresistível de entrar no site da Ryder e comprar equipamentos esportivos.

Ela riu e fez uma pequena reverência.

— Mas, falando sério, você detectou alguma falha, partes que não levam a lugar nenhum, alguma curva errada?

— Talvez um taco de hóquei — refletiu ele. — Eu não jogo hóquei, mas sinto essa necessidade repentina de ter um taco. Sonya, eu não entendo muito de marketing, publicidade, mas reconheço quando algo é fluido, e o que eu vi foi exatamente isso. Fluido e inteligente. Destacar a história da empresa, a família? Inteligente.

Ele colocou a gata de lado e se levantou.

— Eu mais ou menos entendi o que você queria fazer com as fotos que pediu para a minha mãe tirar. Mas ver como você usou tudo aquilo, como organizou? É outro nível. E agora eu realmente quero aquele taco de hóquei.

— Arrasou. — Cleo esfregou as mãos. — Eu disse.

— Parece tudo certinho. Pode ser minha primeira grande apresentação pela minha empresa, mas parece fazer sentido. Eu não sei qual é a estratégia da By Design, mas será algo inteligente, arrojado e sofisticado.

— O seu é inteligente — lembrou Trey. — Não é arrojado e sofisticado. Fluido é diferente de arrojado e sofisticado.

— É mesmo. É isso aí. Não há nada mais a fazer a não ser esperar para ver se a Ryder prefere arrojado e sofisticado ou fluido.

— Já disse antes e não me importo de repetir: arrasou. Agora vou fazer um pouco de chá e subir para brincar com uma ideia nova minha.

— Quer compartilhar? — perguntou Sonya.

— Ainda não. Mas posso fazer chá para três, se quiserem.

— Chá numa noite fria e chuvosa parece ótimo. — Sonya segurou a mão de Trey. — Vamos. Preciso deixar essa apresentação de lado para não ficar obcecada.

Depois de prepararem o chá, Cleo levou o dela, e a Pye, para o andar de cima.

— Ela está se afastando por minha causa? Não quero isso.

Sonya balançou a cabeça enquanto eles seguiam para a sala de estar, com a ideia de acender a lareira.

— Se fosse por isso, ela teria dito que só estava subindo. Se ela disse que tinha uma ideia para trabalhar, é porque realmente tem.

Quando se aproximaram da sala de música, ouviram uma melodia — lenta e etérea — fluir do cômodo.

— Isso não parece o estilo da Clover. — Sonya parou na soleira. — É um disco. É a vitrola tocando um disco! Isso é novidade. E aqui estou eu achando isso encantador.

— Eu diria que é antigo, pelo menos em relação à música. Ah, "Body and Soul". Já ouvi meus avós cantarem essa.

Tão encantado quanto ela, Trey segurou a mão de Sonya e a conduziu para dentro do cômodo. Depois, pousando a xícara dos dois ao lado, ele a tomou nos braços e os dois embalaram numa dança.

E naquele momento, pensou ele, enquanto se mantinham próximos, passos em sintonia, com a velha canção tocando e a chuva caindo, tudo parecia perfeito.

Capítulo dezessete

Durante a noite, enquanto outros vagavam, choravam, tramavam ou sofriam, eles dormiram sem ser perturbados.

A bruma cinzenta da madrugada abafava a luz, encobrindo o dia que viria, com todas as tarefas diárias. Na lareira, o fogo ardia baixo, espalhando calor, lançando uma leve claridade dourada quando Sonya despertou. Contente, ela se aninhou um pouco mais, tentando reter o silêncio — e a presença *dele*.

Os corpos se encaixavam com perfeição — curvas com ângulos, ângulos com curvas.

Naquela penumbra cinzenta, os lábios dele encontraram os dela. Macios, lentos, sonolentos. E, com um suspiro, ela respondeu da mesma forma. Abraçaram o calor e um ao outro na cama antiga, enquanto o mar marcava seu compasso constante, enquanto as últimas estrelas se apagavam.

À medida que as mãos dele percorriam seu corpo, com lentidão e firmeza, a satisfação se transformava em desejo.

Com carícias gentis, com sabores íntimos, naquela quietude da transição entre noite e dia, o desejo se converteu em necessidade.

O coração dele acelerou contra o dela, o dela contra o dele. Rendendo-se à sincronia, ela se posicionou sobre ele e ergueu o corpo. Com sua silhueta marcada pela luz do fogo, recebeu-o em si, profundamente, ofegando.

E ambos se uniram em um ritmo tão amável e etéreo quanto a dança que haviam compartilhado horas antes.

Nesse novo compasso, subiam e desciam juntos, em ondas, no movimento dela o envolvendo, o dele a preenchendo. Enquanto ela conduzia, as mãos dele deslizavam pelos lados de seu corpo, subindo e descendo, acompanhando o ritmo preguiçoso daquela manhã.

Quando ela suspirou outra vez, para ele soou como música.

Naqueles instantes, seus anseios, como a batida do mar, encontraram um ritmo mais constante do que urgente. O prazer e o desejo de prolongá-lo os conduziram, batida após batida, estendendo o momento.

Momento em que, à luz suave e aveludada, seus olhares se mantinham fixos. Quando o clímax os alcançou, no auge daquele movimento, ambos foram engolfados em uma onda longa, lenta, ascendente.

E flutuaram quando ela se deitou sobre ele, com a cabeça sobre o ombro dele.

— Eu queria que fosse domingo — murmurou ela.

— Por que domingo?

— Porque aí poderíamos ficar exatamente assim por mais uma hora. Eu amo meu trabalho. Amo ter trabalho que precisa ser feito. Mas, agora, queria que fosse domingo.

— E se marcarmos um encontro para domingo de manhã, bem aqui?

Ela cruzou os braços sobre o peito dele e ergueu a cabeça para encará-lo. A claridade se infiltrava pelas janelas, pelas portas do terraço, enquanto o dia se abria para além da aurora.

— Eu ia gostar disso. Eu gosto de acordar com você quando todos os outros, inclusive os fantasmas, estão dormindo.

Ele afastou o cabelo dela para o lado.

— Você acha que fantasmas dormem?

— Espero que sim, ou que consigam dormir. Espero que consigam sonhar. Bem, espero que uma em especial tenha pesadelos constantes, mas os outros? Espero que sejam capazes de sonhar.

Virando a cabeça, ela contemplou o desabrochar do dia raiando pelas portas de vidro.

— Acordar com isso todas as manhãs? Nunca imaginei algo assim. Agora é difícil imaginar outra coisa.

— Eu não sabia ao certo se você ficaria. Mesmo percebendo que tinha se encantado pela mansão, ficar aqui era um grande passo, uma grande mudança. Eu dava cinquenta por cento de chance.

— Mais chances do que eu mesma dava. É estranho, mas acho que seu pai bateu à minha porta na hora certa. E depois… os esboços que meu pai fez da mansão tornaram impossível, para mim, ao menos não tentar ficar.

Com certa relutância, ela rolou para o lado e se levantou.

— Daí, eu vi esta casa. — Enquanto pegava roupas de treino, balançou a cabeça. — Fui fisgada. E, lógico, pelo advogado muito sexy, incrivelmente paciente, que me guiou pelo meu primeiro tour pela Mansão da Noiva Fantasma.

Virou-se para ele enquanto se vestia.

— Vou acrescentar "imperturbável", porque você foi, e quase sempre é. Você e sua família tornaram bem mais fácil essa mudança brusca na minha vida. E eu também não imaginava a parte fácil.

— Você mesma cuidou de muito disso. E você também não se abala com facilidade. Já que está vestindo a roupa de ginástica sexy, imagino que vai treinar.

— Café primeiro, mas hoje é dia de academia. Você está convidado.

— Preciso ir direto para o escritório daqui. Tomar banho e trocar de roupa lá. Mas aceito o café.

Compreensiva, ela assentiu.

— Eu sei que a situação da Marlo atormenta você. Queria poder ajudar mais do que com panfletos para um bazar.

— Você já ajudou. Me pressionou a falar sobre isso. Uma das coisas que menos gosto de fazer, então sempre preciso de um empurrãozinho.

— Precisa mesmo? Que novidade!

Ele a encarou e riu.

— Sim. E você descobriu como me fazer desembuchar.

— Você está envolvido com uma mulher que insiste em igualdade. Eu desabafo com você, você desabafa comigo. Pode se acostumar.

— Talvez leve um tempo — disse ele, enquanto desciam com os cães, seguidos pela gata. — A gata nunca acorda a Cleo?

— Pye é esperta o bastante para saber como as coisas funcionam aqui. Vou trabalhar nos panfletos quando estiver no escritório. Cleo vai dar os palpites dela quando levantar e tomar café.

— Obrigado por isso. Sério.

— "A união faz a força" não é apenas um ditado. Cleo e eu fazemos parte da vila de Poole's Bay. O Mookie pode comer com Yoda e Pye quando eles voltarem. Assim você economiza tempo.

— Ele agradece. — Trey abriu a porta para os três saírem naquela radiante manhã de primavera após a chuva. — Vou colocar a mansão na nossa lista de assinaturas.

— Para quê? *Vogue*, *GQ*? *Playboy*?

— Não precisa assinar uma revista pornô, quando existe internet. Não que eu saiba algo a respeito.

— Lógico que não. E esta é a minha cara de quem acredita nisso.

Ele observou a expressão dela.

— Precisa trabalhar mais essa cara. De qualquer forma, assinatura para ração e petiscos. O Mookie já come aqui com frequência suficiente, o Jones também, aliás, então ele vai pagar a conta.

— Do salário dele de consultor jurídico.

— Naturalmente. É coisa boa, e eles entregam. — Ele pegou o café que ela lhe estendeu. — Obrigado.

— Vou comer alguma coisa depois da academia, mas você devia comer um bagel ou arriscar a vida roubando uma tortinha da Cleo. Come um cereal.

— Eu pego alguma coisa quando os cães voltarem.

Ela foi até a janela e olhou para fora.

— Olha ali, Trey, uma corça! Eu a vejo de vez em quando.

Ele olhou, e viu que os cães ainda não haviam notado a visitante.

— Eu mostrei a você a mistura que se usa no borrifador do galpão. O repelente de cervos. Você vai querer começar a usar.

— Ah, mas...

— A menos que você queira ter um jardim separado para os cervos comerem. Aquela corça tem amigos e família.

— Eu não quero. — E ainda assim… — Tem certeza de que isso não faz mal pra eles?

Achando adorável a preocupação dela com a vida selvagem, ele puxou de leve seu cabelo.

— É repelente, querida, não veneno.

— Está bem. O Owen disse que não dá para ter comedouros de pássaros espalhados, porque os ursos viriam bater à porta.

— Ele está certo.

— Temos muito o que aprender.

— Sorte que vocês duas são rápidas nisso.

Ele encheu as tigelas dos animais enquanto ela terminava o café.

— Vai lá começar o seu treino — disse a ela. — Eu deixo eles entrarem e pego um bagel. Prefiro evitar possível morte por causa de uma tortinha.

— A Cleo até pode dar um desconto. Uma vez. — Ela o abraçou. — Como o Owen vem jantar, você também vem, não é?

— Está nos meus planos.

— E vai me contar como as coisas estão.

Ele inclinou a cabeça dela para trás e a beijou.

— Vou contar como as coisas estão.

Quando ela voltou, pouco menos de uma hora depois, encontrou Yoda amuado do lado de fora da passagem dos criados.

— Ah, ele vai voltar. Acho que eu podia ter dito ao Trey para deixar o Mookie ficar, mas não pensei nisso. Você tem a mim — Sonya o lembrou, enquanto seguia para o quarto —, e a Pye, e a Cleo. E aposto que o Jack vai aparecer para brincar mais tarde.

No quarto, pegou uma roupa para ficar em casa.

— Vou tomar banho e trocar de roupa, depois você pode ficar comigo enquanto eu trabalho.

No entanto, quando já havia se banhado e se vestido, ele não estava sentado na caminha dele esperando por ela. Ao começar a caminhar pelo corredor, ouviu o som de uma bola quicando no andar de baixo.

— Parece que o Jack já veio brincar.

Como o menino ainda era arredio, ela começou a anunciar sua presença ao se aproximar da escada.

Então, ela viu.

O espelho estava de pé ao lado da escrivaninha. Os predadores que o emolduravam estalavam, rosnavam, sibilavam, se contorciam. O vidro brilhava e refletia sua imagem.

Uma mulher paralisada, com o cabelo solto, o elástico de cabelo no pulso. O rosto lhe pareceu pálido, os olhos grandes demais.

Então o reflexo ficou turvo, mostrando apenas cores, figuras indefinidas. Seu coração estava na boca.

Ela ouviu a bola quicar, o cachorro correr atrás. O riso de um garoto que já tinha morrido havia muito tempo.

— Estou acordada. — O som da própria voz a fez estremecer. — Não estou sonhando, nem sonâmbula. Estou acordada.

Entretanto, toda arrepiada, ela começou a recuar, para chamar Cleo.

Mesmo enquanto recuava, o vidro do espelho ondulava. As cores, as figuras tremulavam por trás. Ela ouviu algo — vozes, música? Mas parecia distante, como sons ecoando por um túnel.

E sentiu o chamado.

Desperta, consciente, caminhou até ele. Ainda que sua mão tremesse, ergueu-a até o vidro, viu-a atravessar como se fosse água.

Afastou a mão.

O tablet sobre a escrivaninha tocava "Just Give Me a Reason", de Pink.

— Acho que tenho sete motivos — disse, e atravessou o espelho.

E foi parar na biblioteca.

Não exatamente a mesma, percebeu. Um fogo crepitava, e um sofá diferente ficava voltado para ele. Flores se derramavam sobre o aparador, enfeitavam a mesa. Lâmpadas espalhavam luz enquanto as janelas emolduravam a escuridão lá fora.

Era noite.

Por que aqui?, perguntou-se. *E quando?*

Por que aqui?, pensou novamente quando ouviu música vindo de...

Ela fechou os olhos.

— Do terceiro andar — murmurou. — O salão de baile?

Mas não sentiu necessidade de ir até lá, e, sim, de permanecer onde estava.

— O que há aqui? — O som da própria voz a causou arrepios.

Estariam as alianças ali?, indagou a si mesma. Na biblioteca onde trabalhava todos os dias? Mas em outra época.

Ela começou a se virar para procurar.

Então ouviu passos. O distinto tilintar de saltos altos sobre o piso de madeira.

Uma mulher parou no batente da porta, elegante em seu longo vestido azul-escuro. O tecido se derramava pelo corpo alto e esguio, com um decote que destacava um pingente de safira em formato de lágrima, cercado de diamantes. Ela havia arrumado o cabelo castanho-claro em um coque francês liso e severo, que deixava a face de maçãs angulosas sem moldura. Nem um cacho ou onda escapava do broche reluzente que o mantinha no lugar.

Brincos combinando, de safira e diamante, pendiam de suas orelhas.

O rosto era marcante e levemente corado ao longo daquelas maçãs do rosto proeminentes, e o drama de lábios pintados de um vermelho intenso. Os olhos, bem separados, de um azul-claro frio sob sobrancelhas finas e angulosas, percorreram o cômodo.

Mas passaram por Sonya sem sequer pestanejar.

Sonya conhecia aquele rosto. Já tinha visto fotos.

Já tinha visto a foto daquela mulher naquele vestido. Uma foto tirada, Sonya entendeu, naquela mesma noite. Décadas antes.

Patricia Youngsboro entrou na biblioteca com a atitude de dona do lugar e de tudo o mais que desejasse.

Enquanto Patricia percorria o ambiente, roçando os dedos em móveis, livros, pétalas, Sonya ouviu a música com mais nitidez.

Uma voz feminina e grave cantava a letra: *Long ago and far away, I dreamed a dream one day.* O diamante na mão esquerda de Patricia cintilou quando ela a ergueu para admirar.

Sorriu, satisfeita.

— E agora, dentro de um ano — murmurou —, serei a senhora Michael Poole, da linhagem dos Poole de Poole's Bay. Da empresa Poole. Senhora Patricia Youngsboro Poole, dona da Mansão Poole.

Abraçou o próprio corpo, extasiada.

— E tudo isso, quando eu assumir o sobrenome Poole, será meu. Bem-merecido.

Parecia achar graça ao tirar um pó compacto da bolsa de festa e, usando o espelhinho, retocar o nariz.

— Aí está, perfeito. Como a senhora Patricia Youngsboro Poole de Poole's Bay, da Mansão Poole, deve ser e sempre será. Em todos os momentos. De todas as formas.

Quando Patricia se virou, sendo observada por Sonya, a orquestra no salão passou a tocar "That Old Black Magic".

Hester Dobbs estava parada nos degraus que levavam ao segundo andar da biblioteca.

Ainda segurando o estojo de maquiagem, Patricia estremeceu, depois lançou a Dobbs um olhar cheio de repulsa.

— Creio que conheço todos os convidados, mas talvez ainda não tenham nos apresentado. Quem é você?

— Eu sou a dona desta mansão. Como você jamais será.

A repulsa transformou-se em raiva, tingindo de vermelho suas faces.

— Que absurdo é esse? Você vai se retirar desta casa imediatamente, ou mandarei que meu noivo a expulse.

— Mulher ignorante. Eu governo esta casa há mais de cento e trinta anos. — Dobbs desceu mais um degrau. Seu cabelo, seu longo vestido preto, esvoaçavam como se soprados por um vento invisível. — Você terá apenas algumas horas.

Ela ergueu as mãos. Quatro alianças reluziam em sua mão esquerda, uma na direita.

— Horas para desfilar em seu alvo vestido de noiva, para dançar e beber champanhe. Isso eu lhe concedo, pois o fim é mais doce assim. Depois, como as cinco noivas antes de você, que tentaram me substituir aqui, terá uma morte dolorosa na minha casa.

Com os olhos sombrios e faiscantes, Dobbs avançou mais um degrau.

— E a aliança, tão nova e brilhante em seu dedo, reluzirá no meu.

— Saia! — Embora tivesse empalidecido, manchas vermelhas de cólera ardiam em suas faces. — Como ousa falar comigo desse jeito? Mandarei expulsá-la. Mandarei prendê-la.

Quando Patricia se virou para sair dali, Dobbs cortou o ar revolto com a mão. Patricia deu um grito, chocada, cambaleou e caiu no chão. O estojo de maquiagem que ainda segurava caiu junto e deslizou pelo piso. O vidro do espelhinho se estilhaçou.

— Dou-lhe este aviso, que não dei às anteriores, porque, como eu, você busca apenas poder. Isso eu respeito.

Dobbs pairava sobre ela, enquanto Patricia se encolhia, o rosto tão pálido quanto o de um fantasma.

— Venha à mansão como noiva, morra como noiva. Talvez eu não me deleite em sua agonia como fiz com as outras, mas não me arrependerei de lhe dar a morte.

Dobbs sorriu, jogou o cabelo para trás enquanto ele se agitava com o vento crescente.

— Venha à mansão como noiva — repetiu —, viva na mansão como esposa, e saiba que sua morte a seguirá. Seu sofrimento, seu sangue, suas lágrimas só alimentarão meu poder.

— Fique longe de mim! Fique longe! Você é louca.

— Assim dizem. — Rindo, Dobbs ergueu os braços.

Lá fora, o trovão ressoou. Na biblioteca, um vento gélido rodopiou, e as flores sobre a cornija da lareira e sobre as mesas murcharam e morreram. Livros e pétalas escurecidas caíram no chão.

— Assim dizem — repetiu ela, quase com deleite. — Mas eu sou a dona desta casa e, se entrar nela como noiva, farei do seu vestido de casamento a sua mortalha.

Dobbs olhou para baixo, quase com bondade.

— Michael Poole é fraco, e nunca será fiel. Escolherá outra, e uma de quem terei ainda mais prazer em arrancar a vida do que teria de você. Vá. Faça a sua escolha.

Ela gargalhou novamente quando Patricia se levantou e saiu correndo do cômodo.

Assim como Patricia, Dobbs perambulou pela biblioteca, tocando, deleitando-se.

Parou a menos de sessenta centímetros de onde Sonya estava, virou-se devagar. E encarou.

— Há algo ali, algo ali — murmurou, os olhos escuros semicerrados, enquanto a confusão lhe turvava a expressão. — Uma Poole. Sim, uma Poole. Uma das cinco, não é? Mortas, todas mortas por minha mão, pelo meu poder. Acha que pode me assombrar? Eu sou a dona desta casa!

Aproximou-se, e parecia olhar diretamente nos olhos de Sonya.

— O seu sangue, vadia Poole, nas minhas mãos. A sua aliança, no meu dedo, vadia morta. E as suas lágrimas, para sempre na minha língua. Como será com a próxima, geração após geração. Eu sou a dona desta casa e sempre serei. E você está condenada.

Quando a bruxa desapareceu, Sonya soltou o fôlego que tinha prendido. Ainda conseguia ouvir a música. Ainda via os estilhaços cintilantes do espelhinho do pó compacto.

Seguindo o impulso, atravessou a sala até ele. *Será que consigo tocá-lo?*, perguntou a si mesma. *Sou tão fantasma aqui quanto Dobbs foi.*

Mas…

Ela se abaixou e sentiu o choque se alastrar quando cerrou os dedos ao redor da tampa. O coração deu um salto quando o ergueu e viu as esponjinhas: uma, percebeu, para o pó; a outra, para o blush… não, para o rouge, ela se corrigiu.

Ambas tinham caído.

Com cuidado, recolocou-as no lugar, fechou os dois compartimentos e, por fim, a tampa do estojo de ouro retangular.

Segurando-o com firmeza, caminhou até o espelho. E o atravessou.

Ela se sentou na cadeira da escrivaninha. A bola quicava pelo saguão no andar de baixo, enquanto ela encarava o estojo em sua mão. Clover a saudou com "Roar", de Katy Perry.

Ela trouxe aquilo de volta, pensou, atônita. Tinha trazido aquele objeto através do espelho.

Talvez não estivesse pronta para rugir como a música sugeria, porque ainda se sentia trêmula, mas tinha trazido aquilo com ela.

Quando ouviu Cleo pelo corredor, a bola parou de quicar. Cleo levantou a mão, em seu habitual meio aceno, depois estacou.

— Minha nossa, Sonya, você está pálida feito defunto. O que aconteceu? O que…

Interrompeu-se à medida que entrou correndo, e Sonya ergueu o estojo.

— É lindo. Art déco. Onde você encontrou isso? — perguntou Cleo, abrindo-o. — Ah, o espelho está quebrado. Que pena.

— Ele quebrou quando ela deixou cair.

Cleo pousou a mão no ombro de Sonya.

— Quem deixou cair?

— Patricia Poole. Bem, ainda não era Poole. Acho que era a festa de noivado dela. Não, eu sei que era. O vestido, como na foto que o Deuce nos mostrou. O mesmo vestido, o mesmo penteado.

— Você sonhou com isso? Atravessou o espelho de novo ontem à noite?

— Não. Agora mesmo, aqui. Na biblioteca. Eu preciso…

Curvando-se na cadeira, Sonya baixou a cabeça entre os joelhos.

— Você vai vomitar? — Cleo, instintivamente, segurou o cabelo da amiga.

— Não, não, só… estou um pouco tonta. Um pouco trêmula.

— Respira, querida. — Com delicadeza, Cleo massageou as costas dela. — Vou pegar um pouco de água.

— Não, eu… acho que preciso mais de ar. Vou lá fora respirar.

— Espera. Preciso de sapatos e um casaco. Um momento.

Sonya não discutiu, mas ergueu o tronco novamente quando Cleo voltou correndo, de tênis e ajeitando um cardigã.

— Vamos devagar.

— Já estou melhor. Só quero um pouco de ar. — Mas pegou o estojo para levar consigo. — Eu vim para cá depois que tomei banho e me troquei após o treino. Nós acordamos cedo. Meu Deus, você nem tomou café ainda.

— Não se preocupe com isso. — Cleo manteve o braço em torno dela enquanto desciam a escada.

— Yoda, Jack. — Ao ouvir o nome, o cachorro disparou pelo corredor. A gata veio com ele. — Acho que a Pye também. Eu ia anunciar que estava descendo, mas aí vi.

Quando Cleo abriu a porta da frente, a gata e o cachorro saíram correndo na frente delas.

— Deus, que sensação boa. — Sonya respirou fundo duas vezes. — Melhor, bem melhor. Eu vi. O espelho, na biblioteca.

— Por que não me chamou?

— Eu ia chamar — explicou Sonya, conforme caminhavam. — Mas então… precisei atravessar. Era como se tivesse que passar por ele exatamente naquele momento. E, quando passei, estava na biblioteca. Mas antes. Sofá diferente, abajures diferentes, flores. Música e vozes vindas de cima. O salão de baile. E era noite. A lareira estava acesa, as lâmpadas também.

— E ela entrou. Patricia entrou.

Sonya contou tudo, do começo ao fim, relatando cada detalhe. Detalhes que jamais esqueceria.

— Elas não me viram, Cleo, nenhuma das duas. Patricia passou de arrogante, toda metida, furiosa, a apavorada em minutos.

— Ser derrubada por um fantasma que ameaça matar você faria isso com qualquer pessoa. Dobbs a advertiu, afastou-a porque, de fato, gostou dela.

— Não sei se ela é capaz de gostar de alguém, mas entendeu e respeitou a sede de poder. E concluiu que Michael Poole escolheria outra, mais a seu gosto, imagino.

— Mas Patricia se casou com Michael, de qualquer forma. Só não voltou para a mansão.

— Apavorada — concluiu Sonya —, mas calculista. E Dobbs teve que esperar mais uma geração.

— Pela Clover.

— É. Meu Deus. Dobbs não me viu, Cleo, mas quando Patricia saiu correndo, quando ela já não estava ali, Dobbs sentiu a minha presença. Isso a confundiu, a irritou; deu para ver as duas coisas na expressão dela. Ela achou que eu fosse uma das cinco noivas que já tinha matado até então. E, quando desapareceu, eu atravessei até isto aqui.

Sonya pegou o estojo do bolso. O ouro reluzia à luz do sol, como se tivesse acabado de ser polido.

— Eu não sabia se poderia realmente pegá-lo, mas, como com o espelho, senti que tinha que fazê-lo. E foi o que eu fiz. Peguei, recolhi as esponjinhas, fechei o estojo. — Ela parou, virou-se para Cleo com o objeto nas mãos. — Eu o trouxe de volta. De lá para cá. Ela deixou isso cair há oitenta anos, mas eu estou segurando.

— Nos esboços do seu pai, ele tinha aqueles em que aparecia com Collin, ainda meninos, trocando carrinhos de brinquedo. Mas não é a mesma coisa. Eles estavam em lugares diferentes, mas no mesmo tempo. Você estava no mesmo lugar, mas em épocas diferentes.

— Se consegui trazer isso de volta, não significa que eu poderia trazer outra coisa?

— Como as alianças.

— Sim, sim! Como as alianças. De algum modo tirá-las dela, ou chegar lá antes que ela as tome. Não sei. Mas acho que senti a necessidade de tentar pegar isso do chão porque precisava ver se conseguiria. Eu tive que atravessar naquele momento para ver o que acontecia.

— Agora sabemos por que Patricia fechou a mansão e se recusou a voltar.

— A questão é que Dobbs não me viu. Antes, ela viu, até falou comigo quando Marianne morreu. E me derrubou quando tentei chegar até Lisbeth no salão de baile.

— Mais do que isso. Tudo bem, você estava acordada quando atravessou com Owen, mas não tinha estado antes. E em todas as outras vezes, você não estava consciente.

Quebrar a cabeça com aquilo provocou uma leve pontada em sua têmpora. Massageando-a, Sonya continuou a raciocinar:

— Então, talvez de forma deliberada, acordada, consciente o tempo todo. Não sei. É muita coisa para pensar. Mas eu tenho isto. — Olhou para o estojo, passou a mão sobre o relevo dourado. — E sabemos que Dobbs assustou Patricia, impedindo-a de se mudar para a mansão. De fazer a recepção de casamento aqui, de ser a dona da casa.

Ela virou o estojo para que a luz do sol refletisse no objeto de ouro e no design art déco em relevo.

— É lindo. Vou levá-lo comigo quando for visitar Gretta Poole. Vou ligar para a instituição onde ela está internada e marcar uma visita.

— Eu vou com você. Não vou aceitar um "não" desta vez — insistiu Cleo. — Eu realmente não acho que você deva fazer essa viagem sozinha. Olha, duvido que deem a você muito tempo com ela. Se for uma hora, já vai ser muito. Yoda e Pye vão ficar bem enquanto estivermos fora.

— Ok, tudo bem, eu só odeio tirar você do trabalho quando está tão perto de terminar.

— Vou terminar em um ou dois dias, antes do prazo, então tirar uma manhã ou tarde de folga não é problema. E espero que seja à tarde.

— Vou subir e ligar agora. E você precisa do seu café.

— Tudo isso já me deu um choque que ganha de qualquer café. Mas eu ainda quero. Ah! Olha!

Cleo apontou para o mar, onde uma baleia emergia.

— Nunca vou me acostumar com isso. E vou encarar como um sinal — decidiu Sonya. — Um bom presságio.

— Agora você está falando a minha língua.

Depois do início estranho, o resto do dia correu tranquilo. Tão tranquilo que Sonya trabalhou além da sua hora habitual, e só se deu conta quando Yoda desceu correndo, latindo em saudação.

— Eu ia me trocar. — Mas o relógio mostrou que já tinha perdido essa oportunidade. — Paciência.

Ela salvou o trabalho, desligou o computador.

Clover colocou para tocar "It's Raining Men", o que a fez rir.

— Divertido, mas deviam ser só dois deles.

Ao descer, percebeu que não tinha ouvido ninguém entrar. Como Yoda não estava sentado abanando o rabo diante da porta da frente, supôs que Trey ou Owen — ou ambos — tivessem ido pelos fundos por causa dos cachorros.

Encontrou Cleo na cozinha.

— Você já está cozinhando. Eu me enrolei no trabalho.

— Está sob controle. O prato principal está no forno, e vou amassar essas batatas, preparar umas ervilhas… mas não do tipo empapado. Deixei Yoda e Pye saírem, porque vi Mookie lá fora. Trey não entrou?

— Ainda não. — Curiosa, foi até a porta. Quando a abriu, soltou um gritinho e correu para fora.

— O quê? O que foi? — Cleo foi atrás dela.

— A casa do Yoda!

Ela viu Trey e Owen, com o sempre prestativo John Dee, manobrarem aquilo ao redor da mansão.

— Ao lado do galpão — ordenou Owen.

— Ah, mas…

Ele ignorou Sonya.

— Ao lado do galpão. Tem eletricidade e a base de concreto se estende sob o beiral.

Encantada demais para discutir, ela os seguiu.

Estava exatamente como ela havia desenhado e projetado, com seu telhado inclinado, a torre e as janelas arqueadas. Ele também arqueou a porta e, acima dela, colocou uma placa com o nome Yoda.

— É bem grande — comentou Cleo.

— Assim ele pode receber convidados. Ah, é majestosa! Eu adoro como reflete a mansão. Tem até uma chaminé!

Quando a puseram no chão, com um trio de grunhidos, Yoda entrou.

— Ele gostou. Já gostou logo de cara.

— Ele arrumou uma bela casinha. — John Dee coçou a barba no queixo, sorrindo.

Owen se abaixou e estendeu o braço entre a parte de trás da casinha e a parede do galpão.

— Eu tenho que ver. — E Sonya se arrastou para dentro atrás do cachorro. — Ah! Ah!

O teto rebaixado, o piso de azulejos chiques, uma caminha digna da realeza com — como ela esticou a mão e testou — uma cama extra para hóspedes. A lareira elétrica em miniatura e uma caixa de brinquedos já cheia.

— Liga a lareira! — gritou Owen. — À direita.

Quando ela ligou, chamas baixas e simuladas se acenderam.

— Funciona! É maravilhoso.

— O aquecimento do piso está no mínimo. Deixe assim.

Yoda pegou um osso laranja da caixa de brinquedos e abanou o rabo.

— Ele amou, Owen. Eu amei. — Ela saiu engatinhando de ré. Antes que pudesse se levantar, Mookie e Jones entraram.

— Cabe todo mundo aí! É perfeito. Você é um gênio.

— Você a desenhou. — Ele assentiu, orgulhoso do trabalho. — Troca justa.

— Concordo — disse Trey. — Já vi a escrivaninha dele, toda oleada e polida, na oficina. É uma beleza. Obrigado, John Dee, pela ajuda. Esse negócio é um monstro.

— Sem problema. É uma baita casinha de cachorro.

— Fique para o jantar. — Cleo se abaixou para olhar pela janela arqueada. — Temos comida de sobra.

— Ah, isso é muito gentil, mas o Kevin já está com o jantar encaminhado. Melhor eu ir.

— Espera um minutinho. — Sonya correu para a casa e voltou com uma garrafa de vinho. — Para o seu jantar. Para você e o Kevin.

— Ah, não precisava. Mas aceito.

Quando ele foi embora, Owen se abaixou e desligou a lareira.

— A noite está agradável. Eles não precisam disso. O que temos para o jantar?

— Droga! Preciso terminar. — Cleo se virou de supetão e correu para dentro de casa.

— Obrigada. — Sonya beijou o rosto de Owen, depois se virou para Trey. — E obrigada ao ajudante de obra. — E o beijou e riu.

A gata estava empoleirada no telhado da casa de Yoda.

— Mais um selo de aprovação. Vamos entrar. Tenho outra história pra contar, e estou pronta para o vinho.

— Trey me contou a última. O que ela está cozinhando?

— Não sei. Algo que combine com purê de batatas e ervilhas.

Quando entraram na cozinha, Owen aspirou o ar. Depois contornou Cleo, que passava as batatas cozidas pelo espremedor, e abriu o forno.

— Você fez bolo de carne.

— Resolvi me arriscar.

Antes que ela pudesse pegar outra batata, ele a girou, inclinou para trás e a beijou.

Depois a ergueu de volta, com fluidez.

— Bolo de carne faz isso comigo.

— Vou me lembrar disso.

Ela voltou às batatas, mas sorria.

— E eu digo que o bolo de carne da Cleo pede vinho tinto — anunciou Sonya.

— Eu pego. — Trey foi até a cozinha auxiliar buscar uma garrafa. — Vamos ouvir a história.

Sonya pegou os pratos.

— Dá pra dizer que o espelho veio até mim de novo. Só que hoje de manhã, quando eu estava bem acordada. E na biblioteca.

Ela colocou os pratos na mesa e voltou para pegar os talheres.

— Seu instinto vai ser ficar chateado. — Ela olhou para ele enquanto ele tirava a rolha do vinho. — Tente se conter até eu terminar.

Ele serviu o vinho e lhe entregou uma taça.

— Você não pode terminar sem começar. Vamos ouvir.

Capítulo dezoito

Ele não a interrompeu, nem Owen. Quem interrompeu a história foi Cleo.

— Vamos comer enquanto está quente. Sonya pode terminar durante a refeição. Owen, leva essa tigela de batatas para a mesa. Trey, você pode levar as ervilhas.

À mesa, Cleo fatiou o bolo de carne e serviu enquanto Sonya contava a eles sobre Dobbs e sua aparição na escada da biblioteca, e tudo o que aconteceu depois.

Quando ela terminou, Trey tomou um gole demorado de vinho.

— Nós combinamos que você me ligaria.

— Trey, Cleo estava logo no fim do corredor. Eu poderia ter gritado por ela, ou ido chamá-la. E eu ia fazer isso. Mas... não consigo explicar racionalmente, foi igual àquela noite no salão de baile. Eu tinha que atravessar. Precisava disso. Não foi capricho, nem pensando que eu daria conta sozinha. Foi uma necessidade.

— Não foi assim comigo — disse Owen. — Eu não senti aquele... puxão, como você se referiu. Senti algo, mas não aquilo. Mas sei que você sentiu.

Ele encontrou o olhar de Sonya, depois encarou Trey.

— Você sabe disso também. É difícil não estar aqui quando a merda acontece, mas a merda vai acontecer.

— Eu fiquei meio zonza quando voltei — admitiu ela. — Mas Cleo estava logo ali. Eu sei que parece loucura, mas acho que foi, de algum modo, tudo cronometrado desse jeito. Programado para que eu entrasse, saísse, e Cleo se levantasse e viesse.

— Não parece loucura. — Trey pousou a mão sobre a dela brevemente. — Não parece. E Owen tem razão, eu sei, e é difícil. E, superando isso, tem muito mais coisa aqui. Ela não viu você, e já tinha visto antes. E você trouxe algo de volta.

— O estojo. Está na minha mesa. Vou buscar.

— Depois do jantar. — Dessa vez, ele apertou a mão dela. — E está ótimo, Cleo.

— Não, o meu bolo de carne pode ser considerado ótimo — discordou Owen. — Dói um pouco admitir, mas isto aqui é muito superior. Vou repetir.

Enquanto se servia de uma segunda rodada de tudo, ele olhou de volta para Sonya.

— Um cara quer proteger quem é importante para ele, especialmente se for o Trey. É difícil pra você. Você está lidando com coisas das quais a maioria das pessoas não apenas se afastaria, e sim sairia correndo. Isso vale pra você e para a Lafayette aqui.

— Você não está fugindo — salientou Cleo.

— Jones e eu nos amarramos em uma boa briga. Além disso, aquela vadia matou parte da minha família. O fato de ter sido no passado não importa. É família.

Trey olhou para o amigo, ergueu a taça.

— E aí está.

— Falando em família — começou Sonya —, marquei uma visita para ver Gretta Poole amanhã. Eu vinha adiando, e sinto que, especialmente depois desta manhã, devo pelo menos fazer essa conexão.

— Posso reorganizar algumas coisas e ir com você.

— Você poderia fazer isso, e eu agradeço. Mas Cleo vai comigo. Nós duas estamos em uma etapa do trabalho em que podemos tirar algumas horas de folga.

— Não espere muito — alertou Trey. — Fui com meu pai vê-la logo depois que Collin morreu. Ela não o reconheceu de jeito nenhum, provavelmente porque achou que eu era o Deuce. Começou a falar sobre como sabia que eu tinha convencido o Collin a entrar na mansão. Levei uma bronca por isso. Alguns minutos depois, quando meu pai tentou explicar a ela que Collin não poderia mais visitá-la, ela começou a falar de um tio chamado Collin que tinha morrido na guerra e deixado uma jovem viúva e um bebê.

— Ela falou isso? Não me lembro de ter lido isso na história da família Poole.

— Não. Meu pai e eu concluímos que ela misturou o Collin, a história da família e o noivo fictício que a mãe inventou para ela. No fim, ela ficou agitada, disse que a mãe chegaria a qualquer minuto e que não aprovava que ela conversasse com estranhos.

— Eu fui vê-la uma vez — disse Owen.

Cleo ergueu as sobrancelhas.

— Uma vez?

— Diante da reação dela na minha presença, os médicos não recomendaram outra visita. Ela achou que eu era o Charlie, o irmão dela. Seu avô biológico.

Sonya o observou atentamente, lembrando-se do sonho com o dia do casamento.

— Existe uma semelhança, mas não é assim tão próxima.

— Próxima o suficiente para ela. A princípio, ela ficou feliz em me ver, mas não durou muito. Ela ficou… — Ele parou, deu de ombros. — Podemos usar o "agitada" do Trey. De repente, tudo era culpa minha. Eu tinha arruinado a vida dela, ela nunca conseguiria escapar agora, ir para Nova York, ser artista. Por que eu tinha voltado? De repente, aquela velhinha começou a me chamar de canalha e a gritar para eu ir embora e nunca mais voltar.

— Todo mundo me disse que Gretta era frágil, submissa, mansa — disse Sonya em tom baixo. — Eu diria que há muita raiva reprimida nela.

— Ela certamente soltou tudo naquela vez.

— Você esqueceu a parte — lembrou Trey — em que ela avançou contra você, achando que era o Charlie, o irmão dela, e arranhou o seu rosto.

Owen deu de ombros de novo, comeu mais um pedaço do bolo de carne.

— Cicatrizou.

Clover colocou "Crazy in Love", de Beyoncé.

— Eu sei que você estava. E nada disso — disse Sonya com firmeza — é culpa do Charlie nem sua. É da Patricia, e se Gretta não teve coragem de enfrentá-la, isso é culpa dela, não do irmão. Vou buscar o estojo de pó compacto.

— Acho que eu não devia ter mencionado isso. — Owen a observou sair da sala, furiosa.

— Não — discordou Trey. — Ela, e você também, Cleo, precisam saber o que vão ter que enfrentar. Ela está com raiva porque assume a responsabilidade pelas próprias ações e decisões e não joga a culpa nos outros.

— Vou repetir. — Agora foi Cleo quem ergueu a taça. — E aí está. As três qualidades mais importantes que uma mulher, uma mulher inteligente, quer num parceiro? Sem ordem específica: que entenda e respeite a mulher pelo que ela é e pelo que representa. Que sejam sexualmente compatíveis. Que não seja um babaca. Não posso falar por experiência própria sobre uma dessas qualidades, mas você acerta nas outras duas.

— Obrigado.

Ainda nitidamente… *agitada*, Sonya voltou à sala.

— Sabe, eu realmente lamento que nenhuma daquelas mulheres tenha conseguido me ver hoje de manhã, para que eu dissesse o que penso delas.

Ela se sentou e colocou o estojo sobre a mesa.

— E já estou me lembrando de que não posso dizer a Gretta Poole o que penso dela. Ela viveu uma mentira, teve culpa na separação dos irmãos. Teve uma escolha, e escolheu a mentira. Em vez disso, prefere culpar o próprio irmão por fazer o que ela não teve coragem de fazer: viver a própria vida.

— Ela está doente, Sonya.

— Sim. — Ela assentiu para Trey. — E, quando eu a vir, terei isso em mente. Mas não agora. Está bem.

Ela agitou as mãos no ar, um sinal para deixarem aquilo de lado.

— Este é um estojo de pó compacto Lucien Lelong. Ele era um estilista francês. Também tinha uma linha de perfumes, desenhava estojos, porta-batons e coisas assim. Eu pesquisei.

— Lógico que pesquisou. — Trey pegou o estojo. — Então você levaria isso na bolsa?

— Sim. Ou numa bolsa de festa, neste caso. Tirando o espelho quebrado, está em perfeito estado. E por dentro? — Esperou que Trey abrisse. — O pó e o rouge mal parecem usados. As esponjinhas também. Ela poderia tê-los substituído, mas…

— Você acha que ele era relativamente novo — concluiu Trey — quando ela o deixou cair.

— Não consigo datar exatamente, mas é dos anos 1940, então pode ter alguns anos de uso. Mas acho que não. Simplesmente parece novo. O que, no fim, não importa.

— Mas é curioso. É interessante.

— Posso ver? — Owen estendeu a mão. Ele o fechou, virou de um lado para o outro, examinou. — Não entendo nada disso, mas acho que a Clarice tem algo parecido.

Ele passou o polegar sobre o relevo.

— Uma das primas?

— Sim. — Lançou um olhar para Sonya. — Sua e minha. Sim, ela tem algumas coisas assim numa cristaleira em casa. Tubos, cilindros? Uns dois e algo parecido com isso.

Devolveu o estojo a Sonya.

— Rainha P… lembro de ouvir um pessoal chamá-la assim pelas costas, quando ela ainda aparecia no estaleiro; ela gostava da Clarice. A Clarice leva os negócios a sério e tem uma ética de trabalho do tipo "fazer direito e acabar logo". Além disso, não é boba, e soube lidar com a velha. Estou me lembrando agora que ela deixou alguns objetos pessoais para a Clarice.

Ele gesticulou na direção do estojo.

— Como isso.

— Então era um conjunto — concluiu Cleo. — Porta-batom, estojo de perfume, talvez um porta-espelho ou só um pó compacto.

— Provavelmente. Mesmo design, então deve ser algum tipo de conjunto. Eu não a conhecia tão bem, e ela não ia muito com a minha cara. Gostava do meu trabalho, mas em nível pessoal nem tanto. Afinal, eu andava em más companhias.

— Que seria eu — disse Trey, rindo. — E o mistério do porquê ela não gostava dos Doyle se resolveu quando descobrimos que minha avó mandou ela ir se danar.

— Conte mais! — pediu Cleo.

Então Trey contou.

— Sua avó, com certeza, sabia se impor. — Sonya levantou-se para soltar os animais. — E essa é, no momento, a minha história favorita.

— Eu sei que a velha era obcecada por tudo combinadinho — continuou Owen. — O escritório dela parecia um cômodo a ser exibido, o mesmo com a casa. Acho que é um estilo, mas sem imaginação.

— Rígido. Faz sentido. — Quando Cleo começou a se levantar para ajudar a tirar a mesa, Trey fez sinal para que ficasse sentada.

— Deixa com a gente. Bolo de carne.

— Justo. — Owen se levantou, pegou os pratos. — Vamos terminar isso antes de eu ir.

— Você podia ficar.

Ele começou a declinar a oferta, porém logo depois encontrou o olhar de Trey.

— É, por que não?

— Olha, Cleo, a Pye está em cima da casinha do cachorro de novo.

— Ela gosta de altura. Está adorando o arranhador novo. Falando em gatos… Estava pensando, Owen. Daqui a algumas semanas, Sonya e eu temos que ir a Boston.

— Sim, o negócio da Ryder.

— O Trey vai ficar com o Yoda. Estava pensando se você e o Jones poderiam ficar com a Pye.

Ele olhou para Cleo por cima do ombro.

— Você esperou que eu comesse duas pratadas de bolo de carne para me pedir isso. Inteligente. Eu tenho o maior respeito por gente esperta. Lógico que podemos.

— Obrigada. Alguém está com vontade de jogar videogame? Temos tudo, mas a Sonya se recusa a jogar comigo.

— Porque eu sou péssima em videogame.

— Não, não é.

— Você só diz isso porque sempre que me convence a jogar, me derrota sem dó nem piedade.

Trey olhou para ela de soslaio.

— Não me diga que você é má perdedora.

— Tá bom, não digo. Mas, se todo mundo jogar, eu jogo.

Voltaram à infância com Super Mario, com Sonic, depois mudaram para um joguinho de esportes.

Eles a detonaram. Sonya chegou perto de ganhar no beisebol, mas ainda assim perdeu.

Owen largou o controle.

— Você é realmente péssima nisso.

— Eu sei! Não falei? Não é coordenação motora. Eu tenho boa coordenação. Não são reflexos, porque os meus são bons. É…

— PCVG — sugeriu Trey. — Problema no Controle do Videogame.

— É isso! — Rindo, ela se agarrou à ideia. — Eu tenho PCVG, e não há nada do que me envergonhar. E, por causa do meu PCVG, estou dispensada de participar pra sempre.

— Pelo menos eu tenho novos parceiros de jogo. Parceiros de verdade. — Cleo sacudiu o controle. — Mais uma rodada?

— Mais uma. — Owen pegou o dele de volta. — Gosto de me aposentar como vencedor.

Sonya se recostou, feliz, para assistir. Ela podia ser péssima por causa do PCVG, mas o lado bom? Haviam dado ainda mais uso a outro cômodo da mansão. Um uso espalhafatoso e barulhento.

E quando todos subiram perto da meia-noite, ninguém — nem nada — tinha reclamado daquilo.

Começou às três. Primeiro, veio o trio de badaladas e a música ressoando. O choro sentido, o som de portas abrindo, portas batendo e o ranger ameaçador.

Sonya estendeu a mão para a de Trey e voltou a fechar os olhos. Um riff de guitarra estrondoso ecoou nos celulares de ambos.

No segundo em que Sonya se sentou de supetão na cama, Trey já rolava para fora. Os dois cachorros se levantaram em um pulo, rosnando. Quando "Thunder!", a única palavra, ecoou repetidamente junto à guitarra, um trovão ribombou do lado de fora como um tiro de canhão.

O vento, urrando como um animal agonizando, atirava chuva contra as janelas.

E, lá embaixo, alguma coisa golpeava, com punhos gigantes, contra as portas de mogno da entrada.

— Fica perto — ordenou Trey, já saindo depressa do quarto.

Segundos depois de avançar pelo corredor, Owen saiu do seu quarto, e Cleo do dela.

— "Thunderstruck" — disse Owen. — E eu curto AC/DC, mas isso é um jeito bem filho da puta de acordar alguém.

— Foi a Clover — explicou Cleo, agarrando a mão de Sonya. — Ela quis nos avisar. Mesmo que fosse só por alguns segundos.

— Está vindo do andar de cima também.

Trey olhou para cima, assim como Sonya.

— É, está, sim.

De uma ponta a outra do corredor, todas as portas se fecharam com força.

— E daqui também.

— Ela estava guardando forças para isso — comentou Owen, à medida que a névoa rastejava pelas escadas, vindo do terceiro andar.

Algo começou a uivar, e o som parecia vir de todos os cantos ao mesmo tempo.

Todas as luzes se apagaram.

— Puta que pariu, não peguei meu celular. Pessoal, fiquem aqui, bem aqui — ordenou Trey. — Vou voltar para buscar.

— Espera. — Owen ligou uma lanterninha. — Sempre tenho uma no bolso. Ainda bem que vesti a calça.

— Tem uma no meu quarto — disse Cleo. — Na mesinha de cabeceira do lado direito da cama.

— Eu pego. Como Trey disse: todo mundo fica aqui.

— É como da vez em que ela me fez acreditar que havia alguém lá fora, numa nevasca. Só que pior. Quando desci e abri a porta, tudo parou.

— Vamos tentar isso. — Guiado pela voz dela, Trey segurou a outra mão de Sonya.

Owen voltou com duas luzes irrompendo na escuridão. Ele entregou uma lanterninha a Cleo e apontou a outra para as escadas.

— Ela está caprichando nos efeitos especiais — disse ele, enquanto a neblina subia pelas paredes e sangue escorria delas.

— Vamos descer. Você guia o caminho, Owen — instruiu Trey. — Cuidado com os degraus.

Eles começaram a descer conforme o uivo virava lamento, que se tornou um grito.

A gata se virou de repente e disparou de volta. Quando Cleo se virou para chamá-la, viu Pye correr escada acima, rumo ao terceiro andar.

— Cacete! — gritou ela e correu atrás.

— Ah, merda! — Owen enfiou a lanterna na mão de Trey. — Eu vou atrás das duas. Vai.

— Vamos até a porta. — Sonya lutava contra o pânico. — Vamos abrir a porta e tudo vai parar. Como da outra vez.

— Sem pressa. Essa luz fraquinha não ajuda muito.

— Ela quer o nosso medo. Mas não vai ter.

Como os cães latiam em frente à porta, Sonya seguiu mais o som do que o facho fraco da lanterna.

— Segura aqui. — Trey colocou a lanterna na mão dela e agarrou a maçaneta.

Mas quando escancarou a porta, a tempestade não cessou. O vendaval entrou com força total.

Enquanto os cães enlouqueciam, Trey encostou o ombro na porta.

— Precisamos fechar! — gritou por cima do rugido do vento.

A luz na mão de Sonya tremeluzia à medida que ela empurrava junto com Trey.

— Aquela névoa está descendo.

Cleo sentiu o toque gélido da bruma nos tornozelos enquanto corria. Ela havia levado a gata, um ser vivo, para a casa. E não deixaria Dobbs lhe causar mal.

Quando chegou ao terceiro andar, algo a agarrou por trás. Prendendo o fôlego, ela desferiu uma cotovelada para trás. Owen grunhiu, mas a segurou firme.

— Sou eu, caralho. Para!

— Pye...

— Eu pego ela. — Ele arrancou a lanterna da mão de Cleo. — Fica aqui.

— No escuro? Nem pensar. A porta, Owen, a porta do Quarto Dourado.

— Estou vendo.

Era impossível não ver o brilho vermelho que emoldurava a porta ou o jeito como a madeira pulsava. Nem a névoa que saía ondulando das frestas.

A gata estava a menos de um metro, com as costas arqueadas.

— Fica atrás de mim.

— Só porque você tem um pênis?

— Podemos ficar com essa desculpa. Também porque estou com a fonte de luz, e vou ficar com ela.

Ele nem tentou chamar a gata. Até onde ele sabia, gatos vinham e iam como bem entendiam. E aquela ali estava furiosa.

Em vez disso, ele começou a cantar, a voz calma e plácida, mesmo elevando-a acima do barulho da tempestade:

— *Yesterday, all my troubles seemed so far away...*

Com um lampejo de compreensão, Cleo cantou junto.

A gata olhou na direção deles e, conforme se aproximaram, seu dorso arqueado relaxou.

— *Yesterday came suddenly.* — Com esse verso, Owen a pegou no colo.

A porta se abriu de repente. Ele não viu Dobbs, não viu nada além de escuridão. No entanto, ele a ouviu.

— O sangue dos Poole vai correr como um rio. Eu vou me banhar nele.

— Credo, que nojento.

Ele entregou a gata para Cleo, que murmurou em seu ouvido:

— Nem ouse entrar aí.

Ao falar aquilo, a porta se fechou com um baque. A tempestade cessou; as luzes piscaram e acenderam.

— Show encerrado — decidiu Owen.

— Eu não podia deixar a Pye simplesmente... Ah, meu Deus, Sonya. Trey.

— Estamos bem. Eles vão ficar bem. — Ou nada o impediria de entrar naquele quarto. — Vamos.

Quando ouviu as vozes chamando por eles, Cleo fechou os olhos em alívio. Depois, pousando a gata no chão, abraçou Sonya com força quando se encontraram no segundo andar.

— Desculpa, desculpa. Descumpri a primeira regra. Ficar juntas.

— Eu teria feito o mesmo. Você está bem?

— Sim, todo mundo bem. E você?

— Sim. Não acabou quando abrimos a porta. Piorou. Mas parou quando conseguimos fechar de novo. Estamos bem. Todos estamos bem.

Ela procurou a mão de Trey, mas a largou quando ele chiou de dor.

— Você está ferido? O quê... sua mão!

— Queimadura de gelo. — Vergões vermelhos riscavam a palma. — A maçaneta da porta. Não é grave.

— Eu sei como cuidar da queimadura.

— Deixa eu ver. — Owen segurou a mão de Trey, examinou. — Não, não é muito grave. A gente resolve. Por que você não deixa os bichos saírem? — disse a Cleo, ao descerem para o andar térreo. — Assim eles gastam essa energia do meio da noite.

— Aconteceu alguma coisa lá em cima? — perguntou Trey.

— O de sempre. — Agora que tinha passado, Cleo se permitiu sentir um arrepio. — Névoa saindo em ondas, a porta brilhando e pulsando. Gritos, lamentos. Pye bem na frente daquela maldita porta, sibilando. E o Owen começou a cantar. Por que "Yesterday", hein?

— A melodia. Acalmou.

— Funcionou. A Pye se acalmou. Aí a porta se abriu. Fiquei com medo, por um instante, de que o Owen entrasse. O que foi que você achou nojento? — perguntou, ao abrir a porta para a debandada.

— Hã? — Depois de se certificar de que Sonya sabia o que fazer em caso de queimadura de gelo, ele voltou-se para Cleo.

— Você disse: "Credo, que nojento." Eu não vi nada dentro do quarto. Estava escuro demais.

— Você não a ouviu?

— Não ouvi nada... bem, além dos gritos, dos lamentos, do vento e do trovão.

— Acho que foi só pra mim. Ela disse que o sangue dos Poole vai correr como um rio, e que ela vai se banhar nele.

— Isso é nojento — declarou Trey, e exalou enquanto Sonya cuidava da mão dele.

— Vou tomar uma cerveja. Quer uma?

— Sim — respondeu Trey, sem hesitar. — Sim, quero.

— Meia taça de vinho — disse Sonya.

— Eu fico com a outra metade.

— Essa sua queimadura está mais vermelha que a minha. A minha ficou mais rosada. Tem certeza de que...

— Não é nada sério. — Trey se inclinou e beijou a testa dela.

Enquanto colocava a cerveja de Trey no balcão, Owen deu mais uma olhada na queimadura.

— É verdade. Eu diria se ele estivesse bancando o durão. Já está melhorando. Bom trabalho.

— E enquanto ela cuida disso, eu fico pensando. — Trey pegou a cerveja com a mão boa e bebeu. — Foi fechar a porta que fez parar? O canto... isso é interessante. Ou talvez tudo junto. Você disse que ela quer o nosso medo, e ela não pode ter. Você não deixou que o medo tomasse conta. Isso não é só interessante, é impressionante.

— Eu sei que é isso que ela quer. Não vou dar nada do que ela quer. Mas tive alguns momentos, sim — admitiu Sonya. — Belos momentos.

— A Clover acionou todos os nossos celulares ao mesmo tempo — lembrou Cleo. — Ou ela sabia o que estava por vir, ou sentiu. Foi logo antes, um instante antes de tudo começar.

— Ela está cuidando de nós. — O estômago de Sonya se acalmou de alívio quando viu a vermelhidão na mão de Trey já clareando para um tom rosado. — De todos nós. E isso me ajuda a não sentir medo.

Ela se endireitou, tomou um gole de vinho.

— Está bem melhor mesmo. Mais uma compressa — decidiu ela. — E talvez a bebida da madrugada nos ajude a dormir um pouco.

Trey refletiu, observando Sonya aplicar outra compressa morna.

— Ela sabia que abriríamos a porta. Você já tinha feito isso. Logicamente, faríamos de novo.

— Ela fez aquilo com a maçaneta para ferir quem tocasse. — Sonya tirou a compressa por um instante, para beijar a queimadura. — E você, Owen, acho que ela queria que entrasse naquele quarto. Para feri-lo.

— Ela vai ter que se banhar em outra coisa que não o meu sangue. Já que está tudo sossegado agora, vou deixar a turma entrar, subir. Ainda dá para dormir mais algumas horas.

— Vamos todos subir. Não, isso é bom — garantiu Trey a Sonya. — Temos reunião cedo, às oito, e você e a Cleo ainda vão dirigir até Ogunquit.

— Praticidade funciona. — Sonya levou a tigela de água quente e a taça de vinho para a pia. — Além disso, voltar a dormir é como enfiar o dedo no olho dela.

— Então vamos enfiar quatro dedos no olho dela — disse Cleo, enlaçando a cintura de Sonya. — E com várias patinhas também.

No segundo andar, enquanto Sonya e Trey continuavam pelo corredor, Owen hesitou.

— Olha, o Jones e eu podemos dormir na saleta do seu quarto, se estiverem nervosas.

Cleo o encarou com aqueles olhos de tigresa, e sorriu.

— É uma oferta muito fofa, mas estamos bem. — Para provar que falava sério, deu-lhe um beijo na bochecha. — Bons sonhos.

No próprio quarto, Owen se despiu e se jogou na cama. E, embalado pelo som do mar, como de costume, logo pegou no sono.

E sonhou.

Que jogava xadrez com Collin. Ele não mandava bem no jogo, e achava que Collin o arrastava para aquelas competições ocasionais só para lhe dar uma surra.

Ele não se importava.

A música tocava, o que agradava a ambos. Collin costumava encher a casa de sons — música, um filme antigo passando ao fundo. Owen percebeu que havia desenvolvido afeição pelos velhos filmes em preto e branco ali na mansão.

Ele já não subia até ali com a mesma frequência, antes de o trabalho e a vida tomarem seu tempo. Mas fazia questão de aparecer a cada duas semanas, levando os livros que Collin encomendava na A Bookstore ou vindo com Trey.

Videogames, conversa com uma cerveja, um filme antigo na sala multimídia. Apenas tempo passado juntos.

A conexão importava, a família importava. E ele gostava da companhia de Collin.

Depois de refletir sobre o próximo movimento, Owen avançou com o peão.

Collin deu um gole no conhaque da noite e nem pensou antes de escolher o bispo.

— Como vai o trabalho?

— Está bom. — Com as sobrancelhas franzidas, Owen estudava o tabuleiro. — Estou trabalhando em um dos projetos do Mike. Um iate de passeio sofisticado. O cliente se interessa mais pelo luxo do que pelo desempenho, mas vamos entregar os dois.

Ele moveu para bloquear o bispo, praticamente entregando de mão beijada sua peça para o cavalo de Collin.

— Ah, merda.

— Você tem um dom.

— Não para o xadrez.

— Não para o xadrez — concordou Collin. — Para construir. Para ver algo no papel, ou mesmo só na cabeça, e tornar aquilo real. Para os animais — acrescentou, lançando um olhar para onde Jones dormia junto à lareira. — Nem todo mundo teria acolhido um cachorro ferido que ninguém queria.

— Ferido, mas valente. E valentia conta.

Owen estendeu a mão para a cerveja.

Não parecia estranho, no sonho, que o cabelo de Collin não tivesse fios grisalhos nem rugas no rosto. Eles estavam à vontade, com o tabuleiro de xadrez entre eles, como contemporâneos, não como parentes separados por uma geração.

— Você entende o valor da amizade, assim como eu.

— Você e Deuce têm uma amizade única, que dura a vida toda.

— Sim. Você e Trey têm esse mesmo tipo de irmandade, e isso é algo precioso, Owen. Vocês dois vão precisar dessa preciosidade para enfrentar o que está por vir. Ela precisa parar isso, a filha do meu irmão, mas você e Trey, e a mulher que está ao lado dela como irmã, precisam desempenhar os seus papéis.

Owen capturou um peão branco com um preto.

— Como peões?

— De certo modo. Cavaleiros, capazes de movimentos astutos tanto na defesa quanto no ataque.

— Já perdi um desses.

— Mas isto é apenas um jogo. Seu vínculo com Hugh, o seu próprio irmão, é forte, mas você e Trey, como Deuce e eu, forjaram esse laço por escolha. Ela garantiu que eu nunca conhecesse o meu irmão, o meu gêmeo.

— Patricia.

— Sim. — Collin olhou para o fogo. — Ela, e a outra. E, apesar disso, nós tínhamos um laço. Escolhi deixar para a filha do meu irmão esta casa e tudo o que há dentro dela. Teria feito isso de qualquer forma, mas fiz com o coração mais leve por causa de você e de Trey.

— Por que ela? Por que Sonya?

— Ela é filha do meu irmão — respondeu Collin com simplicidade. — Uma Poole tanto quanto eu, você, todos nós. Neta do meu pai e da minha verdadeira mãe.

Ele se recostou outra vez, olhando para o fogo e para o que mais visse nas chamas.

— Perdi a minha Johanna porque me recusei a acreditar. Perdi o meu amor e qualquer chance de ter filhos. Ela é o que me resta. Sonya é o que me resta, e o que resta à mansão.

Collin tocou a rainha com a ponta do dedo.

— A rainha branca enfrenta a preta.

Owen olhou para baixo e viu que sua rainha havia mudado. Viu Dobbs: o cabelo, o movimento do tecido fluido do vestido preto, o rosto talhado em linhas duras.

Sete alianças cintilavam nas mãos da rainha preta.

O tabuleiro de xadrez se transformou na mansão, onde sombras se moviam por trás das janelas.

— É mais do que uma casa — disse Collin. — Um homem que constrói sabe disso. Defenda a rainha branca e expulse a preta.

— Como?

— Com coragem — respondeu Collin.

E Owen acordou na cama, ao som do mar e do cachorro roncando baixinho.

— Ok, isso foi um chute no traseiro.

Ele conferiu as horas, decidiu mandar tudo às favas e saiu da cama. No mesmo instante, Jones parou de roncar com um resmungo e ergueu a cabeça. Quando viu Owen seguir para o banheiro, voltou a se acomodar.

Owen tomou banho, vestiu-se e, quando saiu para o corredor, Jones o acompanhou. Ao chegar à cozinha, já tinha três cachorros e uma gata atrás dele.

Agradecido por animais não exigirem conversa antes do café, deixou todos saírem. Como tinha tempo — ou decidiu que teria — e um longo dia pela frente, resolveu preparar ovos mexidos.

Mas café primeiro, lógico.

Ele bebeu a primeira caneca observando um trio de cervos sair da mata e recuar quando os cães — e, caramba, até a gata entrou na perseguição — foram atrás.

Ainda precisariam do repelente, pensou, mas os cães e, possivelmente, a gata ajudariam a impedir que a fauna local transformasse os jardins em um banquete.

Lembrou-se de que Collin amava os jardins.

Ele não se importaria de ter um quintal grande, refletiu. Mas quando diabos arrumaria tempo para cuidar disso? O mesmo valia para os vários projetos que havia desenhado para terminar e ampliar a própria casa.

Sem tempo, sem motivação real.

Ele terminou o café, encheu as tigelas de comida e água dos animais e os deixou entrar.

Então passou a preparar o próprio desjejum.

Estava batendo os ovos em uma tigela quando Trey entrou.

— Achei que você já tivesse ido embora.

— Vou ficar mais uns vinte minutinhos. — Sem perguntar se o amigo queria, Owen acrescentou dois ovos à tigela e esperou até que Trey estivesse com uma caneca de café na mão. — Se você tem vinte minutos, desta vez eu tenho uma história.

Capítulo dezenove

Antes que Trey pudesse responder, Sonya entrou. Algo no compasso do silêncio fez com que ela olhasse de um homem para o outro. Ela disse:

— O-ou.

— Nada disso. — Owen ergueu a tigela. — Quer ovos mexidos?

— Não, obrigada. — Ela foi direto ao café.

— Eu estava prestes a contar ao Trey sobre um sonho esquisito que tive. — Enquanto falava, Owen despejou os ovos na manteiga derretida na frigideira.

Apesar da falta de café, Sonya se virou na hora.

— Você passou pelo espelho.

— Não. E, sim, tenho certeza — acrescentou antes que Sonya pudesse perguntar. — Acordei na cama, com Jones ainda roncando. Quando coloco os pés no chão, ele se levanta. É sair do quarto, e ele vem comigo. É assim que a gente funciona.

— É verdade — confirmou Trey.

— É como se ele precisasse estar ali o tempo todo, caso fosse necessário me ajudar a lutar contra uma horda de zumbis à solta ou alienígenas chupa-olhos.

— Eu vi esse filme dos alienígenas chupa-olhos. — Reanimada e abastecida pelo café, Sonya colocou fatias de pão na torradeira. — Era péssimo. Eu adorei.

Trey apenas balançou a cabeça.

— Bom saber. Então você teve um sonho.

— Que eu não acho que tenha sido só um sonho. Estava jogando xadrez com Collin.

Foi a vez de Trey sorrir.

— Ele o desafiava para uma partida de xadrez só pra dar uma surra em você.

— Por isso mesmo me desafiava. Não teria sido tão estranho se fosse apenas isso, mesmo que tenha sido muito lúcido. Como se eu pudesse sentir as peças de xadrez nas mãos, sentir o cheiro do fogo, sentir o gosto da cerveja. Mas o mais estranho foi que ele estava jovem. Como se tivesse a nossa idade, Trey. Ainda loiro, sem um fio de cabelo grisalho.

— Como o meu pai — murmurou Sonya.

— É, acho que sim. E o rosto dele… não era como eu o via quando pensava nele. Já tinha visto fotos, lógico, mas não era como eu me lembrava dele.

Ele terminou de preparar os ovos, serviu-os nos pratos enquanto contava o sonho. Sonya acrescentou torradas aos pratos deles, pôs mais para si mesma e encheu novamente a caneca de café enquanto ouvia.

— Parece que ele quis explicar por que deixou a casa para a Sonya, e não para você nem para os outros primos.

— Não era necessário, mas, sim, acho que parte foi isso.

— E a parte mais importante? Avisar você — acrescentou Sonya. — A rainha preta. Simboliza bem ela. Ele pensava no meu pai, e eu sou o que restou do meu pai. Mas ele nitidamente amava vocês, os dois.

— Família — disse Owen. — E os Doyle eram família para ele tanto quanto os Poole. Talvez até mais. E esta casa? Para ele era muito mais do que uma casa. Ele levava a sério a história, o legado, tudo isso. E, seja lá o que acrescentasse ou mudasse, sempre tinha isso em mente. De qualquer forma, nunca tive um sonho assim.

— Você é um Poole — salientou Sonya. — E está dormindo na mansão. Agora que aconteceu, percebo que devia era me surpreender por não ter acontecido antes.

— E pode ser porque você já passou pelo espelho — acrescentou Trey. — Mas vocês estão deixando de lado um ponto importante. Um ponto-chave.

— Diz o advogado. — Owen se levantou para levar o prato até a pia.

— Isso mesmo, e as provas sustentam que se você sonhou com o Collin, e no presente, Owen, já que falou de um barco que os Poole estão construindo agora, bem como sobre a Sonya. Collin, de algum modo, ainda está na mansão.

O celular de Sonya começou a tocar "You Got That Right".

— Lynyrd Skynyrd — murmurou Owen. — Nunca erram. Eu não tinha me tocado disso.

— Eu também — disse Sonya. — E faz sentido. Quer dizer, seguindo a lógica da mansão, faz sentido. Ele está aqui também. Eu... Qual era a loção pós-barba que ele usava?

— Pergunta estranha, mas eu sei a resposta porque Anna e eu demos uma de presente pra ele no aniversário, quando éramos crianças. Eternity.

— Calvin Klein. — Sonya assentiu. — Eu devia saber. Igual à do meu pai. Já senti um leve traço dela algumas vezes. Só um traço, mas reconheci. Collin ainda está aqui, não só porque esta é a casa dele, mas...

— Porque Johanna também está aqui — completou Trey.

— Isso. E ele encontrou um jeito ou decidiu que era hora de se conectar com o Owen.

— Foi bom vê-lo, conversar com ele. Mesmo que, pela idade que ele aparentava, seguindo a lógica eu seria só um bebê.

Fazendo uma pausa, Owen olhou para a prima.

— Ele não precisava me dizer para eu estar ao seu lado nisso, Sonya. Eu já estou.

— Eu sei disso.

— Preciso ir. Tenho um iate de luxo para construir, entre outras coisas.

— Você tem um? — quis saber Sonya. — Um iate de luxo?

— Pra que eu ia querer isso? Tenho o *Horizon*. Um veleiro, uma lindeza que aderna e se firma que é uma beleza. Vamos, Jones. Até mais — disse, e, com o cachorro ao lado, saiu pelos fundos.

— Já velejei um pouco com a Cleo, e não faço ideia do que significa adernar e se firmar.

— Eu explicaria, mas também preciso ir. Você está bem.

Não foi uma pergunta, mas uma afirmação, que Sonya valorizou.

— Estou. E, se seguir o padrão, depois daquele showzinho da noite passada, ela vai precisar de tempo para recarregar as energias.

— Boa sorte com a Gretta. — Ele lhe deu um beijo demorado. — Acho que você vai precisar.

Ele levou seu prato e o dela para a pia.

— Você tem um? Um barco?

— Não preciso. Tenho o *Horizon*. Vamos, Mook.

Quando ele saiu, Sonya sorriu por sobre a borda da caneca do café. Nunca tivera um irmão, mas reconhecia irmãos quando via.

Parecia tolice, talvez superficial, preocupar-se com a roupa para aquela visita à tia-avó, mas Sonya queria parecer simpática e respeitosa.

Quer Gretta notasse ou não.

Quando subiu, descobriu que a decisão já havia sido tomada.

O vestido verde-sálvia, de decote em V alto e com um cinto de tecido, estava estendido sobre a cama arrumada. Como vinha acompanhado dos sapatos marrons de salto médio, Sonya concordou com a escolha de Molly.

— Simpática, mas não frívola; simples, mas não careta. Bom trabalho. Estou nervosa.

Ela pousou a mão na barriga.

— Não sei por quê. Ela não vai me reconhecer, e talvez nem fale comigo. Toda essa viagem provavelmente vai ser perda de tempo. Mas estou nervosa mesmo assim.

A resposta musical de Clover foi "Takin' Care of Business", de Bachman-Turner Overdrive.

— É, é isso que eu tenho que fazer. Cuidar dos negócios, dos negócios de família.

Já vestida e maquiada, ela debateu — por tempo demais — se deveria usar o cabelo preso ou solto, e acabou optando por uma presilha que permitia uma combinação dos dois.

— Quase pronta! — Cleo gritou do quarto quando Sonya passou pelo corredor. — Dois minutos.

— Vou deixar a Pye e o Yoda lá fora, assim eles fazem tudo o que têm que fazer até a gente voltar.

Sozinha na cozinha, conferindo mais uma vez a bolsa, Sonya sentiu-se relutante. Em sair da mansão, em fazer aquela viagem, em encontrar aquela mulher que, de uma forma muito real, havia traído o próprio irmão, a mulher que ele amava e dois bebês indefesos.

Mas Clover tinha razão. Até resolver aquilo, o assunto pairaria sobre ela.

— Ótima escolha — disse Cleo ao entrar. — Você está com uma aparência acessível, mas séria. Desta vez passei por cima da Molly e fui com o preto. Achei que assim poderia passar despercebida, se fosse preciso.

— É a coisa certa a fazer.

— É, Son. Seja qual for o resultado, é a coisa certa a fazer. E necessária. Vou pegar Coca-Cola pra viagem. Depois da noite de ontem, cafeína nunca é demais.

— Falando em ontem, o Owen teve um sonho.

Cleo se virou rápido, uma lata em cada mão.

— Um sonho do espelho?

— Não. Eu explico no carro. Precisamos deixar o Yoda e a Pye entrarem. Talvez devêssemos deixar uns petiscos para eles, ou mais brinquedos, ou…

— Acho que o Jack vai cuidar disso. — Cleo entregou um refrigerante a Sonya e foi deixar os animais entrarem. — Se comportem, meus amores. Voltamos antes que percebam. Você está nervosa, eu sei. — Cleo deu um tapinha no braço de Sonya. — Dirige você. Isso vai distrair a cabeça. E pode me contar esse sonho sem espelho, no qual imagino que eu não apareça.

— Desta vez, não.

Elas foram para o carro, e Sonya programou o GPS.

— Não estou preocupada com a Pye e o Yoda. Se precisarem sair de novo, alguém vai deixar eles saírem e entrarem. Não sei por que não pensei nisso antes.

— Nem eu, mas aposto que você está certa. De qualquer forma, não vamos demorar tanto assim.

— Não. — Mas a ansiedade continuava ali. — Duas horas. Só duas horas. Certo, mente longe do destino desta viagem, olhos na estrada. Owen… — disse, e contou a Cleo sobre o sonho.

— Acho isso simplesmente lindo. Acho lindo o jeito como o Collin quis se aproximar dele. Tira a maldita rainha preta de cena por enquanto.

— Nossa, como eu adoraria.

— Por enquanto — repetiu Cleo. — Sentados frente a frente com um tabuleiro de xadrez, só os dois, cerveja e conhaque, música, o cachorro, o fogo aceso.

— Sabe que eu não tinha pensado nisso? Ele deixou tudo confortável. Familiar.

— Exato. Deixar o Owen saber que ele estava orgulhoso dele, que o amava. Coisas que as pessoas às vezes esquecem de dizer até ser tarde demais. E o jeito como ele falou do seu pai, do Deuce, do Trey, dos Doyle. É significativo.

— Pelo que entendi, o Owen percebeu isso. Ele captou a mensagem, e isso fez diferença.

— E você também faz, e sempre fez, diferença, Son. Ele confiou a mansão a você porque você é filha do irmão dele, e porque a mansão importa. E ele ainda faz parte disso, como a Clover, a Molly e os outros.

— Foi isso que o Trey apontou, e nem eu nem o Owen percebemos. Eu devia ter imaginado que você não deixaria passar. Então por que ele parecia jovem? Da idade do Owen?

Inclinando a cabeça, Cleo ajustou os óculos escuros.

— Sempre me perguntei: se você precisa, ou escolhe, ficar depois de morrer, não poderia ter qualquer idade que já teve?

— Lógico que você pensaria nisso.

— O Jack, por exemplo, não pode ser um homem adulto porque nunca foi. Mas o Collin já teve a idade do Owen, então por que não? E isso não os colocaria em uma posição mais equilibrada?

— Pensei nessa última parte, mas nunca na outra, até agora. De novo, na lógica da mansão, faz sentido. Algum sentido, pelo menos. Estamos chegando. Pensei em diversas maneiras de abordá-la, e ainda não consegui decidir qual é a melhor.

— Às vezes, se preparar demais pode ser ruim — observou Cleo. — Acho que este é um caso de ir sentindo o terreno.

O centro de memória, instalado em um edifício comprido e baixo de tijolinhos vermelhos, espalhava-se por amplos terrenos. Quieto atrás dos portões, era ladeado por jardins à espera de florescer. Caminhos serpenteavam entre eles, onde pessoas caminhavam em duplas ou trios, ou se sentavam juntas em bancos de pedra. Tulipas vermelhas e brilhantes cercavam uma pequena fonte, com a água refletindo o sol em arco-íris.

As árvores exibiam o verde de abril ou as primeiras flores corajosas. Tudo parecia quase bucólico, mas Sonya viu uma mulher com o rosto molhado de lágrimas atravessando em direção ao estacionamento.

Tamanha era a crueldade do esquecimento.

Lá dentro, elas se identificaram, tiveram os documentos conferidos e receberam um panorama geral de uma das cuidadoras de Gretta enquanto passavam por uma área comum.

Algumas pessoas estavam sentadas juntas, outras separadas. Um trio de mulheres trabalhava, concentrado, em um quebra-cabeça.

— Oferecemos atividades em grupo e individuais, pensadas para estimular ou acalmar os cinco sentidos. Musicoterapia, fotografia, terapia com animais. Arte… que é o interesse da Gretta. Ela preferiu ficar no quarto esta manhã para desenhar.

A cuidadora, Jen, indicou o corredor.

— Ela desenha?

— A arte a envolve e a conforta. Os desenhos agora são infantis, mas ela sente orgulho e prazer neles. Pelo que entendi, você não conhece a sua tia-avó.

— Não. Só descobri essa parte da minha família recentemente.

— Quando era mais jovem, ela queria ser artista. O filho costumava trazer materiais de arte quando vinha visitá-la. Lamentamos muito a morte dele.

— Ela pergunta por ele?

— Não. Ela pergunta pela mãe. Embora ainda tenha dias bons, a condição dela piorou ao longo do último ano. Apesar de raro, ela pode ter surtos de violência física ou verbal. Entenda: é a doença.

— Eu entendo.

— Ela está tendo uma boa manhã e, na maioria das vezes, gosta de visitas.

Elas entraram em uma suíte particular bonita, alegre, cheia de luz natural. Dezenas de desenhos e pinturas cobriam as paredes. Representações infantis de flores, de casas com um grande sol amarelo no alto, árvores de Natal, figuras de palito.

O quarto tinha um sofá e poltronas aconchegantes, um tapete floral colorido.

E uma mesa junto à janela, onde uma mulher desenhava com giz de cera.

O cabelo dela era grisalho e curto. Sobre os olhos azuis desbotados, usava óculos de armação branca que escorregavam pelo nariz. E, sobre o corpo franzino, vestia uma calça cor-de-rosa e uma blusa branca impecável.

Com a língua presa entre os dentes, ela cantarolava sem ritmo enquanto desenhava.

— Bom dia de novo, Gretta. Sou a Jen, e trouxe visitas pra você.

— Mamãe veio? Ela disse que viria.

— Hoje, não. Ah, que flores bonitas! São tão alegres!

— Preciso terminar, pendurar. Escolher as que quero para minha exposição quando eu for para Nova York.

— Nós penduramos pra você, mas essas moças simpáticas vieram lhe fazer uma visita.

Ela ergueu o olhar, franzindo o nariz quando os óculos escorregaram ainda mais.

— Você é bonita. Gosto de coisas bonitas.

— Obrigada. — Sonya ofereceu um sorriso afável. — Gosto da sua arte.

— Sou muito talentosa. Há vários artistas na árvore genealógica dos Poole. Esses talentos costumam ser herança de família.

— Tenho certeza de que sim.

Gretta estendeu a mão.

— Eu sou… — Seus olhos se turvaram por um momento. — Senhorita Poole. Você é marchand?

— Não, não sou. Mas aprecio arte. Sou a Sonya. Posso me sentar enquanto você trabalha?

— Companhia é sempre bem-vinda. Boas maneiras são essenciais para uma sociedade decente.

— Eu fico por perto — murmurou a cuidadora, saindo do quarto.

— É muita gentileza sua vir me fazer uma visita. Posso oferecer algum refresco?

Surpresa com a oferta, Sonya sorriu novamente.

— Não, obrigada. Estamos bem. Há algo que possamos trazer para você?

— Ah, tenho tudo de que preciso, e mamãe virá logo. Faremos um chá quando ela chegar. Logo vou ter que começar a arrumar as malas. Há tanto a fazer antes de ir para Nova York. E ainda tenho que fazer as malas e comprar a passagem de trem. É de lá que você vem?

— De Nova York? Não, sou de Boston, na verdade.

— Mamãe e eu viajamos para Boston duas vezes por ano para fazer compras da estação. Mamãe tem uma imagem a zelar no trabalho e recebe pessoas importantes em jantares importantes. É preciso estar adequadamente vestida em todas as ocasiões. Mamãe escolhe meu guarda-roupa, lógico. Mamãe tem excelente gosto.

Sonya visualizou uma jovem sendo conduzida por uma coleira. Mas afastou a imagem da mente.

— Imagino que sim. Sempre gostei de fazer compras em Boston, mas Cleo e eu moramos em Poole's Bay agora.

— Quem é Cleo?

— Minha amiga. — Sonya apontou para onde Cleo estava sentada.

— Ela é muito bonita. Poderia ser modelo vivo para artistas. Eu não uso modelos na minha arte. Gosto de pintar principalmente naturezas-mortas e paisagens. É bom ter amigos, mas, lógico, quando se é membro de uma família importante, eles devem ser escolhidos com muito cuidado.

A coleira que Sonya havia imaginado agora terminava em uma corrente de enforcamento.

— Você tem amigos em Poole's Bay?

— Estou muito ocupada com minha arte. Muito ocupada. — Então franziu a testa. — Eu conheço você.

— Sou a Sonya.

— Não. Não conheço esse nome. Parece estrangeiro, e não conheço esse nome. Mas conheço esses olhos. São verdes como os dos Poole. Os meus são azuis, como os da mamãe.

Sonya lembrou-se da palavra que Trey tinha usado — agitada — quando Gretta pegou outro giz.

— Ela virá logo. Mamãe é uma mulher muito ocupada e sempre pontual.

— Tenho algo dela. — Sonya enfiou a mão na bolsa e tirou o estojo de pó compacto.

— Onde conseguiu isso?! — Gretta estendeu a mão, mas recuou de imediato. — Não devo tocar nas coisas da mamãe. É tão bonito, tão brilhante! Mas não devo tocar. Não. Não. Ela vai ficar brava.

— Você já viu isto antes?

— Não esse, mas um como esse. Você não deveria estar com isso.

— Eu o encontrei — disse Sonya, com cuidado. — Na mansão. Cleo e eu moramos lá agora.

— Não, vocês não podem! — As palavras saíram com um tom cortante, e o olhar se tornou intenso e severo. — Ninguém mora lá. Mamãe diz que é um fardo, mas papai não vende. Não tenho permissão para ir lá. Ninguém tem.

— Charlie foi lá. Charlie morou lá com a esposa, Lilian.

— Charlie era mau! Nunca obedecia, sempre aprontava. — Sua voz assumiu um tom de cantiga infantil. — Ele foi embora. Eu fiquei. Eu fui boazinha, ele foi mau.

— Ele era artista, como você.

— Ele tinha responsabilidades com a família, com os negócios. Ele… ele os negligenciou. A mansão é horrível. Eu a pintei uma vez, e mamãe destruiu. É amaldiçoada — sussurrou. — Trancada a sete chaves.

Então, sorrindo, voltou a desenhar.

— Mas vou para Nova York. Terei meu próprio apartamento. Você é de Nova York?

— Charlie reabriu a mansão e morou lá com Lilian.

A boca de Gretta se contraiu, e a ponta do giz quebrou quando ela o pressionou contra o papel.

— Caça-dotes, caçando a fortuna dos Poole. Teve o que mereceu. Charlie também. Não obedeceram. — Começou a rabiscar furiosamente, arrastando o giz escarlate pelo papel como sangue. — Ir contra a mamãe, pagar o preço. Trancar, trancar tudo e jogar a chave fora.

Ela largou o giz escarlate e pegou o azul-escuro. Sempre rabiscando, formou figuras estranhas sob um céu sangrento.

Ciente de que talvez nunca tivesse outra chance, que talvez nunca tivesse uma resposta, Sonya insistiu:

— Como ela escolheu? Como sua mãe escolheu com qual bebê ficar, Gretta? Como ela decidiu qual dos filhos de Charlie ficaria?

Gretta levou um dedo aos lábios.

— Segredo de família. Só entre mãe e filha. Não com o Lawrence. Inútil. Ele gosta de meninos em vez de meninas. Mais segredos. Ninguém pode saber. Ele está morto mesmo. Lawrence está morto. Agora somos só mamãe e eu. Só nós duas.

— Eu sou da família, Gretta. Eu sou uma Poole. — Sonya baixou o olhar para o desenho tosco de dois bebês, com os punhos erguidos como se lutassem, enquanto o céu acima deles sangrava em vermelho. Sonya tocou os dois. — Como você escolheu?

— "Escolhe um, escolhe um. Não importa qual." Só um para preservar a linhagem. Eles eram iguais. Um fica, um vai. E nunca, nunca contar.

— Você escolheu.

— Eu não queria nenhum. Eu vou para Nova York. — Mais uma vez, ela colocou o dedo nos lábios. — Outro segredo. Muitos segredos. Mamãe disse que eu tinha que escolher um. E agora eu sou a mamãe também. Mamãe disse que eu tinha um noivo, ah, muito bonito! O nome dele era... — Franzindo o cenho, olhou para o teto. — Não importa. Não importa. Ele é alto e corajoso e teve que ir para a guerra lutar. Ele tem cabelo loiro e olhos azuis, e nós nos amamos tanto... Mas ele morreu, muito triste, e mesmo assim eu tive um bebê.

"Eu não queria um bebê idiota! Sangue Poole, linhagem Poole, negócios Poole. Segredos Poole. Nunca, nunca dizer 'o bebê de Charlie'. O bebê é da Gretta. Cumprir meu dever. Maldito dever."

Ela pegou o giz preto e traçou riscos furiosos sobre um dos bebês que havia desenhado.

— Charlie está morto, e pronto. Ele chorou e chorou e chorou, mas agora ele é meu bebê.

— E o irmão dele?

— Que irmão?

Inclinando a cabeça para a esquerda, depois para a direita, e de novo para a esquerda, escolheu o giz verde-prado para desenhar caules de flores.

— O irmão do Collin. O irmão gêmeo dele.

— Quem sabe? Quem liga? Eu só tive um bebê. Mamãe deu o nome de…

— Collin.

— Collin Poole se enforcou. Todo mundo sabe disso.

— O bebê que você criou também se chamava Collin.

— Eu não fui uma boa mãe, porque ele não ouvia. Como o pai dele. "Você escolheu mal, Gretta." Eles não eram iguais?

Gretta cerrou os dentes: raiva, exasperação.

— Como eu poderia saber que escolheria justamente o que não ia obedecer nem se comportar? Eu segui todas as regras dela, fiz o meu melhor.

— Tenho certeza de que sim.

— Eu fiquei, não fiquei? — Seu humor se tornou sombrio de novo quando pegou o tom vermelho-morango para as pétalas. — Eu fiquei na porcaria de Poole's Bay, presa a um bebê fedorento e chorão. Cumpri meu dever, ao contrário do maldito Charlie.

Grunhindo, ela desenhou uma figura de palito e colocou em uma forca com o giz preto.

— Ele se enforcou. Os Poole fazem isso. O bastardo egoísta arruinou tudo pra mim. Ele não cumpriu o dever, cumpriu? Foi para onde quis, fez o que quis, engravidando uma vadia interesseira que encontrou por aí. O casarão o matou, então ele teve o que merecia.

A fúria explodiu quando ela encarou Sonya.

— Você tem os olhos dele. Olhos verdes dos Poole. Você também vai morrer lá. Os meus são azuis, como os da mamãe. Fique longe da mansão. Todo mundo morre lá.

Tão rápido quanto tinha surgido, a raiva se dissipou. Ela lançou a Sonya um sorriso vago.

— Foi uma visita adorável. Espero ter uma exposição dos meus quadros em alguns meses, em uma galeria importante em Nova York. Vou garantir que você receba um convite.

— Obrigada. — Sonya se levantou.

— A empregada vai acompanhá-la até a saída. Por favor, peça que ela traga mamãe quando chegar, e que traga o chá. Mamãe é tão ocupada, eu não gostaria de fazê-la esperar.

Do lado de fora, Cleo apoiou o braço sobre os ombros de Sonya.

— Isso foi triste e horrível.

— É uma doença triste e horrível, e depois do que parece ter sido uma vida muito triste e horrível. Sinto pena dela.

Ela parou perto do carro e se apoiou nele, porque queria respirar fundo por alguns minutos.

— Pode dizer se a sua impressão for diferente, mas a minha é que ela viveu sob o jugo da mãe, sob regras, enquanto Charlie não. Ele escapou. Mas acho que ela planejava fazer o mesmo.

— Para Nova York.

— Ela era um pouco mais velha que Charlie, então provavelmente já teria acesso a parte do fundo fiduciário. Ao que parece, ela tinha planos de usar isso, mudar-se para Nova York, arrumar um apartamento, focar na arte.

Cleo assentiu.

— E então...

— Pois é. E então foi acuada e obrigada a escolher um dos gêmeos, assumir como se fosse seu, fruto de um noivado falso.

— O ressentimento — Cleo olhou de volta para o prédio — ainda está ali, apodrecendo. Todos esses anos.

— Porque ela foi fraca demais para se recusar a viver aquela mentira, para se recusar a concordar, para impedir que os filhos do irmão fossem separados.

Mais uma vez, Sonya tirou o estojo de pó compacto da bolsa.

— Uma mulher com quase 80 anos ainda com medo de tocar nas coisas da mãe.

— E, mesmo assim, esperando com certa ansiedade pela chegada da mãe. Por que eu não dirijo de volta?

— Por favor. — Sonya entregou a chave. — Ela se lembra — disse, ao se ajeitar no banco do passageiro. — Exatamente como me disseram. Lembra melhor das coisas de antigamente, acho, do que das mais recentes.

— Aquela explosão de raiva? Aquilo ali foi ódio mesmo, do jeitinho que o Owen nos contou. Ela está cheia de ódio guardado.

— Aquele desenho horrível…

— Ela desenhou a própria raiva — concluiu Cleo. — O que isso faria com alguém, viver uma mentira assim, ressentindo-se de cada momento? Fazendo o que ela via como dever e abrindo mão de um sonho?

— E nunca ter uma vida própria. Nunca, pelo que ouvi falar, ter amizades verdadeiras, um relacionamento. Viver sob o teto e as regras da mãe, mesmo depois… por causa das regras, mesmo após a morte da mãe.

— Você sabe mais do que sabia antes de virmos.

— Consigo ver isso, mas nunca vou entender. Consegue imaginar Patricia de pé com Gretta diante daqueles bebês e dizendo para ela escolher um? Como se fossem filhotes em um canil, ou pior, sapatos numa prateleira.

— No fim das contas, Son, seu pai teve sorte. Ele teve pais que o amaram, em vez de uma mulher que fez o que se sentiu forçada a fazer. O dever dela.

— Você não poderia estar mais certa. — Ela pensou no pó compacto dentro da bolsa, depois pegou o celular. — Vou ligar para a empresa Poole, para ver se Clarice está lá e se pode falar comigo.

— Agora?

— Enquanto tudo ainda está fresco na minha cabeça. Você pode me deixar lá se ela arranjar um horário para mim. Depois consigo uma carona para voltar.

— Eu deixo você lá, faço umas coisas. Você me manda mensagem quando terminar, e eu vou buscar você.

— Ótimo. Primeiro, é melhor eu ver se minha prima tem um tempinho pra mim.

Sonya teve seu primeiro contato com a empresa dos Poole. O prédio original de tijolos que Arthur Poole tinha construído quando era um jovem empreendedor havia se expandido ao longo dos séculos, das gerações.

Ele se espalhava e dominava sua parte de Poole's Bay, com o estaleiro que tinha dado origem a uma vila. E que, pensou ela, também havia construído o casarão onde ela morava.

— É maior do que parece — comentou Cleo, enquanto percorria o estacionamento, setor por setor, até a área destinada a visitantes. — É impressionante.

— Intimidante e estranho. Estranho pensar que eu sou dona de uma parte disso. Uma parte minúscula, mas ainda assim uma parte. Aquele prédio ali é onde ficam os escritórios. A Clarice fica no quinto andar. Certo. — Ela respirou fundo. — Deseje-me sorte.

— Você sabe que desejo, mas por que precisaria? Manda mensagem quando terminar.

Sonya saiu do carro e atravessou até a entrada, com o paisagismo bem cuidado e a placa imponente:

Estaleiro Poole, fundado em 1781

Ela entrou por uma ampla porta de vidro e foi recebida em um saguão que imediatamente a deixou mais à vontade.

Eles haviam mantido a tradição, com modelos de navios e retratos das gerações dos Poole, desde o fundador, Arthur Poole, notou ela, até chegar a Owen.

O piso — de tábuas de madeira, não de ladrilho ou carpete — reluzia. A área de espera, com cadeiras confortáveis, exibia uma lareira de tijolos com uma espessa cornija de madeira. Sobre ela, havia o modelo de uma embarcação a vela e duas lanternas antigas.

Quando se aproximou do balcão da recepção — novamente de madeira, não elegante, mas simples —, a mulher atrás dele sorriu.

— Você deve ser a sra. MacTavish. A sra. Poole disse para esperá-la. Se não se importar de assinar aqui. Sou Noelle, aliás, sobrinha de Corrine Doyle.

— Ah, prazer em conhecê-la.

— Igualmente. Se pegar o elevador até o quinto andar, a assistente da sra. Poole estará esperando.

— Obrigada.

Ela seguiu até o elevador. Antes que pudesse apertar o botão de subir, a porta se abriu. Owen saiu carregando um tubo de projetos e parecia apressado.

Ele freou ao ver Sonya.

— Oi. Está me procurando?

— Não. Vim ver a Clarice.

— Certo. Tenho que ir. — Então parou de novo. — Você sabe para onde vai?

— Quinto andar.

— Isso. Aí vira à direita e segue até o fim. Sala de canto. Até mais.

Enquanto ele se afastava a passos largos, Noelle chamou:

— Owen, você tem aquela reunião das quatro com o Mike. Ele vai até você.

— Tá, tá, tá.

Quando ele seguiu em frente, Sonya entrou no elevador, lançou um último olhar ao retrato de Arthur Poole e apertou o botão do quinto andar.

Capítulo vinte

No quinto andar, ela entrou em um saguão menor e mais movimentado, onde uma mulher de cabelo ruivo flamejante, vestindo um terninho verde-primavera, a esperava.

— Srta. MacTavish, eu sou Adele Loring, assistente da senhora Poole. Vou acompanhá-la até o escritório dela.

— Obrigada. O prédio é lindo, e a vista é incrível — acrescentou Sonya, atraída pela ampla janela voltada para o mar.

— Também achamos. Posso lhe trazer um café, um chá?

— Não, obrigada. Agradeço a Clarice por ter separado um tempo para mim, e não vou me alongar. Sei que ela é ocupada.

— Sempre. Ocupada e incansável. Essas parecem ser características dos Poole.

Elas passaram por salas de escritório — portas abertas, portas fechadas, e o som produtivo de teclados.

As portas abertas no fim do corredor e a parede de vidro não apenas atraíam o olhar, mas a deixavam deslumbrada. Do teto ao chão, elas revelavam toda a extensão da costa rochosa e acidentada. O ambiente se integrava à movimentação da baía e da marina em direção ao mar, além do desfile de barcos — de passeio e de trabalho — que circulavam por ali.

À grande escrivaninha, que parecia ter pertencido ao próprio Arthur Poole, estava sentada uma mulher que ostentava com leveza seus 46 anos. O cabelo loiro-escuro curto, em corte geométrico, se ajustava bem ao rosto em formato de diamante, e a franja lateral acentuava aqueles olhos verdes característicos dos Poole.

Ela se levantou quando a assistente entrou com Sonya, e esta se surpreendeu ao notar que ela mal ultrapassava 1,57 m de altura.

Sonya esperava alguém alta e imponente, mas a mulher que saiu de trás da mesa era pequena e usava tênis vermelhos e um terno escuro de estilo formal.

Ela estendeu a mão.

— Sonya, que bom finalmente conhecê-la.

Pequena ou não, o aperto de mão foi imponente.

— Também é um prazer conhecê-la. Obrigada por reservar um tempinho do seu dia para mim.

— Ora, não seja boba.

Clarice dispensou o agradecimento com um gesto, mas Sonya percebeu que estava sendo avaliada.

— Que tal um *cappuccino*? Estou morrendo de vontade de tomar um.

— Não sou tola a ponto de recusar.

— Já volto — disse a assistente, saindo em seguida.

— Vamos nos sentar ali. Fiquei grudada à mesa a manhã inteira.

Ela apontou para uma área de estar com um sofá de cor creme, duas poltronas azul-marinho e uma mesa que parecia tão antiga quanto a escrivaninha.

— Primeiro, o Owen me contou que você já se adaptou muito bem à mansão.

— Sim. É uma casa incrível, e eu a adoro. Eu entendo que Collin se sentiu obrigado, mas…

— Sem "mas". — Clarice interrompeu a frase sem hesitar. — É lógico que ele se sentiu assim, e com razão. Nenhum de nós sabia sobre seu pai, sobre você. Pelo que entendi, Collin soube da existência dele, e da sua, pelo Deuce, pouco antes da morte do seu pai. Lamento muito pela sua perda, e também lamento que Collin tenha se sentido incapaz de compartilhar que tinha um irmão gêmeo. Deve ter sido doloroso para ele. Obrigada, Adele — disse, quando a assistente trouxe o café. — Todos nós ficamos contentes por você estar na mansão, e, se isso a incomoda, posso lhe assegurar que nenhum de nós a desejava. Ela é bela, sim, e guarda muita história da família. Mas todos já estamos muito bem estabelecidos em nossas próprias casas.

— Eu esperava conversar com você sobre parte dessa história. Acabei de visitar Gretta Poole.

— Ah. — Clarice tomou um gole do *cappuccino*. — Deve ter sido difícil. Nós nos revezamos para visitá-la desde que Collin precisou interná-la no centro de memória. Raramente são boas visitas.

Depois de mais um gole, Clarice observou Sonya com atenção e pareceu chegar a uma decisão.

— Eu não me lembro dela como uma mulher feliz e, nos últimos anos, sua saúde mental só piorou. Mesmo sabendo o que ela tinha feito, e que não era sua mãe biológica, Collin cuidou dela como um filho faria. Vou ser franca, pois é meu estilo: não sei se eu teria sido tão generosa nem tão indulgente.

— Acho que ela acreditava, embora eu não concorde, que não tinha escolha. A mãe dela…

— Se você acha que eu me ofenderia com qualquer coisa que dissesse sobre Patricia Poole, não se preocupe. Este era o escritório dela. Agora é meu. Patricia tinha sua maneira de conduzir os negócios, e a família, aliás. Eu tenho a minha. Meu marido e eu temos dois filhos. Adolescentes, gêmeos. Não consigo imaginar a crueldade necessária para separar aqueles irmãos. Mas… — tomou outro gole de café — eu conhecia muito bem a Rainha P, já que trabalho nesta empresa desde os 16 anos; nos verões, naquela época, lógico. Ela respeitava minha visão para os negócios, mas deixava evidente que desaprovava meu marido, Hank. Ela me ofereceu uma promoção e um bônus de dez mil dólares se eu rompesse nosso noivado.

— Entendi.

— Aposto que sim. — Clarice sorriu e bebeu mais café. — Ela acabou respeitando, a contragosto, minha firmeza. De qualquer forma, nos dávamos bem porque ambas investíamos nosso tempo e talento no negócio da família. Mas eu só descobri bem depois da morte dela o que tinha feito com a família.

— Ela obrigou Gretta a escolher.

— Como é?

— Ela fez Gretta escolher com qual gêmeo ficaria, e qual seria dado para adoção.

— Como você sabe disso?

— Gretta me contou.

Clarice se recostou, nitidamente surpresa.

— Ela lhe contou?

— Uma parte. Acho que incentivei isso ao mostrar isto. — Sonya pegou o estojo de pó compacto.

— Eu… Patricia me deixou três peças com esse design. Posso?

Sonya entregou-lhe o estojo.

— Que surpresa. Eu admirava o estojo de batom. Ela sempre o carregava. E me disse que fazia parte de um conjunto que o marido dela, Michael Poole, lhe deu no Natal, pouco antes do anúncio do noivado. Nunca mencionou esta peça. Onde você a encontrou?

— Eu achei na mansão. O espelho está quebrado.

— Sim, estou vendo.

— Gretta também o reconheceu, e consegui fazer algumas perguntas. A mãe dela mandou que escolhesse um bebê, já que seria necessário apenas um para dar continuidade à linhagem da família. E diriam que Gretta tinha ficado noiva, mas que o noivo havia morrido. O bebê seria dele. Ao que parece, as pessoas acreditaram nessa história.

— Nem todos — murmurou Clarice. — Minha mãe não acreditou. Ela conhecia Gretta, e eu a ouvi, sem querer, conversando com minha tia, dizendo que não havia como Gretta Poole ter escapado do olhar de águia da mãe tempo suficiente para engravidar. Tenho certeza de que houve muita fofoca e especulação na época, mas, quando nasci, isso já tinha praticamente acabado. Restava apenas um ou outro comentário, como o da minha mãe.

Ela fez menção de devolver o estojo de pó.

— Fique com ele — disse Sonya. — É um conjunto, afinal.

— Owen disse que eu ia gostar de você. — Clarice sorriu. — Eu gostaria muito de ficar com ele, obrigada. Não porque tenha sido de Patricia, mas porque é um conjunto belíssimo.

— Se houver qualquer outra coisa na mansão de que goste, espero que me diga.

— Aqui, na empresa, exibimos história e tradição. Já em minha casa? Prefiro linhas limpas e simples. Contemporâneo. Collin providenciou para que eu tivesse o que era mais importante para mim, como fez com todos nós. Você tem uma pequena participação na empresa. Se quiser se envolver mais…

— Ah, não. Eu definitivamente não quero.

— Fico muito contente em ouvir isso. — Rindo, Clarice terminou o *cappuccino*. — Eu até lhe daria uma oportunidade, mas temos uma ótima dinâmica por aqui. Ainda assim, posso lhe oferecer uma visita guiada sempre que quiser.

— Obrigada. Preciso voltar agora. Deixei uma gata e um cachorro sozinhos na mansão. Mas estou feliz por ter vindo.

— Eu também. E obrigada por isto. — Ela pousou o objeto sobre a mesa. — Não apenas completa o conjunto, como acho o espelho quebrado muito simbólico. A mulher que o possuía se importava demais com as aparências.

Na saída, Sonya enviou uma mensagem para Cleo e depois ficou parada na brisa fresca da primavera, observando um grupo de pessoas lançar um barco na baía. Curiosa, ela se deslocou para ter uma visão melhor enquanto puxavam a embarcação sobre uma espécie de plataforma com rodas, descendo por uma longa rampa inclinada.

As vozes se espalhavam ao vento enquanto trabalhavam. Embora não conseguisse distinguir as palavras, ela captou os sotaques — puro Maine —, uma gargalhada seca, o que parecia um comando breve e firme.

Quando Cleo chegou de carro, as velas brancas já se enfunavam, e o casal no convés do barco gritava e acenava para a equipe no cais.

O barco deslizou pelas águas de Poole's Bay.

— Acho que acabei de ver alguém fazer sua primeira navegação no barco novo. — Arrumando o cabelo, sorriu para Cleo. — É todo um processo.

— Eu quero esse processo com o meu. E a Clarice?

— Gostei dela, Cleo. Você também vai gostar. Ela estava de tênis vermelhos da On Cloud com um clássico terno Armani… tenho quase certeza. Provavelmente tem lindos scarpins italianos prontos para usar. Eu dei o estojo para ela.

— Você realmente gostou dela.

— Gostei. Ela me pareceu do tipo que não tolera enrolação.

Enquanto Cleo dirigia, Sonya contou o essencial da conversa.

— Por mais estranho que tudo isso tenha sido para você — comentou Cleo —, também foi estranho para todos eles. Descobrir o que Patricia e Gretta fizeram e, depois, ver você assumir a mansão, alguém cuja existência desconheciam. Tenho muito respeito pela forma como Owen lidou com isso, e agora posso estender esse respeito a Clarice Poole.

— Dá para dizer que ela ficou aliviada quando perguntou se eu queria participar mais ativamente dos negócios da família e eu dei um não categórico.

— Imagino. Então, duas novas Poole para você hoje. E eu diria que são polos opostos. E agora estamos em casa — acrescentou Cleo, ao entrar na garagem.

Quando abriram a porta, Yoda abanou o rabo, trazendo uma bola na boca — sem dúvida cortesia de Jack. Pye saltou de onde estava empoleirada no corrimão, e, no tablet carregando na biblioteca, Clover as recebeu ao som de "Shout", da banda Isley Brothers.

Sim, pensou Sonya. *Agora estamos em casa.*

O restante do dia fluiu até uma noite tranquila, e Sonya sentiu suas energias criativas borbulharem na manhã seguinte. A rotina se estabeleceu, e ela a acolheu com entusiasmo.

Nem ela nem Cleo mencionaram o silêncio, pois ambas concordavam: falar sobre ele daria azar.

Na manhã de sábado, discutiram se deveriam ou não passar pelo bazar.

— Deus sabe que não precisamos de nada. Mas...

— Mas — completou Cleo — vamos para mostrar apoio, e porque fazemos parte da Poole's Bay.

— Concordo. Que tal planejarmos sair por volta das duas?

— Ótimo. Assim tenho tempo de dar uma última revisada nas minhas ilustrações. Depois vou enviá-las. E então… — Cleo esfregou a palma das mãos como quem sacode a poeira — pronto.

— Quero vê-las. Subirei antes de irmos. Preciso fazer mais alguns testes no projeto da Gigi's.

— Temos um plano. — Ao encher a garrafa de água, Cleo lançou um olhar para Sonya por cima do ombro. — E o plano inclui você ter um tempinho, o que não tem acontecido, com o Trey.

— Ele e Owen têm estado ocupados com o trabalho, e depois com toda essa coisa do bazar.

— Isso mostra caráter, o fato de eles terem dedicado tempo e esforço para consertar algumas das coisas que aquele pinguço desgraçado tentou destruir.

— Mostra sim, e eu sinto falta dele. Podemos convidá-los para jantar hoje à noite. Posso fazer aquele prato de massa com vieiras. É rápido e bastante fácil.

— Compramos as vieiras no caminho de volta, então: parte dois do nosso plano. Vou subir para começar.

Antes de fazer o mesmo, Sonya conferiu a receita. E lembrou a si mesma de que parecia mais difícil do que era. Na maior parte. Já havia feito para a mãe, então poderia fazer de novo.

Satisfeita, subiu. Enquanto se acomodava com Yoda, Clover usou "When Saturday Comes", da banda Def Leppard, para se comunicar.

— Só algumas horas de trabalho. Depois Cleo e eu vamos sair um pouco. E esse trabalho da Gigi's vai arrasar, como a Def Leppard.

Pouco depois da uma da tarde, satisfeita, desligou tudo para se maquiar. Depois foi até o ateliê de Cleo.

— Chegou na hora certa. Vou enviar estas últimas seis, e, a menos que meu editor tenha alguma objeção, estarei oficialmente em licença sabática.

Sonya contornou a mesa para examinar o trabalho.

— Ah, Cleo, ninguém vai levantar objeções a este grupo de sereias.

— Fofoca.

— Sobre o quê?

— Qualquer coisa serve para mim. Mas é assim que se chama um grupo de sereias. Uma fofoca. Sexista, eu sei, mas é o termo.

Cleo observou os desenhos e sorriu.

— Gostei da ideia de elas estarem juntas, como uma noite de garotas.

— Eu adorei, e esta aqui, uma família... a maneira como ele segura a garotinha, como ela embala o bebê. Ah, e esta! Juro que dá para ver o cabelo dela se mexendo na correnteza. Fogo e água.

— Elas vão embora. Quando se sabe que fez o melhor que podia, é hora de parar.

— Estão incríveis e, sim, pode enviar. — Ela se aproximou das janelas. — Acho que este lugar traz à tona o melhor do nosso trabalho, Cleo. E estou mais feliz fazendo isso.

— Não discordo. Eu era feliz em Boston, e também realizada. Mas aqui sou mais feliz e mais realizada. Vou pintar como nunca, Son. Tenho tantas ideias.

— Falando em pintura, você já conferiu o armário hoje?

— Logo antes de me sentar para revisar estas ilustrações.

— Acho que vou dar mais uma olhada antes de irmos. Ah, e precisamos comprar macarrão cabelo de anjo. Acho que temos todo o resto. Talvez...

Ela se interrompeu ao abrir a porta. O coração acelerou, martelando tão alto que ela conseguia ouvir.

— Cleo, é a Agatha.

— E enviado! O quê? Mas...

Cleo saltou da cadeira e correu até ela.

— Meu Deus! Duas, talvez três, horas atrás, isso não estava aqui.

— É obra do meu pai. — Agora um nó ameaçava se formar em sua garganta. — Eu reconheceria mesmo sem a assinatura. Meu pai pintou isto, Cleo.

— É como se estivessem se revezando.

— Não sei como isso pode ser possível, mas está aqui. É ela. Agatha Winward Poole. A quarta noiva.

— É um trabalho lindo. Ela é... mais majestosa do que bonita. O vestido é maravilhoso. Olhe essa cauda, o detalhe da renda. Uma tiara sobre o véu. Os diamantes parecem brilhar de verdade.

— Ela é diferente das outras que encontramos. Mais régia, eu diria. Porém, mais do que isso, Johanna parece serena e feliz, Clover quase radiante, e Lisbeth, bem, brilha como aqueles diamantes. Mas ela parece...

— Soberba.

— Essa é a palavra. Soberba ou não, ela não merecia morrer no dia do casamento. Vamos tirá-la daqui e, quando voltarmos, penduramos o quadro junto com os outros.

Enquanto estudavam o retrato, Cleo apoiou o braço sobre os ombros de Sonya.

— Odeio que isso a entristeça.

— Eu a vi morrer, e aqui está ela, majestosa, orgulhosa e, sim, soberba. É triste. E é estranho e terrível saber que, se ela não tivesse morrido, eu não teria nascido, não é?

Elas carregaram o retrato para o andar de baixo e o apoiaram contra a parede da sala de música.

Um passeio ao ar livre, em um sábado ensolarado de primavera, espantou a melancolia. Quando chegaram, o bazar já estava em pleno andamento.

Ao longo da rua tranquila, carros e caminhonetes se alinhavam. Pessoas carregavam luminárias, mesinhas, uma torradeira, cadeiras pela calçada. Ainda mais gente circulava pelo quintal, examinando ou barganhando itens organizados por tipo ou utilidade.

Corrine, com um chapéu de aba larga, colava bolinhas laranjas nas etiquetas — vendido.

Anna estava sentada a uma mesa dobrável com uma caixa de dinheiro. O dinheiro trocava de mãos com rapidez.

Outras mulheres trabalhavam no meio da multidão, rindo, fazendo contrapropostas.

Sonya viu Trey e Owen fazerem força para erguer um sofá e carregá-lo até a calçada.

— Ei, lindinhas. Não esperava ver vocês hoje.

— Queríamos ver como estava indo, e... uau. Tem algo que possamos fazer para ajudar?

— Parar de falar — sugeriu Owen —, para podermos levar este maldito… digo, este belo sofá — emendou, quando a mulher à frente deles se virou e ergueu as sobrancelhas — até a caminhonete da sra. Bridge.

— Caminhonete da Dolly — corrigiu ela. — Você já terminou o ensino médio faz tempo, Owen.

— Pergunte à mamãe — disse Trey a Sonya. — Acho que está tudo sob controle, mas ela saberia dizer.

— Pergunte você — disse Cleo. — Eu vou dar uma olhada.

— Cleo.

— Olhar não é comprar. Provavelmente.

Balançando a cabeça, Sonya abriu caminho pela multidão até Corrine.

— Quanta gente, hein? Há algo que Cleo e eu possamos fazer para ajudar?

— Você já fez. Boca a boca é uma coisa, mas aqueles panfletos que você fez? Teve gente parando e comprando, que estava hospedada no hotel, até só de passagem pela vila. Marlo vai ter uma boa reserva, e seus panfletos fizeram diferença… Cinquenta é o preço final dessas mesinhas de cabeceira, Harry, então nem tente chorar desconto. São um conjunto e estão em bom estado. Já que Owen e Trey as consertaram — murmurou para Sonya.

— Olhe esta bolsinha linda! — Cleo apareceu com uma bolsa transversal. — Você sabe que eu adoro uma bolsa vermelha. E custa só doze dólares.

— Cleo, em todos esses anos que a conheço, nunca a vi usar uma bolsa tão pequena, exceto uma de festa. E mesmo assim…

— Pode acontecer. É vermelha. São doze dólares.

— Dez pra você — disse Corrine.

— Vendido.

Sonya acabou ficando duas horas — o dobro do que pretendia — enquanto Trey e Owen carregavam mesinhas — cinquenta dólares, preço final —, mesas de canto, uma poltrona e outras coisas. Enquanto Cleo caçava barganhas, Sonya conversava com conhecidos e também com pessoas que acabara de conhecer.

E, se comprou algumas coisas também, disse a si mesma que foi para apoiar.

— O estoque está acabando — disse a Trey, quando ele teve um momento livre.

— É, é bom de ver. Tive que contar a ela o que o Wes fez, e ela estava bem pra baixo. Isso vai animá-la.

— Se você e Owen não estiverem exaustos depois disso, venham jantar. Fiquem o fim de semana.

— Jantar parece ótimo. O fim de semana, melhor ainda. Sinto muito por não ter tido tempo nos últimos dias.

— Por uma boa causa. Vou tirar Cleo daqui antes que ela compre mais alguma coisa. Apareça quando puder.

— Ei. — Ele a puxou e a beijou no gramado, enquanto estranhos e vizinhos, clientes e família circulavam pelo que restava do bazar.

No fim, Trey e Owen ajudaram a carregar as mesas dobráveis emprestadas.

— Obrigado, mãe, de verdade.

— Vizinhos ajudam vizinhos, mas de nada. Vou garantir que o dinheiro seja depositado, e o escritório pode emitir o cheque para a Marlo na segunda de manhã.

— Ótimo. Já tem o total aí, mestra da caixa?

— Tenho. — Anna entregou a caixa de dinheiro à mãe. — Três mil, trezentos e cinquenta e oito dólares e cinquenta centavos.

— É um belo montante — comentou Owen.

— É, mas não é tudo. E me lembrem de quem foi a ideia de colocar aquele enorme pote de picles com a placa "Para Marlo e as crianças", com a foto deles?

Trey revirou os olhos, em gesto fraterno.

— Sua.

— Isso mesmo, quase esqueci. E vou admitir que não foram só os hormônios que me fizeram chorar quando Bob Bailey enfiou uma nota de cem lá dentro. Mil quinhentos e oitenta e três dólares, somando um total de quatro mil novecentos e quarenta e um dólares e cinquenta centavos.

— Vamos fazer cinco mil e alguma coisa — disse Owen, tirando a carteira do bolso. — Droga, só tenho oitenta e cinco comigo. Vou ficar com os cinco. Me empresta vinte.

Com outro revirar de olhos, Trey tirou a carteira e passou vinte para Owen.

— E aqui vão mais cento e cinquenta e oito dólares e… — Trey vasculhou o bolso. — Cinquenta centavos. Isso fecha em exatos cinco mil e duzentos.

Com os olhos marejados, Anna beijou o rosto dos dois.

Seth se aproximou trotando.

— Deuce e eu já ensacamos o lixo e colocamos na traseira do caminhão. O que é isso?

— Com essas últimas contribuições, cinco mil e duzentos vão para a Marlo.

— Vamos fazer cinco mil e quinhentos. Número sólido. — Ele tirou o prendedor de dinheiro, separou algumas notas.

— Exibido.

Sorrindo para Owen, passou as notas para a sogra.

— Vocês são rapazes muito bons — disse Corrine. — Tenho orgulho de vocês e da minha ótima menina. Orgulho suficiente para eu bancar pizza e uma garrafa de Chianti.

— A bebê diz: pizza, que delícia.

Quando Anna pousou a mão sobre a barriga, Seth colocou a dele por cima.

— Mamãe e papai também.

— Vamos ter que ficar devendo essa, mãe — disse Trey. — Owen e eu já temos um convite antecipado para jantar na mansão.

— O que vão fazer? Afinal, pizza é irrecusável — disse Owen.

— Não sei. Precisamos pegar os cachorros na casa da mamãe. Eu devia dar uma arrumada.

— Arruma depois. Já passou da hora de tomar uma cerveja.

Sem ter como discordar, Trey não retrucou.

* * *

Quando chegaram à mansão, as duas mulheres se levantaram de onde estavam sentadas no salão principal, tomando vinho.

— Elas têm bebidas de adulto. Quero uma bebida de adulto.

— Vamos providenciar isso — disse Sonya, impedindo Owen de ir direto para a cozinha. — Primeiro queremos mostrar uma coisa a vocês.

Ela os conduziu até a sala de música.

— Mais uma. — Owen analisou o retrato, enfiando as mãos nos bolsos.

— Noiva número quatro — disse Trey. — Agatha Winward Poole. Primeira esposa de Owen Poole, filho de Marianne Poole. Morreu de choque anafilático causado por *petit fours* envenenados no dia do casamento.

— Quando vocês encontraram?

Sonya olhou para Trey.

— Pouco antes de irmos para a vila. O bazar não parecia a hora nem o lugar para isso.

— De fato. — Ele se aproximou. — Essa é a assinatura do seu pai. A mesma que está no retrato da Clover.

— Sim, obra do meu pai. Cleo e eu o penduramos quando voltamos da vila.

— Ela é de tirar o fôlego. Todas são. — Owen a observava. — Mas esta tem algo mais intenso. Quatro já, faltam três.

— Talvez só duas? Já temos o retrato de Astrid.

Ele lançou a Sonya um olhar de soslaio.

— Você é designer gráfica. Entende muito bem de espaço. Pela largura destes quatro e o espaçamento entre eles. Mais três.

— Eu notei, sim, e pensei nisso.

— Eles precisam pintá-las. Seu pai, Collin. Até agora, um cada — salientou Cleo.

— Cleo tinha olhado no armário duas horas antes de mim. Não havia nada. Depois, isto. Eu quase tinha esquecido como é levar um choque desses. Estava sendo até tranquilo, produtivo, no trabalho, por alguns dias.

— Aproveite sempre que der — aconselhou Owen. — Agora vou pegar uma cerveja. O que temos para comer?

— Espero que gostem de vieiras.

— Eu sou do Maine.

— Posso assumir que isso é positivo quanto às vieiras.

— Positivo em todos os sentidos — garantiu Trey. — Ainda não consegui conversar direito com você sobre sua visita a Gretta.

— E a passagem pela empresa da família. — Owen entregou uma cerveja a Trey.

— Posso resumir dizendo que Gretta é difícil e triste, e Clarice e a empresa são ótimas.

— Não discordo. Mas por que nada está no fogo?

— Aqui. — Cleo tirou uma bandeja da geladeira. — Fiz uma *charcuterie*, vulgo tábua de frios.

— Palavra chique. — Apesar do tom, Owen pegou uma fatia de salame. — Boa.

Entre mordidas e goles, Owen arrumava a mesa, enquanto Sonya começava a cozinhar e conversar ao mesmo tempo, murmurando a advertência de Bree em relação à receita enquanto refogava as vieiras:

— Não cozinhe demais, não cozinhe demais...

— Então Gretta reconheceu o estojo de maquiagem?

— Aham. — Ela assentiu para Trey. — Acho que foi assim que consegui fazê-la falar mais sobre o que aconteceu com meu pai e com Collin. Havia muita raiva reprimida, que ela extravasou naquele desenho horrível e em um monte de xingamentos.

— Quem não teria raiva, ao ser pressionada a abrir mão do que queria, a fingir que tinha dado à luz, a criar uma criança que não queria?

Owen deu de ombros para Trey.

— Ela podia ter dito não. E não, ninguém está falando que era fácil dizer não a Patricia Poole, mas ela era adulta e, caramba, tinha a vantagem do dinheiro que a mãe não podia tirar dela. Se tivesse fibra e um pingo de compaixão, teria ficado com as duas crianças e contado a verdade, doa a quem doesse.

— Concordo com o Owen. — Cleo fez um carinho rápido nas costas de Sonya. — Para mim, pareceu que ela culpava todo mundo, menos a si mesma. Charlie, Clover, a mãe dela. Mas, no fim das contas, não assume nenhuma responsabilidade.

— Ela tem demência — começou Trey.

— Verdade, mas será que algum dia assumiu a responsabilidade?

— Não, pelo que ouvi, nunca — respondeu Owen. — Mas ela é, e sempre foi, quem é e quem foi. É uma pena. Teria havido muitos parentes dos Poole dispostos a ficar com as duas crianças. E droga, desculpa, Sonya. Parece que estou descartando os pais do seu pai.

— Não, não parece. Eu entendo o que você quis dizer, e é verdade. Mas já dissemos antes: meu pai foi o beneficiado nessa história. Gretta desempenhou o papel de mãe de Collin por dever, e por baixo do dever havia raiva e ressentimento reprimidos. E, pelo que sei, ela nunca extravasou essa raiva ou ressentimento, nunca os direcionou de forma abusiva contra Collin.

— Não. — Trey balançou a cabeça. — Eu teria ficado sabendo, pelo meu pai, se tivesse acontecido.

— Apática — disse Owen. — É como me lembro dela. Sem altos e baixos, de verdade. Apenas apática.

— Porque desistiu. — Cleo colocou uma travessa perto do fogão. — Quando cedeu à mãe, não abriu mão apenas de Nova York, abriu mão de tudo.

Quando se sentaram para comer, Trey experimentou uma garfada e sorriu para Sonya.

— Escondendo seus talentos.

— É mais uma habilidade limitada. Mas essa eu domino. Está gostoso.

— Está uma delícia. Uma ótima recompensa por alguns dias puxados. — Owen brindou com a cerveja.

Clover entrou em sintonia com "Heroes", de Bowie.

No fim das contas, Sonya considerou aquela uma das melhores semanas na mansão.

E embora tivesse acordado às três, não saiu perambulando pela casa. Em vez disso, ficou de pé ao lado de Trey diante das portas de vidro e assistiu a Hester Dobbs se jogar no mar.

PARTE TRÊS

Os vivos e os mortos

"Posso evocar espíritos das profundezas do abismo."

— William Shakespeare

Capítulo vinte e um

Maio chegou trazendo tulipas e botões graúdos nos galhos retorcidos do salgueiro-chorão. E o mês significava mais um sábado na vila, no evento de Primeiro de Maio da Bay Arts.

Ela adorava ver o trabalho de Anna exposto, e a amiga conversando animada com clientes e outros artistas.

Talvez faltasse pouco mais de uma semana para Boston e a prometida viagem de compras, e talvez fosse apenas maio. Mas havia tanta coisa ali, tantas coisas interessantes, únicas.

Ela começou as compras de Natal.

— Ah, essas taças de vinho são lindas. — Cleo pegou uma e analisou.

— Eu sei. São sopradas à mão, e eu adoro esse verde-claro no caule. Vou comprá-las para minha tia Summer, de Natal. E esta tigela de libélula? Minha avó, a mãe do meu pai, adora libélulas. E está vendo aquela casinha de passarinho fofa, com telhado de cobre? Meu avô é vidrado em pássaros, então…

— Natal. — Cleo empurrou a taça de volta para ela. — Como não pensei nisso? Vou me ocupar.

Quando voltaram para casa, com o banco traseiro cheio de sacolas e caixas, decidiram reimaginar um dos quartos do terceiro andar como um espaço para presentes e embrulhos.

— Acho que a saleta voltada para os fundos. Ainda tem uma vista incrível, bosque, jardins, mas não é tão chamativa quanto o mar.

Cleo encolheu os ombros num suspiro feliz.

— Grandes mentes. É grande o bastante, tem um armário pequeno, mas decente. Mas precisamos de prateleiras ali. E de uma boa mesa para embrulhar.

Sonya jogou o cabelo para trás e lançou um sorriso para Cleo.

— Vamos encontrar uma.

Uma hora depois, estavam na saleta com Trey e Owen.

— O sofá e as mesinhas laterais ficam, mas vamos movê-los para lá. — Sonya gesticulava enquanto falava. — Aquelas duas cadeiras vão para o depósito. Depois trocamos as obras de arte, colocamos algumas nossas, achamos. Mas tem um armário, tipo guarda-roupa, lá no sótão que pode vir para cá, e uma mesa perfeita que vai ficar perto das janelas.

Ela lançou a Trey seu sorriso mais encantador.

— Vai caber tudo. Nós medimos.

— Como foi que viramos carregadores de móveis de fim de semana? — perguntou Owen.

— Por cerveja e comida — disse Cleo. — Vou fazer *étouffée* de camarão. Vocês vão gostar.

— Bem… — Trey coçou a cabeça. — Pelo monte de sacolas de compras, eu entendo a ideia. Mas têm certeza de que querem fazer tudo isso aqui em cima?

— A Cleo já trabalha aqui em cima, logo ali do outro lado do corredor. É um bom uso para este cômodo, para este espaço. E é mais uma forma de tomar posse.

— Essa última é mais a resposta para o "por que aqui".

— Talvez. Sim, talvez. Ela não pode ditar como usamos a mansão ou qualquer coisa dentro dela. Exceto — admitiu — o Quarto Dourado. Mas isso é temporário.

— Vamos começar. Pelo menos não estamos carregando tudo escada abaixo.

Owen balançou a cabeça, olhando para as sacolas.

— Nem quero pensar na insanidade de comprar presentes de Natal em maio.

No sótão, diante do guarda-roupa que haviam descoberto, Owen passou a mão pela madeira.

— É uma beleza, e pesa quase tanto quanto a minha caminhonete.

— Vai ser perfeito — disse Sonya, entusiasmada. — As portas laterais têm prateleiras, e as gavetas embaixo são ótimas. As portas centrais espelhadas, simplesmente lindas. — Ela abriu o móvel. — Se a gente tirar o varão de cabides e…

— Não. — Owen cortou a ideia pela raiz. — Isso não sai daqui se vocês forem estragar.

— A gente só estava pensando em…

— Não.

— Ele não vai ceder — disse Trey.

— Então vamos precisar de mais prateleiras. No armário.

— Ele pode fazer isso — disse Owen, apontando o polegar para Trey. — É trabalho braçal, ele dá conta.

— Muito obrigado.

— Verdade. — Como se já sentisse a dor, Owen girou os ombros.

Talvez não pesasse tanto quanto uma caminhonete, mas foram necessários os quatro para mover, carregar e manobrar o móvel. A mesa que Owen identificou como um aparador foi mais fácil.

Quando os dois móveis estavam no lugar, Sonya fez uma dancinha, e Clover respondeu com uma de suas favoritas, da banda Queen, "We Are the Champions".

— Eles são perfeitos. Vocês são os melhores!

Ela beijou Trey e depois deu um beijo no rosto de Owen.

— Vocês precisam dar uma boa limpeza neles — disse Owen, não como sugestão, mas como ordem. — Passar óleo.

— Vamos fazer isso. Amanhã, quando tirarmos um intervalo de endereçar os convites.

— Vocês vão endereçar à mão cento e cinquenta convites amanhã?

— Lógico que não. — Sonya riu para Trey. — Eu tenho um programa para isso.

— E vamos acrescentar alguma proteção a este quarto, como no meu estúdio. Tenho algumas coisas.

— Se você consegue fazer isso — Owen se perguntou —, por que não faz na casa inteira?

— Já viu o tamanho desta casa? E, sinceramente, não quero abusar da sorte.

— Mas agora vamos fazer o jantar para dois homens fortes e bonitos.

— Vamos? — indagou Cleo, enquanto Clover entrava com o clássico da Mary Wells, "My Guy".

— Eu faço o trabalho pesado.

Começou às três, com o badalar do relógio, o trinado da música ao piano.

No berçário, uma mãe em luto chorava. Nos aposentos dos criados, uma jovem irlandesa gritava de dor. Um menino jazia morrendo de febre em sua cama.

Um homem se sentava em uma poltrona de couro, apreciando o conhaque e o charuto depois do jantar, enquanto outro rachava lenha para aumentar a pilha.

No salão de baile, pessoas dançavam, enquanto o tempo escorria. Músicos tocavam *reels*, depois valsas, depois foxtrotes.

Os mortos erguiam taças às noivas, aos noivos.

Uma parteira trazia ao mundo gêmeos de uma mãe agonizante, enquanto outra amamentava os seus bebês pela primeira e última vez.

As vozes, a música, o choro cresciam como uma tempestade, a ponto de Sonya cobrir as orelhas.

— Você ouve? Você ouve?

— Ouço. — Trey passou um braço ao redor dela. — Vou dar uma olhada.

— Não, não…

O fogo da lareira se avivou com um rugido; as portas do terraço se escancararam.

Os cães se sentaram, latindo, e Sonya jurava ouvir dezenas deles, dentro e fora. Latidos, ganidos, uivos.

Ela rolou da cama junto com Trey e, com ele, lutou para fechar as portas novamente.

E viu Dobbs no quebra-mar, de frente para a casa, braços erguidos, o sorriso duro e reluzente à luz da lua.

— Isso não está certo. Não está certo. Ela nos vê.

— Nada disso está certo. — Com os dentes cerrados, Trey empurrou as portas até fechá-las.

O quarto mudou ao redor deles. Flores com pétalas de pontas rosadas cobriam as paredes. Toras de madeira estalavam na lareira.

Uma mulher, usando um avental sobre um vestido cinza e uma touca na cabeça, estava ao pé da cama. Em cima da cama, outra mulher, com o cabelo escuro empapado de suor, se contorcia, em trabalho de parto, enquanto outras se ajoelhavam na cama, entre as pernas dela.

— Trey… Meu Deus… Trey, você está vendo?

— Estou. Precisamos chamar os outros.

O coração dela se partiu ao apertar a mão de Trey, quando a parteira disse:

— O bebê está vindo!

Então, mesmo enquanto saíam às pressas, invisíveis, o quarto mudou mais uma vez. Ela viu Clover, pálida como o fantasma que era, retorcida pelas dores do parto.

— Eu tenho que ajudá-la. — Sonya se soltou, e, embora suas mãos simplesmente atravessassem a mulher deitada na cama, sentiu um tranco, como um choque elétrico.

— Tem alguém aqui, Charlie. — Sem fôlego, Clover sacudia a cabeça de um lado para o outro. — Tem alguém aqui.

— Não tem ninguém aqui além de nós, querida. Só você e eu. Eu estou aqui. Não se preocupe.

— Sonya. — Trey segurou a mão dela outra vez e a puxou de volta. — Sonya, fique comigo.

No corredor, pessoas se apressavam ou passeavam. Um casal se beijou diante da porta de um quarto antes que a mulher desse uma risadinha e puxasse o homem para dentro.

Um homem de terno preto engomado saiu da biblioteca carregando uma bandeja com duas taças de conhaque e se virou em direção às escadas.

Owen já estava do lado de fora do quarto, com Jones rosnando.

— Parece que temos muita companhia.

— Cleo! — Enquanto Sonya corria em direção ao quarto, Cleo tropeçou para fora.

— Tem alguém na minha cama. Jesus, tem alguém na minha cama.

— Eu vou dar uma olhada.

Antes que Trey pudesse entrar, Sonya agarrou o braço dele.

— Juntos. Fiquem juntos.

Não era alguém, mas um casal, nu, perdido nos arroubos da paixão. Sonya não conseguiu conter a risada.

— Ai, não acredito.

Ela se virou para sair, e a campainha soou. E continuou soando, mesmo enquanto algo batia contra as portas da frente.

Quando voltaram para o corredor, uma criada carregando uma pilha de roupas de cama passou direto por eles. Ela parou por um instante, estremeceu ao olhar para trás.

Então seguiu em frente.

Uma mulher em traje de montaria de veludo verde, com um chapéu alto inclinado sobre a cabeça, saiu de outro quarto e avançou em direção às escadas.

Um homem de terno branco, gravata-borboleta vermelha e polainas subia correndo por elas.

— Não é agora — murmurou Cleo. — Mas também não é exatamente na época em que ocorreu.

— Pelo que dá para ver e ouvir, é tanto agora quanto no passado — disse Trey a Owen. — Ela estava lá fora. A Dobbs, no muro, de frente para a casa. Ela nos viu. Esperou para nos ver.

— Vamos ver se ainda está lá.

Os cães dispararam à frente deles, latindo para a porta. A gata se arqueou e sibilou.

Gritos e passos correndo ecoaram do salão de baile.

— Elas estão morrendo — disse Sonya em voz baixa. — As noivas. Todas estão morrendo.

Quando começaram a descer, Astrid Poole passou através deles, mancando, a mão pressionando o vestido branco ensanguentado.

O coração de Sonya estremeceu quando Astrid caiu. Mais gritos encheram o ar. E, ao olhar para baixo, Sonya viu não só Astrid, mas também Johanna.

E tudo parou, tudo desapareceu.

Trey abriu a porta da frente para o ar fresco e límpido.

— Ela não está lá.

— Ela terminou. — Sonya encarou o quebra-mar enquanto os animais corriam para fora. — Ela terminou com a primeira e a última noiva. Ela as matou, mostrou para nós, e acabou.

— O Trey tem razão sobre ser tanto agora quanto no passado. Deixem eles zanzarem um pouco — acrescentou Owen, fechando a porta. — O cara no meu quarto estava fumando Camel e tinha um daqueles telefones de pedestal. E, quando eu saí do quarto, tinha uma garota usando calça boca de sino. Não era a Clover. Ela é loira, e essa tinha cabelo escuro.

— Não são apenas pessoas que morreram aqui. Tanto agora quanto no passado — repetiu Sonya. — Toda a música e as vozes do salão de baile. Criados e outros. Nem todos morreram aqui.

— Ilusões. — Trey beijou o topo da cabeça dela. — A maior parte são ilusões ou lembranças.

— As lembranças da mansão.

— Isso! — Sonya se virou para Cleo. — É isso mesmo.

Cleo esfregou os braços arrepiados.

— Duas semanas quase sem dar um pio para fazer isso. Aí nós a irritamos, Son, tomando mais um quarto no terceiro andar.

— Ótimo. Ótimo! Que ela desperdice energia com esse tipo de besteira. Pode continuar, porque isso não muda a verdade. Esta é a minha casa!

— Então... — começou Owen, e ela se voltou para ele.

— Um Poole construiu esta casa. Os Poole fizeram esta casa! É a nossa casa. Uma casa para os vivos.

Do tablet na biblioteca veio Simple Minds com "Don't You (Forget About Me)".

— Nem agora, nem nunca. Esta casa é nossa — repetiu Sonya, furiosa. — E de todos que viveram aqui e a amaram. Não me importa se mil fantasmas fazem morada aqui. Só há uma que não é bem-vinda.

— Tomar outro quarto a deixa furiosa? Então espere até terminarmos, e ela que fique furiosa no quinto dos infernos.

Passando a mão pelos cabelos, Sonya soltou um longo suspiro.

— Agora eu vou voltar para a cama.

Enquanto ela avançava em direção às escadas, Trey sorriu.

— Agora entendo por que você é tão caidinho por ela — comentou Owen.

— Caidinho demais. Melhor eu ir atrás. Chame os cães e a Pye para dentro, está bem?

— Pode deixar. Vá lá para cima — disse ele a Cleo. — Eu levo eles.

— Vou, mas antes quero um bom gole de uísque. Quer um?

— Já que você ofereceu… Olha, a oferta de dormir no sofá da sua saleta continua de pé.

— E é muito apreciada, de verdade. Mas estou bem… ou vou ficar depois de dois dedos de Jameson. Não poderia dizer o mesmo se tivesse visto alguém ser assassinado na minha cama. Mas sexo? Isso é tranquilo.

— Me avise quando quiser *ficar tranquila*.

Cleo pegou uma garrafa na cozinha auxiliar e sorriu.

— Você provavelmente vai ser o primeiro a saber.

Depois de um começo de manhã tardio para todos, Sonya se despediu de Trey com um beijo e acenou para os dois homens enquanto partiam. Reuniu o que precisava e subiu para o terceiro andar.

Depois de mostrar o dedo do meio na direção do Quarto Dourado, entrou no quarto de presentes para fazer o que Owen havia instruído: limpar e passar óleo nos móveis.

E encontrou tudo já reluzindo.

— Você se adiantou, Molly. Muito obrigada.

Com as mãos na cintura, deu uma volta completa.

— Vai ficar perfeito. Vou encomendar os materiais, depois de enviarmos os convites e, provavelmente, depois da viagem a Boston. E sabe de uma coisa? Depois de Boston, Cleo e eu vamos escolher outro quarto e deixar a nossa marca nele.

Passaram o dia lidando com os convites e analisando o cardápio proposto — em detalhes — que Bree lhes tinha enviado.

— Posso ir até a vila e colocar isso no correio amanhã. Ou — Cleo arqueou as sobrancelhas — podemos ver se a Anna e a Bree topam almoçar. Ficar por lá, finalizar o cardápio.

— Gosto desse "ou".

— Imaginei. Além disso, você já está começando a contar os dias para Boston. — Ela deu um tapinha na cabeça de Sonya. — E isso vai distrair você de um jeito divertido.

— Vai mesmo. Estou dizendo a mim mesma que posso ficar tão nervosa quanto quiser agora, para deixar esse sentimento de lado antes de ir para Boston. Vou mandar mensagem para as duas.

O passeio distraiu Sonya, sim, e de um jeito divertido. E, provavelmente percebendo o nervosismo dela e sua contagem regressiva para a apresentação, Trey levou todo mundo para comer pizza na noite seguinte e apareceu para jantar no restante da semana.

E, numa dessas noites, chegou com prateleiras para o armário.

— Elas são perfeitas. Obrigada.

— Você foi bem específica sobre o espaçamento quando perguntei.

— Fui. Nós medimos.

— Estamos prestes a descobrir se acertamos mesmo. — Antes de pegar a primeira prateleira, ele deu uma olhada ao redor do quarto. — Vocês acrescentaram algumas coisas aqui.

— Principalmente a Cleo, já que está de licença sabática. Cristais, velas, o prisma na janela... tudo dela. Proteção, aparentemente.

— E trocaram as obras de arte. Boas escolhas. Trabalho da Cleo?

— A maior parte.

— Espera aí. — Ele se aproximou de um campo de flores silvestres, colinas sombreadas ao fundo. — S MacT? Isso é seu.

— Só algo que fiz na faculdade.

— É ótimo.

Ela lhe lançou um sorriso indulgente.

— Diz o homem que dorme comigo.

— Diz o homem que está olhando para algo bonito. E este aqui também. Boston, certo? O rio. Eu não sabia que você fazia isso.

— Como minha mãe diz, não é minha paixão. Eu gosto de vez em quando.

— Só de vez em quando?

Ela deu de ombros.

— Artisticamente, acho que meus interesses e talentos estão mais nas áreas práticas. Então a arte gráfica combina comigo e me satisfaz. Cleo desenterrou tudo isso, pendurou. E é bom termos nosso trabalho aqui juntos, como uma galeria pessoal.

— Alguma objeção do Quarto Dourado?

— Até agora, não. Uma hora vai rolar. — Ela lançou um olhar por cima do ombro. — Que venha.

Sinos tocaram, janelas tremeram, a campainha soou algumas vezes quando não havia ninguém ali. Sonya afastava essas coisas como fazia com a porta batendo ocasionalmente ou a lufada fria de vento.

Ela tinha coisas mais importantes para lidar do que as birras de uma bruxa morta.

No topo da lista, enquanto arrumava as malas para Boston: o que vestir para a apresentação.

Trey parecia ao mesmo tempo cauteloso e ressentido quando ela ergueu mais uma opção.

— É bonito.

— Bonito? Meu Deus. — Ela imediatamente pendurou a peça de volta no armário e pegou outra.

— Não sei por que você está me perguntando. É uma armadilha, uma armadilha clássica.

— Estou perguntando a você — começou ela, enquanto examinava o terno azul-marinho no espelho — porque você é um profissional, um homem que participa de reuniões, vai ao tribunal e… — O terno foi se juntar a outras duas opções no divã ao pé da cama. — Também não sei por que estou perguntando a você.

— Seja o que for que você vestir, vai se sair muito bem.

Ela apenas soltou um suspiro.

— Essa não é a resposta.

— Certo. Vou soltar os cães.

Quando ele escapou, ela mandou uma mensagem para Cleo:

Ajuda com o guarda-roupa. URGENTE!

Quando Cleo entrou, Sonya já tinha mais três opções jogadas sobre o divã.

— Estou pressentindo uma crise. Roupa para o dia da apresentação.

— O Trey não ajudou em nada.

Cleo lançou a ela um olhar entre confuso e divertido.

— Ah, lógico que não.

— Lógico que não — concordou Sonya. — O que só mostra o quanto estou desregulada neste momento por sequer ter perguntado. Ele fugiu.

— Porque não é bobo. É preciso respeitar a retirada estratégica.

Cleo, vestida para um dia chuvoso de pintura com uma camisa larga e legging, examinou a pilha sobre o divã. Pegou três ternos — o azul-marinho, o preto e o cinza.

— Não, não e não. Guarde todos.

— Mas…

— Previsíveis demais. Cortes ótimos, tecido excelente… você sempre teve um gosto excepcional para roupas… mas você não quer o previsível.

— Não quero? Não. — Sonya percebeu. — Não quero.

— Este verde-sálvia é lindo e fica ótimo em você, mas, de novo, não. Vá um pouco mais ousada. Sem estampas — decretou, e entrou no closet de Sonya. — Não. Possível, queria poder usar este, mas não.

— Talvez peças separadas.

— E não. Este aqui.

— Ah, mas, Cleo, você acha mesmo que cor-de-rosa é bom?

— Não é cor-de-rosa, é coral. É uma cor quente, feminino sem frescura. Lembro que bate bem no joelho, então o comprimento é ideal, bom decote. Você vai querer meu colar, o de bolinhas douradas pequenas.

— Eu amo aquele colar.

— Ele é perfeito para isso, e seus brincos de argola torcida que eu cobiço. Você poderia combinar com este blazer creme, mas eu digo: sem blazer. Ter a sua própria academia em casa e usá-la deu a você ombros e braços incríveis. Deixe que vejam uma mulher forte. Mas com estes.

Ela pegou stilettos cor creme.

— Esses acabam com meus pés. Acabaram quando experimentei. Jamais devia ter comprado.

— São lindos. Você vai sofrer, mas vai ficar fabulosa. Forte, capaz, feminina, profissional e fabulosa. Vou fazer o seu cabelo numa trança espinha de peixe. Tenho um batom que combina com esse vestido. Você vai usar.

— Eu te amo, Cleo.

— Como poderia não amar? Crise remediada.

O celular de Cleo tocou com "Count on Me".

— E a Clover concorda. Coloque na mala — ordenou Cleo.

Em uma manhã nublada, Trey colocou as malas no carro. Se chegou a se perguntar por que precisavam de tanta bagagem para uma viagem de dois dias, sabiamente não disse nada. E, prezando a própria vida, não sugeriu que, com toda aquela carga, usassem a caminhonete que Sonya ainda não tinha dirigido.

As duas estavam vestidas para a estrada: calças jeans, camisetas e jaquetas leves. Sonya usava um boné do Red Sox.

Ele achou que ela estava adorável.

E ela fazia carinho, falava com doçura e se desdobrava em atenções com Yoda como se ela e Cleo estivessem indo para o Pacífico Sul, em vez de Boston.

— Vai dar tudo certo — garantiu Trey, enquanto Sonya continuava a arrulhar para Yoda e passava um braço em volta do pescoço de Mookie. Cleo também arrulhava e fazia carinho na gata, que parecia apenas moderadamente interessada.

— Você tem as chaves e comida de sobra, se decidir trazê-los de volta e ficar à noite.

— Vamos ver como vai ser.

— Vou conferir minha lista mais uma vez.

— Sonya, você já conferiu três vezes. Está tudo no carro. — Puxando-a para si, ele a beijou. — Como vou sentir sua falta se você não vai embora?

— Engraçadinho — disse ela, mas riu. — Obrigada, de verdade, por cuidar do Yoda. Seja um bom garoto. Você vai se divertir muito. Trey, não se esqueça de…

Ela se interrompeu e riu de si mesma.

— Você não vai esquecer. Você nunca esquece.

— E você vai levar a Pye para o Owen. — Com certa relutância, Cleo entregou a gata a Trey. — Ele está esperando por ela.

— Vou, sim, e ele está mesmo.

— Certo. Tudo bem. — Sonya deu uma última olhada pelo vestíbulo e não conseguiu pensar em mais nada para adiar a partida. — Estamos prontas.

Ela envolveu Trey com os braços.

— Sinta um pouquinho a minha falta.

— Já estou sentindo. Me manda mensagem quando chegarem. Você vai arrasar amanhã.

— Esse é o plano. Vamos nessa, Cleo.

Enquanto caminhavam até o carro, entravam e ele ficava parado à porta com dois cães e uma gata, o celular dele tocou "Go Your Own Way", de Fleetwood Mac.

— Parece que sim.

Como tinha ajustado sua agenda, fechou a porta e voltou para mais uma xícara de café.

E para dar tempo à mansão e aos seus moradores de se acostumarem a tê-lo sozinho na casa.

Depois da morte de Collin e antes da chegada de Sonya, ele tinha estado sozinho ali. Mas tudo tinha mudado após a vinda de Sonya. A atividade no casarão tinha aumentado consideravelmente.

Salvo alguma emergência, ele pretendia ficar ali pelas duas noites em que Sonya e Cleo estariam fora. Esperava que Owen se juntasse a ele, mas, de um jeito ou de outro, ficaria.

Queria ver o que Dobbs poderia ter reservado quando o alvo atual de sua fúria não estivesse por perto.

Enquanto tomava café, três portas, três andares acima, bateram em estalos secos e rápidos.

Ele apenas sorriu. Ela teria que fazer bem mais do que isso.

Terminou o café e lavou a caneca.

— Certo, turma, vamos dar uma volta.

Conhecendo gatos, ele pegou Pye no colo, caso ela resolvesse se esconder, pois… gato.

Lá fora, os cães pularam — ou, no caso de Yoda, mais escalaram — para o banco de trás da caminhonete. A gata se acomodou no banco da frente, enroscando-se em uma bolinha. Ele olhou para trás e viu uma sombra se mover na janela da biblioteca.

Que se dane, pensou, e acenou. Chegou a torcer para que a janela se abrisse, para que Clover se debruçasse de novo para fora. Mas o aceno de resposta lhe pareceu hesitante e tímido demais para ser dela.

Enquanto se afastava dirigindo, a mansão caiu em silêncio, como uma respiração presa.

Então, do Quarto Dourado, ecoou uma gargalhada cruel e triunfante.

Capítulo vinte e dois

Quando entrou no trânsito de Boston, Sonya ajustou sua mentalidade e sua estratégia ao volante.

E acrescentou isso à lista de razões pelas quais não sentia tanta falta quanto tinha imaginado da cidade onde havia nascido e crescido.

Ah, havia coisas de que sentia falta, admitia. Sua mãe estava em primeiro lugar. Mas também sentia falta do rio Charles, dos jardins botânicos e do Boston Common. Não havia mais idas impulsivas ao Fenway, nem visitas aos seus restaurantes, cafeterias e lojas favoritas.

Mas, tirando sua mãe, ela não sentia tanta falta dali quanto havia imaginado que sentiria ao ir embora no gélido inverno.

Ela sempre tinha amado a casa onde havia crescido, e todas as lembranças dentro dela. Amava seu apartamento, seu bairro, mas sempre o tinha considerado um lar temporário até para encontrar sua casa definitiva.

Mas, estando de volta, percebeu que Boston tinha sido apenas mais um ponto de parada. Um importante, fundamental ponto de parada, mas do qual já tinha partido.

E não se arrependia.

— Como se sente? — perguntou ela a Cleo.

— Como se fôssemos visitantes. Do mesmo jeito que me sinto quando volto a Lafayette. Amei morar lá, amei morar aqui. Mas agora? Visitante. E você?

— Eu me perguntava, e talvez até temesse, e por isso não tinha voltado até agora. Mas sinto exatamente o mesmo. Se tudo isso não tivesse acontecido, acho que eu teria sido feliz aqui. Mas aconteceu, e isso acabou com qualquer possibilidade de felicidade aqui.

Ela lidou com o trânsito — fazia alguns meses que não o enfrentava, mas tinha anos de prática — e, enfim, escapou dele e entrou no bairro arborizado de sua infância.

As magnólias floresciam, as tulipas despontavam, flores cor-de-rosa enfeitavam as cerejeiras ornamentais.

— Vamos ver isso em casa em uma ou duas semanas — previu Cleo.

Em casa, pensou Sonya, *na mansão à beira-mar*.

Sim, agora eram visitantes ali.

Mas lá estava a adorável casa de dois andares onde ela tinha crescido, com o bordo-vermelho enchendo-se de folhas no pequeno jardim da frente e o carro da mãe na garagem.

Aquela sempre seria, também, sua casa.

— Eu disse a ela que não precisava tirar o dia de folga.

— E você achou que ela não tiraria?

Sonya balançou a cabeça enquanto estacionava atrás do carro da mãe.

— Eu sabia que ela tiraria. E fico tão feliz por isso.

Bastou dizer isso e Winter saiu correndo da casa. Ela usava uma calça jeans acinzentada e um suéter leve em cor-de-rosa vibrante.

Sonya desceu do carro, sentindo os olhos marejarem quando a mãe a envolveu nos braços.

— Ah, senti tanto a sua falta. Senti saudade demais. — Sonya se aninhou a ela. — Eu não sabia o quanto até este exato momento.

— Minha filhinha. Estou tão feliz em ver você, ver de verdade. — Quando se afastou, os olhos cor de avelã de Winter estavam marejados. — Ah, e você está tão linda!

— Eu também quero esse carinho.

— Cleo. — Winter se virou para abraçá-la. — Estou tão feliz que você esteja aqui. Que vocês duas estejam aqui. Deixe-me olhar bem para vocês... Ah! Vocês estão tão lindas! Não posso reclamar quando vejo como o Maine fez bem às duas. Minhas meninas!

Ela puxou as duas para mais um abraço.

— Vamos levar suas coisas para dentro. Quero saber de tudo.

— Fizemos uma chamada de vídeo dois dias atrás, mãe.

— Mas não é a mesma coisa. Ah! Os painéis para sua apresentação amanhã. Quero ver. Quero ver tudo.

Quando levaram uma parte da bagagem para dentro, tudo lhes pareceu maravilhosamente familiar. A sala de estar aconchegante, onde a mãe havia limpado a lareira para o clima quente e colocado velas, o quadro do pai sobre a lareira — o caminho pela mata enevoada. Flores da primavera, vivas e alegres, num vaso.

E Sonya inspirou o ar.

— Está com um cheiro maravilhoso, mas eu disse para você não cozinhar.

— Você não vai mandar em mim até eu ficar velha e decrépita, e mesmo assim vai ter briga. É bolo chiffon de limão.

— Meu preferido.

— Meu também — disse Cleo.

— Vamos comer uma salada primavera com pretzels antes. E mimosas.

— Eu topo — declarou Cleo —, mas se eu não for ao banheiro rapidinho, vou pagar mico. Vou levar isso para o meu quarto… Ainda é o meu quarto de hóspede?

— Sempre.

— Quero pendurar meu vestido de assistente. Son, você devia fazer o mesmo com o seu, a não ser que queira incluir passar roupa na nossa lista.

— Não quero, não. Primeiro desfazer as malas, depois… Não, primeiro mandar mensagem para o Trey, depois desfazer as malas, e só então mimosas.

— Ele pediu para você avisar quando chegasse? Mais um ponto a favor dele — concluiu Winter. — A nota final vem quando eu o conhecer pessoalmente. Agora vamos ajeitar tudo.

Quando terminaram, Cleo demorou-se mais alguns minutos antes de descer, para dar um tempo à mãe e à filha de ficarem sozinhas.

— Olha que mesa bonita. Sua melhor louça, tulipas e mosquitinho, a toalha de renda da sua avó — comentou Sonya.

— Gostei de ter uma desculpa para caprichar. Agora, eu sei que você disse que queria me levar para jantar hoje à noite, mas…

— Nem adianta. — Sonya apontou um dedo para a mãe. — Você não vai cozinhar. Nem a Cleo.

— Eu ainda não acredito que a Cleo cozinha.

— Eu diria que ela mesma se surpreendeu. Não só porque dá conta, mas porque gosta.

— E olha para você. — Depois de tirar o champanhe da geladeira, Winter flexionou o bíceps e deu um tapinha nele.

— Eu sei, né? — Sonya fez o mesmo. — Quem diria que estava bem aqui? E, para a minha surpresa, eu realmente gosto dos meus treinos solitários, na minha própria academia em casa, quase dia sim, dia não.

— Pois o Maine e esses treinos caíram muito bem em você. Assim como estar apaixonada.

— Ah, bem… — Sorrindo, ela girou os ombros. — Ainda não falamos a palavrinha de quatro letras. É uma palavra muito forte.

— Eu reconheço o amor quando o vejo. E isso me faz perceber que eu não via quando olhava para você com Brandon.

Se não pudesse dizer tudo para a mãe, diria para quem?

— Nunca me senti assim com ninguém, e mais: eu realmente *gosto* do Trey, por diversas razões. Não sei o que isso diz sobre mim, por não ter vivenciado isso, não de verdade, não honestamente, com alguém com quem eu planejava me casar.

— Diz que você quase cometeu um erro. Mas não cometeu, e isso é o que importa. Você me disse que achava que ele representaria a By Design amanhã.

— Eu ficaria surpresa se não representasse. Ele é bom, mãe, Brandon é muito bom.

— Você é melhor.

E, com isso, Winter estourou a rolha.

— Eu ouvi isso! — Cleo entrou. — Antes de servir, tenho algo para você.

Ela entregou a Winter um pacote embrulhado em papel branco em relevo com uma fita cor-de-rosa.

— Um agradecimento por ter levado minhas coisas para o Maine antes da mudança, por me mandar receitas e por ser, desde a faculdade, minha mãe de Boston.

— A primeira parte não foi trabalho nenhum, a segunda foi um prazer inesperado, e a terceira? Minha absoluta alegria.

Quando desembrulhou a pintura emoldurada, Winter voltou a se emocionar.

— Ah, Cleo.

— Quando você fez isso? — Sonya se aproximou do balcão. — Você não me disse que tinha feito.

— Você não precisa saber de tudo.

A aquarela etérea mostrava Sonya, de perfil, sentada de lado no paredão à beira-mar, o cabelo ao vento. Yoda estava com as patas apoiadas no joelho dela, e ela com a mão sobre a cabeça dele.

— É linda, Cleo, simplesmente linda. Querida, olha como você está serena.

— Um dia olhei para fora, e lá estava você, exatamente assim. E soube, naquele instante, que era um presente que a Winter tinha que ter.

— Vou guardar para sempre, e, todos os dias, quando olhar para essa pintura, vou saber que minha filha está onde é feliz.

Durante o almoço com mimosas, bolo e *cappuccinos*, conversaram sobre tudo.

Por insistência de Winter, elas montaram os painéis e ensaiaram a apresentação.

Ela ficou sentada em silêncio, rosto impassível, pernas cruzadas e mãos apoiadas no joelho.

Ao final, Winter aplaudiu educadamente, depois soltou um grito de entusiasmo e se levantou em um salto.

— Brilhante! — Abraçou Sonya com força. — Minha filha é brilhante! E a melhor amiga dela também. A Ryder Sports seria idiota de não escolher a sua campanha. É a melhor.

— Você não viu a da By Design.

— Não preciso. — Ela fez um gesto desdenhoso com a mão. — A sua tem impacto e tem coração. E os painéis? — Juntando as mãos, estudou os cartazes elegantes que antes tinham sido apenas ideias em um painel semântico. — Brilhante. Cleo, você está fabulosa.

— Não consigo evitar.

Rindo, Winter lhe deu um abraço de lado.

— E Trey? Muito bonito. E este é o Owen, também muito bonito. Mas todos vocês, todo o resto? Pessoas, não modelos, não atores... e isso faz parte do brilhantismo.

— Vou para a apresentação com o ego inflado.

— Ótimo. E deve mesmo. Quero que faça uma coisa por mim.

— Você sabe que eu faço.

— Quero que encomende esse painel para mim. Quero tê-lo.

— Tudo bem, mas...

— É o seu trabalho, é a sua arte. Quero pendurá-lo no meu escritório. E agora — disse —, vamos às compras.

Naquela noite, na mansão, Trey dividiu uma pizza com Owen.

— Dobbs não ficou nada feliz quando voltei.

— É? — Owen deu de ombros. — Que se dane.

— Clover ficou. Meu celular tocou por meia hora. Como a gata se saiu?

— Ela ficou bem. Jones ficou um pouco irritado, mas agora está tudo bem. — Ele olhou em volta quando a campainha soou. — Está esperando alguém?

— Não é ninguém. Os cães estão lá fora, e teriam latido. Esse é um dos truques novos dela. Ela tocou antes de você chegar. Esta é a quarta vez.

— Eu poderia desligar a campainha.

Trey inclinou a cabeça.

— Acha mesmo que isso ia adiantar?

— Tem razão. Que tal, quando acabarmos aqui, descermos para achar um filme em que um monte de coisas exploda? Isso vai irritá-la.

— Boa ideia.

Enquanto um monte de coisas explodia na tela, a gata se enroscava na cadeira entre eles, os cães se espalhavam pelo chão, e as sinetas tocavam sem parar. As portas da sala multimídia abriram e fecharam duas vezes.

Trey comeu um pouco de pipoca.

— Bem fraquinho da parte dela.

— O filme tem mais ação.

E, às três, Trey saiu para a varanda. Owen abriu a janela e apoiou-se nela.

Juntos, viram Dobbs saltar.

Trey olhou para Owen.

— Até amanhã.

— Até.

Trey entrou, e Owen fechou a janela. E a mansão voltou ao silêncio.

No dia seguinte, Sonya vestiu o vestido coral, o colar de contas douradas de Cleo e seus brincos de argola torcida. Passou o dobro do tempo fazendo a maquiagem, para ter certeza de que não estava nem exagerada nem sem graça.

Não tinha tomado café da manhã — seu estômago não teria aceitado.

Cleo entrou com uma bandeja com meio bagel, uma tigela pequena de frutas vermelhas e duas Coca-Colas.

— Eu sei — disse ela antes que Sonya pudesse recusar. — Por acaso eu não dividi quarto com alguém que não conseguia comer quando estava nervosa com uma prova que ia fazer? Mas sua apresentação é só às duas, e você precisa de alguma coisa no estômago antes disso.

— Você tem razão. Eu sei que tem. Jurei que ia me livrar do nervosismo antes de hoje. Fracassei.

— Ainda dá tempo. Agora senta aí. Vou arrumar seu cabelo.

— O que também me leva de volta à faculdade. Sabe por que a minha mãe foi trabalhar esta manhã?

— Para não ficar em cima de você e deixá-la nervosa, e não ficar nervosa por deixá-la nervosa. — Cleo suspirou. — Eu adoro a Winter.

— Eu também.

Como já estava ali, Sonya comeu algumas frutas e depois decidiu que podia, pelo menos, mordiscar o bagel.

— Mandei mensagem para o Trey esta manhã. Ele e Owen ficaram na mansão ontem à noite. Comeram pizza e assistiram a um filme.

— Mandei mensagem para o Owen para saber como a Pye estava. Ele respondeu: "Bem. Dormiu em cima da minha bunda." Tipo, ela não dorme na minha, e dorme na dele? É um pouco irritante.

Sonya observava a mágica no espelho enquanto os longos dedos de artista de Cleo trabalhavam.

— Eu sinto que, como prima dele, posso dizer isso sem sexualizar. Ele tem uma bunda incrível.

— Já percebi.

— Planeja fazer mais do que perceber? Estou falando disso para me distrair, então me dê corda.

— Isso ainda estava em consideração até a Dobbs ter um de seus acessos de fúria. Ele veio atrás de mim e da Pye e não reclamou. Disse que também teria feito isso com o Jones. Então pretendo experimentar quando for a hora certa e ver se a gente se encaixa nesse território mais primitivo.

— Eu já suspeitava disso.

— Sem pressa. Acho, realmente acho, que o que precisa acontecer na mansão depende dos quatro. Como acredito firmemente nisso, não vou estragar por causa de sexo.

— Acho que você tem razão sobre nós quatro, e não acho que vá estragar nada. — Depois de mais uma mordida no bagel, Sonya pegou sua Coca-Cola. — Ele não me parece do tipo, assim como você também não é, de deixar sexo atrapalhar amizade e família. Nós quatro somos as duas coisas.

No espelho, Cleo sorriu para Sonya.

— Somos, não é? E é isso que vai derrotar ela. E esse cabelo? E, se me permite dizer, está perfeito, e vai ser mais um motivo para eles quererem contratá-la.

— O cabelo está maravilhoso, e você tinha razão sobre eu comer alguma coisa. Além disso, também estava certa sobre a roupa, mesmo que eu agora tenha que calçar esses sapatos assassinos.

Cleo deu um tapinha no ombro dela.

— Engole o choro.

Engolindo o choro, Sonya calçou os sapatos e se levantou para se olhar ao lado da amiga no espelho. Cleo tinha escolhido um tom de amarelo-

-mostarda que ressaltava não só os vários tons do cabelo, mas também os olhos.

E combinava — como mágica de novo — com o coral de Sonya.

— Vejo a genialidade no seu plano. Femininas, mas não frágeis. Parecemos a primavera em cores fortes.

— Nada careta nem monótono. Mulheres inteligentes que sabem se arrumar.

— E agora não estou mais tão nervosa.

— Pareça confiante, seja confiante — declarou Cleo. — Vamos começar essa festa.

O que restava de nervosismo, Sonya sabia que conseguiria controlar. A ida até o prédio da Ryder lhe daria tempo para se centrar. Ela sabia o que fazer e como fazer, e faria. O resto? Estava fora do seu controle.

Ela estacionou na garagem no subsolo do prédio de muitos andares de tijolos e vidro, e colocou a bolsa do notebook no ombro enquanto Cleo carregava a sua. Entre as duas, levaram os painéis e a caixa de panfletos para os participantes até o elevador.

— Que música você acha que a Clover colocaria agora? — perguntou Sonya.

— Ah... Vamos com aquela, "Woman", da Kesha.

— É isso. Perfeito. Somos mulheres fodonas.

— Isso mesmo, querida.

Revigoradas, subiram até o saguão.

Sonya se lembrou de como conhecia o ambiente por conta do trabalho anterior com a Ryder: repleto de tradição. O logotipo da empresa se erguia atrás de um pequeno balcão de recepção; o piso de azulejos em um cinza esfumaçado suave combinava bem com as paredes em azul-claro. Duas poltronas azul-marinho ladeavam uma mesa, e acima dela pendia um retrato do fundador.

Sonya assinou o registro de visitantes e, conforme instruídas, elas pegaram o elevador até o sétimo andar.

Enquanto subiam, Cleo cantarolou "Woman", fazendo Sonya rir.

— É o dia pelo qual você tanto se preparou, minha amiga.

— É, e eu quero isso, Cleo, mas percebo que não é tudo para mim. A Visual Art está indo muito bem. Eu estou indo muito bem. Mais que bem. E perceber isso tira um pouco da pressão.

— Que bom.

Ao saírem do elevador, uma funcionária da Ryder as recebeu.

— Srta. MacTavish. Sou Lauren Cooper. Vou acompanhá-las até a sala de conferências e ajudar na montagem.

— Obrigada. A srta. Fabares vai trabalhar comigo hoje.

— Prazer em conhecê-las. Se me acompanharem…

Enquanto seguiam pelo corredor iluminado por janelas, com quadros exibindo equipamentos da Ryder ao longo das paredes, Brandon Wise surgiu na direção contrária.

Ele usava um terno risca de giz azul-marinho impecável (graças a Deus, ela não tinha escolhido a roupa azul), camisa branca engomada — ela sabia que teria abotoaduras francesas, com monogramas — e uma gravata listrada em azul e bordô, atada em um nó inglês duplo. Os sapatos sociais combinavam com o couro marrom-escuro da pasta que carregava.

Seu cabelo loiro, perfeitamente penteado para realçar o rosto barbeado de "não sou ator de cinema, mas pareço um", brilhava sob a luz do sol que entrava pelas janelas.

Seu sorriso, todo charmoso, brilhava como a própria luz.

— Sr. Wise, não sabia que o senhor ainda estava aqui.

— Já estava de saída, Lauren. Miranda e eu ficamos conversando depois que o resto da equipe foi embora, e o tempo passou sem percebermos. Olá, Sonya. Você está… bem.

— Obrigada. Estou, sim.

Ele deu um leve aceno de cabeça para Cleo.

— Cleo.

Ela retribuiu o gesto.

— Babaca.

O sorriso dele vacilou, mas não chegou a se desfazer.

— E então, como estão as coisas no meio do mato, lá no Maine?

— Fica na costa, e é lindo. Agora, com licença.

— Se você tiver um minutinho… Lauren pode mostrar à sua… assistente onde deixar o material.

— Um minuto é tudo que tenho a conceder. Vou logo atrás de você, Cleo. Está tudo bem — acrescentou para tranquilizá-la.

— Deixe-me levar isso para você. — Lançando a Sonya um olhar de desculpas, Lauren pegou o que ela carregava. — A sala de conferências fica no fim do corredor.

— Sim, eu lembro. — Enquanto caminhavam, Sonya olhou para o relógio, que raramente usava. — Seu minuto começa agora.

— Essa atitude de durona não combina com você — disse ele num tom leve. — Parece que engordou um pouco. Tentando tocar sua empresinha sozinha, longe da ação? Não posso culpá-la por comer por estresse.

— Não engordei, e estou adorando trabalhar como *freelancer*. Se você vai usar seu tempo para comentar minha aparência...

— Sensível como sempre. Achei justo avisar que esse cliente já é meu. Miranda acabou de confirmar. Entendo que o Burt tem uma... Vamos ser delicados e chamar de *afeição* por você, e forçou a barra para lhe dar essa oportunidade. Mas o cliente é meu, e isso não deveria ser surpresa.

Ela se empertigou quando ele pousou a mão em seu ombro.

— É melhor tirar essa mão daí.

Ele tirou a mão e suspirou.

— Quis poupar você de uma humilhação, por consideração aos velhos tempos. Fique com os seus sites de fundo de quintal, Sonya. A Ryder joga em outro nível, e você não está à altura. Nunca vai estar.

— Vou dar à sua opinião toda a consideração que ela merece. Agora, com licença, seu minuto já acabou, e é tudo que você vai ter.

— Todo aquele tempo juntos, e eu jamais percebi como você é uma vadia. Terminar nosso noivado foi a decisão mais inteligente que já tomei.

— Pelo amor de Deus, Brandon, você é patético.

— Você já perdeu, Sonya — gritou ele, quando ela se afastou. — Você nunca teve chance.

— Vamos ver — murmurou ela. — Vamos ver, porra.

Quando chegou à sala de conferências, os painéis já estavam montados, os materiais distribuídos sobre a longa mesa. Um funcionário enchia copos de água.

— Srta. MacTavish...

— Sonya.

— Sonya — corrigiu Lauren. — Quero pedir desculpas. A apresentação da By Design terminou quase quarenta minutos atrás. Eu não fazia ideia de que o sr. Wise tinha ficado.

— Está tudo bem. Ele quis me dar uns conselhos.

— Babaca — murmurou Cleo. — Ele emboscou você.

— Não importa — repetiu Sonya.

— De todo modo, peço desculpas. Miranda Ryder e os demais a quem você vai apresentar estão na sala de jantar executiva. Obviamente, o sr. Wise não estava lá. Devem voltar em dez minutos. Posso providenciar alguma coisa para você?

— Água está ótimo. Cleo?

— O mesmo para mim.

Elas prepararam a apresentação de slides para a grande tela na parede e fizeram um rápido teste.

Quando Lauren saiu, Cleo se virou para abraçar Sonya.

— Eu perguntaria se você está bem, mas você parece mais que bem.

— Isto aqui não é tudo para mim, mas eu quero. Ele me fez querer ainda mais.

— Você ainda tem alguns minutos. Quer dar uma passada no banheiro para chutar alguma coisa com esses sapatos maravilhosos?

— Não preciso. A emboscada dele me energizou, e vou usar isso.

Burt Springer entrou primeiro, um homem alto, robusto, cabelo escuro com fios grisalhos e olhos castanho-escuros. Ele foi direto até Sonya e pegou sua mão.

— Sonya. Queria só um momento para dizer que estou feliz que esteja aqui e ansioso para ver suas ideias.

— Não consigo expressar a minha gratidão pela oportunidade.

— Você conquistou isso. — Voltou-se para Cleo. — Burt Springer.

— Cleo Fabares. Prazer enorme conhecê-lo. Sonya sempre falou como gostou de trabalhar com o senhor.

— O sentimento é recíproco. — Então franziu o cenho. — Por que esse nome me soa tão familiar? Sei que nunca nos vimos antes… como poderia esquecer? Espere! Você é a Cleo Fabares que ilustrou o livro preferido da minha neta? *O Melhor Dia da Jessie?*

— Sou eu mesma.

Com uma expressão de alegria, ele estalou os dedos.

— Sabia que conhecia esse nome. Eva tem 4 anos e adora esse livro. Comprei um segundo exemplar para ficar na casa da vovó e do vovô. Já perdi a conta de quantas vezes lemos para ela. Embora, a esta altura, seja ela quem lê para nós. Ela ama as ilustrações, especialmente a de Jessie pulando na piscina de bolinhas. Se eu tivesse um exemplar comigo, pediria para você autografar para ela.

— Vou providenciar um para ela, autografado por mim e pela autora.

— Isso me garantiria o posto de melhor avô de todos os tempos. — Ele tirou um cartão do bolso. — Espere até eu contar para a minha esposa. Você e a Sonya estão trabalhando juntas na Visual Art?

— Sonya e eu somos amigas desde a faculdade.

— E atualmente moramos juntas — acrescentou Sonya. — Cleo está me ajudando hoje.

— Nem preciso dizer que lhe desejo toda a sorte, mas digo mesmo assim. E aqui vem o restante. Arrase.

Ela reconheceu alguns dos quinze membros que se sentaram à mesa, por conta do trabalho anterior com a Ryder, e outros apenas por reputação e pela pesquisa que tinha feito para a apresentação.

Windon Ryder era o diretor financeiro (CFO), Lowell Ryder, o vice-presidente de marketing. E Miranda Ryder, na cabeceira da mesa, era, como Sonya sabia, a chefe de tudo.

Havia três gerações dos Ryder na sala para impressionar, e outros doze que também dariam sua opinião. Ela estava pronta.

— Boa tarde. Sou Sonya MacTavish, da Visual Art, e esta é Cleo Fabares, que vai me auxiliar hoje. Quero agradecer pela oportunidade de...

— Pelo que entendi, você trabalhava sozinha — interrompeu Miranda. — Ampliou sua empresa?

— Não, não ampliei. — Sonya fitou os olhos cinza-azulados da mulher. — A srta. Fabares é uma amiga e, hoje, voluntária.

— Antes de começar, preciso que compreenda que a By Design, empresa para a qual você trabalhou, já apresentou sua proposta.

— Compreendo, sim. E sem dúvida, como a By Design é uma organização excepcional e criativa, a apresentação deles atendeu a esse padrão. Acredito que a minha também atenderá.

— Por que você deixou a empresa? Laine Cohen e Matt Berry construíram, como você mesma disse, uma organização excepcional e criativa.

— E devo muito a Laine e ao Matt. Foram maravilhosos para trabalhar. A decisão de deixar a By Design e criar meu próprio negócio não foi fácil nem impulsiva, mas foi a decisão certa para mim. Ainda mais depois que me mudei para o Maine.

— Como uma empresa de uma única pessoa?

— Sim, o que jamais teria conseguido sem a base que recebi na By Design. Nos materiais entregues a vocês, conforme solicitado, há amostras de trabalhos que realizei desde que fundei a Visual Art. Descobri no trabalho *freelance* tanto desafios quanto satisfação, e agradeço a oportunidade de apresentar minha visão para a Ryder Sports, uma empresa enraizada, assim como eu, na família e na comunidade.

Ela lançou um olhar a Cleo, que acionou os slides, e começou.

Ela se manteve naquele momento, embora, depois, tudo lhe parecesse um borrão. Respondeu a perguntas — inclusive às técnicas que surgiram — e, ao terminar, não se lembrava mais das respostas.

O que lembrava, e sempre lembraria, era Burt sair para o corredor, apertar novamente sua mão e sussurrar em seu ouvido:

— Arrasou.

Sonya não disse nada até as portas do elevador se fecharem:

— Ela foi tão casca-grossa quanto achei? A Miranda Ryder?

— *Muito*. — Cleo soltou um suspiro, revirou os olhos. — Casca-grossa de dar medo. Gostei dela. Meio que quero ser como ela em trinta ou quarenta anos. Agora vou dizer isso, não como amiga, não como assistente temporária... Pronta?

— Pronta.

— Você. Foi. Incrível!

— Não consigo me lembrar. — Como sentia as mãos frias, esfregou uma na outra. — Está tudo meio emaranhado agora. Talvez depois eu lembre.

— Eu estava olhando tudo, observando as expressões dos outros quando dava. Eles gostaram, Son. Gostaram mesmo.

— Vou deixar isso para lá. Preciso deixar.

— Não, não. Você vai me contar o que aquele idiota disse pra você.

— Com detalhes. Mas primeiro vou tirar estes sapatos para voltar a sentir meus pés, e respirar fundo algumas vezes. E vou levar você e a mamãe para jantar.

— Vou logo avisando: sua mãe tem outros planos. Já está em casa, fazendo o famoso frango assado dela, com alho e sálvia. Ela queria você em casa hoje, Son. Queria que você relaxasse. Que todas nós relaxássemos.

— Sabe de uma coisa? É isso que eu quero também. Fizemos um bom trabalho, e vou deixar por isso mesmo. Fazer um bom trabalho já é suficiente.

Capítulo vinte e três

Ela aproveitou cada minuto na casa de sua infância com suas duas mulheres favoritas. Algumas falhas de memória da apresentação se dissiparam, e o que não se desfez Cleo completou.

Após o jantar, já aconchegadas de pijama, sentaram-se na sala de estar com vinho e bolo.

— Não acredito que aquele filho da puta foi atrás de você logo antes da sua apresentação.

— Winter MacTavish! — resfolegou Cleo. — Você beija o rosto da sua filha com essa boca?

— Beijo, sim. — Winter inclinou-se e beijou Sonya para provar. — E ele ainda teve a cara de pau de dizer que tinha rompido o noivado.

— É fácil reescrever a história e se colocar como herói da trama. — Sonya deu de ombros. — Vê-lo daquele jeito? Todo engomadinho, convencido e condescendente? Só me deixou ainda mais determinada a mostrar meu trabalho. E fez com que eu valorizasse ainda mais o Trey. Eles estão lá de novo esta noite — acrescentou. — Trey e Owen, na mansão. Liguei para ele quando subi para me trocar. Ele… eles não precisavam fazer isso. Acho que ele sente, e o Owen também, que não estão apenas cuidando de Yoda e Pye, mas da casa e de tudo que há nela.

Ela tomou um gole de vinho.

— Os dois viram Dobbs saltar do quebra-mar de novo ontem à noite.

Winter estremeceu.

— Não consigo imaginar isso. E nem quero. Prefiro imaginar a moça, porque ela era apenas uma moça, que deu à luz seu pai tocando música pra você, cuidando de você. Gosto de saber que você tem quatro obras de arte do seu pai na mansão. A que levou consigo e as três que encontrou lá. Isso é importante para mim. É como se ele estivesse lá com você também.

— E aqui com você — murmurou Sonya.

— Sempre. Pergunto-me se saber que ele está comigo tornou mais fácil aceitar o que acontece na sua mansão. Eu me preocupo com vocês, com as duas — admitiu. — Mas me preocupo menos sabendo que vocês têm uma à outra, e também a Clover e a Molly, e o restante de que me contou.

— E no mês que vem, por alguns dias, você também estará lá.

— Mal posso esperar. A Summer me ligou hoje. Ela recebeu o seu convite. Não perguntei se você a tinha incluído, porque não queria pressionar.

— Mãe, eu não a culpo pelo que a Tracie fez. Foi escolha dela ir pra cama com o Brandon, várias vezes. Não é culpa da mãe.

— Ela vai. Ela e o Martin. Ela vai reservar um quarto no hotel.

— Temos espaço para eles. Serão bem-vindos na mansão.

— Martin? Fantasmas? Nunca. — Winter riu só de imaginar. — Se a Summer e eu fizéssemos uma viagem de irmãs até lá, ela ficaria. Mas para Martin é um não categórico.

— Tinha esquecido. Ele também não assiste a filmes de terror. — Ao se lembrar, Sonya abriu um sorriso. — Ele não aguentaria nem uma noite na mansão.

— Seus avós, maternos e paternos, vão querer ir. Se puderem, o hotel é mais adequado para eles também. Deixe essa parte por minha conta.

Na manhã seguinte, colocaram tudo no porta-malas novamente.

— Dirijam com cuidado e…

— Manda mensagem quando chegarem. — Sonya abraçou Winter com força. — Vejo você em breve. Amo você.

— Também amo vocês duas. Ah, e me avise quando tiver notícias da Ryder.

— Aviso, seja qual for o caso.

— Tenho orgulho de você de qualquer forma, mas agora eu realmente não quero que aquele idiota saia por cima.

— Tô com ela nessa — disse Cleo quando entraram no carro. — Se o tempo estiver tão bonito em casa quanto está aqui hoje, vou desempacotar as coisas e depois levar meu cavalete lá para fora. Pinte comigo.

— Cleo…

— Ah, qual é! Eu sei que o Trey mandou mensagem dizendo para não nos preocuparmos em buscar o Yoda e a Pye. Eles vão trazê-los junto com o jantar hoje à noite, ainda bem. Mas a gente só vai chegar em casa perto do meio-dia. Depois temos que desempacotar, respirar. Quem começa o expediente quase uma da tarde? Trabalhamos duro. Vamos nos divertir um pouco.

O dia continuou bonito, compensando alguns trechos de trânsito intenso. Ao avistar a mansão erguendo-se quando fez a última curva, o coração de Sonya apertou de um jeito que ela esperava nunca deixar de sentir.

— Cleo, a árvore.

— Estou vendo. Ah, quando todas aquelas flores desabrocharem, vai ser um espetáculo.

Algumas já se mostravam, dando um vislumbre da beleza que viria. O delicado cor-de-rosa, pendendo daqueles galhos curvos e retorcidos, sussurrava: primavera, primavera, primavera!

— A ida à loja de jardinagem subiu algumas posições na nossa lista de afazeres.

— Vou comprar um chapéu. — Cleo saiu do carro, espreguiçando-se. — Na próxima ida à cidade, vou arranjar um chapéu fofo de jardinagem.

— Você já tem seu adorável chapéu de pintura ao ar livre.

— E qual é o seu ponto?

— Nenhum — admitiu Sonya.

— Meu Deus, que tarde maravilhosa. Vamos pintar. Não aceito não como resposta.

Assim que Sonya abriu a porta da frente, seu celular disparou com “Can’t Stop the Feeling!”.

— Também estamos felizes por estar de volta.

Elas entraram com malas, sacolas de compras, bolsas de notebook e ignoraram as portas batendo no terceiro andar.

Sonya respirou fundo.

— É grande, é linda, é mal-assombrada. E é nossa.

— Vamos desempacotar, separar o material e pintar este dia maravilhoso.

— Parada rápida para checar e-mails, mensagens e afins. Mandar mensagem para a mamãe dizendo que chegamos, e fazer o mesmo com o Trey.

— Isso é permitido.

— É cedo demais para ter notícias da Ryder, mas preciso checar ou vou ficar obcecada.

— Lógico que precisa, e lógico que faria isso. Quando você acha que vão decidir? — perguntou Cleo enquanto subiam as escadas.

— Até o fim da semana, talvez. Melhor se for só na próxima. Acho que, quanto mais demorar, maiores serão as minhas chances. Uma decisão rápida provavelmente penderia para a By Design. Então vou checar e depois tirar isso da cabeça.

Ao não encontrar nenhuma comunicação de Burt Springer, considerou um bom sinal. Talvez não conseguisse deixar o assunto totalmente de lado, pensou enquanto desfazia a mala, mas poderia empurrá-lo para o fundo da mente.

Pegou a camisa do pai, que usava como avental nas raras ocasiões em que pintava. Aquilo a fazia pensar nele, sentir-se próxima dele.

Tinha um conjunto de pincéis dele guardado, um de seus cavaletes e uma paleta.

Quando saiu com Cleo para montar as coisas, olhou ao redor.

— Você vai pintar a árvore?

— Não, vou esperar até ela estar em traje de gala. — Cleo gesticulou. — Estou de olho na vista da baía, no farol daqui.

— Eu vou fazer a árvore — decidiu Sonya. — Um momento entre estações.

Enquanto se organizavam, Clover veio acompanhada de Elvis e "Spring Fever".

Rindo, Sonya ajeitou a tela.

— Acho que entramos na febre da primavera mesmo.

As duas conversavam um pouco enquanto pintavam, e Sonya percebeu que estava aproveitando tudo. O ar, os aromas, o canto dos pássaros. E o experimentar de cores e formas que nada tinham a ver com trabalho.

Embora a árvore, com suas poucas flores corajosas e os botões à espera, fosse o foco, ela também incluiu a torre erguendo-se atrás, o formato arredondado, as paredes de pedra e as janelas altas.

E a sombra que aparecia e sumia à janela da biblioteca.

Uma hora depois, Cleo se afastou de sua tela para ir até a de Sonya.

— Sonya, isso está muito bom.

— Não está ruim.

— Está bom. Você captou a luz e a delicadeza das flores. A forma como elas se espalham dá impacto ao formato misterioso da árvore. O jeito como você usou a torre dá uma boa perspectiva, e o contraste também é impactante. E ainda tem a sugestão de forma na janela. Só um tiquinho de mistério.

— Estava lá. Sinto que é a Clover desta vez.

Quando o celular tocou "Say My Name", Sonya ergueu os olhos outra vez.

— Parece que acertei. Gosto dela ali, e na pintura.

— Vamos pendurar.

— Vamos ver como fica quando eu terminar. — Ela olhou ao redor e depois foi até a tela de Cleo. — Isso está maravilhoso. Onírico, quase fantasioso, mas real. A costa rochosa, o azul perfeito da baía se estendendo até o mar, e os barcos, atracados ou navegando. Os pedaços da vila, há uma solidez ali, os tijolos gastos do edifício Poole. E o farol guardando tudo. Licença sabática uma ova. Onde vai colocar?

— Se ficar como espero, acho que vou conversar com o Kevin, da Bay Arts. Vamos ver. Por enquanto, estou pintando para mim, então essa é a licença sabática.

Voltaram a pintar, atravessando a tarde ao som dos interlúdios musicais de Clover.

— Vamos fazer isso mais vezes. — Cleo limpou a tinta azul-cerúleo da mão. — Mas por hoje chega para mim. Preciso espairecer um pouco. Amanhã volto a pintar.

— Eu terminei. Consegui o que queria. Se continuar mexendo, vou acabar fazendo outra coisa.

— Está muito bom, Son. Você pintou algo que ama, dá pra ver.

Quando começaram a guardar o material, ouviram uma caminhonete se aproximar. Clover também ouviu e respondeu com Thin Lizzy, "The Boys Are Back in Town".

Assim como quando tinha visto a mansão, o coração de Sonya se apertou quando a caminhonete de Trey surgiu na curva.

Isto é amor, pensou, e é *incrível*. Aterrador, avassalador e *incrível*.

Ela correu até a caminhonete assim que Trey estacionou. Yoda e Mookie desceram primeiro, para recebê-la como uma amante havia muito perdida.

— Também senti saudade de vocês. Senti muita saudade! Sei que foram bons meninos. Vocês são tão bons meninos. E você… — Ela envolveu Trey com os braços. — Oi.

Sem conseguir evitar, imprimiu toda aquela emoção no beijo. E seu coração se encheu de felicidade quando Trey respondeu na mesma intensidade.

— Vamos lá, meninos, e eu? Deem um minuto a esses dois e venham ver a Cleo.

— Bem-vinda de volta — murmurou Trey e, ao se afastar, pousou a mão na bochecha dela. — Senti falta do seu rosto.

— Senti falta do seu, e de todo o resto. — Com um suspiro, apoiou a cabeça no ombro dele. — Obrigada por cuidar de tudo enquanto eu estava fora.

— Quero saber tudo. O que é isso? — Ele apontou para os cavaletes. — Aula de arte?

— Ideia da Cleo para uma tarde relaxante. E foi realmente divertido. Um bom jeito de se livrar do cansaço do trânsito e da viagem.

— Vamos dar uma olhada.

Ele manteve a mão dela na sua enquanto atravessavam o gramado. Parou primeiro diante da tela de Cleo.

— Você fez isso em uma tarde?

— Não está pronta, mas eu já tinha o conceito em mente havia um tempo. Luz sobre Poole's Bay.

— Está incrível, sério. E você fez isso? — perguntou ele a Sonya.

— Sim, e está pronta. A Cleo vai pintar a árvore em plena floração, então eu decidi fazer Entre Estações.

— Você devia fazer mais isso. Se eu tivesse esse talento, faria isso o tempo todo.

— Mas aí vira trabalho — lembrou Sonya. — Vamos levar tudo isso para dentro.

— O Owen vai trazer a Pye?

Trey assentiu enquanto ajudava a desmontar.

— Ele tinha mais algumas coisas para fazer, então vai trazer o jantar.

— Ótimo. Podemos levar tudo para o meu ateliê. Eu limpo os pincéis, Son.

Enquanto subiam, os estrondos recomeçaram.

— Lá vai ela. Fez muito disso enquanto estávamos fora? — perguntou Sonya.

— Ela deixa evidente quando está zangada. Nada de mais nos últimos dias. Mais quando subimos para o terceiro andar. Nós verificamos o armário do ateliê toda noite — acrescentou —, por via das dúvidas, mas nada.

— Eu olhei antes de sairmos, mas dê outra olhada agora, Sonya.

— Nada até agora. — Sonya fechou a porta do armário.

— Eu fico com os pincéis — disse Cleo outra vez. — Vai lá me servir uma taça de vinho.

— Como está sua mãe? — perguntou Trey conforme desciam.

— Ótima. Foi muito bom vê-la, ter aquele tempo com ela.

— E Boston?

— Perguntei a Cleo como ela se sentiu quando chegamos lá, e ela disse exatamente o mesmo que eu. Disse que se sentiu como uma visitante. E quando chegamos à casa da minha mãe, percebi que sempre seria um lar. Que sorte a minha ter todas as lembranças de ter crescido naquela casa, de saber que é um lugar onde sempre serei bem-vinda. E como alguns meses fazem diferença, porque, além da mamãe, senti muito menos falta de Boston do que pensei que sentiria.

— Senti mais falta deste aqui. — Abaixou-se para fazer carinho em Yoda. — E de você também — acrescentou, dando a mesma atenção a Mookie. Então se endireitou. — E de você.

Ela fez uma pausa na sala de música, olhando para o retrato.

— Senti falta desta casa, com tudo o que há nela. Exceto…

— Nem precisa dizer.

Quando entraram na cozinha, ela viu os petiscos, um novelo de lã e a bola de Yoda sobre a bancada.

— Alguém sentiu falta dos bichos de estimação — disse Trey. — Na primeira noite em que você esteve fora, quando chegamos, estavam lá, junto com as portas dos armários abertas e os bancos e cadeiras virados no chão.

— Pobre Jack. O que você fez?

— Fiz o que a maioria chamaria de monólogo. Expliquei como o Owen e eu precisávamos cuidar dos bichos já que você tinha que se ausentar por conta de uma viagem curta de trabalho. Que voltaríamos com eles todas as noites depois do expediente.

Quando ele pegou dois biscoitos caninos, os cachorros se sentaram.

— Ontem à noite, as coisas estavam na bancada de novo, mas o resto ficou no lugar. Acho que ele entendeu.

Ela o observou distribuir os biscoitos.

— Você é um homem doce, Trey.

— E isso geralmente é sentença de morte.

— Não. Para mim, é exatamente o contrário. Você levou meu cachorro para o trabalho.

— Ele conquistou a Sadie. Isso não é pouca coisa.

— E você o trouxe de volta depois do trabalho; você e Owen trouxeram o Yoda e a Pye de volta, ficaram aqui porque não quiseram deixar a casa vazia depois de tudo o que aconteceu. Você conversou com o fantasma de um garotinho que sentia falta dos animais para brincar.

Ela passou a mão pela manga da camisa.

— Meu pai era um homem doce. Não um molenga, não… qual é a palavra? Meloso.

— É uma boa palavra.

— É, sim. Então eu reconheço e valorizo um homem doce quando vejo um.

Os cães dispararam, correndo para a entrada da casa segundos antes do toque da campainha ecoar.

— É o Owen. Sirva o vinho, também estou a fim de uma taça. — Trey beijou o topo da cabeça dela. — Vou atender.

Enquanto ele fazia isso, Clover colocou "I'll Stand by You", da banda Pretenders.

— É verdade. Eu vou ficar ao lado dele. E saber que ele ficará? Isso muda tudo.

Ela serviu o vinho.

Depois sorriu para Owen, pegou outro biscoito e os petiscos da gata quando Pye e Jones entraram um de cada lado dele.

— Tem cerveja — disse a ele.

— Não tenho nada contra isso. — Ele assentiu em direção ao vinho, então ela pegou outra taça. — Então, bem-vinda de volta. O que foi isso do idiota emboscá-la antes da reunião?

— O quê? Que emboscada? — exigiu Trey.

Sonya serviu a quarta taça.

— Como você soube disso? Telepatia?

— Seria legal, mas não. A Cleo me mandou mensagem logo depois que vocês chegaram, acho que para ter certeza de que eu não tinha torrado uma das sete vidas da gata dela. Ela mencionou.

— Aqui está ela. — Cleo praticamente ronronou quando entrou e pegou a gata no colo para um chamego. — Obrigada. — Deu em Owen um beijo casto na bochecha, que fez ele lançar um olhar a Trey.

— Aposto que você ganhou coisa melhor que isso.

— Não posso mentir. Que emboscada foi essa?

— Brandon resolveu me alfinetar antes da apresentação.

— Ele já deveria ter ido embora — acrescentou Cleo, colocando a gata de volta no chão. — Estava à espreita, e isso é uma emboscada. Babaca.

— E a Cleo o chamou disso bem na cara dele. Minha parte favorita. Ele deu a ela um daqueles cumprimentos. — Sonya assumiu uma expressão superior e acrescentou um leve aceno. — "Cleo." E ela devolveu o mesmo aceno, com um: "Babaca."

As duas caíram na gargalhada enquanto Owen sorria para Cleo.

— Mandou bem. Ponto pra você.

— Você não me contou nada disso.

— Eu não ia mandar mensagem por causa daquela idiotice — começou Sonya, depois parou. — Você está bravo. Mal dá para perceber, mas está bravo. Eu não estava escondendo nada, juro. Só não queria abordar essa estupidez por mensagem.

— Então vamos ouvir agora.

— Está bem. Sim, ele já devia ter ido embora, então ficou de tocaia. A funcionária responsável por nos acompanhar ficou surpresa e envergonhada quando ele apareceu desfilando pelo corredor.

— Parecia um manequim. — Cleo espiou dentro de uma embalagem de comida. — Sanduíches de lagosta, perfeito.

— Batatas fritas também. Melhor colocá-las no forno para manter aquecidas — avisou Owen —, se isso for demorar.

— Não vai. Não demorou.

— Mesmo assim vou colocar, e minha comparação com um manequim não era um elogio. Homem falso até os ossos, posando de elegante.

— É verdade. Ele mentiu sobre o motivo de ainda estar lá. A funcionária nos contou depois. Ele só queria me provocar, disse que tinha conversado com Miranda Ryder, a chefona, e que já tinha garantido o cliente. Afirmou que ela havia confirmado. Que eu só tinha conseguido o convite para apresentar por causa do Burt… Burt Springer… e ele fez parecer algo lascivo.

— Outra boa palavra — disse Trey.

— Estou cheia delas hoje. — Como aquela insinuação ainda a incomodava, ela tomou um gole de vinho para engolir aquilo de novo. — Burt é outro homem doce, um homem velho o bastante para ser meu pai. Um homem de família. Acontece que a Cleo ilustrou o livro favorito da neta dele. Ele lê para a neta de 4 anos. Esse é o tipo de homem que Burt é.

— E isso você não contou para o Burt Springer — supôs Trey.

— Não. Você contaria?

— Não.

— Ele a chamou de vadia.

— Puta merda. — Owen olhou para Trey.

— Cleo.

— Mas, Son, ele chamou.

— Ele disse… depois que mandei ele ir se lascar, com palavras mais elegantes… que não tinha percebido que eu era uma vadia, e que estava feliz de ter terminado comigo. O que ele não fez, e que, a esta altura, não importa. Eu lidei com isso, está bem?

— E lidou muito bem — disse Cleo.

— Ele queria me deixar nervosa, abalar minha confiança, e conseguiu o oposto. Ele me impulsionou.

— E ela arrasou. Tirando apresentações na faculdade e ensaios como fizemos aqui, nunca tinha visto minha garota em ação. Arrasou.

Para enfatizar, Cleo ergueu a taça e brindou com Sonya.

— Quero ouvir tudo. Mas se ele voltar a entrar em contato ou cruzar seu caminho de novo, quero saber. E não — acrescentou Trey — dois dias depois.

— Não havia nada que você pudesse fazer — começou Sonya.

— Você teria ficado sabendo que alguém ficou puto por você.

Owen ergueu dois dedos; Cleo, três.

— Não, melhor quatro — disse ela. — Winter. Mas, em defesa da Sonya, ela bancou a Taylor Swift e… Clover, solta o som aí.

"Shake It Off" tocou alto.

— E sacudi a poeira. — Sonya balançou os quadris e os ombros para provar.

— Tenho uma pergunta, mas quero comer, e os bichos também. Eu cuido dessa parte. — Owen foi alimentar os pets.

— Qual é a pergunta? — indagou Sonya enquanto pegava pratos.

— Como você se envolveu com um idiota desses?

— Caramba, Owen.

— Não, Trey, é uma pergunta justa, e que eu mesma já me fiz. A resposta tem dois lados. Primeiro, ele escondeu muito bem o lado babaca por um bom tempo.

— Tenho que concordar. — Cleo tirou a bandeja de batatas fritas do forno. — Eu quase gostei dele. Gostei principalmente por causa da Sonya, mas quase gostei, e eu sou ótima em reconhecer babacas.

— Ele se dava muito bem com a minha mãe, e isso é importante para mim. Era atencioso no trabalho, interessado, ou parecia interessado, no que eu tinha a dizer. Atencioso sem ser sufocante, tranquilo com meus amigos, tudo isso.

Quando se sentaram à mesa, ela deu de ombros.

— Só depois do noivado comecei a perceber pequenas coisas, depois coisas maiores. Na maior parte, achei que fosse nervosismo meu ou o estresse de planejar aquele casamento grande e elaborado. Procurar casa, tudo ao mesmo tempo.

— O que você não queria — salientou Cleo.

— O que eu não queria. Naquele fatídico dia, antes de eu saber que seria fatídico, percebi que havia coisas que precisávamos resolver, conversar, chegar a acordos melhores. E então… bem, não houve necessidade disso.

Ela comeu uma batata frita e sorriu.

— De resto, eu queria muito começar a construir o que meus pais tiveram. O problema disso, além de ele ser um idiota mentiroso e traidor? Não queríamos as mesmas coisas, de jeito nenhum. Eu só estava começando a entender isso quando… peguei ele no flagra. Sou grata por ter visto pois, e pensei muito a respeito, eu não teria levado o casamento adiante. Provavelmente teria enviado os convites, chegado muito perto, o que teria sido horrível. Mas quanto mais nos aproximávamos, mais ele se revelava, e mais infeliz e inquieta eu me sentia. Então é isso.

— Faz sentido — decidiu Owen, apontando para Trey. — Howie Queller.

— É. — Trey balançou a cabeça. — Amigo nosso. Desde o ensino médio. Alguns anos atrás, nós três estávamos tomando uma cerveja, o quê, cerca de uma semana antes do casamento dele?

— Por aí. E, de repente, ele começa a dizer que não queria se casar. Que não queria aquilo, que se sentia preso. Trey tentando acalmar o cara: está nervoso, você a ama, certo? E o Howie dizendo que achava que sim, mas que não. Que não estava pronto, que ela queria isto e aquilo, e ele não. Trey falando: cara, você precisa conversar com ela, resolver isso. Não dá para prometer o que não pode cumprir.

— E você? — perguntou Cleo.

— Owen disse: "Você não põe uma aliança no dedo de alguém a menos que queira ficar com a pessoa. Se não quiser, não coloque."

— E o Howie praticamente chorando em cima da cerveja, falando como a mãe dele estava animada, como o pai dela tinha gastado todo aquele dinheiro, como a Alma, a noiva, não falava de outra coisa além do casamento. Então ele se casou.

— E nós cuidamos do divórcio em menos de um ano — concluiu Trey. — E não foi bonito.

Sonya comeu um pedaço do sanduíche de lagosta.

— Eu poderia ter sido o Howie.

— Não. — Owen pegou mais batatas fritas. — O Howie é um imbecil.

Quando já tinham comido, conversado e deixado a cozinha em ordem, Cleo foi até a área de serviço para pegar um casaco.

— Vou passear com a Pye e os cachorros, e encerrar por hoje.

— Encerrar é bom. Obrigada por trazer o jantar, Owen.

— Sem problema. Vou acompanhar Cleo até lá fora e ir embora. Ainda tenho coisas para resolver.

Quando saíram, Sonya virou-se para Trey.

— Estou tentando me arrepender de você ter ficado zangado por minha causa. Um pouco comigo, mas principalmente por mim.

— Principalmente por você, sim. Conheço bem o tipo dele; vejo nos tribunais. Não gosto que você tenha tido que lidar com ele.

— Por isso não consigo me arrepender. Vamos lá para cima. Senti sua falta. Senti falta de estar com você. — Mas primeiro o abraçou. — Estou muito, muito feliz de não ter sido o Howie.

— Já que estou pensando em deixá-la nua, estou radiante que você não seja ele.

Do lado de fora, Owen começou a chamar Jones.

— Antes, tenho uma pergunta. O que você pensou quando eu disse que o babaca chamou a Sonya de vadia?

— Que o Trey e eu devíamos dar um pulo até Boston e tirar no ímpar ou par quem daria o primeiro soco.

— Foi o que eu imaginei.

— O Trey não faria isso por causa de palavras. Mas se aquele desgraçado for atrás dela de novo, mesmo que seja só com palavras, ele vai dar um jeito de fazê-lo pagar. É assim que o Trey funciona.

Ela assentiu enquanto caminhavam, com o mar rufando como um tambor e a lua pairando no céu.

— Peguei uma cueca boxer dele quando empacotamos suas porcarias. Enterrei com uma maldição. Espero mesmo que tenha funcionado, pelo menos um pouco.

— Que tipo de maldição?

— Micose na virilha.

Owen se encolheu, fez uma careta e mudou de posição.

— Lembre-me de jamais virar seu inimigo. Tenho que ir.

— Hum. Você ronca?

— Ninguém nunca reclamou. Por quê?

— Eu gosto de dormir, então preciso saber se deixo você ficar depois que transarmos ou se enxoto você daqui.

Ela se virou, o envolveu e o beijou ao luar como uma mulher que já tinha se decidido.

— Isso é porque eu falei em socar aquele cara?

— Isso foi a cereja do bolo, mas tem vários outros motivos por trás. Quer ouvir agora?

— Na verdade, não. Você ronca?

Ela sorriu, pegou a mão dele e o puxou em direção à casa.

— Por que você não entra e descobre?

Dobbs não esperou até as três da manhã.

Logo depois da uma, a campainha começou a soar. E os alarmes de incêndio do casarão inteiro começaram a disparar. Os cães saltaram, latindo.

Trey saiu da cama em um pulo, pegando a calça.

— É a Dobbs. — Sonya se ergueu às pressas. — Só pode ser.

— É a Dobbs, mas precisamos verificar. A empresa do alarme vai ligar; dê o código a eles, diga para segurarem os bombeiros.

— Não lembro o código. Droga! — O estrondo que ecoou do terceiro andar quase abafou sua voz.

— LBM-1794.

Trey saiu do quarto logo à frente dela e entrou no corredor quando Owen e Cleo saíram correndo do quarto de Cleo.

Ele disse, porque não conseguia pensar em nada melhor:

— Certo. A Sonya vai segurar os bombeiros. Você desce, nós subimos. Se virem fumaça, qualquer fogo, me mandem um SOS.

Passando a mão pelo cabelo, Owen assentiu.

— É a Dobbs, mas vamos olhar.

— É a Dobbs. — Ainda assim, Trey começou a abrir portas enquanto avançava pelo corredor. — E vamos ter certeza.

— Eu disse a eles que era algum tipo de mau funcionamento e que estamos resolvendo. — Enquanto Trey fazia isso, Sonya foi checando os cômodos a caminho da escada. — Meu Deus, Trey, ela não colocaria fogo de verdade. Ela quer a mansão.

— Ela é uma lunática. Vamos conferir.

— Não há fumaça. Real ou não. — Mesmo assim, o coração de Sonya martelava quando correram para o terceiro andar.

Seu celular tocou "Makin' Some Noise", de Tom Petty.

— Isso mesmo, Clover, ela só está fazendo barulho.

Barulho suficiente para Sonya querer tapar os ouvidos.

Ainda assim, ela seguiu pelo corredor com Trey, abrindo portas, checando cômodos.

— A porta do Quarto Dourado já está aberta.

— É, estou vendo.

Ela agarrou a mão dele.

— Nem pense nisso.

— Tarde demais para não pensar.

— Fiquem! — ordenou ela aos cães. — Isso vale pra você também.

— Eu entendi. — Talvez a contragosto, mas entendeu. — Vamos recusar o convite dela.

Mesmo assim, apontou a lanterna para a escuridão do quarto.

Ele esperava vê-la ali, flutuando acima do chão, braços estendidos, cabelo ao vento, olhos brilhando. Mas, exceto pelos móveis, o quarto estava vazio.

— Ela não está aqui. — Sonya apertou ainda mais a mão de Trey.

— Está em outro lugar da mansão. Cleo, Owen…

— Eles estão bem. Nós também. Terminamos este andar, depois o salão de baile e o resto.

Mas quando começaram a seguir em direção ao salão, um frio enregelante varreu o corredor.

As luzes que haviam acendido se apagaram com um estalo.

Sonya sentiu — sentiu *mesmo* — alguma coisa passar por ela. Como um sopro na nuca.

Os cães soltaram um rosnado que virou um ganido quando a presença passou.

No escuro, uma sombra ainda mais sinistra deslizou pelo corredor.

Veio um sussurro:

— A morte mora aqui.

E um grito o seguiu.

A porta do Quarto Dourado bateu; as luzes voltaram a acender.

O silêncio veio tão depressa, tão absoluto, que os ouvidos de Sonya chegaram a zumbir.

— De volta à caverna dela — resmungou Trey.

— Eu a senti. Senti ela bem atrás de mim.

— Ela encostou em você? — Trey guardou a lanterna no bolso e passou as mãos por Sonya.

— Não. Pelo menos… não. Mas eu senti… como se alguém estivesse respirando na minha nuca.

Ele a girou e afastou o cabelo dela.

— Nada. Alguma coisa dói?

— Não. Não. Foi só uma sensação. E eu a vi, ou vi a sombra dela. Você viu?

— Vi, sim. Quero verificar o resto. Precisamos ter certeza, mas acho que acabou por hoje à noite. — Ele segurou a mão dela de novo. — Tudo bem?

Ela foi com ele, cômodo por cômodo.

— Vou mandar mensagem para a Cleo avisando que estamos quase terminando. Você deve ter notado que o Owen não foi embora e que saiu do quarto da Cleo.

— Eu estava um pouco distraído na hora, mas foi difícil não perceber.

— E aí?

— Vou citar Joe Pesci: "Temos uma surpresa do caralho."

Depois de uma hora de tensão, ela riu. E, com um enorme alívio, quando começaram a descer de volta, encostou a cabeça no ombro dele.

— Você está de boa com isso?

— Por que não estaria? Eles dois já são adultos. E você?

— Cleo é a minha pessoa favorita no mundo, Owen é meu primo favorito, então estou tranquila. E concordo com a sua citação de *My Cousin Vinny*.

Eles chegaram ao andar dos quartos quando Cleo, Owen, Jones e a gata saíram da passagem de serviço.

— Tudo em ordem — disse Owen.

— Aqui também. Muito barulho e confusão, que era exatamente o objetivo dela. — Trey acrescentou: — Ela saiu do Quarto Dourado, deu umas voltas.

Sonya sentiu um arrepio.

— Nós a vimos voltar. Foi quando o barulho parou.

— Ela fez exatamente o que queria — observou Cleo. — Nos colocou para vasculhar a casa inteira como a turma do Scooby-Doo.

— Eu diria que ela não ficou nada feliz por você e eu termos voltado de Boston, Cleo.

— Ah, tem isso também — concordou Cleo, enquanto seguiam pelo corredor juntos. — E acho que ela ficou de mau humor porque havia quatro pessoas dormindo na casa.

— Isso já aconteceu muitas vezes.

— Já. — Ela sorriu para Owen. — Mas desta vez eram quatro pessoas dormindo depois de, digamos, terem aproveitado os prazeres da carne.

— Jesus. — Enquanto Sonya abafava uma risada, Owen passou as mãos pelo rosto. — É, dá pra chamar assim.

— Ela não tem carne e não pode aproveitar seus prazeres. — Cleo lançou um olhar para o teto. — Acho que a bruxa velha está com inveja. Vou voltar para a cama.

Cleo virou-se para o quarto e lançou um olhar por cima do ombro para Owen.

— E aí?

— É. — Ele lançou um olhar para Trey. — Foi uma noite daquelas — disse, antes de seguir Cleo.

Capítulo vinte e quatro

De manhã, depois que os homens foram embora e com Cleo ainda dormindo, Sonya se acomodou para trabalhar. Esperava que sua primeira tarefa de "não trabalho" do dia fosse uma conversa com Cleo sobre a mudança nos arranjos de quarto.

A ideia a fez sorrir.

Como já tinha resolvido os e-mails e mensagens, abriu seu primeiro arquivo.

Dobbs podia ter atrapalhado sua noite, mas não iria, de jeito nenhum, ferrar seu dia de trabalho.

E um monte de ruídos irritantes não a expulsaria da própria casa.

Ela está mexendo com a pessoa errada, pensou, e iniciou outro teste para o trabalho da Gigi's.

Exatamente às 09h01, ouviu o alerta indicando a chegada de um e-mail. Quase ignorou, mas interrompeu o trabalho. Se o cliente quisesse outra alteração, era melhor saber logo.

No entanto, a mensagem vinha da Ryder, da assistente de Miranda Ryder, informando que a sra. Ryder desejava agendar uma chamada pelo Zoom no horário mais conveniente para Sonya.

— Droga, droga. — Sonya se levantou e começou a andar de um lado para o outro.

Cedo demais para boas notícias, calculou. Mas talvez quisessem apenas um acompanhamento.

Tipo um retorno? Ou tinham algumas perguntas.

Possível, decidiu. Não provável, mas possível.

— Resolve isso logo, Sonya.

Clover ofereceu seu otimismo clássico com "Don't Stop Believin'".

— Certo. Está tudo bem. Tudo muito bem. Foi uma experiência valiosa.

Sentou-se e respondeu ao e-mail dizendo que estava disponível naquele instante ou que se colocaria à disposição no horário que melhor servisse à sra. Ryder.

Depois tomou a água de um gole só, desejando ter pegado uma Coca-Cola. Ainda mais quando a resposta veio imediatamente, com o link.

— Acho que isso significa agora mesmo. Deus, nem pensei em como estou! — Em pânico, pegou da gaveta da escrivaninha a maquiagem de emergência para chamadas de vídeo.

Depois de uma aplicação rápida, respirou fundo, endireitou a postura e clicou no link.

— Sem música agora, Clover — murmurou, entrando na sala virtual.

— Bom dia, srta. MacTavish. Obrigada pela resposta rápida.

— Bom dia. É um prazer falar com a senhora novamente.

Atrás de Miranda, as estantes exibiam livros, prêmios e fotos. Sobre um aparador, à esquerda de seu ombro, havia um vaso com um arranjo de flores brancas.

— Mais uma vez, em nome da Ryder Sports, gostaria de agradecer pela criatividade e energia da sua apresentação.

Diante das palavras, tão frias e educadas, Sonya sentiu o estômago afundar e se preparou para o "não".

— Foi uma oportunidade valiosa para mim.

— Como uma mulher em seu primeiro ano à frente do próprio… — Miranda deixou a frase no ar. — Você está em uma biblioteca?

— Na minha casa, sim. Trabalho em casa e uso a biblioteca como escritório.

— É uma torre?

— Sim, é. Meu tio… — Complicado demais, decidiu ela. E só adiaria o inevitável. — Herdei a casa da família, no Maine, no último inverno.

— É bem impressionante. De qualquer forma, analisamos sua apresentação e sua proposta com seriedade, assim como as da By Design. São direções bem divergentes. Você fez um excelente trabalho com a sua, srta. MacTavish.

— Obrigada. Posso afirmar, com sinceridade, que aprecio a oportunidade e gostei de me desafiar criativamente nesse escopo. Compreendo que uma empresa com a longevidade e a reputação da Ryder exija uma equipe mais estabelecida.

— Exige? — Miranda esboçou um leve sorriso. — Alguns acreditam nisso. Eu, não, e não estou sozinha nessa. Nem na decisão de seguir com a Visual Art e a sua proposta. Parabéns.

Por dois longos segundos, a mente de Sonya ficou em branco.

— Vocês estão... me contratando?

— Correto. Burt Springer queria fazer esta ligação, mas eu o impedi. Ele, no entanto, entrará em contato ainda esta manhã para discutir os termos. Ele está confiante de que chegarão a um acordo.

— Sim. Tenho certeza de que chegaremos a um acordo.

Sua mente parecia anestesiada. Seu corpo parecia anestesiado. Mas sabia que a boca se movia, pois ouviu a própria voz:

— Obrigada pela confiança. Não vou decepcioná-los.

— Confio que não. Gostaria de saber por que decidimos seguir com uma profissional autônoma, uma empresa de uma mulher só, em seu primeiro ano de negócios?

— Gostaria, por várias razões.

— Você respeitou a história desta empresa e a família por trás dela, ao mesmo tempo que olhou para o futuro. Sem a história e a família, não existiria a Ryder Sports, nem um futuro. Além disso, a Ryder Sports não é apenas para atletas profissionais, mas para todas as pessoas. Sua visão captou exatamente isso.

— Meu pai me ensinou a andar de bicicleta sem rodinhas. Era uma Ryder.

Miranda deu um sorriso largo.

— Sério?

— Sim. E ainda me lembro da euforia quando ele soltou. Acho que estou prestes a sentir isso de novo.

— Vai ser um prazer trabalhar com você. Burt entrará em contato. Ah, mais uma coisa: há escritórios muito próximos de onde o sr. Wise falou com você antes da apresentação, e alguns com as portas abertas.

— Ah.

— Você conquistou este projeto por mérito próprio e porque acreditamos que sua visão se alinha à nossa. Se tivéssemos optado pela By Design, teria sido sob a condição de que o sr. Wise fosse retirado da campanha. Não toleramos desonestidade nem intimidação na Ryder. Voltaremos a nos falar — concluiu, e encerrou a chamada.

De imediato, Tina Turner cantou alto "The Best".

Ainda anestesiada, Sonya apenas ficou sentada, olhando para o nada, contando a própria respiração.

Quando o entorpecimento cedeu, encolheu-se na cadeira e chorou.

Cleo começou sua caminhada matinal pelo corredor e, ao ver Sonya, disparou.

— O que aconteceu? O que houve?

— Ryder — conseguiu dizer Sonya, quando Cleo a envolveu.

— Ah, querida, sinto muito. Não sei… — Ela parou ao erguer o rosto de Sonya e enxugar suas lágrimas. — Espera, espera! Conheço essa cara. Conheço esse tipo de lágrima. Meu Deus, você conseguiu! Conseguiu o cliente!

— Consegui.

Agora chorando com ela, Cleo a puxou para um abraço apertado.

— Estou tão feliz por você. Tão orgulhosa de você. Me conte o que disseram. Tudo. Nem preciso de café!

— Gostaram da minha proposta, da história, da família, de tudo.

— Você estava certa sobre esse caminho desde o início. Foi seu instinto, sua visão, e você seguiu com isso. Fez tudo dar certo.

— Fiquei anestesiada, como se tivesse levado uma dose de novocaína. O Burt vai entrar em contato para falar de termos. Termos. Ai, meu Deus, Cleo!

— Eu vou dançar agora.

Quando Cleo dançou, Clover acompanhou com "Dancing Queen", do grupo ABBA.

— Preciso mandar mensagem para a mamãe, para o Trey e, ah, para a Corrine. As fotografias dela. Cleo!

— Dançando!

— Cleo, alguém ouviu o que o Brandon disse para mim. Alguém ouviu nossa conversa e contou a Miranda. Foi ela quem me ligou para contar.

— Ótimo. — Cleo parou de dançar só tempo suficiente para lançar um sorriso ferino. — Eu acho é pouco. E não pense nem por um segundo que você conseguiu o cliente por causa disso.

— Eu provavelmente pensaria, mas ela me disse que não. Disse que, se tivessem ficado com a By Design, teriam exigido que ele fosse retirado da equipe.

— Eu gosto dela. Me dê uns trinta anos para crescer e ser como ela. Manda mensagem pra sua mãe, pra todo mundo! Vamos comemorar hoje à noite. Eu penso em como, depois do café.

— Traz uma Coca-Cola pra mim quando voltar?

— Tá bom.

Quando Cleo voltou, Sonya andava de um lado para o outro em seu escritório.

— Não consigo me sentar ainda. Mamãe está nas nuvens, felicíssima. Trey disse que vem nos buscar às sete. Jantar no restaurante chique do hotel.

— Estou dentro.

— Não era assim que eu imaginava passar a manhã. Eu estava rodando testes; depois ia parar quando você aparecesse para poder interrogá-la sobre o Owen.

Os lábios de Cleo se curvaram em um sorriso lento, satisfeito.

— Conheço essa cara, então as coisas correram bem por lá, apesar da interrupção.

— Ah, Dobbs que se dane. Posso dizer, com prazer, que tudo saiu excepcionalmente bem por lá. Duas vezes, antes da interrupção.

— Eu pensei que ele fosse para casa ontem à noite.

— Ele também pensou. — Com uma risada, Cleo passou a mão pelo cabelo. — Eu mudei os planos dele. Você está de boa com isso, não está, Son?

— Amo vocês dois. Já amo você há bem mais tempo, mas amo vocês dois. Ainda assim, se ele magoar você, eu vou... — De olhos semicerrados, Sonya bateu o punho direito contra a palma aberta da mão esquerda.

— Sabe, Son, você e o Owen são muito parecidos. Agora, já que é outro dia lindo, vou me arrumar e pintar lá fora.

O telefone de Sonya tocou.

— É o Burt.

Cleo soprou-lhe um beijo e saiu.

Quando terminou a ligação com Burt, Sonya chorou de novo. Depois lavou o rosto, tomou sua Coca-Cola e voltou ao trabalho. Não podia, nem queria, negligenciar os outros clientes só porque tinha fisgado o "peixe grande".

No fim do dia, Bree lhe enviou o cardápio finalizado, com os fornecedores de cada prato, para a recepção, em anexo ao e-mail. A mensagem de Bree dizia:

> Discutam de novo se precisarem, mas é isso que vocês querem.
> Se for para ser arrasador, tem que investir pesado!

Com certeza queremos arrasar, ainda mais agora, pensou.

Ela imprimiu duas cópias, levou uma até o quarto de Cleo e a deixou sobre a cama, ao lado do que supôs ser a escolha de Molly: um vestido vermelho curto e sexy.

Na própria cama, encontrou o vestido lilás-azulado e sedutor, com decote profundo nas costas, que Cleo e sua mãe a tinham convencido a comprar em Boston.

— Se não for agora, quando? — decidiu, e ainda resolveu que o vestido, e a noite, pediam o uso do modelador de cachos.

Quando voltou ao quarto de Cleo, a amiga estava sentada calçando os sapatos.

— A Winter e eu acertamos em cheio com esse vestido.

— Acertaram, sim. E a Molly fez uma escolha fabulosa para você. Conseguiu dar uma olhada no cardápio?

— Dei, e é de impressionar. Nós provavelmente conseguiríamos fazer, mas em pelo menos o dobro do tempo e com muita dor de cabeça e ansiedade.

— Concordo. Então, está resolvido. Vou avisar que é para seguir com tudo. Como está indo a pintura?

— Acho que está pronta. Deixei secar e comecei outra. Desço em dois minutos.

Sonya ouviu a porta da frente abrir, e Trey e Owen entraram. Ambos usavam terno. Ela não sabia explicar por que achava aquilo tão encantador.

Trey lançou um olhar para ela.

— Uau. Se já não tivéssemos motivo para comemorar, eu teria agora. Você está deslumbrante.

— O sentimento é recíproco.

O olhar de Owen subiu quando Cleo desceu as escadas. Inclinando a cabeça, ela caminhou até ele.

— Não estou maravilhosa?

— Você sempre está.

— Homem esperto — murmurou. — Homem de terno.

— Só sob pressão.

— A pressão cai bem em você.

Ela passou o dedo pela gravata dele e riu quando Clover tocou "Sharp Dressed Man".

Sonya decidiu que a celebração estava no topo de sua lista atual de momentos bons. Dois homens elegantemente vestidos, um restaurante com vista deslumbrante para o mar, cristais cintilando à luz de velas e a delícia de uma garrafa de champanhe.

— Isto é lindo. Realmente lindo.

Ela desviou o olhar da paisagem tempo suficiente para observar ao redor. As toalhas de linho branco, as velas discretas tremeluzindo, garçons de preto, o sussurro da música, tudo se combinava em elegância.

— O Trey achou que pizza e cerveja não estavam à altura.

— Não desta vez. — Trey ergueu a taça. — A um trabalho bem-feito, a uma vitória merecida.

— Obrigada. E um brinde a todos vocês, que tiveram participação nisso.

— Conta pra eles sobre a rodada bônus — insistiu Cleo. — A Son não é mesquinha o bastante para considerar isso um bônus, mas eu sou. O idiota exagerou.

— Na verdade, eu sou mesquinha o bastante. Alguém ouviu as besteiras que Brandon falou no corredor, e acho que a história correu por aí.

Owen fez outro brinde.

— Quase tão bom quanto um soco na cara.

— Quero saber se ele tentar voltar a incomodá-la — lembrou Trey.

— Vou avisar, mas… — Ela sorriu. — Eu o vejo em um balão de ar quente, e o vento está levando cada vez mais longe. Mal consigo enxergá-lo agora. Sabe, acho que está com vazamento, e olha só aquelas nuvens! Ops, sumiu.

Ela tomou um gole de champanhe.

— Não vai fazer falta.

Beberam champanhe, comeram pratos perfeitamente preparados.

— Agora entendo por que a Bree quer esses bolinhos de caranguejo no evento. — Sonya ofereceu uma garfada a Trey. — Nunca comi melhores. Eles fazem uma versão mini, e é essa que teremos. E as minitourtierès de carne.

— O que diabos é isso? — perguntou Owen.

— Confesso que precisei pesquisar. É tipo um pastelzinho.

— Coisa chique — comentou Trey.

— Também vamos ter minipizzas, *hush puppies* de jalapeño…

— Agora você está falando a minha língua. — Owen brindou de novo.

— As respostas dos convidados já começaram a chegar. — Cleo sorriu, pura satisfação. — Vamos ter a casa cheia.

— A notícia está se espalhando. — Trey ofereceu um pedaço do salmão a Sonya. — A sua festa é a mais visada do verão.

— E vamos caprichar. Cleo e eu vamos à loja de jardinagem e nos encontrar com o florista. Já encomendamos as luzes da festa, mas precisamos de dois homens prendados e bonitos para ajudar com isso.

— Sempre tem alguma coisa — resmungou Owen. — Você quer aquele barco, não quer, Lafayette?

— Quero, sim. — Cleo piscou sem parar. — Quanto tempo dois homens prendados e bonitos levam para pendurar algumas luzinhas decorativas?

— Quantas você comprou?

Ela apenas sorriu e disse:

— Hummm.

— Foi o que imaginei.

— Você pode ser subornado com bolo de carne e sexo.

— Provavelmente.

— Com certeza — corrigiu Trey. — Estão preocupadas com o que a Dobbs pode aprontar com tanta gente dentro e ao redor da casa?

— Estou tentando não pensar nisso, mas, sim, estou preocupada. Ainda assim, quando minha mãe veio passar alguns dias, as coisas foram inofensivas e relativamente tranquilas.

— Estou contando que a energia boa pese mais do que a energia sombria dela. Luzes, música, pessoas? — Cleo ergueu as mãos. — É para isso que a mansão foi construída.

— Ela não vai vencer — disse Sonya, com firmeza. — Talvez seja ingenuidade, mas sinto que conseguir o projeto da Ryder, e contra todas as probabilidades, significa que simplesmente se manter de pé, seguir em frente, conta. E talvez, se ou quando atravessar o espelho de novo, eu aprenda mais alguma coisa. Alguma forma de conseguir as alianças. Eu não estaria aqui, Cleo não estaria, nós quatro não estaríamos juntos se as coisas não tivessem acontecido do jeito que aconteceram. Então…

Com um dar de ombros, Sonya pegou o copo d'água.

— Continuar de pé e seguir em frente. O quê? — perguntou quando Trey apenas sorriu para ela.

— Ela não tem chance.

— Posso arrumar um tempo no sábado para as malditas luzes.

Cleo arqueou as sobrancelhas para Owen.

— Sem suborno?

— Ora, ainda aceito o suborno; nenhum homem em sã consciência recusa bolo de carne e sexo. Mas família não precisa de suborno.

— Por mais que eu tenha gostado da Clarice, você continua sendo meu primo favorito. Provavelmente vou me arrepender, mas vamos pedir sobremesa.

Eles se demoraram na sobremesa e no café, em um bate-papo descontraído. Então Trey se levantou para estender a mão ao homem que se aproximava da mesa. Owen fez o mesmo.

— Bom ver você. Sonya MacTavish, Cleo Fabares, este é Anson Miller, pai do Seth.

A primeira palavra que veio à mente de Sonya foi *distinto*. Mechas grisalhas se mesclavam ao cabelo loiro penteado para trás de um rosto estreito e anguloso. Ele tinha olhos cor de avelã com um toque de verde e um sorriso pronto.

— Prazer em conhecê-lo. O senhor tem um hotel lindo.

— Obrigado. Tive um jantar na sala privativa com alguns VIPs e vi vocês quando saí. Só quis dizer oi, não quero interromper.

— Não está interrompendo — garantiu Sonya. — Quer se juntar a nós para um café?

— Obrigado, mas café a esta hora da noite é coisa só para os jovens e aventureiros.

Mas, quando o garçom ofereceu uma cadeira, Anson a aceitou.

— Só por um instante. Não podia perder a oportunidade de conhecer as novas senhoras do casarão. Da Louisiana, não é, srta. Fabares?

— Cleo, e sim, sou natural de lá.

— Anson conhece bem as coisas em Poole's Bay — comentou Owen.

— Tenho um pouco de Poole em mim, de muito tempo atrás.

— É mesmo! Está na árvore genealógica no livro do Collin — lembrou Sonya. — Ah, descende da filha do Connor e da Arabelle. Hum, Gwendolyn, e… espere… Sebastian Haverton?

Anson ergueu as sobrancelhas.

— Ora, alguém mais conhece bem as coisas. Collin era um bom homem. Lamento nunca termos tido a chance de conhecer seu pai.

— Ele também era um bom homem.

— Sem dúvida. Espero que estejam felizes no casarão e nós, minha esposa e eu, estamos ansiosos para vê-lo e ver vocês no próximo mês. Hospitalidade é o meu ramo desde antes de eu ter a idade de qualquer um de vocês, e eu valorizo quando alguém a oferece. Meus cumprimentos à sua família, Trey, Owen — disse ao se levantar. — Aproveitem o resto da noite.

— Mais um primo — disse Sonya quando Anson se afastou, e sorriu para Owen. — Você continua sendo o meu favorito.

No caminho de volta, ela olhou para trás e pensou: sim, uma forma perfeita de celebrar o que, para ela, era uma grande vitória.

Uma noite elegante fora de casa, um respiro da rotina em que tinha caído — e que, admitia, abraçava —, uma chance de se arrumar e compartilhar aquela celebração com pessoas que amava.

Não tinha como ser muito melhor.

E no dia seguinte, pensou, mergulharia de volta na rotina. Feliz.

Mas quando ergueu os olhos e vislumbrou o casarão, pousou a mão sobre a de Trey.

— Juro que todas as luzes estão acesas.

— Estou vendo.

— Ela não acenderia as luzes. — Do banco de trás, Cleo se inclinou para a frente. — Se fosse o caso, teria apagado todas.

— Concordo com a Lafayette nessa. A Dobbs gosta do escuro.

— Pode ser verdade, mas ainda estão acesas. — Sonya esticou o pescoço quando fizeram a última curva. — Exceto o Quarto Dourado. Meu Deus, deixamos todos os animais lá dentro. Se ela tiver…

— Owen e eu vamos dar uma olhada — disse Trey, parando o carro. — Você e a Cleo, fiquem aqui.

— Minha casa — disse Sonya, abrindo a porta ao mesmo tempo que Cleo.

— Nem pensar — foi a resposta de Cleo.

Eles ouviram antes mesmo de chegar à porta. Latidos, música, risadas.

— Mas que diabos… — disse Owen quando Trey abriu a porta.

Tiveram um vislumbre — rápido, mas nítido — de um garoto jogando a bola vermelha, de pessoas dançando enquanto a música — "Bad Romance", de Lady Gaga — tocava estrondosamente.

Eles desapareceram, como fumaça ao vento. Por um instante a mais, uma permaneceu: a jovem loira bonita, com a cascata de cabelo reluzente e os olhos azuis cintilantes. Ela exibiu um sorriso feliz antes de sumir também.

Os três cães arfavam, e Yoda soltou um ganido triste. A gata se espreguiçou no corrimão como se alguém a acariciasse, depois saltou para o chão.

— *Bon Dieu de merde* — disse Cleo, e riu.

— O quê?

Ela lançou um olhar a Owen.

— Puta merda. Quando fico muito surpresa, o francês escapa. Eles deram uma festa!

— Deram — murmurou Sonya. — Tinha tanta gente, mas foi tudo tão rápido que eu não consegui…

— O garoto jogando a bola. — Trey abaixou-se para pegá-la e observou-a por um instante como se fosse um objeto nunca visto antes. Depois a lançou para os cães. — E a Clover.

— É, vi ela. — Quando Mookie venceu a corrida e trouxe a bola de volta, Owen a lançou de novo. — E você estava certo. Gata mesmo.

— Foi… foi tão cheio de felicidade. — Enquanto a música continuava, Sonya vagou pelo saguão. — E barulhento. Talvez eles não tenham nos ouvido. Parece loucura, mas, dadas as circunstâncias… E agora fico pensando se fazem isso quando não estamos aqui.

— Acho que estavam comemorando por você.

Comovida, atônita, Sonya se voltou para Trey quando a música mudou para Whitney Houston e "I Wanna Dance with Somebody (Who Loves Me)".

— Aí está — disse ele.

— Eu também. — Cleo agarrou a mão de Owen. — Eu quero dançar com alguém.

— Eu também!

Enquanto tirava os sapatos, Sonya decidiu que aquilo tornava a celebração perfeita.

Então dançaram à luz, como os espíritos do casarão haviam dançado.

Capítulo vinte e cinco

O Maine florescia em maio. Para acrescentar a parte que lhes cabia, Sonya e Cleo decidiram ir à loja de jardinagem.

— Son, precisamos levar a caminhonete para isso.

— Mas será que precisamos mesmo?

— Precisamos, sim. Mesmo que a gente fique só com os doze vasos que escolhemos e lavamos, as coisas não vão caber no seu carro nem no meu. Temos que comprar terra para vaso e turfa. Eu quero muito tentar plantar ervas e tomates. Talvez pimentões também. Junte isso às bandejas de flores, e não tem jeito.

— Mas a caminhonete é tão grande.

— Esse é o ponto. — Com um sorriso encorajador, Cleo ainda lhe deu um tapinha no ombro. — Você consegue.

— Tive uma ideia! — Sonya ergueu o dedo. — Por que você não dirige?

Cleo balançou a cabeça.

— Você primeiro.

— Só tem uma solução. Pedra, papel e tesoura.

Segundos depois, Sonya olhava para baixo enquanto a pedra de Cleo esmagava sua tesoura.

— Droga. Sei que você tem razão sobre ir com a caminhonete. Odeio que você esteja certa quanto a isso. Eu devia ter feito um test drive, tipo só subir e descer a estrada da mansão umas duas vezes.

— Vamos. — Dito isso, Cleo pegou o controle remoto que tinha enfiado no bolso e abriu a porta da garagem.

E lá estava ela. Grande, preta, assustadora.

— É um monstro. — Sonya se aproximou com receio. Mas abriu a porta do motorista.

Ela queria encher aqueles malditos vasos de flores, não queria?

— Certo. Vou entrar. — Quando entrou, ficou olhando fixamente para a frente. — Não alcanço os pedais, então…

— É por isso que se ajusta o banco.

Ela ajustou, mexeu nos retrovisores e colocou o cinto de segurança.

— Talvez não ligue.

Lógico que ligou. Ou Trey ou Owen a ligavam a cada duas semanas desde que ela se mudara, então pegou de primeira. Com um ronco.

— Ai, meu Deus. Um passo de cada vez — murmurou. — Um passo de cada vez. Estou baixando o freio de mão. Estou colocando em modo de direção. Só para constar, não vou tentar estacionar aqui dentro de ré de novo se a gente sobreviver a esta viagem.

Prendendo a respiração, acelerou de leve.

— Estamos nos movendo.

— Se continuarmos nessa velocidade, talvez cheguemos a tempo da liquidação de fim de verão.

— Certo. — Com o cenho franzido, Sonya apertou as mãos no volante. — Lembre-se, você pediu por isso.

Conseguiu descer a entrada e virar na estrada da mansão.

— Estou dirigindo uma maldita caminhonete.

— Eu é que vou dirigir na volta!

Em algum ponto dos vinte minutos de viagem, as pernas de Sonya pararam de tremer. Ela quase chegou a gostar.

Do que gostou mesmo, de verdade, foi passear pela enorme loja de jardinagem nos arredores de Poole's Bay, debatendo com Cleo o que comprar, pedindo conselhos a funcionários da loja e outros clientes. Achava que o que elas não sabiam sobre jardinagem compensavam por saberem de cor, forma e textura. E as duas tinham estudado o básico.

Talvez o básico do básico, mas, ainda assim, o básico.

Queriam também fragrância, além das ervas. E, porque se deixou levar completamente, Sonya achou adoráveis as mudas de tomate, alguns pimentões, sacos de terra, luvas de jardinagem fofas, fertilizante, um regador novo e reluzente, e sinos de vento.

Então a viram: a fada de expressão sonhadora e asas abertas. Ela segurava uma bola de cristal na mão, movida a energia solar, enquanto se curvava como se fosse aspirar as flores.

— Son, precisamos dela.

— Cleo, precisamos mesmo.

No fim, compraram tanto que — mesmo com a fada e o que chamaram de deusa segurando uma lanterna solar viajando no banco de trás — mal coube tudo na carroceria da caminhonete.

— Perdemos a noção — decidiu Sonya.

— Não posso discordar, mas, meu Deus, isso é divertido. — Cleo esfregou as mãos. — Eu vou dirigir.

Depois que chegaram em casa, as duas levaram uma hora inteira para levar tudo para os fundos, colocar as estátuas onde acharam que deviam, enquanto Yoda e Pye cheiravam tudo.

Instalaram e encheram o bebedouro dos beija-flores, garantindo que os ursos não apareceriam por ali.

Depois, munidas de pás, luvas, terra e um batalhão de plantas, começaram a trabalhar nos vasos que já tinham colocado no lugar. *Uma espécie de arte*, Sonya pensou, ao misturar cores, formas, alturas variadas.

— Preciso de uma daquelas plantas que caem para fora. — Enquanto pegava uma, estudou o vaso de Cleo. — Está lindo, e o meu também está, viu. A gente não pode matar essas plantas.

— Não vamos. Vamos cuidar bem delas e, se errarmos em algo, temos o Jerome. Além disso, se a Eleanor cuida das plantas do solário, talvez fique de olho nessas também.

Parando por um instante, Cleo olhou para Sonya.

— Você tinha que ver onde Jerome, e só podia ser ele mesmo, preparou aquela área onde posso plantar as ervas. Posso sair da cozinha e cortar o que precisar. Os tomates e pimentões podem ficar ali também. Tem uma luz boa.

Quando terminaram os vasos e perceberam que ainda tinham o suficiente para mais meia dúzia, Anna apareceu.

— Ouvi dizer que vocês duas lotaram a caminhonete. E agora vejo que a informação era precisa. Uau.

— Exageramos. — Sonya tirou as luvas.

— Não existe exagero. Vocês podem usar o que sobrou para preencher os canteiros e ainda voltar para comprar mais.

— Sério?

— Lógico. — Com um aceno, Anna gesticulou. — Vocês podem agrupar essa meia bandeja de marias-sem-vergonha ali e colocar um pouco daquele heliotrópio lá.

— Espera. — Sonya ergueu a mão. — Você sabe o que está fazendo. Se a gente carregar, você aponta?

— Tem refrigerante de gengibre?

— O quanto quiser.

Elas carregavam, Anna apontava e elas posicionavam. Cavavam depois do intervalo. Mas não demorou para perceberem que Anna tinha razão. Na verdade, ainda podiam comprar mais.

— Adorei as novas estátuas. Adorei o que estão fazendo aqui. Essas cadeiras. — Ela se sentou em uma que Cleo tinha pintado durante a licença sabática. — Tão frescas e alegres. As flores, tudo. Agora vou contar: depois de muito debate, discussão e consideração, Seth e eu decidimos pelo mural. Você realmente tem tempo para fazê-lo?

— Lógico — respondeu Cleo. — Qual dos murais?

— Você dificultou, dando duas opções maravilhosas. Mas queremos o número um. E dá para ver que era o que você esperava que escolhêssemos.

— O meu preferido.

— E o meu também — acrescentou Sonya. — Os dois são adoráveis, mas aquele tinha um toque a mais de fantasia.

— Me diga quando estiver pronta para eu começar.

— Pode ser depois da sua recepção?

— Pode.

Yoda latiu e disparou.

— Acho que nossos homens prendados chegaram. Convencemos Trey e Owen a pendurarem umas luzes — explicou Sonya.

Mookie e Yoda correram pela lateral da casa, trombando de alegria. Jones veio atrás, com seu olhar de desdém de um olho só.

Quando os homens apareceram, Trey deu uma olhada geral nos vasos e canteiros.

— Vocês estiveram ocupadas. E você dirigiu a caminhonete.

Ele subiu na varanda e inclinou-se para beijar a irmã na bochecha.

— Como está minha sobrinha?

— Ativa. Muito. Estamos cogitando fundar uma liga de futebol de bebês. Ela será a capitã.

— Vamos torcer por ela — prometeu ele, puxando Sonya para si e beijando-a. — Você dirigiu a caminhonete — repetiu.

— Do mesmo jeito que Owen usa terno: sob pressão. Mas precisávamos dela para isso.

— Obviamente — respondeu Owen. — Gostei das novas plantas. Sobrou alguma coisa na loja de jardinagem?

— Deixamos algumas — contou Cleo. — E como a Anna nos deu umas dicas, talvez voltemos para comprar mais.

— E eu ainda tenho minhas próprias compras no carro. — Anna se levantou com esforço. — Então a tal da Kate Miller e eu vamos para casa plantar.

— Você devia estar fazendo isso?

— Estou grávida, Trey, não doente. E vamos aproveitar este dia maravilhoso. Até logo.

Trey a observou ir embora e então se voltou para Sonya.

— Ela devia estar fazendo isso?

— Não tenho a menor ideia, mas ela é uma mulher inteligente, então eu diria que sim. E nosso intervalo acabou. Vamos mostrar para vocês as luzes e onde queremos que fiquem, agradecendo desde já, antes de voltarmos a cavar.

Pouco depois, os homens, com as mãos enfiadas nos bolsos, analisavam o salgueiro-chorão com seus grossos galhos curvos e delicadas flores cor-de-rosa. E trocaram um olhar.

— Vou pegar a escada.

Quando Owen saiu em direção à garagem, Sonya e Cleo voltaram ao plantio.

Sonya se lembrava de ter ajudado um pouco a mãe a plantar coisas na primavera. E tinha feito isso no seu condomínio. Mas nada, pensou enquanto cavava, naquela dimensão.

Gostava mais do que havia imaginado.

Não apenas dos vasos, que eram telas em branco, mas também de cavar a terra, preenchendo telas já iniciadas por outra mão.

Trabalhou nas sugestões de Anna, enquanto Cleo se concentrava nas ervas e vegetais.

Mais uma forma de se apossar da propriedade.

Os cães circulavam da frente para os fundos como se supervisionassem tanto a instalação das luzes quanto o plantio, enquanto a gata se encolhia toda no deque para uma soneca ao sol.

Quando os homens voltaram para acrescentar luzes ao deque, Sonya transbordou de felicidade. Sentou-se sobre os calcanhares, passou a mão enluvada pela testa, sujando-a de terra.

Owen parou ao lado de Cleo. Sonya não ouviu as palavras que os dois trocaram, mas um instante depois Owen balançou a cabeça, foi até o galpão de jardim e saiu de lá com um saco de alguma coisa, que levou até ela.

Sonya tinha chegado ao fim do canteiro, notado que Cleo trabalhava em outro ponto, quando Owen e Trey se aproximaram.

— Pronto — disse Owen.

— Vai ficar lindo. Sobraram luzes?

— Você comprou o bastante para iluminar metade da floresta — declarou Trey.

— Eu estava pensando, se sobrou, tem aquele tipo de pérgula com as vinhas grandes, retorcidas…

— Glicínia.

Ela ergueu a cabeça e encarou Owen, sujando ainda mais o rosto de terra.

— É isso? Eu conheço glicínia… as flores, pelo menos. São lindas! Talvez, já que temos as luzes, pudéssemos colocá-las lá.

Trey nem se deu ao trabalho de suspirar.

— Vou pegar a escada.

— O que tinha no saco que você levou para a Cleo?

— Sal amargo.

Franzindo o cenho, ela se levantou e esticou as costas.

— Tipo o que se coloca no banho de imersão para aliviar dores? Que talvez eu faça depois.

— Isso mesmo, e também o que se adiciona à terra quando se plantam tomates, pimentões, outras coisas. Magnésio — acrescentou. — As plantas precisam.

— Ah…

— Vocês já prepararam o repelente contra cervos?

— Ainda não.

— Se não quiser olhar para cá amanhã e ver só tocos, então prepare e borrife.

— Tudo bem, mas algumas das que compramos são resistentes a cervos.

— Aham. — Owen foi até a pérgula para estudá-la.

Sonya foi até Cleo.

— Owen disse para preparar o repelente contra cervos e usar.

— Ele é muito mandão, mas provavelmente tem razão. A última coisa que queremos é aqueles cervos fofos vindo aqui mordiscar tudo isso. Vai lá ver meu canteiro de ervas! E o resto. E já está com um cheiro maravilhoso.

— Vou, sim. E, se você cuidar do resto, vou preparar uns sanduíches.

— Pode deixar, estou com fome. — Cleo ergueu o olhar. — Você está com terra no rosto todo, Son.

— Estou? — Ela passou a mão. — Eles podiam ter me avisado.

Aborrecida, Sonya foi dar uma olhada no canteiro de ervas. *Lindo*, pensou, e que bom terem sido espertas em comprar aquelas plaquinhas simpáticas para identificar as ervas.

Já que tinha ido até lá, continuou pela frente da casa para admirar as luzinhas percorrendo os galhos e as flores. Inspirou o ar morno da primavera, impregnado do perfume que a brisa constante do mar trazia.

Um excelente trabalho, pensou. Luzes, flores para enfeitar sua casa.

Quando entrou, Clover a recebeu com Ella Fitzgerald e "A Flower Is a Lovesome Thing".

— Parece antiga, mas é nova para mim. Você está expandindo meu repertório musical.

Depois de lavar as mãos, não resistiu em olhar pelas janelas. Flores no deque, flores nos canteiros, Cleo com seu adorável chapéu de jardineira, os homens pendurando luzes entre as glicínias que ela já imaginava cobertas de cor e perfume em breve.

Ainda transbordando de felicidade, pegou os pães de sanduíche, frios e queijos. Coca-Colas bem geladas — a não ser que os homens preferissem uma cerveja numa tarde de sábado —, bons sanduíches e batatas chip em abundância.

Uma espécie de piquenique inaugural do jardim.

Enquanto se ocupava, ouviu o monta-cargas subir até a cozinha auxiliar. Sorriu, imaginando o que Molly teria mandado. Talvez outra travessa bonita para os sanduíches ou pratinhos de piquenique.

Parou para ir até a cozinha auxiliar e abrir o monta-cargas.

O rato, grande e preto, a encarou com olhos vermelhos e ferozes. O rabo comprido e fino chicoteava de um lado para o outro. Mostrou os dentes.

Ela não conseguiu conter o grito, nem o segundo grito que lhe rasgou a garganta, enquanto batia a porta com força e recuava, trôpega.

Ouviu as garras arranhando lá dentro, ao mesmo tempo que a gargalhada macabra ecoava lá de cima.

Cleo entrou correndo, apavorada, e veio até ela.

— O que foi? Cala a boca, porra! — gritou quando a risada sinistra ecoou de novo.

— Não abra! Não abra!

Trey entrou correndo, junto com Owen, os cães, e até a gata, enquanto Cleo abraçava Sonya.

— Ela está tremendo — disse Cleo, abraçando-a mais apertado. — Não sei o que aconteceu.

— Ali. — Ao apontar, Sonya viu a fumaça sair do monta-cargas. — Meu Deus, meu Deus. Um rato. Tinha um rato.

Na mesma hora, Cleo arrastou Sonya alguns metros para trás.

— Acho que não — murmurou Trey e, mesmo depois que Sonya gritou "Não!", ele abriu a porta.

Uma nuvem de fumaça se espalhou, depois nada.

— Não era real. — Por alguma razão, a constatação fez Sonya tremer ainda mais. — Não era real.

— Agora você se senta. Vamos, senta aqui. — Cleo a puxou para um dos bancos do balcão. — Eu ouvi a risada dela. Foi um dos truques nojentos dela.

— Parecia tão real. Eu fechei a porta e ouvi a coisa lá dentro. Parecia tão real.

— Não tem nada ali agora. — Trey assumiu o lugar de Cleo, puxou Sonya contra si e acariciou-lhe o cabelo. — Não há ratos nem roedores na casa. Nenhum sinal deles. Já vasculhamos tudo, lembra?

— Eu sei, eu sei, mas... Deus. Meu Deus. — Então ela se afastou, a cor voltando ao rosto. — Maldição! Eu gritei. Ela me fez gritar e riu. Eu caí no truque dela.

— Se eu abrisse uma porta e visse um rato, provavelmente também faria algum barulho.

O comentário de Owen arrancou um olhar de aprovação de Cleo.

— Você fechou a porta — disse Trey. — Não saiu correndo.

— Mais por estar paralisada do que qualquer outra coisa. Era enorme, muito grande mesmo, e todo preto. Olhos vermelhos, dentinhos pontudos. Quando bati a porta na cara dele, dava para ouvir, como se estivesse tentando arranhar para sair.

— Vou pegar um copo de água pra você.

— Não, Cleo, já estou bem. De verdade. Só estou furiosa porque ela me fez gritar.

— Então vou dar uma boa esfregada naquele monta-cargas.

— Deixa comigo. Eu cuido disso — insistiu Owen. — Talvez alguém possa terminar de preparar os sanduíches. A gente leva um pra viagem se tudo já estiver tranquilo. Se a Cleo quiser o barco dela antes da próxima temporada, eu tenho trabalho a fazer. E o Trey vai trabalhar comigo.

Percebendo que Trey estava prestes a protestar, Sonya apertou a mão dele.

— Está tudo bem. Eu estou bem. Nada vai estragar este dia tão bom.

— Se vocês voltarem por volta das sete, vou grelhar um frango.

Enquanto enchia um balde com água quente e sabão, Owen lançou um olhar por cima do ombro.

— Você sabe grelhar?

— Posso dar um jeito. Senta, Son. Eu termino esses sanduíches.

— A gente volta às sete — prometeu Trey. — Antes, se precisar.

— Estamos bem — repetiu Sonya. — Cleo e eu vamos levar nossos sanduíches para o deque e admirar nosso trabalho e o de vocês. A Dobbs odeia isso, então me mandou um rato. Odeia que tenhamos acrescentado cor, luz e perfume ao lugar. Odeia que estejamos deixando nossa marca na mansão. Vamos continuar fazendo exatamente isso, e ela pode mandar um enxame de ratos falsos.

— Melhor não dar essa ideia — disse Cleo, terminando de preparar os sanduíches.

Comeram no deque com a gata e os três cães. Depois, decidindo ser jardineiras prudentes, prepararam o repelente contra cervos. Quando os animais as abandonaram, concordaram que o cheiro manteria longe qualquer coisa com nariz.

Cleo passou o resto da tarde pintando, enquanto Sonya trabalhava nos cartões dos pratos da recepção.

Quando os homens voltaram, Cleo provou que sabia grelhar. Jantaram no deque e ficaram ali para ver o sol se pôr.

E, para a alegria de Sonya, viram as luzinhas começarem a piscar.

— Você tinha razão. — Trey esticou as longas pernas. — Valeu a pena.

— Quero ver a árvore. Vamos ver!

Quando foram, Sonya sentiu a felicidade transbordar de novo.

— Está perfeita. É exatamente como imaginei.

— Odeio dizer isso. — Owen examinou a árvore e depois gesticulou. — Ainda tem luzes suficientes para aquele rododendro gigante do outro lado da casa. Um belo contraponto.

Trey lançou-lhe um olhar.

— Não vou pegar aquela maldita escada. Está escuro. Amanhã — disse a Sonya. — Amanhã a gente vê isso.

Felizmente, a semana passou rápida e tranquila, inclusive durante outra reunião com Bree, em que revisaram a logística e fizeram mais uma visita pela casa e pelo terreno. As confirmações de comparecimento chegavam em peso, quase sem recusas. Pediram flores para entrega na véspera e alugaram cordões de contenção para bloquear o terceiro andar.

As flores desabrochavam ao sol. As luzes cintilavam na escuridão.

Cleo pintava, às vezes em casa, às vezes na vila. Sonya ocupava seus dias com trabalho — com pausas para passeios com Yoda no jardim ou no muro à beira-mar.

Se ainda mantinha os olhos nas janelas do Quarto Dourado, não era por medo, mas por desafio.

À noite, quando Cleo cozinhava, Sonya se sentava ao balcão, revisando a lista de afazeres da festa.

— Estamos preparadas. Estou obcecada — admitiu Sonya. — Mas está tudo pronto. Com uma grande salva de palmas para a Bree.

— Iuhuu! Já é melhor estarmos prontas a essa altura. A família vai começar a chegar, então é bom mesmo. E estou pensando em fazer um tipo de bufê para os que chegarem na sexta. Acho que consigo preparar um presunto.

Devagar, Sonya repetiu:

— Você acha que consegue preparar um presunto?

— Conversei com a Corrine sobre isso e acho que consigo. Um presunto, aquelas batatas assadas que já aprendi a fazer, um legume, talvez uns crudités e uma tábua de queijos.

— Eu fico com os crudités e a tábua de queijos. E posso fazer pão de cevada, porque já acertei a receita. Você tem razão, precisamos alimentá-los. Vai para a lista. Sabe, neste exato momento, tudo isso parece uma ótima ideia.

— E estamos torcendo para que ainda pareça depois.

— É, estamos.

— Pensamentos positivos trazem boas vibrações — declarou Cleo. — E o trabalho?

— Indo muito bem. O site da Gigi's está oficialmente funcionando, assim como o do escritório de advocacia em Ogunquit, e Ryder está muito satisfeita comigo. E a pintura?

— Ia esperar tomar uma taça de vinho para falar disso.

— Já estou pegando o vinho. Conta.

— Levei três telas emolduradas para o Kevin. Ele ficou com as três.

— Todas! Que ótimo, mas… a aquarela da árvore.

— Essa fica aqui. Ele também pediu para eu fazer uma exposição no outono.

— Cleo!

— Acho que vou aceitar. A licença vai ter acabado, mas já terei material suficiente. Mesmo fazendo o mural para a Anna.

Ela entregou uma taça de vinho a Cleo.

— Eu amo a nossa vida.

Cleo brindou a taça à de Sonya, depois sorriu quando Yoda disparou até a porta.

— Parece que uma parte dessa vida está chegando para o jantar.

Sonya realmente amava a vida delas e a guinada brusca que tinham dado meses antes. Amava seu trabalho, fruto de outra guinada rumo a trabalhar como *freelancer*. Embora lhe trouxesse desafios enormes — que ela estava decidida a enfrentar —, amava seu lar.

Amava Trey. Talvez ainda não tivessem dito aquelas palavras um ao outro, mas ela conhecia o amor. Difícil dizer, admitia, pois um ano antes havia feito os convites de seu casamento com outro homem.

E amava a vida que tinham. Então, por que apressar as coisas?

Depois de encerrar uma reunião virtual com Burt e parte da equipe de marketing da Ryder, recostou-se, satisfeita.

Seu trabalho, pensou, sua arte, sua visão logo ganhariam vida em um outdoor gigantesco em Portland.

— Isso é incrível, Yoda. — Distraidamente, ela fez carinho nas costas dele com o pé. — Considere esta uma voltinha rápida da vitória antes que eu comece o painel semântico para um novo cliente.

Enquanto trabalhava, a música de Clover tocava, e a brisa entrava pelas janelas abertas.

Um jeito perfeito, decidiu, de terminar um mês e começar outro. Esperava que Cleo estivesse aproveitando da mesma forma, pintando na vila, na marina.

Se uma parte dela permanecia em alerta, sempre em alerta, para o que Dobbs tentaria a seguir, não deixaria que isso interferisse no que amava.

Quando o telefone tocou, afastou-se do início do novo painel.

Sonya atendeu, e o coração errou uma batida ao ver o identificador de chamadas.

By Design.

Não, ela não deixaria o fato de poder ser Brandon impedi-la de atender o próprio telefone.

— Aqui é a Sonya.

— Sonya, Laine Cohen. Posso colocar no viva-voz? O Matt está aqui também.

— Tudo bem. Oi, Matt!

Ela os visualizou no escritório de Laine, com a vista do Boston Common atrás dela. Laine, com o corte de cabelo geométrico, em um tom parecido com o da mesa de jantar formal de Sonya. Devia estar usando óculos de leitura — de alguma cor ousada — pendurados em uma corrente no pescoço.

E o sócio, Matt, sentado no canto em L da mesa de Laine, o cabelo loiro refletindo a luz que entrava pela grande janela.

Eles tinham sido bons para ela, bons com ela, desde o início como estagiária até o seu pedido de demissão.

— Como você está? — perguntou Matt. — Como está o Maine?

— Estou muito bem, e adoro o Maine. Espera só um segundo.

Porque tinham sido bons para ela, Sonya foi até a janela aberta.

— Estão ouvindo isso? É o Atlântico. Estou olhando para ele, e para os barcos, da janela do meu escritório.

— Você parece feliz — comentou Laine.

— Estou mesmo, muito. E vocês dois?

— Ocupados, o que nos deixa felizes — disse Laine. — Sonya, o Matt e eu queríamos ligar para parabenizá-la por ter conseguido o projeto da Ryder.

— Obrigada. Isso é tão… isso é tão a cara de vocês.

— Conversamos com Miranda Ryder e com o Burt — acrescentou Matt. — Ambos falaram muito bem de você e do seu trabalho. Espero que saiba que Laine e eu sentimos o mesmo.

— Eu sei. Não estaria onde estou, profissionalmente, sem a base que vocês me deram.

— Isso não quer dizer que não estejamos decepcionados por perder o projeto, mas — acrescentou Laine — você o conquistou. Agora, depois de muita... discussão, Matt e eu concordamos que precisávamos falar com você sobre outra questão. Fomos informados a respeito do comportamento e das atitudes do Brandon na Ryder.

Sonya se afastou da janela e começou a andar de um lado para o outro.

— Ele é passado pra mim.

— Espero que seja mesmo. Matt e eu nos reunimos com o Brandon antes da apresentação dele, marcada para não coincidir com a sua. Naquele momento, demos instruções claras e firmes: se, por algum motivo, vocês se cruzassem, ele deveria manter a postura profissional, ser educado e se abster de comentar a vida pessoal de vocês. Ele estava ali para representar a By Design, e esperávamos que cumprisse esse padrão.

— Ele falhou. Laine e eu queremos que saiba que sentimos muito por isso.

— Não é culpa de vocês. Nem o que aconteceu na Ryder, nem o passado.

— Ainda assim, ele nos representava. Matt e eu fomos muito claros. Brandon escolheu ignorar nossa orientação.

— Infantil — murmurou Matt. — Mesquinho.

— Conversamos com Brandon sobre esse incidente. Ele afirma que você o abordou de propósito e o insultou, a mim e ao Matt.

Aquilo a deixou furiosa.

— Eu não fiz nada disso! Garanto a vocês, eu...

— Nós sabemos — interrompeu Laine. — Mesmo que essa conversa não tivesse sido ouvida por terceiros, nós sabemos, Sonya.

— Nós conhecemos você — reforçou Matt. — A Miranda achou que a Laine e eu devíamos saber que ele também fez o possível para minar você e o seu trabalho durante a apresentação dele. Ela achou isso muito... Qual foi a palavra que ela usou?

— Impróprio — completou Laine. — Como resultado da nossa reunião com Brandon, e por acordo mútuo, ele não faz mais parte da By Design.

— Ah.

A mente de Sonya ficou momentaneamente em branco.

— Em circunstâncias normais, manteríamos isso como assunto interno da empresa. Matt foi bem persuasivo quanto a agir de outra forma e, francamente, não pude discordar. Por mais carinho que tenhamos por você, Sonya…

— E temos!

Laine deu uma risadinha.

— E temos, mas não tomamos essa decisão por você, e sim pela empresa que construímos, pelos padrões dela. Estamos contando esses detalhes para que, caso Brandon tente, de alguma forma, difamar sua reputação pessoal ou profissional, você esteja preparada.

— Estar prevenida é estar armada — completou Matt.

— Sim, obrigada. Não assumo a culpa por nada disso, mas lamento.

— Todos lamentamos. Desejamos apenas o melhor para você, Sonya. Embora estejamos decepcionados por perder o projeto, Matt e eu sentimos orgulho das suas conquistas. E acrescento: a Miranda também comentou que, quando questionada, e em contraste com o Brandon, você falou com respeito e carinho sobre a By Design. Nós agradecemos.

— Vocês conquistaram esse respeito e carinho.

— Se algum dia decidir voltar para Boston, nossa porta estará aberta — disse Matt.

— Obrigada. Mas aqui é o meu lar agora.

Quando desligou, Clover colocou "A Matter of Trust", de Billy Joel.

— Acho que era isso mesmo. Ele quebrou a minha confiança e agora quebrou a deles. E eu não consigo dizer como me sinto a respeito. Vou dar um tempo. Vamos, Yoda. Vamos dar uma volta.

Capítulo vinte e seis

Ela optou pelos jardins. Embora o mar sempre a fascinasse, achou que precisava da paz e sossego dos jardins, da simples alegria de saber que tivera participação em acrescentar beleza àquele lugar.

Testou a terra nos vasos do deque e a encontrou — como sempre — úmida. O que ela e Cleo haviam plantado já começara a crescer e se espalhar.

Enquanto Yoda rondava e farejava, ela notou que as íris já haviam começado a florescer, algumas roxas, algumas amarelo-manteiga, algumas de um pêssego delicado.

E a glicínia pendia da pérgula. Uma árvore anã se abria em um guarda-chuva de flores brancas como neve.

Ainda não avistara uma única erva daninha — e não encontrou nenhuma agora, enquanto, como Yoda, vagueava e farejava.

Quando não conseguia identificar uma planta — o que era frequente, mesmo que tivesse sido ela mesma a plantá-la —, usava seu aplicativo. Um dia, prometeu a si mesma, conheceria todas.

Mas naquele momento aquilo a acalmava, lhe trazia paz, apenas caminhar enquanto os sinos de vento que haviam pendurado tilintavam ou soavam em graves abafados.

Decidiu dar a volta, verificar o canteiro de ervas da Cleo, ver se alguma flor — uma esperança diária — já havia brotado nos pés de tomate ou pimentão.

Mas, quando chamou Yoda, que se aproximara mais da mata do que ela havia percebido, ele seguiu em frente.

— Yoda, volta aqui! — Começou a correr em sua direção quando as perninhas curtas dele aceleraram. — Yoda! Droga, não entre aí hoje. Eu não trouxe o spray contra ursos!

No entanto, ele entrou sem titubear, e, praguejando, ela não teve escolha a não ser segui-lo.

As árvores já estavam cobertas de folhas, e o sol cintilava ao se infiltrar por entre elas. Embora sentisse o encanto de tudo aquilo — quase como a pintura de seu pai pendurada acima da lareira em Boston —, não estava preparada para um passeio no bosque.

Ela ouviu o cachorro latir enquanto continuava a chamá-lo. Provavelmente atrás de um esquilo, uma tâmia, um coelho, ou qualquer outra coisa.

— Qual é, Yoda, isso não é típico de você. Você é um bom menino. Vamos, e eu dou um petisco pra você!

As flores silvestres se erguiam onde conseguiam captar o sol, e nas sombras mais profundas surgiam indícios de verde.

Se ouvia algum farfalhar, imaginava esquilo, tâmia, coelho. E se recusava a deixar a mente vagar até *urso*.

Ela rezava para que seu cão aventureiro permanecesse na trilha e não acabasse fazendo os dois se perderem.

Um ruído — maior que esquilo, tâmia ou coelho — fez seu coração saltar. Então, um cervo atravessou a trilha num salto e desapareceu por entre as sombras tingidas de verde.

Os pássaros cantavam; os pinheiros sussurravam.

E ela sentiu o chamado. Primeiro um leve puxão, mas irresistível.

— Meu Deus. Aqui? Agora? Por quê?

Embora tenha diminuído o passo, aquilo a puxava para a frente, um fio que simplesmente não podia romper. Então avançou mais fundo nas sombras e na luz, cada vez mais fundo, até que tudo o que ouvia era seu próprio coração batendo forte.

Ele estava ali, no meio da trilha, salpicado de luz e sombra. E ali, na mata fechada, os predadores que emolduravam o vidro pareciam estar em casa.

Yoda sentou-se aos seus pés, com a cabeça indo e vindo.

Será que Yoda estava se vendo?, ela se perguntou.

Ela, não. Via um borrão de luz e sombra, o verde das árvores, o marrom do caminho. Mas não um reflexo. Uma continuidade.

— Como isso é possível? Como poderia estar aqui fora?

Quando Yoda abanou o rabo para ela, ela se agachou.

— Você tem que ficar, porque eu tenho que ir. Eu tenho que ir.

Ela se levantou e encarou o espelho enquanto ouvia — ao longe — o som de cascos.

— Se alguma coisa machucar meu cachorro, eu juro que vai pagar por isso.

Ela atravessou o espelho.

E entrou na mata, na trilha. A mesma trilha, ela sabia, mas diferente. O ar estava muito mais frio e, se não tivesse sentido o outono naquela temperatura, ela o via nas árvores em cores outonais.

1805

Arthur Poole reduziu o galope da égua a um trote leve. Não havia pressa, afinal. Tinha todo o tempo do mundo naquele dia. E seu humor permanecia elevado depois do galope.

Era um homem satisfeito, um homem bem-sucedido, e alguém que se considerava no auge. Quando não passava de um garoto, havia partido de Londres e da quase miséria para a costa escarpada do Maine.

Com um sonho. Com ambição. Com um corpo forte e determinação.

E, com isso, construíra navios e uma empresa próspera. Construíra uma casa digna de um homem bem-sucedido e, em breve — depois de sair dos bosques que lhe pertenciam —, se sentaria diante da lareira dessa casa — a Mansão Poole —, esticaria os pés e tomaria um copo de uísque.

Mas naquele momento ele aproveitava a cavalgada, a solidão e o tempo para refletir.

Também havia construído uma família, e tinha tanto orgulho dela. Ainda mais — e isso o surpreendia — do que tinha de seus negócios, de sua grande casa, da vila abaixo que levava seu nome.

O garoto briguento de Londres.

E sentia alegria por seu filho mais velho — quatro minutos à frente do irmão gêmeo — ter pedido a mão de Astrid Grandville. Não apenas porque ela vinha de uma boa família, uma família rica, mas porque tinha garra e a misturava com doçura.

E, acima de tudo, porque amava seu filho, e ele a amava. Arthur podia ver isso, sentir isso, e sentia alegria em saber.

Collin se casaria por amor. *Eu não*, pensou Arthur. Casara-se por necessidade, por ambição, pela riqueza que vinha com a esposa. Mas aprendera a amar profundamente.

Talvez tivesse sido o nascimento dos primeiros filhos, Collin e Connor, que abrira essa parte dele. E, à medida que os anos passavam, conforme a família crescia, assim também crescia seu amor pela mulher que havia construído aquela família com ele.

Agora, mais velho e mais sábio, estava contente em — lentamente — passar as rédeas do negócio para os filhos. Dois jovens bons, inteligentes e firmes. E podia, sim, confiar em seu primogênito para cuidar dos irmãos quando chegasse a hora. Para fazer um lar, como ele fizera, na Mansão Poole.

Mas aquele dia não dizia respeito a um futuro distante. Ainda havia mais navios a construir, planos para expandir a mansão mais uma vez.

Afinal, não demoraria muito para que viessem os netos. O pensamento o fez rir de si mesmo.

— Primeiro o casamento. — Deu um tapinha no longo pescoço da montaria. — E faremos com que a mansão brilhe como uma joia para a ocasião. O casamento mais importante que Poole's Bay já viu.

A mulher surgiu na trilha, obrigando-o a deter a égua. A mulher vestia preto, o cabelo escuro solto e bagunçado, ao invés de preso com modéstia. E os olhos escuros cheios de uma luz inquietante.

Ele a conhecia, Hester Dobbs. Conhecia-a como uma bruxa. Um arrepio percorreu seu corpo quando ela sorriu.

— Mulher, você não tem lugar aqui.

— Eu terei. Terei o meu lugar aqui, nestes bosques, nos grandiosos terrenos diante deles, na mansão que se ergue sobre o mar. Eu terei tudo.

— Volte para a sua cabana, mulher, e faça suas poções de bruxa.

— Ah, eu fiz, Arthur Poole. Eu fiz. E o seu filho bebeu dessa poção achando que não passava de um copo de água depois de uma longa cavalgada. E, quando bebeu, eu o levei para a cama na minha cabana, na mata fechada.

A fúria irrompeu.

— Posso mandar enforcá-la por isso.

— Mas você não vai. — Ela se aproximou, pousou a mão de leve no pescoço da égua. — Eu lhe digo agora: Collin Poole, seu primogênito, seu herdeiro, é meu. Assim como estes bosques serão meus. E eu serei senhora da mansão por toda a eternidade.

— E eu lhe digo: você não terá nada. Não tocará mais em meu filho, e farei questão disso. Mandarei expulsarem-na da sua cabana, banida de Poole's Bay. Você não terá nada do que é meu e nunca pisará em minha casa enquanto eu viver.

— Isso é verdade. Eu sei. Eu vi. E assim será. — Ela ergueu as mãos. — Neste lugar, invoco o vento. E, com ele, sua vida eu findo.

A égua se assustou quando o vento rodopiou, gemeu como um homem ferido e fez as folhas girarem.

Com um palavrão, Arthur a controlou.

— Que o diabo a leve, bruxa! — bradou.

Dobbs prosseguiu:

— De pai para filho, a mansão passará, e sob meu feitiço ele fará tudo o que eu ordenar. Com meu poder, sua vida eu tomo. Agora gire, gire, curve e quebre!

A cabeça dele se virou em um ângulo estranho no pescoço. Por um instante, seus olhos — os verdes Poole — saltaram, e sua boca se abriu como se buscasse ar.

Então algo estalou, um som horrível. E ele caiu, flácido e sem vida, no chão.

Com uma risada, ela deu um tapa na anca da égua para fazê-la disparar pelo caminho. Passando por cima, Dobbs olhou para Arthur.

— Você achou que podia se opor a mim? Impedir-me de conseguir o que desejo? A sua morte só me aproxima do que é meu, do que sempre será meu.

Ela novamente ergueu os braços e se virou em meio ao vento rodopiante.

— Eu sou e serei a senhora da mansão. Todos os que se opuserem a mim encontrarão a morte.

Ela começou a se embrenhar de volta na mata, mas virou bruscamente a cabeça. Os olhos pareciam insanos, selvagens, enquanto encaravam a trilha.

A trilha onde Sonya estava, ao lado do espelho.

— Ninguém ali. Ninguém. E ainda assim…

Como se estivesse sentindo dor, Dobbs levou a mão à têmpora e pressionou.

— Sete? Sete? Um número de poder. Sete. Que importa?

Olhou de volta para o corpo de Arthur, e sorriu.

— Eles o encontrarão aqui, e prantearão e sofrerão. E eu me alimentarei de suas lágrimas.

Recolhendo a barra da saia do vestido, Dobbs desapareceu entre as árvores.

Tremendo no ar frio, Sonya permaneceu como estava. E deixou cair a primeira lágrima por Arthur Poole.

— Eu descendo de você. Você estava defendendo seu filho, sua família, sua casa. Eu também defenderei.

Deu um passo para entrar no espelho e voltar para o calor, onde seu fiel cão a esperava.

Ela se agachou e o acolheu entre os braços para buscar conforto e esperar até que a vertigem passasse. *Passaria*, pensou. Passaria. Assim como o espelho já não estava mais ali.

Ainda abraçada a Yoda, ela se levantou e caminhou até o ponto onde o corpo de Arthur Poole caíra.

— Encontraram você aqui. Ficaram preocupados, lógico, quando sua égua voltou sem você. Então procuraram, e encontraram você aqui. E pensaram que tinha sido um acidente. Nunca souberam o que ela fez. Mas agora eu sei. O que importa é que agora eu sei.

Ela saiu do bosque conforme a cabeça clareava e a sensação de horror se desvanecia.

Entrou em casa, jogou um pouco de água fria no rosto. Clover tentou consolá-la com "All Right Now", de Bad Company.

— É, está mais ou menos tudo certo agora. Preciso de mais alguns minutos.

Deu um petisco a Yoda e, como Pye apareceu como se estivesse dizendo “onde diabos você estava?”, deu também alguns à gata.

Então se sentou e mandou uma mensagem para Trey:

Sei que você e Owen planejaram trabalhar no barco da Cleo esta noite, mas vocês dois podem vir aqui? Estou bem. Estou bem mesmo, mas atravessei o espelho de novo e vi uma coisa. Preciso contar a vocês pessoalmente. Estou bem, prometo, mas preciso contar.

Nós iremos. A Cleo está com você?

Agora não, mas logo estará. Vou voltar ao trabalho. Não faria isso se não estivesse bem. E prometo, não diria que estou se não estivesse. Só preciso contar.

Nós iremos. Diga à Cleo para não cozinhar. Vamos levar alguma coisa. Trabalhe caso ajude, do contrário, faça uma pausa.

Já fiz. Foi assim que começou. Não se preocupe. Traz pizza.

Ela acrescentou isso na esperança de aliviar a preocupação que sabia que ele sentia.

Feito. Às seis, antes se precisar.

Às seis.

Ela adicionou um emoji de pizza, depois um coração.

De volta à mesa, Sonya anotou tudo enquanto os detalhes ainda estavam nítidos. Parecia-lhe que permaneceriam nítidos para sempre, mas registrou.

Talvez, um dia, reunisse em um livro tudo o que documentara desde que se mudara para a mansão. Como Deuce Doyle fizera para Collin, com a genealogia da família.

Um tipo de legado, pensou, para os que viessem depois dela.

Por ora, arquivou o que havia escrito e então forçou a mente a se concentrar no trabalho. O trabalho podia servir tanto de refúgio quanto de propósito.

Mais tarde, quando Yoda saiu de baixo da mesa para correr escada abaixo, ela desligou o computador. Começou a descer quando Cleo entrou carregando a caixa portátil que usava para os materiais e levando telas ainda molhadas.

— Que dia! Quase terminei uma pintura, depois precisei parar para desenhar esse garoto de 3, talvez 4 anos, velejando num pequeno veleiro de um mastro com quem só podia ser a mãe. Juro que parecia que ele tinha acordado num dia que misturava Natal, aniversário e Halloween. Não esqueci do jantar — continuou. — Vou preparar alguma coisa. Perdi a noção do tempo, o que é sinal de que estava indo muito bem.

— Trey e Owen estão trazendo pizza. Lá pelas seis.

— Ah. — Cleo tirou o elástico do cabelo e sacudiu os cachos. — Achei que seríamos só você e eu hoje, mas pizza parece... Merda. Aconteceu alguma coisa.

— Aconteceu. Não foi a Dobbs, ou pelo menos não um dos acessos de fúria dela. Foi o espelho. Eu atravessei de novo.

— Droga, Sonya, por que você não me ligou ou mandou mensagem? Eu teria voltado na mesma hora.

— Exatamente, e eu prometo que não há necessidade disso. Vai lá guardar suas coisas. Vou servir uma taça de vinho pra gente.

— Isso pode esperar.

— Eu preciso de um tempo para tirar a cabeça do modo trabalho e entrar nisso. Já são quase seis, então, quando você terminar, eles já estarão aqui.

— E você vai ter que contar tudo apenas uma vez — concluiu Cleo. — Tudo bem. Não demoro.

Com a caixa na mão, Cleo subiu apressada as escadas, e Sonya se voltou para o retrato de Astrid Poole.

— Você não sabia. Você, o seu Collin, o irmão gêmeo dele, as irmãs, a viúva de Arthur. Vocês não sabiam que ele tinha sido assassinado, apenas um obstáculo que Dobbs precisava remover. Se soubessem, de algum modo, talvez tivessem vivido.

Sonya voltou a andar e parou na sala de música para observar os retratos. *Tudo teria sido diferente*, pensou. Mas a primeira peça de dominó caiu com Arthur Poole.

Na cozinha, abriu uma garrafa de vinho e ficou olhando para o bosque. Tão pacífico naquele momento, tão acolhedor no verde da primavera. Ela voltaria a caminhar ali, prometeu a si mesma. Não deixaria Hester Dobbs impedi-la de acessar qualquer parte do que era seu.

Quando ouviu os cães latindo, voltou-se para servir o vinho. Trey entrou direto e, depois de colocar as caixas de pizza na ilha da cozinha, segurou o rosto dela entre as mãos. Observou-a por um longo instante, com atenção, depois assentiu.

— Tudo bem.

— Sim. Tudo bem. Tem cerveja na despensa — disse ela a Owen.

Ele pegou duas do engradado e levou o resto para a despensa.

— Agora tem mais. Eu posso atravessar o espelho — salientou Owen. — Eu podia estar aqui em quinze minutos.

— Eu não podia esperar. Literalmente. Vamos atacar essa pizza. Agora que vocês chegaram, percebi que estou faminta. E aqui está a Cleo.

Quando ela entrou, Owen tocou a mão dela com a ponta do dedo.

— Esqueceu essa sujeirinha aqui.

Cleo olhou para uma mancha de tinta vermelha.

— Limpo depois. Agora, Son, você pode nos contar o que aconteceu sem interrupções.

Quando se sentaram, Sonya já tinha a narrativa clara na cabeça — e muita gratidão por aquelas três pessoas que a compreendiam.

— Vou começar pelo começo, que não tem nada a ver com o espelho. Laine e Matt, os donos da By Design, onde eu trabalhava, me ligaram. Queriam me parabenizar pelo projeto da Ryder. E avisar que souberam da merda que o Brandon aprontou antes da minha apresentação, e que ele não trabalha mais na By Design.

— Bom, a isso eu vou beber com gosto — disse Cleo. E bebeu.

— Ele difamou a mim e ao meu trabalho na apresentação, coisa de que Miranda Ryder não gostou. Depois mentiu para Laine e Matt sobre isso e sobre o que aconteceu entre mim e ele. Então, foi demitido.

— Se ele tentar se aproximar ou continuar a falar mal de você, pessoal ou profissionalmente, eu preciso saber.

— E você vai saber — garantiu ela a Trey. — Eu prometo. Essa porta está fechada e trancada do meu lado há quase um ano. Se ele não consegue fazer o mesmo do lado dele? — Ela deu de ombros. — Vai acabar levando mais golpes. Depois disso, eu só queria clarear a cabeça, e o Yoda precisava de um passeio, então o levei lá para trás. Está tudo tão bonito. Todo o trabalho que a gente fez, simplesmente lindo. Tão satisfatório. Eu queria dar uma olhada nas ervas antes de voltar ao trabalho e vi o Yoda entrando na mata. Eu o chamei, mas ele continuou indo. Ele sempre vem quando eu chamo.

Ela fez uma pausa e bebeu.

— Ele entrou direto, enquanto eu corria atrás, chamando. Eu conseguia ouvi-lo latindo e achei que devia estar perseguindo um coelho ou um esquilo. Aí eu senti.

Ela respirou fundo, fechou os olhos por um instante.

— Aquele puxão, depois o chamado. Virei a curva na trilha, e lá estava o Yoda, sentadinho diante do espelho.

— Aconteceu algo no bosque — concluiu Trey. — E você precisava ver.

— Sim. O vidro estava embaçado e eu ouvia o som de cascos. Distantes, mas ouvia. Eu tinha que entrar. Fiquei preocupada em deixar o Yoda, mas é irresistível. Mandei ele ficar, e ele se deitou tipo: "Tá bom, eu espero." E eu atravessei.

— Come alguma coisa. — Trey empurrou para perto o prato com a fatia que ela não tocara.

Ela assentiu, mordeu um pedaço e sentiu aliviar a tensão na cabeça, a fome no estômago.

— Eu ainda estava lá, na trilha, mas não era primavera. Era outono, frio, gélido, folhas vermelhas, douradas, alaranjadas. Mas além disso, eu conseguia, como em um dos sonhos, ouvir o que ele pensava. Quase como se ele estivesse me contando.

— Quem? — exigiu Cleo.

— Arthur Poole.

Ela contou a eles, detalhe por detalhe.

— Ele pensava na família — continuou —, em expandir a mansão, porque esperava ter netos logo. Aí ela entrou na trilha. Dobbs. Eles não me viam. Estavam a uns três ou quatro metros, mas não me viam. Ele a chamou de bruxa, mandou sair da propriedade dele. Ela disse que tinha enganado o filho dele, o Collin, para beber uma poção. Foi assim que o levou para a cama.

— Ela o enfeitiçou — murmurou Cleo. — Depois tentou usar isso como reivindicação à mansão.

— Ele era o primogênito, então herdaria tudo. Mas ele está noivo ou prestes a ficar, certo? Isso complica, então ela tenta sexo. — Owen pegou outra fatia. — Só que não funcionou.

— Não foi acidente — concluiu Trey. — Arthur Poole não morreu num acidente.

— Ele ficou furioso. Parecia imponente. Aí ela invocou o vento. Ele controlou a montaria, mas ela disse essas palavras.

Quando Sonya as repetiu, Cleo pegou o celular para anotá-las.

— E ela moveu as mãos, como se estivesse torcendo um pano. Eu ouvi. Deus, eu ouvi o pescoço dele quebrar, e então ele caiu.

Para se recompor, ela ergueu a taça de vinho.

— Ela deu um tapa na égua, e a égua desceu a trilha em direção ao casarão. Passou por mim como se eu não estivesse ali. A Dobbs parecia pirada, o tempo todo na verdade, mas naquele momento parecia eufórica e insana. Ele estava no caminho dela, agora estava morto, e ela seria a senhora da mansão para sempre. Ela começou a voltar para a mata, mas parou, olhou para o local onde eu estava. Ela não me viu. Disse, como quem pergunta: "Sete?" Ela repetiu, disse que era um número de poder, mas dava para ver que não entendia. E foi como se uma dor de cabeça súbita tivesse surgido.

Sonya levou a mão à têmpora.

— Ela parecia confusa e simplesmente ensandecida. Voltou para a mata e olhou para ele, para Arthur Poole. Eu percebi que a família nunca saberia que ela o assassinou. Depois percebi que o Collin provavelmente nunca soube que ela se valeu de bruxaria para levá-lo para a cama.

— Então a culpa, além do luto, ajudou a levá-lo ao suicídio — concluiu Trey.

— Eu realmente acho que sim. Aí eu voltei. Era primavera, o Yoda estava me esperando, o espelho tinha sumido.

Ela pegou a fatia, tornou a deixá-la no prato.

— Eu sei que é importante entender o que realmente aconteceu. Mas é tão inútil quando não há nada que possamos fazer para mudar, impedir.

— Sempre é melhor saber do que não saber — disse Trey. — Eu posso querer que você não fosse o condutor disso tudo, mas é a realidade.

— Você acumula conhecimento. — Owen se levantou para pegar outra cerveja para ele e para Trey. — E conhecimento é poder.

— Então, conhecimento acumulado desta última aventura. — Cleo foi contando nos dedos: — Collin Poole não se envolveu com Dobbs por livre e espontânea vontade. Dobbs assassinou Arthur Poole. Para Dobbs, sempre foi sobre a mansão, não sobre as pessoas. Elas eram apenas obstáculos ou degraus.

— Como no dia na biblioteca, eu estava desperta, consciente. Do outro lado parecia um sonho, mas eu estava desperta e consciente.

— Depois que Poole morreu — continuou Trey —, e ela não estava mais focada nele, ela sentiu alguma coisa. Sentiu você, sem saber o que ou quem era.

— Eu ainda nem tinha nascido, mas estava ali naquele tempo e lugar, desperta, consciente.

— Exato. Apesar do que ela fez, Collin Poole se casou com Astrid Grandville. Mas naquele dia, na trilha, ela não sabia que acabaria matando Astrid, pegando a aliança e criando a maldição.

— Só consigo pensar que ela acreditava que poderia forçar ou convencer Collin a se casar com ela, para ficar com a mansão. Era, e é, o que ela quer. Ser senhora da mansão.

— Para sempre. Você disse que ela falou "para sempre" — acrescentou Trey.

— Disse, mas…

— Ela sempre pretendeu se apossar dela, mantê-la. Se para isso precisasse da própria morte, do próprio sangue, *para sempre*, nitidamente faria o que fosse preciso. Imagino que não tivesse previsto que seria tão cedo, mas ninguém vive para sempre.

— Ela é completamente pirada — disse Owen, dando outro gole na cerveja.

— Isso ninguém discute. Mas — Cleo ergueu a mão — será que ela poderia ter previsto que Astrid, e todas as que vieram depois, permaneceriam? Acho que não. Esta casa tem um poder próprio. E não a quer.

— Não a quer — murmurou Sonya. — Não a quer.

— Deve ser torturante para ela saber disso — continuou Cleo —, saber que pessoas, os espíritos delas, seguem dia e noite cuidando da casa, enquanto ela está presa num inferno criado por ela mesma.

— Ela não pode quebrar o feitiço — disse Sonya, devagar —, ou desaparece. Ela se amarrou com as próprias palavras, com a própria magia de sangue. A cada geração, e uma noiva. Ela selou isso com o sangue de Astrid, depois com o próprio. Está tão presa nesse ciclo quanto as noivas que matou.

— Ela quer assustá-la, expulsá-la — disse Trey. — Você é uma ameaça. Pode ser um inferno criado por ela mesma, um ciclo no qual está presa, mas é o que ela tem.

— Sete... — repetiu Sonya. — Talvez tenha vindo de mim. Talvez eu tenha pensado nas alianças, nas mulheres, nas noivas, e em como tudo começou com o assassinato de Arthur Poole. Ela me sentiu, ou sentiu alguma coisa; talvez tenha sentido isso também. Isso a confundiu, e eu juro que a feriu.

— Parece que temos que encontrar um jeito de feri-la de novo, e com mais força.

Cleo sorriu para Owen.

— Gosto do seu jeito de pensar.

Clover entrou em cena com Aerosmith e "Don't Get Mad, Get Even".

— Palavras sábias. — Sonya, pegando a fatia de pizza que mal tinha tocado, finalmente comeu.

Capítulo vinte e sete

Na véspera do Evento, o saguão estava cheio de flores. Cleo tinha um presunto no forno e os dedos cruzados. Haviam montado um cardápio simples de bufê para a família, que esperavam servir como prelúdio ao banquete do dia seguinte.

Cada centímetro da mansão brilhava.

Elas arrumaram e rearrumaram mesas e cadeiras do lado de fora, e acenderam incontáveis velas, confiando na previsão de um dia ensolarado e ameno.

Sonya levou flores para o andar de cima, para colocar arranjos — discutidos por horas — nos locais escolhidos.

Quando a campainha soou, ela quase ignorou. Os resmungos de Dobbs tinham sido poucos nos últimos dias, mas aquele continuava sendo um dos favoritos dela.

Então lembrou que Yoda tinha descido para o apartamento com Cleo, portanto não podia contar com o latido dele para avisá-la.

Abriu a porta e encontrou Winter.

— Mãe!

— Vim um pouco mais cedo para ajudar, precisando ou não. — Dando uma olhada no saguão, Winter riu. — Tem certeza de que compraram flores suficientes?

— Mãe — repetiu Sonya, jogando-se nos braços dela. — Você veio sozinha? Eu pensei…

— Vim em comboio com seus avós, e eles foram direto para o hotel. Queriam desfazer as malas, se acomodar um pouco.

Ela empurrou a mala de viagem para o lado.

— Summer e Martin estão vindo de carro com seus outros avós. Todos estão a caminho. Agora, me ponha para trabalhar.

— Pode deixar, mas primeiro vamos levar sua mala lá para cima. Cleo levou flores para o apartamento; os pais e a avó dela vão ficar lá hoje e amanhã à noite, e então voltarão para a Louisiana.

Sonya fez menção de pegar a mala, mas foi afastada, então acabou apanhando mais flores.

— Não acredito que estão dirigindo da Louisiana até aqui.

— Melly, a mãe da Cleo, me contou. Eles queriam conhecer alguns lugares.

— E, de acordo com as mensagens e fotos que mandaram para a Cleo, estão se divertindo à beça.

— É bem isso — concordou Winter. — Está tudo fabuloso, Sonya. A árvore em plena floração lá fora, aquele rododendro enorme… estão simplesmente espetaculares.

Ao passarem pela biblioteca, o tablet de Sonya tocou "Joy to the World", da banda Three Dog Night.

Winter lançou um olhar por cima do ombro.

— Imagino que você já tenha se acostumado com isso.

— Não só me acostumei como estou adorando. Você precisa ver a vista do seu quarto com os jardins floridos.

Quando entraram, Winter foi direto para a janela.

— Dá vontade de aplaudir. Que espetáculo. Você e a Cleo fizeram isso?

— Muito, na verdade a maior parte, já estava feito. As plantas perenes. Mas nós montamos os vasos, as jardineiras, as anuais. Eu adorei isso também. Quem diria?

— Você fez um lar, querida. Eu já sabia da outra vez que estive aqui, mas, se restava alguma dúvida, acabou. E a intrusa do terceiro andar?

— Essa foi boa. *Intrusa*. Não vamos nos preocupar com ela. Que tal eu ajudar você a desfazer as malas e depois descermos para preparar um lanche?

— Estou aqui para ajudar, não para ser servida. Eu mesma desfaço, e quando terminar ajudo com esse oceano de flores.

— Tudo bem. Já estou quase acabando aqui em cima. Quando você desfizer as malas, podemos começar no térreo.

Quando Winter desceu, Sonya lhe entregou um vaso.

— Mesa de jantar casual. Vou colocar esses três vasos baixos na sala de jantar formal. A Cleo já deve ter voltado, então começamos por lá.

— Me dá um desses. Agora cada uma leva dois. Algo está cheirando muito bem.

— São as flores, e esperamos que o presunto que a Cleo está fazendo também.

— Milagres realmente nunca cessam. Ah. — Winter parou na sala de música. — Mais uma obra do seu pai.

— Sim. Johanna, Clover, Lisbeth e Agatha.

— É deslumbrante e tão estranho. E, ainda assim, eu o vejo, consigo ver o Drew parado ali diante da tela com sua paleta, seus pincéis.

O celular de Sonya tocou "Still the One".

— Sim — murmurou Winter. — Ele é meu grande amor.

Quando entraram na cozinha, Cleo estava abrindo o forno para conferir o presunto.

— O quê?! Ninguém me avisa! Coloca essas flores aí e vem cá me dar um abraço. Temos um galão de chá gelado, se quiser — disse Cleo, abraçando Winter. — Ou posso servir um vinho.

— Vou começar com esse chá gelado. Você está fazendo um presunto.

— Um presuntão — disse Cleo, radiante. — A Bree falou que, se eu não estragar e sobrar alguma coisa, ela consegue aproveitar amanhã.

— Pelo tamanho desse presunto — disse Sonya, servindo chá gelado —, vai sobrar. Já fiz até a plaquinha: "Presunto ao Mel da Cleo, da Mansão".

— Então é bom mesmo eu não estragar.

Colocaram as flores, depois ajudaram Cleo a cortar batatas em quatro para assar. Ela tirou o presunto com mel do forno e deixou-o descansar.

Organizaram um bar na cozinha auxiliar e montaram um colorido prato de crudités.

— Tenho que dizer que é bom ver vocês trabalhando juntas na cozinha. Não preciso me preocupar se vão passar fome.

Yoda correu até a porta da frente antes mesmo que Sonya a ouvisse abrir. Então voltou correndo com Mookie.

— Ah! Olha só esse cachorro! Mas que coisa linda! E o Yoda já me apresentando o amigo dele.

Mookie sentou-se e ergueu os olhos para Winter, transbordando afeição e empolgação.

Quando Trey entrou, Winter parou de fazer carinho nos cães e lançou a ele um olhar demorado e avaliador.

— Mãe, este é Trey Doyle.

— Já vi a foto dele no site do escritório de advocacia, junto com este lindão aqui. Winter MacTavish.

— Muito prazer. — Ele apertou a mão estendida. E sorriu. — Vejo você nela. Vi o pai dela porque conheci Collin. Agora vejo você também.

— Não posso mais cuidar dela. Você cuida?

— Mãe, sério?

— Quando ela deixa.

— Essa é uma ótima resposta.

Os cães dispararam; a campainha retumbou.

— Eu atendo.

Quando abriu a porta, foi a vez de Cleo se jogar nos braços da mãe. Depois do pai, depois da avó.

Na cozinha, Sonya ouviu a mistura animada de francês e inglês.

— É a mãe da Cleo, o pai e a avó. Trey, pega uma taça de vinho para minha mãe? Ela gosta de pinot grigio.

— Lógico. — Enquanto ele ia até a cozinha auxiliar, Sonya apontou o dedo para a mãe.

Winter apenas sorriu.

Melly entrou primeiro. Não tinha a mesma altura de Cleo, e o cabelo era preto, bem liso. Mas tinha passado para a filha os olhos, cor de mel e estreitos.

Abraçou Winter primeiro, dizendo:

— Hummmm.

Depois abraçou Sonya do mesmo jeito, enquanto Trey voltava com a taça de vinho.

— Mas que homem bonito! Também dou um abraço em você, se me der uma taça disso.

— Melly Fabares, Trey Doyle.

— Pois bem, Sonya, vejo que o seu gosto por homens melhorou bastante. Winter, olha só nossas meninas morando neste casarão velho e lindo. Acho que deve levar metade de um dia para andar de uma ponta à outra.

Quando Trey voltou com mais vinho, Melly cumpriu a promessa e o abraçou.

— Hummm. E ainda tem um porte bom, sólido, também. Jackson, venha logo para cá e traga a mama.

— Ela está matando a saudade da Cleo. — Jackson, alto e magro como um varapau, entrou, deu seu sorriso tímido. Beijou a bochecha de Winter, depois a de Sonya, e apertou a mão de Trey.

— Hã... Jackson Fabares, pai da Cleo.

— Trey Doyle. Muito prazer. Posso lhe servir uma bebida?

— Não vou recusar uma cerveja, se tiver uma aí. Alguma coisa está cheirando muito bem por aqui.

— A Cleo assou um presunto — contou Winter.

— Ela fez o quê? — perguntou ele, enquanto Melly soltava uma gargalhada.

— Ela faz um bolo de carne moída muito bom — acrescentou Trey, entregando-lhe a cerveja.

— Acho que vou ter que me sentar. Esta casa é mesmo um espetáculo, Sonya. Um espetáculo.

Imogene Bea LaRue Tamura, alta e magra, às vésperas dos 70 anos, estava na sala de música com a neta. Tinha cachos volumosos cor de caramelo, já generosamente salpicados de branco pelo tempo. Atribuía a suavidade notável de sua pele marrom à sua diversidade genética e a uma vida bem vivida. Seus olhos, em um tom entre o castanho e o dourado, examinavam o cômodo.

Vestia a calça jeans de viagem e uma camiseta vermelha, com tênis Converse de cano baixo no mesmo tom ousado. Meia dúzia de correntes com cristais, uma cruz ansata, símbolos de sol e lua pendiam do pescoço.

Na mão direita, usava um bracelete largo de prata gravado com o signo astrológico de Libra, e um anel de pedra da lua no dedo do meio. Viúva havia doze anos, usava a aliança de casamento — um aro grosso de ouro martelado — na mão esquerda.

No bíceps esquerdo, carregava a tatuagem do nó quíntuplo celta.

— Eles cuidam de vocês. E as observam. Esta casa está cheia, *chère*, de tristeza e alegria, sangue e suor, lágrimas e risos, como uma casa antiga deve estar.

A voz dela, fluida e encorpada, trazia o ritmo suave de sua Nova Orleans natal.

— É uma boa casa, uma casa forte, *ma fille*.

— Eu sei, e sinto. Mas ouvir isso de você torna tudo melhor e mais forte.

— Ainda assim, guarda uma força poderosa e sombria. — Imogene ergueu os olhos ao falar. — Gananciosa, enlouquecida pela ganância. Quer o seu medo.

— Estou fazendo o possível para não atender a esse pedido.

Imogene sorriu.

— Você tem a cabeça no lugar, meu bem, sempre teve. Trouxe umas coisas para você. Seu pai, e dou crédito à minha filha por ter escolhido um homem como Jackson, não reclamou, nem uma vez do peso do que eu fiz ele carregar até aqui.

— Ele ama você, Magie.

Imogene sorriu ao ouvir o apelido que Cleo dera a ela na infância: *Magia*.

— E eu o amo de volta, muito. Agora, pegue isto.

Imogene tirou uma das correntes do pescoço.

— Mas esse é o colar de turmalina especial, aquele que o vovô deu pra você.

— Agora estamos passando para você. É proteção, *chérie*, e poderosa e forte, porque vem com amor. — Ela pendurou a corrente com três grossas pedras pretas no pescoço de Cleo. — O amor é um círculo; quando verdadeiro, nunca acaba. Um círculo protege contra o que quer fazer mal. Guarde seu círculo, Cleo.

Imogene olhou para trás quando Owen parou à porta. Seu sorriso brilhou como o sol.

— Mas vejam só! Eu me perguntava quando você ia aparecer. Você é bonito, não é, rapaz?

— Com certeza sou — disse ele, fazendo-a rir. — Você deve ser a mãe da Cleo.

Rindo, Imogene abanou-se.

— Acho que estou apaixonada.

Enquanto Owen retribuía o sorriso, Cleo balançou a cabeça.

— Esta é minha *grand-mère*, minha avó, Imogene Tamura. Owen Poole.

— Ah, não brinca! — respondeu Owen com sinceridade.

— Agora eu sei que é amor. Então este é Owen Poole, que constrói barcos e navios. Vai construir um para o meu *bébé*, pelo que ouvi dizer.

— Sim, senhora.

— Ah, nada de *senhora* entre nós. É Imogene, ou Magie, como meus netos passaram a me chamar. Escolha um desses e venha aqui me dar um beijo.

Assim que ele obedeceu, ela passou o braço pelo dele.

— Agora, acho que estou pronta para um coquetel. Você sabe preparar um *whiskey sour*?

— Posso aprender.

— Então eu ensino como se faz.

Sonya tinha imaginado aquilo e esperava por isto: ver e sentir o casarão se enchendo de família. Sua mãe conversava animadamente com Melly e, agora que a tia e o tio haviam chegado com os avós maternos, Summer se juntara àquela conversa. Jackson e o tio tinham saído com os cães. Com uma taça de vinho, o avô, um jardineiro entusiasmado, fez o mesmo.

A pedido da avó, Sonya lhe fez um tour pela casa, ou por parte dela, antes do jantar.

Louisa Bane Riley, uma mulher formidável, deixara o cabelo ficar prateado e o mantinha curto. Usava óculos de armação azul-vivo, discretos brincos de diamante, um vestido azul-marinho de linhas retas com vivos brancos e sapatos Prada de salto baixo.

Enquanto percorriam o primeiro andar, Louisa emitiu sons indecisos, assentindo algumas vezes em aprovação.

Se Sonya sabia alguma coisa, era que a avó era difícil de agradar.

Mas, ao chegarem à biblioteca, Louisa parou, ergueu a mão e estudou o cômodo.

— Bem. — A única palavra carregava suas raízes rígidas de Boston. — Bem — repetiu, voltando-se para Sonya. — Você encontrou o seu lugar, não foi?

E a tensão nos ombros de Sonya se dissipou.

— Sim, encontrei.

— Tive minhas dúvidas, como imagino que saiba.

— A senhora nunca foi de esconder suas opiniões, vovó.

— Não mesmo, e tive dúvidas sobre as escolhas que você fez nos últimos meses. Você é uma jovem talentosa, Sonya, com uma ética de trabalho excepcional. Fiquei receosa de que tivesse feito essas escolhas por causa da sua… experiência infeliz.

— Foi mesmo infeliz?

Os lábios de Louisa se curvaram, muito levemente.

— Preciso perdoar a Tracie. Ela é minha neta. Não justifico o comportamento abominável dela, mas preciso perdoá-la. Um dia, talvez você também o faça. Sem absolvê-la, mas ela acabou lhe fazendo um favor monumental. Detesto, mais do que posso dizer, ter sido enganada por aquele indivíduo que me recuso a chamar de homem. Mas ver isto, ver você aqui, tira um pouco do amargor.

Clover acrescentou sua opinião tocando "Ring the Alarm", de Beyoncé, no tablet.

— Isso é… incomum.

— Não por aqui.

— Já ouvi dizer. Nunca acreditei nessas coisas. — Ela passou a mão pela escrivaninha. — Ainda assim, sua casa é cheia de personalidade e história, e de coisas belas bem-cuidadas. Pelo que se vê, você está feliz tanto no trabalho que escolheu quanto no rumo que deu a ele. Você é minha neta, e eu a amo, então o que mais eu poderia querer para você?

— Isso significa muito para mim, vovó.

— Você pode me mostrar o resto depois, pois é evidente que isso vai levar algum tempo. Mal falei com o restante dos seus convidados.

A campainha soou quando começaram a descer.

— Devem ser a vovó e o vovô. Todos os outros já chegaram.

Sonya abriu a porta e foi direto para os abraços.

O avô, grande e de ombros largos; a avó, delicada e pequena. Sonya sentiu a avó estremecer, só um pouco, e entendeu que aquela visita era delicada para a avó.

— Estou tão feliz que vocês vieram. É tão bom ver vocês.

John sorriu e afagou o cabelo da neta.

— Você arrumou uma mansão, menina. É um baita de um casarão.

— É mesmo.

— Espero que não estejamos atrasados.

Sonya olhou para a avó, o rosto adorável em formato de coração, os olhos azuis lutando para conter as lágrimas.

— Não estão. Estamos em família.

— Martha, John, é um prazer ver vocês. — Louisa cumprimentou-os com beijos no rosto, depois tomou o braço de John. — John, estou mais do que pronta para uma taça de vinho, se você me acompanhar. Esta casa é um labirinto, mas eu sei o caminho. E como foi o inverno em Savannah? — continuou, afastando-o dali.

Sua vozinha podia ser brutalmente honesta, pensou Sonya, mas também sabia entender a aflição de outra mulher.

— É uma casa linda, Sonya, parece ter saído de uma pintura ou de um filme. Você sempre quis uma casa antiga e espaçosa.

— Sempre quis, sim. — Sonya a abraçou de novo, e prolongou o abraço por um momento. — Quero mostrar uma coisa para você.

De braço dado com Martha, ela a conduziu pelo longo corredor.

— Ah, é uma casa imensa, não é? E tão linda. Não admira que você esteja feliz aqui. Nós estamos felizes por você, Sonya, tão felizes que você… Ah.

Na sala de música, com as vozes vindo da cozinha, ambas pararam.

— Ah, estou vendo. Vejo o Drew no sorriso dela. Tão jovem, tão bonita, e ela parece tão gentil. — As lágrimas escorreram, lentas e suaves. — Ela teria amado ele, os dois. Nós teríamos…

— Eu sei, vovó. Acredite, ela sabe que você deu ao papai o que ela não pôde dar.

O celular no bolso de Sonya tocou "Loves Me Like a Rock".

— Nós o amamos tanto. O Drew foi um filho tão amado e amoroso, um marido e pai tão amado e amoroso. Espero que ela saiba que homem bom ele se tornou.

— Ela sabe, vovó. Tenho certeza.

— Tão jovem — repetiu Martha. — Sonya, você poderia me dar um ou dois minutinhos? Eu gostaria de ficar sentada aqui um instante.

— Tudo bem. Quando estiver pronta, é só seguir o som das vozes. Leve o tempo que precisar.

Sozinha, Martha se sentou, secou os olhos e então fitou os olhos do retrato.

— Queria que tivéssemos ficado sabendo de você e de Charlie. Se soubéssemos, teríamos contado a ele sobre você. Se soubéssemos, teríamos amado o irmão dele da mesma forma.

Enquanto lutava para recuperar a compostura, o telefone em sua bolsa tocou "Martha My Dear".

Ela se sobressaltou, depois comprimiu os lábios.

— Vejo ele em você. Obrigada pelo maior presente, o mais precioso.

Detendo-se por um instante, Martha uniu as mãos.

— Drew sempre foi um menino esperto. Nem sempre um bom menino, mas quem é que quer isso? Ah, ele deu os primeiros passos com 10 meses, depois não teve mais como parar. Gostava de picolés de uva e de carrinhos da Matchbox. E de desenhar. Sempre amou desenhar e colorir.

Ela pigarreou.

— Uma vez, quando ele tinha apenas 3 anos, pegou os gizes de cera. Aqueles grandes, grossos, sabe? Eu tinha colocado num lugar onde achei que ele não alcançaria, mas devia saber que não adiantaria. Ele escalava como um macaquinho.

Ela teve que parar novamente, conter mais lágrimas.

— Ele desenhou figuras pela parede inteira do quarto. Eu achava que estava cochilando. De novo, devia ter imaginado. Drew estava tão orgulhoso que eu não consegui brigar com ele. John e eu não cobrimos os rabiscos durante anos e, quando pintamos, o John recortou uma parte e remendou o drywall. Daí, nós emolduramos o pedaço que guardamos. Eu tenho isso até hoje.

Ela suspirou e, ao inspirar, sentiu o perfume de flores silvestres, como um prado banhado de sol.

— Eu poderia contar muito mais. Escrevi algumas coisas, algumas lembranças. — Abrindo a bolsa, Martha tirou um envelope pardo, grosso, cheio de páginas. — Mas, acima de tudo, quero que saiba que ele foi amado desde o primeiro segundo em que o colocaram em nossos braços. Ele foi amado. Foi um menino lindo que se tornou um homem lindo. E foi muito amado.

Ela se levantou e colocou o envelope sobre o piano. Em seguida, se sobressaltou quando o celular em sua bolsa começou a tocar "Thank U", de Alanis Morissette.

Então, ela sorriu.

O presunto de Cleo fez o maior sucesso, e sobrou o suficiente para alimentar todo mundo de novo. Duas vezes.

Sonya teve exatamente o que desejava — uma noite tranquila com a família, que se entrosou muito bem. Observou a avó de Cleo flertar descaradamente com Owen, e Trey simplesmente se encaixar entre as várias personalidades como se os conhecesse a vida toda.

— Uma escolha muito melhor — murmurou Louisa para ela em dado momento. — Mas vou guardar minha aprovação completa para depois que conhecer a família dele amanhã. Coisa que nunca aconteceu com aquela pessoa.

Ela deu um tapinha na mão de Sonya.

— Ele tem um olhar honesto.

Todos saíram para dar uma volta no jardim — pessoas e bichos —, com as luzes cintilando exatamente como ela imaginara.

Quando deu boa-noite aos avós, não viu lágrimas nos olhos de Martha.

— Precisávamos disso. — Martha a abraçou mais apertado. — Ver, entender de verdade. Deixei uma longa carta para a mãe biológica do

Drew na sala de música, sobre o piano. Besteira minha. Acho que você vai gostar de ficar com ela.

Quando os demais se foram e Cleo desceu para ajudar a família a se instalar no apartamento, a mãe de Sonya se sentou com Trey e Owen na sala de estar.

Sonya voltou à sala de música, mas não viu nada sobre o piano.

O celular explicou o motivo com "Child of Mine", de Carole King.

— Certo — murmurou. — Você ficou com ela, e espero que lhe traga alguma alegria.

Ao voltar para a sala de estar, Winter se levantou.

— Acabei de prometer a esses dois um grande café da manhã com panquecas para começar o que vai ser um dia longo. Este foi o prelúdio perfeito, minha filha, especialmente para os pais do Drew. Eles precisavam disso.

— A vovó passou um tempo com a Clover. Deixou uma carta no piano da sala de música, mas não está lá. Então acho que a Clover passou um tempo com ela.

— Talvez eu nunca me acostume com isso, mas vou dizer: que bom. Agora vou seguir o exemplo desses cães esparramados no chão e da gata encolhida naquela poltrona, e dormir.

Ela se abaixou, beijou a bochecha de Owen e depois a de Trey, e abraçou Sonya.

— Vejo vocês de manhã.

Quando Winter saiu e começou a subir, Trey lançou um olhar para a porta.

— Ela é incrível.

Sonya se jogou em uma poltrona.

— É. E esta etapa do Evento foi concluída com sucesso. Então, Owen, você não está planejando fugir com a avó da Cleo, está?

— Tentador. Ela é o pacote completo. Tem histórias, cara, e sabe contá-las. Turma boa. Sua avó, a alta, dá um pouco de medo.

— Sei como é.

— Ela gostou de mim. — O sorriso de Trey transbordou satisfação. — Ela me pesquisou no Google e achou que talvez eu sirva.

— Ai, meu Deus. Desculpa.

— Confesso que gostei do jeitinho levemente intimidador. Uma noite interessante de participar. Uma coisa é certa: todos aproveitaram o momento e a companhia uns dos outros.

Cleo entrou, desabou no sofá e disse:

— Ufa!

— Estão acomodados? — perguntou Sonya.

— Estão. Minha *grand-mère* trouxe uma caixa com umas duas dúzias de garrafas. Garrafas de bruxa para pendurar. Boas energias. E mais alguns bastões de sálvia branca que ela mesma fez, assim como velas. Um pedaço lindo de fluorita, outro de quartzo-rosa, um gonguinho de latão para quando formos meditar. Eu não dedurei você, não contei que você nunca passa de dez segundos.

— Uma vez cheguei a trinta.

— Você tinha bebido — lembrou Cleo. — Não conta. Ela colocou cristais e velas pelo apartamento antes de tirar a roupa da mala, e meu pai me deu uma lista de mais plantas de que, segundo ele, precisamos. Minha mãe só ficava "ah" com tudo. Disse para avisar sua mãe que vai ajudar no café da manhã.

— Ela já subiu.

— É uma ótima ideia. Vou fazer o mesmo.

Ela se levantou, jogou o cabelo para trás e lançou a Owen um olhar de sobrancelha arqueada.

— Interessado?

— Não precisa perguntar duas vezes.

Ele se levantou, e Jones também, e depois a gata.

— Bom trabalho — disse Cleo a Sonya. — Vejo vocês de manhã, cedo demais para o meu gosto.

— Ainda estou meio elétrica — constatou Sonya. — Você talvez consiga ajudar com isso.

— Aposto que sim.

Ela tirou o elástico do cabelo e o passou para o pulso, enquanto corria a outra mão pelas mechas.

— Sabe o que notei hoje?

— Teve muita coisa acontecendo.

— Teve mesmo — concordou. — Mas notei como você se encaixou com facilidade em tudo. Não levou nem dois minutos. Você é bom com pessoas.

— Ajuda quando se lida com gente todos os dias.

— Você não só lida. Você gosta de gente.

— No geral. E você?

— No geral serve, acho. Não sou tímida e gosto da interação. Mas não sei como lidaria se não pudesse equilibrar isso com um tempo em silêncio, de que eu gosto mais do que imaginava quando trabalhava em um escritório. Amanhã? Estou realmente ansiosa. Todas aquelas pessoas, toda aquela interação. Mas depois vou ficar feliz de me enfiar de novo no silêncio e no trabalho.

— Mais um motivo para esta casa ser perfeita para você.

— É verdade. É perfeita mesmo. Tudo, com uma exceção, combina comigo. Adorei mostrar tudo para a minha família. O que me rendeu a aprovação, duríssima de conseguir, da vozinha… Louisa.

— Entendi. Vozinha, Louisa. Vovó, Martha. Vô, Bill. Vovô, John.

— Você sacou direitinho. E espero que, depois de conhecer a sua família amanhã, você também conquiste a aprovação, duríssima de conseguir, da vozinha, se é que isso importa.

— Sempre importa. — Ele passou os dedos pelo cabelo solto dela. — Ela ama você. Todos amam. E todo mundo aqui ama a Cleo. Nem sempre funciona assim, acredite. Mas eu sei quando funciona. A minha família ama o Owen, a família dele me ama. Quando dá certo, é isso que torna tudo especial.

— Você tem razão nisso também. Agora, sobre me ajudar a relaxar…

— Tenho algumas ideias. — Erguendo-se, ele a puxou para que se levantasse.

— Estou contando com isso.

Ela acordou às três, elétrica de novo. Mas não sentiu o chamado, não sentiu necessidade de se levantar, de andar.

— Tudo bem? — Trey procurou a mão dela.

— Sim.

Ainda assim, aninhou-se a ele enquanto o carrilhão do relógio se dissipava no eco, enquanto o choro se esvaía como a música do piano.

Não ouviu nada do terceiro andar e fechou os olhos outra vez, grata.

Aquilo não duraria, ela sabia. Mas talvez, com tanta energia positiva, ganhassem mais um dia, mais uma noite.

Porque, no dia seguinte, custasse o que custasse, eles abririam a casa e a encheriam novamente.

Capítulo vinte e oito

Pela manhã, Winter, Melly e Imogene tomaram conta da cozinha. Permitiram que quem entrasse pegasse café e, em seguida, botaram todos para fora sem cerimônia.

Expulsa, Sonya ouviu a mistura de vozes, muitas risadas e, de vez em quando, uma intervenção musical de Clover.

Embora não fosse algo que tivesse imaginado, percebeu que queria isso também. Queria ouvir um grupo de mulheres rindo em sua cozinha.

Com seus próprios cronogramas, ela e Cleo começaram a cobrir as mesas com as toalhas rosa-choque que haviam escolhido. Em vez de arranjos centrais ou composições formais, colocaram minipotes de conserva azul-claros para receber uma única flor grande e colorida. Peônias, dálias, hortênsias.

Elas recrutaram qualquer homem que passasse ao alcance do grito para carregar mais mesas, mais cadeiras.

— Ei, vocês aí! — Melly gritou pela janela. — Esse pratão acabou de subir sozinho naquele tal de monta-cargas! Esta casa é mesmo doida. Café da manhã em dez minutos!

Todos se banquetearam na sala de jantar, com travessas e tigelas espalhadas sobre a mesa grande. Panquecas, bacon, ovos, pãezinhos, frutas vermelhas, batatas raladas e fritas e *grits*, pois Imogene decretou que nenhum café da manhã fica completo sem.

Sonya riscou mais um desejo da lista: um grande café da manhã em família na sala de jantar.

Depois, voltaram ao trabalho.

Com a entrega, posicionaram os bares portáteis de acordo com o quadro organizado de Bree.

Sonya achou estimulantes o rebuliço, as mãos ocupadas, a mistura de ideias.

Ao ver Imogene e o genro desengonçado pendurando garrafas de bruxa nos galhos das árvores, ou a mãe e Melly ajeitando a composição da mesa para a sala de jantar, perguntou-se como ela e Cleo haviam imaginado que conseguiriam fazer tudo sozinhas.

Uma decisão de última hora de adicionar algumas áreas de convivência na frente pôs Trey e Owen a vasculhar os depósitos.

Então Bree chegou com dois auxiliares e as louças, os copos e as taças alugados.

— Minha roupa e tudo o mais estão no carro. Tem um lugar para eu me trocar depois de montarmos tudo?

— Sim. Eu…

Ela cortou Sonya com um gesto.

— Depois a gente vê isso. Preciso dos bares abastecidos. Misty e Wayne, mãos à obra. Sigam o quadro. Vocês têm gente suficiente aqui para levar e montar os pratos, os talheres. Vocês têm aquele quadro.

— Temos todos os seus quadros — disse Cleo.

— Ótimo. Quero ver o que vocês já montaram lá fora. Então, Cara Alto.

— Jackson — disse ele, estendendo a mão.

Ela a apertou.

— Bree. Que tal levar algumas dessas pilhas de pratos lá para fora? Eu mostro onde deixar, depois que der uma olhada.

Ela pegou uma caixa de pratos de sobremesa e foi na frente.

— Certo, isto está bom. Parece bom. Jackson, aquela mesa ali. Por baixo, por enquanto. Vamos fazer quatro pilhas de vinte e cinco pratos de jantar, o mesmo com os de sobremesa. Quando estiverem acabando, os garçons trazem mais. A equipe da cozinha cuida de lavar e mandar mais conforme necessário. Talheres…

— Achamos umas cestas fofas e forradas.

Bree franziu o cenho ao olhar para Sonya.

— Deixa eu ver.

Enquanto Sonya corria para buscá-las, Bree foi passando.

— Pratos quentes aqui, reabastecidos conforme necessário. Saladas e afins, pãezinhos, seus condimentos. Sobremesas ali. Está bom. Vocês se saíram bem. Vai funcionar.

Aparentemente satisfeita com as disposições, ela fez uma pausa.

— Então quem é todo mundo?

— O grandão que está trazendo mais pratos é o meu pai. A mulher logo atrás dele, com pratos de sobremesa, é minha mãe, Melly.

— Ela deve ser quase um palmo e meio mais baixa que ele.

— Trinta e cinco centímetros, se bem me lembro. E ali, a mulher que está vindo com a Sonya é a mãe dela, a Winter.

— Entendi. Quem é a gatona saindo do apartamento?

— Minha *grand-mère*.

— Tipo avó? Vovó gata. A beleza é de família.

Ela pegou uma das cestas das mãos de Sonya, examinou e assentiu.

— Ok, tudo certo. São boas. Vão servir. Oi, mãe da Sonya. Bree.

— Winter. Ouvi dizer que você é uma chef e organizadora incrível.

— Sou tudo isso. Ela tem o cabelo igual ao seu. Sortuda! Certo… espera, cadê o Trey e o Owen?

— Estão pegando umas cadeiras ou bancos, ou o que funcionar, para montar lá na frente. Umas áreas de convivência — explicou Sonya.

— Dou uma olhada quando estiverem prontos. Então, aqui está o cronograma.

Como ela tinha tudo cronometrado minuto a minuto, Sonya não soube se ficava aliviada ou apavorada.

Bree aprovou as áreas de convivência, e Owen decretou que tudo voltaria para dentro quando o dia terminasse.

Carregaram, montaram e carregaram de novo. E, tão intimidada quanto impressionada com a eficiência de Bree, Sonya mostrou à coordenadora um quarto de hóspedes e depois correu para o seu para se trocar para a festa.

— Ela é assustadora — disse Sonya quando Trey entrou. — Eu a amo.

— Para falar desse jeito, só pode ser a Bree. Belo vestido, lindinha. Muito bonito.

— É mesmo? Não está exagerado demais?

Ela avaliou no espelho o vestido verde-claro. Sem mangas, com um decote quadrado que achava que lhe caía bem, e uma saia leve e fluida que dançava ao redor dos joelhos.

— Está na medida certa.

— Você diria isso mesmo que não estivesse… o que dá no mesmo, porque, pelo cronograma da Bree, eu só tenho dez minutos. Você também só tem dez minutos para se trocar.

— Ok.

— Eu detesto isso. — Com sentimento genuíno, empurrou o cabelo para trás. — Detesto que você consiga ficar pronto em dez minutos. Eu estava pensando em usar o cabelo solto, mas…

— Eu gosto do cabelo solto.

— Pronto, decidido, mas agora preciso de outros brincos. O que você vai vestir?

— Roupa.

— Ah, cala a boca. — Rindo, ela trocou os brincos.

Ele optou por calça jeans cinza-escura e camisa azul-clara e conseguiu ficar pronto três minutos antes dela.

— Eu realmente detesto isso.

— Mas você está deslumbrante.

Ele pousou as mãos nos ombros dela por trás e beijou-lhe o topo da cabeça. Ela se virou, começou a erguer o rosto para beijá-lo, depois o empurrou de leve.

— Sem tempo! Não sei o que ela fará se a gente sair do cronograma, e não quero descobrir.

Puxando-o pela mão, ela o arrastou para o corredor no exato momento em que Owen saía do quarto de Cleo.

— Ela ainda está lá dentro, enrolando.

— Não! Não pode! Olha o cronograma.

Quando Sonya disparou para o quarto, Owen apenas deu de ombros.

— Ela me perguntou qual vestido eu gostava entre duas opções, e escolheu o que eu não escolhi.

Trey apenas assentiu.

— Não fica ofendido, confia em mim. Eu tenho uma irmã. Vamos descer, onde provavelmente podemos ser úteis.

Bree, a general do exército que reunira, tinha tudo sob controle. A visão que Sonya e Cleo haviam imaginado para a primeira festa da mansão ganhou vida com flores, música e o brilho da prataria, do cobre e das taças sob um céu de azul límpido.

A família chegou cedo, como solicitado, porque família, como Sonya via, era o coração da casa. Os convidados chegaram primeiro aos poucos, depois em bando. E, assim como ela queria, o casarão se encheu.

Ela gostou de ver a mãe rindo com os Doyle, e a tia em conversa intensa com Anna.

Dividiu a função de guia com Cleo e Trey e, embora o terceiro andar permanecesse sossegado, o sino dos criados para o Quarto Dourado tocava insistentemente.

Conheceu mais primos Poole e sentiu-se mais do que grata por terem vindo. Embora lhe tivessem assegurado, mais de uma vez, que não guardavam ressentimento pela herança, foi um alívio ver e sentir isso por si mesma.

Connor Poole Oglebee, chefe de vendas, um homem grandalhão beirando os 50 anos, de riso solto e olhos castanho-escuros, puxou-a de lado para a sala de música.

— Uma galeria impressionante. Triste e bonita ao mesmo tempo. — Aproximou-se do retrato de Agatha. — O meu ramo da árvore genealógica vem de Jane Poole, a gêmea do Owen, e da criança que ela teve pouco depois da morte de Agatha. Ver isto, as noivas perdidas juntas assim, me faz pensar no que poderia ter acontecido se Jane tivesse se casado na mansão. Estou aqui porque ela não fez isso.

Ele se virou para Sonya.

— Estamos ambos aqui por causa de escolhas feitas ao longo do caminho. Sinto muito que Patricia Poole tenha feito as escolhas que fez, e fico feliz, muito feliz, que Collin tenha feito o que pôde para corrigi-las.

— Meu pai teve uma boa vida. Curta, mas boa e feliz.

— Sim, acredito nisso. Conheci os pais dele, e a sua mãe. E você. — Ele tomou a mão dela. — Collin ia gostar do que você fez aqui, do que está fazendo. Ele nunca deixou de cuidar dos negócios, embora, nos últimos anos, raramente aparecesse. Mas ele preservou esse legado.

Olhou de volta para os retratos, percorrendo todos com o olhar.

— Eu vinha aqui a cada quatro semanas, mais ou menos, com a desculpa de dar um relatório. Mesmo que ele não precisasse disso, já que continuava de olho em tudo. Ele preservou esse legado — repetiu Connor —, como preservou a mansão, outro legado. Mas esta casa era mais do que isso para ele. Era um lar. Apesar de todas as suas… excentricidades, ele amava a mansão.

— Eu também.

— Me disseram isso. E é nítido. Você cuida desta parte das coisas, e pode confiar em mim, na Clarice e em todos os demais para cuidar da empresa que ajudou a construí-la.

Ela nunca tinha dado uma festa dessa dimensão e descobriu quanta habilidade era necessária para lidar com tantos convidados, individualmente ou em grupo.

Nesse quesito, os talentos de Cleo superavam os dela, mas ela fez o melhor que pôde, conversando com o prefeito, com o pessoal da sociedade histórica, comerciantes, donos de restaurantes, professores, garçons, o chefe de polícia e o chefe dos bombeiros.

E tirou alguns minutos para se sentar com Lucy Cabot, que tinha acolhido Yoda e Pyewacket.

— Você tem um cachorro muito feliz — comentou Lucy.

— Ele me faz uma humana muito feliz.

— Vejo que o Owen construiu para ele um palácio canino.

Sonya olhou para onde Pye estava sentada no telhado do palácio, a rainha de tudo o que observava. Mais perto das árvores, um menino — da idade eterna de Jack — jogava a bola para Yoda e Mookie correrem atrás. Jones, digno demais para tais demonstrações públicas, estava sentado e observava com leve desdém.

— Ele gosta, mas acho que gosta mais quando tem companhia. É um cão sociável.

— E hoje ele tem companhia de sobra. É uma festa e tanto, Sonya. Você e Cleo causaram impacto por aqui.

— Percebi agora que não teríamos conseguido sem a Bree.

— Ela é incrível. Ainda estou assimilando o quanto ela e Manny parecem perfeitos juntos. Quem diria?

O baterista da Rock Hard, com a franja e os óculos de armação preta e grossa, mantinha a batida. E a chef, com a cabeleira flamejante e tatuagens, dançava.

Dançava, notou Sonya, com o tio dela, Martin.

— É, ela é incrível.

Ela circulou por mais mesas, parou em mais grupos. Provou alguns pratos, sorveu o drinque especial da mansão. Dançou com Ace — o homem tinha gingado.

E fez questão de dizer isso a ele.

Ele respondeu, com uma piscadela e um sorriso enquanto a fazia girar:

— Homens que sabem dançar ficam com as garotas. Foi assim que eu conquistei a minha querida, a moça mais bonita de Poole's Bay.

Quando ele a girou de novo e a baixou em um mergulho, Sonya acreditou. Lembrou-se de a mãe ter lhe contado um dos sonhos do pai com a mansão, de pessoas passeando pelos jardins, paradas nos terraços.

Assim, pensou ela, mas isto era o agora. Dançou com Trey, bem agarradinha, apenas balançando. Achou que ele também tinha os passos.

— Você acertou em cheio aqui, lindinha.

Sorrindo, ela ergueu os olhos para ele.

— A sensação é boa, certa e verdadeira. Vou levar dias para me recuperar, mas vale muito a pena.

Com a cabeça apoiada no ombro dele, olhou para a mansão. E viu. Sombras nas janelas. Elas também faziam parte — do bom, do certo, do verdadeiro. Aqueles que percorreram os corredores, acenderam as lareiras e poliram a madeira. Que viveram e morreram dentro daquelas grandes paredes.

Eles não estavam sozinhos na casa de frente para o mar.

E ela também não.

As pessoas vinham e iam; algumas chegavam e ficavam muito depois de as luzes começarem a cintilar nas árvores, ao longo do pergolado, do deque.

Ela se despediu dos avós, da tia e do tio.

Quando o último retardatário foi embora de carro, Bree se jogou em uma cadeira e chutou os sapatos.

— Alguém me arruma uma bebida.

— Deixa comigo — disse Owen.

— E sem economizar na dose! Manny perdeu no cara ou coroa, então é o motorista da vez e vai me levar pra casa. A banda está desmontando, e a equipe da cozinha está terminando a limpeza.

— Eu vi com meus próprios olhos — disse Sonya. — E uau. Eles estão dando conta de tudo. Todo mundo deu conta.

— A maior festança por aqui em sabe-se lá quanto tempo. Estão torcendo para vocês repetirem e já querem se escalar.

— Fechado — disse Cleo, recostando-se com o próprio drinque. — Se você chefiar a equipe.

— Posso fazer isso. Obrigada. — Ela pegou o copo das mãos de Owen e bebeu um longo gole. — Eu temi que tivéssemos alguns… — Bree lançou um olhar de soslaio em direção ao casarão — incidentes. Mas, tirando alguns celulares tocando quando a banda fez uma pausa, ou alguém ir recolher as coisas e encontrar tudo já arrumado, esse tipo de coisa, nada de mais. E nada assustador demais, eu acho.

Imogene sorveu o drinque.

— Não vai durar muito, mas, por ora…

Com interesse, Bree a observou.

— Você é bem assustadora, mas de um jeito legal.

— Melhor festa a que já fui — decretou Melly —, e eu já fui a muitas. Perdi a conta de quantas pessoas ficaram boquiabertas quando deram de cara com este lugar, com a fartura, com o glamour. Vocês duas mandaram muito bem.

— Teve uma coisa — disse Winter, erguendo as mãos. — Um homem de smoking, sentado numa grande poltrona de couro, fumando um charuto. Passei por ele e parei. Ele disse que sentia falta das festas na mansão e que estava feliz porque minha filha e a amiga sabiam como dar uma. Eu disse que apostava que não seria a última vez. Alguém passou e me perguntou se eu sabia onde ficava o lavabo. Eu indiquei e, quando me virei de novo, o homem não estava mais lá. Juro que ainda senti o cheiro do charuto, só um leve resquício, mas ele não estava lá.

— Ok, isso é realmente assustador — disse Bree, virando o resto da bebida. — E eu vou nessa. Não, fiquem sentadas. Eu estou com o Manny. A gente se fala.

Imogene inclinou-se e deu um tapinha na mão de Winter.

— Ele queria que você soubesse que apreciou a festa. Houve outros que sentiram o mesmo. Alguns observaram das janelas. Você os viu, Cleo. Sonya?

— Vi.

— Uma jovem de uniforme, tão ocupada — disse Imogene —, ajudando onde podia. Feliz por ajudar. Um menininho, com olhos tão grandes, observando as outras crianças. A bela do retrato, Clover, com todo aquele cabelo loiro reluzente. Tão cheia de alegria. E mais. Tantos!

Imogene suspirou.

— Ela também observou. A sombria. Tanta raiva. Mas a proteção resistiu e se manteve, fortalecida por toda a alegria, a energia, a vida. Mas estejam preparadas. Não vai durar muito. Agora vou levar estes ossos velhos para a cama. A energia não vai se dissipar esta noite, então durmam tranquilas. — Ela se levantou. — Vocês vão precisar.

Sonya dormiu como uma pedra, agradecida. A manhã trouxe mais despedidas, enquanto a família de Cleo guardava as malas no carro logo depois do café. Imogene a chamou de lado e segurou as mãos de Sonya.

— Deixei algo para você na sua escrivaninha chique. É um obelisco de ametista.

— Obrigada. Eu…

— Sei que você não dá lá muito crédito a essas coisas.

— Mais do que costumava. Talvez.

— Não importa nem um pouco. A pedra e o formato vão ajudar a empurrar para fora aquela energia sombria e trazer um pouco de calma ao lugar onde você trabalha. Você tem um trabalho grande pela frente, *bébé*, mas não vai estar sozinha. É uma boa casa; do contrário eu nunca deixaria minha menina preciosa nem você morarem aqui. Mas você vai lutar por ela. — Ela deu às mãos de Sonya um último aperto. — Vai lutar por ela.

Ela se afastou e balançou a cabeça.

— Solta a minha menina, Melly. Eu também quero meu abraço.

— Só mais um. — Melly apertou Cleo com força. — Seja o mais boazinha que puder.

— Às vezes, eu vou ser melhor. Mandem mensagem quando pararem para dormir, para eu saber onde estão. — Ela abraçou a avó. — E viajem em segurança.

— Isso eu garanto. Estamos numa aventura.

— Cada dia com vocês duas é uma aventura. Vamos — apressou Jackson —, ou vocês vão ficar se despedindo até anoitecer.

Antes de entrar no carro, Imogene olhou para Owen.

— Vamos fazer um *fais-dodo* quando você for me visitar.

— Não sei o que é isso, mas já estou ansioso.

Rindo, ela entrou no carro.

— O que é um *fais-dodo*? — perguntou Owen enquanto eles se afastavam.

— É uma festa. Você está planejando viajar à Louisiana?

Ele deu de ombros para Cleo.

— Acho que devo estar mesmo, mas agora vamos levar aquelas cadeiras e mesas de volta para dentro. Deve chover esta noite.

— Eu ajudo a colocar cada coisa no lugar e, depois, preciso ir para casa.

— Talvez você pudesse ficar mais uma noite.

Winter enlaçou os ombros de Sonya.

— Desta vez, não. Tenho trabalho à minha espera. Você também.

Então Winter esperou a hora certa até recrutar Trey para ajudá-la a levar os réchauds para o depósito.

— Gosto muito da sua família — disse ela.

— Eu também. Gosto muito da sua.

— Eu também. Temos sorte nisso. Foi difícil, muito difícil, para a Sonya perder o pai daquele jeito, tão jovem. Ela o adorava.

— Eu sei. Dá pra perceber quando ela fala dele.

— Não vou dizer que essa perda definiu a vida dela, mas influenciou a direção que tomou. A escolha de carreira. O talento e o interesse a conduziram, mas a influência precoce teve seu papel. Esta casa? O pai dela nasceu nesta casa, e isso importa. Ela sempre quis uma casa antiga e espaçosa, e eu me pergunto se, de algum modo, como Drew, ela simplesmente... sabia.

Winter sobressaltou-se quando o sino dos criados ressoou furiosamente.

— Você nem se abala quando isso acontece — murmurou. — Não imagina o quanto isso me tranquiliza. Você é do tipo estável, Trey, e ela precisa dessa estabilidade. O último ano virou a vida dela de cabeça pra baixo, então ela precisa de estabilidade.

— Ela própria tem muito disso.

— Tem. Tem mesmo. Olhando para trás, vejo com tanta clareza o que antes eu não via. A relação dela com o Brandon, ela deixando aos poucos que ele mandasse cada vez mais. Ela queria construir uma família, então cedeu pequenas partes de si. Aí ele a traiu, e ela estava acabada.

— Eu não vou fazer o mesmo. Se está preocupada comigo e com ela, para onde estamos indo...

— Não. Isso é entre vocês dois. O que peço é que continue cuidando dela... quando ela deixar. Você tem um jeito de fazer isso que não pede nem exige que ela entregue partes de si mesma. Esta casa antiga e linda... — disse, caminhando de um lado para o outro. — Tão dela, eu posso sentir. E uma parte minha quer arrastá-la para longe daqui, a Cleo também, e trancar as portas.

Ela se virou de volta.

— Não posso, e espero que não fizesse mesmo que pudesse. Eu me preocupo menos porque a Cleo está com ela e, juntas, elas são...

— Incríveis.

Ela sorriu.

— Incríveis. Eu me preocupo menos agora que conheci você, o Owen, as famílias de vocês. Vocês não precisam da minha aprovação, mas a têm.

— Talvez eu não precise, mas sei dar valor. E dou.

O sino tocou sem parar. A tampa de um dos réchauds começou a vibrar. Trey pousou a mão sobre ela para firmá-la.

— Você nem pestanejou. Posso voltar para Boston com o coração tranquilo.

Depois que Winter foi embora e todos os bichos se esparramaram em um coma pós-festa, Sonya se largou em uma poltrona da sala de estar.

— Está tão silencioso. Eu quase tinha esquecido como é o silêncio.

— Vai ficar mais silencioso ainda. Vou levar o Trey e trabalhar no veleiro.

Cleo se endireitou na própria poltrona.

— Quando é que eu posso ver?

— Em uma semana. Dez dias no máximo. Ou no mês que vem, se eu não dedicar um tempo a isso.

— Vai.

Trey puxou Sonya da poltrona.

— Jantar amanhã? Onde você quiser.

— Aqui mesmo. Minha bateria social precisa de uma boa recarga. Obrigada. Aos dois. Foi uma baita festa.

— Talvez a coisa mais próxima de um *fais-dodo*.

Divertida com aquilo, Cleo se levantou, foi até Owen e lhe deu um beijo demorado e ardente.

— Minha avó dá os melhores *fais-dodos* da Louisiana. Agora vai lá construir meu barco.

— Vamos, Jones.

— Se precisar de mim… — começou Trey.

— Eu ligo.

Quando eles saíram, Sonya se deixou cair de novo na poltrona.

— Foi uma baita festa. Eles ajudaram muito a fazer isso acontecer.

— Ajudaram. Trabalho bem-feito de todo mundo. Agora me deu tade de trabalhar. No meu ateliê. E você?

— Tenho umas coisas que posso adiantar. Que tal fazermos isso e, depois, desfrutar de um coquetel no mirante?

— Tô dentro. — Cleo se levantou de novo. — Temos comida de festa suficiente para montar um belo banquete. Jantar e filme?

— Topo! Cleo? Eu sei que pode não durar muito tempo, mas a casa parece em paz. Como se todo mundo estivesse respirando fundo.

— Eu também sinto isso. Então, se temos um pouco desse tempo de silêncio, vamos aproveitar. Vejo você por volta das cinco.

Sonya subiu para o escritório. Sentou-se e sorriu ao passar os dedos pelas faces lisas do obelisco. Talvez não desse muito crédito a essas coisas, mas mal não fazia.

Além de ser muito bonito.

Com Yoda enroscando-se sob a mesa, ligou o computador.

O trabalho que pusera de lado voltou à tona em um instante. Talvez a maioria não curtisse trabalhar em um domingo à tarde, pensou. Mas combinava com ela.

Ela riu quando o tablet engatou com os Young Rascals e "Groovin'".

— É isso mesmo. Esta é a minha ideia de curtir um domingo à tarde.

Pousou a mão sobre o tablet.

— Fico feliz que você tenha conhecido os pais do meu pai e que tenha visto o quanto eles o amavam.

Sentiu o perfume — flores silvestres cobrindo um prado banhado de sol. De olhos fechados por um momento, respirou fundo.

— Isso a deixou feliz. Eu sinto. Você o carregou, deu-lhe a vida. Eles lhe deram uma vida, uma realmente boa. Depois ele construiu uma vida realmente boa com a mamãe. E comigo. Então, fico feliz que você tenha conhecido os dois.

Abrindo os olhos, sorriu.

— E foi uma festa de arromba.

Clover entrou com "Party in the U.S.A.".

— Boa escolha. Combina com meu estado de espírito.

Uma hora de trabalho depois, Yoda saiu de baixo da mesa às pressas. Ela ia fazer uma pausa no trabalho para deixá-lo sair, quando ouviu a bola quicando pelo corredor lá embaixo.

E aquilo, pensou, também combinava com ela.

Capítulo vinte e nove

O sossego não durou muito, mas se prolongou pela maior parte de uma semana, enquanto os jardins ficavam viçosos e o ar se aquecia como um beijo.

Uma porta podia bater, uma janela podia chacoalhar. O relógio badalava às três, e espíritos caminhavam. Mas a vida e o trabalho na mansão seguiam.

Duas vezes naquela semana, Sonya tirou uma ou duas horas do próprio trabalho para ajudar Cleo no mural do quarto da bebê de Anna.

Usando uma camiseta velha e calça jeans, o cabelo preso sob um boné surrado do Red Sox, Sonya trabalhava nas pétalas de uma flor de arco-íris fantástica enquanto, em cima de uma escadinha, Cleo finalizava os detalhes de um dragão dormindo sobre uma nuvem.

Satisfeita com suas pétalas, Sonya deu um passo para trás para avaliar. Mais dragões — e um dragãozinho espiando para fora do ovo —, dois cavalos alados, unicórnios e um grifo roxo habitavam a floresta junto com os macaxinins listrados em cores vibrantes de Cleo. Um trio de cãoboletas esvoaçava.

As árvores pingavam frutos em cores de pedras preciosas, onde aves brilhantes faziam ninho. Em meio à névoa de uma cachoeira, fadas dançavam e, no lago de um azul indescritível, sereias nadavam.

— É um sonho, Cleo. Não existe criança no mundo que não vá adorar acordar com isto.

— Está tomando forma. Quero mais dois ou três elfos, e acho que uma fada ao estilo Titânia num caramanchão.

— Estou entrando!

Prevenida, Sonya olhou por cima do ombro quando Anna entrou no quarto da bebê.

E observou a futura mamãe levar a mão à boca e os olhos se encherem de lágrimas.

— Uau! Está incrível. Eu não consigo acreditar… Toda vez que entro aqui, tem mais maravilhas. Cleo, Sonya, sério, é simplesmente mágico.

— Esse é o objetivo — disse Cleo, descendo para estudar o dragão adormecido.

— Você acrescentou um castelo.

— Ideia da Sonya.

— O que é uma floresta mágica sem um castelo no alto de uma colina ao longe?

— Eu amei. Amei demais. E ela vai amar. — Anna pousou a mão sobre a barriga. — Ela vai amar. Iona, ou Eliza, ou talvez Fiona vai amar.

— Da última vez — lembrou Cleo —, você estava pendendo para Laurel.

— Eu estava, nós estávamos. E talvez. Enfim, eu só estava fazendo uma pausa do estúdio e quis dar mais uma espiada.

Anna pousou a mão no coração.

— Estou encantada. É encantador. Deixem eu preparar um almoço para vocês.

— Vou ter que recusar — disse Sonya. — Preciso voltar para casa. Tenho uma videoconferência daqui a pouco.

— Eu topo o almoço — disse Cleo. — Só me dá mais uns vinte minutinhos.

— Lógico. Espera só até o Seth ver o que você fez hoje.

— Estou pensando num elfo aqui, espiando por trás desta árvore, e outro, talvez dois, um aqui e outro meio que se misturando a estas flores. Como se estivessem brincando de esconde-esconde.

— Uma graça!

— Vou deixar vocês à vontade. Até mais tarde, Cleo.

— Ah, eu acompanho você.

— Eu conheço o caminho. Aproveita um pouco.

Ela saiu, deixando as duas conversando sobre elfos.

Tive uma boa semana, pensou Sonya. Produtiva no trabalho, bem tranquila na mansão e com o elemento extra da diversão do mural. Trey e Owen apareceriam em casa mais tarde com o jantar. Comeriam do lado de fora, decidiu, para aproveitar o lindo dia de junho.

No caminho para casa, parou para comprar flores e, depois, deu um pulo na confeitaria. Quem não adoraria brownies de sobremesa?

Ela pensou em como seria adorável se a vida simplesmente seguisse como naquela última semana. Bom trabalho, um bom homem que se importava com ela, bons amigos, um bom lar e uma comunidade em crescimento ao redor.

E, em pouco mais de uma hora, tinha uma reunião sobre o maior trabalho de sua carreira. Um trabalho que conquistara.

Mas antes, soltaria Yoda e Pye, guardaria os brownies e arrumaria as flores.

Quando estacionou, as janelas estavam abertas. *E por que não?*, pensou. O sol brilhava, a brisa do mar soprava suave, morna e doce, como o verão sussurrando ao ouvido da primavera.

Enquanto levava a caixa da confeitaria e as flores até a porta, ouviu o latido de boas-vindas de Yoda. Ele a recebeu com o rabo abanando e ganidos felizes, enquanto a gata saltava do corrimão e desfilava até a porta para sair.

— Vá na frente com a Pye. Quer saber? Vou deixar a porta aberta enquanto cuido destas flores. Depois, se o Jack já não tiver empanturrado vocês, os dois ganham um petisco.

Ela voltou, guardou a caixa da confeitaria na despensa da cozinha auxiliar e começou a arrumar as flores.

O vaso azul comprido, pensou. A peça artesanal de Anna realçaria as flores novas.

Então sentiu — aquela atração e a leve tontura que frequentemente vinha junto.

— Ah, agora não, agora não. Tenho uma reunião em pouco mais de uma hora.

Mas não conseguia negar, não conseguia resistir. Mesmo quando pensou em mandar uma mensagem para Trey, a ideia fugiu da cabeça. E ela seguiu o chamado.

De volta pela casa. O som do mar batendo nas rochas e entrando através da porta e das janelas abertas pareceu distante. Pareceu a quilômetros, mais sonho que real, enquanto subia as escadas.

O coração começou a tropeçar conforme ela prosseguia, enquanto o chamado a levava para além da biblioteca, além do antigo berçário e escada acima até o terceiro andar.

Não o Quarto Dourado. Ela não entraria, prometeu a si mesma. Encontraria um jeito de romper essa necessidade.

Enquanto avançava pelo corredor comprido, viu a porta pulsar, o coração do cômodo. Ouviu-o martelar em seus ouvidos. Mesmo com o medo apertando sua garganta, continuou.

E entrou no ateliê de Cleo, onde o espelho estava. À espera.

Havia uma tela grande no cavalete. Trabalho de Cleo, Sonya sabia. Algumas figuras, alguma cor — tudo isso mal se registrou enquanto o espelho a atraía.

Você tem um grande trabalho a fazer, Imogene dissera.

— Está bem. Está bem — repetiu Sonya, e atravessou o espelho.

O ateliê cheirava a tinta e a aguarrás para limpar pincéis, e a um toque — apenas um toque — de Eternity, da Calvin Klein.

Percebeu que não era o ateliê de Cleo agora, não com as duas cadeiras antigas encostadas na parede mais distante e as telas empilhadas contra a parede dos fundos.

A luz que entrava era quase prateada. Uma tempestade se formava além das janelas, açoitava o mar de modo que as ondas se erguiam, com cristas brancas.

A tempestade ecoava na tela, igualmente feroz e cheia de movimento selvagem.

O homem ao cavalete pintava a tempestade no mar, um pincel em uma das mãos, uma espátula na outra. Usava calça jeans, uma camisa de denim desbotada arregaçada até os cotovelos, ambos salpicados de tinta. O cabelo — um sol contra a tempestade — caía, desgrenhado, sobre a gola.

Quantas vezes, perguntou-se com o coração em prantos, observara o pai exatamente assim? Pernas afastadas, cabelo despenteado, todo concentrado no que criava?

Ela observou Collin Poole pintar e achou quase mágico que a técnica dele se assemelhava tanto à do irmão. Até o modo como segurava o pincel, como angulava o corpo. E a música. "Heatseeker", de AC/DC.

Sim, o pai teria optado por um rock de batida pesada ao pintar uma tempestade no mar.

Mas Collin não ouvia o coração pulsando no Quarto Dourado? Não sentia a fúria dentro dele? Ela se perguntou como aquilo não engolfava todo o resto.

Então ouviu outra coisa — passos — instantes antes de Johanna entrar.

Ela parou ali por um momento, apenas olhando para Collin, e tudo o que sentia por ele reluziu em seus olhos.

Seu cabelo ruivo estava preso em um rabo de cavalo e, como Collin, vestia calça jeans e uma camisa arregaçada até os cotovelos. Estava descalça e carregava uma caneca.

Sonya podia sentir o cheiro do café, escuro e encorpado.

— Vou deixar isto na sua mesa de trabalho. — A voz, firme, porém baixa, trazia algo mais. Sonya percebeu nela um frêmito de animação. — Não quero atrapalhar.

— Não está atrapalhando. — Ele se virou para ela, abaixou a música. E o que sentia por Johanna cintilou em seus olhos.

Sonya viu o rosto do pai, ouviu a voz do pai. Uma lágrima lhe desceu pela face quando ele sorriu.

— Consegui o que queria, e sempre vou querer você muito mais. — Ele indicou a pintura. — O que acha?

Indo até ele, Johanna encostou a cabeça em seu ombro.

— Acho gloriosa. Intensa, cheia de movimento selvagem e drama. Do jeito que você pôs o relâmpago atingindo o mar, dá quase para ouvir o estrondo.

— Você me faz muito bem. — Ele a acolheu nos braços. — Meu mundo inteiro se abriu quando você entrou na minha vida. Eu colocava cor na tela, mas não sabia o que era cor até você aparecer. Eu não acreditava de verdade no amor, até conhecer você.

Erguendo-lhe o rosto, ele a beijou. Depois ficaram ali de pé, juntos, contemplando a tempestade do lado de fora.

— Daqui a poucos dias, estaremos casados. — Levou a mão dela aos lábios. — Seremos os Poole da Mansão Poole. Esperemos que esta tempestade passe e não resolva dar meia-volta no dia do nosso casamento.

— Se resolver, a gente enfrenta. De jeito nenhum uma chuva vai me impedir de ser sua esposa.

Como Collin, Johanna não parecia ouvir as pancadas que vinham, não da tempestade, não da música, mas do covil de Dobbs. Em vez disso, Johanna sorriu e pousou a mão no rosto de Collin.

— Pensei em esperar até ser… sua esposa, até sermos os Poole da Mansão Poole, mas simplesmente não consigo. E eu sei que tínhamos combinado de esperar até depois do casamento para começar, mas… — Ela segurou a mão dele e a pressionou contra o próprio ventre. — Não está tão longe assim, não é?

Levou um instante, apenas um instante, para a perplexidade virar choque e o choque se transformar em alegria.

— Você está… Tem certeza? Lógico que tem. Você não diria se não tivesse. Meu Deus, Johanna.

Ela riu quando ele a ergueu do chão e a girou.

— Johanna, Johanna. Droga! — Ele a pôs no chão, passou as mãos pelas laterais do corpo dela. — Eu não devia fazer isso. Você está bem? Como se sente? Eu machuquei você? Ele? Ela?

— Lógico que não, e me sinto incrível. Sinto-me forte e segura e muito feliz. Estou bem. Estamos bem.

— Talvez você devesse se sentar. Talvez nós dois devêssemos nos sentar. Juro que meus joelhos estão bambos.

— Então talvez devêssemos nos deitar. — Ela enlaçou o pescoço dele. — Juntos.

— Talvez devêssemos. — Ele a tomou nos braços.

— Não vamos contar a ninguém até depois do casamento, Collin. Vamos manter isto entre a gente, algo só nosso, até lá.

— Nem uma palavra — prometeu ele, levando-a nos braços para fora do ateliê. — Até você dizer, não conto a uma alma viva. E então vou contar a todo mundo. Johanna me fez marido. Johanna me fez pai. Johanna, minha amada, me deu o mundo.

Eles se foram, com o café que ela trouxera esfriando na bancada, a tempestade se afastando.

Outra lágrima caiu enquanto Sonya caminhava até o espelho — e o atravessava.

O sol brilhava pelas janelas e faiscava pelos cristais pendentes de Cleo.

E a porta do armário estava aberta.

Já trêmula, já de luto por pessoas que jamais conhecera, ela avançou.

A noiva usava o cabelo escuro em uma cascata de cachos. A saia ampla do vestido era cheia de babados que subiam da barra, que arrastava no chão, até a cintura mínima. Mais babados desciam do corpete e pelos ombros até os cotovelos.

Ela carregava uma única rosa cor-de-rosa. O rosto irradiava alegria.

Com um suspiro, Sonya disse:

— Marianne.

Ela levou a pintura escada abaixo, onde a gata estava sentada no pináculo do corrimão, e Yoda correu ao seu encontro.

A porta da frente, fechada, indicava que alguém cuidara dos bichos enquanto ela estivera no passado.

Com Yoda seguindo atrás, levou o retrato até a sala de música e o apoiou contra a parede. Pensou na mulher que vira morrer no parto, no luto do marido.

E, olhando para o retrato de Johanna, pensou na mulher que acabara de ver — a de rabo de cavalo e pés descalços. E, como a terceira noiva, radiante de alegria.

Uma mulher que, agora entendia, morrera com o potencial da vida dentro de si.

— Marianne. Vamos pôr você com as outras hoje à noite. Agora preciso me recompor. Tenho uma reunião. Mas não vou esquecer você. Não vou esquecer nenhuma de vocês. Tenho um grande trabalho a fazer.

O telefone tocou "Crying", de Roy Orbison.

— Depois — murmurou. — Posso chorar depois da reunião.

Prometera petiscos, então foi até a cozinha, e os encontrou sobre o balcão. Com um bilhete, na caligrafia caprichada que já vira antes:

Fechei a porta e dei os biscoitos a eles.

— Obrigada, Jack.

No centro da bancada estavam as flores, artisticamente arranjadas no vaso azul de Anna.

— Obrigada, Molly. Eu… tinha me esquecido delas.

Pegou uma Coca-Cola, bebeu um pouco de pé, junto à janela, e esperou voltar a si. Mas o coração continuou pesado, a cabeça leve.

Ela conseguiu passar por aquilo e, embora Clover permanecesse em silêncio, o perfume de flores silvestres se espalhou ao longo da reunião.

Não estou sozinha, lembrou-se Sonya.

Depois da reunião, trabalhou mais uma hora, incorporando as anotações cuidadosas antes de checar o e-mail. Encontrou duas solicitações da vila para criação de sites. Ainda não conseguia sentir alegria por elas, mas respondeu antes de deixá-las de lado.

Decidiu. Amanhã encontraria alegria nelas.

Em vez disso, trabalhou nas alterações pedidas para uma capa de livro. Depois de conferir e postar nas várias redes sociais, admitiu que precisava encerrar o dia.

Nenhuma quantidade de trabalho, nenhum nível de foco conseguia afastar da cabeça aquele retrato, aquele rosto luminoso.

Ela penduraria o retrato.

Como um guarda fiel, Yoda ficou com ela quando desceu novamente. Encontrou a gata sentada sobre o piano na sala de música — outra guardiã vigilante.

— Você é a gata perfeita para a Cleo e para a mansão. — Fez um longo carinho em Pye, depois se agachou para aconchegar Yoda. — E você é perfeito em todos os sentidos.

Quando pendurou o retrato, deu um passo para trás para contemplar as cinco noivas. Clover estendeu seu consolo com "Let It Be".

— Mas eu não posso, posso? Não posso deixar isso acontecer. Estou aqui para impedir, e não sei como. E, meu Deus… eu olho para esta noiva linda, nesse vestido cheio de babados, e a vejo morrer em sangue e dor. Ouço o choro dos bebês pelos quais ela lutou para trazer ao mundo. Vejo Hugh Poole em luto. E vejo aquela víbora se esgueirando para tomar-lhe a aliança.

A campainha começou a soar, e Sonya jurou ter ouvido risadas — selvagens e enlouquecidas — junto com o som.

— Ah, vá para o inferno. — Enjoada, jogou o cabelo para trás. — Eu preciso de ar.

Com seus guardas de quatro patas ladeando-a, avançou até a porta da frente e a escancarou. Caminhou até a amurada, onde as ondas arrebentavam, onde a água se estendia — azul cintilante — num vaivém sem fim.

O dia perfeito de junho, enquanto a primavera dava lugar ao verão, tinha atraído os barcos de passeio. Ela os observou deslizar, mar afora, na baía. Velas cheias, motores acelerando.

Então um grupo de golfinhos passou disparado, saltando e mergulhando sem parar.

Aquilo a acalmou. E, ainda assim, ela não conseguia encontrar alegria.

Janelas se fecharam com estrondo na casa atrás dela. Ela as ignorou.

Hoje eu não darei nada a você, pensou, mesmo quando a dor tomava conta do seu peito e apertava sua garganta.

Ela não ouviu a caminhonete subindo a estrada, mas Yoda ouviu. Ele soltou um latido feliz e, quando ela se virou, viu a caminhonete de Trey entrando.

Então tudo a inundou — todo o luto e a tristeza que ela mantivera represados para conseguir trabalhar, para enfrentar a ferocidade, a violência que lançavam sombra sobre sua casa.

Mookie saltou da carroceria, o rabo comprido chicoteando no ar, enquanto ele e Yoda disputavam cafungadas e abanos. Depois veio Trey, o cabelo bagunçado pelo vento, de terno cinza, a gravata azul afrouxada no pescoço, a pasta surrada pendurada no ombro.

E tudo desabou quando ele atravessou o gramado em direção a ela.

— O último cliente do dia era logo ali na estrada, então…

O sorriso tranquilo com que sempre a cumprimentava se desfez num instante. Com a expressão preocupada, ele apressou o passo.

— O que aconteceu?

Quando as lágrimas irromperam, ela simplesmente se jogou nos braços dele.

— Sonya…

— Só me abraça um minuto — conseguiu dizer. — Só me abraça.

— Eu estou com você. Mas me diga se você se machucou. — Acariciando-lhe as costas, ele pousou os lábios em sua cabeça. — Só me diga se você se machucou.

— Não desse jeito.

Ela chorou contra ele e, enquanto os cães tentavam se meter entre os dois e a gata os circulava, Trey assentiu com a cabeça.

— Chega, vão pra lá.

Ele continuou abraçando-a, meio receoso de que os soluços a estilhaçassem como vidro. Deu a ela o silêncio e o tempo de que precisava para expurgar o que lhe parecia uma dor terrível.

Uma dor que lhe golpeava o coração enquanto ela chorava em seus braços.

Quando os soluços cederam, ela estremeceu.

— Detesto ter dado isso a ela. Detesto ter dado lágrimas.

— Tomara que ela se afogue nelas. Vem, vamos entrar.

Ela meneou a cabeça, depois pousou-a no ombro dele com um suspiro.

— Preciso de ar. Achei que precisava do mar, mas acho que preciso do jardim. De cor. De vida. Podemos caminhar?

Afastando-se com cuidado, ele tomou-lhe o rosto entre as mãos. Olhos devastados, ainda marejados, e lágrimas presas aos cílios.

— Sonya.

Arrasado, ele a beijou. Suave, muito suave, mesmo que uma parte bem no fundo quisesse reduzir a pó o que quer que tivesse causado aquela dor.

Ele pegou a mão dela e, com a outra, enfiou a mão no bolso em busca de um lenço.

— Você tem um lenço — disse ela, enquanto ele secava as lágrimas do seu rosto. — Você está de terno e tem um lenço de verdade.

— Tive audiência de manhã e um cliente emotivo.

— Ah, certo. Você me contou… da audiência, não do cliente. Você é discreto demais para falar dos clientes. Você ganhou?

— Para falar a verdade, sim.

— Que bom. Você chegou cedo, não foi? Estou muito feliz que esteja aqui. Muito feliz que tenha vindo cedo. Aí eu chorei em cima do seu terno bonito.

— Vai me contar o porquê?

Ela assentiu e começou a andar.

— Tive uma reunião virtual, então… Deixa eu voltar um pouco. Tirei umas duas horas no fim da minha manhã para ajudar Cleo no mural do quarto da bebê. Está fabuloso.

— Fiquei sabendo. A Cleo ainda está na casa da Anna?

No tempo dela, pensou ele, *no ritmo dela.*

— Acho que sim, ou já a caminho de casa. Eu precisava voltar por causa da reunião. Parei para comprar flores e brownies. Você ia trazer o jantar.

— O Owen é que vai trazer.

Enquanto contornavam a casa, ele lançou um olhar para o Quarto Dourado e refreou os pensamentos assassinos.

— Soltei o Yoda e a Pye, deixei a porta aberta até guardar os brownies e cuidar das flores. Mas antes que eu pudesse…

Ela se calou de novo quando se deu conta de algo.

— Ela não me cumprimentou. A Clover sempre me cumprimenta com música quando eu chego em casa, mas hoje não. Acabei de me dar conta. Acho que ela sabia. Isso importa? Talvez sim, talvez não. Você está me deixando divagar — disse ela. — Só me deixando desabafar. Nada de "Mas que diabos aconteceu, Sonya?". Nada de "Que porra está acontecendo?". Não vindo de você.

— As coisas saem no desabafo, se você prestar atenção.

— E você presta atenção, sim. E por isso me sinto mais eu mesma desde… o espelho.

— Você o atravessou?

— Eu ia ajeitar as flores e senti. Aquela atração. Eu não queria. Tinha a reunião e queria me preparar. Quis mandar mensagem pra você, mas não consegui. Eu simplesmente tive que ir.

Ela inspirou o ar dos jardins, preenchendo seus pulmões e sua mente. Os perfumes, as cores, a vida.

— O terceiro andar — continuou. — Eu tinha medo de que fosse o Quarto Dourado. Disse a mim mesma que não entraria, independente de qualquer coisa. Mas era mentira. Se o espelho tivesse me levado até lá, eu não teria escolha. Só que não foi. Estava no ateliê da Cleo. E eu atravessei, para o ateliê de Collin.

— Talvez a gente possa se sentar no deque.

Ele foi com ela até lá.

— Quer água? Um vinho?

— Depois. Vou contar tudo logo. Havia uma tempestade, e ele a pintava. Collin. Ele era jovem e, meu Deus, parecia tanto com meu pai. Mais jovem do que nas lembranças mais nítidas que tenho do meu pai, mas já vi fotos. E ele se postava de pé como ele, segurava o pincel como ele. As mangas da camisa arregaçadas, exatamente como...

Ela se calou, levou a mão ao rosto.

Trey levantou-se da cadeira, fez com que ela se levantasse e a acomodou em seu colo.

— Assim está bem melhor. A Johanna entrou, levando café para ele. Ela parecia tão feliz, tranquila e, mais que isso, dava para notar, dava para ver a animação. E quando ele falou com ela, Trey, eu ouvi a voz do meu pai. E o tom? Exatamente como o meu pai falava com a minha mãe às vezes. Aquele amor. Eu vi neles o que via nos meus pais. Aquela união. Aquela harmonia. Eles falaram do casamento, dali a poucos dias. Aí ela contou... Ela estava grávida, Trey.

— Johanna estava grávida? Jamais fiquei sabendo disso. Meus pais eram muito próximos do Collin e da Johanna, mas...

— Essa é a questão — interrompeu Sonya. — Eles ficaram extasiados, felizes além da conta. E ela pediu que ele não contasse a ninguém até depois do casamento. Para manter só para eles até lá. Ele disse que não diria uma palavra até ela autorizar. Mas ela jamais teve como, Trey. Então ele nunca contou a ninguém. Pelo menos é o que eu acho.

— Collin nunca quebrou uma promessa. Então ele carregou esse segredo sozinho.

— Isso deixa você triste — murmurou ela, pousando a mão na bochecha dele. — Você o amava.

— Amava, sim. Ele lidou com a perda: da mulher que amava, do filho que tinham feito juntos e tanto queriam. E lidou com isso sozinho. É uma tragédia do caralho. Mas... eles tiveram aquilo, Sonya. Por alguns dias, tiveram aquela felicidade absoluta. Nem todo mundo tem isso, nem por alguns dias.

— Trey, se ela tivesse vivido, se eles tivessem tido o bebê, nós teríamos a mesma idade. Meus pais deviam estar esperando por mim na época.

— E isso pegou você de jeito.

Ela fechou os olhos e encostou a testa na dele.

— Eles se encontravam no espelho. Eu sei disso. Desde meninos. E acho, acredito mesmo, que de algum modo o meu pai atravessou. Ele pintava a mansão, tinha sonhos com ela. O que achava que eram sonhos. Fico pensando no que teria acontecido "se"... E parte meu coração saber que não há um "se" na história.

Ela pousou a cabeça no ombro dele.

— Depois voltei para o ateliê da Cleo. E encontrei Marianne Poole. O retrato dela.

— Lindinha, você teve um dia e tanto.

Aquilo a fez rir.

— Ah, minha nossa, sim! Eu trouxe o retrato para baixo. Yoda e Pye já estavam de volta, a porta fechada, e eu tinha recebido um bilhete do Jack.

— Você está me zoando?

— Não estou. Ele deixou um recado dizendo que tinha deixado os dois entrarem, fechado a porta e dado petiscos; e a Molly, só podia ser, tinha colocado as flores num vaso. Gentileza, gentileza pura, e isso ajudou um pouco.

"Mas eu tinha que fazer a reunião, depois fiz o que consegui de trabalho, o que a cabeça deu conta. Desci e pendurei o retrato. Achei que me faria sentir melhor. Mas não fez. Ficou tudo aqui. — Ela levou a mão à garganta. — Aí Dobbs tocou a campainha, e pior, eu a ouvi. Ouvi ela rindo. Então saí da casa para tomar um ar e observar o mar. Também não ajudou.

"Aí você veio, e eu desabei. Porque eu sabia que podia fazer isso. Podia desabar porque você estava aqui. E isso, por fim, ajudou. Eu queria não ter dado a ela aquelas lágrimas, aquela dor, mas ajudou."

— Você não deu nada a ela. Você chorou pelas vítimas dela e não deu nada.

Clover entrou com "Fighter", de Christina Aguilera.

— E ela tem razão — disse Trey. — Você é uma lutadora.

— Aí estão vocês! — Cleo apareceu na varanda. — Eu estava pensando... — Parou de falar e tirou os óculos de sol. — O que houve? Son...

— Estou bem. Agora estou bem — disse ela, levantando-se para provar. — E, sinceramente, não consigo contar tudo de novo sem uma taça de vinho.

— Eu pego. — Ele lançou um olhar para Cleo ao se levantar. — E conto tudo. Você completa o que eu deixar passar.

— Acho que você não deixa passar muito.

— Tento não deixar. — Descendo do deque, ele fez um gesto para Cleo. — Dá um minuto para ela, tá?

— Ela andou chorando.

— Precisava. Pode ser que precise de novo, mas ela está bem. Só dá um minuto.

Quando ele entrou, Cleo subiu no deque, recolocou os óculos e se sentou.

— Vai contra a minha natureza, mas vou ouvir o que ele disse. Vou dar um minuto a você.

— Agradeço. — Sonya tornou a se sentar, fechou os olhos. E se banhou no silêncio.

Trey voltou com uma garrafa de vinho e três taças. Depois de servir, sentou-se.

Ele contou tudo, e Sonya se espantou com a memória dele para os detalhes — alguns de que ela mal lembrava de ter contado. Parte de ser um bom advogado, imaginou.

Enquanto ele falava, Cleo estendeu a mão e segurou a de Sonya. Solidariedade.

— Sinto muito por não ter estado aqui, Son.

— Não sinta. Eu não estava sozinha, e soube disso o tempo todo. E agora que passei por tudo e chorei no ombro de Trey, fico feliz de ter visto os dois juntos. Collin e Johanna. Fico feliz de ter visto o quanto se amavam e teriam amado o filho. Vi meu pai nele e, de certo modo, vi meus pais naquela fase da vida. Tão cheios de amor, de entusiasmo, de planos. Sentada aqui agora, com pessoas a quem amava, com os jardins florescendo e a noite começando a ficar suave, eu sei, eu acredito com todo o meu coração, que o propósito de tê-los visto, de ter encontrado o retrato de Marianne logo depois, foi um lembrete do que está em jogo.

Ela ergueu a taça para Trey.

— Você disse que eu não dei nada a ela. Lamentei pelas vítimas e não dei nada. Eu precisava ouvir isso. E posso acreditar nisso.

— As vítimas dela mereciam ser pranteadas.

— Mereciam, sim. Meu pai e Collin pintaram aqueles retratos, e nisso também há propósito. Elas merecem ser expostas juntas, lembradas. É isso que estamos fazendo. Merecem ter suas alianças de volta. E eu não sei como, mas vamos fazer isso acontecer.

— Eu estou com você até o fim — disse Cleo. — Agora quero ir ver Marianne. Você tem razão, há propósito nessa arte. A gente vê por quem está lutando.

— Vamos todos ver.

Entraram na sala de música.

— Ela é linda — murmurou Cleo. — Iluminada.

— Radiante — concordou Sonya. — Foi a palavra que me veio. Jovem. Ela, Clover, Lisbeth, todas com idades próximas.

— Obra do Collin outra vez — disse Cleo, aproximando-se para estudar melhor. — Eles têm se revezado.

— Honrando-as — acrescentou Trey. — Não só a mulher que Collin amou, nem a mulher que deu à luz os dois, mas todas as que vieram antes. E, pelo visto, é aqui que elas devem ficar.

— Numa sala feita para música — disse Sonya, sorrindo para ele.

Os dois cães deram um latido agudo e dispararam para a porta.

— Deve ser o Owen com o jantar — disse Cleo, recuando até o batente e esperando. — Estamos aqui — disse em voz alta quando ele entrou junto com Jones, carregando uma sacola do Lobster Cage. — Com um novo retrato.

Ele foi até lá, entregou a sacola para Cleo e estudou o quadro.

— Marianne Poole. Bem estilo Scarlett O'Hara. — O olhar dele se desviou para Sonya. — O que houve? A Dobbs importunou você?

— Não muito.

— Já tive mulheres chorando por mim e em cima de mim, então eu sei identificar. O que houve?

— Tão galante da sua parte avisar que ela está um trapo — observou Cleo.

— Eu não disse que ela está um trapo — corrigiu Owen. — Exatamente. — E fez Sonya rir.

— E mesmo assim continua sendo meu primo preferido.

— Então, vou perguntar de novo: o que houve?

— Vamos contar durante o jantar... lá fora. Está bom demais para ficar aqui dentro. Estou com cara de quem teve uma crise de choro porque tive mesmo. E isso me dá fome.

— Por mim, fechado.

Enquanto comiam, com os cães a perambular e a gata a observar, Owen ouvia. E falou pouco até o final.

— Você está bem agora? — perguntou a Sonya.

— Sim.

— Deve ter sido um baque vê-lo daquele jeito. Como o seu pai.

— Eles eram muito parecidos. Já vi fotos dos dois, mas isto foi... bem diferente.

— Ele me disse uma coisa, depois que o Hugh se mudou para Nova York. Que eu tinha sorte de ter um irmão de quem eu era próximo. Mesmo que não estivéssemos no mesmo lugar, sempre teríamos esse vínculo, por termos crescido juntos, compartilhado memórias e tudo o mais. Hugh e eu sempre nos demos bem... na maior parte do tempo, pelo menos. Ele disse que, provavelmente, um dia teríamos filhos ou nos tornaríamos tios. Que ser tio era quase como ser pai.

Owen fez uma careta quando os olhos de Sonya se encheram de lágrimas.

— Ah, não começa de novo.

— Só um pouquinho. É bom saber. Eles não puderam ser próximos, mas se conheceram. Pelo espelho. Acho que isso importou para os dois.

— É bom saber.

Capítulo trinta

Em uma manhã ensolarada de sábado, sob uma brisa suave, Cleo lançou *A Sereia* ao mar. Ela levou a gata e, por insistência dela, Sonya levou o cão.

Enquanto Cleo dirigia até a vila, Sonya lançou mais um olhar desconfiado para o banco de trás, onde Pye se enroscava no assento e Yoda apoiava as patinhas dianteiras na janela entreaberta para pegar vento.

— Não sei, especialmente nesta primeira vez, se é uma boa ideia levá-los no barco.

— Vamos todos. Vai ser um momento e tanto.

— É, mas que tipo de momento? De alegria e deleite, ou de caos e barco virado?

— O primeiro. Sinto na alma. Você teve uma semana difícil, Son. Está na hora de uma diversãozinha boba.

Ela não podia negar que tivera uma semana difícil, mas tinha dado conta. E tinha lidado também com as noites inquietas, acordando às três da manhã ao som do relógio, da música, do choro, e esperando pelo chamado do espelho para levá-la a… algum lugar.

Pior, esperando que Dobbs atacasse mais uma vez.

— Minha amiga, você está estressada. Muito. Hoje vamos acabar com isso. Estou empolgada. — Cleo lhe deu um soquinho de leve no ombro. — Fique empolgada! Eu não vi nada do meu barco, a não ser no papel. E hoje vamos velejar pela baía! Nós quatro.

Sonya já tinha velejado com Cleo, lembrou a si mesma. E se considerava uma ótima imediata. Mas nunca velejara com uma gata ou um cão, muito menos com os dois ao mesmo tempo.

Em vez de aliviar o estresse, a ideia só o aumentava.

— Confia em mim — insistiu Cleo, parando na lateral da oficina de Owen e estacionando ao lado das duas caminhonetes.

— Já ouvi isso antes.

Mas Sonya desceu e, embora Yoda lhe lançasse um olhar triste quando percebeu, prendeu a guia à coleira dele. Cleo pegou a gata e uma bolsa enorme.

— Sabe, a oficina do cara é maior que a casa dele. O que será que isso diz sobre ele?

— Que ele ama o trabalho? — sugeriu Sonya.

— Pode ser isso. Pode ser que ele ainda não esteja tão envolvido na casa quanto no trabalho.

— Seu espaço de trabalho no seu apartamento em Boston ocupava mais espaço do que o resto da casa.

Cleo sorriu e balançou o cabelo.

— Ocupava mesmo, né? — Ela deu um abraço de lado em Sonya. — Prevejo que você vai me agradecer depois que a gente velejar.

— Posso até agradecer. Com certeza pretendo agradecer aos deuses dos marinheiros, dos cães, dos gatos e das melhores amigas leais quando voltarmos sãs e salvas.

— Dá para fazer os dois, mas o Owen construiu para dois adultos, e vamos ficar dentro da baía. Tem colete pra todo mundo, mas não vamos precisar.

Tomara, pensou Sonya, enquanto contornavam a oficina até o píer, onde Trey estava com Owen e seus cães.

A Sereia repousava firme e lustrosa na água, a sereia na proa com a cabeça erguida, o cabelo esvoaçante. Suas companheiras nadavam a bombordo e a estibordo.

O veleiro reluzia ao sol, a vela vermelha enrolada e pronta para ser içada.

Cleo soltou um gritinho e entregou Pye para Sonya, largando a bolsa.

Ela correu adiante e quase derrubou Owen do píer quando saltou, enlaçou a cintura dele com as pernas e o beijou.

— Eu ajudei — disse Trey. Depois lançou a Pye e Yoda um olhar tão incerto quanto os pensamentos de Sonya. — Sério?

— Pelo visto. Uau. É realmente lindo. Owen, os entalhes…

— Tô meio ocupado aqui — respondeu ele, indo para mais um beijo, mas Cleo pulou do seu colo, empurrou-o e se aproximou do barco.

— Ah, ela está deslumbrante. É… é tão eu! — Ajoelhando-se, esticou os dedos para acariciar as figuras entalhadas. — Trabalho lindo, Owen. Sério, lindo demais.

— Ficou bacana. E é estável, construída para até cento e cinquenta e nove quilos, então aguenta vocês duas sem problema. Além disso, tem a cinta de apoio que você queria.

Owen olhou para Pye e Yoda.

— Pelo visto você estava falando sério sobre eles. Essa gata está usando um colete salva-vidas rosa-choque.

— Naturalmente. Combina com o meu. Para o Yoda, peguei um roxo mais masculino, mas ainda assim estiloso.

Ela voltou para pegar a bolsa que largara, depois entregou a Sonya o colete — também roxo — e vestiu o próprio colete. Tirou duas garrafas de água e passou para Owen.

— Joga pra gente, por favor?

— Talvez devêssemos revisar algumas coisas — começou Trey.

— Já a bombardeei de perguntas — disse Owen. — Ela sabe o que está fazendo.

Para provar, Cleo enfiou a gata debaixo do braço e deu um passo do píer para o convés d'*A Sereia*.

Assim que se equilibrou, colocou a gata no convés.

Pye caminhou até a proa e se sentou. Como uma escultura.

— Ai, meu Deus, vamos lá — disse Sonya, soltando a coleira do Yoda. — Rezem por nós.

Beijou Trey para dar sorte.

Solícito, Yoda saltou para o barco. Torcendo para que tudo corresse bem, Sonya foi atrás.

Trey as observou se afastarem do píer.

— Parece promissor. Mas, olha, talvez seja bom esvaziar os bolsos, tirar os sapatos. Vai que…

— Elas estão bem.

E observaram Cleo ir para o bordo de barlavento, passando pela cabine, onde Yoda estava plantado. Ela pegou o leme com uma das mãos.

E içou a vela.

Seu grito triunfante ecoou quando *A Sereia* deslizou pelas águas de Poole's Bay. A risada de Sonya veio junto.

— Ela está velejando com uma gata. — Owen empurrou os óculos escuros para o topo da cabeça. — E um cão. A gata com um colete cor-de-rosa, e a mulher manobrando o barco como se tivesse nascido no leme. Acabou. É isso. Ela é tudo isso. Jesus, ela é tudo isso.

Trey pousou a mão no ombro de Owen.

— Percebeu só agora?

— Eu devia ter sacado que ela era encrenca. Quer saber? Eu sabia que ela era encrenca. Agora estou perdido.

Trey olhou para onde Sonya erguia os braços para o céu.

— Somos dois.

No barco, Cleo fez a virada, e *A Sereia* ganhou velocidade.

— Você tinha razão. Toda razão! Eu tinha esquecido como é simplesmente ir! O Yoda está amando. Olha pra ele.

Com as orelhinhas pontudas para trás por conta do vento, ele mantinha a cabeça erguida para a brisa. Os olhos brilhavam de prazer selvagem.

— E a Pye!

Caminhando com confiança, a gata voltara para se sentar ao lado de Cleo. E parecia uma rainha satisfeita com o desempenho de sua barca.

— A gente precisava disso. A gente merece. Son, este veleiro é um sonho. Aquele homem é incrível.

— Ele entende você. Tudo neste barco diz Cleopatra Fabares. Ah, que dia! Mas você errou em uma coisa. Não é diversãozinha boba… é pura diversão.

— E o estresse?

— Que estresse? — Com outra risada, Sonya acenou para um barco quando um dos passageiros tirou fotos delas.

Supôs que faziam uma bela cena. Duas mulheres, uma gata e um cão em uma embarcação-sereia.

Elas velejaram por uma hora até Cleo conduzir *A Sereia* de volta ao píer. Enquanto Sonya firmava as espias e tirava o colete de Yoda, Trey saiu pelas portas duplas abertas da garagem da oficina. Yoda saltou, sacudiu os respingos de água do pelo e então trotou para dentro. Trey pegou a gata e estendeu a mão para Cleo.

— E aí, como *A Sereia* se comportou?

— Ela é perfeita. Nunca velejei nada igual. Pequena, mas poderosa. — Pegou a gata e a aninhou em seu colo. — Nós a amamos. O Owen está aí dentro?

— Está. E tem bebidas geladas também.

— Nesse momento, quero os dois.

Quando ela se afastou, Trey passou a mão pelo cabelo revolto de Sonya.

— Você fica muito bem assim.

— Como?

— De qualquer jeito, mas agora? Feliz e relaxada.

— Estou as duas coisas. E não entendo metade do que a Cleo entende de barco e de vela, mas, do meu ponto de vista, ela está certa. Esse aí é perfeito.

Ela segurou a mão dele enquanto caminhavam em direção à oficina.

— Outros barcos emparelharam com a gente, alguns tiraram até fotos.

— Não é surpresa.

— E alguns perguntaram onde a gente conseguiu o barco. Se o Owen quiser pegar mais trabalhos sob medida, eu posso montar um site e tanto para ele.

Entraram no ambiente espaçoso, e Sonya arregalou os olhos.

— É ainda maior do que parece do lado de fora.

Ela nunca tinha visto tantas ferramentas. Havia ferramentas manuais penduradas em uma parede, algumas maiores em prateleiras, outras que pareciam potentes — e, a seu ver, bastante assustadoras — em bases próprias. Cômodas enormes com gavetas que, supunha, guardavam mais itens. Bancadas, pilhas e mais pilhas de madeira, outra prateleira com o que ela deduziu que fossem ferramentas antigas — incluindo a lixadeira que ele pegara na mansão.

Mais prateleiras com latas de resina, tinta e selante.

E, encostados lá atrás, um sofá surrado e uma poltrona reclinável antiga, dos anos 1960, uma cama de cachorro e uma geladeira antiga.

E a escrivaninha.

— Aquela é a escrivaninha com tampo retrátil que você encontrou no depósito.

Maravilhada, aproximou-se e passou o dedo pela superfície agora lisa ao toque.

— Como você conseguiu deixar ela com cara de antiga, desse jeito maravilhoso, e novinha em folha ao mesmo tempo?

— Muito esforço, principalmente braçal. Tenho Coca-Cola, cerveja…

— Uma Coca-Cola, por favor.

Cleo, já bebericando uma, ergueu a lata na direção da parede acima da escrivaninha.

— Você vai colocar ela ali, não vai? *A Sereia*?

— A ideia é essa.

Acenando devagar, ela tomou outro gole.

— É uma ideia genial. É o lugar certo para ela. Mas agora preciso que você se sente à escrivaninha. Preciso do tampo aberto, e do Jones sentado ao seu lado.

— Por quê?

Ela enfiou a mão dentro da bolsa enorme e tirou um bloco de desenho.

— Você anda com um bloco de desenho?

— Sempre. Senta lá. É uma composição interessante. Depois eu troco por um passeio, você e o Jones, n'*A Sereia*.

— Não vejo por quê…

— Você vai ver. Você está vendo, não está, Sonya?

— Tenho que dizer que sim. E se o Trey me der uma carona pra casa, eu levo o Yoda… já que a Pye está se achando em cima da escrivaninha.

Cleo sorriu.

— Viu por que somos melhores amigas desde sempre? Depois quero um com você usando uma dessas ferramentas. Talvez só uma lixadeira ou um formão. Talvez aquela serra de fita.

— Você sabe o que é uma serra de fita?

Cleo revirou os olhos para ele.

— Lógico que eu sei o que é.

Owen lançou um olhar, um pouco desamparado, para Trey.

— Porra.

— Vamos sair do caminho de vocês. Vem, Mooks.

— Tenho umas duas ideias para você também — disse Cleo a Trey.

— É, vou sair do seu caminho mesmo. — Ele segurou a mão de Sonya e a puxou para fora da oficina.

— Quando ela decidir que é a sua vez, você não vai escapar.

— Eu corro bem rápido.

— Que tal uma caminhada pela High Street, então? Eu compro um sorvete de casquinha pra você.

— Fechado.

Um dia tranquilo, pensou Sonya, *sem trabalho, só diversão*. Ela precisava daquilo, e considerou seu equilíbrio plenamente restaurado enquanto passeavam com os cães pela rua.

Paravam muitas vezes para bater um papo com amigos e vizinhos. E isso a lembrava da comunidade de que tinha passado a fazer parte.

Ficou satisfeita ao ver algumas peças de cerâmica de Anna na vitrine da Bay Arts. Quando pararam ali, Kevin saiu.

Ele tinha um sorriso de orelha a orelha, óculos de aro dourado e usava uma gravata-borboleta.

— Vi vocês de relance. Antes de tudo, Sonya, que festa incrível! John Dee e eu nos divertimos à beça.

— Nós também.

— Sempre bom ver você, Trey. Vi sua avó ontem.

— Ela adora bater perna. Como vai a sua mãe?

— Está bem. Só uma entorse. Lesão de pickleball — disse ele a Sonya e se abaixou para fazer carinho nos dois cães. — Oi, cachorrinhos. Oi pra vocês. Queria contar que vendi hoje de manhã o último quadro que a Cleo trouxe. Quem comprou foi um casal de Cambridge, passando um fim de semana prolongado. Estão hospedados no hotel.

— Ela vai ficar radiante.

— Diz a ela, se eu não disser antes, que fico muito feliz se tiver mais alguma coisa pronta. E quero dizer a você que estou pronto para seguir com a sua proposta do site, da identidade visual, do pacote completo.

— Agora eu que fiquei radiante. Começo a montar o site na semana que vem.

— Ótimo. Depois a gente se fala. Preciso voltar. Aproveitem este dia espetacular.

Ela aproveitou tudo: do passeio no pequeno veleiro à sensação de pertencimento à vila, e até as margaritas no deque com os homens cuidando dos bifes na churrasqueira.

Clover mantinha o astral lá em cima com a música, Molly deixara as janelas abertas, e três cães mais uma gata brincavam no quintal.

— Todo dia devia ser como hoje — decidiu Sonya.

— Quem dera. — Cleo sorriu. — Mas a gente ia acabar entediada.

— Detesto ter que concordar. — Sonya folheou o caderno de esboços de Cleo. — Estão ótimos. Você já sabe disso. Para esse da escrivaninha, você vai querer óleo.

— Hummm. E quero brincar com sombra e luz. Homem trabalhando até tarde, esse tipo de coisa. Agora estou com preguiça. Adoraria assistir a um filme depois do jantar.

— Leu minha mente.

Enquanto comiam à luz do sol, Sonya sorriu para Owen.

— Tenho procurado cadeiras para a frente da casa, talvez um banco bonito, do tipo que aguente ficar exposto ao tempo. O problema é que não encontrei nada que não fosse básico e comum. Nada com a personalidade que a mansão merece.

Observando-a, ele mastigou um pedaço de bife.

— Quer que eu construa cadeiras e talvez um banco pra você?

— Você tem aquela oficina incrível e todas aquelas ferramentas. Eu fiz uns esboços.

— Aham.

Ele olhou para Trey, que deu de ombros.

— Ela fez isso hoje à tarde. Tenho que dizer, ficaram bons. Muito interessantes.

— Interessantes. E digamos que eu ache interessantes… o que eu ganho com isso?

— Pensei que, como a Cleo também vai usar, ela podia oferecer a você favores sexuais.

— Eu já estou recebendo.

— É mesmo? Dá pra suspender.

Ele se virou para Cleo.

— Dá? Dá *mesmo*?

Ela riu e ergueu a margarita.

— Também reparei que você tem uma bela coleção de ferramentas antigas. Tem mais lá embaixo. Você poderia pegar o que quisesse.

— Talvez eu dê uma olhada no desenho.

Quando olhou, viu os assentos generosos, os braços largos, a talha no encosto representando o salgueiro-chorão em flor, e soltou um assobio baixo.

— Ok, interessante. Mas você vai querer inclinar um pouco os assentos e os encostos.

— Do jeito que você achar melhor.

— Tenho um pouco de teca que daria certo. Mas acho a falsa-acácia mais interessante.

— Ela seria *falsa*?

— Não. Também é chamada de acácia-negra, e antigamente usavam muito para peças externas. E você quer personalidade, aquele ar de "tô aqui desde sempre". Dá um trabalho danado.

— Não pra você. — Cleo deu uma piscadela para ele.

— Vou aceitar os favores sexuais, Lafayette. E algumas ferramentas. — Apontou para Trey. — Você me ajudou a entrar nessa, então ajuda a construir.

— Tô dentro. Eu gostei delas. Teria falado pra ela desistir se não gostasse.

— É mesmo? — questionou Sonya.

— É o que ele faz. Convence as pessoas a fazerem ou a desistirem das coisas. Na maioria das vezes — acrescentou Owen —, elas saem achando que a ideia foi delas.

— Fica registrado que a ideia foi da Sonya, em lançar o desafio, e sua de aceitá-lo. Então… — Trey sorriu. — Que tal aquele filme?

* * *

Às três, o relógio soou. No embalo da música ao piano, Sonya se sentou de supetão. Trey se levantou depressa.

— Estou acordada — disse a ele. — Estou acordada, mas tenho que… preciso ir.

— Estou bem aqui com você. Mas vou chamar o Owen. Você não precisa passar por isso sozinha.

— Eu preciso ir.

Quando ela entrou no corredor, Trey começou a seguir à frente para chamar Owen, mas Owen e Cleo já saíam do quarto.

— Alguém me acordou — disse Owen. — Não foi a Cleo.

— Eu também ouvi. Como antes. Alguém dizendo "Sonya", uma mão no meu ombro.

— Estou acordada, mas… vocês sentem isso também?

— Não exatamente. Alguma coisa, talvez. — Owen sacudiu a cabeça. — Mas não exatamente.

— Eu tenho que ir. Tenho.

Ela seguiu até o fim do corredor, com aquele chamado ficando cada vez mais forte. Então parou no topo da escada e apontou para baixo.

— Está ali. Vocês estão vendo? Está ali embaixo.

— Estou vendo. — Com os olhos fixos no espelho, Trey segurou a mão dela. — Você pode dizer não, Sonya. Eu a ajudo a dizer não, se for isso que você quer.

— Não. Eu quero ir… eu preciso.

— Vou com ela. Você precisa ficar com a Cleo. Não tem nada refletido. Há movimento ali dentro, e eu consigo ouvir música.

Trey continuou a segurar a mão de Sonya. Viu os dois refletidos no espelho enquanto caminhavam em direção a ele. Não ouviu nada.

Ao pé da escada, colocou a mão de Sonya na de Owen, junto com toda a sua confiança.

— Toma conta dela.

— Deixa comigo.

Cleo segurou o rosto de Owen e o beijou.

— Toma cuidado você também.

— É o plano. Pronta?

— Não importa. Eu tenho que ir.

Juntos, eles atravessaram.

E se viram no grande átrio, diante do retrato de Astrid Grandville Poole. A música e as vozes vinham de fora, pelas janelas abertas.

— "Louie Louie". — Owen identificou a canção, o baixo reverberando. — Provavelmente estamos nos anos 1960 ou mais.

— Não entendo...

Enquanto Sonya falava, a porta da frente se abriu de repente. A mulher entrou correndo, o longo cabelo ruivo caindo em ondas até os ombros. Ela usava uma coroa de botões de rosas, com fitas esvoaçantes.

Ergueu as saias volumosas do vestido branco enquanto se apressava em direção à escada. Com saltos altos e cintilantes, Johanna Poole começou a subir.

— Os pés dela estão doloridos — murmurou Sonya. — Consigo ouvir os pensamentos dela, como com Arthur Poole.

Apertando a mão de Owen, ela seguiu a sétima noiva.

1995

Estou casada. Sou uma mulher casada, casada com o melhor homem que já conheci. O único homem que amei de verdade.

A partir de hoje, somos Collin e Johanna Poole.

E, pelo amor de Deus, por que raios eu fui usar estes sapatos ridículos no dia mais importante da minha vida?

Rindo, paro na escada, tiro os saltos e solto um longo suspiro de alívio.

— Porque eles são lindos, e eu precisava estar linda hoje.

Eu me senti linda quando vi a luz e o amor nos olhos de Collin ao caminhar na direção dele.

Um dia perfeito. O nosso dia perfeito.

Flexiono os dedos doloridos, pouso a mão na barriga. *Nós três.*

Mal posso esperar para contar a Corry, para compartilhar a notícia com a minha melhor amiga.

Vou ser mãe!

Mas hoje sou noiva, e isso basta. Mais do que basta, assim que eu trocar de sapatos!

No topo da escada, dou uma volta completa e penso em todos os planos que Collin e eu temos para a mansão. Ele já modernizou parte dela — muita coisa, na verdade —, mas faremos muito mais.

E vamos precisar de um quarto para o bebê. Definitivamente não o berçário usado pelos antepassados dele. Fica longe demais do nosso quarto, e queremos o bebê por perto.

Além disso, aquele quarto me deixa triste, muito triste.

Vamos encher a casa de felicidade, de crianças, de arte e música. Amor, acima de tudo, amor.

O amor foi negado a Collin por tempo demais.

Em pensar que a avó dele, sua única avó, se recusou a vir ao casamento! E que a mãe dele, tão distante, tão vazia de certa forma, não veio.

Fraca demais para enfrentar Patricia.

Graças a Deus, ele teve Deuce, Corry, Ace e Paula — e os pequenos Trey e Anna. Todos os Doyle, sua verdadeira família. E agora vou criar um lar, criar uma família para Collin, com Collin. Vou preencher todos os vazios com os quais ele cresceu.

No quarto, guardo meus sapatos reluzentes de noiva e considero outras opções.

— Ah, que se danem os sapatos. Noiva descalça combina muito mais comigo mesmo.

Quase eufórica, abaixo as meias-calças, me livro delas e corro para voltar à festa.

Uma mulher de preto espera no topo da escada.

Um vestido estranho para um casamento — quase como uma noiva também, mas de luto.

Sinto os pelos da nuca se arrepiarem quando ela me encara. Mas agora eu sou a anfitriã, então sorrio para ela.

— Oi. Está procurando o lavabo?

— Procuro você. A sétima noiva.

— Tenho quase certeza de que sou a primeira do Collin. Johanna Poole. — Estendo a mão.

Ela não a aperta, mas agarra minha mão esquerda com força — e com força demais! Arranca a aliança do meu dedo.

— Mas qual é o seu problema? — A fúria emerge enquanto tento recuperar o que é meu. — Quem é você?

Quando ela ergue as mãos, vejo sete alianças reluzindo em seus dedos e, por um instante — um instante apenas —, penso na maldição. Uma história estranha de bruxas, morte e trevas em que eu nunca acreditei.

Mas agora acredito.

Meu único pensamento, em pânico, é fugir, encontrar Collin.

Então ela fala:

— Quem sou eu? Eu sou, e sempre serei, a senhora da mansão. Eu sou a tua morte.

Eu me viro para correr, para descer as escadas. Para longe.

Algo agarra minha cabeça, meu pescoço. Sinto uma dor aguda, um choque lancinante, e depois nada. Nada, enquanto meu corpo despenca, rolando escada abaixo pelos degraus lindíssimos.

Hester Dobbs olha de cima, do topo da escadaria, ergue as mãos mais uma vez, e as alianças parecem arder em chamas em seus dedos.

— Sete noivas com sete alianças, com sangue e morte seu poder canta. As alianças em minha mão as tornam minhas, e eu sou senhora aqui por todo o sempre.

Ela faz um gesto, e as portas de entrada se abrem.

— Encontrem-na, lamentem-na. E eu me banqueteio com suas lágrimas.

Virando-se, ela encara Sonya.

— Eu sinto você, cria de cadela com sangue Poole. Você chegou tarde demais.

Quando as pessoas irrompem, quando a casa se enche de gritos e berros, ela ri.

— Ah, saboreiem isso. Como vinho. Delicioso.

Como uma sombra atingida pela luz do sol, ela desaparece.

— Tarde demais para salvar Johanna e as outras seis, mas não pode ser tarde demais para mandar Dobbs para o inferno. Não pode.

Como Sonya tremia, Owen passou um braço em torno dela.

— Não podemos fazer nada aqui. É melhor a gente voltar.

Ao descerem, as pessoas passavam através e ao redor do espelho como se ele não existisse. Antes de atravessar de novo, Sonya viu Collin segurando o corpo de Johanna, chorando por ela, dizendo seu nome, como tinha visto o primeiro Collin Poole segurar Astrid e chorar por ela.

Aquilo partiu seu coração.

Quando voltou ao presente, Trey a envolveu em seus braços.

— Você está gelada.

— Um pouco. Era a Johanna. O casamento. Ela entrou para trocar de sapatos. Os pés estavam doendo. Ela estava tão feliz.

— Vem, senta. — Ele a conduziu até a sala.

— Vou fazer um chá — disse Cleo.

Sonya negou com a cabeça.

— Só água. Só um pouco de água. Sempre fico meio fora do ar depois dessas experiências. Owen?

— Água está bom. Eu não pude fazer nada. Nada mesmo. Pensei que chegaria a Dobbs antes, mas não consegui. É como assistir a uma peça, mas preso ao assento.

Ele se sentou, passou as mãos pelo rosto. Depois se levantou num pulo quando Cleo gritou. Gritou de novo, e o som de vidro se estilhaçando ecoou pelo chão.

Ela ficou parada, as mãos sobre a boca, como se tentasse conter outro grito. E olhava fixamente para o homem pendurado por uma corda, perto da base da escadaria do grande átrio.

— Cuidado com o vidro. — Owen desviou da maior parte enquanto a pegava nos braços.

— Me diga que você está vendo isso. Me diga que está vendo.

— É o Collin Poole. — Sonya lutou para respirar ao erguer o olhar. — O Collin da Astrid.

Enquanto a corda rangia, Astrid jazia abaixo dele, o vestido de noiva encharcado de sangue.

E, segundos depois, Johanna jazia ensanguentada e sem vida.

Todos vieram — todos os mortos da mansão — em seus momentos de dor, medo e desespero.

Enquanto a casa se enchia de seus gritos, seus soluços, suas súplicas, enquanto o desespero saturava o ar, uma gargalhada — descontrolada, desvairada, insana — ecoou como um trovão.

Descubra o desfecho desta história em...

As sete alianças

Nora Roberts

Volume 3 da

Trilogia
A maldição das sete noivas

BERTRAND BRASIL

Este livro foi composto na tipografia Adobe Garamond Pro,
em corpo 12/15,7, e impresso em
papel off-white no Sistema Cameron da
Divisão Gráfica da Distribuidora Record.